蜀山剑侠传

民国武侠小说典藏文库·还珠楼主卷

还珠楼主◎著

（第八卷）

中国文史出版社

目　录

第二五一回　烈焰可栖身　一朵灯花生世界

微波能起浪　几重煞幕护妖坛 ………… 1

第二五二回　势蹙怅双飞　妄肆凶威残羽党

计穷轻一掷　自投罗网困金屏 ………… 14

第二五三回　月弯荡阴霾　厉啸一声飞毒手

金幢压地肺　伽音九劫起真灵 ………… 34

第二五四回　佛火炼妖尸　独指祥光擒艳鬼

莲花明玉钥　重开宝鼎脱神婴 ………… 50

第二五五回　无意纵凶顽　七宝腾辉穿秘甬

同心求圣籍　一丸神泥锁玄关 ………… 66

第二五六回　佛火灭余氛　咫尺违颜空孺慕

丹砂消累劫　宫墙在望感师恩 ………… 83

第二五七回　古洞盗禅经　一篑亏功来老魅

深宵飞鬼影　连云如画亘长空 ………… 111

第二五八回　贝叶焕祥辉　地缺天残参佛相

魔宫烧毒手　神童仙女盗心灯 ………… 130

第二五九回　蓦地起惊霆　电漩星砂诛老魅

凌空呈宝相　缤纷花雨警真灵 ………… 144

1

第二六〇回　孽重忧危　离魂怜倩女

　　　　　　心灵福至　隐迹护仙童 …………………… 156

第二六一回　怨毒种灵禽　白骨穿心腾魅影

　　　　　　缠绵悲死劫　金莲度厄走仙童 …………… 173

第二六二回　缟袂可胜寒　万树梅花　佳人独立

　　　　　　璇沙能御敌　弥天灵雨　妙女双飞 ……… 194

第二六三回　惊丽质　蓦地起微波

　　　　　　愤轻狂　凌空飞巨掌 ………………………… 205

第二六四回　绝海渡鲸波　喜得冰纨传秘奥

　　　　　　求丹行铁甬　巧穿石壁赴璇宫 …………… 217

第二六五回　冰魄吐寒辉　霞影千重光似焰

　　　　　　金庭森玉柱　花开十丈藕如船 …………… 231

第二六六回　却敌环攻　玉殿晶宫伤老魅

　　　　　　传音告急　翠峰瑶岛困群仙 ……………… 251

第二六七回　玉虎吐灵音　警禅心　降魔凭定力

　　　　　　毒龙喷冷焰　伤恶怪　却敌运玄功 ……… 264

第二六八回　火伏地中　妖光熔玉岭

　　　　　　人来天上　星雨泻银河 …………………… 279

第二六九回　赤手拯群仙　万丈罡风消毒雾

　　　　　　深宵腾魅影　千重雷火遁凶魂 …………… 294

第二七〇回　御劫化元神　永宁仙宇虹光碧

　　　　　　降妖凭宝鼎　曼衍鱼龙海气腥 …………… 306

第二七一回　灵境甫安澜　忽听传音急友难

　　　　　　离筵陈壮志　为观飞柬报师恩 …………… 324

第二七二回　飞剑除凶鱼　黄水堤封消巨浸

　　　　　　登山逢怨女　白莲花送见仙童 …………… 339

第二七三回　浩荡天风　万里长空飞侠士

　　　　　　迷离花影　一泓止水起情波 ……………… 353

第二七四回　惆怅古今情　魔火焚身惊鬼魅

　　　　　　缠绵生死孽　花光如海拜仙灵 ……………………… 367

第二七五回　绣谷双飞　示灵机　喜得天孙锦

　　　　　　江皋独步　急友难　惊逢海峤仙 ……………………… 384

第二七六回　瑶岛降琼仙　冉冉白云　人来天上

　　　　　　金樽倾玉液　茫茫碧水　船在镜中 …………………… 412

第二七七回　我必从君　相期再世　斜日荒山悲独活

　　　　　　卿须怜我　此中有人　他年辽海喜双清 ……………… 427

第二七八回　破壁纵神魔　一击功成千叶火

　　　　　　飞光笼大岳　半空高系五山图 ………………………… 443

第二五一回

烈焰可栖身　　一朵灯花生世界

微波能起浪　　几重煞幕护妖坛

话说这五行中,只有乙木来得先柔后猛。始而如小风初起,枝摇叶动,幽籁徐舒,清飙远引,自协宫商。忽然万木萧萧,狂风大作,走石飞沙,涛奔浪舞,万籁交鸣,汇成一阵紧一阵的洪洪发发的怒吼。中间更杂着一种极尖锐凄厉的异声,甚是刺耳,令人闻之,自然心悸。渐渐声势越恶,直似海啸山崩,地轴翻圻,千百万天鼓一齐怒鸣,宇宙若将倾颓。这才显出乙木威力,比起先前三次所经厉害得多。耳中所闻已是如此猛恶,面前所现景象也更比前厉害十倍。自从风木之声一起,先是青云杳霭,和初入伏内光景差不许多,只是彼静此动,略有不同。晃眼烟岚四合,绿云如浪,上下四外潮涌而来。乍看势仍不算十分猛恶,及至海啸一起,立即随同加盛,渐渐绿云化为青光,威力越发加大。众人的有无相神光,被绿云团团包紧,本就觉着神光外面有一种极大的潜力压迫,分毫转动不得,经此变化,更增加了不少的压力。此时谢琳虽然灵智早复,得以施展佛法,运用神光,一心应付,照样也觉出形势危急,分毫不敢松懈,大有不进则退之势。

这还不算,紧跟着青绿云光在电闪翻飞中,忽又现出千百万根大小青柱,由上下四外一齐打来。这乙木神雷又与先前土、金、水三遁不同,那青色光柱撞将上来,并不爆炸散裂。先是狂涛一般,后浪催着前浪涌压突起,夹攻而来。第一层到了近前,吃护身神光阻住,便各自兀立光外,依然向前猛力压迫,也不散退。后面无数青柱,又接踵赶到,晃眼之间越聚越密,环光矗列。这回却比先两三次看得远,但是神光之外,无论何方,全被这类青色光柱布满,密压压望不到底,除了神光之内数丈之地,上天下地,全被青柱塞满。跟着海啸忽止,这些大小高低不等的千百万青柱互相旋转挤轧,一味争先猛进,吃神光一格,郁怒不宣,旋转摩擦愈疾,发出一种极繁密的轧轧怒声,比初起时的风中异吼还更尖锐凄厉,悸人心魄,那压力自然也增加了不知多少倍。

四人虽看出这五遁禁制每变化一回，便加出好些威力，却没想到乙木禁制竟有如此猛恶。更不知层层相生，已变化到第四宫上，一会便要万木生火，五行全数合运，危机瞬息，大难已将临头。轻云前曾身经，见这次与前番迥乎不同，尤为疑怪，正和癞姑相对惊顾。谢琳觉着乙木威力远胜于前，一任自己运用全力抵御，竟会相形见绌，万分吃紧。知道这次与先前不同，只有拼命竭力相抗，稍微松懈，抵挡不住，吃它一压一逼，神光纵不破裂，也必定被束紧，压力更大，万无幸理。此时已是难支，乙木神光还在不断增长，威力如此险恶，何能挨到终局？想了又想，除却违背师父不许毁坏洞中景物洞壁之诫，拼犯大险，仍用诸天遁法穿地而出，直无逃路。并且下手仍须迅急，等被逼紧，再逃更难。一时情势迫急，正待施为，就在这筹思转念之间，那上下四外乙木神光所化千百万根青柱，因摩擦挤轧时久，压力有增无已，同时每根柱上都有烟岚袅袅冒起，渐渐射出一两丝青色火星。

　　上官红道力虽浅，木遁禁制出诸圣姑传授与高明指教，自随乃师上次入洞，有了亲历，加上苦念恩师，赴援心切，连日用功益勤，精进之余，业已穷极精微。青光青柱相继一现，早就看出形势不妙，只为末学后辈，又过信癞姑等人道力高深，未奉命令，不敢妄发。心中却是忧疑，觉着可怪。便在暗中加紧戒备，静等一声号令，立以全力施为，免有疏忽，致误机宜。

　　癞姑虽然误解师长指示，没悟出即此便是五行合运，但毕竟学道年久，见闻得多。平日见上官红演习木遁，又曾试习，不耻下问，虽以勤于正课和筹计除妖救友，往返小寒山接待良友，无暇深造，也颇识得一个大概。青柱上烟丝一起，猛触灵机，顿时醒悟，木一生火，五行齐备，自然合运。又看出谢琳大有力绌之势，如此猛恶，再一合运，怎能抵挡？心念一动，暗道："不好！"正发号令，命上官红不等丙火化生，急速下手，以木制木时，忽见所救道者元神重又睁眼，面向谢琳，双手乱指，嘶声疾呼："不可妄动！"同时又瞥见谢琳面容突转沉肃，眉间隐带煞气，手掐灵诀，将有举动。癞姑识货，一眼看出那是恩师屠龙师太所说的诸天印诀，知道谢琳好胜，不耐久困，见情势危急，竟想把日前闲谈所说《灭魔宝箓》上的杀着施展出来。圣姑法力无边，禁制严密，要逃出立有不测之忧。幸能逃出，纵不受伤，也必毁损仙府。谢琳已在开始施为，口头劝阻，恐来不及，忙纵遁光冲将过去，出其不意，先施法力，把谢琳左手诸天灵诀闭住。同时口中大喝："琳妹且慢！从长计议。"

　　说时迟，那时快，这次癞姑手挥目送，念动即发，连续气的工夫都不到。同时上官红更是蓄势引满，令下即行，俱是快极。无如癞姑警觉本就稍晚，又经这点枝节，虽然慢不到一眨眼的工夫，那千百万根青柱已如快刀斩石，火星四下飞射了。幸是木火化生接续之交，火光火星尚是青色，上官红早准备停当，发动神速。否则所差也只瞬息之间，再迟半秒施为，青柱上激射出来的火星立即由青变红，丙火也必就此引发，化成一片火海。接着戊土、庚金、丙水也会由隐而现，连同乙木、丙火，五行合运，发出不可思议的威力。一任四人神通广大，决支持不了多少时候。而且法宝、飞剑将失去灵效，只能按着各人道力功候深浅，相继陷入那五行法物的陷阱之内，结局不死，也必受伤害无疑。如今虽避免了这种不幸，但四人仍被困于丙火法物神灯以内，威力可想而知。

癞姑、谢琳、上官红三人原是一同发动。那有无相神光也极神妙，光中人可以施展法宝、法术，随意发向外面，无论人物、法宝危害，除非行法人失却主驭，决难侵入一步。谢琳一时激发意气，只觉此外无计，心中原拿不稳。吃癞姑飞来一挡，百忙中又瞥见神光外面青色烟光火花四下激射，上官红又已发动，双手一扬，一片奇光闪闪的青霞，电也似疾飞向神光之外，展布开来，也分上下四方六面，向那千万青柱由内而外反罩上去。两下里势力俱极强大，才一接触，谢琳便觉光外阻力一轻，方才心喜。同时忙收诸天诀印，想要夸奖上官红几句，话还未及出口，只见青柱火花突涌起来，吃青霞罩住，连冲突了几下，不曾得势，忽然疾如电掣，一闪即收，只剩下东方一团青气，吃青霞紧紧逼住。同时四外金、白、红、黑各色烟光一齐暴起，上下四外又被包没，却未觉出怎样压力来。

似这样连连电闪般变灭了几次，四外烟光又化作一片青光，忽然轰的一声，惊天价的大震过处，新变化出的青光之中突起了一点火星，才一现便自爆散，上下四外已是一片赤红。光中隐隐现出一些景物，一条青气正由光中斜射出来。癞姑、轻云双双"咦"了一声，同运慧目一看，身外神光已被一幢银焰包没。银焰之外，还包着一层红光，光外已恢复原状，现出殿台灵寝。圣姑依然安稳趺坐，玉榻之上那五件法物也重出现。神光内射出来的那条青气，乃上官红所放青霞，正斜射在那五行法物树枝之上。

众人本都慧目法眼，仙根仙骨，迥异寻常，身虽被陷，心灵未受禁制。加以五行中的乙木一宫又被上官红制住，只仗先后天变化，由土、金、木三行会合化生出的乙木弥补缺陷，以增加丙火威力，少了乙木本宫真气，威力要差得多。众人一运玄功，定睛注视，立可看出真假虚实。见了这等情形，拿先前所见景物默一寻思对照，首先觉察出存身之处地方大小。谢琳方想告知众人，癞姑、轻云也早警觉了。再互相里外一看，原来四人已全陷入火遁法物以内，连人带神光一齐暴缩，困在殿前神灯之上，那四外包围的银光便是神灯的焰头。只是一桩奇怪：那么指头大小的灯焰，众人身在其内并不嫌窄。如非宁神定虑，运用玄功，静心观察，还看不出实景和火光以外的景象。并且心神一懈，火外景物便已模糊隐去，有无相神光也成了虚景，看去似和先前一般高大，只被困在火焰以内进退不得。

　　癫姑、谢琳初次身经，均觉厉害神奇，不可思议。都知此时情景稍微疏忽，最易走火入魔。上官红关系尤为重要，身在火禁之中行法，所运又是乙木，与火相生，其能隔火施为，也以此故。但木易发旺火势，利害相兼。现正魔头潜侵极猛之际，如若定力稍差，万念纷集，一为魔头所乘，神智稍被摇惑，制不住乙木，五行立可合运，全数遭殃，仍所不免。其势又无法相助，都替她担着心。及至仔细一观察，上官红趺坐光中，潜心独运，竟是灵光活泼，神仪莹朗，心智专一，迥出意料之外。当难初发时，那木宫法物的树枝还有两三缕烟丝火焰在青霞中冲突，腾腾欲起，隐有奇辉闪动，明灭不定。就这一会，竟被制得烟焰皆收，无异凡物，除仍苍润欲滴，似自树头新折而外，不见一点异兆。那青霞却是分外鲜明澄洁，宛若实质，比起先前只是一道青气，要强得多，知已无碍。想不到她小小年纪，入门未久，居然如此精进，有这么高定力，俱都暗中夸赞不置。

　　内中周轻云是过来人，曾见过别人被禁情景，仔细看了一阵，顿觉好些异象。见癫姑、谢琳各运玄功，默坐待机。看出只上官红无甚差错，无须如此。因恐分上官红心神，不敢明言，便用传声对二人道："以妹子昔日见闻经历，凡陷身五遁以内的人，本身固是沧海一粟，渺乎其小，并且内中危害至大，难于抵御，多高法力也难久持。所以卫氏夫妻前遭大难，几乎形神皆灭。便易师姊日前为救燕儿师弟，自投此洞水禁以内，待了些日。我和琼妹亲见，以她那样法力，去时又得易伯父母指教，深知底细，备有好些防御之宝，尚且提心吊胆，自说随时皆有奇险，危机四伏，难于应付，不敢稍微大意。后将总图得到，悟出机密，仍如临渊履薄，看得十分慎重，与她平日自恃神情，大不相同，可知厉害已极。此是中枢要地，禁法自更厉害。可是我先恐心神失驭，致招魔头；后见形势不甚严紧，再加仔细考查，竟似全局安危只系上官红一人，我们三人竟无甚相关。初入困内，心神稍懈，尚觉身居大海，外景模糊。自从青霞凝炼，益发晶莹以来，便无此异状。以妹子妄测，圣姑固是法力无边，但她痛恶妖尸，算就诸孽今日伏诛。只为儆诫后辈末学不可看事太易，一面大显神通，一面却留下这以木制木，不令五行合运的破绽。而破她的法，却是得了圣姑真传的后辈，并非外人。所以我们抵御万分困难，上官红一出手便可无事。照此情形，不特早有安排，连我们被陷火宫，也必是含

4

有别的用意。照理，心神必须以极大定力震摄，不可稍懈，杂念更起不得，应有的危害更多。请看妹子先前试探着起了好些思虑，又说了这许多话，何尝有甚警兆？入定默坐似乎不必。乘此闲暇，大可潜心体会，仔细推详，我们被留在此，到底圣姑有何心意？是否与除妖取宝有关？只要随时戒备一点，不要十分大意，更不可强作脱身之想，不看准时机，决不妄动，就无妨了。"

二人闻言，立被提醒，越想轻云的话越觉有理。略一试探，果无异兆。谢琳被困本是出于无奈，只恐危及良友，不敢再作犯险之举。及见无事，心又活动，暗忖："前在山中因习练《宝箓》甚勤，姊姊常说我只顾好胜，欲以法力扫除邪魔，不知念起贪嗔，转误正课。异日法力高强，寻常妖邪自必可胜；如若遇见魔教中的首脑人物，或者并非妖邪一类的劲敌，胜负便自难料。尤其是功候不纯，到时略一疏忽，难保不受人暗算。彼时我还不服，谁知第一次出手便遭挫折，虽然无碍，到底面上无光，终以能先脱出为妙。现在圣姑似有默助，情势似凶不凶，何妨再试一试？"哪知暗中刚开始行法，略一施为，光外忽现五色奇光，风雷大作，四外压力重如山岳，一齐迫来，身外神光几难抵御。这才知不妙，未可力争，急忙收手，重将心神定住，渐渐恢复原状。因又不谋而行，暗中试探，几乎生出乱子，偷觑癫姑等三人神色，竟如未觉，好生惭忿。

谢琳正在盘算，少时想好主意，和癫姑明言，二次试用别法脱身，忽听男女笑骂之声，由远而近。三人听出内有妖尸口音，不禁想起适才轻云所说，知道妖尸认定仇人入伏，灭亡在即，前来观看虚实。默念时刻已将深夜，易静应出困。许是圣姑真个把一行留在此地，等易静、李、谢三人到来，合力除妖，也未可知。忙各传声注意，故作昏迷，窥伺妖尸和众妖党动作。但愁上官红这道青霞无法掩蔽，被妖尸发现，难保不侵入生花样作怪。

癫姑等果见妖尸同了毒手摩什和另外七个妖党已然走近，到了宫门外面停住。听毒手摩什的口气甚是骄狂，竟欲率众深入寝宫，径直下手。妖尸力阻说："老贼尼狡诈阴险，我们虽有破她之法，又得你在此相助，自可无虑，但毕竟诸位道友法力还差，还是仍照预计，分班入内，小心应付为是。"说罢，随即行法施为。一片烟光闪过，外面便多了一个丈许方圆的法台，当门而立。妖尸便朝毒手摩什一声媚笑，当先走上台去。毒手摩什跟着走上去，立在妖尸身后，拔起台上一面主幡，面带狞笑，神情甚傲。同来七个妖党来时神情已不一致，半带勉强。及见二妖孽到了台上，妖尸一面行法，一面不住向毒手摩什含情献媚，神态亲昵，大是不堪，别人全都不睬。七个妖党似各怀有妒意，面上均带不悦之色。妖尸此时越发妖艳，已非适才披头散发，血流满面,狞厉之相。分明见众人不快,也视若无睹。除不时回顾毒手摩什,媚眼流波外,只忙乱着行法部署,将台上预设的法物一一现将出来。

癫姑等一看,那些法物与殿前五行法物一般无二,只内中多了一鼎。方料妖尸要用代形禁法毁那五行法物,妖尸忽然纤腰微扭,倚向毒手摩什胸前,斜睐着一双媚眼,手指台下同党,昵声说了两句。妖党中有一个赤面长身的妖道立即勃然暴怒,口方喝得一声:"玉娘子!……"底下话未出口,毒手摩什一声怪笑,随手扬处,撒出一蓬乌金光华,向前罩去。

妖道原是未来以前已然有些醒悟,知道受了妖尸阴谋愚弄,只为深知二妖孽厉害,已受劫持,不敢公然得罪。妖尸又在暗中频施邪媚,心仍未死,闹得又恨又爱,又疑又怕,首鼠两端,欲罢不能。心想:"姑且随来,相机行事。反正留心不上她套,敷衍到事完,日后再作计较。至多不过生些闷气,当不至于翻脸成仇。"及见一到寝宫门外,妖尸立即把假面具揭去,怒视众人,除新欢外,全不放在眼内。同时又看出所行法术,大是阴毒,分明要选出五人供她牺牲,不禁妒愤交加。知道毒手摩什已受妖尸迷惑,此君的尊容性情决非妖尸所喜,一样也是愚弄,为之效死,本心是想喝破妖尸的阴谋毒计,毒手摩什如能省悟,自必不肯甘休。二人因此反目,固是快事;否则借此抽身,以免少时禁制发动,任人宰割。妖道法力也颇不弱,又来了八九十天,人更机警。先是受了妖尸迷惑,陷溺太深,一经醒悟,立有打算,对二妖孽原有防备。此时一面说话,一面早在暗中行法,准备逃走。

哪知二妖孽早已商定,妖尸为示用情专一,不特要把同来诸人一齐断送在寝宫外五遁之下,并欲先酷杀一两人以立威。因此妖道才一张口,乌金色光已疾如电掣,当头罩下。妖道百忙中看出毒手摩什变脸,刚急飞起两丈来高,便吃妖光困住,悬在空际,被人占了机先。情知无幸,一面施展邪法防身,一面厉声大骂。

毒手摩什只微微狞笑,先不理睬。跟着又把手一挥,满室都是乌金云光布满,通无隙地,只空出法台前其他六个妖党的立处和宫门一面丈许地带。然后戟指妖道喝道:"无知蠢畜!玉娘子被困在此,并未寻找你们,乃是你们这些猪狗自行投到。适才我已当众言明,玉娘子自是美胜天仙,不能禁人爱她。但她只是一人,不能分身。她虽倾心向我,你们这伙不知死活的猪狗必然不服,当我逞强霸占。好在你们都尚在此,不曾离洞,道书、宝物也未取出。今日之事,胜者为强。门内设有五遁法物,无论何宫破去,均可直入取宝。本来我可随手而取,但是我如先取,你们当我占先得手,必又不服。为此约定:不论何人,休说全破五遁,毁尸报仇,只要能破去一宫,直入藏珍复壁将宝物和道书取出，不必大功全成，也愿将玉娘子让出。底下灭尸报仇，收拾残局，毁去此洞，并还由我一人出力包办，以做得手人的贺礼。到时却由玉娘子按照预计行法，派谁是谁，不许退缩。如若畏难推诿，或是心怀二意，欲加阻挠，却休怪我夫妻狠毒。你这蠢畜猪狗，只知无事时昏想天鹅肉吃，向玉娘子乞怜献媚，临阵却想逃脱，犯我适才法令。既然自知脓包，就应早日滚蛋。只想快活，却不肯卖命出力，天底下没有这等便宜的事。似你这类猪狗，我手里万容不得。如因破法效忠而死，我夫妻又借用你真魂行法，不过是当初有点自不量力，为色丧生，应得的苦楚，事后仍能转世投生。你未上阵，先就胆怯背叛，料你那残魂剩魄也无甚大用。再者拿你做个榜样，叫别的猪狗们看看，以免效尤，自家葬送，形消神灭，还累我夫妻多费手脚。"说罢，将手连指两指，妖光便似电一般急闪起来，旋转不休。

妖道先虽觉出妖光厉害，自恃玄功变化，又有法术、法宝护身，尚能抵御。心想至多拼舍肉身，怒火中烧，犹自毒口咒骂。此时正作万一不济，拼连人带法宝一齐葬送，变化元神逃走。不料妖光竟有如此猛恶威力，才一转动，护身诸宝首失灵效；妖光只闪了两闪，诸宝便自纷纷爆裂，在乌金云光中洒了一蓬星花彩雨，晃眼消灭。跟着妖道全身便被束紧，虽仗玄功变化，运用元神，不曾就死，因身已被烈火焚烧，万箭攒射，并还麻痒，苦痛有甚于死。这才知道真个酷虐，万难禁受。并且少时便要形神皆灭，决无生路，不由胆寒心悸，盛气全消。慌不迭颤声哀告："玉娘子，我由海外万里远来，为你出力，效死效忠，本无他意，只为一时昏愚，闹到如此惨状。我知你夫妻将我立威，也不想求活。只求你念我数百年苦修之功，不是容易，现在为你而死，以前多少总有香火之情，稍微恩宽，许我兵解。情愿以我生魂供你行法，惟望保住灵魂，恩深如海。"

妖尸闻言，从容仰面媚笑道："你想我为你向丈夫求情，放你走么？"妖道说到末两句上，已被妖光制得通身战栗，力竭声嘶，痛苦难耐已达极点。瞥见妖尸辞色不恶，觉着有了生机，方强忍楚毒，抖着语声，断断续续答道："我自知罪，不敢求生，只求饶我真魂，好为你效力，破法取宝。"话未说完，妖尸立即面色骤变，满脸立改狞厉之容，厉声向上喝道："该死猪狗，做你娘的梦呢！我自出世以来，只有我不爱人，几曾有人敢中途背叛过我？就这一样，你便惨死百回，再化劫灰，也难消我的恨。这不过是我丈夫性急，今夜忙于取宝复仇，无此闲心，便宜你少受一点活罪罢了。如由我性处治时，至少也要使你加上百倍痛苦，才肯把你消灭。还敢向我求饶吗？适才勇气哪里去了？这等脓包，没骨头，我真悔以前和你这样猪狗相识。你自作自受，快些自认劫运,闭上你的狗嘴,以免引人作呕。乖乖等死,还落一个痛快爽利;再如多言,或自强行支持,希图苟延,非但无望,惹我性起,更有你的好受,那时死活不得,平白多受苦痛,就悔无及了。"

毒手摩什接口怒喝道:"我们正事要紧,及早完工,好随我回山享受快活,哪有许多闲话?"随说双手一搓,往上一指,妖光立即加强,连珠炮火一般纷纷爆裂起来。妖道听出二妖孽毒心难回,生望已绝,一时悲愤惨痛,咬牙切齿,强挣扎着颤声骂道:"你两个妖鬼淫魔,休要快意。我自孽重,落你毒手,命数如此。可是你们恶贯已盈……"底下的话未及出口,妖光中毒火阴雷已经爆炸,一声惨号过处,妖道全身立被震成粉碎。元神化作一团黑烟,还待飞逃,吃妖光往起一兜,只闪得两闪,连那黑烟和那些残尸剩肉一齐烧化,无影无踪。

妖尸重又恢复了妖娆体态,一脸媚笑,扭着妖躯,款启朱唇,笑向台下众妖党妖声说道:"这蛮子忒不知自量,才落到这等结果。我此时觉得毒手摩什道友也实处置太过。你们如若不能相助,当可明言。毒手摩什道友爱我太深,人又心直性暴,免得触怒了他,又是有始无终,白把多少年的功行断送,连魂魄都一起消灭。还有一层,我们虽然情深义重,但他一向言出法随。适已有言在先,你们如无二意,不论何人取得藏珍,我仍嫁他为妻,决不更改。你们心意如何?"

众妖党虽全是邪教中有名人物,但比毒手摩什却差得多,一见二妖孽如此恶毒穷凶,前人死状奇惨,淫威暴力之下,早已触目惊心。明明前后都无幸理,知道妖尸故意作态,稍有违忤,立上死路。除却甘供牺牲,或者还能死中求活,别无善策。空自悔恨交加,心内虽在盘算,口内哪里还敢道个不字。只是惊悸忧疑之际,心念不一。一个回答:"他自取死,我们有言在先,怎能反悔?"另一个回答:"为玉娘子效力,死而不怨,哪有临阵退缩之理?"

妖尸闻言,便朝这两个妖党做了一个媚笑。毒手摩什妒念奇重,见妖尸一身荡态,笑脸向人,已然勾动妒火。偏巧内有三妖人原是师兄弟两个,带一个得意妖徒,法力较高,并特为此事炼有两件破五遁的法宝。未来以前,本想人、宝两得,怀着满腹奢望而来。到后看出艰难,才死了心。犹盼妖尸性淫,人总可得,恋恋不舍。及见此情形,一面心寒胆怯,却不十分甘愿,意欲暂且敷衍,稍有空隙,冷不防施展全副神通,乘机遁走;一面又想少存体面,不愿过于显出害怕。于是三人不谋而合,同声答道:"玉娘子,实不相瞒,我师徒为助你出困,祭炼法宝,委实下了不少苦功,并还伤了两个同道、一个门人。先听毒手摩什道兄之言,心中并未多让,以为不知鹿死谁手。此时一看,他那法力实是高强,我师徒知不如人,现已甘拜下风。即便凭着多年辛苦炼成之宝,侥幸得手,也决不敢居功,对玉娘子作那非分之想了。"

三妖党原意,是自己在左道中颇有名望,却受二妖孽如此凌辱挟制,日后何颜见人?因此故示大方,无所希图,就便奉承毒手摩什几句,为使减却敌视之意,以便少时伺隙逃走。师徒三人除称谓稍异外,口气全差不多。方自以为所说得体,哪知妖尸自负古今绝艳,力能颠倒仙凡,为所欲为,最恨人对她离心。尤其是当日是她生死关头,口里虽强,内心甚怯。先前已有一个旧日情人迷梦忽醒,飞跳出网去,宁以一死完孽,不再受她迷惑。跟着又毁了珍爱如命的艳尸原体。及到寝宫设台行法,刚一开始,又有一个同党反目背叛。想起圣姑玉牒法偈,曾有"众叛亲离,邪媚失效,便该数尽"之言。自从昔年犯戒被逐以来,凡所交结的人,无论邪正各派,只要为她所惑,都是始终如一,竭忠尽智,死而无怨。曾共淫欲的,更是明知受了玩弄,一样肯为她粉身碎骨,从无反悔。此时不怪自己太已淫凶,却怪今日怎会接二连三发生此事?心疑圣姑遗偈将要应验,预兆不祥,正在怔忡疑虑。忽听三人又是这等说法,益加触动忌讳。阴沉沉一声冷笑,骤转怒容,正待发作,欲言又止,转过身去。

那三个妖党人极机警狡诈,口里说笑,暗中早已留意,说时偷觑毒手摩什满面狞厉容色,正注视着右侧两个妖党,似要发难,又强忍住怒火之状,目光全未留意自己这一面。同时又看出妖尸神色骤变,比先前痛骂新遭惨祸的妖道还更难看。猛想起适在前洞,曾听妖尸咒骂兵解遇救的旧情人所发奇论,怎不留神,只想讨好毒手摩什,忘了忌讳?知她心同蛇蝎,必然不怀好意。因估量自己法力比先死妖道要高得多,所炼法宝尤为神妙,恰可用作替代。暗忖:"此时进退都无幸理。乍来时,还觉新炼成的法宝可破五遁禁制,哪知日前便中一试,竟连外洞禁制也是难破,何况设有法物的主宫中枢要地,具有五行生克之妙。但用以脱困,却似可能。适才受二妖孽深机诱迫,妖尸又说破禁之法已有万全准备,于是心活上当,妄想因人成事,浑水摸鱼,找点便宜。不料到后情势大变,妖尸用心恶毒,临事又如此谨慎。再看门内,光雷隐隐,甚是凶险,入门决无好果。人固必死,那元神可保,也必是妖尸欺人之谈。邪法不成,自是形神皆灭;侥幸成功,妖尸也必将这些有道人的真神禁锢,使与妖幡一体同化,常受炼魂之惨,永无出头之日。如何可以信她?反正入内也不免于形消神灭,还白代淫凶仇人出入效命,便宜狗男女快活遂心,岂不太冤?定数难移,该死也决不能活。想是平日为恶,应有此报。圣姑禁制定比狗男女妖法还更厉害得多,与其被仇人葬送,转不如就在外面冒险一试,还有几丝之望,如逃得快,多半能脱毒手。"念头一转,乘着妖尸回身行法,将要发令派人之际,互相一使眼色,悄没声地同时发动。法力最高的一个当先开路,扬手发出两团碧阴阴的火球,一团直扑妖尸,一团直冲妖光,一现便即爆炸。

妖尸和毒手摩什猝不及防,妖光竟被冲荡开一个大洞。毒手摩什的七煞玄阴天罗,本与心灵相应,运用施为,神速无比。一则鄙视群邪,并已杀一儆百,决无反抗。心中又生妒火,正在想少时如何处死另两个情敌,心神旁注,不曾留意。这三妖党又均是能手,声东击西,双管齐下:一面运用全力发出两大阴雷,同时施展邪法,催动肉身冲破妖光逃走;一面却运用玄功变化,将元神离体,往法台一方隐形飞遁,其势极速。

妖尸正在行法,瞥见阴雷打到,因是同在妖光笼罩之内,心恨三妖党语犯忌讳,想布置停妥,首将这三人开刀,迫使入伏。即便破禁成功,也必使其受尽苦毒,再炼化其元神,为法宝增加威力,以消恶气,做梦也没想到网中之鱼居然也会情急反噬。对方所发阴雷,又是多年苦功专炼来破洞中庚金禁制,内有月魄太阴真精和无量穷阴鬼火,加以邪法合炼而成,几乎同以此享盛名的九烈神君最厉害的独门阴雷差不多少,用以破圣姑庚金之禁固是无效,用以对付敌人却是厉害非常,妖光煞火尚被冲破,可想而知。妖尸这一雷本禁不住,总算百年苦练,功候甚深,应变机警,并且肉身已毁,只是元神,玄功变化,飞遁神速,危机瞬息之间,竟被遁向一旁,避开正面。虽然未受重创,但那阴雷威力猛烈,又在空处发作,没有妖光煞火阻隔,一经爆炸,分布至广。妖尸所施邪法专为对付门内五行禁制,法台之上毫无戒备。总共连法台直到寝宫门前,不过数丈方圆,此外全是妖光煞火布满。那七煞玄阴天罗不是寻常邪法,妖尸事前如无准备,或是预告毒手摩什,一样也不易运用。

只听震天价同时两声大震,碧焰火花纷纷爆裂,密如星雨,竟把那数丈空隙填满。休说妖尸无法逃避,在万分匆迫之中,连毒手摩什也受了伤。比较起来,还是妖尸性虽凶毒,应敌稳练,不似毒手摩什性暴粗野,本身又是元神,不易受伤,一觉变出非常,飞身纵避时,早将元神凝炼,施展玄功变化妙用,虽然受伤,却甚轻微。毒手摩什自恃邪法高强,从未吃过人亏,一见三妖党背叛,已是怒火上攻。多高法力,也禁不住变生肘腋,事出非常,相去又如此之近。身方受伤,再一眼瞥见心上人受伤张皇之状,阴云密布,仍在爆炸不休。他不知妖尸阴毒狡诈,伤虽不重,别有诡谋,不由情急暴跳,闹了个手忙脚乱。

毒手摩什一面忙运玄功,张口喷出一片墨绿色的妖光,护住全身;一面忙向妖尸赶去，手扬处又是一片妖光，将妖尸罩住。等到临近妖尸，方欲问她受伤如何，才猛想起仇人正用阴雷开路逃走，益发大怒，急得厉声怪啸，暴跳如雷。尽管自己飞遁神速，捷如雷电，由此至前面洞口还有重重阻碍，断难追赶得上。怒火烧心，万分情急，恨不能一下把仇人抓来，嚼成粉碎，生咽下去，方消胸中恶气。于是又把妖尸放下，忙着下手施为。那乌金色的妖光立似狂涛一般飞涌增强，重又急如电掣，闪变明灭。这虽是总共不过一眨眼的工夫，但因仇人也是能手，就这微一慌乱之际，左侧那团阴雷已发出连珠般的霹雳，快要冲出光网之外，妖光煞火这一加盛，重又困入重围。

毒手摩什断定仇人一面暗算，一面隐形飞遁，必紧随在这阴雷之后。大骂："无知孽畜！任你如何隐形，也难逃我眼底。"说罢，正待行法，使其现形擒拿时，逃人好似本就死中求活，拼命一试，作那万一之想。及被妖光煞火困住，阴雷无功，力绌势穷。自知一落仇手，必比前人死状还惨；又以隐身法已被妖光照破，无法再隐：因此刚现出原形，忽发阴雷自炸，一声极沉闷的雷震，全身粉碎，三人同时毙命。妖尸在旁忙喊："快些停手！"毒手摩什仇深切齿，及想到元神还有大用处，妖光连连电闪了两下，休说血肉无踪，连劫灰影子也未见冒起。

其他妖党虽然也各负伤，幸仗逃人无心加害，阴雷分向二妖孽发出，一见变起，虽未敢随同妄动，均忙行法防护，只略波及，受了一点误伤，俱甚轻微。一见如此厉害，益发胆寒，面面相觑，作声不得。

毒手摩什余怒尚未全消，回顾余党，正欲威吓。妖尸忽然面带愠色，飞近身来，似嗔似喜，娇声问道："你怎不听我的话？把这三个蠢物杀死，以为就解恨了么？"毒手摩什一把搂住妖尸纤腰，问道："这些猪狗真个诡诈，你幸未受甚伤。可惜他们怕被擒受罪，自用阴雷炸死，没多给他些苦吃。无论何人，休说伤你，便沾你一指头，或说上一句错话，先死的几个猪狗便是榜样。"边说边朝台下三妖党频频狞笑，意颇自傲。

妖尸先不睬他，等到说完，才冷笑一声，问道："我的好丈夫，好情郎！难为你有这么高的法力，行事应敌如此莽撞粗心。仇人五遁禁制，须用五个有道力的元神为我勾动埋伏，同时施展我的法力，始能有望，你怎忘了？老早便将他们元神消灭，少时就算能如我愿，也必多费心力。再者，这三个猪狗委实可恶已极，百死不足消我夫妻之恨，为报行刺之仇，果真将他们形神一齐消灭，也还可说；照他们自杀情景，以我冷眼观察，只恐未必吧？"毒手摩什性如烈火，一听妖尸语意讥刺，不禁怒道："我恨极这三个猪狗，又没想到他们会舍命，报仇心甚，诚然手急了些。但你意思似说仇人已然逃走却不对，我这七煞玄阴天罗,只要在网中,断难逃走。并且此宝与我心灵感应,如是幻化,更无不觉之理。分明是仇人原身,怎有差错?至于五行禁制,我本未放在心上。是你胆怯,执意劝我慎重,以求万全。不必为了人少发愁,你且先试,少时如若不济,由我一人入内,保你如愿,还有何说?"

妖尸见他发怒,又改媚笑,答道:"你还和我强口。我也看明那是仇人肉身,一个不假。可是仇人均有极深功候,人当急时,又是修道人,知道元神一灭,万事全休。就被擒住,也必希冀苟延一时,以求生路。自家毁灭,既无此理,死得又那等快法。他们那阴雷虽非你敌,却与先死那厮真不相同。刚一发动,便将你神光震开一孔,几乎被冲逃出去。后来神光加盛,暂时并非不能勉强抵御,如何阴雷势子减得那么快?尚未到十分受制,也未见怎强行冲突,才一晃眼,立行反雷自炸,肉体粉裂,随被神光消灭无踪。休说元神始终未见,连一缕残烟余气也未见他们现出,大出情理之外。你竟一毫未觉,还在得意,因此疏忽,被他们巧瞒过去。他们分明知难脱我夫妻的手,拼舍肉身,发难之先,预将元神隐遁一旁,当时能逃更好,否则便待事完,乘隙遁走。我们仇未报成,反吃他们暗中讥笑,日后还要报复生事,不更气人丢脸么?"

毒手摩什本极内行,闻言立被妖尸提醒,不禁又暴跳道:"你说得对,是我疏忽。不过我这光网难于冲破,适才未有警兆,想还在此。即便他们逃得巧,已然遁走,多远我也能够追上。我且把光网收紧查看,如不现形,即是逃走,无论如何也必追擒回来,炼他们生魂,多加磨折,方消这口恶气。"说罢,正要施为,妖尸拦道:"你又急躁了不是?你此时一行法,别人也连带受伤,又是无益有损。凭这三个蠢物,能逃我夫妻的手么?他们发难时,我虽骤出意料,稍微受伤,但一想他们既叛我潜逃,如何还分心分力暗算伤人?早就防他们巧使那声东击西的诡计。恰好我法物齐备,部署停当,算计仇人如用此计,逃路必在我这一面。当时也不问料中与否,忙先运用玄功,防御阴雷。表面故作阴雷厉害,受伤胆怯,飞身左右,乱闪乱躲;实则阻他们逃路。他们暗我明,又深知我神通,更恐发觉,自必随同闪躲,以免撞上。无如地方太窄,我飞行变化又快,稍一不慎,便非撞上不可。同时发动禁制,就用这三个蠢猪狗来试我法宝威力。现已困入少时化炼仇敌的灭神幡下,想必正在挣扎,受那阴火化炼呢。你不必再费事了。我想这猪狗恨我夫妻必甚,自知万无幸免,此时就强用他们,必不肯出力,弄巧还要生事。本来我想命他三个进去,现且作罢,先使受尽罪孽。如仍用得着他们,经我炮制,心胆早寒,必不敢再萌他念;如用不着,事完再带了走,同你回转仙山,每日拿他们消遣,缓缓报仇。比你一击即完,不有趣些么?"

二妖孽天性凶残，同恶相恋。妖尸说时，又是媚目含春，巧笑嫣然，做出万种风流，千般媚态。毒手摩什闻言，搂住妖尸，喜得格格怪笑。妖尸把手一推道："时已不早，你还不放手，把神光收去？诸事停当，该是取宝的时候了。"毒手摩什依言，收了妖尸身外神光，一同返回台上原位。妖尸掐诀行法，将手一扬，一片五色烟光闪过，台上立现出五样法物。

　　癫姑等四人被困火宫神灯焰头之上，目视门外，看得逼真。见那法台形式与门内圣姑趺坐的殿台一般无二，只少玉榻和榻后环列的玉屏。那五样法物也和门内的法物形式一样，只位列次序颠倒，每件法物之后多了一面妖幡，愁云惨雾，隐隐笼罩其上。毒手摩什手持一面七尺来高的主幡，上有黑气飞绕，立在后面。法物现出之后，妖尸回眸媚笑道："这三个猪狗现落在水宫之内，你将主幡放起，给他们换个好点地方，多享受些，与你稍微消气如何？"毒手摩什立照预定施为，将手中幡往前一掷，立有一幢五色妖光簇拥着那面主幡，飞向五行法物之上，虚悬空际。妖尸早掐灵诀相候，见幡飞起，往外一放，喝一声："疾！"那幡急转起来。烟光随即大盛，先前黑气也化作数十道各色妖光，由幡顶当中往四面分射过去。光色大都黯淡，并不十分鲜明，也不转动，只看去强劲，仿佛是实质。

　　妖尸正接着行法，内有一道淡黄光华忽似灵蛇吐信，连闪了几闪，大有乘此挣逃之势。妖尸叱道："老黄，你到这时还敢倔强么？我因念你以前对我忠心不二，又想你法力较高，可代我主持此幡。虽然用你生魂，但绝不似对别人那样，多受炼魂之痛，怎倒不知好歹起来？乖乖为我尽力，事完，看你立功大小，还有你的活路。现有毒手摩什道友为我护法。你以为练就玄功，暂时元神难于消灭，虽出不意落入我手，只是被困一时，无奈你何，稍有机隙，便可逃走，你是在做梦呢。休说此幡经我苦练多年，具有无边妙用，你元神已被禁住；就算你乘我行法之际，伺隙逃脱，毒手摩什道友飞行急如雷电，任你逃出多远，指顾间便可追上。七煞玄阴天罗厉害，你当深知，被他煞光一罩，立行消灭。何况内外埋伏重重禁制，你也决无逃理。我想你平日那么机警，其愚不至如此。如因怕老贼尼五遁之禁，或是存心叛我，到此紧要关头故意掣肘，更是蠢极。可知我幡上主要生魂不止你一人，有你固可多加威力，无你一样可以成功。再如执迷不悟，我只要一句话出口，你数百年苦功便化乌有了。"

第二五二回

势蹙怅双飞　妄肆凶威残羽党
计穷轻一掷　自投罗网困金屏

妖尸所炼妖幡附有不少生魂，因急于盗宝脱身，只求速成，功候还差。这许多生魂，都是左道中高明人物，多半法力尚存。妖尸明知自己所行邪法既太阴毒，又系出于计诱愚弄，使其误投罗网，必恨自己入骨。虽然勉强制住，到了紧要关头，难保不反抗图逃。一切顺手还好，稍有疏忽，或是失利，不特被他逃走，使主幡威力大减，邪法无功，并还生出反应为害。毒手摩什未到以前，尽管准备，不敢轻举妄动，也由于此。果然才一上场，内中一个主要生魂便想挣逃。如在平日，自然容他不得。此时情势正当紧急，成败关头，不得不强忍气愤，心虽痛恨，不便遽下绝情。一面口中劝导，一面暗朝身后使了个暗号。

毒手摩什早有准备，立时怪叫道："一个狗道残魂，有甚用处，也值与他废话。待我将他消灭了吧。"妖尸故意极口劝阻。谁知那黄光竟是置若罔闻，掣动越急，渐渐伸长，眼看就要与幡脱离。妖尸本就愤恨，见状不禁大怒，凶威暴发，满口白牙一错，戟指厉声大喝道："这贼道有他不多，无他不少，如此可恶，就除去了他吧。"

毒手摩什始终自恃神通，洞中五行禁制伤他不得。日前应敌，又曾在外洞试了一下，觉虽厉害，凭己法力，尚可无碍，益发自信，意欲独竟全功。只为妖尸力阻，勉徇情人之意，并非本怀。一见网中之鱼尚敢倔强，并还不听好说，自然容他不下。闻言应声而作，扬手一片妖光煞火，电掣而出，立将那道黄光裹住。也不知是妖幡禁法厉害，还是黄光故意以死相拼，坏他这面主幡，黄光紧附幡上，竟吸取不下来。毒手摩什怒火头上，竟欲就势消灭那生魂，用手一指，妖光立即加盛，煞火星飞，突然爆炸。微闻一声惨笑过处，黄光固然消火，主幡也为煞火炸伤，旁近妖幡也受鱼池之灾，消去了好些威力。

二妖孽心身早受圣姑禁制，行事往往颠倒错乱，毫不自知。妖尸原意是令毒手摩什示威，可是一面又痛恨那生魂，意欲除去，加以怒火头上，势成骑虎，妖光煞火发作太快，方一迟疑，主幡已受重创。等到觉出不妙，再行阻止，已是无及，这一来，主幡大失灵效。虽恨极毒手摩什鲁莽，不是理想情郎，无如用人之际。艳躯已毁，如非多年苦功，元神凝炼无异生人，专长邪媚之功，近又得了赤身教中魔法秘诀，似毒手摩什这么高法力的人，简直迷他不住。论起法力，不知能否应付，勉力周旋，本就有些情虚，如何敢于真个触怒。暗忖："这面主幡本是用来镇压五行法物，兼作有难时防身之用。想不到用心太毒，为想多加威力妙用，强摄了两个道力极高的生魂在上，急切间无力炼化，致怀仇怨，以死相拼，使此幡与之同归于尽。结果自己白用心机，枉坏了好些同道。幸而五遁还未发动，如当移形代禁，五行合运，与敌相拼之际，出此大错，更难办了。现此幡已无甚大用，莫如取下，就令毒手摩什防御危害，看看他倒有多高法力，如此猛暴。真要所谋不成，索性激他入网，做自己的替身，以免长此纠缠，不论成否，难于摆脱。"

妖尸想到这里，顿生毒念，不特没有发急埋怨，反倒回眸娇笑道："这都是你上回要负气回山，我虽急难求人，但是一生不受人挟制。我见别的来人又只会说嘴，全无用处，反倒纠缠得人恶心。这班冤孽恰有好些不知自量，情甘犯险送死的。有的为了妄想把我霸占，争风火并，两败俱伤。我因他们此来不是图宝，便是图色，全都不怀好意，死无足惜。老贼尼禁法十分厉害，我炼这移形代禁之法，万一到时破它不了，必反受害。除你以外，无人可敌。彼时我以为你对我情爱不深，既已决绝，不便相烦，迫得无法，才想起利用这些生魂，炼一主幡，以防不测。谁知时日太短，功效稍差，致有此失。现被你无心中毁去，虽然省我运用时好些顾忌，但我这禁法却有了破绽，如一生出反应，就全仗你了。"

毒手摩什深知这面主幡祭炼不易，被自己无意中毁损，心本不安。及见妖尸仰赖自己，并无不悦，忙笑道："你忒多虑。我稍施为，便将此宝毁去，可知比我法力要差得多。有我在此，手到功成。此时已离子正不远，你说仇敌作梗的话已然应验，只是送死，现在别无动静，岂非胆小太过？此洞深居地底，哪有我大峁山宫室壮丽？成功之后，你看我无须此幡，一举手间便将它倒翻过来，震成粉碎，以免异日落入仇敌之手。我早不耐久候，你再迟延，我就要自行下手了。"

妖尸表面献媚，心实愤极，气无可出，口中应诺，暗骂："你这妖孽，枉在轩辕门下修炼多年，一点不知天高地厚。你除比我多了两件师传异宝，论功力神通，我并非不如你。不过运数背晦，昔年来此，先吃老贼尼一个大亏，又被她暗留禁制，连遭挫折，不得不须你相助罢了。此时成败未卜，你便如此自满。少时成了固好，万一不妙，我还可逃；似你这等粗莽浮躁，休想活命。"正在边答边想念头，一眼瞥见水禁法物所困三妖人的元神，尚在水中挣扎图逃，其力甚强。妖尸向来取法甚高，用心狠毒，因主幡上附有不少修道人的元神，将来还可重炼复原，此时功效却差，以为威力妙用既已减少，索性不用，把重担交与毒手摩什一人。却不想此幡与所施邪法表里为用，缺少不得。休看妖光煞火可毁伤它，却不能助长邪法威力妙用，如何可去？并且几个灵性未泯的倔强生魂已然消灭，功效虽差，转能运用自如，无甚顾忌。尽管不是圣姑五遁之敌，照妖尸先前设计那等周密稳妥，己身却可立于不败之地。至多邪不胜正，元气再受点伤，仗着早悉全洞禁法微妙，逃走并非无望。

也是妖尸恶贯已盈，一味倒行逆施。满腹怨毒正无从发泄，一见水中被困的元神欲逃甚力，不禁怒从心起，也没开口，手掐灵诀，往水盂中连指两指，一口真气喷去。五面妖幡参伍错综，一阵乱转，那大有尺许的半盂浅水，立似喷泉急涌，喷起丈许高、三尺来粗、下小上大一根水柱，隐闻水啸之声。内中三个身有妖光黑气的小人，立时慌了头路，冻蝇钻窗一般上下飞驰，乱飞起来。妖尸一声狞笑，再朝下一指，那直插地上的一柄金戈忽焕奇光，一闪不见。同时水柱内金铁交鸣，密如贯珠。紧跟着金芒如电，急闪之下，先现出无数两三寸大小的金戈，一窝蜂似急追三小人，纷纷环攻，越攻越密。晃眼间上下布满，外观宛如水晶包着的一座金塔，金光水影，相映生辉，耀眼生缬。始而三小人还能勉强在金戈阵中冲突，仗着妖光环绕，也未受伤，只看去狼狈已极。渐渐越来越紧，上下四外齐被金戈逼紧，护身妖光黑气虽未攻破，但已寸步难移，神情甚是惨苦。再一晃眼，金戈突隐，重焕奇辉，又生出无量数的飞刀飞箭，暴雨一般朝三小人潮涌而至，内中并夹着许多灰白色的弹丸，打向三小人身旁。立即爆炸，银光一闪，齐化为一蓬蓬的飞针，细如麦芒，光却强烈，与飞刀飞箭一齐夹攻。只一眨眼工夫，三小人禁不住金水相生杂沓交击，身外妖光黑气相继破散。

照理，此时金水之禁只要再往上一合，三妖人的元神便应消灭。可是妖尸对敌残酷，一心欲使多受苦痛，不令即灭。破了小人护身光烟以后，反将金水威力减去，再一施法，立有一片白气漫过，晃眼之间分作三股，将三小人周身裹紧，凌空倒吊在水柱之内，每人身外各有无数飞针飞箭环攻刺射，毫无休歇。三小人受了重创，法力已失，丝毫不能抗御，全都通身乱颤，突睛吐舌，张口狂叫，隐隐闻得极凄厉的哀号，听去力竭声嘶，神情惨痛已达极点。

癫姑等虽知被害的师徒三人也是左道妖邪，见这求生无路，求死不能，比凌迟碎割还要厉害十倍的残酷之状，也由不得愤慨发指，不忍卒视。

妖尸却是行所无事,得意非常,满面春风,笑吟吟媚视毒手摩什,笑道:"我虽早将这五行禁制炼好,因当初元神没有复体,仅能带着老贼尼的鬼锁链,在左近各室略微走动,既难走远,并还不能行出本室之外。这一年拼受点苦,挣扎着无形禁锁,冒险往东后洞搜寻镇物。无意之中发现有一少女来盗天书,本想将她抓死,摄下生魂与我做伴,无奈我那元神只能到那间室外附近,不能再走向前。眼看来人就要得手,幸我急中生智,强运玄功变化,将手伸长,才行夺下天书。同时禁制发动,因此一挣,周身大震,不能再杀来人,忙遁回来。此洞除泉脉水路而外,别无通路,来人资质虽好,乃是凡人,怎会被她走进,还到那等重要之地?后我复体,遍寻全洞,后洞仍无出入途径,又决不是由复壁泉脉进出,至今不解。天书虽然得到,只因上半部被来人扯去了几页,五行禁法独缺乙木一宫符诀妙谛,纵然困居多年,领悟微妙,可以融会贯通,终不敢自信。再四筹计,不将藏珍和后半部天书取到手内,就能脱身,也终是个隐患。尽管仇人现坐死关,凭我法力,也未必能是对手,为此打这稳妥主意。一面照那天书施为,设下五行法物;一面用昔年别人借我的天魔解体移形代禁大法,来破仇人五行合运之禁。初次施为,先还拿它不定。现拿这三个叛逆一试,除功候尚差,本质不如外,竟和仇人所设威力妙用大体相似。我那移形代禁之法,学时颇费心力。你妒心太重,我怕你听了生气,不便说出来历。你可以相信,无论敌人用何高明异宝,只要形式一样,灵效略微相同,立生妙用,威力极大。照此看来,成功果是无疑的了。这三个叛贼先前尚有万一备用之意,因他们已然落网,还在自恃玄功,想毁法物逃走,适才和你说话,没有留意,几为所算,这才勾起我的怒火,决意除掉他们。本来一弹指间立可消灭,只为恨他们诡计暗算,伤我丈夫,特地留他们残魂,等少时事完,再带往大笮山仙宫之内,慢慢消遣,给你出气如何?"

毒手摩什同受禁法所制,只顾闻言心喜,重又抱住妖尸亲热,竟忘了时已子初,正是紧要关头。不知不觉,自延时刻,以致易静从容出险,乘此时机,寻到复壁秘径,直入寝宫奥地,一举成功。这且不提。

二妖孽只管毒虐同类,观之为乐,互相嬉笑指说,竟没想到正事。后来还是残余同党中有一妖人,名叫绣带仙人朱百灵的,人最机警,虽也悔恨上当,继一想:"事已至此,只有恭顺下心,盼妖尸一切如愿,或者还有一线生机;否则,前人固是前车之鉴,就是妖尸败亡,也必相随同归于尽。"旁观者清,见二妖孽当日行径大改常态,口中催促行法,却又无故迟延。尤其妖尸也自恃起来,把生死关头看得极易,迥非先前谨慎持重神情。一味互相调笑狎淫,丑态百出,简直不似有法力道术人的行径。又知圣姑禁法厉害,往往不知不觉便受了禁制，神智迷乱，忘乎所以。越看越觉可疑可虑，又想讨好，为少时元神求脱之计。便在台下赔笑说道："玉娘子，此时已入子初，该是破法取宝报仇之时了。"

朱百灵在妖党中貌最俊美，妖尸闻言，倏地警觉，再一瞥见朱百灵一双秀目正注视着自己，端的丰神俊秀，美如少女，回忆前情，心中一荡，不禁生爱怜之念。猛想起此身已被野人霸占，似这等知情识趣，善解风情的美好男子，以后再难亲近，又不禁有气。念头一转，立即由爱转妒，由妒生恨，暗忖："此人本是我口中一块肥肉，虽以仇人法严，未能如愿，彼此垂涎已非一日。不料心急脱险，二次引鬼入室，无端来了一个无力抗拒的管头，平日欲望只有打消。我不能得，也不甘便宜外人，索性断送了他，省得牵肠挂肚。"想到这里，表面却不显出，假意暗抛了一个眼风，媚笑道："果然是时候了。好在一切详情，如何施为，适已指明。朱道友法力高强，又有锁阴神带护身助威，当可无害。纵有疏失，你我交情较深，与众不同，又对我忠心不二，有始有终，不特保你元神无事，功成之后，必以全力助你转此一劫，以为日后相见之地。就烦道友打这头阵，去破仇人土宫吧。"

朱百灵先前还想："头阵、二阵入内的人如全失利，或可迫得妖尸作罢，所以好意提醒。没料到自讨死路，去当头阵。适才毒手摩什朝己怒目狞视，已怀恶念，怎敢违忤？"料是运数，只得待百死之中勉求活路。把心一横，叹道："玉娘子，我为你死，原所甘心，但你言要应验。请即行法，我去闯这头关便了。"毒手摩什平日见妖尸对朱百灵分外垂青，本蓄妒念，又连听两人语意亲密，与众不同，不由怒起，厉声喝道："贼狗道！既已奉令，快上前送死，哪有许多话说？"妖尸知他有了醋意，忙回眸媚笑，佯嗔道："别人为我夫妻尽力，你怎谩骂起来？"一面又悄声说道："你看他能活么？乐得在死前哄他两句，这你也气么？"毒手摩什还待发话，妖尸一边说话，已经如法施为。

朱百灵也没理睬毒手摩什，一见妖尸发动，将手一抖，平生得意的护身法宝锁阴神带立化作一道粉红色的光华，由袖内飞出，随即暴长，向身上绕去，从头到脚，纵横交织，环绕了十几圈，把全身护个风雨不透，内外通明，如在粉光影里。却把两头留在网面，各长三五丈，频频伸缩吐吞，宛如龙飞电舞，神妙非常。光色既极鲜艳，人物风采又极俊美，却去送死，连妖尸那么淫凶恶毒的妖邪，心虽不欲其生，也已不无怜惜。

这次是全体妖邪存亡之机，比先不同，全都注视里面动静。妖尸更以全神全力应付，准备施为。火宫四女也自留意观察，见那妖道一表人才，所用法宝也颇神妙，看神气，其左道法力似非寻常，并得妖尸指点，来势甚是狡猾。他不先触动五行禁制，才一入门，便自停住，往四外注视。一眼瞥见敌人化作小人，安坐火焰之上，身外还隔有一层祥光，另由光中射出一股青霞直罩木宫法物，似知有异。忙向门外回身喊道："玉娘子，你说那四位仇敌，虽被五遁困住，并未受制入魔，乙木反为所制。我不深悉此中妙用，你可仔细查看一下，以免有失。"

妖尸先前诱敌入伏，一见禁制发动，威力惊人，心中内怯，不敢冒失入门查看。断定仇敌只要入网，早晚形神俱灭，万无生理。后来又听门内风雷止息，似已复了原状，估量仇敌不死，至多也只能仗着护身宝光支持片时，心中甚是拿稳。每次妖尸愚弄同党去破寝宫法物，从门外俱能看见被陷妖人。这次不知怎的，风雷止后看似复原，门内光霞闪闪，依旧变幻不休，一门之隔，竟看不出内里五行法物的动静景象。心想："必是被陷五遁中的仇敌法力较高，所生反应。等少时召集同党，设下法台，如法施为，内外对照，便可看出，此时何必以身试险？"忙到前面召集毒手摩什和其他一班妖党，按照预定阴谋毒计，连激将带诱迫领将进来。意欲凭借近年苦心祭炼的天魔解体移形代禁之法和毒手摩什相助，合用全力，破禁取宝之后，毁去圣姑法体，报那百年禁锢之仇。就便将所有仇敌也一网打尽。行时，再同施邪法，倒翻地府，将幻波池毁灭。一心打着如意算盘，做梦也没想到那夺去数页天书的少女，便在所困仇敌之内，不特精习乙木遁法，并将木宫法物制住，以致五行合运减了好些威力妙用。仇敌道力既高，法宝尤为神妙，被困固止暂时之事，毫无所伤，并还因此窥见她的破绽。

妖尸设好法台以后，又受圣姑法力暗禁，妄动杀机，未曾下手，先残杀了一半同党和主幡上有用生魂。主幡再一受伤，不复运用。五行禁制原系窃自圣姑，尚能生出妙用，但只得了半部天书，所学不全，内中乙木遁法更是照外洞五遁依样葫芦，未得真诀，等于充数，与圣姑所设五遁天地悬殊，如何能与比拟？不用尚可，这一发动，无形中先受暗制，门内情景自然难于观察。这时妖尸算计，妖道入内，必将五遁引发。正在目注台上五行法物中的戊土一宫，相机下手，破法复仇。却半晌不见动静，门内光霞幻变，又看不甚真。心方奇怪，忽听妖道急唤之声隐隐传出。妖尸枉在洞中禁锢苦练了百年，当局者迷，急切间竟未警觉。寝宫禁法已生效应，内外形声隔绝，此是随着妖道大声疾呼，行法人的念头与实景相应，所生出来的幻象。定睛一看，门中光霞闪变中，隐现出五行法物。

妖道好似看出厉害，正由内往外狂奔出来，口中急呼："玉娘子！好人！我万里远来，为了爱你，死固不惜，但是仇人禁法厉害，我多少年的苦修也非容易，何苦使我形神俱灭？请念初见时彼此倾心相爱之情，容我逃生吧。"妖尸闻言，心方一动，偷觑毒手摩什，目射凶光，正在怒视自己。暗忖："此人关系大局，性暴而又奇妒，必不能容。"再见妖道惜命情急，狼狈之状，已快逃出门来。可是门内五行安然陈列，并无异状。心生鄙贱，不禁勃然大怒，厉声喝道："无用狗道！此时怕死贪生，有何用处？速将门内土遁引发，少时还有生机；如敢后退，先前三叛贼便是你的榜样！再如迟疑，我自在外引发，你少时连想保持残魂剩魄，都无望了。"话未说完，忽见门内黄云暴涌，尘雾飞扬，风沙抟击，发出极凄厉的怪啸，势甚猛恶。妖道朱百灵立被卷入黄尘影里，一面施展身外余剩下的两道粉红色的彩虹，电射龙飞，在迷漫尘沙中滚来滚去；一面仍在大声疾呼求救，已然离门不远。妖尸以为妖道朱百灵法力甚强，戊土已被引发，并未将他制住，大出意料之外。暗忖："此人有用，好在移形代禁之法已可施为，又正缺人之际，何必这么早断送？"心念一转，立将邪法发动，手掐灵诀，指定面前用沙土祭炼堆成代替戊土沙物的小山，猛运玄功，张口喷出一股青气笼罩其上。跟着把手中灵诀一放，又有酒杯大小一团青绿色的奇光，由镇压主宫的妖幡上飞出，悬空停在土山之上，高约丈许。此是妖尸准备破禁的魔教中最恶毒的上乘邪法，预计这团青光往上一击，一声霹雳，土山炸得粉碎，立由妖光化炼成为灰烟消散，门内戊土法物也随同破去。

妖尸终是惊弓之鸟，强鼓勇气，犯险相拼，心胆早寒。正行法间，忽想起成败安危系此一击，仇人何等法力，所留遗偈无不应验。今日更受重创，毁去肉身，兆头大是不佳。此举万一无功，生出反应，吉凶难料。虽有毒手摩什保护抵御，但他性太粗野自恃，莫又有甚疏失。想再嘱咐两句，令其加意戒备，以防不测，于是欲发又止。

说时迟，那时快，就这微一迟疑耽延，青光欲下未下的当儿，还未及和毒手摩什打招呼，猛瞥见面前黄影一闪，风沙之声隐隐大作。情知有异，忙往面前注视时，只见自设戊土法物忽然自生妙用，变作丈许大小一团尘雾黄沙。跟着土雷爆炸，如擂急鼓，势子越来越盛，所喷青光几乎笼罩不住，甚是吃力。有一小人影子在内，先吃土雷打得七翻八滚，狼狈异常，似已失去知觉。再看门内妖道，已然不知去向。土遁已收，五件法物仍是原状，环列在地。妖尸心中大惊。暗忖："土遁已被引发，如若邪法无功，理应反克；否则我这里法力尚未完全发动，朱百灵纵死，也应死在仇人土遁以内，怎会有此景象？事太可怪。仇人如若太凶，天魔解体之法克她不住，但又不应如此平安。"又一转念，忽然想起："乙木真诀未得，必是魔法虽强，但以乙木太弱，难制戊土。行法时，朱百灵恰在里面，为戊土所杀。功虽未成，却将他的元神移来。适才不应先破戊土,忘了弱点。照此形势,移形代禁,破法报仇,尚非无望。"越想越以为是,重又鼓起余勇,忙先行法收势,想将戊土法物止住时,隐隐闻得黄沙、土雷交斗中,透出一声极微弱的惨啸,妖道元神所化小人,已经消灭无踪。土遁也随宁息,法物恢复原状。

妖尸行事素不认错,妖道为她形神皆亡,视若当然,反连先和妖道说话时的假颜色都收拾起,只媚视毒手摩什,暗令戒备。说完,突把笑容敛去,粉面一沉,满脸狞厉之容,戟指残余二妖党,喝道:"你们看见么?这厮又是一个不知死活的,好好的我命他去当头阵,本来引发土宫便是大功,至少元神可以保全,不过转上一劫,何况我夫妻念他出力,定必助他转世成道,将来到我夫妻门下,只有更好。不料,他到里面忽然情虚畏死欲退,我气他不过,将元神移来除去。现在你们总可知悉,仇人现坐死关,只凭预设禁法埋伏,无人主持,尚可趋避防御。我这五行禁制却比仇人还要厉害,前进尚可求生,稍有退缩,或怀二心,由门前起,上下四外俱有神光包围,决逃不脱。我略一点手,便将你们移向这里,与他一样同受灭神之罚,后悔就无及了。"

那二妖党一名唐寰,一名刘霞台,早已心寒胆怯。不过人当危急之际,总是百计求生,不到死灭,不肯罢休。闻言同声应诺,互相看了一眼,吞吐答道:"玉娘子之命,我等不敢违,效死更无二心。只是仇人五遁五宫,我们人只两个,照你先前预计,未必足用。自来一人势孤,何如这次命我二人一同入内,引发埋伏之后,如可退出,便急退出来。等玉娘子破了她这一宫,二次我二人再同入内,如法行事。这样,五遁或可依次破去,免须多人,也给我二人多有一线生机。玉娘子以为如何?"

妖尸闻言,才想起同党凋残,人少难如预计施行,倏地警觉,由急变怒,暴跳如雷,咬牙切齿,先把已死诸妖人厉声咒骂了一阵。继想:"适才委实火性太大,偏又加上这魔鬼狂傲自恃,性如烈火,先在前面杀死了好几个,到此又生枝节,真个苦不能言。现时实苦人少,不敷应用,这两个狗贼话倒有理。果如所言,于计亦得,全局只戊土一宫难破,莫如权且依他们所请,令其同进。倘能如愿,便把这两狗道留在末后戊土遁内,再行除去;如若不能逃出,反正不够,也不争此两人。那就索性冒一回险,叫丑鬼毒手摩什多加小心,一同入门,将五遁一齐引发,运用玄功急遁出来,再施魔法。如有不妙,便在丑鬼煞光护身之下,豁出法宝、道书不要,连仇人遗体和此洞府一齐毁灭。好歹也将大仇报了,再同飞走。丑鬼不知厉害,万一不济,至多由他做替死鬼,自身怎么也能逃走,有甚顾忌?"

妖尸想到这里,益发心横,决计一拼,狞笑答道:"我夫妻玄功变化,法力高强，报仇之法尽多，人少有甚相干，你们如此胆小怕事？如不允你二人之情，必不甘心。只管同去，但能退时，也须同退，不可使有一人落后。门内情形，我已说过。你二人原是同道，功力虽不如朱、黄等人，但俱精火遁，又均带有水母宫中异宝，足可防御。可代我将仇人内火引发，急速退出便了。"唐、刘二人闻言大喜，又听是犯火宫，更对心思，一声领命，便即起身。

二人出身原是昔年水母宫中被逐出来的侍者。早知妖尸淫凶，直无人理，因受同道怂恿，觊觎圣姑藏珍而来，本心不为贪色。到后，一见妖尸生得这等艳绝仙凡，加以邪媚勾引，方始心摇神荡。明知必无善果，只为妖尸迷惑，恋恋不去，一样也遭了恶报。二人法力不十分高，但是修道年久，各有几件异宝奇珍。所用飞剑也与众不同，昔年经水母用玄天妙法，在北海眼十万丈寒泉之下，采取癸水真精与太阴元磁凝炼而成。彼时，水宫侍者各有一柄。发出时寒光逼人，不必上身，道力差的人，百步以内，吃冷光一照，立中寒毒。再不见机速退，一被击中，或与接触，寒毒攻心，血髓冻凝，通身发黑晕倒，难免于死。多猛烈的火，遇上即灭。二人又与火行者是莫逆之交，练就火遁。故此觉着有了生机，至少这头一关火攻总能闯过。便妖尸和毒手摩什，也觉二妖人必能胜任。

唐、刘二妖人因有所恃，并不似朱百灵那样先就胆怯，入门便直往前。到了五行法物之前，正待犯那丙火神灯，一眼发现灯焰上停着四女一男五个小人。男的一个，正是新在妖尸这里相识，比较投缘，昨日曾用隐语警告自己，要速行设法逃回海外，免得玉石俱焚的海外散仙中有名人物朱逍遥。适才闻他背叛妖尸，兵解之后，被敌人将元婴救去。后来中了妖尸阴谋挟持，还在悔恨不听他的良言，自投死路。又听妖尸说他彼时必已入伏消灭，谁知仍和仇敌在一起。看神情，这男女五人似与妖尸所料不符，未受伤害。自己被迫来引发火遁，偏巧有人在上，焰中护身神光极似佛门法力，又有一股青霞射在乙木之上，四女神情自如，丙火许已被其镇住。如果不能引发火遁，二妖孽狠毒凶残，必不容活。如和朱逍遥一样与敌联合，可是敌人也同被困在此，如真有神通，就不能破法除妖，也必遁走，怎会久困火中，不能脱身？少时妖尸魔法发动，仍不免形神皆灭。如改犯别宫，既违妖尸命令，又不比火宫较有把握。不过丙火如再引发，这男女五人就能抵御，妖尸如施移形代禁之法，也立化灰烟而灭。四女不说，朱逍遥却是新交良友，同难相怜，又觉不忍。无奈妖尸法令严厉，自己又无救他之法，实是为难。略一寻思，自觉爱莫能助，还是顾己要紧。

二妖人也是平日手黑，惯用水母所赐元癸神剑冷光伤人，该当数尽。不知宫中禁制,随着心情实景,虚实变幻,因人而施。到时只看了焰中人影一眼,便只顾低头寻思,以为五人已被困在火遁之内,仅仅能暂时自保,无甚伎俩,未再向火焰中留意查看。白费了朱逍遥一番心力尚在其次,更因上官红那股青霞能由焰中透出,直射乙木法物,心疑丙火许被对方所制。再不两下相抵,不施全力,不能再引发它的妙用。反正非此不能交差,不特没有保全同道之心,反想借此卖好。算计丙火引发,威力必要暴长,五人决不能当。自己这几件法宝专制丙火,如能得手,便将这男女五人乘机擒去献功。妖尸对这五人杀身之仇,恨深切骨,没想到存身火中,安然无恙。这一生擒献上,妖尸狂喜之下,必能换得自己这两条活命。等脱了此难,回到海外,再加以全副心力,约请能手,设法报仇,岂非绝妙?二妖人差不多一般心理,主意打定,互一商议,便自发难。

焰中五人早把妖尸残杀同类和一切丑态看在眼里,并已料定一会便有诡谋毒计,正在互相戒备。先见一个妖道飞身入内,进门发现火中有人,便向妖尸报知,本是讨好。哪知妖尸在外,厉声喝骂几句,忽施邪法,将妖道摄回门外法台之上,并将土遁发动,加以惨杀。跟着又命残余二妖党飞进门来。这两妖人却不似前一人畏缩,直到近前才行停住,朝神灯上看了一眼,面上似有惊异之色。癞姑因来人专犯火宫,方嘱众人小心应付,忽见所救道者元神突然起立,朝着下面妖党连声说道:"二位道友,你们现在受妖尸愚弄,灭亡在即。这里五行合运,已被先天乙木制住木宫法物。我们可以无害,你们却万万触犯它不得。数百年辛苦修为,煞非容易,稍一失足,万劫不复。我看妖尸狠毒,你二人无力逃走。圣姑禁法厉害,此时虽未看出发难,料你二人已然入伏,危机密布,万无幸理。现只乙木一宫受制,是你二人一线生机。可运用你们的法力,故意将它触动,我这里再求诸位恩仙行法,放你二人入内。这样你二人的肉身虽不一定保全,元神当可无恙,妖尸也奈何你二人不得。再有片刻,妖尸数尽,便可脱身转劫了。"

癞姑等四人见道者不住急喊狂呼,一面打着手势,只是新受重创的元婴,声细若蝇,甚是吃力。知他心性善良,对来人如此关切,想必和他一样同病相怜,便未拦阻。初意火宫外面,妖尸言行动作尚能闻见,来人就在眼前,不比妖尸是在门外,每有禁法阻隔,又是旁门中高明之士,语声虽是极细,当无不闻之理。哪知连说带比,白急喊了一阵,对方竟似无闻无见。因见道者为友情热,又知这班妖党多为邪媚所惑,旁门中也有好人,不一定都是极恶穷凶,否则道者颇知自爱,对于来人也不会如此,不禁生出同情之念。谢琳最是天真仗义,以为语声太低之故,首先忍不住,大声向外喝道:"喂,你这两人怎不知死活好歹？有好朋友警告你们，为何连看也不看一眼？"癫姑见他们仍似未闻，料已受制，方在筹思传声之策，道者突然失声惊叹道："自作之孽，真难解救。想必圣姑不肯饶恕，由他们倒行逆施去吧。乙木虽被我们制住，丙火威力仍大，这两人俱精水火二遁，如再引发，许比先前厉害也说不定，我们还须小心应付呢。"

谢琳连受挫折，骄气已去大半，此时看见圣姑未再为难，言行自如，暗中早准备停当，想好突出应付之策。癫姑、轻云因见圣姑虽将自己一行困入火宫，但自从谢琳心服，神智恢复以后，便不再有别的危害和丝毫警兆，与平日所知所闻凶险情景，迥乎不同，更料定此举必有深意。上来只是略示警戒，此后非但无害，就此出去，也非难事，只时机未到罢了。妖尸毒计原在意中，自二妖党入门，早就防到丙火再发，势必较前猛烈。照当前身经，和由光中发现圣姑宝相面现喜容，种种情景，以及师长前示机宜，虽然难关已过，渐渐走向成功路上，到底易、李、谢这一拨大援尚未到来，怎敢疏忽。闻言忙嘱上官红小心行事，随机应变，又忙朝下面注视。

这时道者元神刚刚说完末句，重又入定。二妖人恰好抬起头来，先朝前后四外观察，未及施为。妖尸见二人迟不发难，已在门外厉声叫嚣恶骂，神态凶狂，宛如雌虎、罗刹变相。毒手摩什也在厉声咆哮，并说："二人必已被困，反正人少，前策已不能施，有我在此，何须畏惧？莫如随我下手，如愿便罢，如真不行，豁出舍了藏珍，可将仇人五行合运，连全洞禁制一齐引发。然后你我合力施展神通，倒翻地府，在我神光护身之下，借她五行合运之力，助长威势，将地水火风爆发，使此山化为火海。仇人正坐死关，不能行动，至少她那尸体也必化成劫灰，岂不把大仇报了？"

妖尸闻言，不以为然，力说："我已行法，外面五遁与内相应，去的人如若失陷，立可看出。现无一毫影迹，必尚勾留在内，畏缩不前。你看门内光霞闪闪，看不见两狗道，这是初入伏时应有之象，丙火并未触发。你法力虽比我高，对于仇人禁法，你只照各派法力常理论断，不似我曾随她日久，又在此被困百年，深知底细。这贼尼委实神通广大，法力高强，与众不同。尤其是诡诈百出，早设下许多陷阱。你虽自信必操胜算，但不是到了万分危急，非拼不可，仍请听你心爱人的话，稳妥些好。反正只此片刻，无须如此猴急。我预计全般无用，再由你下手便了。"一面又戟指门内怒骂，催二妖人下手。

癫姑等四人由内望外，见闻逼真。妖尸却说光霞闪闪，看不见妖党形影，越知二妖孽落在下风，分明已受制。一门之隔，内外闻见各异，足证圣姑法力无边，玄机微妙。敬仰之余，再看二妖人行事，也颇慎重，虽听妖尸怒骂催迫,面现忧急,举措仍不慌乱。开首似是查看形势退路,四外观察了一遍,仿佛若有所悟,面上略现喜色,互看了一眼,先不近前发难。紧跟着摘去道冠,披发赤足,正对五行法物前踏罡布斗,各将手往四外一阵乱指乱划。二妖人原在一片寒光、大团冷雾笼护之下,贴地低飞。经此施为,立由光中飞出大片寒星,冷萤如雨,洒向所指之处,各按方位凝聚不动,晃眼现出一个丈许大小、寒光堆成的八卦方阵。手掐灵诀,口诵法咒,又照八门生克飞巡了两遍,将阵布好。然后同飞向巽宫方位上去,禹步立定。一个由宝囊内取出一粒黄油油的晶丸,往神灯上打去;同时另一个便张口一呼,再往火宫喷上一口气。

二妖人因这类先后天五行合运的禁制击力越大,反应越强,心疑丙火法物被陷其中,勉强镇制,非有极大击力,不能激出反应。加以畏死心切,尚未发动,先图自保,仗恃水火二遁出色当行,以为这等作法进退自如,还可乘机摄取焰中被困的人。只顾贪生狡诈,卖友求生,打着如意算盘。哪知圣姑法力兼有佛、道两家之长,神奇微妙,不可思议,禁法因人而施,每与相左。那晶丸乃妖人向少阳神君大弟子火行者用本门法宝换来的异宝烈火神珠,本身便能发出极猛烈火;再与真火相合,便如火上添油;再加无限火药,威力之大,可以想见。那五行法物,即使不去犯它,稍微挨近,便要入阱,以火引火;况又加上异地罡风,自然一触即发,捷如影响。

哪知大谬不然。那烈火神珠出手便是火星飞射,好似一团将爆发的火药,夹着一片爆音飞向前去。后又随着一阵罡风,劲急异常。不意刚一挨近神灯,忽如石投大海,无影无踪,罡风也同时宁息。休说引发火遁,连灯焰均未见有丝毫摇闪,只仿佛有一丝红线微光,略在阵前一闪即隐。二妖人一见法宝无功,心中大惊。耳听门外妖尸催迫愈急,知道再不引动丙火,定将妖尸激怒,用移形代禁之法,和先进来的妖党一般摄将出去,加以惨杀。心下一着慌,更误以为丙火被人制住,非施全力不能激发。忙又同时施为,二次改了方法,欲以真水之宝激起反应。各将身畔一个小黑玉葫芦取在手内,掐起灵诀,将葫芦对准神灯微微一撒,各激射出一股寒光,银箭也似往神灯焰头上射去。就在两下里似接未接之际,人还未及看清,那寒光忽然反激回来,就势布开,往二妖人当头罩下。同时八卦阵图中的寒光冷雾也潮涌而起。

癫姑等四人适才隐约见到的一丝红线突然现出,电闪一般掣动了几下,倏地变作一片薄而又亮的火云,包在外面,不见一丝缝隙,直似一幢银色轻纨穹庐,外面再加上一层薄薄的红绡,色彩鲜明,奇丽无俦。四人因见妖人发动在先,神灯始终宁静,无甚异状,先还疑是妖人屡试无功,觉出形势不妙,情虚内怯,特又加意防备。晃眼之间,忽闻轰轰火发,与水沸之声,由八卦阵中隐隐透出。再定睛一看，红光之外并无他异，内里冷光寒雾中却生出无数火焰。同时又看见神灯焰头上有一线极细红光射将出去，一直注向妖阵之上，方始紧贴着化为红云布散开来，通体包围。那光细如游丝，不运用慧目凝视，几乎看不见，才知火宫妙用已被引发。一行人居然未受危害，好生欣幸。二妖人毫未警觉身已入阱，还在里面奋力鼓勇，就在自己所布八卦阵中环绕飞驰起来。

谢琳笑向众人道："这两个妖党法力不弱，尤其所用飞剑、法宝，乃水火精气所炼，均非常见之物。面上也无甚邪气，想是旁门中知名之士。适才朱道友那么急于救他们，竟会不觉，你们说他们多么晦气？"癞姑笑道："二妹，你真有眼力。这厮刚飞进门时，我已觉他们剑光与众不同。因初学道时随师海外采药，无心中见两位散仙为争一岛斗法，见到过一次，事隔多年，早已忘却。后见他们两次施为和入门时妖尸所说的话，才行想起，这两个妖党定是昔年水母宫中徒众无疑。第一次所发小珠，乃磨球岛离珠宫用太阴真火炼成之宝。既能持有这类法宝，足见与少阳神君师徒也有渊源，修道年限更不在浅。却为贪淫二字，迷上妖尸朽骨，形消神灭，真个冤枉。圣姑决不妄杀无辜，照此情形，必有自取之道。陷入火宫本就难活，偏又不知利害轻重，欲以真水克制，激发丙丁真火，欲向妖尸复命，不知圣姑五行禁法神妙无穷，克力愈大，反应愈强。由五行逆运，先天丙火化生出后天真水，阴阳两仪迭相为用，闹得水火既济，两下里外夹攻，威力更大得不可形容。现两个妖党已然神智昏迷，入了幻境，纵有法力，也不知运用，一会便化劫烟消亡。这类人死无足惜，只是他们那两道剑光和那玉葫芦中万年月魄寒精所炼天一玄阴真气以及那粒火珠也同断送了。二人又均佩有宝囊，想必尚不止此。真个可惜已极。"

谢琳笑道："实不相瞒，我见初上来时诸事顺手，未免看容易了些。又受了一点禁制，越发私心自用，把家父和叶姑的话认作常谈。后来才知圣姑法力之高，万分敬仰。你不用可惜，我想常人暴殄天物，尚且不可，何况神仙异宝？圣姑既然凡事妙烛机先，早在百年以前算定，无论何人也不能逆她而行。此宝可惜和我们此时的心情，她老人家必早算到。寻常妖邪之物自不屑留，水母和少阳神君，我均曾听叶姑说过，他们那法宝无故决不传与外人，自是难得。难道以圣姑的法力，还算不到？据我猜测，妖人虽不能免，几件好的法宝必定留下。你们是未来主人，已承受天书、藏珍，不必说了。闻说圣姑最喜聪明乖巧的女孩，我今日虽助你们，也算是为她老人家效点微劳，与大家合戮妖尸，清除仙府，好端端将我们禁入火宫，自无此理。再说后生小辈拜见前辈尊长,原该有点打发。也许她老人家知我姊妹不久下山,无甚称心法宝,特留在此,等赐这几件见面礼呢。"轻云闻言,忍不住好笑。

癫姑知谢琳狡狯,现已悟出圣姑法力性情,欲得此宝,故意如此说法。虽然半出戏言,圣姑事无巨细,均预有安排,又最爱根骨深厚、美慧天真的少女,其所希冀并非无望。想起仙都二女远来,热肠可感,正想措词补上两句,代为求告。一眼瞥见二妖人绕完全阵之后,忽变成两个小人,仍在光中飞行不已,飞势却缓了。许多风、水、火交斗之声,仿佛更厉。知他们肉身已化,元神转眼也就消灭。正想查看所带法宝、飞剑存在与否,猛觉神灯焰光连连闪动,似有变故。暗忖:"此宝只飞出一线余光,便将妖党中两个能手禁制消灭。此时别无妖人进门触犯禁制,怎会有此现象?"

癫姑疑心妖尸发动魔法,忙令大家小心戒备,并留神四下观察。跟着,门外震天价一声巨震,神灯焰光立又静止如恒。再看门外,烟光杂沓,狂涛怒涌,妖尸和毒手摩什同声叫嚣,杂以咒骂。因这次光景混乱,中间又隔着一幢寒光冷雾,看不真切。料定妖尸认定二妖党引发火遁,妄施魔法,全局俱败,心机白用,也许还受了重创。正寻思间,光霞倏地大盛,一闪之间,前面圆门忽隐,水、火、风、雷与拔木扬沙、金铁交鸣之声,一时尽起。回看圣姑法体和玉榻后面十二屏风,一齐隐去。二妖党的元神也失踪,那幢寒光连同外围红云也同不见。到处都被五色光华布满。寝宫和外间广堂似已打通,连成一片,而且地域广大,无边无际。

妖尸、毒手摩什同在乌金色云光环绕之下,正在五色光海之中往来飞驰,行法甚急。毒手摩什仍是原来恶相,妖尸却比前几次相貌神情还要狞厉得多。只见她披头散发,面上污秽狼藉,铁青着一张脸,凶睛怒突,白牙森列,通体赤裸,一丝不挂,摇舞着两只瘦长利爪;腰悬革囊,前额、左肩各钉着七把飞刀和七支小飞叉。身有一片青绿色烟气笼罩,外面包上一团玄雾,雾外方是妖光、煞火笼护。神态惶遽,凶暴丑恶,如发狂疾,改了常态。这时洞中禁制似已全被引发,妖尸、毒手摩什正以玄功变化,全力拼命施为。妖尸深知厉害,死生呼吸之间,情急自不必说。便连毒手摩什那么自恃,尽管厉声叫嚣,施展神通,猛力相抗,也未似先前一味骄狂自大之状。

癫姑等四人见二妖孽虽然被困在五色光霞海中,仍能上下飞舞,往来驰突,并未将他们制住。毒手摩什乍上来还在妄想裂毁仇人法体,不料刚一发难,便陷遁中。休说仇人法体,除却霞光万丈,彩焰千重,排山倒海,狂潮一般涌将上来而外,一任运用目力,竟看不见别的影迹。在癫姑等四人眼里,只见圣姑飞行自如。毒手摩什、妖尸却觉出阻力压力奇强,越来越甚。尤厉害的是，妖尸本来深悉禁法奥秘和一切躔度、门户方位，平日随心发纵，运用自如，此时竟全一无所施。仍照以往精习，频频如法施为，想先遁出圈外，观察清楚，再行相机进退；末后觉出隐入危机，又想全身遁逃。哪知两层全未办到。一任想尽方法，无论逃向何方，全是前路茫茫，无有止境。并且每变换一回，禁力必然加大许多。

毒手摩什这才渐渐觉出厉害，对方五遁禁制威力绝大，竟是从来未见之奇，大出意料。盛气虽馁了不少，仍恃邪法高强，到真不得已时，还可犯险一拼，尚不十分惊惶。还在安慰妖尸，力言："无妨，有我在此，必能保你出险。"妖尸想起他是罪魁祸首，如非有他，自己也不敢如此大意放纵，肉身先不会毁去。还有适才设坛行法以前，如不是他暴戾奇妒，连残杀了好些同党，便无须乎自己上前，进退也可自如。事纵无功，受害者只是别人，自己还能全身而退。就是现在，如不因他口发狂言，一味自恃，也不会有此孤注一掷之举。心虽恨极，无奈尚须此人相助合力，如与反目，势更危急。只得一面随声敷衍，勉与合力，准备把全身法宝施展出来，与仇敌一拼存亡；一面暗中准备退路，仍在乌金云光围绕之下，施展玄功变化，使周身俱在妖烟笼罩之下，打算少时辨清殿中门户方位，发动邪法倒转地府时，好了便罢，稍有不妙，立即单独遁走。就算丑鬼毒手摩什也能逃脱，他那七煞玄阴天罗虽然厉害，凭自己的法力和玄功变化，却难加害。他此次并未代己复仇，一举成功，到后纠缠也有话说。这一来，二妖孽便做了个同床异梦。毒手摩什空自修炼多年，竟为妖尸邪媚所迷，一毫也未觉察，依然尽心尽力为之效死。

说时迟，那时快，先是五色云光上下四方如惊涛怒奔猛压上来。二妖仗着妖光煞火抵御，还能强力冲突，不受阻遏。晃眼之间，五遁威力骤转强烈，五色光华电闪也似连连变幻明灭，阻力越大，有类实质。奇光腾幻，本就绮丽无俦，加上妖光中的煞火似花雨一般爆散，两下里冲击排荡，更成奇观，连旁观者都眼花撩乱。休说分辨门户方位，连想似前冲荡飞行，都越艰难。隔不一会，妖党外围受不住五色云光强压，渐渐缩小，共只两丈大一团，双方势子逼紧，一发便自爆裂迸散，四下飞射。旁观看去，直似一片浩无边际的五色光海之中，隐现着一团四围火花乱爆的乌金光球，在里面滚来滚去，使人心惊目眩，不可逼视。

毒手摩什见此情势，越发情急；妖尸再故意做作，一味表示胆小害怕，相依为命之态，更使其内愧。不禁暴跳如雷，厉声咆哮，恶口咒骂，拼命加强妖光煞火之力，四下乱撞。五行神雷忽然相继发动，始而现出成团成阵的大小黄光，夹着无量黄沙猛袭上来。毒手摩什才一抵御，又化作千百万金戈，夹着无量飞刀、飞箭，暴雨一般袭来。紧跟着，水、木、火三行接连出现，有的是千百万根大小水柱，有的是狂涛一般的大小影子，都是前后相催，一层紧迫一层迫压上来。尤厉害是每化生一回，便相会合，加强许多威力。等到丙火神雷发动，势又为之一变。千百万火球、火箭刚刚出现，五行便自合运。五色神雷互相击触猛轧，纷纷爆炸。刚刚分裂，互一相撞，又复并合为一。那风雷之势也比先前加增百倍，互助威势，宛如地覆天翻，海山怒啸，声势之浩大猛恶，直非言语所能形容。

毒手摩什得有轩辕老怪真传，邪法甚高，尤精于翻山越地、防身飞遁之术。而妖尸被困幻波池多年，除寝宫五行法物而外，洞中一切埋伏设施不特多能领会，几乎全部可以运用挪移，至于门户生克之妙，更所深悉。初发难时，二妖孽如若同心协力，专作逃生之想，并非完全无望。只因毒手摩什来时气焰冲天，过于骄狂自恃，上来便把话说大，把弓张满，无法收锋。及至当日连遭挫折，妖尸再撒娇送媚，冷嘲热讽，巧言激将，更成了能进不能退的骑虎之势。急愧交加，越发痛恨圣姑。既想代妖尸复仇，证实平日所言不虚，以博心上人欢爱；又贪图那些藏珍。尽管觉出情势紧迫，依然口说大话，一味蛮来。

妖尸见所料情势全出意外，虽知不妙，心中胆寒，也是贪得道书、藏珍，当日又有毁身化骨之痛，报仇雪恨之心更切。自恃深悉洞中形势和一切禁制微妙，并还有了一个替死鬼，急怒交加之下，有似失心疯狂，首鼠两端，自相矛盾。明知凶险万分，偏欲巧使同党去跳火坑，自在岸上观望，相机进退，坐收渔人之利。初意寝宫禁制和外五洞差不许多，只要避开五行法物，不被吸去；或是就陷在内，只要照着以往精习和生克向背之妙，如法施为，必可代解；真要不行，便暗用天魔解体大挪移法，使用同党代死，变化元神，仍可逃走。开头虽在辨别门户方位，并非完全想逃。嗣见形势越紧，猛然想起："寝宫五行禁制虽与外洞体用施为相同，但是外洞所设全是禁法，内里这五行法物俱是仇人昔年所炼至宝奇珍。自己虽然未冒失入内，以前愚弄同党，犯险送死的曾有多人，竟连元神一齐消灭，死时惨状，均经目睹，并非不知厉害。平日常在门外窥探，早有戒心。本定以魔法收功，如能毁坏五行法物，始可入内；否则，宁舍天书、藏珍不要，至多在外面与丑鬼合力，姑试倒翻地府，毁洞复仇。不问此举能否如愿，一击之后，立即遁走。怎会如此昏愚无知，事到临头，便不由自主，硬往火坑里跳？"

妖尸念头一动，魂惊魄悸，由不得又恨又急，又悔又怕。跟着五行逐渐合运，化生出无限威力，身外妖光煞火禁不住六面重压夹攻，逐渐缩退逼紧。

毒手摩什空自发威,怪啸狂吼,猛力抵御,并无效用,已然行动皆难,进退不得。妖尸万分情急惶恐之下,又想起误在毒手摩什身上。再一回顾,看到那一张狞厉凶恶的丑脸,不禁怒从心上起,一面打点毒计,忍不住戟指骂道:"你这丑鬼,不听我话,害死我了!"

可笑毒手摩什色迷心窍,明明见妖尸手掐灵诀,神色不善,竟没想到就要翻脸为仇;反觉委实不合自恃太过,累她受此惊险,问心不安。一面仍勉强抵御,一面强颜慰解道:"乖乖,你莫惊惶。我本意是想为你复仇取宝,没有打点逃路。不料贼尼五遁果然厉害,照此情势,报仇还许有望,天书、藏珍恐难全得了。我现在准备裂山穿地而出,任她法力多高,也阻我二人不住。我正准备行法,不能兼顾,故此神光减退了些。休说有我在此保你,真到危急,我还可向教主恩师求援。他现在虽不愿下山,见我危急,决不袖手,至多事后加点责罚而已。他来去如电,只要我告急,无论相隔多远,立时可以赶到。我还有好些法宝、法力尚未施展,乖乖害怕做甚?"

妖尸原是气急暴怒,口不择言,说完方恐对方激怒,多生枝节,或被警觉,有了防备。心正后悔失言,打算出其不意,先下手为强,暗施魔法,把毒手摩什制住,使五遁威力有了集中之处。再运用元神,按照平日所知五行生克变化,一层层冲出重围。自己本是行家,只要冲离当地一步,或稍辨明门户方向,立即遁走。及见对方如此说法,又复心动,以为轩辕师徒乃异教中头等人物,丑鬼所说并非虚语,如若真能护己脱险,岂不更好?便把恶念暂且止住,乘机回首,报了一个媚笑,佯嗔道:"我如再为仇敌所伤,看你平日那么大威名,拿甚面目对我呢?既有法力,还不快使出来!"

毒手摩什所说不能兼顾,原系实情。本来是攻守兼施,双管齐下。只为五行禁制之力太强,五行神雷再一发动,又加上了无限威势。七煞玄阴天罗乃本门心神相连之宝,平日占惯上风,又运用由心,无往不利,今日落在下风,危害也相应更大。加以生平第一次受到这等意想不到的挫折,那五行神雷飞涛暴雨一般密压压涌击而来,虽仗妖光煞火防护,暂时未得近身,心神一样也受到剧烈震撼,稍微疏懈,便受伤害,形势险恶。尤其那面妖网关系性命,不能失去,必须加意运用防护,以免为敌人五行神雷击破。孤注一掷以前,又非仗此宝防身不可,不能先收。互相牵制之下,心神不能专注一样,形势如此凶险,一发无功,立有败亡之虑:大则形神皆灭,至少亦决不免受重创,或将肉身葬送。单是自身一人尚还不妨,偏又顾上妖尸不算,一心还在想复仇讨好,证实先说的大话,以致所施妖法延缓。妖尸却不计及同党安危,专为自身设想,不特不稍体念,依然一味愚弄,意图取巧,并欲伺便加以暗算,不住撒娇送媚,明讽暗激。毒手摩什多年凶横,性情暴烈,怎禁得住这等激刺,恼羞成怒,无从发泄,更想及早成功,挽回颜面。这一盛气用事,利害全置之度外,不由乱了章法,竟然冒失起来。

癫姑等四人存身神灯焰上,始终不曾离开原地,因在五遁包围之外,所见又是一番景象。见二妖孽触动埋伏以后,先是里外通连,成了一片光海。二妖身外妖光当时缩小,陷身其内,尽管上下翻腾,往来飞驶,其实只在方圆十丈以内左冲右突,乱窜不已,神情慌张,甚是可笑。似这样隔了没多大一会,神雷便已发动。转瞬之间,五行合运,眼前光景立变,不特不似二妖孽所经那等险恶,所见景物迥乎不同。只见各色光霞逐次发生变幻,忽然一片五色光华往前一涌一卷,眼看一声轻雷震过,寝宫原景倏地重现。玉榻之上,依然安坐着圣姑,一切景物陈设,与先前所见丝毫无异。二妖孽却不知去向。榻后十二扇金屏风上,繁霞焕彩,突发奇光,闪幻如电。隐闻水、火、风、雷、刀兵、木、土之声,汇为极繁碎的爆音。另由榻前五行法物上,各突起一股指头粗细的各色光焰,互相交错,直射屏上。再细定睛查看,那十扇金屏已然不似实质之物,看去又深又远,屏上所有风、雷、云、水、火、金、木、沙、土诸般形相齐生变化,发出威力,闪幻不停。二妖已被摄入在内,乌金色的妖光发射出各色光雨精芒,随同滚转,不差分毫。分明二妖孽已被圣姑五遁禁制困住,四人好生惊喜。

谢琳道:"看此情形,二妖孽已然被困,灭亡在即。可是我们也在火宫禁制之内,长此困守,也不是事。我们合力冲将出去如何?"

癫姑道:"照各位师长仙示,分明要等易师姊她们与我们会合,始竟全功。并且语气之间,二妖邪法也颇厉害,临末收功时还有惊险场面,怎会才一自投罗网,立即消灭,死得如此容易?尤其毒手摩什,家师仙示虽曾提到,并未说他数尽今日。这等有名妖孽,如应此时伏诛,事前必有指示。以我臆测,好似这厮暂时还要漏网。再者,我们被禁火宫之内,必有原因。只是全作壁上观,无所事事,似乎不应如此。五行合运,生化相连,现时木宫受制,你们看射向金屏上面的五行真气,只有乙木光华较弱,威力也似稍逊。各宫禁法息息相通,二妖孽妖法颇高,妖光煞火更是神奇,现虽被困,仍能支持。与先前数妖党身一入困,神智全昏情景,大不相同。稍有空隙,必被逃走。万一无知妄动,引发别的变故,使其乘隙逃走,悔之何及?最好还是权且忍耐片时,静俟下文。我想二妖孽已被禁在此,令姊与琼妹无人能敌,易师姊断无不出困之理,久俟未来,还有因由。事机紧急,瞬息百变。她们三人一到,立可收功,不急在此一时。就算全出乎预计,或另生波折,也等二妖孽真个伏诛,再冲破火宫禁制出去未晚。"

轻云笑道:"此时五遁之力全注金屏之上,二妖孽未能即时伏诛,许是乙木受制,以致牵连全部,减了一些威力。我看上官红乙木遁法甚是精熟,何妨稍撤禁法,使乙木失禁,发挥五遁威力,试上一试呢?"

癞姑还未及答,忽听轰轰风雷之声,自殿后壁内发出。金屏上面五遁风雷之声,听似猛急,但都具体而微,声并不高。此则声甚壮烈,仿佛四壁皆受震撼。方在倾耳察听间,跟着一声清磬,风雷声止处,紧贴金屏后壁上方,霞光连闪两闪,现出一个大圆门。同时瞥见易静、李英琼、谢樱三人,同驾有无相神光现形飞出。才一照面,易静当先,似已发觉四人被禁火宫之内。因那圆门尚有一列台阶直接金屏之上,不到门外,看不见屏上所生变化。易静又是精悉五遁微妙,胸有成竹。一见四人困入火宫,只知情势紧急,忙于救人,又见下面并无妖尸影迹,不等飞出,忙先行法将预掐就的灵诀往外一放。癞姑等四人只觉轰的一声,面前火花乱爆中,一片红霞闪过,身外一轻,人已离开焰头,脱困出禁。同时所有一切禁制,以及五遁风雷的繁喧一齐停止。只上官红一人因是专意宁神,注定下面青枝,目不转瞬,尽管变出非常,急切间不曾发现乃师飞出。所施法力又与原设禁制无关,乙木真气依然存在。加以初当大任,谨慎非常,惟恐失措,虽已随众出困,未奉癞姑之命,也未收法。

癞姑、谢、周三人见易静等三人飞出,心方惊喜,百忙中忽又听一声厉啸,眼前一暗,一片乌金色的云光电也似疾,当头罩下。妖光煞火中拥着毒手摩什、妖尸,二妖孽各摇舞着一双利爪,恶狠狠正往屏面玉榻上圣姑法体抓去。猛想起禁制一停,二妖孽也由屏上脱困飞出,圣姑护身禁制,也许已同被易静止住,喊声:"不好!"谢琳忙催遁光上前抵御,癞姑、轻云也忙指飞剑、法宝迎敌。本来已经来不及,幸得上官红乙木真气未撤。上官红觉着变出非常,由不得往旁偷觑,开头还没看见易静,却一眼瞥见屏上万喧尽息,光烟齐收,二妖孽离屏飞出,乌金云光立时大盛。二妖孽好似骤出意料,满面惊疑,目闪凶光,还在四顾张皇。上官红一时福至心灵,忙把飞剑和乙木真气同时发将出去。初意有了适才经历,觉出乙木功力颇高,已能出手,二妖孽必以邪法来侵,打算先下手为强。没料到二妖孽竟舍四人,先往圣姑法体抓去。就这事机瞬息,间不容发的当儿,乙木真气恰将来势挡住。上官红虽已精习乙木遁法,因初临大敌,又震于二妖孽的威名,不知自己功力深浅,始终随众应付,未敢轻举妄动,并未全数发挥。这时巧值危机,感念圣姑恩德,不由情急万分,便把乙木威力全数施展出来。那先天乙木神雷好不厉害,二妖孽又当元气受创,新伤之际,竟会阻住,不得近身。

癫姑等三人法宝、飞剑齐施，相继发动，易静、英琼、谢璎三人也已飞出，七人一同合力。英琼识得厉害，一到便将宝珠飞出，化作一团禅光，已早照在圣姑头上。二妖孽几番冲突抢扑，不得近身，毫无效果。众人的法宝、飞剑又极神奇厉害。尤其是周、李二人的紫郢、青索双剑合璧，本来就是天府至宝，诸邪不侵，近年随着周、李二人的精进，益发增加了极大威力，合为一体以后，更是神妙莫测。英琼又是疾恶如仇的天性，斗不一会，径自舍了仙都二女的护身神光，强着轻云，双双身剑合一，往妖光煞火丛中穿去。癫姑的屠龙刀，易静的降魔七宝，以及仙都二女近所炼诸宝，无一件不是神物利器，身子又在有无相神光防护之下，立于有胜无败之地。谢琳更把《灭魔宝箓》所习诸法频频施展，大显神通。几下里夹攻，二妖孽一面想要报仇，一面抵御劲敌，又见这一班新仇敌并无一人落网受伤，自己的算计已然失败，如果此时再一败退，藏珍、天书必为仇人所得，重将贪欲勾动，加倍情急。本就有些应接不暇，哪禁得起峨眉山镇山之宝两口仙剑合一来攻，稍一疏神，妖尸首先受伤，虽仗邪法高强，玄功变化，不致消亡，到底受伤不轻。毒手摩什还算见机，不似先前狂妄自大，一击不中，看出厉害，一面以全力运用妖光抵御众人法宝、飞剑，一面运用玄功变化飞遁，隐现无常，飘忽若电，不曾受到伤害，一样也是处于下风。

　　二妖孽自是狂怒愤恨，也各施展邪法、异宝，欲伤仇敌。无奈对方人多势众，各有神光、法宝防身。周、李二人飞剑威力更大，邪法自是不能加害，全无用处。法宝遇上，吃剑光连绞几绞，便化残烟碎星而散。妖尸的飞叉先吃破去，飞洒了大片星雨，晃眼散灭。二妖孽先还不舍放弃复仇、取宝两层妄念，没料到这班新出道的仇敌竟是如此难敌，尽管厉声狞啸，大肆凶威，暴跳如雷，全无一毫用处。嗣见放出的法宝纷纷断送，每施邪法，不是无功，便被谢琳破去。别的尚可，那合璧双剑实难抵敌，七煞玄阴天罗虽未毁坏，竟被冲入。妖尸又受了伤。渐渐看出不妙。急怒攻心之下，二次再生毒计，决意舍弃藏珍，专一报仇，施展轩辕老怪嫡传最狠毒猛烈的邪法，倒翻地府，猛发地、水、火、风，将新旧仇敌一网打尽，同时消灭。于是二妖孽互相一打手势，毒手摩什便在暗中行法施为起来。

　　也是众人疏忽了些。特别是易静因秘诀已得，不会再受妖尸禁制，自身法力又高，剑宝神奇，上来便占上风。觉着这寝宫禁制乃是五行合运，互相生化，通体关联，并且威力之大不可思议。自己虽然精习微妙，余人尚无所知，仓猝之间不及传授。妖尸又是内行，恐有疏失，一个不巧，连自己人也受了危害。尤其爱徒上官红功力尚浅。因而投鼠忌器，哪知引出大乱子来。

第二五三回

月弯荡阴霾　厉啸一声飞毒手

金幢压地肺　伽音九劫起真灵

话说癫姑、谢琳、周轻云、上官红四人存身火宫神灯灵焰之上,眼看毒手摩什与妖尸玉娘子崔盈被困在十二扇金屏上五遁风雷之中,已经力竭势穷。不料易静同了李英琼、谢璎三人由玉壁圆门中飞出,救人心切,误将五遁禁制止住。毒手摩什、妖尸由金屏上脱险飞出,欲害圣姑法体未成,在众人法宝、飞剑环攻之下,依然猖獗。易静因众人尚未精习五遁禁制,上官红法力更浅,投鼠忌器,妖尸又是内行,更不肯造次,欲在百忙之中抽暇传声指点,待机而作。一半是因二次对敌,看出对方先受禁制,元气大伤,侥幸脱出以后,妖光煞火,已无前此之盛。而自己一方人多势众,宫门又已被神光堵住,二妖孽决逃不脱,只要破去其护身妖光,立可使其伏诛,都未免大意了些。这类斗法势极神速,总共不到半盏茶时,即使当时指点传授也来不及。眼看危机瞬息,发难在即,尚未察觉。

也是众人该当有这一场虚惊。易静连经挫折之余,深知妖尸玄功变化,邪法高强;尤其元神出斗,不是肉体,更为神奇,此时看去虽受创不轻,伎俩尚不止此。只是不知何故,妖尸只管随同叫器,把身带法宝、飞刀之类施展出来,拼命向前和自己拼斗,所用最擅长的玄功邪法和一种极厉害的妖烟邪雾,并未施为。妖尸已是劲敌,况又加上一个负盛名的魔头毒手摩什。不过毒手摩什虽和妖尸情形稍异,看似运用全力应战,但除妖光煞火较厉害而外,并无惊人之处。固然自己一行法宝皆非寻常,并还有专破邪法的谢琳,使其计无可施,照着平日所闻,二妖邪的神通广大,未免不符,事出意料,渐渐生疑。便料二妖孽先是打算复仇、盗宝,一举成功。继见情势不妙,敌方又有佛光和紫、青双剑护身,无法加害,苦斗下去,就不至于败,也不能胜。怨毒仇恨之心义重,于是以退为进,表面勉强应付,暗中蓄好势子,冷不防猛下毒手,施展邪魔教下最狠毒的邪法,以希一逞,也说不定。

易静心想:"妖尸虽在洞中多年,精习诸般禁制,但总图未得,终逊一筹。

妖光难破,急切间无如彼何,夜长梦多,时机稍纵即逝。何如先下手为强,即以其人之道,还制其人之身,反运禁法,姑试为之。"又一转念:"李伯父曾说,到时还来相助;父亲也有圣姑现坐死关,须李伯父来时始得功行圆满之言。现未见到,必是妖尸伏诛,尚须少待。以前屡因操切偾事,父、师预示先机,定无差错。"心又迟疑起来。

仙都二女又与易静心意不同。谢琳童心犹盛,断定妖尸不能幸免,而又均精邪法,意欲借此演习,试验伏魔诸法功力深浅。及见邪法全被破去,每斗必胜,想起对方虽是妖邪中名手,尚为己败,可见先前被困受欺,全出圣姑禁法之力,不关妖尸。心中高兴,益发乐此不疲,直想留着妖尸多斗上几次法,再行除去,才对心思,别的毫未顾及。谢璎近虽功候日深,但是平素谨慎,性又仁慈,始终谨记父、师、尊长和智公禅师之言,七宝金幢非到情势万分紧急,不可妄用。适才为救良友,施展此宝,用时并还十分小心,以全副心力主持,开头略一展动,便将守护妖幡的一些生魂全数消灭。幸而妖尸行法,将法台移走,否则各妖幡上所附的精魂便要全灭。这些多是有道人的生魂元婴,修为至此,颇非容易。只为一念之差,自投死路,吃妖尸邪法禁锢,供其役使。方幸妖尸伏诛在即,有了一线生机,却被毁灭,连堕轮回,转入畜生道中都不能够,岂不可怜?事后心情还在不安。又知妖尸所摄有道人的生魂尚多,不知附在何处,惟恐此宝一用,又有毁灭。心想:"现有神光护身,已不再畏毒手摩什妖光邪火,自己一方又明占着上风。反正妖尸数尽今日,迟早伏诛,何必非用此宝不可?"于是虽有一件佛家降魔除妖至宝,竟无心使用。

这三个可以制胜的能手,不是举棋不定,便是优柔寡断,仅凭各人飞剑、法宝,随众应敌。看似占着优势,实则二妖孽功候甚深,除妖尸开头稍微疏忽,吃紫、青双剑绕身而过,受了创伤,元气略微损耗外,以后知道仇敌势强,法宝厉害,便不再撄其锋。一味飞腾变化,比电还疾,隐现无常,虽是败退之势,直难捉摸。不时回飞,还施展邪法、异宝还攻。如非神光护身,周、李二人身剑合一,直难逃其毒手。

易静见对方败意甚浓,连伤法宝,依然恋战,毫无退意。而妖尸又是曾受圣姑玉牒恫吓,早已首鼠两端,心胆内怯,怎会如此固执成见?心中生疑,不禁留意。因见妖尸最畏紫、青双剑和癞姑的屠龙刀,仗着飞遁神速,又有毒手摩什随时防护,三人竟再伤她不了。自己也因对方滑溜,瞬息百变,惟恐打空,只将飞剑发出,随众助威。暗将灭魔弹月弩、牟尼散光丸二宝取在手内,意欲俟机加以猛击。正值二妖孽邪法准备停当,故意先后现形,原意是想诱敌，并使误解，以便行那一网打尽的阴谋毒计，这一凑合再好没有。癫姑、周、李三人，好容易发现二妖孽同时现形，东西相背，妖尸少了毒手摩什护卫，下手正好，如何肯舍。加上屡次经验，不约而同，立催飞刀、飞剑，两头夹攻。

说时迟，那时快，三人势子本就神速无比。易静更早算好，妖尸一现，立将二宝同时发出。一粒弹月弩，直取妖尸；同时却将牟尼散光丸往毒手摩什打去。主意原想得好，因妖尸屡次隐现逃遁，多是隐形变化，飞遁闪躲，而毒手摩什也赶来救护。散光丸虽不能消灭妖光煞火，却可暂时阻住来势。弹月弩出去，恰与癫姑、周、李三人三面合围，妖尸失了毒手摩什护卫，一任隐遁如何神速，也是非伤不可。哪知二宝刚分向两面，同时爆散，忽然眼前一暗，随听四外上下、洞壁地底殷殷震动。众人并未想到邪法如此阴毒，地覆天翻的巨变就要发作。事前虽也略有警兆，不到全部发难，决觉不出会有少时那么厉害。又以变兆轻微，圣姑所留埋伏又多，误以为敌我双方，不知何人触犯了原设的禁制，略一疏忽之间，祸变发动。

众人本来不及制止，也是般般凑巧。妖尸起初不是不知处境之危，不能离开毒手摩什，终是贪心太重。眼看邪法发动在即，万分紧迫中，一眼瞥见圣姑玉榻前，神灯后面，有几点寒光闪动。目光刚注过去，紧跟着又见一片祥霞闪过，榻前倏地现出一个玲珑剔透的玉墩，上有金磬、玉鱼等法器，中间端端正正放着一个玉箧。妖尸以前原在圣姑门下多年，一见便认出那是圣姑当年修道时用的圆玉儿。不特梦想多年，穷搜未得的天书秘籍，连圣姑多年辛苦炼成的镇山三宝，也在其上。这些至宝，自己多能领解微妙，有的当时即可应用。如能得到手，不特异日神通无人能制，可以为所欲为；并且出困以后，立可不受丑鬼挟制霸占，说好便罢，不好，当时翻脸，也无顾忌。再能忍耐上二三年的委屈，连轩辕老怪也无如何。这等千载一时的良机，如何舍得放过？

妖尸利令智昏之下，本和毒手摩什暗中约定，以进为退，稍一前攻，略微稳住敌人，突然抽身飞遁，同时邪法也自发动。为想独吞，既未通知同党，事机也委实迅速异常，一经发现，立运玄功，飞扑过去。毒手摩什始终不知圣姑法力究有多深，天书、法宝全未见过。一心只是迷恋妖尸，别的全未在念。又未得妖尸知会，仍照预计行事。加以敌人势强，攻杀甚急，因而还在暗中施为。深信妖尸必能自保，立即可以退出，无暇分神旁注，以致和妖尸分了开来。等众人见二妖孽居然由合而分，不约而同，各将法宝、飞剑纷纷飞追截杀之际，妖尸已然转扑到神灯后面。

妖尸目光到处，认出那几点寒光乃是最末两妖人失落禁遁中的两件水母宫中至宝。那圆玉几在一片祥霞轻笼围护之下，已全现形。敌人好似尚未顾及发现，心中狂喜。知这祥霞乃是宝光，并非禁制。正要伸手攫夺，连那两件至宝也同取走。无如妖尸快，仇敌也快，易静的灭魔弹月弩恰由身后打到。此宝专伤妖邪元神，妖尸深知它的厉害，偏是事机瞬息，稍纵即逝。没奈何，只得勉强运用玄功，拼着挨上一下重的，只要把玉几上法宝、天书取到手内，终有复仇之日。那两件水宫至宝，如来得及，顺手取走更好，不能，就便毁去，或是舍下。反正转眼全数毁灭，仇敌也不能享受。心念动处，全身已往玉几上扑去，满拟手到功成。做梦也没想到，看得逼真的东西，手一下去，竟会捞了个空。情知上当，心犹不甘，未及再加查看，忽听毒手摩什传声，令同速退的暗号。

刚猛想起，两下所设邪法已然发动，如与毒手摩什一同施为，遁退稍迟，不在妖光防护之下，同党法力尚不深知，稍微疏忽，就许波及，纵不致与仇敌一同毁灭，受伤在所难免。如不一同发难，威力便减，一击不中，再举便难，前功尽弃，自身安危也关重要。就这微一迟疑疏神，弹月弩的寒光正好打中身上，化为无数寒星，围绕四面，纷纷爆散，降魔至宝，威力甚大。妖尸以前全仗玄功变化，躲闪抵御；此时志在得宝，拼挨一下，已是失计。及至扑空上当，又复心智摇惑，不能当机立断。等背心上挨了一下重的，想再飞腾变化，已是无及，元神立时受伤，益发急愤交加，心慌意乱，失了方寸。

再说毒手摩什性烈如火，暴烈异常，生平又从未吃过人亏，无端遇见几个无名的后起人物，连连失利，由不得暴跳欲狂。早想施展毒手，把仇敌全数消灭，均吃妖尸再三拦阻，久已愤不可遏。等到准备停当，与妖尸分头诱敌，不料反上了敌人的当。迎头方受周、李、谢诸人的法宝、飞剑夹攻，猛地又吃易静冷不防打来一粒牟尼散光丸，恰又是克星之一，身外妖光立被冲开一洞，不及补满还原。周、李二人看出破绽，忙运紫、青双剑乘虚穿入，如非他精于玄功变化，人也几乎受伤。恰好邪法也已准备停当，怒上加怒，急火攻心，再也按捺不下。以为妖尸必按预计行事，百忙中也未看清妖尸处境不利，相隔尚远，不及同遁，一声招呼，便自发动邪法。这些全是瞬息间事。

众人刚占到一点上风，便听风雷般般，一齐震动，变生仓猝，几被疏忽过去。仙都二女法力虽高，和周、李二人一样经历尚浅。易静虽是久经大敌的人，但因三探幻波池，连吃了妖尸好些亏，末了一次又是几乎丧命，当晚正是仇人相见，分外眼红。偏是妖尸邪法高强，仗着玄功变化，闪转腾挪，又有毒手摩什相助，疾逾电掣，斗了些时，分毫奈何她不得。好容易盼到二孽分开，稍微得手,自把全神贯注一方。因为变起太快,那上下四外的风雷无异一架巨炮的火引,正在点燃,不容人思索考察,就待爆发。加以战场上剑光、宝光飞驰,以及双方所施法术带起来的各种风、雷、水、火之声,汇为繁响,极易相混。如等发觉,大祸必然爆发,众人虽不致死,地府却要倒转,地、水、火、风全被勾动,山崩地陷,圣姑法体必难保全,连道书、藏珍也必随同沦陷地窍洪炉之中,化为劫火了。本来万难挽救的事,幸而癫姑从小出家,便随屠龙师太在海内外修炼游行,中间连经许多艰难危险的战斗,论起众姊妹经历,独她最多,人又异常机警干练。震声才一发动,便觉出它激烈猛急,有异寻常。心念一动,立即发话,大喝:"琼妹,速发定珠妙用。谢家大妹,留心妖孽弄鬼。"

事有凑巧。谢璎虽然心念仁慈,不肯轻用七宝金幢,这时因二妖孽久未成擒,中间连经癫姑、谢琳暗中催促急速下手,以免妖尸万一乘隙逃走,意思已然活动。但以适救易静出险时,初次施为,因幢顶舍利飞返西方,失了镇制之宝,威力大得惊人;同时觉出自身功候尚欠精纯,虽能随念施为,事前如无准备,到时便不免有难于驾驭之感,稍微失措,自身固可无害,却易惹出别的危害。暗忖:"父亲虽说妖尸今晚就戮,并未说她不逃。看二妖孽如此神通,也委实不可不虑。"便在暗中施展佛家法力,运用全神,与此宝合为一体。表面仍在随众应战,以防万一,却不显出。

及听癫姑发话示警,心方一动,四壁上下震声中,忽起了一种极沉闷的巨响,仿佛火引燃到了火药。只为幻波池底地层石质坚厚异常,下面虽成了火海,上面还有若干丈地层,未全熔化成浆。可是阻力越大,蓄势越猛,那情景好似用一片有伸缩性的软皮,包在一个火油罐上,下面烈火已将内中的油烧得滚沸,快要内燃,油烟热气一个劲往外膨胀,沸声洪烈,已将上层包皮冲胀起老高,晃眼工夫,便要爆炸。就是上面包皮还能稍微支持,四边的铁已经通红,油一点燃,一样也是全化烈火,往外横溢爆炸。形势险恶,已达极点。就在这四壁上下随着震声摇晃,众人全部觉着不妙,连眨眼都来不及的当儿,癫姑发话也还未完,同时忽又听有人传声大喝:"速展七宝金幢,镇压祸变! 琼儿速护法体!"那语声来处好似极远,晃眼已经临近。

说时迟,那时快,来人话才入耳,谢璎业已发觉,那亘古难见的奇灾浩劫,也将猛然爆发。七宝金幢神妙无穷,不可思议;谢璎年来功力精进,更是情急之际,贸然施为,只要能抢在山崩地陷,通体尚未爆裂成灰之前,也可防御镇压,何况事前已有准备。随着心念动处,一座金霞万道、彩焰千重、通体祥辉闪闪、七色七层的金幢宝相,忽自谢璎身后飞起,端的比电还急,当时长大,矗立殿中。每层祥光中,各射出一片极强烈耀眼的精芒光气,往上下四外交织射去,又自动地徐徐转了一转。本来地底有一股极猛烈的大力,带着一种极奇异而又沉闷的巨震,刚在狂涌而上,洞顶四壁受不住巨力震撼,已在一齐晃动,摇摇欲崩;地面也似吹胀了的气泡,倏地往上喷起老高。眼见危机一发,恰巧金幢已出,立即镇住。宝光照处,洞顶四壁宁静复原,地上的大泡也已平复如初。地底本来似开了锅的沸水,水、火、风、雷宛如海啸天崩,轰轰怒鸣,说也奇怪,自从金幢徐徐一转,轰声顿止。只听一片极繁密的骚音响过,跟着似的动一般,全洞上下,略微摇晃,便已宁息无声。一声浩劫,就此镇压下去。

战场上的情景,却更热闹了。妖尸和毒手摩什均非寻常妖邪,当金幢乍一出现之时,妖尸最为识货。她自与仙都二女交手,首先觉出是个劲敌。尤其后来的一个,身外的有无相神光,已较前者为强,身上更似藏有什么奇珍异宝,隐蕴着一种从未经见的祥氛,但却未见敌人使用。中间虽也施展出几件飞剑、法宝,俱与所料不符。自知玄功变化,邪法高强,当晚这些强敌虽也颇有几件能伤自己的法宝,但都不能致命,并还可用变化躲闪。但若再遇上别的佛门异宝,却是吉凶难卜。因此对于谢璎格外留神,只要对面,必以全力戒备。这时妖尸深入玉榻之前,离门最远,为贪天书,挨了易静一弹月弩,过于急怒慌乱,不由乱了章法,但是仍未忘情天书、异宝。明明听得毒手摩什暗号,照着预计本应先自退下,随同发难,在这千钧一发的生死关头,如何能有寻思工夫,微一迟疑,毒手摩什已先下手发难。妖尸则想起不能再延,猛瞥见前面敌人身后飞起一幢七层金霞,看出是件具有无上威力的佛门至宝,不禁神魂皆颤,一声厉啸,运用玄功,往外飞去。

妖尸本极机警狡诈,情知此宝难当,对面又都是劲敌,逃时不特隐了形影,并还施展身外化身之法,幻出一条人影,声东击西。在一片妖光环绕之下,故意往斜刺里飞去,真神却由右侧相反方向加急飞逃,掩饰绝妙。那护身妖光,又是一件真的法宝,多高法力的人,也易被她瞒过。无如恶贯已盈,那七宝金幢现出在先,出于意外。妖尸如在前面发觉得快,再加飞剑神速,不被佛光扫中,或许能够幸免一时。这时金幢在中,妖尸在后,想由后面绕过金幢,飞向前面,如何能够。休说精芒宝气笼罩全殿,无隙可逃;便有空隙,此宝灵异微妙,对于妖邪仇敌,如磁引针,一经施为,不必主持,自能发挥威力妙用。何况内中还发出一种灭魂宝气神光,依着对方妖邪法力深浅,加以诛擒,不必上身,多深功候的妖邪,也禁不住这一照。跟着宝气一卷,立即擒住;差一点的,当时消灭,形影皆无。至多也只挨上一些时日,断无生理。

隐形与否，全不相干。一任如何机巧变诈，精于逃遁，全无用处。众人之中，易、李二人先已见过金幢威力，知妖尸难逃此劫，又忙着与新来的一位神僧相见，还未在意。癞姑见妖尸逃时，妖光隐现，心疑有诈，正指屠龙刀堵截，口中大喝："留神妖尸化身隐遁！"话才出口，那带有妖光的假妖尸，吃金幢精芒射中，也没听有响声，便已消灭无踪。方疑妖尸怎消灭得这么容易？忽听谢璎喝道："该死妖尸！我叫你逃！"循声一看，金幢下面竟多了一个妖尸影子。同时殿门前一片金光雷火敛处，李宁已现身形，手止众人，不令往外追赶。英琼、轻云、易静正往前追去，毒手摩什已然当先逃走。

原来毒手摩什离门最近，发难之时，准备挟了妖尸，随着山崩地陷之际，冲空直上。等到了空中，立将妖光布满，准备快心快意，大施毒手，给这些劫火余生的仇敌一个斩尽杀绝。纵令对方有护身法宝神光，不致全死，到底杀一个是一个，总可稍出胸中恶气。正打着如意算盘，不曾想妖尸并未与己一同发动。刚怒喝得一声，未及发话，眼看地震将起，火势就要爆发，猛瞥见七宝金幢出现。毒手摩什尽管邪法高强，但造成这等猛恶的浩劫尚是初次，知道此举异常猛烈，况又带有一个心上人的元神，所以七煞玄阴天罗并未收去，反施邪法加盛妖光，以防穿火而起时有甚疏失。此宝原系轩辕老怪嫡传心法，为邪魔道中有数法宝，迥异寻常。妖光全凭主持人本身真元运用，与正教中飞剑功效大同小异，妖人真灵与法宝息息相关。又因与众恶斗之际，妖光分布甚广，七宝金幢才一出现，神光宝气首先与妖光接触，那么厉害的七煞玄阴天罗立被吸住，竟和纸一般燃烧起来。所施邪法，也吃镇住。

毒手摩什纵然平日骄狂，见此情势，也由不得吓了个魂飞胆落，锐气全消。何况此宝大有来历，关系着自身的安危荣辱，万失不得。当时急痛交加，哪里还敢停留，慌不迭运用玄功，立即自行切断未被宝气烧化的残余妖光邪火，往前洞窜去。刚出头层殿门，待往中洞前面飞去，猛瞥见迎头一片金光，拥着一个身材高大的神僧，迎面飞来。因是生平初遭惨败，毁了性命相连的至宝，悔恨痛惜，眼里都要冒出火来，又知来者必是一个劲敌。万分情急之下，怒吼一声，张口便是一团其红如血，带着一片黄烟的妖光，朝前打去。此是毒手摩什苦练多年的内丹，与七煞玄阴天罗异曲同工，不到危急，轻易不用。一经施为，爆炸开来，立即石破天惊，整座山头也能震成粉碎。适在殿中对敌，本就想试一下，因妖尸尚在觊觎天书，又见敌人法宝神奇，玄阴神幕无功，此宝每用一次，要耗损不少真元，因而中止。嗣见七宝金幢消灭妖光那等神速厉害，自然不敢冒失尝试，自取灭亡。及脱危境，遁出金幢宝光以外，就是中途不遇敌人，到了幻波池上面，痛定思痛，愤无可泄，也必乘着下方无备,施展此宝,试上一下。明知敌人持有佛门至宝,必不能伤,但至少总可将仙府灵境毁去一半,聊以泄愤。不料又遇大敌当前,看那来势和身外祥光,必又是个难惹的佛家高手。双方来势俱急,万闪不开,既不知来敌深浅,后面克星又必追来,连怕带恨,自然情急拼命,猛运真气,施展绝招孤注,将这内丹炼成的至宝发将出去。满想拼个你死我活,敌人万难躲闪。谁知那么激烈的妖光,竟似打在一片厚棉之上,对面金霞一闪,敌人不见,同时鼻端闻到一股旃檀异香。那团妖光的四面好像含有绝大潜力,将它压紧,不特不曾爆裂,反有被那金霞祥光吸住之势。这一惊,更是亡魂皆冒。忙施全力,张口猛往回一吸,侥幸吸了回来。斗败的公鸡,心胆皆寒,情知不妙。于是急忙发出残余的乌金云光护住全身,拼性命由旃檀香光中硬冲出去。毒手摩什飞遁神速,急逾雷电,对斗时原未停留,又在逃命急窜之际,眨眼已经无踪。

那神僧乃是李英琼之父李宁,奉了白眉老禅师之命而来。本心不要伤毒手摩什,只防他败逃时毁坏仙府灵泉圣迹。并为异日仙都二女大岿山之行,易于收功起见,特地破他这一着。毒手摩什一路飞逃出了幻波池老远,兀自闻得身后有旃檀香袭来,逃命都来不及,哪里还有心肠再作复仇之想,就此逃回大岿山妖窟而去。

其实李宁所施,一半是自身法力,一半仗着白眉符偈,佛法妙用。当毒手摩什发出妖光妖火时,人早由他头上隐形飞过,直达五行殿内。易、谢、周、李诸人瞥见毒手摩什逃走,知他飞遁神速,忙要追赶。谢璎因为专注妖尸,又以七宝金幢不宜妄用,如将此宝催动,或是发挥妙用,追擒毒手摩什,并非难事。无如现在幻波池底,深洞之中施为,殿内外一些被妖尸摄制的残魂厉魄尚且不免消亡,如再追向上面,休说所过之处,凡是生魂,无一能免,更不知有多少具有恶质戾气的生灵遭殃。耳听谢琳连声催促,心方踌躇,李宁已经飞进,才一照面,便即摇手将众人止住。众人也忙上前,礼见不迭。

李宁笑道:"可喜你们大功告成,功德不小,并还代圣姑解脱一桩孽累。只是你们来日还有大难,事情也还多呢。二位谢贤侄女,一会就要有事他去。妖尸残魂只好由我发付,免误时机,致添枝节。一切详情,再作详谈吧。"说罢,便令谢璎将金幢宝光暂且收缩,闪向殿角。又命众人离榻丈许,分两旁立定。只令英琼一人立在榻前,手指牟尼宝珠,放出祥光,照向圣姑头上。刚刚布置停妥,李宁立处忽焕奇光。随见地面上突然涌现出一个莲花玉墩,上面放着婆罗树叶织就、色如翠羽的大蒲团。李宁笑道:"难怪圣姑有此一关,当年分明算就今日之劫,必要假手一些与她有因缘的后辈。仍不肯稍微示弱,特意将绝尊者昔年坐禅的金刚灵石、娑罗蒲团暗藏地底,仗着道法玄妙,竟连许多位道友都被瞒过,我更不必说了。有此二宝镇压仙府,便我们这些人一个不来,二妖孽也只不过把地火引动,熔化下层石土,和地震一样,使得全洞摇晃震撼,骚扰些时罢了。真要称其凶心,倒翻此洞,化为火海,仍办不到。我来时,因觉起身太迟,祸变迅速,安危不可一瞬,万一到得稍晚,便难补救,曾请稍微提前,恩师却说无须。果然圣姑预有布置,真个令人佩服呢。"

话刚说完,忽见玉榻后面上设五行、风、云、雷、电的十二扇金屏,突分左右,往两侧移去,现出屏后玉壁。壁上有一形似洞门的丈许大小圆影,上写金光灿烂的几行字迹:

> 伽音九劫余生,误牵孽累,自修正业,始悉玄根。坐关之初,嗔心已解,诸般小技,皆是前设。莲座蒲团,绝公故物,敬以奉归,非敢自炫。水母遗珍,蚕山所急,收赠璎、琳,聊酬远惠。眉老禅师,佛法无边,智珠在前,当已明照,未来种种,必有安排,敬此陈谢,不再琐屑。

等到众人看完,金光闪处,字迹忽隐,只留下壁上圆门一圈痕影。

李宁笑道:"绝尊者二十三般西方法物,俱是佛门奇珍至宝。千百年来授受相承,显晦无常,尤以这金刚石莲禅座、娑罗蒲团最关紧要。自从尊者证果飞升,久无音息,不知怎会落在圣姑手内?法物奇珍,返诸本门,虽出圣姑盛情美意,但如追溯前因,我在东晋时,就是尊者门下最后收的一个小徒弟。现在还有好几位师兄留在人间,静修禅业。我屡劫重修,孽重德薄,曷以克当圣姑厚惠?且等回山复命,禀奉恩师吧。"

说罢,向南九拜,径往宝座蒲团上趺坐。英琼随运玄功,将手一指,牟尼定珠立即大放光华,祥辉闪闪,笼罩全殿。跟着,李宁闭目入定,约有半盏茶时,头顶上激升起一道白光,往定珠上射去。晃眼,珠光越强,珠却停在空中,不再似以前浮空徐转。前半面忽焕奇辉,宛如一面晶镜,发射出一道极强烈的银光,带着缤纷瑞彩,将那壁上圆门紧紧照住,光注之处,与门一般大小,不差毫毫。乍看,又似光自门内发出,与珠相对。后半面的珠光却更加柔和。珠光照射,约有半个时辰,壁上圆门依然如故,并无半点影响。

易、谢诸人知道定珠威力至大,无坚不摧,何况此时李宁又以本身元灵运用,益发发出无上妙用。但圣姑封闭的殿壁死关,竟会攻它不开,不禁惊异。李宁倏地张目，大喝道："圣姑，你诸般魔障业已解消，三千大千世界，无罣无碍。贫僧现奉白眉禅师大金刚旃檀佛偈，送你返本还原，重归极乐。本来无魔，胜他则甚？急速勘破玄关，往西方去吧。"说到末句，双手齐掐诀印，往外一扬，十指齐散毫光，射向圆门之上。紧跟着，再一口真气喷向门上。随听霹雳一声，圆门上金霞电转，连闪了几闪，门便隐去，由门内射出一片白光。李宁将手一指，牟尼珠上祥光立即包围上去，化成一个由小而大的光衔，一头直抵洞门，将白光罩定。便见门内一个妙龄女尼，在一幢祥光环绕之下冉冉飞出，含笑朝着李宁诸人略一点首，径往法体头上落去。李宁双手连掐诀印，朝那法体一扬，一声轻雷震过，圣姑元神往下一沉，与身合而为一。随着李宁手指处，牟尼珠光往上一升，重返原状，仍停当空，圣姑头上立有一圈佛光现出。圣姑相貌本是粉搓玉琢，丽绝人天。这时勘破死关，功行圆满，越发宝相庄严，仪态万方，神光照人，不可逼视。只是目仍未启。

李宁也重新闭目入定，双方趺坐相对。约有顿饭光景，忽地四目同开。李宁笑道："既然圣姑昔年预有安排，恕不远送了。"一言甫毕，圣姑徐伸右手，往上一指，又是一声轻雷震过，当头洞顶忽然裂开，现出两丈方圆一个天窗，宛如一口数百丈深井，直达幻波池上面。接着，圣姑含笑指了指上面，又指了指外面和易、李诸人，然后起立，朝李宁合掌为礼。李宁笑道："多谢圣姑预示先机，少时传示诸后辈，定照尊意行事便了。"说罢，将手一招，牟尼珠便飞了回来，英琼扬手接去。同时圣姑便在一片祥光彩霞簇拥之下，冉冉上升。李宁和易、谢诸人也分别礼拜，相送不迭。圣姑初起颇慢，渐上渐速，一会，快要升到顶上，倏地一道金光由圣姑身畔发出，直射下来。隐闻一串连珠霹雳，自上而下，晃眼到底，金光忽隐。再看洞顶，业复原状，更不见有丝毫痕迹。

李宁随下禅座，向众说道："且喜圣姑今日证果。照此情景，修道人一时误入歧途，再修正果，煞非容易。以圣姑这样高的法力，生平又从未做甚越轨的事，只为当初一念之差，好胜负气，立意要在佛门创一旁宗，使一班旁门之士有所依归。本此修为，一样能成正果，用心并非不好，却累她惹下许多魔孽，历劫多生。虽然今日得成正果，总算完了她的夙愿，毕竟受了许多辛苦艰危，又坐这百年死关。如非夙根深厚，功力精纯，道法高强，又具有绝大愿力和坚忍不移的心志，事无大小，早在百余年前潜心推算，预识先机，戒备详密，使其强仇大敌，无懈可击。休说百年死关，法力已失灵效，不能施为，哪怕寻常人也可毁损她的形神，致其死命。何况还有许多有形和无形的诸般魔头，以及死关中应遭逢的水、火、风、雷之危，无日无夜，常年侵害，功候毅力稍差一点,便遭惨劫。

"就是适才易贤侄女由复壁秘径飞出,不知二妖孽已被困入金屏五遁之中,乍见灯中人影,以为先来四人陷入火遁,误撤原设五遁之禁,致被二妖孽脱身出险。妖尸动作已极神速,毒手摩什比她更快,又都心毒手黑,事起仓猝,人所不料,当时情势,端的危险已极。圣姑昔年统筹全局时,推算稍有疏忽,固无幸理;便火宫中留伏的四人少上一个上官红,也是凶多吉少。法体纵不致被二妖孽消灭,或是抓裂粉碎,残毁在所难免。

"她这百余年死关中光阴,无一刻不是满布危机。临末了这一关,尤为厉害凶险。外面是二妖孽寻仇加害,这还可仗你们保护抵御;那破关以前的诸般魔扰,因为道高,魔头也更高,比起异日道家四九天劫中诸位道友遇天魔威力,只有过之,而无不及。又以圣姑过于小心,本身法力又高,坐关以前预设法力封闭,十分严固。其中无形之魔,到此紧要关头,越发厉害。她在里面,以定力智慧战胜诸魔,寸念不生。因有一两次想到功成在即,心念微动,魔头立即乘虚而入。仗着深根凤慧,定力坚强,好容易才得战退,转危为安。为此屏除意念,虽然反照空明,人我两忘,到了炉火纯青之境。可是她在未出死关以前,一切外相,仍旧难于分辨敌我去取;纵能分别真伪善恶,心念一动,魔随以生,只好全当魔头,付之不闻不问。而她定力越强,关门也越坚固难拔。此时情势,必须助她的人具有无上法力,攻破死关,将她接出,使其复体重生,方可无害。单是定珠之力,尚还不够,乃以佛法和我本身元灵助长定珠威力,又仗白眉恩师传赐金刚诀印符偈,先后费了不少心力,才将圣姑死关禁制破去。直到佛光接引,将人围拥,脱出了死关以外,不致再受魔头侵害,圣姑元神方得自如,显其神通法力,完成凤愿。如是另换一人,除非再转一劫,上来便得正宗传授,或能有望。今世往好的说,不致堕落;一个不好,便不免于身膺惨劫,前功尽弃,堕入轮回。

"你们全仗多生修为,从未入过歧途,看去今世修为容易,仿佛得天独厚。却不知过去生中经历,以及由旁门中转归正果的,有多难呢!就以今世而论,比较起来,自比一般容易,只要勤于修为,将来成就当可预卜。但是幻波池开府之后,一切艰难危害,便要接踵而至。首先便是卫仙客夫妻这一伙。他们自从琼儿、轻云再入幻波池将他们救出以后,本可少释仇怨。也是琼儿煞气太重,不合在北洞水宫杀了沙红燕约来的一个妖党,因此仇怨日深。彼时他们觉出你们功力不似所料为浅,又有几件奇珍至宝,无人能破。心贪洞中藏珍、天书,知道你们无故不会寻他们的晦气,对于池底藏珍,只是各凭法力,捷足先登。与妖尸的仇恨又居首位,不愿在未得手以前多树强

44

敌。为此暂时不与你们明斗，却往四处借宝约人，欲在你们下手以前杀死妖尸，复仇夺宝，先占此洞，再分双方强弱存亡。

"这些日已卷土重来了三次，每次均不免于伤人折宝，不曾占得分毫便宜，仗着沙氏兄妹持有一件异宝，总算保命回去。末了这次，因沙红燕受了亓南公严词告诫，负气未来，辛凌霄与她在一处，也未前来。只沙亮、东方皓、卫仙客三人在一起，因向一隐迹多年的旁门能手借宝，闻说妖尸不日命尽，一时心贪情急，沙亮力主抢先下手。自恃防身有术，又借到两件旁门异宝，并新约了两个有力帮手，以为至多不能如愿，进退决可由心，不致失陷，大可一试。众人中只沙亮为人阴险狡诈，去时还存有私心，把五人分作两起：东方皓和两旁门女散仙一路，他和卫仙客一路，分先后隐形入内。不料阴谋诡计被两女仙临场省悟，见东方皓为妖尸所杀，不曾深入，立仗玄功变化和独门隐遁之术，急匆匆抢救了东方皓的元神，冒着奇险，逃出洞去。到了幻波池上面，恰值卫仙客怪沙亮不合暗用阴谋陷害同党，在彼争论，证明所料不差。心中愤恨，不特没有现形警告二人，说毒手摩什已与妖尸合流，潜伏洞中；反倒潜施法力，发了一个业已得手的假暗号，令沙、卫二人速往策应。这两位女仙，乃东方皓好友，心肠还算不差，觉着卫仙客情尚可原，等沙、卫二人匆匆赶下，估量必与毒手摩什相遇，难讨公道，行前特向卫仙客传声，告以厉害，令其见机速退；如见难逃，速自兵解，保卫元神遁出，免为妖光煞火所困，形神俱灭。可是事已无及。总算沙、卫二人俱都机警，一见毒手摩什，全都魂飞胆落。一个是拼舍肉身，保了元神，先逃出来；一个是自行兵解以后，元神无法逃遁，勉强遁入别室，直到易贤任女撤了洞中禁制，方得侥幸逃了回去。

"如今妖尸已死，毒手摩什不久伏诛，洞府藏珍全被你们得去。剩下沙、辛二女俱都量浅忌刻，见人、宝两失，必把所有怨毒全种在你们几个人的身上，势必日夕营谋，报仇夺取。你们虽仗有好些飞剑、法宝、师门心法，以及圣姑遗留的五遁禁制和一切埋伏，敌人休说随意侵害，便想擅行入内，也所不能。

"但那老怪亓南公和另两个同类却是难惹。不过老怪为人外表骄狂，内里也极谨慎，故生平不曾败过。自知他许多打算俱是逆天而行，全想以人胜天，所以行事异常慎重。哪知准备了多少年，上次铜椰岛向妙一真人和正教中诸位道友寻仇，仍未讨了好去，更把锐气减了一半。他自来好胜，除妙一真人夫妇以及乙、凌、白、朱诸老是他没齿深仇，一息尚存，决不甘休外，对于寻常侮犯他的人，因他说过自身道法高强，无论何人对他稍微无礼，他一出手,必定当场处治,不容逃遁,绝无二次再寻旧账的事。如果你们遇上他时,或能够逃脱,或是勉力抵御,使其无力加害,退了回去,那么除非二次向他寻事,否则日后即便狭路相逢,他也置若无睹。可是近数百年来,在他手下逃脱的,简直没有几个。他对门人虽颇护犊,但也颇讲情理。依我推测和圣姑行前通灵所示先机,暂时他自知徒党理亏,又知你们一切因果成就和许多倚仗,不是他师徒所能伤害,暂时当不至于冒失前来,行那胜之不武、不胜为笑、逆天而不可必之事。

"但沙红燕是他前生宠姬,今世爱徒,渊源至深,琼儿又不合将那妖党杀死,仇怨本已结成。以后沙、辛二人常来相扰,日子一久,杀伤渐多,仇恨更深。沙红燕人更机智诡诈,必定百计千方激他出来。再要沙红燕死在你们手中,那他更是非来不可。如论功候法力,你们自非其敌,尚幸占了极好地利和前人遗留下的设施。我去以后,如能格外奋勉用功,照着圣姑天书,勤思禁遁,到时只要能抵御一时,便可无害。话虽如此,事情却是艰险异常。此老来去如电,瞬息万变,出没无常,什么法宝、飞剑也难伤他分毫,临机稍微疏忽,便招杀身之祸,悔之无及了。开府中间,事变还多,此是最危险的一个。

"余人虽不似老怪这等厉害,也都不是庸手,应敌之际,依然大意不得。妖尸虽已就擒,但她早得圣姑真传,叛师以后,又得了高明妖邪指教,更经幻波池百年苦练。她那元神凝炼,有胜生人,如非过恋以前躯壳,直用不着复体重生。她那玄功变化,不在毒手摩什以下,即用七宝金幢将她消灭,也须三日三夜。

"本来无须乎我在此,因毒手摩什受伤遁走,他那七煞玄阴天罗为乃师所传性命相连之宝,现遭损毁,不敢回见轩辕老怪,此时正在大咎山顶,无日无夜祭炼还原。他与你们仇深刺骨,尤以璎、琳姊妹为甚,如不乘此时机将他除去,必留后患。乘其无颜见师、法宝已毁之际,前往下手,正是时候。无如七宝金幢诛戮邪魅的威力太大,他那地方又是高出云表的山顶,此怪更炼有一粒元丹,消灭不易。如若过分发挥金幢威力,幢顶舍利子已失,少此镇压,一经展动,方圆数百里内稍有丝毫邪毒之气的生灵全遭毁灭,山岳陵谷也不免于崩颓。并且宝光上冲霄汉,就许把一干邪魔引来,潜侵暗算。你姊妹法力虽高,到底经历尚浅,难保不上仇敌的当。就说金幢与身相合,可无大害,到你姊妹警觉追敌,或用金幢防御还攻时,对方用的本是声东击西之策,金幢稍一移动,有了空隙,毒手摩什立弃肉身遁走,岂不正中他计?妖邪众多,俱是能者,除非金幢宝光将他罩住,不能伤害,否则防不胜防。

"最好先把令尊的心灯取来,再仗有无相神光隐身,到了大峩山顶相机下手。先借心灯之力,权代舍利子镇住金幢宝光,以免难于驾驭,心神专注一处,不能分用,致生空隙。等擒到妖孽以后,再将他收入心灯之内,用佛火神焰炼化。你姊妹便在山顶,由一人运用心灯,生炼妖孽;一人运用七宝金幢,敛去宝光威力,只在有无相神光环拥之中,略微放出一幢祥霞,将你二人护住,一任四外妖邪烦扰,不去睬他。这么一来,休说毒手摩什请来的一干妖党,便轩辕老怪亲来援救,也说不定。他们技穷智绌之余,弄巧还要使出魔教中翻山倒海的下策,一半分你姊妹心神,一半借以泄愤。无论声势闹得多么猛烈,在妖魂未尽消灭以前,均可不去理他。因为那只是魔教中的上乘魔相,多高法力的人,不知底细来意,也必认以为真。实则金幢随着行法人的意念,自然生出无上威力,千百里内大地山河齐受镇压,任何邪魔皆难侵犯,魔头幻象,不理便自烟消。

"事完之后,四外环伺的妖党尚多,你姊妹只可略以二宝虚相恫吓,逼其遁走。切不可以一时之愤,因见内有两个极恶穷凶,便起杀机,运用二宝威力加以诛戮,致树不可消解的强敌,留为异日之患。须知七宝金幢固是佛门至宝,威力至上,但因少却一粒舍利,有了缺陷,也并非全无一人能敌。此人介乎邪正之间,为魔教中第一人物。虽然现修禅业,轻易不会出手,所来妖党也无他在内。但恐有他门徒多事,无从分别,展转报复而牵引出来。就有忍大师护持,终归惹厌。令尊不愿借用心灯,一半为磨炼你们,一半也是为此。按说令尊原非可欺之人,但你姊妹仍须用力巧取,始能得到,否则决难如愿。

"毒手摩什祭炼玄阴神幂,须要多日始能复原,本可无须亟亟。一则你姊妹此行还有一点周折,虽是令尊手中之物,却不是手到便可取来;二则夜长梦多,妖孽平素逞强娇恣、失败后绝不肯甘休。初败愧愤头上,还在羞于求援。时日一久,便有妖党前往慰问,或老怪暗中示意,遣往的同门告以厉害,自必加紧戒备。所以此行非早不可。内中隐情,此时尚难明言。到时虽然明白,也只可以意会,不可互相揣测商议。好在谢璎、谢琳姊妹凤根灵悟,一别三年,功力大为精进,又是孪生同胞,近年所取途径虽略有出入,心意行动大致仍是不差,必能同时省悟,如能始终不落言诠,日后便可免生枝节。

"至于妖尸,先和你们对敌,以及入阵出阵连受几次创伤,内中最重的是紫、青双剑一击,元气颇有损耗。如被脱逃,以她邪法之强,自然修复甚易。可是她当晚一直未有缓气的闲空。末了,不合自作聪明,用身外化身之法幻形遁走。因她一面想隐形逃遁,惟恐幻形被人识破,一面还要施展邪法,以假为真,于是一心成了二用。金幢宝光所照之处,多厉害的妖邪也难脱身。如起肉身,见机迅速,拼舍肉身不要,或者还有万一幸脱之望,但也难极。她偏是个妖魂凝炼之体,本来任多神妙威力的法宝,也难伤她,比起肉身应敌,要强得多。无奈此宝神妙,不可思议,尤妙是专戮妖魂厉魄,对方玄功变化越高明,它反应出来的威力也越强。妖尸再一心分意乱,更易落网。连想拼丧失多年真元,仅仅挣脱少许残魂剩魄去堕轮回,都是绝望。现困宝幢之下,已有两三个时辰。此时就放了她,要想恢复以前凶焰,也非再经百年苦练,不能如愿。不过她仗有圣姑真传,以及近年苦练之功和两件防身异宝,就此把她消灭,尚非易事。璎、琳姊妹去后,可外用紫、青双剑和易贤侄女几件法宝,环绕戒备。内里借用白眉恩师定珠护法,由我一人以旃檀佛火将她炼化。此举虽比施展金幢稍微费事,但较稳妥,再免延误事机。

"金蝉等七小弟兄,近在小南极天外神山开府。此系另一天地,乃千古无人能到之奇境,被金蝉等无心发现。但因被海外群邪忌妒,险阻甚多。异日一音大师扫荡小南极四十六岛邪魔,与金蝉等颇有关联。不久他们便要分人到幻波池探望,借用两件法宝。

"璎、琳姊妹以后便应下山修积外功,同道之交,以多为宜。等除了毒手摩什,送还心灯,见过父、师和一音道友之后,可以来此小聚,就便与南极诸人晤面。如能同往灵境一游,不特可开眼界,也有好些便利之处。

"齐灵云、秦紫玲不久也要重返紫云宫,那里还伏有一个祸胎,法力不算甚强,乱子却大。自从那年大破紫云宫,被他偷偷混了进去,当时峨眉诸弟子不曾发觉,便朱真人也因一时疏忽,为他独门邪法颠倒迷踪所蒙蔽。末了虽仍觉察,又以铜椰岛有人被困,事正紧急,加上别的要约须赴,无暇及此,又算出此是定数,只得权且放过。这些年来,被他潜踞珠宫贝阙,苦心潜修,意甚叵测。自知峨眉势盛难敌,欲在主人未到以前,仗着频年盗取,经他法力重炼的法宝、仙兵,会合宫中神兽,攻穿海府,窃宝而逃,珠宫损坏,已堪痛惜。再要吃他攻穿海眼,泄了地火,不特海啸地陷,万里沧波变成沸汤,大地也全受到震动,近海各地受祸尤烈,被害生灵直无量数。所幸这厮身虽旁门中人,心性尚好,以前极少为恶。此举出于情急无心,自己并不知要惹出这等亘古未有的巨灾浩劫。否则,万死也难蔽其辜了。故此灵云姊妹、师徒等人,必须在他发难以前,赶往制服。但去早了,他那拾取昔年残破仙兵、神铁、灵金所炼之宝尚未炼成,一见主人归来,抵敌不住,一落下风,不甘委诸敌人,必要自行毁去,也是可惜。必须时机将至,正好前去。齐、秦二人现在秦岭一带行道济世,已然开读掌教师尊开府时所赐密柬,知道轻云在此,期前自会前往,故未来寻。轻云等我炼完妖尸,至多再与琼儿她们聚上三日,便应赶往秦岭,随同齐、秦二师姊往紫云宫开府。

　　"好在你们一班同门兄弟姊妹,仅仅十多年的险阻艰难,多劳心力。以后各人根基日渐稳定,无甚难题,修道积功,无不随心所欲。只等三次峨眉斗剑,多半功行圆满,各依等次成就。虽有一些兵解转劫的,因为各异派妖邪经此次重劫消亡殆尽,再世修为便少许多阻碍危难。何况灵根未昧,各有同门至好预约接引,助益甚多。除非误入歧途,自甘堕落,决无他虑。比起别的修道之士,便宜容易得多了。一切说来话长,好些尚难明言,略说大概而已。此洞本还有圣姑留藏的灵泉仙酿、玉髓琼浆,以及各种花露,均在后洞夹壁之内。璎、琳二贤侄女远来相助,此役首功,主人本应取出相款,偏值多事之秋,只好再来时同饮了。连那两件水母宫中至宝,也等日后来取。请先行吧。"

第二五四回

佛火炼妖尸　独指祥光擒艳鬼
莲花明玉钥　重开宝鼎脱神婴

话说李宁说罢,便令众人如言准备。外洞本经李宁来时佛法封闭,人来立可警觉。因炼妖尸,有警恐难分身出敌,仍由易静先将里外各层禁制发动,以防万一。再由众人各照李宁选用的法宝、飞剑放将出来,结成一团光网。李宁仍在莲花宝座上趺坐。英琼放出牟尼珠,化作一团祥光,凌空定在李宁头上。一切停当后,谢璎手指金幢,带了妖尸玉娘子崔盈元神移入光网以内。李宁将手一挥,谢璎手掐灵诀一指,妖尸立由宝幢金霞影里甩跌出来。见状似知万无幸理,神态凄惶,凶焰尽去,在光网中缩伏成了一团黑影,鸣声哀厉。看去受创奇重,行即消亡之状,狼狈已极。

李宁望着妖尸,微笑不语。回顾光外侍立的易静、癫姑,送客出洞。仙都二女先前已向李宁和众人拜辞作别,重又告行,收了七宝金幢,退出光外。由易静、癫姑、上官红师徒三人陪送出洞。英琼、轻云因双剑合璧,不能离开,侍立在侧,未曾随送出去。

英琼见妖尸那等委顿之状,以为金幢威力所伤,元气残耗,法力已失。方觉父亲无须如此慎重,就凭紫、青双剑,也能将她消灭,决逃不脱。哪知仙都二女刚走不多一会,忽听一声厉啸,妖尸突现原形,披发流血,咬牙切齿,满脸狞厉,摇伸双爪,猛由地上飞身而起,电也似疾,往李宁头上扑去。同时身上妖烟环绕中,随手发出大蓬碧萤般的妖火,向李宁当头罩下。李宁原与妖尸同在光网之中,相去不过两三丈远近,这等神速来势,似乎决难躲闪。周、李二人虽然深信李宁法力高深,似此变生仓猝,妖尸又是劲敌黑手,如无几分自信,决不妄动,见状也甚骇异。无如事变瞬息,休说思索举动,还未来得及看清,猛听一声断喝,光网之中金光彩霞,忽然一齐焕发,目光到处,李宁头上定珠祥辉暴长,妖尸并未扑近身去。

李宁手掐印诀,由中指上飞起一股酒杯粗细的纯青色光焰,缕缕斜升,约有丈许,结成一朵斗大灵焰,停于空际。一声喝罢,人已双目垂帘入定。

再看妖尸,已被收入青色佛火灵焰之中。另由牟尼珠上发出一蓬花雨般的祥光,由上而下,将她罩住。同时鼻端闻到一股旃檀异香。开头妖尸急得连声厉啸,在佛火灵焰中乱蹦乱跳,形容惨厉,悲啸不已。晃眼之间,上面祥辉与下面佛光灵焰随着妖尸叫啸腾跃,逐渐加盛。妙在光焰虽盛,十分柔和安详,并不强烈。妖尸却禁受不住,由勉强冲突,变成拼命挣扎抗拒。不到盏茶光景,便由厉啸狂怒,变成极凄厉的惨嗥哀鸣。全身似被束紧,口眼以外,再也不能动转。李宁将妖尸收回旃檀佛火之中,重又双目垂帘入定起来,只掐诀的左手中指上,发出一股纯青色的光焰,袅袅空际。和寻常打坐一样,神态庄严而又安详,不见分毫着力之状。周、李二人方觉正宗佛法微妙高深,迥异寻常。忽见易静、癞姑领了赵燕儿、上官红、袁星、米、刘诸弟子,一同飞入。

原来静琼谷诸弟子,因幻波池有圣姑禁约,男子入内必有灾祸;去的人若是妖邪一流,或存敌意,妄有希冀,百日之内,必无生理。此是圣姑昔年所用梵教中一种极厉害的禁咒,去人任是多高法力,纵或能免死伤,也须应点。并且一经施为,冥冥之中便有天魔主持,不满所咒时限,连行法人也难将它撤去;否则自身便有反应,受其危害。

当年圣姑因为起初生性稍微偏激,厌恶男子,又防洞中天书、藏珍为异教中妖邪盗窃了去,施展此法,尚在诸般埋伏禁遁以前。及至功候将成,发愿坐关以前,默运玄机,推算未来、过去一切前因后果,上溯多生,远达东晋。得知自己与白眉师徒以及接掌此洞的主人,或是昔年道侣,或是师徒同门,前生契好,无不各有因缘。并且这百年死关经历异常艰险,虽然功候期限一到,立即飞升极乐,成就上乘正果;但是功行完满之日,危机四伏,祸变瞬息,应在场的人,一个也少不得。尤其闭关期中魔头重重,纷至沓来,终日伺隙相侵,无时宁息。稍微着相,或生杂念,立为所乘。略一疏忽,则功亏一篑,白受多少年的艰难辛苦。万一不妙,就许元神走火入魔,不知何年何月始得修复,甚或形消神散,都在意中。反正法力已不能施,最好是把出关的要节委诸别人,自身心无二用,一念不生,常日神光内莹,空明净澈,不为魔头所扰,方是万全。无如死关重要,强仇甚多,事前行法封闭,坚固异常。来人如非具有极高深的佛法,便难为力。而将来攻破死关,却是一个持了白眉符偈接引相助的男僧,觉着不合施此禁咒,但也无法撤去。只得预留下几句遗偈,等李宁初入幻波池,元神探查东西两洞时发现,便知戒备;并告以禁消时日,须在圣姑飞升以后,不可大意。令禁峨眉门下男弟子期前擅入,以免道浅力薄,致遭不测。所以赵燕儿不知误入,终于死里逃生;便李宁也吃卫仙客夫妇打了一千斤铊。此时李宁初得白眉禅师佛门心法，因是入门日浅，又在尘世上混迹多年，前生法力尚未全复，功力也比现在差得多。如非元神先在内洞查看，发现壁间遗偈，有了戒心，又仗着佛法护身的话，死固不会，重伤决所难免。他是圣姑一个极有力的助手，尚且不免应点，何况别人。

周、李二人深知厉害，又以除妖尸时，难保不有妖党逃脱，既能逃出，决非庸手。所以走前严嘱众弟子谨守谷中，不许离开，静俟好音，奉命再往。赵燕儿和袁星等三人等了一夜，中间只见神雕匆匆飞落，说在云空中隐形瞭望，适才瞥见一片极强烈厉害的妖光，拥着一个妖人往西南方飞去，以后便不见有人逃去。众弟子又等了多半日，仍无信息。赵燕儿、袁星知道幻波池除妖，非同小可，惦念非常，不知成功与否，正和神雕商议，欲往池边偷探动静。正值易静、癞姑、上官红师徒三人送走仙都二女，来命众人移居仙府，自是喜出望外。

袁星便忙着收拾一些用具，意欲带走。刚捧起一口饭锅，便吃神雕冷不防一爪抓去，抛向一旁。易静、癞姑正和燕儿说话，闻声回顾，见袁星正骂神雕："这是多么喜欢的事，不说收拾东西早走，还要淘气。"神雕只睁着一双金光四射的神目，歪着一张白如霜雪的毛脸，冷冷望着袁星，也不作声，大有鄙夷之色。癞姑见状，笑道："呆东西，幻波池仙府，经圣姑多年辛苦经营，中间又经妖尸啸聚妖党，日常饮宴，要什么好东西没有？休说以后你们全要断绝烟火，就说目前还不免时常要用，也不稀罕这些简陋用具，没的拿去糟践了好地方。钢羽曾在洞中住过些日，颇知底细，自不愿你带去。你把这些放作一堆，留待异日别的修道人取用吧，不必带了。"钢羽方歪着头朝袁星叫了两声。袁星方始恍然，气道："钢羽大哥，你总是喜欢欺我。有话好说，动你那爪子做甚？差一点又受了误伤，这是何苦？"话未说完，神雕忽然飞走，冲霄而去。众人俱当它先往幻波池，也未在意。易静仍主张将谷口暂行封锁，留作众弟子的别洞；或俟新居开建，一切就绪之后，再定去留。于是稍微耽搁，易静重又行法，封禁谷口。

上官红忽然失声问道："师父和诸位师叔所救的那位道长元婴，弟子先前一心应敌，不曾留意，已有好些时不见此人了。闻说七宝金幢光照之处，左近妖邪鬼怪全数化灭，莫非二次又遭惨劫了么？那有多可怜呢！"癞姑笑道："红儿真个心好。昨夜一战，看出他不特修为精进，并还知道临事谨慎，应变神速，胆智皆全。无怪圣姑格外垂青，我也爱极。昨晚牛鼻子遭遇虽惨，这等道心不净，修炼多年还不能免欲，妄犯淫邪的人，本来死不足惜。尤可笑是已然觉醒迷梦，还要自命多情，抱着妖尸朽骨缠绵，叫人看了肉麻。

这次不过是妖尸过于心黑狠毒，加于他的太惨，相形之下，使人觉他蠢得可怜。偏又遇上几位天真心善而又爱抱不平的姑娘们生了怜念，闹得我也随众人趁热闹，一同合力，将他救下。他本来不是不知妖尸可恶阴毒，先就不应由海外赶来，自投罗网。就说情有独钟，故剑难忘，妄想妖尸经此大难，可以回头，赶来相助，苦口劝其归正，然而到后见其执迷不悟，就应把话说完，洁身而退。可他明知妖尸无可救药，并还忘情负义，意欲加害，又算出了彼此危机，以他法力，当时逃走，并非不能。就算是戒体已破，意欲转劫重修，何地不可寻人兵解，何必非死在妖尸手内？死前又做出许多难堪的丑态。此人总算运气还好，要单遇上我时，他自心甘情愿迷恋淫凶，犯此奇险，我也许懒得过问呢。你看他死前那等慷慨，死后元神却又那等脓包畏缩，守在有无相神光以内，还在运用玄功凝炼真元，仿佛万一有甚不测，还可抽身逃遁神气。自随我们逃出火遁以后，见妖邪势颇猖獗，甚是害怕，似乎知道谢家姊妹最是面软心慈，格外肯看顾他，一直紧随你谢二师叔身旁。因他先非妖邪一流，寻常修道人的元神生魂，只要不是敌党，本可无害。何况金幢至宝，本身具有灵性，能够分判敌友。就这样，你谢二师叔还觉他胆小可怜，又以此宝初用，惟防万一波及，不等施为，当催谢大师叔取用之时，已早将他元神收入玉瓶之内，现已随身带走。只你一人彼时正在专心致志，运用你的乙木遁法，故未见到，别人多已瞥见。你师父、李师叔和我心意相差不多，因恨妖尸所生出的反应，无心中成全，顺便解救，无足轻重，乐得有人带走省事，故此行时未问。想不到你这姑娘也如此慈悲呢。"

上官红道："弟子怎敢有甚成见？不过此人遭遇可怜，修为到此，煞非容易。好容易大劫之余，保得元婴，如为宝光所灭，岂不有失诸位师长救他初心？二师伯又最爱怜弟子，言笑不拘形迹，故此冒昧请问，并无别意。"癫姑道："你们初学道的人，是非轻重尚在其次，心性仁慈，原是好的。"

正谈说间，易静因为从此多事，为防外来妖邪潜入盘踞，照旧封闭之外，又加上一层近日学会的五行禁制，刚刚布置好了走来，随率领众人一同出谷。到了幻波池上，忽见神雕由东南方急飞而至。袁星看出它曾在远处飞回，问其何往？神雕答以有一旧日伴侣路过附近，在谷中遥闻鸣呼赶往。众人急于同往仙府新居，未再追问。当下穿波飞降，到了谷底中洞门外。易静又传众人简便通行洞府的口诀禁法，方始偕入。周、李二人因知妖尸已落旃檀佛火之中，智穷力竭，只待消灭。要紧关头已过，四围光网只防万一残魂剩魄挣逃，紫、青双剑无须亲身主持，何况殿内还有五遁禁制。见众一到，便和众人同向李宁身后的玉榻边上并坐待立，互谈各人以前经过。才知英琼、谢璎这一路虽未遇到强敌,所历险难,也不在癫姑等这一拨人以下。

原来易静自从那日在北洞下层由圣姑玉屏留影,悟彻玄机,随在灵源池底发现总图。得到手内刚刚通晓,便值沙红燕同一妖党由壁间灵泉水脉,施展邪法,暗中侵入。这时,周、李二人正想由北洞甬道退出,见二妖人欲破水宫法物,去往池边提那锁链,惟恐惹出祸事,送了赵燕儿的性命。一时情急无计,飞回阻挡,来势过于神速,又是双剑合璧,只一照面,便将沙红燕所约来的妖人杀死。易静原已发觉妖人暗入北洞,早在池底幻出假的法物,引其上当,以毒攻毒。没想到周、李二人去而复转,不及阻止,知道错已铸成,难于挽救。又发觉妖尸就要前来,一面急催周、李二人速退;一面乘着妖尸与沙红燕恶斗,详参总图机密,暗中运用,使其两败俱伤。此举虽近冒险,仗着妖尸怒火迷心,既与沙红燕苦斗,又防另外二仇敌遁走,易静掩藏运用,更极周密灵巧,当场并未觉察。后来妖尸连连吃亏之下,周、李二人与沙红燕相继退逃,妖尸带着万分怒火穷追出去。一则大限将临,心神暗受禁制,日益倒行逆施。二则自恃邪法,以为前洞秘奥业已尽得,运用由心,误认为仇敌全数逃遁,无一存留;又见妖党伤亡甚众,地有残尸,有的生魂尚未消灭,居心狠毒,只顾收那同党残魂剩魄去炼妖法,将各地五遁禁制重加施为,使其复原。不特北洞未再回去细加查看,连被易静、上官红用易周法宝、灵符和先天乙木遁法暗中破去中洞戊土遁法,在易周法力掩饰以假为真之下,也竟始终没有发觉出来。便宜易静一人潜身水宫,细绎详参,为所欲为,直到洞悉全图微妙,燕儿心身元气也渐康复,方始出水。

易静如与燕儿同回静琼谷,原可无事。再者总图到手,胜算可操。以前所失颜面,业已挽回,转辱为荣,本无须乎呶呶。无如天生好胜,疾恶如仇,明知妖尸和诸妖党还有些日数限,终以两次受挫之辱,气愤难消,立意乘机下手。哪怕不听师长所说时机,不能就此把妖尸除去,好在洞中禁遁已能运用,无论如何也给妖尸一点苦吃;就便如能将天书、藏珍先行盗走,岂非快事?一时急功太切,却不想妖尸如不该死,便不容易伤她;果能予以重创,更无须后来大举;圣姑昔年也无须小题大做,费上若许心力,周密布置了。并且那后半部天书,暗藏圣姑灵寝后面的五行殿壁之内,藏珍也在内一起存放。内外五遁之禁,息息相关,不将五行殿法物禁制破去,不能成功。如能成功,妖尸即可侵入,易静当时如不能将妖尸杀死,至少圣姑法体必为所毁,决难防止,岂不与原意相背?那么机智灵慧的人,一时私心自用,竟只偏想了一面。仗着真解已得,出入随意,一点没费事,便将所经之地层层埋伏一齐制住,由复壁秘径,将燕儿送出险地,自己却由原路退回。

这时易静已然得知妖尸由原停尸处迁入北后洞最上层的密室新居以内。因知那地方曲折难行，全洞只此一处，圣姑无甚设施。妖尸素极诡诈，又多疑忌，既把此处辟作密室，休说仇敌，便对同党也必存有戒心，防其随意侵入，窥见她的阴私，或是群雄相遇、争风吃醋等情。如在原有禁制之外设下妖法埋伏，前往必被发觉。一击而中，固大快事；万一妖法厉害，仍是徒劳。凭借此时法力神通，自然不会再遭陷困，但既然打草惊蛇，还想盗取天书、藏珍，势必更为艰难。念头一转，把原来心意稍稍变动。又知开那复壁秘径，必须将东洞玉屏前宝鼎中的莲花玉钥得到手中，有了此钥，再仗连日参悟出的各处妙用，不特中洞灵寝五行殿可以按图索骥，循径出入，就那玉屏后面夹壁之内，便有好几件稀世奇珍藏在其内。至不济，这几件法宝总可到手，不致空手退出宝山。于是决计旧地重游，取那宝钥。

谁知道高胆大，行事稍微疏忽，误以为送走燕儿时，对于沿途禁制埋伏只是略微挪移停止，随过随即复原。行动极速，无多耽延，所行又是最近最短的一条途径。并且此是为燕儿重创新复，急于送他出困，更无余暇再习通行口诀、法术。又想借此演习连日所得，能否全数由心运用之故，但可趋避，无须停止，便不去动它。回来因已习有通行全洞法诀，无须停止禁制，只照寻常潜踪飞行，埋伏无人触犯，妖尸自然不会惊动。就算先前警觉，也必当是有人由内往外逃走，决想不到仇敌去而复返。

易静的如意算盘打得倒好，哪知灾难未满，一时大意，没想到妖尸在洞潜伏多年，后洞秘奥虽然未知，前洞禁制以及形势，比起易静熟谙得多。如在平日，妖尸自恃罗网周密，无人能入，还许有个疏忽。当日偏巧新遭挫败之余，更觉仇敌竟能冲破各层禁网，随意出入；尤可怕是末了两个仇敌，居然由壁间灵泉水路秘径深入北洞水宫重地。自己用尽心力，施展诸般埋伏禁遁，不特未占分毫便宜上风，反吃仇敌伤了许多法宝和同党，两下里会合，由五遁网中从容逃退。去时自己冷不防还吃了亏，如非法力高强，玄功神妙，几受重创。仇敌既能来而复去，早晚必要卷土重来，觉着来日大难，形势不妙。又是愁急，又是暴怒，由不得对于防卫一切，格外加了戒心。回到中层，召集残存妖党，略微询问经过，计议之后，首将禁制埋伏挪移运用，在各入口要路上加上好些阻力，另外再施妖法警戒，以防仇敌卷土重来，只要入洞，立可发觉。不分日夜随时巡逻，查看动静。

易、赵二人才一出水，把沿途埋伏略微制止，妖尸立即警觉，循踪追来。全仗易、赵二人飞遁神速，又是择优挪移禁制，不是一路施为过去，所行之路既短，又是北洞夹壁水道，等妖尸追来，人已送出洞外。妖尸正在咬牙切齿，愤怒咒骂，不料仇敌才一离洞，重又退回，如是往常，妖尸早已下手施为。这时因见仇敌如此从容进退，仿佛和自己一样，洞中禁遁埋伏已无所施，大是惊骇，没敢当时发作。知道残留妖党决难抵敌，便用妖法发令，命各退下，以防打草惊蛇。独自运用妖法，隐形尾随在仇人身后，等到查看明了来历用意，相机下手，除此大害。虽易静为防无心中撞见妖尸，露出马脚，也将身形隐去。无奈妖尸终是行家，暂时虽看不出来人相貌，细一留意，来踪去迹却可看出几分。先见仇人这次回来竟能不犯禁制埋伏，通行无阻，稍微疏忽，连影迹都觉不出来，越发骇异。知道一切禁遁遁已无所施，不禁又惊又怕。

妖尸连次吃亏之余，益发不敢大意。只是强按捺着凶焰怒火，偷偷尾随在仇敌身后，看看是否已悉全洞微妙，还是只知大概。一面暗中盘算毒计，相机伺隙，猛然一击。上来只当是正教中新来的能者，虽然惊疑，还没往极坏处想。及至易静到了东洞玉屏之下，因要行法停止禁制，心难二用；又知所有妖党俱在北、中二洞等处，东洞左近空虚无人，总图在握，自信过深，以为妖尸除仗圣姑遗法，其余伎俩虽多，全难不倒自己。当时一心只顾取那鼎中玉钥，妖尸运用玄功变化一路尾随，竟一毫不曾觉察。到后匆匆行法，先将玉屏上禁制止住，与外隔绝。然后照着总图如法施为，幻出一种假的反应，以防妖尸万一转动全洞禁制时，可与中洞戊土之禁一样，表面上仍生妙用，与各洞相生相应，暂时不致警觉，赶来作梗。行法甚快，晃眼一切停当，便往宝鼎前走去。

那鼎原在玉屏之下，当易静和李英琼头次探幻波池时，曾欲取走。因听圣姑遗偈，留音示警，同时鼎中禁法发动，射出大五行绝灭光线，鼎底又生出一种极猛烈的潜吸力，将鼎盖吸住，往下合去，封闭严紧，不能再开。加以四外危机密布，五遁禁制纷纷夹攻，不能再留，只得一同退出。及见了李宁，才知事前不知底细，错过好些良机，并且内有几件异宝，就藏在二人立处的洞壁以内，一时疏忽，未得取出，悔恨无及。

鼎中遗音留偈，说明一切藏珍应由英琼取出，他人不得擅动，易静也并非是不知道。只为贪功好强心盛，以为自己和英琼义属同门，情逾骨肉，无分彼此。便圣姑也是前生道侣，颇有渊源，不过彼此好胜负气，一语之嫌，各不相下，致生后来许多因果。自从二次入池，备悉前因，已然向她服低，自不会再有参差。何况以后幻波池虽与诸同门一同执掌，为首主持之人却是自己。此举只是乘机取出，并给妖尸一个重创，略报前仇。至于天书、藏珍，就由自己一手成功，也是遵奉师命与圣姑遗言分配行事，并非心存贪私，意欲事先攘夺，据为己有。圣姑既然事事前知，料必早已算就，不致见怪。越想越觉有理。为防万一，下手以前并向圣姑通诚祝告。大意是说：

> 蒙圣姑恩佑，赐以总图，现已洞悉机密微妙。眼看不日便可秉师命与圣姑遗教，扫荡群邪，肃清仙府。妖尸尚有些日数限未满，本不应妄有举动，但是妖尸精通玄功变化，邪法颇高，甚是猖獗。意欲就着人在洞中未去之便，略挫凶锋，并将天书、藏珍相机取走，妖尸、妖党俱非所计。圣姑妙法无穷，不可思议，尚望终始成全，俾得成功，不受梗阻。

祝告时，因当地已与四外隔断，不曾留意身后有人，竟吃妖尸暗中听去。

妖尸一见仇敌现出身形，竟是上两次来过的女神婴易静。那么猛烈的五行合运所生丙丁神火，并未将她烧成劫灰，被她逃出火网，自己竟会毫无所觉，已是迥出意料之外。照着仇敌所祝告的口气，分明不知何时偷进洞来，也不知潜伏了多少天。并且还把自己穷搜多年未能到手的总图搜得了去。经此一来，不特以后全洞禁制埋伏俱成虚设，连那后洞灵寝五行殿中法物，仇敌也能随便应用，竟比自己还强得多。此时仇敌只是初得总图，地理不熟，运用也尚欠精纯；又仗自己玄功变化，长于趋避隐伏，行动巧妙，才得尾随窥伺，未吃看破。想再利用原有禁遁困住仇敌，已决不能。紧跟着，又想起圣姑遗偈中大劫将临之言，不禁惊魂皆颤。这一急，真是非同小可。认定眼前仇敌是惟一克星，不在此时将她除去，不论总图仇敌是否实得，或是在甚隐秘所在寻到圣姑遗留的总图偈，因而悟出玄机，并未得甚图书之类，只要此人一走，与正教中群仇会合，立即传布。不消数日，洞中秘奥变化尽人皆知，如何还有容身之地？这还不说，最关紧要的，是那开通全洞夹壁秘径的莲花宝钥。自己曾用多年心机，并还为此炼了两件代形法物，以备破那宝鼎。想不到仇敌竟有开鼎之法，如被得去，藏珍、天书尽落仇手。休说此时难免于祸，即便暂时勉强挣脱禁网，将来也必被仇人寻到，受那形神俱灭之惨。有心上前拼命，无奈仇敌法力甚高，上次用那么厉害的五行禁遁尚为所破，被她从容逃走，何况现在。骊珠已落人手，休说斗败无幸，即或能胜，必被逃走，决难制之于死，反而遗患无穷。

妖尸正在暗中咬牙切齿，万分愁急，易静已然准备停当，行法开那宝鼎。妖尸忽然急中生智，想出一条毒计。那宝鼎经圣姑法力禁闭严固，本无打开之望。也是易静该有这些日的灾难，由总图上参悟出开鼎妙用。虽然开时形势异常危险，照第一次的见闻经历，互相考证，此鼎除外面设有极厉害严

57

密的禁制外,鼎内也似藏有极大威力妙用,大五行绝灭光线便是其一。不过照着上次初开时那等自然和容易,又似其中难易,因人而施,只要圣姑默许,便非难题。自己等一行既是接掌此洞的主人,至多不能如愿,决不致有甚大的危害。五行绝灭光线虽极厉害,凭自己的功力和几件护身法宝,事前又有防备,也足能抵御。如其不行,非由英琼手取不可,再打主意暗算妖尸,也来得及。虽是姑试为之的心意,无如天性坚毅,行事果断,再一把事看难,益发把全副心神贯注上去。祝告圣姑之后,便去鼎前先试探着照近日总图所得,解去封鼎禁制。再用自身法力徐徐将鼎盖提起,悬高数尺。然后在宝光环绕防护之下,行法摄取宝钥与鼎中收藏多年的灵药奇珍。易静本是初试所学,不知能否生效。一见事颇顺手,刚一如法施为,鼎边四围便是五色毫光相继变灭。跟着鼎中微微一阵音乐之声过去,鼎盖便离鼎口,冉冉升起数尺。当地已与别处禁遁隔断,妖尸、妖党不会发觉,万一无心闯来,一走近自己设禁制圈界,立即警觉。万没想到,妖尸早已尾随在侧,深居肘腋之下,又是行家。如若先前不知仇敌设有禁圈,无心闯来,易静自然可以觉察。即以旁观者清,行动一切均有准备,妖尸又是一个炼就妖魂,更长玄功变化,怎还会有甚警兆?

　　易静当时只觉功成在即,好生欢喜。及飞向鼎旁,刚探头往里一看,猛瞥见大五行绝灭光线五色神光精芒,宛如雷电横飞,雨雹交织,将鼎口盖了一个滴水不透,繁霞电闪,耀眼欲花,不可逼视。左手略微挨着了一点边沿,那五色精芒便潮涌而上,电漩急飞,朝四外斜射上来。幸是身在宝光环护之下,否则非为所伤不可。这才知道厉害,吃了一惊。此时妖尸正施展妖法未成,易静如能想到圣姑果真默许,取出玉钥,怎会有此景象?只要知难而退,改弦更张,哪怕仍去寻找妖尸晦气,不与甘休,均可无碍。偏是固执成见,又因鼎盖已开,绝灭光线威力虽强,有宝可以防身,依然不肯死心。也不细想鼎才多深,固然神光耀目,凭着那么好一双慧眼,怎会看不到底?连鼎中景物,也一点观察不出?以为中间只隔着一层神光,照此形势,单单行法摄取,已不可能。除却运用玄功,缩小身形,冲光而下,便须先将绝灭神光破去,始能到手。第二策虽较稳妥,但是艰难费时,且无把握。前策虽较犯险,更不知绝灭光线以外有别的厉害埋伏,行动却须神速。防身法宝神妙,虽能抵御,万一妖尸突然袭来,骤出不意,逆转五行,生出强烈的反应,一个措手不及,也许吃她先发制人的亏。好在五遁禁制,已悉微妙,就被暂时困住,也可设法排解。何况妖尸尚在梦中,警兆一现,立即退出抵敌,也来得及,不会吃她占了机先,事前也并非不谨慎。念头转到这里,立即停手,静心向四外观察一遍,并无丝毫动静。于是放心大胆,决计犯险入鼎。

这一旁却把妖尸愁急了个不亦乐乎。仇敌法力之高,出乎意料,没等妖法完成,鼎盖已开。尤可虑的是自己最畏惧的绝灭光线,竟伤她不了,平安退落。此时仇敌破绽毫无,稍一妄动,打草惊蛇,再想入网,固比登天还难。如其就此退去,也是无如之何。不下手,又不甘心。妖尸方在疑虑不决,易静连人带法宝化作一团光华,二次飞向鼎上。妖尸看出易静这等行径,正合心意。知道鼎中还藏有一种极猛烈无比的太阴元磁的吸力,万无破法,大五行绝灭神光便是它上层掩蔽,互相生克。这层遮蔽微有破裂,休说还要深入,只要对准鼎心花蕊,任你多高道力的能手,也被吸了进去,直到炼化成了劫灰以前,便是天仙也难将鼎打开,不死不已。自己用尽心力苦炼了两件法物,异日欲以魔教中最神奇的移形代禁之法,泄去鼎中太阴元磁真气吸力,也只姑且拟议,到不得已时,勉力一试,并无把握。不想仇敌自投罗网。那些防身飞剑、法宝越强,吸力越大,何况自己又安排好了毒手,便不下去,也要冷不防倒反禁遁,五行逆运,往中央一迫,将四外封锁,迫向中心,使其对准鼎心花蕊。同时犯险飞向鼎上,拼却葬送一件心爱法宝,打入鼎内,冲破一线光层,将真气吸力引发出来,制敌死命。这样真是再妙没有。

妖尸这里剑拔弩张,跃跃欲试。易静哪知厉害,到了鼎上,停住下视,见鼎内光霞飞漩,激射起千重精芒电闪,比起适才初见,还要显得威力惊人。光层之下,第一次来时所见情景,分毫也看不出来。想起圣姑遗偈留音,曾有"妄动者死"之言。通诚祝告,如已获允,纵不似上次开鼎那等容易,形势何致如此严重?反正不久便竟全功,何须犯险亟亟?心方有点畏难踌躇,略生悔念,猛瞥见四外五色光华乱闪,五遁威力齐焕金光,潮涌而来。事前未见警兆,还不知妖尸暗算,只当是犯了圣姑禁约,妄开宝鼎所致。变生仓猝,骤出意外,妖尸又是处心积虑,猛以全力相加。五行逆动,正是反克,比起正常威力加倍。易静人在鼎盖与鼎口的中间,四外全被遁光封闭,急切间难于抵御。人在飞剑、法宝防护之下,虽然无伤,但是利不抵害远甚。不施展法宝,人必受遁光的重压环攻;稍一施为,便将元磁真气引动,本就易于激发祸事。妖尸更是阴毒,禁遁虽发,却不现形,只在暗施妖法,故意现出一面破绽,诱敌入网。

说时迟,那时快,易静惊疑百忙中,瞥见左侧一面遁光稍弱,恰巧又是癸水逆生出的戊土,知道土遁主宫已破,此是别宫化生出来的戊土。欲以法宝,开通出一条道路,稍微缓手,以便行法制止。心还暗幸妖尸未曾警觉,未凑热闹,起手便是一粒牟尼散光丸发将出去。哪知她这里不施法宝,尚逃不出罗网,这一施为,入阱更快。散光丸刚刚发出,妖尸的一件法宝也同时发出,恰巧迎个正着。随着晶丸散裂,精芒借一挡之势,竟以全力往鼎中飞射下去。

易静正待随着散光丸往侧面冲出,就这变生瞬息之际,瞥见一溜绿阴阴的光华飞来,射入鼎内。看出是件妖邪法宝,心方一动。猛又瞥见下面大五行绝灭光线倏地高涨飞漩,神光电雨,宛如一圈光网,由四方八面反兜上来,势子比电还急。刚暗道一声:"不妙!"猛听得妖尸格格怪笑之声,起自身后。未及回顾,猛觉得身子一紧,由鼎内神光分合中,突升起一股大得不可思议的吸力,将人裹了个紧,不禁大惊。忙运玄功猛挣时,连人带身外宝光全被吸住,哪里还挣得脱。同时那四边飞起的光线,已与上空鼎盖沿边相连,密无缝隙,好似一蓬光丝将人包在中心兜紧,上面空悬着的鼎盖立往下压来。同时随着格格怪笑声中,似见妖尸影子在光层外闪了一闪,也未十分看真。跟着眼前一暗,连人带宝全被吸入鼎内,铮的一声,又是一片细乐声中,上面鼎盖已合。由此与外隔绝,困陷在内。

易静初入鼎时,估量情势必极凶险,知挣不脱,便专一运用玄功,静心应付,听其自然。易静终是法力高深,久经大敌,这一来,竟收了以静制动之效。吸力首先止住,人也到底,正落在当中莲萼之上,只是莲萼未开,玉钥便在其内。四面鼎壁乃是一块整玉,光润无比,除莲萼外,空无一物。上层绝灭光线也只隐隐交织,不似开鼎时那等强烈。此外空无别物,也看不出毒龙丸与那几件藏珍所在。易静仔细观察了一阵,知道越是这样难测,越难开鼎出去。圣姑既然一切前知,早有安排,妖尸伏诛在即,不应再为张目,助长凶焰。固然大功告成,全在自己所得总图之上,断无不能脱困之理,但毕竟是令人难堪。心情本就愤慨,再一想到妖尸伏诛在即,赵燕儿脱困回去,癞姑、周、李诸人正在等候自己得手而回,共商大计,不想才出陷阱,又入罗网。鼎中吸力如此厉害,偏是鼎中空空,除中心莲萼外,观察不出别的微妙。如说事出有意,假手鼎中之行取出玉钥,怎这等难法?静心查看了一会,不愿空入宝山。又以圣姑法力微妙,莲萼看去虽然不大,也许内有法力掩蔽,故看不出,至少玉钥总在其内。意欲将鼎心玉莲花打开,不问有无灵药、藏珍,先将玉钥到手内,查看出吸力来源,再行设法破鼎而出。

易静艺高人胆大,以为查出吸力来源,便可设法破解上层大五行绝灭光线。适已经历,仗着这几件护身法宝尚能抵御,无足为害。谁知此鼎本身便是一件前古奇珍,再经圣姑多年苦练,加上许多设施,所有内中埋伏的一切妙用,全是一体,息息相关,互为生化,奥妙无穷,一件破不了,全不能破。此外,并有风雷烈火之禁,威力至大。除中心莲萼方圆盈尺之地尚可容身,苟安一时外,上下四外危机密布,一触即发。守定中心毫不妄动,每到子、午二时,尚不免要受那罡风雷火环攻,岂可冒失行事,再加触犯?

易静初下去时,恰巧落在中心玉莲花上,本来身体瘦小,又是玄功化身,所以暂时保得无事。这一妄想开那莲萼,立将鼎中妙用引发,不可收拾,日受风雷神光熬炼。如非功力深厚,又有许多防身法宝,稍差一点,不等谢、李二人来援,已早化成劫灰,形神皆灭了。易静此举虽稍鲁莽自恃,毕竟久经大敌,机智灵慧,因想鼎中具有那么奇怪猛烈的吸力,下面必还藏有极厉害的埋伏,被困以后,怎会如此安静?除头上盖着那层神光外,别无异兆,断定花样决不止此。尽管自信甚深,下手时依然小心戒备,不特把几件防身御敌之宝全数施为备用,并还运用玄功,将本身缩小,在好几层宝光、剑光环绕之下凌空停立,目光注定脚底莲花宝萼,宁神定志。先照由总图上悟出来的一切解禁之法,试着依次施为,如果全部不能生效,再以本身原有法力,破开莲萼上面封锁。鼎中原有五遁之禁,正反相生,威力之猛,更比罡风烈火还要强盛,随着被困人的强弱,或增或减,变化无穷。五行一经合运,或是转而逆行,休说寻常道术之士,便是天仙一流人物,也未必全能应付,厉害非常。总算易静发觉洞中无论何处埋伏,俱设有这类五遁之禁,因先得总图,知道运用与制止之法。幸而有此一举,上来便将五遁禁止住,无意中去了一个极危险的难关,直到后来脱困,鼎中五遁威力,始终不曾发难,否则真是不堪设想。尤可怕是开头便将五遁引发,还可照着近日所得如法制止,如果五遁以外的危害也接踵而至,或是相继发难,仍许有手忙脚乱、难于应付之苦。而鼎中变化,因时因人而施,分合先后与被困人触发之处,各不相同,并无定准。如当罡风烈火先发,身被元磁真气吸住,外受神光火线环攻,危机瞬息之际,五遁更猛发威力。再想如法制止,不特势所不能,万难兼顾,纵有解破之法,也无力行使,而原受的危害却益发加重威力,处此危境,断无幸理。

易静本意,不问有无,上来便占了先机,以图省力。及至如法一施为,果有五色遁光作一圆圈,环着玉莲花,分别一闪而灭。自觉所料不差,先颇欣喜。暗忖:"这类五遁禁制,威力至大,既无须有甚别的设施,按理再有也不会比此加甚。现已分别解去封闭莲瓣之法,破它想必不难。倒是适才那股吸力十分奇怪,入鼎以后,便自渺然,查看不出一丝朕兆。如自玉莲花中发出,被吸入鼎极快,此时神光已然高涨,包向头上,鼎心玉莲含萼不舒,下时看得逼真,并不见有开合痕迹。照着先后观察试验,互相印证,那吸力必是宝鼎本身的妙用,人在口外,便被吸入,鼎内转无所觉。可惜大五行绝灭光线是另一种法术,宝光四射,映得四周鼎腹、玉壁明霞闪幻成无限奇辉,艳丽夺目。宝光好似较前鲜明,姿态也似格外生动了些。"

易静见别无异状,渐渐放心大胆。因见莲瓣两次行法不开,一时心急,便把师门嫡传五丁神手施展出来,哪知变生俄顷。先前安宁无事景象,原因止住五遁,去了宝鼎一半威力,花外禁制失去好多灵效,非等触动莲萼,方始发难。两次行法开花,内里埋伏已被激动,再加施为,无异火上添油,立时爆发。她这里手掐法诀,往花上一发,刚喝得一个"疾"字,莲萼花瓣忽然开张,立有一大蓬五色精芒,由花心和千百花瓣层中猛射上来。易静立被荡起,停留不稳,心方一惊。就在花开一瞬、精芒电射之间,四外埋伏禁制全被引发。上层是五行绝灭光线,似火花暴雨一般,飞洒下来。四外鼎腹,又忽发烈火狂涛涌到,晃眼布满全鼎,鼎的体积好似大出了多少倍。

以易静的法力,水、火、风、雷均非所惧,但是此火威力猛烈,迥异寻常。通体一团赤红,人居其中,宛如置身一个大火炉内,中间还夹着千百万条五色光雨和千百万根五色光线,环绕飞射,又劲又急,力大异常,随着上下神光,处在夹攻之中。玉莲花心内,又突发出先前失陷所遇吸力,将人吸紧,定在那里不上不下,行动皆难。跟着由烈火中起了一种仿佛金铁木石全可吹化的怪罡风。于是火煽风威,风助火势,只听轰轰发发之声,震耳欲聋。火得风力,由红色又转成银白色,精光胜电,刺目难睁,势更奇烈。火又助长风力,势子较前更猛。加上五色光线交织其中,一时雷轰电舞,风火齐鸣,声势骇人,从来罕见。护身宝光尽管有好几层,依然觉得炎威欲炽,越往后越觉难耐。火尚其次,最厉害的是火中生出来的罡风和那绝灭光线。前者威力之猛,不可思议。易静连人带防身宝光,俱吃太阴元磁真力定住,本不能动。可是那风却硬要将人带走,力大异常,又是八面乱吹。有两次,易静稍微疏忽,几被它将最外面的一层宝光揭开,现了缝隙。后者是劲疾得出奇,虽隔着好几层宝光,时候久了,竟似有点敌它不住,常被冲动,震撼失次。每遇以上两类事发生比较猛烈时,那烈火立即随同压迫上来,奇热如焚,难于禁受。起初易静还想用法力、法宝去解破它,谁知不解破还稍好些,一有举动。譬如灭魔弹月弩、牟尼散光丸之类法宝发将出去,外面风、火、神光不特未被击散,反因一震,加了许多威势,更是难当。吓得只好停手,不敢妄动。抵御解破既是不可,不去理它;可是人在这几重夹攻之下,又实难禁受。并且心一惊惶害怕,立生出种种反应。这还算是命不该绝,为了爱惜鼎中玉莲,不舍毁伤,行法开时,未施杀手,人又始终在重重宝光防护之下,稍差一点,也没命了。

似这样,易静在风火神光合炼之下,苦熬了两日一夜。中间用尽心力,休说出困无望,并还经过两次奇险,几把性命葬送。至于困苦艰难,更是毋庸说了。末后眼看有点不能支持,忽然急中生智,悟彻反本归原的玄机。首将嗔妄贪惧等一切杂念去掉,照着昔日师传和上次紫云宫神砂甬道中被困时一样,竟在兜率宝伞之下,打起坐来。圣姑鼎中禁制甚是玄妙,多半随着心念来去生灭,经此一来,果然大有灵效。虽然一样仍有罡风、烈火、神光环攻侵袭,但在法宝防身入定之下,居然做到以静御动,只要心神宁一,不受摇惑,身外宝光便不致再被冲荡分裂。痛苦固仍不免,比较已能忍受得多,不似先前那么危疑震撼,难保瞬息。从此由静生明,渐把鼎中微妙全数贯通。中间也曾养精蓄锐,伺机一逞,意欲冲开鼎盖,脱身飞出。哪知这次鼎盖合时,太阴元磁真气已被激发,将鼎盖吸紧,成了一体,加上原有禁闭之力,休想再开出丝毫缝隙。并且鼎内一切危害,好容易才得稍微停止,恢复常态,除却定时发难,不再无故施威。这一妄动,重又引发,前功尽弃,又费上好些心力方得平宁。固然要诀已得,不致惊惶失措,陷入危境,但形势也是险极。两次试过,知道单凭己力出困,实是绝望,只得平心静气,勉强忍耐,以待时机。

直到妖尸数尽这天,李英琼、谢璎二人进洞以后,与癞姑等四人往救易静出险。这一路路程较近,所遇埋伏阻力自然少些,又是英琼旧游之地,按说到达要容易些,但是不然。因为妖尸自从那日发现易静潜入,困陷宝鼎以后,知道敌人既已深悉玉钥现藏鼎内,见盗宝的人未回,决不甘休,日内必还有敌党接踵来此救人盗宝。除毒手摩什以外,别的妖党决非来人敌手。多死一个妖党无妨,死在敌手却是丧气。好在此鼎谁也难开,与其平白葬送,助长仇敌势焰,不如当中多设陷阱,纵其入网,比较好些。不过事情难料,今日所困敌人既能运用收发洞中禁制,再来同党焉知不是能手?倘若来的又是一个行家,能由埋伏之中通行,不现痕迹,自己无从警觉,宝鼎固打不开,却做了别的手脚,岂不是糟?便命两个得力同党埋伏要口,持了符诀,代为主持。先将沿途禁制停止,见有人来,不可临敌,先故意放他过去,再将来路埋伏,依次层层发动;等来人快到地头,再把前面埋伏发动:两下里夹攻。同时传声报警,自己赶来,再打擒敌主意。除非来人真个法力不济,或已被困失陷,在自己未到之前,不许动手。又把自炼的法宝埋伏了两件在鼎侧,加上妖法运用,设计原颇周密。

事有凑巧。那两个妖党,一名蝎道人袁灵,一名金头仙娘。本是小南极四十七岛妖人中的健者,一兄一妹。平日自恃邪法,甚是凶横,人又阴鸷险诈,城府极深。对于妖尸原具奢望而来,到后一看,形势既是不佳,主人也是阴毒淫凶,对人全是虚情假意,并不以己为重,几天一处,便生悔恨。但终以垂涎藏珍和天书,妄念难消,不舍就去,勉强呆了下来。及见形势日非,毒手摩什再一来,方始感觉有些绝望。心虽痛恨妖尸,不特未显出丝毫痕迹,更因擅长魔教中一种最高明的魔法,一经施为,任多厉害淫媚之术,决不受迷。可是表面上,却故意装作迷恋妖尸,甘死无悔的神气。妖尸见他兄妹如此恭顺奉承,渐渐心喜,时常令其代主各处埋伏。二人又具穿山行地之法,通行土石,如鱼游水,神速无阻,多深厚的石山,一蹿即入。但他们从不向人炫露,同岛那么多妖党,俱无知者。本来随时可以不辞而别,一则性贪且狠,明看出妖尸灭亡在即,就能幸免,也没自己的份,终想觑便乘隙,趁火打劫,至少也把五行禁制学会,才不枉万里远来这一行;二则近日探出玉钥为开夹壁秘径至宝,还有好些毒龙丸均藏宝鼎以内,更想暗中下手,相机一逞。难得妖尸命他俩防守东洞,自合心意,不舍离去便由于此。

妖尸虽然刁狡多疑,对于洞中禁制,任多亲厚的同党,只令其持了自己符偈,暂代主持一处,从不肯全数传授,也不肯以全局相托。无如自大好高,喜人奉承,二妖人又格外留心,百计推详,不时相机附和,自告奋勇;加以近日妖党伤亡大半,人数太少,不够分配;二妖人又是自来恭顺老实,故作遁法精微奥妙,只能暂时奉命,照本画符,自己学它既无此功力,本心也不想学。妖尸竟为所愚,随时分派,不似别的妖党专守一处,竟被二妖人把五行禁遁连偷带暗中参悟,学会了大半。表面依然装呆,故作谨慎,明明知悉,也装不会。每次奉命防守,总在有意无意之间套问机密,或是说上一两句外行话。最妙的是平时兄妹相对,哪怕背着人,也以假为真,故意把假话当作密谈。暗中却用魔教中心通之法,传达真意,端的纹丝不露。妖尸惯用元神隐形和一切隐秘邪法诡计,查探同党的言行动作,众妖党稍存怨望,或是背后辞色不逊,全被探悉。独把二妖人始终当作忠心不二党羽,近日每有使命,也不再查考防范。加上毒手摩什长日纠缠,也无暇再行多事,二妖人因得畅所欲为。

这日二妖准备停当,意欲冒险一试,私开宝鼎,正好离开所守要地,预定一个偷开宝鼎,一个在附近巡风瞭望。本来谢、李二人入内,还要艰难,幸在二妖人下手以前,鼎后翠玉屏风在妖尸传授以外,忽然幻出许多异状。袁灵觉出玉屏上藏有极厉害的埋伏禁制,临场胆怯,恐有差池,忙用心通传意,将乃妹唤去相助。金头仙娘心疑仓猝之间出了什么变故,一得警报,不暇再顾别的,忙即赶往。谢、李二人到得正是时候,主持禁制的敌人一个也未在。

这还不说。东洞禁制本与别处有些不同。因是藏宝秘径所在，又是存放宝鼎之处，室有玉屏，上伏五行禁制枢机，可以独自为政，本身自具五行妙用，与别洞的禁遁可分可合，运用起来，威力固较强大，到了紧要当儿，不致受到别洞牵连。但是内中却也藏有一些害处。那翠玉屏风本身便是一件法宝，与内洞寝宫禁遁大同小异。妖尸不曾全得天书，内中妙用，至今未能尽悉。上部天书乙木遁法又被上官红先得了去，五遁中，妖尸只此一宫较弱，不能尽量发挥它的威力。如全由自身主持，尚还无妨，假手他人已是稍差，况且二妖人又心怀二意，起了监守自盗的叛念，为防主人警觉，上来先将藏珍要地与外隔绝。观风的一个，应援匆迫，再一疏忽，势愈孤立。

李英琼和谢璎恰好此时到来。二人不特道力高强，法宝神妙；李英琼更通晓乙木禁遁，并又持有圣姑所赠专一克制乙木的庚金之宝；谢璎的有无相神光，更是佛家防身御敌的大法。所过之处，虽然也有禁遁埋伏阻碍，但占了无人主持的便宜。二人同在神光护身之下，用庚金之宝，如法略一施为，立即过去，简直通行无阻，所有沿途禁制埋伏均同虚设，比起英琼上次来时，迥不相同。妖尸既未得到丝毫警兆，又打着随了毒手摩什当晚子时出困远遁的如意算盘，彼时正在暗用阴谋诡计残杀一班同党，以免日后啰唣。认定东洞埋伏厉害，又有袁灵兄妹代为主持防守。众妖党中只此二人始终恭顺可靠，对于自己虽也爱恋，但极谨慎知趣；不似其他妖党想入非非，色、宝全想独占，稍微酬应，便可满意，日后不致纠缠不清，由怨望生心，便作强敌。并且四十七岛同道甚多，将来有好些用处。因此独对袁氏兄妹，暂时还没想到加害。对于东洞也极放心，不接警报，决想不到会出乱子。

隔不多时，妖尸便和癞姑等一行恶斗起来，更加无暇及此。直到五行殿外设坛行法，同党内叛伤亡之余，觉着势单需人，方始想起东洞还有两人可用。明知入殿犯险的人凶多吉少，但是事在紧急，合用的人太少，为了成功复仇，就将这两人葬送在寝宫五遁之内，也说不得了。于是忙用妖法传唤，却并无回音。只当二妖人必是无心中看破自己毒计，见机乘隙，先行遁走。心虽怒恨咒骂，本宫无甚动静，仍然未想到秘径全开，大势已去。直到易、李、谢三人由寝宫壁上开门飞出，方知不妙，身陷敌手，劫运业已临身，什么都来不及了。

第二五五回

无意纵凶顽　七宝腾辉穿秘甬
同心求圣籍　一丸神泥锁玄关

谢、李二人初进来时，因为沿途禁制无阻，又未见到一个敌人，觉与初料不符，转觉可疑，加了小心。二人一个法力甚高而天真，一个素来胆大贪功，本都无甚机心，这一临事谨慎，自然得益。因不知当地禁制已与别洞隔断，二人正潜踪行进间，忽觉埋伏已撤，心疑妖尸或其同党潜伏在易静被困的鼎室之内，欲取姑与，诱人入阱。二人虽然不怕，但惟恐多生枝节，便把行进改缓，一路在有无相神光掩护之下，静悄悄往前行去。果然刚把那半截安静的甬道走完，便听风雷殷殷，势甚猛烈。再看前面鼎室，也在五色烟光笼罩之下。

幻波池，英琼来过两次，曾与妖尸对敌，看出有人入伏，触动禁网，方有这种景象，中间偏又隔着一段空的，心中奇怪，大是不解。虽然不怕妖尸，但易静尚在困中，惟恐惊动仇敌，人救不出，因而偾事，误了全局。意欲查看明了虚实动静，然后下手，便把脚步停住。遥望室内烟光杂沓，奇霞精芒交相变灭中，忽听一声惨叫，声音马上低微，仿佛有甚顾忌，强忍痛苦，不敢高声呼叫。紧跟着，便听一男子嘶声低喝："我已应了贼尼禁咒，法力已尽，万无生理。你是女身，或者无碍。我们定中了妖尸诡计，虽是自投罗网，咎由自取，此仇不可不报。一落仇手，万事全休，埋伏一发，她必警觉赶来。日前所说决不可信，也许在暗中看我兄妹惨状为乐，你万不可走进。乘其未来，或是未下手以前，急速逃回岛去要紧。"说到末两句上，话声已是模糊低微，不能成句。女的却无一言回答。

英琼只当是卫仙客同党一流人物，正待掩进前去偷看，猛瞥见一道碧绿光华，长仅三尺，细小如指，中间裹住一缕黑烟，由风雷繁霞轰腾弥漫中斜飞出来。一出禁圈，微微将头一拨，正对洞顶飞撞上去，恰在二人有无相神光圈外飞过，两下里相隔仅只尺许。绿光不知外面隐有敌人，稍飞过来一点，便非撞上不可。初冲出重围时，似甚吃力，还不怎快。这一拨头向上，真如闪电一般，神速已极，未容一瞬，便已到顶。绿光前头似有一粒金紫色的星光，先喷向前，打向顶壁之上，同时听到叭的一声极轻微的炸裂之音，可是顶壁依然完整无恙。那碧光意似穿壁而上，一撞未裂，便着了急。始而如冻蝇钻窗，满头乱撞，撞了一阵，连换了七八处地方，俱无效果。忽然停住，盘飞了两匝，意若有悟，重又掉头，贴着洞顶，顺来路甬道往外飞去，电射流星，晃眼无迹。二人也不知这碧光是甚来路，室中禁遁全被引发，势甚猛烈。只奇怪仅限于鼎室以内，与英琼前两次所经大不相同。

待了一会，不见妖尸，也不见有别的妖党出现。略微盘算，决计深入。神光护体，虽然无害，但却无法制止里面已变作了漫无涯际的光霞，急切间也找不到易静被困的宝鼎所在。前已有人来此触伏，一死一逃，如将妖尸惊动赶来，恰好撞上，未免冒失。只得仔细搜索，查看过去，又寻了一会，仍未寻见。英琼便和谢璎商量说："事已至此，已入虎穴，始终未逢一敌。妖尸、毒手摩什全都不见，也许与二姊、癞师姊们动起手来。看此间形势，好似适才逃人，将室中禁制隔断以后，不知又误中什么埋伏，以致一死一逃。记得前次来时，圣姑五行禁制异常神妙，一经引发，埋伏地域便广大得不可数计，蹄涔化为沧海，轻尘无异山岳，妙相无穷，莫可端倪。五行禁制随时变化，我们只凭护身神光冥搜潜索，何时寻到宝鼎？依了小妹经历，圣姑每在暗中显灵相助，莫如先向圣姑通诚祝告一番。然后施展大姊七宝金幢，将五遁埋伏制住。先寻到宝鼎，救出易师姊，免误机宜。你看如何？"

谢璎原以金幢初次施为，不敢轻用，因和英琼至好，不肯逆她，又急于救出易静，只得应诺。哪知一方是佛门至宝，一方是圣姑妙法，正是各有千秋，均具无上威力，而当地恰又是妖尸禁闭生魂的复室左近。二人来时，所领师长机宜，只是一个大概。幢顶一粒舍利子已然飞返西方，又失了镇压，道力稍差，或是心神稍微疏懈，不仅制驭不住，还易生出他变。二人自不知这些底细，总算谢璎道力尚高，虽然一样天真，却比谢琳心慈谨慎，未即下手，先就运用佛门真传，静摄心神，并未激发别的乱子。而玉屏上面最厉害的埋伏，已被先二妖人引发，此时便是妖尸亲来，也难于收势复原。如非此宝，便找上几年，也找不到那宝鼎所在，救人更不用说了。

英琼见谢璎迟不下手，方觉她过于小心，谢璎已准备停当，运用佛法，在本身元灵主驭之下，七宝金幢突由身后现出宝相飞将起来。这时室中五遁一同施威，合运相生，威力极猛。七宝金幢照例是敌势越强，阻力越大，所生反应威力也是越大。只见一幢七层七彩，上具七色宝相光霞刚现出来，微一展动，幢上金光彩霞便似狂涛一般，往四外涌射出去。头层金轮宝相立即转

67

动,射出一片祥光,约有丈许大一圈,盖在二人头上。祥光照处,瞥见宝鼎就在右侧不远,鼎后玉屏也在五遁烟光环绕之中若隐若现,只是看不真切。二人一见大喜,乘这五遁威力为佛光所逼,忙抢过去。刚到鼎旁立定,瞬息之间,那五行禁遁吃佛光一迫,也立生出反应,互相生化。五色光焰夹着大量烈火迅雷,也如狂涛一般,上下四方,六面压涌,紧逼上来。金幢宝光也增加了无穷威力,往外排荡开去。一时金戈电闪,巨木如林,水柱撑空,横云匝地,烈火赤焰如海,中杂五行神雷,再加上罡风鼓煽,后浪催着前浪,争先压来。还未涌到,彼此途中击撞,又生变化,增加出许多声势。这一面的七色光霞再迎将上去一撞,只见光焰万丈,芒雨横飞,金霞异彩,杂沓生灭,千变万化,耀眼生缬,不可逼视。双方威力同时继长增高,有加无已,越往后去,声势越发骇人。仿佛地动天惊,全洞壁一齐震撼,大有转眼即要崩塌之势。

谢璎金幢本能运用自如,只为初次出手,便遇到这等凶险猛恶之局,乍上来时还能勉强应付,嗣见形势越来越猛恶,未免胆怯,略一惊慌,金幢益发难于制驭。所幸功力甚深,一见不好,立摄心神,施展师门嫡传,方得强行制止。渐渐悟出双方生克消长之理,试以全力收制金幢威力,使其减缩,仅将宝鼎和二人立处护住,不令再往外冲突排荡,经此一来,果然好了许多。对方五遁威力虽仍变灭化生不已,却不似前猛恶,渐成平局,相持不下。本来当初圣姑鼎内遗偈留旨,原定英琼开鼎,谢璎施展金幢护法御敌。英琼以往曾有经历,又加近年功力精进,大非昔比,况又有谢璎一个极有力的帮手和开府时所得法宝、飞剑,下手必定容易,只要事前不把妖尸惊动,必能成功,却没想到这等难法。先见声势如此惊人,也由不得心虚胆怯,不敢冒失从事。又见谢璎神情紧张,惟恐金幢威力太大,一个制驭不住,有甚闪失。忙把牟尼珠放起,意欲合力镇压住五遁禁制,再打开鼎救人主意。哪知时机已熟,那惊心骇目的场面总共不到半盏茶时,便已过去。牟尼珠刚化作一团祥光飞起,谢璎也已悟彻微妙,转危为安。二人见状大喜,更不怠慢,忙照预定,由谢璎独挡全局,英琼照着妙一真人仙示,取出开鼎灵符,朝鼎一扬,一片祥光闪过,鼎盖竟往上升起。同时鼎内大五行绝灭光线,便似暴雨一般激射出来。

英琼在紫郢剑光笼罩之下,早有防备,加上七宝金幢护法,光雨一出,便被金幢宝光消灭。可是英琼剑光近前便吃逼住,也难探头往内观察。五行绝灭光线原是四外横飞乱射,与前无异。及为金幢所阻,不能旁溢,便直向上冲去,光雨繁密劲急,势更猛烈。七宝金幢虽能克制,但要防御诸般禁遁,又防毁伤宝鼎,不便施为。晃眼之间,光线上与鼎盖相接,联成一体,下面太阴元磁真气倏地发动,生出绝大吸力。如非先有妙一真人神符妙用,吸力一动,鼎盖重合,再开艰难已极。尚幸英琼心灵手快,因鼎开以后,易静并未乘机飞出,鼎内神光又如此强烈,不得飞往中心探查,疑虑交集之下,见室中禁遁已被金幢抵住,无须牟尼珠相助抵御,正指珠光飞向鼎的中心,鼎盖刚被真磁吸紧,易升为降,珠光上前,恰好齐中心将它托住,祥光照处,光雨立消。鼎口一层最严密的封锁一去,太阴元磁真气息息相关,互为生应变化,连同鼎内罡风烈火全部敛去,一齐停止。

英琼再定睛往下一看,鼎内情景与昔年初见无异,只当中莲萼上趺坐着易静玄功变化的小人,周身都有宝光环绕着,防护甚密,似在入定之中。虽已被困多日,不特面上神情不现一毫委顿狼狈之状,光仪反而较前莹明朗润。知道果然因祸得福,长了许多功力,心中欣幸。方欲出声相唤,忽见易静开目笑道:"玉莲宝钥就在莲房以内,圣姑早有定见。我未便代庖,仍请琼妹自取吧。"说时声随人起,易静腾光而起,飞将上来。一眼瞥见谢璎手持七宝金幢,正以全神应付一切禁制,不禁惊喜交集,忙又接口道:"琼妹,速取宝钥、藏珍。谢家大姊何来佛门至宝? 圣姑五遁总图已蒙见赐,我已深悉妙用。此宝威力至大,不可轻用,请先收起,我好停住这些禁遁,再作详谈。以免五遁止后,收宝稍缓,稍微疏忽,毁损洞壁和原有景物。"谢璎见她大难初脱,反更精神,也是喜出望外,忙即依言行事。果然易静略一行法施为,鼎后玉屏即由焰光霞彩隐现之中突现原形;同时所有五遁禁制忽全数收去,音影无痕。真个上来那等艰险,容易起来也真容易。

这里易、谢二人重逢叙阔,话未说上几句,英琼手才伸向鼎内,鼎心玉莲便自行舒萼盛开。首先触目的,便是那柄如意形的玉钥,轻轻一拔,便到了手内。下面莲房跟着上浮。那莲房大约一尺多方圆,共有五十个穴巢,内有十多个空着,中藏之物似已被人取走。余者都是饱满丰盈。有的精光外映,宝霞流辉;有的异香扑鼻,闻之神旺心清。知道那发异香的是毒龙丸,每一莲巢之内各藏数粒。下余发光的,全是圣姑当年自炼小巧精细的法宝。方欲试探开取,哪知玉莲竟似有甚知觉,不等动手,逐个儿自行开张,迸将起来。英琼大喜,忙喊:"二位师姊快来,帮同取宝。"谢、易二人闻声飞过,只见那先飞的全是大如弹丸、小才如豆的一些小巧灵奇的法宝,共约十二三件。以下全是毒龙丸。飞升甚速,只见奇光星射,芳香流溢,光丸闪闪,飞跃不已。二人到时,英琼业已到手多半,只相助取了些毒龙丸。英琼全数交与易静,并请谢璎随心选取。谢璎谦谢不取。

易静笑道:"琼妹无须亟亟。你仍全数保藏,少时事完再议,此均末节。

最要紧的,还是开那壁中秘径,好取出圣姑最后秘藏的天书、异宝。"英琼答说:"癫姑四人已由中洞直入寝宫重地,这里如此闹法,妖尸、毒手摩什始终不曾赶来作祟,定与谢家二姊、癫师姊她们相拼。我们仍旧往里夹攻,岂不是好,何必寻甚秘径? 除了妖尸,再觅藏珍、天书,不更省事么?"易静道:"琼妹只知其一,不知其二。妖尸复体已久,本来早该离此他去,只是为了天书、藏珍,恋恋不舍。现得毒手摩什为助,图谋更急。适才那等声势,妖尸当无不觉之理,竟未赶来作祟,事颇可疑。焉知不是妖尸看出数限将临,形势不妙,难于兼顾,舍轻就重? 自来先下手为强。妖尸虽无总图,毕竟曾得圣姑传授,在此多年,以我所知,她如冒险入殿攘窃藏珍,并非一定不能。她擅长玄功变化,飘忽若电,多厉害的法宝也难阻止。瓔妹宝幢固能制她,一则此宝威力忒大,不可轻用;二则寝宫内有好几条通路,妖尸未必不知。妖尸、毒手摩什一见势急,不是冒险先入寝宫盗宝逃遁,必用魔教中的杀着损坏天书、法宝和寝宫景物、圣姑法体。我虽被困多日,匆匆不及询问详情,但瓔、琳二位贤妹既已远来,自必有了成算。妖尸应在子夜落网,此时也还尚早,明往易生枝节。好在复壁秘径的宝钥已得,通行非难。如能抢在前面占了先机,天书、藏珍一得到手,必要拼命抢夺,决不肯舍。"谢、李二人觉着有理,便请易静主持。

易静笑道:"天书、藏珍固是妖尸梦想多年至宝,这复壁秘径被人开通,也是她致命一伤。休看适才五遁施威,那么猛烈的声势,未见赶来,那是她权衡轻重,不暇兼顾;又误料此鼎非有圣姑灵符,不能开放。如知我已出困,又在开通秘径,事关她生死存亡,必定来拼无疑。此间五遁禁制俱有关联,我现在此,禁遁被我停止,妖尸断无不觉之理。尤其开通秘径的门户,这里便有两处,内中也有极强烈的禁制。乍开之时,正反五行互相克制,声势甚大,并有风雷异声,全洞壁内俱生回应,妖尸一听即知。本来无法隐蔽,事有凑巧。当我第二次来时,无意之中走入间壁小室之内,因见那室甚低,石色犹新,里面还设有法坛,上置妖幡、法物之类,好似妖尸在作移形代禁之法。同时看出许多小甬道,连同这类小室,本是实心洞壁,近年方经妖尸开辟出来,以备妖党通行之用。地既隐秘,每个出入口均有妖法掩蔽封禁,外人不易得知。跟着,我便困入寝宫外庭,幸蒙李伯父救出险地。第三次重来,也未在意。嗣得总图,细加搜求,昨日忽然悟出间壁小室右壁角有一凹处,形如一门,与秘径通路相隔只有二尺。妖尸开此密室甬道,原极费力,又以总图未得,不知地形,当时只求大小合用,未往大开。否则四外再多开辟二三尺,便将复壁打通,无须再寻玉钥和出入门户,径由侧面攻入,直达宫殿了。

那洞壁虽无禁制，石质坚固非常，如用寻常开山之法，仍恐惊动妖尸。我看金幢乃佛门至宝，妙用甚多，能由主人心意运用，无坚不摧，又不起风雷之声。最好由大妹下手，将那洞壁攻破入内，比较稳妥。只要把入口一关避过，到了里面，并用玉钥通行，就容易隐秘了。"

易静不知环室一带禁遁，早被前二妖党隔断，只当适才五遁、金幢一齐施威，别洞定有反应，妖尸已然警觉，只为舍轻就重，暂时未能赶来。谢、李二人匆匆相见，一同忙着下手，不暇详说前事。恰巧发现隔室洞壁有一处与复壁通路相隔甚近，开通省事，更可避开正面入口风雷之声，免被妖尸觉察来扰。说罢前言，便率谢、李二人走往间壁一看，前见法坛已被妖尸移去，不在原地，只留下一座与宝鼎形式相仿的假鼎。三人俱知这类移形代禁的法物，不经妖法施为，无关紧要。可是一下手破它，便易将法人引来，转生枝节。其实，妖尸邪法甚高，更参以昔年所受圣姑传授，不似寻常。近日因邪法炼成，除假鼎准备就近破那宝鼎，仍留原地外，法宝已然全部移去。

易静不知鼎中藏有不少生魂凝炼的阴煞之气，一到便请谢璎施为。谢璎因见室中空空，只存一鼎，慧眼细查，不似附有生魂在上。此处不特深居地底，更在极深厚的石洞壁以内，想来金幢的威力不致累及无辜，便将金幢放起，依言行事。妖尸新辟之地，没有圣姑所设埋伏禁制，四围禁遁又经敌我双方先后隔断制止，去了抵抗力。谢璎又有第一次的经验，乍出手时，宝光甚是柔和。谢璎见这次威力不猛，眼看头层宝幢上的一面金轮祥辉闪闪，轮光徐转，正往所指右壁角照去。心正欢喜，猛瞥见第三层上一柄戒刀形的法物忽焕异光，由刀尖上射出一线精芒，白如银电，强烈耀眼，径往左里壁那座假绿玉鼎上射去。佛门至宝施为之际，动静强弱，行法人均有感应。谢璎觉出金幢突发威力，虽不似适才那等震撼难制，势也甚猛。知道附近如无敌党潜伏，也必藏有邪法异宝之类，否则不会有此现象。心中一动，银色光芒已然射向鼎上。那七层七色宝光先经谢璎制驭，本未往外开展，光团甚小；这时也一齐焕发精光霞彩，偏向假鼎一面涌去。

说时迟，那时快，未容三人观察发话，两下里已经接触，银色精芒疾同电掣，当先射到。一声大震，假鼎立即炸成粉碎，由鼎中飞起一团黑烟。三人还未看真，同时又听到"叭"的一声极轻微的爆音，黑烟随同爆散，化为数十百道碧萤黑气，发出卿卿惨叫之声，待往四下飞蹿。宝光彩霞也已涌到，好似含有极大吸力，才一挨近，荧光黑气便似万流归壑，纷纷掉头投到。跟着一裹一卷，便即掣转收敛，金幢宝光仍复原状，并无他异。只见金光彩霞略微闪变，微闻一串低而且密的惨呼响过，便已消灭，无影无踪。

易静道："妖尸真是狠毒，万死不足以蔽其罪。我只当此鼎是件寻常禁物，想不到竟将许多道术之士的魂魄炼成阴煞之气，禁闭在内。固然这些残魂剩魄十九是她妖党，不在山中修炼，妄动淫贪，自投死路，咎有应得。但照如此死法，形神两灭，连一缕残魂都不能保全，也太惨了。"谢璎心慈，闻言不禁生了恻隐之心，惟恐前进，再有伤亡。便和易静商量，金幢只备应急之用，暂且收起，另施别法开路。易静笑道："大妹心太软了。这复壁秘径，妖尸从未走进，怎会伏有妖党生魂？这里有的，已然消灭。只要把入口打通，上了正路，便不会再遇上这类的事了。万一别处还有这类事，原属定数难逃，我们又出于无心，并非过失。并且这等凶魂厉魄，如非罪大恶极，焉能遭此惨祸？勉强保全，不论他转劫重修，或堕轮回，结果不是害人，便是害物。就变畜生，也是毒蛇猛兽，扰害生灵。本着除恶务尽之旨，转不如一体消灭，可省许多的事。诛恶即是为善，我们不专搜戮他们已足，何必因此还生顾虑呢？"

谢璎平日饱闻忍大师普度众生的上乘佛法，认为凡遇恶人，无不可以度化，只看自己愿力如何。觉着这类旁门修道之士也有上好根器，只为夙孽牵缠，误入歧途，修到今日，煞非容易，形神皆灭，受祸大惨，未免可怜。自己道行愿力尚浅，不能度化归善，已是不安；如再任意杀戮，岂不有违平日信念？闻言颇不为然。但以易静年长，素所敬爱，人又面软口嫩，不好意思当面驳她的话。心想："复壁秘径，妖尸不曾走过，自不会有生魂在内，尽可施展此宝。少时如与妖尸、毒手摩什二孽相对，却须慎重。不是真个非此不可，以后决不轻用便了。"当时微笑了笑，也未回答。

易静把总图、玉钥俱已拿到手，便无宝幢，也能通行全径。上了正路之后，更用不着。只为匆匆见面，未及谈说仙都二女得宝经过，又看出是件生平未见的佛门至宝，猛然触动多年心愿，意欲借以试验此宝威力妙用，并防惊动妖尸。因此舍却正面入口，另辟一个门户。到了里面，再用此宝把洞途各要口封锁禁制，试上几处，以定将来借用之计。哪知此宝和圣姑禁制都具有极大威力，一路斩关入内，不如按图行法的顺理成章，略一施为，立可制止，省便得多。中间有两处耽延，到得稍晚，几误了大事。二人正谈说间，金轮徐转，宝光照处，那坚逾金玉的右洞壁渐渐消融，也并未见有碎石和裂纹，自然内消。已现出一个丈许大小，与金轮一样形式的大洞，不仅地位合适，十分美观，尤妙是四边棱角，圆平齐整，宛如天成。

英琼道："这门好像本来就有，还要使它复原么？"易静笑道："我不料此宝如此神妙，不可思议。你看开门之处，石质已然被消化，不见残砾，形式又好。多此一门与妖尸所开密室小径相通也好，就留下它吧。"说时，英琼性急,见门内有一甬道横在前面,暗影沉沉,隐隐闻得风雷之声,欲纵遁光当先飞进。吃易静一把拉住,说道:"琼妹不可造次。这条秘径深藏复壁以内,宛如人的脏腑脉络,上下盘旋,环绕五洞,共长三千七百余丈。我们所行,虽只由此往中洞后壁一段,仅占全程中之一二,但也要升降回旋,上下好几次,始能到达。新门正当入口不远的侧壁,此中险阴关口尚多,现为金幢宝光所逼,又未撞到各层禁制要隘,又觉不出怎样,只要深入事就多了。入内的人,休说是个门外汉,便算总图得到,不能悟彻机密,或是本身功力不济,到了紧要关心,一个制它不住,便被其反克。内里这些埋伏禁制,不特比外层还要厉害,并还各具有妙用,随时分合。一被困住必被圣姑借用此洞原有炼成的地、水、火、风,炼化成了劫灰,万无脱生之望。你有牟尼珠、紫郢剑二宝护身,又有我和谢家大妹在后接应,固是无害。但是上来便将全体埋伏引发,收拾制止就费事了。"英琼闻言止步。易静随令谢璎暂收金幢,自己居中,谢、李二人为左右辅,各纵遁光,一同飞进。入口左转,上了正路,把遁光放慢,顺着途径,一路留神戒备,缓缓向前飞去。

这复壁秘径,宽窄大小高低均不一律。入口一段,宛如一条极高的夹壁衖,宽仅七尺。因其通体俱在圣姑仙法禁制之下,内里雾气浓密,一望沉冥,看不出离顶多高。易静一心想试验金幢妙用,又自恃法力和身带诸宝,未照总图所示,将沿途禁遁止住。好在入口一关已过,就这样照直通行过去。初上路时,只觉出暗影中含有一种奇怪力量,上下前后都有吸力,将人抵住,无论进退,俱有阻滞,比起寻常飞行,迥乎不同。三人功力均深,剑遁又极神妙,倒是阻不住。知是应有现象,也就不去睬它。去不多远,渐觉身后和上下两方吸力加重,越往前越厉害。地势也突易升为降,骤然下落数十百丈。除两侧加宽外,来去两途和上空都是一望沉冥,渺无边际。三人那么高明的慧目法眼,均看不出一点影迹。风雷之声,反倒渺然无闻。易静知已入伏,不知何时触发禁制,生出险阻危害。因须贴地低飞,始能循径前行,不致走迷,嘱咐二人小心戒备,贴着原地面缓缓下降。正在留意观察,并告知谢璎准备好了七宝金幢,随时应变。猛瞥见前途暗雾影中,似有豆大一粒火星闪了一闪。忙喝:"二位妹子,小心埋伏!"

一言未毕,那前后左右的浓雾,好似一片油海遇火,当时一齐燃烧,化为无边火海,火浪千层,争向着三人涌到。同时上空更飞堕下一座火山,千百片烈焰赤云当顶压下。火势既极狂烈,中间还有不可思议的奇怪吸力,威势惊人已极。三人本有准备,见此情形,不约而同,各将法宝相继发出。仗着三人法宝各有妙用,英琼牟尼珠尤为神妙,一片祥光,将一行三人罩定。那上方和四周的火浪尽管争先涌来，到了祥光圈外，全被阻住。赤熛烈焰郁怒莫伸，自相翻腾排荡，终是不能近身。三人再往前进，也颇艰难，其势又不能停留。

易静虽具成算，为想试验金幢威力妙用，却不肯使，只率李、谢二人同运玄功，由火海中强力冲将过去。那火阻不住敌人，似极震怒，轰的一声大震过处，火势忽似狂潮一般卷退下去，随起了极猛烈的罡风。这风比起谢、李二人先前所遇，又自不同，势如山海，迎面当头压倒，风力之大，从来未遇。三人连施法宝、飞剑，加上谢璎的有无相神光护身，也仅只不被冲退，前进却越发艰难。四外烈火刚刚下去，吃罡风一吹一卷，倏地由分而合，化作碗钵大小的火球，似雹雨一般，重又夹攻上来。吃宝光、神光一挡，立化作震天价的霹雳，纷纷爆炸。但均聚而不散，每团雷火震过，便化成一片火云，包在三人护身光圈之外，渐渐越包越厚，围成了一个大火团。那无数的火星，便在里面自相冲压排荡，汇为繁响。风势本是越来越猛，三人护身光华吃火云包设，无异实质，火球一加增，阻力也随同加大，不特前进越发艰难，身上也似加了极重的压力。尤其那轰隆的万雷交哄，与呼呼的罡飙怒啸之声，虽在宝光、神光围护之下，也震撼得使人难耐。

英琼首先发急道："癫师姊她们四人尚与二妖孽恶斗，胜败难知，全仗师姊的总图和谢姊姊的七宝金幢往援。照现在的情势，何时才能赶到哩？"谢璎料定易静既得总图，当有破禁通行之法，本不想再取金幢应用。及见前行越难，易静并未如何施为，面上神情反似紧张。不知易静是想乘机观察金幢威力妙用，看出谢璎过于慎重，未便相强，故意延宕。同时却又防到埋伏厉害，万一难当，暗中早准备好了应变之法，却不下手施为。谢璎及听英琼一说，猛想起："癫姑等一行四人未必能是毒手摩什之敌，况又加上妖尸。对方可以随意运用原有埋伏禁制，主客异势，相差太远。妹子近来虽然勤习绝尊者《灭魔宝箓》，降魔法力大为增高，也因习了《宝箓》，把佛门上乘功课耽误，功力欠纯。别的功课不说，只那有无相神光，便不如自己。固然妖尸数尽今夜，该当伏诛，去的人却难保其不为二妖孽邪法所伤。万一有甚闪失，岂不冤枉？看此情势，风火神雷异常猛烈，易师姊大约只知途径，破法尚难。好在秘径中绝无生魂潜伏，与其挣扎强行，何如施展金幢开路，早与癫姑等四人会合？非但易于成功，至少免去顾虑，有胜无败。"

金幢乃佛门至宝，灵妙无穷。遇敌之时，除非对方也是行家，法力又极高强，只要情势真个危急，不必主人运用，便会自行飞起，发挥威力妙用，平日更随主人心意进止。如非三人护身法宝灵异，风火不侵，早已自行飞起。

这时风雷震撼已久，又被火云一迫，声势越猛。再待一会，便主人心念不动，也是不甘退守，本在跃跃欲试之际。谢璎既念同胞，复虑良友，心里着急，念头一动，立即激发金幢，也没等主人行法运用，便由身后现形飞起，又照例是以强应强，一出便具极大威势。只见一幢七色的金光霞彩，突由三人光围中升起七层法物，一齐转动，同射出一色精芒。四周更有一圈繁霞彩焰，一齐往外涌射出去，紧压光围外面的火云，好似狂风之扫浮云，立被冲散，荡将开去。跟着宝光大盛，四外火球只要挨近，便即震裂，化为缕缕残焰而散。罡风虽仍强烈，狂吹不已，可是一与光霞相接，便向两边分散开去，阻力锐减，后面吸力也自消灭。三人身上立轻，行动自如。

易静暗中留意，见状大喜。因知圣姑禁法变化无穷，生生不已，暂时虽为金幢所破，必有余波，且更猛烈。两败固是不妙，如将秘径埋伏破去，再重设施便难。好在此宝妙用已见一斑，此处已毋庸再试。便乘罡风未变化之际，暗中行法，手掐禁诀一指，口喝："风火已退，大妹请将法宝收起，到了前面关口再用吧。"话未说完，风势忽止，金幢宝光也自减缩十之八九。易静见状，心中越发惊赞。

谢璎因金幢未听指挥便自行飞起，出于意外，势又绝猛。吃惊之下，惟恐和先前救人时一样，制它不住，全副心神贯注其上，并未看出风退是由于易静照图所得暗中制止，依言收了金幢，二次同进。这一带风雷之禁一被止住，前行便无甚大险。只是径路盘纡曲折，高下回旋，歧路交错，每条路口均有门户关闭。经易静用莲花玉钥一指，立即开放。这才看清此中门径重沓，如此繁复，谢、李二人好生惊奇不置。易静笑道："这只是按照九宫八卦、五星躔度，就着原有风、雷、水、火地利设施祭炼而成。各小门户上禁制埋伏，多属风雷五遁，有此玉钥即可开通，还不甚难。倒是前面有两层通往中洞的门户，因与圣姑坐关的五行殿中枢要地相连，禁闭严紧，坚固已极，开通实是艰难，恐还要借重大妹七宝金幢一用呢。"谢璎含笑应了。

易静用功最勤，又精细，早把总图上所指途径门户参悟极熟。除却开头一段，以后三人便并肩飞行，至多遇到各路交错之处，略微辨认宫位躔度，即行通过。一路之上，无多停顿，不消多时，便把东洞秘径绕飞完毕，走入中洞主宫地界。这一带甬路本是又高又窄，三人正在一路辨认途向，往前飞驶，忽然接连两个转折过去，地势突往上高起了数十丈。刚由斜坡转入平路，眼前忽有一片黄光阻路。定睛一看，原来那甬道已变作了圆形，只有丈许方圆，宛如一条长蛇，一路蜿蜒而来。

圆洞尽头有一片同样大小的黄光将路阻住，光景沉静晦暗，色彩并不鲜明,慧目注视,也看不出那光有多厚多深。易静知是全程最厉害的戊土重关,那黄光乃圣姑昔年神泥所炼,比起前后洞的戊土禁遁厉害十倍。自己虽已深悉微妙,也须费尽心力,始能解破飞渡,收它仍难。易静知此是圣姑所炼五行法宝之一,虽极神妙厉害,与所施禁遁不同,如能用法宝、法力将它制止,便可收为己有,不生反应。如借七宝金幢之力收下,不特省却许多心力,异日脱难复仇,且有大用。便止住谢、李二人,暂停前进,笑道:"此是圣姑一丸神泥,用来封闭这主宫入口要道,破解煞是费事。并且各洞通往主宫的秘径,共是四门,均有此宝封闭。如不收去一处,移居以后,一旦有事,秘径形同虚设,便自己人也不能往来自如,岂非缺点? 只有烦劳大妹,用佛门至宝一试。"

谢璎本料这是易静适才所说严关,又一听说关系日后,如此重要,益发欣然从事,口中应诺,便要将金幢放起。英琼拦道:"大姊且慢。下山时掌教师尊所赐诸宝,土、木两宫均有克制。这黄光看去暗沉沉的,好似无甚出奇。易师姊说得那等厉害,自无虚言。我们各人俱有几件法宝,何不试它一下,到底有多大威力? 也可见识见识。"易静道:"此宝委实灵异,本来琼妹不说,也应先行激发它的妙用,才可收取。否则金幢宝光一照,难保不将它逼逃,去与别门相合,又多生枝节了。"谢璎的金幢本已随着心念现形,因黄光静沉沉地挡在前面,并未引发施威,立处相隔又远,宝光尚未照将过去,与其接触。闻言便运玄功制住金幢,不曾先发,又往后退数丈。

英琼便要动手,易静忙道:"琼妹留意。你那乙木之宝,只能克制前洞戊土禁遁。五行法物俱能合运逆行,已是难极。此宝是千万年混元一气神泥凝炼之宝,决制不住。转不如那牟尼珠,还可保得有利无害。如欲引它发难,可先将珠光护身,再发一神雷,便可见出端倪。你那乙木之宝也非寻常,日后还有大用,万一毁损,岂不可惜?"此时英琼功力大增,已不似先前那等轻率,忙即应声住手,依言行事。先将珠光放出笼罩全身,然后扬手一太乙神雷,照准黄光打去。英琼本来深知圣姑法力高强,法宝神妙,只为一时好奇,并非不信易静之言,不过有了以前两次经历,心较拿稳。初意以为发难情景和戊土禁遁相似,不过威力加强,比较厉害而已。哪知神雷发出,眼看一团雷火金光打向黄光之中,照例应该一声震天价的霹雳过处,雷火横飞,星光四射。对面无论烟光云雾,纵不一击即灭,至少也必击散好些,或是冲开一个大洞。哪怕对方势强,随灭随生,分而又合,断无不动之理。这次却是不然,两下里才一接触,黄光立起变化,只见云光乱旋,突突飞涌中,直似一张冒有浓密烟光的大口张在前面,神雷直投其中,无异石沉大海,渺无踪迹。金光雷火一闪后，即行沉没，更听不到半点声息。紧跟着形势却严重起来。

原来这些途径多是天造地设，原石生成。中经圣姑多年苦心布置设施开辟，参合阴阳五行、九宫八卦、诸天星躔之妙，加上诸般禁制埋伏，本就具有极大威力，外人休想擅入一步。后来圣姑皈依佛门，发下宏大愿力，欲坐死关。彼时上乘佛法尚未参透，本身法力却高得出奇。知道多生修积，数百年苦练之功，及身受百年诸魔之扰，成败存亡，在此一举。因此事前十分慎重，尽管苦心推详，洞悉前因后果，与未来种种，仍存戒心。为防万一，又把通往中央主宫坐关之处秘径四道重要门户，用所炼先天神泥封锁。所有途径多是石质，独这近门四条蜿蜒如蛇的圆形甬道，通体俱是神泥所化，比起紫云宫的神砂秘甬还要神妙厉害得多。来人一进甬道，便已入伏，前进触犯黄光固无生路，后退也难于幸免。易静虽然悟出总图微妙，独此一处尚未深悉，快到尽头，才知此是神泥所化。总算破解通行之法已得，到了急时省悟，尚来得及，不致遇困被阻，仍能过此难关罢了。易静适说神泥灵异，防其遁脱，并非不对，但是应在未入圆径以前施为。此时人已深入，神泥固不能变化飞遁，人也白受一场虚惊。

英琼一见雷火无声，情知厉害，不禁惊异。猛瞥见全甬道上下四外前后一齐震撼，发出与前面同样暗黄色的云光，宛如天崩地陷。身子立在虚空之中，上下四外漫无底止，晃眼全身俱被云光包没。同时觉出压力之大，从来未有，如非定珠祥光笼护，万难禁受。就这样，心神稍一疏懈，珠光便有被迫之势。再看易、谢二人，已无踪影，不禁大惊。忙把紫郢剑连同身带诸宝取了两件，放出一试。除紫郢剑还能穿行光云之中，但已进退吃力，不能任意飞腾外，下余诸宝，刚出珠光圈外，便被黄云裹住，如非见机急收，几被卷裹了去。经此一来，身外黄云又生变化，倏地由虚变实。始而化作豆大的金星，暴雨点一般，从四方八面一齐打到。吃珠光一挡，忽又伸长，化为千百万根尺许长的光钻，前头喷射猛火烈焰，一窝蜂似攒射过来，密集于光圈之外不退，越来越密。虽有珠光挡住，不得近身，冲击之势也是猛而无声。不知怎的，兀自令人心情烦热难耐。火云渐渐融成一片，看去与前又异，仿佛其色昏黄，暗光闪闪，也辨不出是光是火。乍上来，英琼还能移动，及至云光三变之后，四外全被阻滞，寸步不能进退。正觉心情怎会如此烦热？猛想起："牟尼珠光环护之下，万邪不侵，不应有此现象，定是神泥作怪无疑。易、谢二人断无失陷之理，必在一旁行法破解。我独失措，岂不难堪？终归无害，理它则甚？"当时灵机一动，忙即澄神定虑，将法宝、飞剑全数收起，一意默运玄功,主持牟尼珠光,一任身外云光变化,视如无睹。

英琼意念一定,方觉心神安静,不再烦热。忽听易静在身侧不远笑道:"好了!好了!"声才入耳,猛瞥见金霞乱闪,四外云光如潮,齐往身侧易静发话之处涌去。定睛一看,谢璎手指七宝金幢,与易静并肩而立,似由先退之处刚刚飞到。金幢凌空矗立,高约两丈,七层法物齐焕光霞,彩气蓬勃。头层上面的金轮徐徐转动,由边沿上射出一圈金霞,广约亩许,宛如华盖撑空,宝相辉煌,奇丽无俦。先前所见黄光云光,已化作黄尘暗雾,疾如奔马,正往金幢之下涌去。吃光霞连卷几卷,转瞬消灭。适才所经圆形甬道也已不见。方觉地形不对,好似换了一个所在,随见谢璎手扬诀印一指,金幢不见,手上托着一粒寸许大的黄色晶丸,递与易静。再看立处,乃是一座圆顶形的宫门外面,门作青色,紧闭未开。门外地势高起,上有钟乳四垂,宛如天花宝盖,璎珞垂珠,光怪陆离,幻彩流辉。下有数十处大小喷泉,雪洒珠飞,声若鸣玉。通体石色,宛如翠玉,精莹朗润,净如晶冰,景绝清奇。

英琼正惊顾间,易静已和谢璎走近,笑道:"琼妹近来功力精进。此系圣姑神泥,好不厉害,连这一段圆径也是神泥所化,我连日细参总图,竟未看出。如非事前有了准备,说不定还要吃它点亏呢。此宝不特生生无尽,威力至大,并还能摇惑人的心神,使其入魔。敌人到此,只要为其幻象所迷,便即丧失神智,不能自拔,任有多神奇的法宝,也无用处。适才琼妹激发它的威力,身入伏中,七宝金幢正在发动,我又略知解法,结局虽不至于受害,但吃点小亏,当所难免,你居然能在紧要关头,震摄心神,毫未受其潜力侵袭。修道年浅,有此功力,足见凤根深厚,心性灵悟,与众不同。现在神泥已蒙大妹相助收下,有此一丸到手,事完再收其余三门,便甚容易。日后稍微重炼,即可全部应用。现往寝宫还有两处关口,内只一处尚须借用金幢,余均不难,且先开了此门再说。"

那门看去本是一片整玉,仅具门形,当中有一圆圈。易静略一端详,随和英琼一同走近,仍照前法施为,手掐诀印,画了一道符。英琼便持玉钥往圆圈中点去,一片风雷之声过处,玉门立向两边开放,现出一条黄玉甬道。三人飞身同入,易静重又行法将门闭好,再同前行。又斜行向上走了一段,方入平路,以后甬道大小便都一样。

走到尽头,又有一门阻路,门作金色,中有五行符箓。易静便令谢、李二人止住,笑向谢璎道:"门内便是圣姑藏珍之所,我本来可以按照总图如法制止。一则匆匆参悟,疑有未尽,恐和适才神泥甬道一样,万一有甚失措,关系非小;二则此门禁制,五遁俱全,一时同发,威力声势太大,惟恐打草惊蛇,别生枝节。如果不等施威,便用金幢将五遁制住,我再行法一收,就省事多了。"谢璎知道此举非同应敌,对方又非邪法,上来须以全副精神驾驭金幢,猛然上前占其先机,将它镇住,方能济事。口中应诺,随施佛法,运用玄功,将金幢准备停当。行抵门前两丈远近,突将金幢放起,将七层宝光齐指门上,正射一面。两下里才一接触,门上立即彩光电旋,水、火、风、雷之声同时怒发,声虽不洪,看去猛恶已极。眼看要生巨变,往大处展开,无如发动在后,未及发威,已被金幢宝光笼罩,落了下风。易静见状,自是欣喜,忙再行法一收。一声轻雷,五遁光华全都敛去。谢璎也将金幢收起。仍是英琼用玉钥将门点开进去。

内里乃是一间大约半亩的玉室,室中心横着一条青玉案,天书、藏珍俱在其中。有的奇宝腾辉,精芒夺目;有的奇书鸟篆,形制古异。五光十色,观之目眩。三人仔细一看,那天书只存下半部,上附一小束。大意说:

　　此书连同上官红所得均是副册,尚有正籍藏在灵寝殿台之下。本是天府秘笈,全书均是天书奇字,非寻常修道人所能领解。副册乃圣姑手录,只有全书十之七八,未得全释,便即皈依佛法。除了妖尸之后,可用副册中附藏的灵符将书取出。但是峨眉掌教正在闭关期内,此外能识此书的人甚少,又不应与外人观看。此时尚不能习,可将它藏入五行殿旧日藏珍秘室之中。原有禁制,必须如法复原,四门神泥封闭尤不可少,以防外邪盗取。妖尸在上官红手内抢去的上半部副册,现被妖尸藏入北洞上层石壁深处,外有禁法封锁。今夜妖尸变生仓猝,无暇及此,尚存其内,不曾取走,事后往寻,极易寻出。到手勤习之后,可即行法,兼用神火化去,不可遗留。正籍天书,到时自有天仙一类人物前来指点,并代圣姑将书送还天府。由此室中通行出去,共有两层甬路。在下一层,乃圣姑坐死关的所在,已用法力、法宝将其堵塞填实,坚逾百炼之钢,仅留尽头容身之地。前壁也由法力封禁,时机不到,谁也难开,切忌妄动。可由上层甬路开通出去,外面便是圣姑停法体的五行殿灵寝。

三人看完束帖,先向圣姑分别礼拜通诚,再行查点。除天书外,藏珍共是大小二十三件。内有几件俱是前古奇珍,仙府异宝,妙用灵异。比头次幻波池连同今番鼎中所得诸宝,更关紧要。不过多半威力甚大,非经自身重炼,不能轻易使用而已。三人见大功告成十之八九,只等诛戮妖尸,便即圆满,好生欢喜。

英琼终惦着癫姑等一行四人,催着易静将天书、藏珍收入法宝囊内,重又上路。前面室门,因由内开,收法容易,易静如法略一施为,便将禁法止住,开门出去,果然前面现出一上一下两层甬路。下层齐入口处填死,只剩一条斜行向上的途径。如非看过柬帖,认得封洞神泥,极易混过,并看不出下层还有一条入口。遥望前面云光滚滚,变灭不停,与前面所走甬道大不相同。易静知道这一段沿途阻碍埋伏尚有好多变化,好在快到地头,自己足能应付,并须留为后用。

金幢妙用已然试过,便不再令谢璎出手。由英琼手中要过玉钥,独自当先,手掐灵诀,如法施为,往前飞将过去。那些云烟光霞,本是圣姑所炼五行真气,与五遁禁制又自不同,如放金幢,难免消损。三人只将它分开,由内中穿将过去。一路云光分合起伏,风雷殷殷,不消片刻,路将走完,相隔前面寝宫殿壁约有一二十丈。易静惟恐骤然出去,与妖尸相遇,或是将她惊走。意欲诱敌,不等到达,先就行法开通出口。哪知出口正在玉榻前面,金屏之上,妖尸、毒手摩什已同入伏被困,由壁中秘径往外走的人却看不见。只见癫姑等四人带了一个修道人的元婴,被困在火宫法物神灯焰内。未出以前,又隐闻壁外五行合运,繁响洪大之声。广殿空空,妖尸、妖党一个不在。知道五行禁遁一经陷入,瞬息万变,多高法力也难保其不受伤害,救援愈早愈好,分晷不能延误。一时情急,人还未及飞出,先将全殿禁遁止住。也是毒手摩什数限未终,才有此无心之失;否则二妖孽已同陷入金屏禁遁之中,众人合力,加上李宁,不必仙都二女去借心灯,已可使其伏诛了。

众人正在互谈前事,忽听李宁在光围中传声说道:"妖尸已困入旃檀佛火之中,元气亏耗已甚。虽然消灭须时,但她智穷力竭,只等孽报受完,形神消灭,更无伎俩可施。先前为防万一,借用尔等法宝,此时已用不着。除留定珠护法之外,下余诸宝,尔等可各收去。仙府新得,虽是旧游之地,尔等尚未全部亲历。易贤侄女可领她们游行全洞,将外层禁遁先行恢复,并将通行符诀一体传授,以备随时出入,不致受阻。此事也非一时能了,事完回到此地,妖尸也被佛火炼得差不多了。残魂一旦炼化,我便离此而去。不久仙都二女在大岺山绝顶,用心灯化炼毒手摩什,固不一定需助,你们情谊上却不能恝置旁观,理应前往助威。但是敌人必在此时来犯,由此生出许多事故。届时轻云、燕儿已各起身,尔等为首三人均往大岺山助阵,幻波池只众弟子留守,本非来敌对手,全仗原有禁遁埋伏抵御。所幸天书、法物,连同藏珍、神泥均已到手,不特可以随心运用,比起妖尸在日,威力还要大得多。再把灵泉水道和几处秘径加紧封闭,先来诸敌决难擅入一步。不过沙红燕、辛凌霄等,均曾来过三数次,好些要道秘径以及出入之法,颇有晓悟。尔等虽得总图、天书,但初来主持,毕竟还生,此中门径重复,变化甚多,匆匆布置,难保不有疏失之处。可乘我在此数日耽延,从速设施完毕,以便我临走之前,仔细推算一遍,看看有无漏洞。同时再将正籍天书取出,收入昔日藏珍之处。我走之后,再将后洞内层禁制,把五行法物加上一层掩蔽,不令来敌看出。这等严密布置,即使敌人能够偷偷混入,也多是自投罗网,寸步难行,再想暗算你们,更是万难了。"

易静欣然领命,率众辞出。只英琼孺慕情殷,知道父亲别远会稀,难得相见,好容易为炼妖尸暂留数日,如何肯舍离去。力说:"以后长居此间,暇中尽可遍历全洞,无须忙此一时。不比周师姊与燕弟长行在即,不知何日重来,欲多经历,并为异日再来出入方便,自然应该同行。至于重施禁遁埋伏,有易师姊主持已足,何况自己尚未通晓,随去无用。通行符偈和运用禁制之法,学它又非难事,等爹爹走后,再向二位师姊请教,也是一样。"坚持不肯同行。易静、癞姑知她孝思纯笃,就不再相强。

李宁见爱女仍是这等依恋,等众人走后,笑道:"我儿天性固是可嘉,但也忒痴了些。你什么都好,只惜杀气太重,将来不免因此多受险难。定数难移,我此时告诫原无用处。不过,人定未始不能胜天,你又孝顺,或能少为补救,也未可知。你本应劫运而生,难于相强。以后再如临敌,只谨记父言,得放手便放手,无须赶尽杀绝。像日前在北洞灵泉池畔冒失杀人的事,不可多犯,就少去好些强敌纠缠了。"英琼敬谨领命,守侍在老父旁边。

英琼细看妖尸,被困佛火焰光之中,神情万分惨厉,已不再似先前那等凶野。又见父亲双目仍自垂帘,说话均用传声,好似仍以全力施展佛法,不曾丝毫松懈。忍不住问道:"爹爹不说妖尸伎俩已穷,只等孽满消灭么?女儿也看出她元神受创甚重,挣扎皆难,怎还值这等重视呢?"

李宁仍以传声答道:"你休小看这妖孽。此时她虽元神重创,神情狼狈,实则她那妖法神通尚在,元神未被炼灭以前,仍能变化飞遁。她在旃檀佛火包围之中,一开始还连施邪法,只是欲逃未得。自知孽重限终,无由幸免,强行挣扎,平日多受罪孽,向我求告又必无效,方始停了蠢动。本是力竭术穷,再加上几分做作,妄图釜底抽薪,以退为进,故示不能支持,以懈怠我的心神。暗中却以全力运用玄功,蓄好势子,以为制她的佛门至宝已被仙都姊妹带走,少了一个致命的克星。只要稍微疏忽,便乘隙暴起,全身而逃更好,不能,也可施展分化元神之法,保得一半残魂剩魄,逃往大岢山去,再打主意。

81

哪知恶贯满盈，任用心机，皆是徒劳。休说诡计瞒不了我，即或我一时不察为其所愚，这大小旃檀佛法妙用无穷，一被佛火罩住，除我饶她，任逃出多远也无效用。我因急于回见师祖复命，竭力以本身元灵运用，一直未肯疏懈，并借牟尼珠助长佛火威力。你此时看她狼狈，还有一半是装出来的。再有一二日，元神真气耗损大半，那由元气凝炼的形体逐渐被佛火炼化，重返妖魂，跟着再遭炼魂孽报，那情景才叫惨厉呢。"

妖尸因身陷佛火焰中，一味瑟缩战栗，本已不再暴跳怒骂。李宁父女这一问答，似知妄想已绝，始而厉啸连连，又强冲突了两次，佛火立即随着加盛。妖尸难于禁受，重又强行敛迹，不再发声。静止了不多一会，忽又哀声求告起来。大意是说：

> 自知罪深孽重，万死不足蔽辜。但是佛门广大，善恶兼收。自己屡世修为，能到今日，也非容易。现在恶满数尽，并不敢妄希宽赦，只求老禅师、仙姑大发慈悲，深恩轻罚，略留一缕残魂，使得堕入普生道中，暂留蝼蚁之命，即是天高地厚之恩，百世难忘。

李宁微笑说道："我佛慈悲，回头是岸。你看旃檀佛火神光威力无上，如能自己解脱，一样可以逃生。照你此时心志，便我想放你，也办不到。能否保全残魂，在你自己，求我何益？"妖尸闻言，若有所悟，待不一会，重又嚣张起来。李宁也便入定，不再理会。

欲知后事如何，且待下文分解。

第二五六回

佛火灭余氛　咫尺违颜空孺慕
丹砂消累劫　宫墙在望感师恩

　　话说女神婴易静同了癫姑、周轻云、赵燕儿以及门下男女弟子上官红、袁星、米鼍、刘遇安等师徒八人，奉了李宁之命，巡行全洞，并传众人通行出入之法。易静、癫姑以为二妖孽伏诛在即，固不会再生事端。但是领头作对的卫仙客虽死，金凫仙子辛凌霄尚在，二人自命神仙美眷，夫妻情深。虽然乃夫死在妖尸毒手之内，与峨眉不相干，无如此女劫数将临，日益倒行逆施，所约帮手又有不少伤亡，必定移恨峨眉，决不甘休。还有紫清玉女沙红燕，本来就视峨眉如同仇敌，加上英琼在北洞水室为救燕儿，一时情急，无意中杀了同来妖党，沙亮又为毒手摩什所杀，凡此种种，均因想要强占幻波池，盗取藏珍而起。不料费尽心力，连遭险难，白将乃兄和一些同党断送，更失却不少飞剑、法宝，结局仍被圣姑算定，由峨眉派独奏全功，仇恨愈深，而且人又阴毒。照李宁预示玄机，不特两家必定合谋，不久就要卷土重来，拼个死活；而且到时一个处置不善，沙红燕的今生师长、前世丈夫、方今异派中最厉害的人物丌南公还要前来。师长闭关，全凭眼前几人应付，实非小可。癫姑更断定沙红燕性情乖僻，到时即不伤她，也是不能化解。否则李宁也不会提到丌南公来时如何抵御的话。反正庆父不死，鲁难未已。学道的人照例不免多灾多难，与其到时留这祸害，仇复不已，还显示弱，怕她师父凶威，转不如相机除此一害再说。互一商议，好在总图连正副册天书，已全得到，副册所缺乙木一章，早在上官红的手内，恰好配上，运用全部威力，比以前妖尸执掌更多妙用。又得了圣姑全部藏珍和助长五遁威力之宝，一经全数施为，便大罗神仙到此，也难脱身。欲就李宁佛火化炼妖尸，未走以前，可以讨教，便乘巡视并传示众弟子之便，沿路布置起来。

　　不过圣姑仙法兼有佛道正邪诸家之长，取精用宏，备极神奇。癫姑夙根、功力、两俱深厚，事前已得师长仙示和所赐道书，已有根基，一点就透，当时便可和易静一样运用。上官红入门虽浅，一则生具仙骨慧心，敏悟异常，用功又极勤奋，先学乙木遁法已尽其妙，虽然胆小矜持，也能触类旁通，不问自明。余人自赵燕儿以下，俱以为日尚浅，只能略知通行之法，遇到极精微处，便周轻云也只和上官红伯仲之间，尽管易静尽心传授，照样不能当时学全，随心运用。因此沿途解说施为，经了好些时，才将中洞走完。轻云笑道："五洞地域广大，照此巡行，得耗多少时刻？李伯父炼完妖尸便走，妹子也就要告辞，不能再效微劳。承二位师姊厚爱，学成再走，自有大益。但妹子此时尚无用处，将来再传妹子，也是一样。我看连众弟子也由他们循序渐进，无须亟于传授，以免李伯父先行，无从请益。二位师姊以为如何？"

易静因轻云娴雅温厚，此番又出了大力，事成却不能同居仙府，固然紫云宫瑶宫贝阙，只有更好，总觉无以为报。这等不厌求详，原是为她一人，闻言觉着有理。再听到末两句，忽然想起米、刘二人出身旁门，虽然平日用功甚勤，向无过失，但细察根骨，俱都不够。以前曾听轻云暗嘱英琼"对于门人最要留意，入居仙府以后，更应谨慎"等语。还有一日，见她和刘遇安背人谈话，双方神情甚是庄肃，轻云好似有所告诫，见自己无心中走过，便借闲言岔开。暗察神色，又不似有甚过失。几次想问，俱因那些日红儿用功精进，众人夸赞，不肯扬此抑彼。又想起英琼收米、刘二人时，因一干先进同门均未收徒，所收又是旁门中人，执意不肯。轻云与她世交至好，看出二人心诚，再四说情，方始强允。又因二人入门由她力说而成，知道不久便要移居仙府，本门法严，英琼稚气天真，二人终是旁门出身，根骨功行全差。人心难测，以圣姑之明尚有妖尸之累，故对师徒双方别前加以告诫，并无他意。虽然洞中仙法，自身功力不济，决学不会，便会也不能运用，但身为众人之长，总以谨慎为是。心念一动，立即点头称善。好在天书、总图、癫姑、英琼均可随意勤习，癫姑更是走完中洞，骊珠已得，沿途遇有不晓之处，稍为指点，即可应用。日内还要三人勤习，只要不传授轻云，便不忙此一时，这一来，自快得多。

癫姑见易静运用施为无不由心，好似早已精熟，知是玉鼎陷身，静中参悟所致。笑道："此次易师姊苦难最多，可是所得也最多。不特尽悉此中微妙，并还处处轻车熟路，了如指掌。照此法力，此时便放妖尸出来，任她久居此洞，长于玄功变化，也非敌手了。"易静笑道："你休小看妖尸，她虽少了乙木全章，不能尽发五遁威力妙用，伎俩也实不小。尤其是心思细密，多疑善诈，连对她那最亲密的妖党，也无一不加防范。别的不说，她为想破青玉鼎，炼一代形禁制的假鼎已足，她竟炼了两个。不论何事，进退全有两条道路。如非圣姑道妙通玄，事无巨细，早在百年以前算就，并还留下预防之法，占了先机，妖尸所行所为，全部落她算中，现今回忆前情和细阅总图微妙，休说我们,再多几个能手,也除她不了。再要被她寻到总图和宝鼎莲花玉钥,更休想占她丝毫上风。其实,妖尸资质真好,只是凤孽太重,一入邪道,便自陷溺日深,不可救药了。圣姑和她也是凤孽,不然怎会留她至于今日?明明断定不能回头,仍还给她留出几条生机呢?"

癫姑笑道:"你知道么?我们便有一位同门,凤孽之重并不亚于妖尸,以前累生苦修,均未解脱。到了今生,更多种出一层孽因,险阻艰危,更甚妖尸。不过他是男子,从未开过色戒,就仗着九世童真,元灵未昧;又得师长格外恩怜,借着玄法为他减孽,和小师弟李洪几次金刚佛法暗助,终于被他历尽凶危灾害,排除万难,功行完满,天仙可期,为本门男弟子中数一数二人物。别的不说,单他那两件法宝,就无人能敌。可见淫过万犯不得。他曾受邪魔环伺,在美艳如花的脂粉阵中困处两年,受尽邪媚引诱,每日求死都难,终能守身如玉,心同止水,并将凤世情孽感化,渡过一大难关。否则,这一关是他最紧要的关头,对方虽是淫邪女子,不但枉有法力,不能伤她分毫,还须加以爱护,不能就此舍之而去。你们说是多难?要和妖尸一样,稍为失足,不必今生,前几生时已早完了。"易静边听,边在行法布置。听完,笑问道:"你真是个百事通,见多识广。你入门还在我以后,平日又常在一起。我入门虽比你早不多少,以前师父与本门均有渊源,怎此奇事便一点也未听说?这是何人,有此本领?"

癫姑笑道:"我比师姊年轻,有甚多的见闻?前事还不是听屠龙恩师说的。至于超劫成道一节,那我是据情理推测。这人,你和周师妹全知道。你没听李伯父说,几个小淘气,就这经年不见,已在从古仙凡未到过的天外神山开府了么?那地方,又名光明境,在小南极磁光圈外,自来便为宇宙之谜。最奇的是一个极南之区,偏与极北的北极陷空岛地底相通。当地有一妖物,名为寒蚝,已有万年以上功力。磁火极光,何等厉害。他们身带十九俱是庚金之质的法宝、飞剑,就有小和尚一路,佛光只能护身无害,没有天河星砂这类前古仙人祭炼千年的异宝,以毒攻毒,互相抵消,如何能入居当地?休看金、石、甄、易诸人人小身轻,个个根骨深厚,遇合又巧又多,再加上小和尚和阮师兄法力更高。到的是那等奇怪地方,此行经历定比我们还热闹呢。"易、周二人才知那是转劫归来的阮征和大师兄申屠宏,还有苦行头陀高弟、现在东海面壁九年尚未满期的笑和尚,均成名已久,尚未见过。

于是互相谈说小南极光明境天外神山,定比紫云宫中景物还要奇特。休说常人,便海内外许多有名散仙,连那极光元磁真气的屏障,也冲不过去。都想将来事完往游,一开眼界。不提。

因为洞府既大,门径又多,为防万一,格外细心,虽比先前快出好些,仍费了不少时光,才得布置完竣。恐李宁要走,虽然无甚疑难请益,终想再讨点教,决计人去以后,再行分人触犯禁制,以资演习,便同往寝宫赶去。

　　到后一看,李宁端坐蒲团之上。英琼仍侍于侧。佛火中的妖尸仍是原样,神态反更凶恶狞厉。已然连经紫青双剑、散光丸、弹月弩、定珠和七宝金幢等仙佛两门内最具威力的至宝重创之余,又经佛火神光连炼了数日,元神居然还未耗散,这是何等神通。正在惊奇,英琼见易静等回来,笑道:"你们怎去这么久? 爹爹都快走了。"癫姑笑答:"妖尸还是好好的,伯父怎就要走?"

　　英琼道:"妖尸自为佛火神光所困,几次行诈暗算,未得如愿。后被佛火神光束紧,不动还稍好些,微一挣扎,苦孽更甚。她又偏不安分,结局便成了这个样子,连眉眼都不能闪动一下。固然她就放老实些,也是一样形神俱灭,到时佛火神光往上一合,形神齐化乌有,但痛苦终要减去好些,还可多延半日。她这一妄想冲逃,不久便受降魔真火反应,侵入体内,与她元神相合,内火外火,里煎外燃。她本是妖魂炼成形体,已和生人无异,因是邪法高强,神气坚凝,所受罪孽也是最烈,常人还可求死,她连求死都所不能。此时休说她自己,连行法的人看她可怜,或是放她,或想早点弄死,免其多受苦孽,皆办不到。这也是她造孽太多,平日专一炼人生魂作恶,应得的报应。闹得最恨她的我,都不忍见此惨状,几次求爹爹早点发动神光将她化去,以免看了心恻。适才爹爹传音相示,说是多费不少心力,才得勉允所求,提前了半日。你看妖尸对敌时,施展玄功变化,形体分合隐现,无不由心。一为伏魔神光所制,通体便似实质。此时元神真气已被旃檀佛火熔化将尽,以她多年苦功所炼,无异生人的形体,不特知觉俱在,且较常人感觉更加痛苦,其苦甚于百死。乍看不觉得,还以为她凶呢,试再仔细一看,就知道了。"

　　众人听英琼一说,早看出妖尸虽然相貌惨厉,凶睛怒突,手舞足蹈,似要扑人之状,但和泥人一样,就这么一个姿态,休说手足,果连眉眼都未见分毫动转。身外薄薄笼着一层祥辉,也分辨不出那是伏魔神光,还是旃檀佛火。易静、癫姑俱都内行,知道妖尸好似一具薄纸胎壳,包着满满的沸油,内里已完全熔化,只要点燃,立时爆发消灭。再一计算时日,果是第七天上。因为一路说笑巡行,无人在意,知众弟子功力精进,不久便可长年辟谷,故也不觉饥渴。方在欣慰,忽听一声佛号,李宁睁开双目,手掐诀印,往外一弹,只见指甲上似有一丝极细微的火星弹出。妖尸身上忽有一片青霞,自内透映;身外祥辉立往上合,其疾如电,只闪得一闪,众人倒有一半不曾看清,便即隐去。再看妖尸，已无踪影。先前连李宁带妖尸笼在一起的光霞，也全不见。众人齐向李宁参拜，敬赞佛法神妙，不可思议。

李宁道："依我本心，并不愿使其受如此残酷之刑。无如妖尸淫凶太甚，恶孽如山，偏要多那苦吃，我实无力为其减免。今日琼儿见她受苦不过，又贪图与我聚这半日，屡次苦求。那降魔神光、旃檀佛火威力之大，真个不可思议。为徇琼儿之求，再三谨慎，仍几乎引起反克。虽然近年功力稍为长进，不致有甚闪失，到底不可大意呢。且喜你们得此仙府，更有主人遗赐的天书、奇珍，福缘不小，望你们好自修为，同证仙业。所应留意的事，前已说过，我也就要走了。"英琼把小嘴一努道："爹爹就是这样，女儿为想和爹爹聚谈这半日，说了许多好话，才把妖尸提前消灭，哪知走得更快。早知如此不上算，谁耐烦代妖尸求情呢？"

李宁笑道："痴儿，怎的还是当年稚气？你平日疾恶太甚，与易贤侄女均为峨眉女弟子中煞气最重之人，平日又最痛恨妖尸，居然肯代求情，固然一半由于孺慕，起因终由于此。即此一念恻隐，你已阴受其福，我也少却好些顾虑。此必是你近来道基日固，加以至性感格。你我父女，均是世外之人，虽然别久会稀，将来均可望成就，何必在此半日依恋？在先我也未尝不愿为你稍留。但我想，恩师限我第八日辰初回山，而大旃檀佛火化炼妖尸，决用不着七个昼夜，便你不求，再有两个时辰也至终局。也许恩师别有差遣，或有甚事，尚须在外多耽延半日。事完之后，我一按神光，默运心灵，果然有人在途中，并还是奉了你朱伯父与乙师伯之命而来。此事灵云、紫玲二贤侄女也在其内，事情由天残、地缺与双凤山两小引起，头绪甚多。内有两部伏魔禅经，关系紧要，必已早在恩师算中，我便想留此，也办不到。"

众人方想请问来者何人，是否还要进洞相见？忽见中宫戊土起了警兆，继听神雕鸣声遥传。英琼本因神雕未随众人一路，五洞皆闭，又经易静照圣姑总图分别施为，恐被隔禁前洞，正想询问，忽听连声鸣啸，未作人言，必有急事。先疑易静来时，传授通行之法，神雕不能领会，误犯禁制，细听又觉不像。方欲出视，袁星已跪禀道："禀告师祖，洞外有客求见呢。"言还未了，易静突然失惊道："此是何人，竟能直入中洞？怎又将门闭上，不再深入？待我去看。"

李宁笑道："无须，此是寻我的人。他因身有异宝，法力也高，五遁禁制虽不如易贤侄女新得仙传，但也不弱。此人行事最是缜密，虽然飞行极快，为防妖邪跟踪，又须走过大峪山妖巢附近，仗着是自己人，不待通款，便仗法宝防身，启门而入。为防你们多心，怪他卖弄，好在入门即可无妨，所以不再前进。钢羽虽是异类,自经洗髓伐毛之后,功力大进,灵慧非常。适才在静琼谷,因杨道友坐下古神鸠路过,此鸠得道数千年,威力灵异,只太猛烈,专寻妖邪晦气。二鸟和我们人一样,原极交好,相约远出淘气,便乘琼儿在此侍立,你们巡行各洞之便,私出赴约。归途不料易贤侄女事完,把五遁一齐发动,它如在内,当可通过,有此一门之隔,如何得进? 恰巧来人赶到,仓猝之间,也找不到门户。双方本来见过,各知来历,人鸟相商,一个是熟地方,指明门户所在,一个便行法,连它一齐带进。此事起自古神鸠,你们乐得不加闻问。并非取巧推诿,实在是你们前路方艰,多一事不如少一事。好在杨道友不是外人,又是两生师执,法力也高,足能胜任,索性由她独任其难也好。神鸠由于为主忠心,你们三人无须怪它,也不可加奖语,以免他人效尤。我也该走了,无须延客入内。此人也不可不见,都随我往前洞去吧。"说完,收了圣姑所赠蒲团、法宝,便自起身。

众人不顾问话,以为来人必是师执尊长中有名人物。及至到前洞一看,神鸠早已停啸相待。来人是个身穿黄葛衫,身材粗矮,看去并不甚起眼的大头少年,恭恭敬敬立在中洞门内。因禁法已被易静止住,看不出有何法力,也无一人相识。少年一见李宁,先自上前礼拜;起立后又朝易静等举手为礼,口称师妹。正在礼叙,癫姑忽然想起此人相貌,正是昔年眇姑所说的本门先进,不等招呼,便先笑道:"这位大概是申屠师兄吧? 我们都未见过,钢羽有好眼力,还能认得。伯父说事在紧急,命我们不必延客。我想请你游览荒居,不妨俟诸异日;就在隔室少坐,就便领教,总可以吧?"众人一听是本门大师兄申屠宏,好生高兴。英琼也拉着李宁的手,直说:"爹爹,女儿和师姊们都想听申屠师兄详说此来经过,爹爹只留个把时辰,容我们听完,再走如何?"李宁微一沉默,笑道:"你真是我魔障。好在此女该有这些年灾劫,结局又是于她有益的事,早去也救不了。禅经虽然稍为可虑,但血神子早已伏诛,蚩尤墓中三怪又为古神鸠所伤,上部被此女得去,到手便有佛法封固。另外副册即便暂时被人窃窥,也无一能解,非用多日邪法,不能取走。依你便了。"

申屠宏已和众人分别礼见,闻言,躬身说道:"师叔见得极是,朱、乙二位师伯也如此说过。弟子不过想早完师命,并早得那龙珠罢了。李师妹至性孝思,师叔似可稍留。便弟子也久闻此间诸位师妹全都仙福至厚,虽是初见,已测一斑。极愿借此领教,并谢不告而进之愆呢。"李宁含笑点头。随由易静陪往别室之中落座,问其来意经过。

原来申屠宏、阮征前几生已在妙一真人门下,后因误杀了两位男女散仙，犯了本门妄杀重条，逐出师门八十一年。二人连经两世离开师门，受尽艰苦凶危。仗着平日为人好，有力同道又多，被逐出时，诸葛警我同门义重，代他二人跪求了两日夜，未将法宝、飞剑全数追去。齐灵云姊妹感他们几生至谊与救命之恩，一个背了父母，把自己仅有的三粒灵丹，分了两粒，假传师命相赠；一个又去苦求神尼优昙，以佛法护二人两次转劫。前生法力俱在，加以始终心念师门，向道坚诚，誓在三生八十一年内减孽赎罪，以期重返师门，仍归正果。终为二人诚心毅力，排除万难。内中阮征处境尤极艰危，生具特性，又爱前生相貌，屡劫不肯变易。不到师父所说期限，知道求也无用，一味潜居苦修，也不转求别位师执求情。

申屠宏和笑和尚前生的贺萍子性情相同，最是滑稽和易，又最机智。平日苦忆师门，到了峨眉开府，益发向往。一算时限还有两年，心想冤孽已消，或能容恕，提前重返师门。便乘乙休、韩仙子与天痴上人白犀潭斗法之便，苦求乙休说情。神驼乙休本喜扶持后进，便为他写了一信。申屠宏持信赶到峨眉仙府上面，正和阿童述说，托其代向师长求情。忽见本门师叔醉道人飞上，交与一封妙一真人所赐柬帖，命其于两年内觅地将法炼成，再照此行事，又嘱咐了一番话，才行走去。申屠宏必须将事办完，始能重返师门。申屠宏原以师父言出法随，决无更改，期限未满，求也无用。一则向往师门太切，又当开府之盛，借着求恩，试探师父心意。知道恩师命办的事情关系自己与同门至交阮征的成败，偏生又不令阮征同办此事，仅许先行通知，仍由自己一人去办。事情那么艰险，少了一个最有力的助手，岂不更难？当时惊喜交集。

申屠宏送走醉道人后，仔细再一想："自己两生苦孽，修为何等艰苦，恩师全都知道，决不会再以难题相试。现在柬帖未到开视日期，醉师叔只传师命，大意是：

令我两年内往甘肃平凉西崆峒附近，装作寻常读书人，借一民家居住，等一姓花的女子到来。那女子是海外一个散仙，昔年芬陀大师逐出门墙的记名弟子。由见面那日起，便须随时暗中相助。如被看破，便与明言，说自己是峨眉门下的弃徒，现正戴罪立功，与她同样是在西崆峒寻求藏珍，寻到之后，便可重返师门。不过所寻之物与她不同，彼此无关，合则两利。如蒙见谅，合在一起，成功之后，对她所寻之物不但不要，并还可以助她一臂，任何难事，皆能办到。

自己与花女取宝,环境极其险恶。不仅那西崆峒天残、地缺两老怪物万分难惹,而且门下徒弟也是个个古怪,专以捉弄修道人为乐,虽是旁门,并非寻常妖邪一流,法力甚强。老怪均护徒弟,除他相识有限两人外,无论正邪各派中人到此,在他所居乌牙洞十里以内,遇上决不轻放。哪怕无心路过,误入禁地,除了向他徒弟认罪服输,非欺侮个够不完。有那火气大,或是不服气想要报复的,三百年来,不知有多少人葬送在他师徒手内。误入禁地尚且为敌,岂能容人在他肘腋之下,将亘古难逢、珍贵无比的至宝取走?那宝藏在珠灵峡,虽不在天残、地缺老怪物所限十里之内,但他师徒隐居此山已数百年,平日何等自负,附近藏有这等至宝奇珍,竟会毫无所知,等人来取,方始警觉,已是难堪;再要被人取走,岂不大大丢人?还有崆峒派,近数十年虽然衰落,一些余孽均在山的东面五龙崖下潜修苦练,准备不久召集散处在外的残余徒党,重整旗鼓,以图大举。老怪虽看他们不起,与老怪的门人却有勾结,常用他本门中的妖妇勾引怪徒,在他洞中淫乐,处得交情甚深,遇有甚事,必不坐视。珠灵峡恰在这两伙对头的当中,左右皆敌,个个厉害。老怪物虽然性情古怪,刚愎倔傲,如被发觉,还可利用他的古怪脾气,设法激将,使他不好意思出手;而崆峒派妖人和老怪物的那些怪徒,却是难缠。事非万分缜密,而又下手神速不可。

花女本有一个得力同伴,姓吕,也是海外散仙。两人乃至好忘形之交,本可同来相助,偏生日前乃师去往休宁岛赴群仙盛会,飞书召回,令其防守洞府,兼带看守丹炉,急切间不能离开。

而珠灵峡藏珍之事,隐秘已逾十年,素无人知。近日忽被人发现,虽未四处传扬,生心觊觎的也有好几起。内有两个青海番僧最为厉害,苦于邪法虽高,不是佛门正宗,急切间无力开那深藏绝洞中的灵石神洞。现在回去赶炼一种大力金刚有相神魔,准备炼成赶来,将那山洞上面大片石地整个揭去,由上而下,不经洞门入内。其余妖人,也正准备攻洞取宝。

事在紧急,为防捷足先登,花女仗着曾在神尼芬陀门下多年,自信能开洞入内,只得犯险赶来。途中本还与两个峨眉派女弟子相识,双方一见如故,甚是投契。只因花女性傲,觉得初见不便启齿,又稍自私,当时略为迟疑,就此错过。分手后,想起后悔,已无法寻人。花女正觉独立难成,正在愁虑,一听自己是峨眉门下,又不要她所取之物，自然心喜，于是两人联合。到时柬帖已可开视，但当后半空白尚未现字以前，花女不耐久候，定要前往一试，如劝阻不从，也可听其自去。花女定必遇险，却须随往暗中相助，使其万分信服。等到第三页空白相继现字，指示机宜，再行同行。此时因花女不合几次探询，引起对头警觉，危机已经四伏，等到一得手，对头一定全来抢夺。跟着，番僧也必得信追来。底下可照柬帖行事。

"令我所取何物虽未明言，恩师素不贪得。何况开府之后，师祖昔年所留法宝、飞剑全数出现，新近又得了幻波池藏珍，门人各有仙缘遇合，所得均是前古奇珍、神物利器，何在乎此？又命我独往，连阮征也不令去。记得昔年师母曾说自己是异类转劫，尽管多生苦修，向道坚诚，最前一世的恶根骨，尚有些许不曾化尽，所以才有误杀散仙夫妻之事。此次被逐出门，许多师执、同门求情，恩师俱都不允，表面严厉，不少宽容，实则因自己由异类修成，转劫时急于转世为人，差了功候。本身又秉天地间凶煞之气而生，忽遇机缘，悟道修为。平日不肯伤生，由于强制，事出反常，虽因此躲过三次雷劫，恶根仍在。并因屡世修为，功力日高，恶根也日固，不设法化去，不特仙业难望，不知何时遇事激发，铸成大错，结局仍须堕入畜生道中。恩师虽可为谋，但行法费事，又须不少灵药，此外只有佛家一种符偈诀印，可以当时见效，虽有此心，无暇举办。恰值误杀散仙夫妻之事发生，也许借此磨炼，玉己于成。并有转劫归来之日，恶根必已化尽，前路凶危，必须向上自爱，始可转祸为福之言。"

申屠宏越想，越觉此行必与此事有关。又断定事虽艰险，恩师既命前往，断无不成之理。不禁胆子大壮，喜慰非常。瞻念师恩，感激涕零，宫墙在望，依恋倍切，不舍就走，又徘徊了一阵。算计此行还有不少时日，无须亟亟。自己和阮征前生好些法宝，俱因关系重要，群邪觊觎者多，惟恐转劫失落，存在恩师手中。连经两世，为表向道坚诚，力践被逐时誓言，三生八十一年限期未满，冤业未消，无颜再见恩师，也未托过一个师门至交，代求发还。今日已奉师命，本可求取。只为初奉恩命，喜出意外，又以恩师事事前知，此行如非那几件法宝不可，必交醉师叔交还；既未提及，必用不着，所以不曾开口。后来想起西崆峒两老怪师徒厉害，加上崆峒派一干余孽，觉出事太艰险，醉师叔已走，只得罢了。

此时越想越难，虽还剩有两件飞剑、法宝，以对那些强敌，决难应付。成败关头，非同小可。好容易熬了八十来年苦难，眼看出头之际，万一功亏一篑，负了恩师重命，误人误己，如何是好？想来想去，只阮征昔年因和霞儿世妹交厚，当其犯规被逐，向恩师拜辞下山时，霞儿一再向师母求情，将他新到手不久，名为天璇神砂，又名天河星沙的一件至宝，准其随身携带。师母并为他在九华山锁云洞别府内，用玄门最高法力重加祭炼一十三日，将一葫芦无量神砂炼成七套四十九丸，生出子母妙用。师母每套留下两丸，以防万一阮征转劫兵解时，神砂失落异派妖人之手，立可警觉，师母只要如法略一施为，不特全数收回，那劫夺此砂的人即使不死，也必受重伤。炼时，只云、霞两世妹护法。在此十三日内，各派妖人遥望两间乾罡之气，与天河星沙、太白精金合炼而成之宝，精光宝焰，上烛重霄，齐来劫夺。虽仗霞儿持有神尼优昙所赐佛家异宝灵符防范，未被妖邪侵入，也给师母惹下不少麻烦。可是此宝却增加了不少威力。阮征当头一世兵解以前，巧遇极乐真人，又蒙恩怜，传以玄门炼宝之法，在四川灌县灵岩山绝壑之中炼了三年，竟使此宝与本身元神合而为一。阮征又转传了自己，由此双方这几件防身剑、宝，与形神相合，今又带以转世，免却许多危害，此时威力更大。反正要去寻他，何不借来应用？

申屠宏念头一转，便先往阮征近年隐居的云南海心甸飞去。到后一谈，阮征恰也在日前往孔雀河畔求取圣泉，化合灵丹，为土人医那形似麻风的奇病，路遇新由峨眉赴会归来的天师派教祖藏灵子和熊血儿师徒二人。以前阮征嫌藏灵子师徒狂傲，并且几次由血儿示意劝说，想收阮征为徒，连经婉拒，话渐无礼。如换昔年，双方早已动手；只为身在患难忧危之中，不欲再树强敌。好在身有天蝉灵叶隐形，飞遁神速。便仍用婉言推谢，告以师门恩重，百死不欲变节，并非有甚成见，不领他的好意。藏灵子看出他志行坚决，也甚赞许，由此不再勉强。阮征也就避不再见，已有多年。

如今忽然无心相遇，吃对方先开口唤住，此来又是取他最珍贵的圣泉，不便再避，只得从容礼见。初意对方必要数说几句，圣泉也必吝而不与。哪知他师徒竟是脾气大改，一开口便先把峨眉派师徒夸了个古今所无。血儿并由怀中取出云、霞两世妹合写给他的一封信，大意是说：

在开府前三日，听母亲妙一夫人说起，阮征和申屠宏二人面上血花红影已消，冤孽化解，不久便可重返师门。并且开府两日，申屠宏便奉师命，有事崆峒。因母亲未提起阮征，正当开府事忙，又不敢多问。加以昔年寻访未遇，始终不知何处隐修，时常悬念。后请韦青青代托乃夫易晟，用先天易数占出近年行踪，在青藏番族部落中行道避祸，时常往来海心山玉树二十五族与柴达木河一带，并在一二年内还有奇遇。申屠宏此时也必前往寻他。二人虽是屡生患难，至交亲切，但是此行各有重大使命，最好各顾各，事成之后，互享彼此所得现成利益。否则，申屠宏无关，阮征却要多受艰危。并还提到，藏灵子师徒均与阮征相识，如有甚信，可以托其带去，必能交到。齐氏姊妹闻言忧喜交集，知道诸葛警我与血儿交好，便写了一信，请其在送客时，暗托血儿带去。

血儿为人诚实，还恐多年未见此人，信带不到。哪知刚到河前，便已相遇。信未开视，霞儿又用过佛法禁制，连藏灵子也不知信中所言何事，还以为峨眉派法力真高，门人也是如此，甚是佩服。又说起双方由此一会，成了至交。阮征心细，并未当时拆看。见藏灵子师徒辞色迥异往年，既与恩师订交，便是师执，重新礼拜，甚是恭敬。藏灵子越加奖勉，讨水更是一说即允。并说此后一家，以后须用，随时往取，不必通知。

阮征谢别回山，看信得知前事。知道函中所写虽是实情，但云、霞两世妹对于自己格外关心。又知申屠宏玄功法力虽比自己略高，所用法宝却差得多，此行定必艰险。惊喜之余，正要寻他探询详情，申屠宏恰巧赶到。

二人几世同门，三生患难，情胜骨肉。平日虽奉师命，但各行其道，无故不许相见。二人劫后余生，情谊更厚，又极灵巧机智，别的全遵师命，独此一节，不肯完全顺从。又看出师父别有用心，于是两人八十年中，老是千方百计，甘冒危难，以求一面。又在背后向师默祝，求恩宽宥，许其平日各自修为，一旦有事，不论事之大小，均可相见，只不在一起。庶几于遵奉恩命之余，仍寓恩宽之意。不过二人均极虔谨，接连祝告几次，并无回音。虽知已蒙默许，并未由此玩忽，视为故常，反倒格外谨慎，尽管想尽方法，无故仍不相见。现得喜信，大难将完，以前罪孽俱已消免，互相喜庆之际，益发无话不谈。阮征一听要借法宝，立将左手两枚铁指环分了一个递过。申屠宏忽然想起云、霞二女函中之意，分明借宝于阮征有害，执意不收。

阮征道："大哥，你是何意？此宝自经师母与李师叔两次传授之后，我将其化为两枚铁环，不特运用由心，威力更大。并与心神相合，无论相隔万里，我如法施为，立可收回。固然此宝母砂现为师母保存，再分一半与大哥，用起来要差一点，但我尚有别的法宝，便飞剑本质也比你好，更有天府神箭也在身旁。你我下山时，同是两宝一剑，你的却差得多。崆峒老怪师徒何等厉

93

害,如非醉师叔传有师命,拼多受苦,也必同往相助。师命固不敢违,但并未提起不准借宝,又特指明寻我通知。到时,我如真个非此不可,举手即可收回,易如探囊取物,有何妨害?世妹来书,只听外人易理推算之言,非出师命。如其有害无益,醉师叔早说了。你如不带走,我只好到时拼却回山受责,暗中赶去了。"申屠宏最爱阮征,知他为人刚毅,又极天真好义,虽然末两句有心要挟,并不一定敢违师命,但他言出必行,永无更改,实无法相强,所说也极有理。以为此宝收回甚易,话已出口,只得再三叮嘱,如其需用,千万收回,不可为此减却威力,因而误事。阮征含笑应了。这一次见面,为二人八十来年苦盼最喜慰之日。

阮征因在当地隐迹行道,救过不少番人,青藏番族奉之如神。他又苦修辟谷,除却有时命富人舍钱济贫而外,本身不受一丝一粟之赠。这日因是特别高兴,加以不久便要离去,特地向附近的一个酋长要了当地名产花果酒和一条羊肩,与申屠宏寻一风景佳处,聚木点火,烤肉饮酒。又知申屠宏此去峣峒,前半还要隐迹人间,身边无钱,如何能行?师门法严,最忌贪妄,虽有一身法术,不能使用,便取了一袋金砂相赠。申屠宏比较拘谨,先见他约同饮酒食肉,因喜兄弟重逢,偶然吃一次烟火之食,不在禁条之列,不愿拦他高兴。及见取出金砂,修道之士,留此人间财物做甚?老大不以为然,面色微变。

申屠宏方欲开口劝说,阮征已先笑道:"大哥,你当我犯贪戒了么?先我不知青海到处埋有黄金,为了济贫一事,这些年来,煞费心力。你我弟兄,哪有金银与人?要人出钱济贫,须出他的心愿,不能动强,更不能行法搬运。只有遇见机会,劝说一些受我帮助的富酋,捐点钱财,分散穷苦。近三年来,青藏一带番人,大都对我信服,还好一点,以前真是极难。我又不喜与人开口,劝人出钱,头一次都很勉强,二次直没法和人说。所以在此二十年中,仗着法宝、飞剑与前习道法,甚事都好办,只一须钱,我便发急。有一次,黄河决口,水势被我行法止住,遇上两个老对头,都被我一人打跑。只那将近三万无衣无食的灾民,我却一筹莫展。

"总算那些人不该死,当灾民嗷嗷待哺之际,忽由上流头漂来一大块木板,上坐父子三人,并还堆有两口箱子。这时水虽归槽,水势仍是浩大。我正想将此三人救上,不料河心蹿出一条水桶般粗的带角恶蛟,张着大口,竟想朝那三人吞去。百忙中我看出那三口箱子满装金银珠宝,知那恶蛟便是此次发水罪魁,先被飞剑吓跑,水也被我压平。那蛟本来潜伏水底,心怀不正。恰巧我行法不久,便遇前生仇敌,追出老远,刚刚回来。它见半晌没有动静,出水探看,望见对面漂来三人,当是就口之食。我见此情形,忽生急智,先不下手斩蛟,只用禁法将两下里隔断,不使恶蛟伤人,同时断了蛟的退路。然后现身下飞,当着那三人,连用飞剑、雷火,将蛟杀死。初意不过故示神奇,想捐他点银子,暂救目前,再行设法,富人多半吝啬,未必便肯多出。谁知那三人竟是宁夏首富,竟没等我开口,把三箱金珠全数济贫不说,并还力任全局。只是一件:认定我是神仙,他还有不少眷口,均被大水冲散,要我救回。这事比除妖还难,万一那些眷口已葬身蛟口,如何救法?迫于无奈,只好用活动点的话,答应代他寻找。出事在日落以前,我由左近飞过,发现此事立即下手,当时将水制住,伤人甚少。这时已是第二日天亮。我知下游不会有人,便往上游寻去。天佑善人,事情真巧,他那一家并未冲入河里,聚在一个高坡之上,正受一群饿狼围困。吃我救出,由百里外送往河边团聚。老的一个和官府有情面,正在商议赈灾之事。我送人时,不曾现身。见他说得甚有条理,用我不着,方始暗中飞走。

"似此大举施财虽少,类此之事甚多。有时打算救人救彻,便须用钱。由此方知神仙行道,也非钱不行,才留了心。近年人心信仰,肯出钱的人已多,正觉以后不致为难。前日忽然发现黄河上游和玉树深山之中金银甚多,河里金砂尤为方便,略为行法禁制,又得不少。昨日想今日起身寻大哥去,带了此物,可以随时济穷,特意取了几斤来,炼成小块,你便来到。大哥到平凉去,固用不许多。以此济贫,省得到时为难,不也好么?"

申屠宏在外行道,也常感到无钱之苦。又见阮征神仪内莹,心光湛然,道力益加精进,所说也系实情。师命寻一民家寄居,又令先寻阮征,必也为此,便接了过来收起。阮征因为日尚早,难得有此快聚;申屠宏也以为反正在当地一样炼法,也不舍就走:于是一同盘桓了好几个月。

这日阮征往医番人重伤,归途接到大方真人神驼乙休和青螺峪怪叫花凌浑联名的飞剑传书。看完,惊喜交集,回去便请申屠宏先行。申屠宏问来书所说何事?阮征笑答:"乙、凌二位师伯叔不令告人。我也就走。大约还有两年,便与蝉弟和几个未见面的同门一起,我还忝做为首之人。此时暂由蝉弟率领,在外行道。我不是和你说过,恩师所说早已算定,不满八十一年限期,休想重返师门。不过,这两三年关系重大,我弟兄真不可丝毫大意呢。"

申屠宏不知阮征此次为友心热,甘冒危难,不说真情,另有原因。此后相见日长,无须恋恋,互道珍重,便自分手。又在当地待了年余,法已炼成,才往西崆峒飞去。为防被妖人和老怪师徒警觉,仗着师门心法,极易韬光,不到平凉府,便已降落。觅一大镇,换点金砂。装作一个落魄文人,雇了一辆大车,往平凉府去。次日到了城西,先托游山,在山麓寻一民家住下。后又借口在此教馆,租了两间空房。不久便收了几个村童,教起馆来。申屠宏几生修为,除犯规被逐,这两世八十年均在妙一真人门下,法力甚高,所租民房又正当入山孔道。以他法力,本来不用出门,只在室内稍为行法布置,三数十里以内,人物往来,均可查知。只为故意要在人前走动,使妖党常见不疑;又想乘机救助苦人,行点好事:一放晚学,必出闲步。

遇上好天气,还特意带上一根寻常铁棍,同了两个年长一点的村童,假装游山,前往山中窥探虚实和那藏宝之处的形势。连去几次,中间也曾两遇怪徒和崆峒门下妖人。一则申屠宏装得极像,相貌穿着均极平庸;二则身带法宝、飞剑,均经转劫以前妙一夫人所传本门太清潜形灵符加了禁制。休说所遇诸邪,便天残、地缺两老怪物那高法力,如不事前得信,仔细观察,也看不出来。加上随行村童掩饰,一点也未被人看破。而当地两伙对头,天残、地缺的门徒是老怪物有命,照例不许捉弄凡人;崆峒派是正当背晦时光,来人只是山中闲游,除手持铁棍,看去有点蛮力胆大,不畏虎狼而外,别无异处,既未犯他忌讳,也就不以为意。申屠宏却是每去一次均有用意,又是内行,见那藏宝的珠灵峡绝涧,相隔两老怪所居老巢乌牙洞禁地尚远,离五龙岩却是近得只有三四里。

这地方虽名为峡,实则只是一片峭壁危崖,下面临着一条宽约二三丈的洞壑。因那崖壁上有好几处大小喷泉齐坠涧中,水气溟濛,也看不出涧有多深。由对面向壁遥观,只见碧嶂排云,珠帘倒卷,玉龙飞舞,灵雨飘空。因为常有泉瀑飞洒,烟雨濛濛,通体青苔鲜肥,草木华滋,郁郁森森,山容一碧,乍看风景,倒也雄丽非常。再细查看,除却对崖那短短一片好地方外,不特山容丑恶,寸草不生,并且石质粗砺,宛如利齿密布,乱石森列,崎岖难行。偏又不具一点形势,与对崖迥不相称,心已生疑。

末次去时,四顾无人,隐形飞往对面崖顶一看,更是奇怪。原来崖对面乃是一条狭长山岭,由五龙岩东面高高下下蜿蜒而来。全岭皆石,草木甚稀,与洞这面荒寒情景,差不许多。到了近崖,约有十丈长,二三十丈宽一段,方始生满苔草。山势由高降下,成一斜坡,降约十余丈,重又由下而上,与崖相接。因岭比崖高,左右乱石杂沓,景物寒陋。不是事前有人指点,决想不到岭尽头崖下藏有奇景,端的隐秘已极。尤可异者,上次来时,崖壁飞瀑珠泉有好几处飞舞喷射;这次往探,除却碧苔绿草,苍翠欲流,泉瀑俱都未见喷出,好似偶然遇上,并不常有。越看越觉当地形势隐僻非常,好些妙造自然。如非预有成算的人，不特到了近侧都易错过，也决不会走到这一带来。心中一动，猛触灵机，走往灵崖相接之处，细看两面石色，再把苔草拔起了些一看，立时省悟。忽闻破空之声，一道碧光正往五龙岩那一面飞去，知有妖党中能手到来。虽然所带村童已经安置在离此十里的松林内采掘茯苓，不曾带来；因防妖人警觉，未加戒备。春夏之交，山中蛇虎常有出没，既恐有失，又防妖人路过向村童盘问，仍用天蝉叶隐身赶回。

申屠宏因教书只为隐迹，村童根骨都属凡庸，虽非正式收徒，毕竟师徒一场，也是前缘。本想边地穷苦，随时加以暗中周济，并无他念。偏巧内中一个名叫马龙娃的，根骨禀赋虽也平常，人极聪明，侍奉寡母，尤有孝心。没有多日，申屠宏便看出他至性过人，孝母敬师，又极好学向上，渐渐生了好感，只惜资质不够。除暗中多加资助外，因他聪明守口，奉命惟谨，每次出门，必带同行。并还秘嘱，遇上异人异事，如何应答留意。在申屠宏，原因考验龙娃，明暗几次，从未错过。心想多一凡人为助，有时也许得用。哪知龙娃孝行格天，福至心灵，渐渐看出师父不是常人，随时都在留意。而申屠宏又是日久情厚，自然欣喜。加以花女就这日内要来，事应数日之内，关系重大，心有专注。对于这一个平日怜爱、永无过失的徒弟，无形中少却好些掩饰顾忌，于是又被多看出两分异状。当申屠宏由珠灵崖飞回时，见随来的另一个村童正在收拾已掘好的茯苓，龙娃却在正对自己来路的高坡上向前眺望，似有甚事神气。飞向他身后丈许，再行现身过去，悄问："你一人在此，看些什么？"龙娃低声悄答："老师来时，可曾见有一个怪女子么？"申屠宏疑是花女已来，无心错过，不禁大惊，忙答："回去再说。"随催起身。

到了路上，设词命另一村童先自回家，暗中行法，带了龙娃到家细问。答说："我先想多得茯苓讨好，走向对面土坡老松之下。正要掘取，忽见路侧危崖后绿光一亮，心中奇怪。正要往看，忽见一个装束华丽、身材瘦小、背插双剑的女子，由崖角走出。跟着，便听一男子口音，在后急喊，要那女子回去。女子忽然回手一扬，便有一道绿光，朝原来处飞去，口说'还你'二字。男的说了两句，没有听清。女的也转怒为喜，跟踪走回。这里人，全没那样画儿上的打扮。我怕是娘平日说的妖怪，没敢出声。过去等了好一会，试探着走往崖后一看，男女二人全未见到。只崖壁下面有一封信，和那日放学后老师由身上取出来看的差不多，也是黄麻布所做。我想一定是那女子丢的，想拿，怕寻来看出我，不得了。又想带回与老师看，忙把它塞向土坡上山石缝里，仍回原处，装不知道，暗中留神，看是如何。待了不多一会，女的忽然急慌慌寻来。先在原处看了看，末了寻到坡上，问我可见甚人走过，和见地上有什么东西没有。还给我一块银子，要我实说。我早看出她两眼太凶，不是妖怪，也非好人。知她先前未见我，便和她装呆说：'我是采茯苓的，你看我才掘起两块，刚来一会。只上坡时，见一穿黄麻布的乡人走过，未见他捡甚东西。'女子一听，好似又气又急。我正疑心怕她害我，不料她只恶狠狠自言自语道：'如是小怪物拿去怎好？'我还装呆问她：'哪里有小怪物？'她怒骂了句小狗，一片绿光一闪，便不见了，吓了我一跳。再看天上，绿光正往上次老师去的那一带飞落下去。我料她去远，忙把那信取出揣好，正怕她万一回来搜我身上，师父就回来了。"随说，随将所拾黄麻柬帖取出。

申屠宏早已听出此女不是所候姓花少女。又接过柬帖内外一看，越发心喜，着实夸奖了龙娃两句。龙娃先是怔怔地听着，忽然跪下说道："老师你肯要我么？"申屠宏道："你本是我学生，何出此言？"

龙娃流泪道："娘和我早看出老师不是常人，也不会久在这里。必是山里有甚事要办，等事一完，就要走了。我背后留心也不是一天了，也未对人说过。近日我见老师到山里去得越勤，有时借故走开，只一转身，人便不见，才知带我们同去是为遮掩外人耳目。前日老师到了山里，又是一闪不见。我特意藏在崖后偷看，老师回时，竟自空中飞落，分明是神仙无疑。回去和娘谈了半夜，算计老师不久必走。本来我舍不得老师，也舍不得娘。可娘和我说，我祖父原是大官，为奸臣所害，流寓到此。我娘也是大家小姐，因祖父和爹爹不久病死，我才两岁，我娘受了无数的罪，才把我养大。本来代人放牛，如不遇老师，上月一场病，早已死去。如今病蒙老师医好，又给了那么多银子。不久，便照老师所说，逐渐添买田地，足可温饱一生。并且日前哥哥也由兰州回来，他做水烟生意，一有本钱，就可经商养娘，家事也不愁没人照管。娘再三劝说，必是多年苦求神佛默佑，才得遇到老师。命我无论如何，也要求老师把我带走。为防真人不露相，连对我哥哥均不说实话，只说时常周济，但不喜见生人，不令他来。我想我年纪才十三岁，我娘已老，身子又弱，我不知还隔多少年才能养她，我又什么也不会，想起就愁急。好容易遇到老师恩怜，恰巧出门九年的哥哥又学好生意回家。我也不想做甚神仙，只想学像老师那样，不论多重的病，随便取点水，划上两划，吃了就好。学好回家，遇娘有病，一吃就好，活到一二百岁，人还是好好的，这有多好。现在我已决定，上天入地，都随定老师。肯要我么？"

申屠宏本就喜他至性聪明，当日又替自己无心中得到一件关系此行的机密，高兴头上，暗忖："此子实是不差。虽然根骨欠好，但他一个牧牛小儿，起初并无求学之念。只为见时看他应对聪明，举止安详，比别的村童要好得多。乃母正有病，家又寒苦，一时投缘，随往他家治病周济，又看出他孝母，才令来馆读书。他竟机警沉稳，言行谨慎，取得自己器重。照此遇合，定是前缘。虽然还未重返师门，不应先自收徒，但自峨眉开府以后，门人俱已奉命收徒，自己收徒，想蒙恩允。如说资质不够，只要真个向道坚诚，也未始不可造就，前例甚多，不过传授上多费心力。又是初次收弟子，将来功力不济，比起一班师弟门下，相形见绌而已。"

申屠容心里虽然默许，还是不敢自专。微一沉吟，见龙娃仍在跪求不已，态更坚诚。想起醉道人所说，开视柬帖日期，就在九月中旬，并未指明何日。还有姓花女子也只说此是她必由之路，不曾详说底细。照龙娃今日所得妖人机密，事发当不在远。每早拜观并未现字，何不取视？如果不现，便向恩师通诚默祝，如此子无缘，必有警兆。想到这里，便命龙娃起立，笑道："我本心颇愿收你从我学道，但我不能擅专。等我向师门遥拜诚求，看你福缘如何？想不到我素来行事谨慎，竟会被你暗中看破，此事必有因缘。若师祖因你根骨太差，所请不许，我们也算师徒一场，你又为我出了力，我必使你母子得享修龄，日子舒服便了。"龙娃闻言，虽极愁急凝盼，并不苦磨，只朝门跪下，默祝师祖开恩，甚是恭谨。

申屠宏知道师门最重性行，此子多半能获恩允，便将柬帖取出。待要供向案上，通诚遥拜，忽见柬上金霞一闪，知已现字，好生惊喜。忙即拜恩祝告，起立一看，果然现出开示日期，正是当天。恭恭敬敬抽出一看，共有三张，均是绢帖，两张仍是空白。那现字的一张，预示机宜：明日花女即至，应于黄昏前遣走生徒，去往门外相待，必能遇上。对于收徒之事，也曾提起。并说申屠宏近年功力精进，语多奖勉。在重返师门以前，一切均准许便宜行事。不禁大喜，感激非常。随令龙娃随同谢恩，把此来用意和自己来历略为告知，并传以初步坐功。令先回家暗告乃母，切忌泄露。龙娃一听，老师果是神仙中人，心中狂喜，依命拜别回去。

申屠宏设馆之地，在山口外坡上，通着一条谷径，共只两户人家，均是务农为业，人数不多。又因平日常受先生好处，对申屠宏甚是亲切。此外村集相隔最近的，也有二里多路，地旷人稀，甚是荒寒。学生多是附近村童，连龙娃不过六人。次日一早，便向众生说，要去看山中红叶，那地方常有野兽出没，恐带人多，照顾不过来，命各放学回家。学童去后，便命龙娃在附近眺望，有无形迹可疑之人出现，到了申正再来。自将室门外锁，隐形入内，在室中行法，查看来人是否已在途中，并查山中妖党有无动作。

申屠宏所习，乃穷神凌浑因代说情未允，一时负气，传与他一种预防仇敌侵害的法术，名为环中宇宙，与红教番僧和毒龙尊者所用晶球视影，异曲同工。一经施为，照行法人的心意而为远近，由十里以上到三百六十里以内，人物往来，了如指掌。不过此法近看尚可，一到三十里以上便耗精神，无故不轻使用。门外山谷，乃是花女必由之路，相去咫尺，本无须乎看远。只为昨日龙娃拾来麻束，得知妖女已知珠灵峡宝穴机密，并还得到一纸秘图。虽只是内层禁图，没有外图，但这至关重要的已被得去。只需邪法较高的人相助，不由外层开禁而入，径由崖顶下攻，等将内层埋伏引发，再照图说解破，一样有成功之望。不知怎会粗心失落？大是不解。还有，妖女到底是本山原有妖党，还是仅与崆峒派余孽有交情的外来妖邪，也须查看明白。

此事关系重大，反正要耗一点元气，索性先由来人看起。及至行法细查来人，并无影迹。只龙娃拾取束帖的危崖之下有一石洞，石室五间，陈设极为富丽。内有一个相貌痴肥的妖道和昨日龙娃所见妖女，面带愁急，正在计议。妖人居处地势隐秘，外壁并无门户，平日似用邪法破壁出入，看去邪法颇高。五龙岩那面，虽有几个崆峒派余孽，均在打坐练法，不似有事情景。恐天残、地缺两老怪觉察，又知老怪师徒此时不会出手，未往乌牙洞查看。再四推详，料那妖人必是崆峒派中有名人物，一向独居崖中，潜伏修炼。妖女乃他密友，不知由何处取来禁图，觉着独力难成，去寻妖人相助，无心遗失，在彼发急商议。昨日曾见绿光飞往后山，与龙娃所见时地相同。也许妖女心疑五龙岩妖人路过拾去，前往查探。照众妖人安静形势，必是妖女恐人生心，还不曾吐口，明言来意。花女来路必远，不到时候，故看不出影迹。观察了好些时，不觉已是未正，花女仍然未现。

忽见龙娃如飞往门前跑来，门已外锁，又有法术禁闭，心想时限将到，便收法起身。刚把门一开，龙娃已是赶到，见面便悄声急语道："老师，那少女来了，果然姓花。"申屠宏因自己刚才还在行法观察，所见均是土著妇女，并无此人，心疑龙娃误认，忙问："你怎知是此女？"

龙娃悄答："平凉府只这一带人少荒凉，几个村子的人，我全认得。连日随老师一起，在家时少，每早一起床，娘便催我快来，村里来了外人，也不知道。方才老师命我随便在附近五里之内留心查看，没限地方，又教不要老在一处。我怕老师就要离开此地，想借此回家和娘说几句话。为想顺便看看有无可疑之人，特意和娘同立门外。不料走来一个青布包头、穿得极破的年轻女子，先还不知就是老师所说少女。因她脸生，又向娘打听附近山中可曾见有两个不论冬夏老穿着一身黄麻布短衣、面如白纸、各生着三络黄须的孪生怪人？我忽然想起，昨天无心中曾向那丢束帖的怪女子说起穿黄麻布短衣矮子，她便惊慌的事。心中一动，细朝此女一看，我从来没有见过长得那么好看的女子。尤其那双眼睛，黑白分明，毫光射人，来得奇怪。我娘在此居久，知她问的是山里两个最厉害的怪人，我母子全未见过，只是传言，怎敢乱说，答以不知。她便走去，行时看了我一眼。我见娘和她相识，一问，才知住在隔壁赵家。前五日，赵家夫妻由城里带她同来，说是他们亲戚，姓花，因许了轩辕庙的心愿来烧香的。赵家几门远近亲戚我娘全都相识，哪有这姓花的？又是外路口音。我想十九是老师所说的人，赶忙跑来报信。走时，分明见她人在前面，晃眼便无踪影。迎头遇见赵老汉，强将我唤住，说花姑姑是他亲戚，家里很有钱，为了还愿扮成贫女，最恨人知道，叫我别向人提说，回来给我糖吃。我说谁管女人家闲事？就跑来了。"

申屠宏闻言，料知所说多半不差。只奇怪相隔这么近，来了五日，竟未看出，不禁大惊。恐怕误事，便不等黄昏，径带龙娃去往门外邻近谷口的坡上守候。因那地方是往山阴的一条僻径，不是入山正路，平日只有一二樵夫猎户偶然出入，极少人行。一晃已至酉时，并无人过。方想恩师凡事前知，每有预示，不差分毫，也许时还未到。倚在一株古松之下，正在假装闲眺，暗中守望。龙娃看出乃师盼望甚切，以为先前见过，一味讨好，独往谷口石上坐下，故意编草为戏，前后张望。申屠宏见他忠实，也未禁止。待了一会，谷中忽然走出两人。谷径甚直，长约二里，龙娃眼尖，又正留心往里偷觑，见那两人身材矮胖，由谷中最前面转角才一出现，也未见怎走快，晃眼已到面前。那相貌正与花女向乃母打听的双生怪人一般无二，心中一惊，仍旧故作不知，低头拔草。

那两黄衣怪人快要走过，看了龙娃一眼，忽然立定，同声说道："娃娃，我们明日回来，收你做徒弟，包你有许多好处。你父母全家，也从此安乐享福。你愿意么？"龙娃已知他们乃妖邪一流，忙把心神一定，装呆答道："我不认得你们，为何去做你徒弟？我已有老师，还要读书呢。"其实，这两个黄衣人正是天残、地缺门下最心爱的怪徒，虽然骄横狂傲，照着师规，对于凡人并不一定强其所难。当时不过由山里出来，看出龙娃气定神闲，分明见自己用潜光遁法飞过，竟如无觉，心中奇怪。想起连年物色门人，一个也未寻到。前些时，受人怂恿去往峨眉，意欲相机扰闹，就便物色美质。哪知峨眉声势浩大，不特未敢妄动，反吃师父的硬对头采薇僧朱由穆用金刚手大擒拿法甩出好几百里，受了生平未有之辱，仇深似海。已经禀告师父，定约与仇人在本山斗法，不久即要上门寻事。因为峨眉之行，知道只要是美好资质，均被正教中收罗了去。一赌气，决计不问根骨如何，只要聪明胆大，投缘就收。无如天生怪脾气，说话任性，开门见山，长得又极丑怪，休说龙娃已经拜师，胸有成见，便不遇申屠宏，就此一说也就疑虑，不肯依从。不过当时如只说不肯，黄衣人也必走去。因终是年幼，见对方相貌丑怪，一张死人脸子，未免有点胆怯，以为老师是神仙中人，事急可以相助，多了这一句口。两黄衣人闻言，便问："你老师是谁？我们和他说去。"龙娃心想："老师法力多高，莫非怕你？"便朝坡上指道："那不是教我书的老师？不信，你问去。"

申屠宏早看出两黄衣人的来历，方在戒备，人已到了面前，劈头便同说道："你劝那小孩拜我二人为师，你也得点好处，省得老当穷酸。"申屠宏见二人衣着、相貌、身材均是同样，又是同时开口，言动如一，神态至怪，且喜不曾被他们看出马脚，索性装作一身酸气，摇头晃脑答道："吾非好为人师，其母孀居苦节，不令远游。而此子有孝行焉，山中虎狼至多，殊违'父母在，不远游'之心，而重慈母倚闾之望，吾不能强人以不孝。阁下好为人师，且一而二焉，如设蒙馆，则其从之者如归市，何必此也？惟先生方高卧于山中，使为人子者有暴虎冯河之险，虽敏而好学，亦必望望然而去之，则吾不取也。"黄衣人闻言，似极厌恶，朝地上唾了一口，骂了句："穷酸！"申屠宏仍自摇头晃脑说道："怪哉！怪哉！乌用是鸱鸮者为哉？"话未说完，再看二怪人，已远去十里之外，晃眼不见。龙娃也早赶来，笑问老师："怎和他掉文？这两人跑得多快，是妖人么？"申屠宏低嘱噤声："你少说话，甚事都装不知便了。"想起自己的一套假斯文，满身酸气，连这么厉害的怪物俱被骗走，不禁好笑。

忽听身侧不远，"咻"的笑了一声，忙即留神查看，并无影迹。疑是秋草里蛇虫走动，又觉不像，左近也不见一点邪气。如是敌人隐伏，凭自己慧目法力，决不致看他不出。待了一会，暗中行法试探，终无迹兆，只当是听错，也就罢了。

师徒二人守到夕阳衔山，遥望谷口里斜日反照，映得山石草木一色殷红。方想少时人来，对方是女子，素昧平生，如何对答？龙娃偏头遥望，谷转角处一片银光，似电闪般略为揲动。还未看清，面前人影一闪，先前所见贫女，已在身前不远现身。面上神色甚为匆遽，似知行迹被人窥破，见面便匆匆说道："我有点事，附近可有人家，借我停留一下？有人来问，可说我往南飞去，少时谢你。"龙娃甚是机警，知她后面有人追赶，忙道："有有，姑姑随我来。"随领贫女往坡上走来。申屠宏见状大喜，因事紧急，不知底细，未便多说，朝贫女点头笑道："道友请进，都有我呢。"贫女见申屠宏和常人差不多，并无异处，却称她道友，意似惊奇。隐闻破空之声远远传来，不顾说话，朝申屠宏看了一眼，便往门内走进。见是与人合住的两间村塾，对面只有两个老妇。正想向龙娃询问先生姓名、来历，龙娃已先悄声说道："我老师在此等姑姑多日，请坐一会，少时自知。我还要代你打发对头呢。"说罢，转身便往外跑，仍去谷口石上坐定。

申屠宏见花女飞遁神速，法力甚高，方想后追的人必是妖党中能手，如与对敌，行迹一露，此地便不能住。那破空之声已由远而近，到了头上，只是声音甚低，飞得也高，常人耳目决难听见。抬头一看，乃是两道碧绿光华在云影中出没，回翔了几遍，倏地往下射来，落向谷口附近，现出一个矮胖妖道和一个身材瘦小的妖女。龙娃也真机智，明知妖人在他身后现身，故作不知。等到妖人一出声，立即回首，装作乍见惊喜，跳起身来，迎面笑道："多谢姑姑昨天给我银子。那偷你东西的人，我也见到了。"这男女妖人，本为追赶贫女而来，闻言触动心事，觉着所失之物更为重要，不暇再顾查问贫女踪迹，妖女先问："偷我柬帖的人，现在何处？"龙娃装作讨好，连说带比道："我昨日不是和你说，你丢东西时，有一个穿黄麻短衣的人走过么？不知怎的，人会变成了两个。除昨日那人，我没留神看清相貌，不知是他不是。这两个人，不但身材穿着和昨天的矮胖子一样，神气也极相似，走路都甚奇怪，晃眼便走出多远。路过这里，还一同张口，好似说他们明天回来，谁敢闹鬼，动此山一草一木，便要他命。不是昨天矮胖子，还有哪个？"

二妖人闻言，互看了一眼。妖道说道："我说明明有人盗去，二妹你还怪我自不小心。仵氏弟兄照例言动如一，永不离开，不会单独行动。照此看来，焉知不是两人化身为一，仗势欺人呢？"

妖女拦道："此事现还难说。适才贱婢形迹可疑，看她一个人在珠灵涧前神气，分明是个深知底细的人。可惜我性急了些，没有撒下罗网，又防五龙岩诸道友知我来意，日后成功，难保不生心争夺，事前只招呼你一人，没有通知他们，才致滑脱。此女能在我二人手底漏网，又敢孤身来此犯险，必非弱者，怎不和我们交手，便自逃去？也是奇怪。据我猜想，内层禁图就不是她盗去，至少也必看过前洞禁图，得知出入之法，否则她不会在崖前作怪。我真后悔冒失，没有看清她是否能够启闭出入，便吃警觉，将旗门撤去。弄巧她来在我前，早已下手，都不一定。此事不容易，山中有二位长老师徒和五龙岩诸道友洞府，外人多大胆子，也不敢在内久留。用我们所失禁图，由崖上下攻，声势更是惊人，本身还要具有极高法力。那一带正是五龙岩左近，就算天残、地缺二老不问，外人也不敢大举。只有前洞开通，当时进了头层，将玉壁复原，重新封闭，便可人不知，鬼不觉，藏在里面为所欲为，直到功成而去，谁也不致惊动。此非一朝一夕之功所能了事，她一个外人，附近如

103

无巢穴，必不能行。看她扮得和女花子一样，必在山外土洞，或是穷人家中寄居；平日也许还假装乞讨，在左近出现，都不一定。她飞行甚快，此时已追不上。这小鬼头人甚聪明，昨日得了我点银子，被我买动，待我问他几句。"

这时，申屠宏看出二妖人邪法甚高。又见龙娃应付巧妙，不致有失。乘其初来未觉，假装回屋，暗用蝉叶隐了身形，凑向前去，暗中偷听。女妖人也颇缜密，说话全用邪法传声。申屠宏如非精于此道，上来便有准备，也听不出。

龙娃见妖道说完，妖女只嘴皮微动，不听说话，老师也不知去向。心中因听妖道之言，知道两黄衣人与他们不是一路，正打算设词激使内讧，妖女已笑问道："你这娃很聪明，如能代我访问一事，我还多给你银子。"龙娃故意大喜道："昨天给我那块银子，能换许多钱，我娘不发愁了。你这好姑姑，不论甚事，只要说出来，就不给我银子，我也立时办去。请快说吧。"

妖女也颇喜他天真，随取了五两银子递过，笑道："你这穷娃怪可怜的。我也没甚难事你做，只问你，这几日内，可曾见有一个用青布包头，比我要高一头，皮色细白，腰间围有一条两寸多宽，又不像丝，又不像皮的黑旧带子的贫女没有？"龙娃喜笑颜开，抢口笑道："我看见过。这人穿得虽破，却极干净，和姑姑一样，不是小脚。头上青布连脸也包去半边，脚上穿着一双黄麻鞋。可是她么？"妖女答说："正是。"龙娃道："你说这人，她并不住在此，但是常来。由今年春天起，每隔十天半月，必来一次，也没见她讨过饭。我还和她说过话，她说在城里住，到这里来，是为烧香还愿的。我先没留心，方才见她和那穿黄衣服的两人先后走过，本是往东南方的，在谷口停了一停，忽然朝南走去，和黄衣人走的是一条道路。我正编草鞋，觉着电闪般一亮，再往前看，就这一晃眼，她已不见。我才知她和黄衣人一样，都是怪人。近来本地怪人真多，前天看见几个和尚更怪，还会在天上飞呢。"

妖女惊问："何处见来？"龙娃答道："日前我在山中捡柴，忽见红绿光飞堕，我胆小逃避，掩向石后偷看，落下两个胖大和尚，在当地转了一转隐去。隔了半个多时辰，又在附近出现，耳似听说珠灵洞有甚东西，要设法取走，过日再来。又说这些妖道，可杀而不可留。随后一同飞走。因相貌凶恶，吓得我悄悄逃回。因娘再三叮嘱，不是菩萨，就是妖怪，不许对人说起。如非姑姑待我好，也决不敢说。"

二妖人不知龙娃听乃师说过此来用意，用心恐吓，信口开河，闻言大是惊疑。又问了相貌，嘱令今日的话，不许告人。并代留意贫女踪迹，如再发现，可将此箭背人掷向空中，自会寻来，另有重赏。如口不稳，或向贫女泄露,休想活命。随取一支箭递过。龙娃诺诺连声答应。二妖人便自飞去。

申屠宏便向龙娃耳语,要过红箭一看,长只三寸,上有符箓,邪气隐隐。知是崆峒派中信符,揣向囊内,一同回去。

花女似知敌人已去,正站门口,见龙娃走来,重又回身。申屠宏知对屋老妇终日守在炕上,又曾受过好处,看见虽无妨害,终以缜密为是。又知隔壁农人快要回转,忙即行法,将门自外关好,飞身入内。乍一现形,见贫女似还存有疑忌,便先开口道:"我名申屠宏,乃妙一真人弟子,因犯规被逐,带罪修为已八十年。近蒙恩免,不久重返师门。现奉师命,助道友取那珠灵涧玉壁所藏禅经。本来只知内有极神奇的降魔禁制,不知破解与启闭之法,侥幸昨日小徒拾得方才那妖女所遗失的内层禁图。道友如知前洞启闭之法,再过七十多日,时机一至,立可成功。昨日阅读家师恩谕,得知当初在壁中藏经的那位神僧法力至高,今日之事,已早在千年前算出。因他昔年由道归佛,兼有释、道两家之长,除那部禅经和一柄戒刀留赠道友而外,下余尚有灵丹、法宝,俱都各有因缘。玉壁上并有遗偈,载明此事。我们合则两利,不知道友心意如何?"

贫女喜道:"我名花无邪,前在恩师芬陀门下,与凌雪鸿师姊一同带发修行。也因犯规被逐,拜一前辈女仙为师,恩师现已成道仙去。飞升以前,师恩深厚,曾为我虔心推算,知我灾劫夙孽至重,幸尚自爱,对于以前禅功,又能始终勤习,道基颇固。如在遇劫以前,将西崆峒珠灵涧大雄神僧所留两部禅经得到一部,虽仍不免兵解,受十四年苦孽,难满仍有成就。又因天残、地缺老怪厉害,加上崆峒派一干妖人邪法厉害,独力难成,事前必须将外层禁图得到,并须有一好帮手相助,才能成功。昔年虽有几位知交,因我犯规被逐,一直羞于相见。多年来远处辽海,益发孤寂。平生至交,只有南海散仙吕璟一人,初意到时必可相助。哪知费尽千辛万苦,日前才得燃脂头陀指点,将珠灵涧玉壁前层禁图得到。偏巧此时吕道友的师父南海雪浪山阳阿老人正于日内要赴休宁岛的群仙盛宴,洞中又正炼着灵丹,必须他回山坐镇。此会与峨眉开府不同,来往流连,须经过四十九日才能毕事。燃脂老禅师说,为防我来时被人看破,还传了我一道灵符。珠灵涧千年灵秘现已泄露,知道底细的并不止我一个。他那灵符,只能用至今日为止。最厉害的,要算青海西昆山二恶——番僧麻头鬼王呼加卓图与他师弟金狮神佛赤隆儿瓜。他们不特用晶球视影看出底细,并还将那内层禁图下落寻到。

"我这外层禁图,总算神僧相助,用他佛法掩蔽,未被看出真相。而那内层禁图,又在恒山丁甲幢三化真人卓远峰、大法真人黄猛、屠神子吴讼所居妖洞之下。三凶邪法甚高,自从峨眉惨败回去,益发谨慎,潜居不出,不论明索暗盗,均极难办。二番僧本因算出本身再有十多年劫运将临,除将禅经得到,不能化解,才不惜多耗精力,苦心参详。既是结仇树怨,又恐因此传扬出去,觊觎人多,事更难办。最后想好一条主意:知道三凶好色,曾恋崆峒派妖女温三妹,多年未得如愿。二恶记名弟子红花和尚冉春工于内媚,恰与妖女有交。便由冉春将妖女引往青海,先令她起了重誓,然后许下好处,授以机宜,妖女欣然领命而去。番僧以为妖女志在嫁与冉春,多年来俱因自己坚执不许,未得如愿。现在不但答应,并许冉春将来传授衣钵。除禅经不能与人,妖女得去也难通解,言明看都不许外,事成之后,所有洞中藏珍分与一半。妖女又起了重誓,断无背叛之理。只是前层禁图未得,不能由正面入内。必须由里层崖顶穿洞而入,事机迅速,声势惊人。那崖本是大雄神僧由西天竺移来,通体都有法力禁制,坚逾精钢,除非将他教中最具威力的三十六相神魔炼成,不能一举成功。便乘妖女往恒山盗图之便,二恶合力往西昆仑绝顶秘窟之中,苦炼神魔,以备应用。

"谁知妖女仗她邪法之力和本身媚术迷人,一到恒山,那么厉害精明的恒岳三凶,竟吃迷住,每日争风献媚,一点没有看出她的来意。先吃她借口新得的道书,每日须有定时用功,将那藏图的上层石室占去。跟着,暗用番僧所借法宝,穿入地底,将图盗去,又盘桓了两日才走。本来得手甚易,三凶一点也不知道。偏巧妖女去时,冉春便在近侧守候,想起以前和妖女万分恩爱,只为乃师法严,稍一违忤,立有炼魂之祸,奉命断绝,不敢来往,好容易多年相思,忽然得此良机。来时乃师曾说,只要图到手以后,任凭为所欲为。在未成功以前,如有沾染,事成还可,否则休想活命。没奈何,只得强捺欲火,连路上妖女引逗,也不敢犯,期以异日。每一想到三凶与妖女纵欲情景,便妒愤欲死。忽见妖女成功出来,相见一说,不由心花怒放。双方都是恋奸情热,色胆包天,竟没等离开当地,就在丁甲幢附近冉春连日守伺的山洞之中,苟合起来。冉春在附近逗留,早吃三凶门人看见,生了疑心,本就想要盘诘下手,见状如何能容,立即归报。三凶均知妖女水性杨花,妖女去时,冉春又作无心路过,被三凶诱迫进洞,行事更极隐秘。屠神子吴讼人较稳练,一查洞中并未失甚宝物,主张由他自去。黄、卓二凶却是酸火上攻,觉着妖女不应眼前欺人,略为商议,立即赶去。一到,便下毒手,将冉春杀死。

"妖女自是气极,翻脸成仇,在恒山苦斗了三日夜,终因众寡不敌,用计逃走。路上想起心上人已死,既恨番僧以前作梗,又想独吞珠灵涧藏珍。知道番僧正炼有相神魔准备攻山,无暇查知踪迹。此时如若寻得能手,先把藏珍连同禅经一起盗去,逃往海外穷荒,只要远出七千里外,番僧晶球视影便看不出。熬过十年,自己法力大进,再往中土将二番僧杀死,便可不致应那恶誓。主意打好,立往西崆峒飞来。妖女平日并不在崆峒居住,又知一干同党俱是刁狡凶贪,不甚可靠。只在后山夜明崖石壁里面,有她本门一个最厉害的人物,名叫四手天尊何永亮的,是她旧好。自从崆峒派连受正教中人诛戮,同类凋零,便在当地崖腹之中开了几间石室,在内潜修炼宝,以为将来复仇之计。于是销声匿迹,谁都不见,所居连个门户俱无。当初曾劝妖女随同隐伏,待时而动,以免在外为人所算。妖女面首甚多,为防不能畅意,连崆峒老巢都不肯住,如何肯与妖道同守?虽未答应,偶然也去看望。深知妖道对她忠爱,居处隐秘,行辈又高,除自己可以叩关求见外,谁也不放进去,便寻了去,与之同谋。

"我知道事已紧急,再延时日,番僧有相神魔炼成之后,更是一到便将禅经取走,这比妖女还要可虑,不能再等吕璟相助。明知由上下攻至难,如无番僧所炼法宝,事前还有好些布置,妖女必不敢造次,但是夜长梦多,下手越早越好。所幸前层禁图已得,如照图中指示,只需暗中前往,将暗藏苔藓下的壁上禁制解去,到了里面,先将外面禁制复原,再照外图参详和本身法力,至多三日,即可通入内洞,将禅经得到,开禁而出。不过壁上共有六道禁制,每次破解虽只个把时辰,但均有一定时刻,须分六日六次才能成功。到了里面,复原却易。我也曾亲往妖窟探看,因见妖法封禁颇严,又恐打草惊蛇,不曾入内,仅在珠灵涧遇到两次。

"我的第一次行法已完,未被妖人看出。听二妖人对谈,好似攻山的法宝既难借取,如用妖法攻山,须设法坛,五龙岩本山同党还在其次,两老怪师徒事前不打招呼,必来作梗;打了招呼,又恐生心强索。如就此拜他为师也好,偏生近年脾气更怪,决不再收徒弟。一个不巧,平白树下番僧强敌,所得有限。妖女温三妹还想快办,四手天尊何永亮却力主慎重,随即走去。第二次行法便是今天,不料被男女二妖人发现。我事前设有旗门禁制,中悬宝镜,当二妖人发觉以前,我已得知。因为功成只需俄顷,就快完事,又听二妖人说起失图之事,心中惊疑,想听下文。以为二妖人在左侧山头对谈,相去颇远,我将旗门略一转动,他们的言动立可查知。不料遇到行家,妖人地理又熟,一会便被识破,立即飞来。

"这时如被看出壁上禁制已解其五,稍用邪法试探,前功尽弃,总算妖人发觉时刚巧完事。我在旗门以内听出他们要来,以防动手惊动妖党和老怪师徒,又以孤身一人,两妖邪法甚高,反正难占上风,只得收了旗门遁走。因我两用声东击西之法，只拖延了些时候，结局仍被看出，隐身法也吃照破。再逃恐被追上，才想出其不意，暂借人家一躲，以便运用玄功，将身中邪气解去，只要隐身，便可无虑。真要被他们追上，再与一拼。幸遇道友师徒有意相助，在此等候多时，并且我那最悬念的内层禁图，也被令高徒得来。虽然事情仍非容易，成功已是无疑。

　　"实不相瞒，我和道友一样，自被恩师逐出，心如刀割，这些年来，无日无时不是心向师门。我改投玄门，实因以前树敌太众，畏祸托庇之故。而这第二位恩师，虽然待我至厚，但在入门之前，曾和我说了两条道路：一是从此改入玄门，将来虽有成就，或许还可以免去一场大劫，无如凤孽未能避免，至多只能修到散仙一流，对于以前修积功力，未免可惜；二是如暂寄身玄门，仍修佛法，将来虽然不免兵解，并受十四年水火风雷苦难，但由此孽累既可全消，不久重返师门，元神也自凝炼，再加修为，终成正果。在这积修外功的一甲子中，降魔法力更是高得出奇。我一口答说，愿走第二条路。所以前师所传禅功，一直均在勤习，不曾少懈。此来一切，一半得有第二位恩师和燃脂神僧指点，结局虽幸成功，但我以后遭遇必惨，此是定数。道友到时也无须顾我，只请助我取出禅经，已感盛情。至于别的藏珍，我不久兵解，原有法宝尚须托人，本来无须乎此，何况大雄神僧尚有法谕，到时我只要那一部禅经，别的全由道友做主便了。"

　　说时，包头青布已经取下。申屠宏见她生得长身玉立，美艳如仙，虽然穿得极为破旧，但是通体清洁，容光依旧照人，不可逼视，知她功力甚深。听完，便笑答道："道友智珠在前，胸有成竹，再好没有。我对此事，详情未悉，只照师命行事。适听道友说，明晚子时便可下手，与家师所说，尚有出入。禁图在此，道友不妨保存，还请稍为筹计。略迟数日，到了家师所说时期，见到柬帖空白处现出字迹，同往如何？"随说，随将后层禁图递了过去。

　　花无邪知道申屠宏递图心意，一面看图，笑答道："道友何事多心？令师妙算前知，自无差错。无奈我多生孽累相寻，多灾多难，不能避免。已为此事许下宏愿，稍可为谋，必须尽力以赴，一则借此消灾，二则借以试验我近年苦修定力。内外两图，关系重大，惟恐势孤，万一失落，便连外图我也交与道友收存，并不带走。我知贵派法严，道友在令师限期以前，不能随往。好在外图我已记熟，只借内图一观已足。明日如不前往，连日苦心既同白用，更恐迁延日久，多生枝节，事以早办为妙。能早成功一日，我将来便可少受许多罪孽。道友先前韬光隐迹，我平日自负眼力不差，竟会不测高深。后见道友隐身神妙，才知法力高强，胜我多多，又奉令师之命而来，即令我明日一无所成,尚有道友大援在后,使我放心多了。"

申屠宏早得仙示,知她为了一个前生爱侣,在神尼芬陀门下犯规被逐,始终心向师门,志行坚苦。对那禅经关心太切,性情又极坚毅,向道心诚,甘犯奇险,百折不回,劝她必不肯听。心中却甚敬佩同情,实不愿她多受苦难,便拿话点她道:"道友志行,坚苦卓绝,令人佩仰。彼此师门皆有渊源,何况奉命来此,同策事功,故将禁图交与道友,并无他意。既然道友无须带往,由谁收存,俱是一样。师命难违,如道友所云,谊属同舟,也不能拘执成见。道友明夜成功更好,到时倘有差池,或是独力不能御众,请道友索性往两老怪所居乌牙洞飞去,即可无事。详情暂难奉告,还望鉴谅。"花无邪外和内傲,外表美艳温柔,而心如冰雪,又极灵慧。本心未始不想申屠宏明夜同往,可免许多顾虑,一听这等说法,只淡淡地一笑,并未深问。

双方又各谈了些以前修为之苦,以及近和齐灵云姊妹订交经过,越发投机。都是道力极高的人,谈不到甚男女之嫌。花无邪寄居的农家,虽然受过恩惠,决不走口,终恐日里现了行迹,妖人不免运用邪法,四下寻踪,也许被查探虚实,并还连累好人。申屠宏室外,却有妙一真人灵符禁制,不特妖人为仙法所迷,就无心路过,也决错过,不会走进。便二番僧的晶球视影,也查不出分毫迹兆。好在双方均非常人,无须安眠,经申屠宏一留,花无邪便即留下,准备明夜入山再走。因感龙娃无意中得来禁图,成此大功,虽拜申屠宏为师,但是根骨不佳,便将好友吕璟所赠阳阿老人自炼的坎离丹,取了两粒相赠。

申屠宏知道此丹乃阳阿老人费了一甲子苦功,用九百余种灵药炼成,功效比起幻波池毒龙丸差不多少,正邪各派中均视为脱骨换胎的灵药,每服两丸,最为珍贵。吕璟乃阳阿爱徒,不知费了多少心力得来,赠与至交,如何举以送人?方要推谢,花无邪道:"吕道友与我情胜骨肉,他因想我与他一样做散仙,永远逍遥自在,为求此丹,曾向他师父跪求了三日夜,才蒙允许,照着好友情分,本不应该随便送人。一则我志不在此,服它无用。二则又素不肯受嗟来之食,强人所难,见他得丹那等难,越非我所心愿。再者,阳阿老人对我为人前途,早已深悉,赐丹时,曾对吕道友说:'我看你心思白用,花无邪性傲,知你如此苦求,得来决不肯服。你既为友诚切,索性带两服去也好。只是不领情无妨,却不许她退回来呢。此丹多一服,有一服的功效。'吕道友先还高兴,平日大小事均不瞒我,独于此事,却假传师命所赠,想等我服后,再行说明。不料人还未到,我已得知。因他再三苦劝,我才对他说:'乃师此举实有深意。这么珍贵的灵药,你先求一服而不可得,末了明知我不肯服,转以四丸相赠，并还不许退回，分明是想假我手转赠旁人，如何还不明白？'他方省悟，又素不肯强我不愿之事，只得罢了。他既知我必将此丹赠人，所赠恰又是对我出过大力，于我将来转劫成道有关的人，虽慷他人之慨，一样也感他的盛情。我也知道峨眉正当鼎盛，灵药至多，此子根骨虽差，只要向道心坚，勤于修为，将来一样可得教祖恩赐，不患无成。但是岁月难期，知在何时始能如愿？道兄又须常带他在身边，似此凡庸，岂不累赘？服了此丹，至少抵一甲子修为，而我也尽了心。令高徒前去必有修积，否则也不会有今日的遇合，何必推辞呢？"

申屠宏笑道："我以道友至交所赠灵药珍贵，受之于心难安。既然盛意栽培后辈，我令小徒拜收便了。"随令龙娃拜谢。并告以服法，服后再照本门心法加以运用，当日便生灵效。

第二五七回

古洞盗禅经　一篑亏功来老魅
深宵飞鬼影　连云如画亘长空

　　龙娃一听这等好法，心中大喜。忙即跪求，说师祖灵药甚多，自己向道实是坚诚，将来可邀恩赐，年纪又轻，来日方长。乃母以前多病，自己不久从师远去，实不放心，意欲带回，如法传与乃母服用。话未说完，申屠宏笑道："这类事，各有福缘，你当是容易得来么？你孝心固然可嘉，此事却难通融。并且你母服我丹药之后，至少还有三四十年寿命，彼时你已能助她得享修龄，放心好了。"

　　龙娃还待跪求，耳旁忽听有人低声说道："你这娃儿很好，少时我必帮忙送你一粒。这东西有甚稀罕，别人当它宝贝，我多着呢。你乖乖服下，免你师父不愿意。待打坐完，速急回家，我在谷口外树林子内等你。"龙娃听那语声甚低，和花仙口音差不多，知花无邪还有两粒，必是怜念自己孝心，怕老师客气，不许再收，少时暗中相送。又看出申屠宏辞色坚决，似有不快之容，只得依言服了。随去一旁，如法打坐。一个时辰过去后，忽觉周身轻快，头脑清灵，昨日师传坐功，也可如意运行。等坐完一周天，忽觉肚中乱响，疑要解手，又记着适才所闻耳语，便起身辞别。申屠宏只当他见母心切，嘱令缜密，暂时对娘也不可泄露山中取经之事，否则无益有害。随令回家，明日再来。

　　龙娃见老师并未看出，越发心喜，应声走出。下坡便是谷口，又觉不该瞒着老师要外人的东西，灵丹已经服下，既想老母康健长生，又恐老师仙人发觉怪罪；再者，刚蒙恩师收容，便即背师行事，也太辜恩：两面为难，越想越急。心想花仙必来林内赠丹，三次走近林侧，又复退回，实在想不出两全之策。最后无奈，便朝师门遥跪，虔心默祝，说此次背师行事，实出不已，从此不敢再犯。为了老娘，情愿受责，但求老师开恩，不要疑心自己胆大欺心，不再传授道法。

　　龙娃独个儿跪祝了两遍，才往林中走进。满拟耗了不少时候，花仙必已在内，入林一看，并无人影。先疑人已来过，背师行事，也许偷偷出来，放了丹药回去了。借着月光，寻遍林内不见，又疑被老师绊住，暂时无法分身。惟恐错过，便在林中守候。哪知越等越没有影，眼看月色平西，时已深夜。昨晚乃母虽说好容易遇此仙缘，以后当惟师命是从，不回家也不妨事，终以从未这么晚回去过，恐娘担心。暗忖："花仙事尚未成，必不会走，也许老师不令出来。仙人决不失信，再遇时明和她要，也必应允，此时还是看娘要紧。"小孩性情，想到就走。

龙娃正往回飞跑，忽见前面一株倒地多年的枯树干上，坐着一个比自己还小好几岁的白衣小孩子，月光正照其上，看去衣饰甚是华美。龙娃以前是个牧童，左近村落无多，人家幼童全都相识。暗忖："这必是个大户人家公子，怎会深更半夜放他一人出来，在山野地里玩耍？"

走近一看，见那孩子生得又白又胖，二目神光炯炯，黑白分明。深秋天气，身上穿着一件非丝非帛、映月生光的短衣裤，下面赤着一双白足，所着藤鞋也极有光泽。上衣圆领敞露，胸前悬着一块形制奇特、从未见过的玉牌；腰挂三枚如意金环，约有茶杯口大小；左肩斜插着一柄非金非玉的连柄双钩。这三件东西，全是光华闪闪，人又长得那么英俊美秀，互一陪衬，格外好看。小孩至多不过七八岁光景，人小腿短，坐在树干上，悬着两条欺霜赛雪的小胖腿，不住踢动，正在昂首望月，见人走过，直如未见。

龙娃心虽爱好，想要亲近，终以自惭形秽，恐对方是个富贵人家公子，自讨没趣。已将走过，忽想起："此是崆峒后山，虎狼时有发现，一到夜间，便无行人。便自己也是由昨日起，经老师在身上画了灵符，才敢夜行。小孩长得如此好看，看那衣饰，决非近处农家顽童。也许城里有甚贵人带他来此游山，借宿田家，小孩淘气，背了大人，夜出望月。如为虎狼所伤，岂不可惜？和他说话，也许不理。昨晚回时听老师说，所画灵符，不论多厉害的野兽蛇虫，在五十步以内，决不敢犯。对过有一石墩，何不坐在那里，想法引他开口，劝其回去，以免冒失说话，受他抢白。如不肯听，便与他家大人送信，自会引他回去。即便受他点气，自己到底比他大得多，也不值计较。"哪知刚一坐下，对面小孩突把俊眼一瞪道："喂！我在此赏月，你这小孩，怎不回家看你娘去，却坐在我对面讨厌？"

龙娃见小孩说话难听，方自有气，想还他两句，想起大户人家小孩照例看不起人，所带仆人又多凶恶。此地离家已近，如与争吵，惊动他家大人，必不说理。就打得他过，不受欺负，或是腿快逃脱，被他寻上门去，老娘必要受气。再说，他比我小，也应让他。念头一转，气方平息。忽见小孩口角上似有笑容，不似真个厌恶自己。猛又想道："富贵人家子女何等娇贵，夜深寒冷,就说背人淘气,怎穿得这等单薄,也不怕冷?还有肩上所插连柄双钩,长有二尺,像件兵器,也是奇怪。"微一沉吟,小孩又笑问道:"问你话,怎不说?老对我看做甚?也不回家,不怕你娘担心么?"

龙娃闻言,暗忖:"我怕娘担心,他怎知道?"心又一动。终因小孩年幼,末次带笑说话,神情更显天真稚气,仍当作是偶然,立时乘机答道:"我上晚学才回,走累了,歇一歇腿,就走。这里离山口近,时常有虎和狼出来咬人。你是城里大家公子,年纪太小,不知厉害;并且夜深天冷,身穿太少。你大人借住在谁家?我送你回去,明早再玩,就不怕了。"小孩笑道:"我还当你是好小孩,原来不论对谁,都说鬼话,这已欠打,还说我年纪太小。老实说,且比你大得多呢。如不看你是后生小辈,单说我小,就犯了忌讳,且不饶你呢。也不自量力,要想送我回家。我家大人离此好几千里,你送得去么?不用你担心,趁早快走,免惹我老人家有气。"

龙娃已经借着问答,凑近前去,越看越觉这小孩宛如美玉明珠,容光朗润,如花仙面色,同是从来未见。尤其那一双黑白分明的俊眼,隐蕴精光,令人不敢与之对视。暗忖:"近日连遇老师和花仙,均是神仙中人,乍见时,全看不出一点形迹?这小孩更是异样,说话也有好些怪处,莫非又是一位神仙变的?怎的这么小年纪?"立意想探出个底细才走,便笑答道:"我就不走,也不碍事,还省你一人寂寞。你家到底何处?相隔几千里,如何来去?难道会飞?还说我说鬼话呢。"小孩把俊眼一瞪,微嗔道:"小鬼无理!你当我和你一样,见人装样,专说鬼话,讨点便宜,连师父都想瞒着,末了天良发现,又后悔么?你那师父嫌你捣鬼,也许明早不要你了。快拜我为师,脚踏两头船,他不要你时,我要,趁我高兴头上,你还有个着落。"

龙娃人本机智,加以新服仙丹,福至心灵,一听话里有因,分明点出方才之事,大为惊异。猛想起画儿上的哪吒红孩儿,不也是小孩么?如何因他年小看轻?这等人物,从来未见,焉知不是仙人所变?虽还拿他不定,终以恭谨为是。立即躬身答道:"我已拜了仙师,甚是疼我。虽然方才做错点事,那是一时疏忽,没有想到,不是有意欺骗,已经改悔,我那恩师决不会不要我。你就是仙人,我也不能舍了老师拜你。你要真有本事,我就做你小辈也愿意。我先前实是好心,并非鬼话。"

小孩插口说道:"你分明见我一人在此很奇怪,却说走累了歇腿。你先在那边树林里捣了好些时鬼,却说上晚学。你由昨日起到现在,除却捡点现成便宜,拜了一个师父,你读过一句书么?如不是我好意做成,你哪里有这许多便宜的事?白捡了人家要紧东西,白得两次银子,又拜好师父,又吃灵

113

丹，脱胎换骨。不然凭你原来那样，你师父肯要你才怪。如今见了我老前辈的面，连个谢字皆无，还往对面一坐，当我纨绔小孩，一点礼貌没有，已经招我生气。最可恨的是无故在树林里捣鬼，连男女口声都分辨不出，硬派我是女的，以为只有姓花的女子才有丹药似的。我一气，只好让你明早自己和她要去，我省这一粒灵丹，将来救人也好。"

龙娃闻言，回忆老师和花仙俱都力说禁图何等重要，妖人任多疏忽，也无失落之理，想不出是甚缘故。照此说来，不特一切均是这位小仙暗助，适才耳旁低语，令往林中赐丹，也正是他，怪不得口音有点相似。当时又惊又喜，不等说完，忙即跪下礼拜。等小孩发完了话，才恭答道："龙娃年幼无知，只为想得灵丹心切，以为老师室有仙法封禁，又知花仙身上还剩两粒，她并无用。仙人语声甚低，与花仙口音有点相像。万没想到还有一位仙人近在身侧，连老师、花仙全未看出。弟子多蒙仙人成全，感恩不尽。先前说错了话，情愿仙人打我一顿出气，仍将仙丹赐我娘吃，一辈子也忘不了仙人好处。"

小孩见他叩拜惶急，哈哈笑道："快些起来，我逗你玩的。我比你淘气得多，早来了好些天了。因怜你事母甚孝，引起同情。知你这等根骨，你师父至多使你母子全家生活安逸，比常人多活二三十年，第一次收徒，未必肯带你走。为此略施狡狯，由妖人手里将禁图盗来，由你拾去。我照例好人、恶人都做到底，当你将图埋藏，向妖妇说话时，我隐在一旁，早有准备。妖妇如若看破，我就不暇再顾别的，当时便不容她活命了。灵丹仍还与你，你母子节孝难得，加上你至性感格天人，你母子乃有此奇遇。坎离丹专供修道人之用，常人服了，未免大材小用。此丹虽非其比，仍能起死回生，祛病延年。至多数十年，你也成道，还怕你娘不长生么？"说时早将一粒丹药递过。

龙娃见这丹药不似坎离丹一红一白，只有绿豆大小，色作纯碧，清香袭人，闻之神爽，似比先服的坎离丹还好。喜出望外，重又拜谢说："请问仙人姓名，与老师、花仙可是相识？"小孩把龙娃唤起，说道："我也是背了师父，抽空来赶这场热闹，与他二人不是一路。你师父虽然法力甚高，无如他明我暗，此时也许不知我的来历。花道友更是素昧平生。不过我虽贪玩，我师父如若查知，当时便要将我召回山去。也许一会奉命即返。叫你瞒师父，必然不肯。我的名姓、来历，下次相见，你就知道了。明早你见了师父，爱怎么说都行。我很喜欢你，当长辈的本应再给点见面礼，但我随身法宝均出师长所赐，不能与人。再者给你，此时也不会用。权且记账，算我欠的，也等再见再补。我还有事，你回家孝母去吧。"话终人起，小孩手扬处，一片金霞闪过，便即无踪。

龙娃连忙望空拜谢，欢欢喜喜跑回家去。老母果在织布未睡，心中一酸，扑上身去，母子相抱，亲热了一阵。问知乃母，料他归晚，到家必有话说，适才强令兄长安歇，独自守候。龙娃随将灵丹、银子取出，悄声说了当日奇遇，看着乃母将灵丹吃下。因不知何日就要分别，甚是依恋，谈到鸡鸣，方始安歇。小孩贪睡，乃母因他睡晚，知道随神仙读书只是具文，上午无事，不令乃兄唤起。

龙娃起来，日色已将近午，吓了一跳，匆匆洗漱，和乃母说了两句，便往外跑。赶到书堂一看，一班学童均在高声朗诵，老师含笑教读，并无异状。刚向圣人老师行礼归坐，翻开书本，忽听耳旁说道："少时放学，你不要走，我有好东西，请你师徒吃呢。"龙娃听出是花仙口音，知她隐身在侧，低声谢了。一会日午，申屠宏便说："今日有事，午饭后，你们无须前来。只有龙娃书未读熟，尚须暂留补读。"村童应声，辞别散去。龙娃忽然想起母亲昨晚曾说今日杀鸡煮饭，等自己归吃午饭，恐怕久候，忙赶出去，托一村童带话，告知乃母，老师今日甚喜，起晚书未读熟，已在学中吃饭，不必等候。申屠宏轻易不动烟火，为掩俗人耳目，故意在学房中做些吃食，其实多是这班村童享受，留饭是常事。

龙娃说完，正要回去，忽见昨日两黄衣怪人又在谷中现身，看神气，似由山外新回，见众村童正在吵闹跳蹦，朝自己看了一眼，便往谷中走去。假装与众村童说笑同行，趄向谷口，偷眼往里一看，最前面转角处，黄影一闪，便即不见。恐被发觉，又往前走了一段，再从容走回。过了谷口，跑进书房一看，花无邪已经现身，桌上放着二尺多长、碗口粗细两节巨藕，以及四个碗大桃子。见了龙娃，方要开口，龙娃已抢先说道："那两黄衣怪人又回来了。"

花无邪闻言，秀眉微蹙，似在想事，略问了两句，答道："我见你孝母可嘉，我坎离丹虽还剩有两粒，但已心许一人，不久便要送去，未能相赠。我走不久，忽然想起离此二百里的瓦亭关附近的深山之中，青莲庵内，有一老友。庵中一桃一藕，均是海外仙种，今年正当结实之期。想问她要一点来，请你师徒母子，就便借件法宝，便即赶去。不料她云游在外，五年未归。庵中只一徒弟，原认得我。法宝未借到，却要了两段藕和四个桃子，恰好四人分吃。你吃完，可将桃子连半段藕与你娘带去。虽不是仙丹，常人吃了，也有不少益处呢。"龙娃大喜，忙即拜谢道："多谢花师伯的好意。索性由我连这整藕和两个桃子一起带回去，与娘同吃吧。"

申屠宏道："我知你的心意，想将你的那一份与你兄长。但是此桃吃后，

115

可以一月不进烟火。事已应在日内，我还想令你随我历练，并且说走就走，至多行时再令你回家辞母一行。路上如若思食，岂不累赘？"龙娃见被老师识破，红着一张脸道："弟子以前家苦，常吃不饱，熬饿并非难事。尤其吃了仙丹，直到今日，未进饮食，一点未觉饥渴呢。"申屠宏笑道："昨晚只顾与花道友说话，忘了此子未进饮食。我索性成全你的孝友，将我这一份与你吧。"龙娃不肯。花无邪道："我是主人，断无道友推食之理。"申屠宏自是谦谢。龙娃道："我知师父、师伯话已出口，必不收回。我想师父、师伯俱是仙人，不过尝一点新，无须乎此。还是由弟子拜领一桃，以防路上腹饥，无从得食。下余一藕一桃，师父、师伯分食吧。吃完，弟子有事禀告呢。"

申屠宏也说有理。当下三人分吃。初意龙娃所说，必是他家中之事。及至龙娃说完昨夜回去，遇一小仙人赠丹经过，俱都大惊。尤其申屠宏觉着本门禁制何等神妙，任多厉害的外人，即便自己不是对手，一近禁圈，必然警觉。此人竟会来去自如，并向龙娃耳边说话，一点也未发觉。是何能人，有此法力？想来想去，幼童打扮的前辈仙人，只有极乐真人李静虚，但那行动装束均不相似。如系老前辈所炼元神，化身游戏，又不应那等天真稚气。听他要龙娃拜他为师的口气，分明是同辈中人。同门师弟虽有几个未见过的幼童，一则入门不久，无论如何，不会有此高深功力。再说年纪也本幼小，照他戏弄妖妇，盗图情形，必是一个极有力而与本门有关的大助手，怎么一点也想不出他的来路？花无邪虽然修炼功深，佛、道两门均有深造，但是一向隐修海外，交游不广，更是闻所未闻。知道此人必是正教中高人，好意从旁暗助，法力既高，隐身尤为神妙，弄巧此时便在室中都不一定。惟恐出语不慎，被人轻笑，互相示意，各说了两句感佩欲见的话。申屠宏又暗中运用禁法一查，并无回应，知道人不在侧。似此神出鬼没，平生仅见，益发留心。不提。

一会，花无邪起身告辞。申屠宏劝她夜来慎重，最好暂时不去。见花无邪微笑不语，知劝不住，只得罢了。

花无邪走后，便命龙娃将桃、藕包好送回，无令人知，明日午后再来。龙娃笑道："我看老师今晚必要入山暗助花师伯，不是说带我随同经历么？"申屠宏道："我说是起身以后，或是事成以后，带你前往见识。你一点法力皆无，如何去得？"龙娃不敢强求，只得辞别回去。

申屠宏想起赠丹小孩奇怪，试再行法一查看，并无影迹，却看出珠灵涧有二妖人刚走。知道当晚花无邪去了，凶多吉少。经过一夕长谈，得知此女以前诸生孽累极重，竟能以精诚毅力，排除万难，才有今日。前此犯规，原是无心之失，分明神尼芬陀故意将她逐出师门，激使奋志潜修，消除魔障，以期证果。想起自家身世、经历，好些与她相同，恩师本有暗助之命，自更非以全力往援不可。只那幼童来得奇怪，怎会查不出点影迹？昨日曾闻身侧笑声，查看无踪，以为误认，忽略过去。凭自己耳力，焉有误听之理？定是此人在侧发笑无疑。虽幸这等重要的禁图，竟会任龙娃拾来讨好，又以灵丹相赠，不似存有敌意，但人心难测，尚未见面，终以小心为是。再把柬帖拜观，第二张空白忽现，只是指示当晚如何应付，对于小孩只字未提。本因两老怪难惹，虽照第一张柬帖行事，令花无邪事急往乌牙洞飞去，心中终是忧疑，恐难胜任。不料竟有安排，心便放了一半。便在室中默运玄功，调神炼气，算准时候再去。

　　一晃，到了子夜将近。因那天蝉灵叶乃上元仙府奇珍流落人间的，共只九片。除昆仑派得有一片外，下余几片几乎全在海外散仙手中。自己这一片，原因十年前路遇一女散仙，为翼道人耿鲲所困，自己本非耿鲲之敌，也不知火中困有何人，只为一时仗着宁甘不久身犯奇险，将极乐真人所赐用来保命免劫的一道灵符舍去，将女仙救出险地。跟着阮征赶来，用手戴二相环，发出威镇群邪的天璇神砂，将穷追不舍的妖孽耿鲲惊走，那女仙才得保全性命。事完，仔细一看，那女仙竟是前世误杀的对头，这两世三生七八十年中，已经救过她夫妻三次，始终仇恨难消，以为又要反戈相向，哪知这次竟是消了凤怨。只是说她丈夫也因凤孽，转劫之后，不似她心灵坚定，中途不慎误入旁门，不合在东洞庭路遇严师婆门人姜雪君，生心调戏，现被擒往王屋山别府，日受风雷苦难，已有半年。雪君法力高强，素称冰心铁手，疾恶如仇，去必无幸，不敢前往。此次为耿鲲所困，也为海外求人之故。知道峨眉与严家师徒颇有渊源，如能代往求情，将她屡世同修的恩爱丈夫救出，立时前怨齐消，并还感谢不尽。身是师门弃徒，虽知严氏师徒最难说话，好容易八十一年限期将满，有此解孽良机，如何不去？那女仙关心太切，便用这天蝉叶隐形尾伺。依了阮征，雪君时喜出游，明求未必肯允，索性乘其出外，用二相环破了禁法，将人救走。然后同在洞中束身待罪，任凭处治，好歹把这一块心病去掉。幸是自己持重，知她师徒性情，决不容捣鬼，径往叩关求见，果然对方早知来意。结果是四次登门苦求，受了好些险阻艰难，才将人救出。同时那女仙目睹自己和阮征为他夫妻身受了许多苦难，始终志不少懈，才将对方感动，把一个就快形神俱灭的恩爱丈夫救了出来；又知二人以前实是无心之失，为此受了大罚，能否重返师门，尚不可知。不特反仇为恩，自动将前生遭劫时所喷血光收去，并以两片天蝉叶相赠。女仙夫妻才走，雪君便自出洞道歉,才知她是奉了师命,乘机解免这场冤孽。随将天蝉叶要去,由严师婆重用仙法炼过,前年方始发还,实比别人所用要强得多。

申屠宏连经灾劫之余,行事谨慎,知道此行要遇好些强敌。昨晚龙娃所遇小孩隐形神妙,常在暗处,虽似相助,心迹如何,究不可知。如用此宝隐身,便两老怪也不易发现。宁可多费一点事,终较稳妥。便将天蝉叶取出,照着严师婆所传,行法施为。以为加上一层法力,比起寻常取用要强得多。哪知正施为间,又听窗外有人"嗤"的笑了一声,与上次所闻笑声相似,不禁大惊。申屠宏屡世修为,向道精勤,虽然久离师门,法宝多未发还,如论法力,实是峨眉门下头等人物。加以久经大敌,心思极细,应变神速。本来室外设有禁制,声一入耳,手指处,立将禁法催动,便将师传五行禁制迷踪现迹之法同时施展出来。虽因来人心意善恶难知,未肯遽下毒手,但这几种均是极厉害的太清仙法,威力至大。就是精通此法的本门高手能够分解,当时也无不现行迹之理。哪知一任施为,仍无迹兆。心中惊奇,不便显出,故作从容,笑问道:"是嘉惠龙娃的那位道友么?有何见教,还望明示,怎不现出法身一谈呢?"说完,终无回音。因是笑声在外,全神注定门外禁制有无变动,不曾留意身后。正想再用言语激令出现,忽听身后书桌上纸笔微响,知道人已入室。表面故作不知,仍朝外说话,倏地回身将手一扬,同时左肩摇处,一片银光立将全室满布,口喝:"嘉客已经惠临,为何吝教,不肯相见呢?"随说,随将五行禁制催动,当时五色光华一齐闪变。心想:"这回你便是大罗神仙,也不愁你不现身了。"方一动念,猛瞥见一片极淡的金光祥霞微一闪动,觉有一种极大潜力,在禁光中荡了一荡,便自逝去。再加施为,仍和先前一样,无迹可寻,知已冲禁遁去。照此高强法力,真是罕见。又看出那金光祥霞是佛门传授,自来自去,只是故意取笑,并无敌意。惟恐因此树怨,便朝窗外赔话道歉,也无应声。只得收法一看,桌上一纸一笔忽然不见,测不透此人是甚用意。

时限已经快到,正待起身,忽听噗的一声,禁圈微动,由门外飞进一物落向桌上,乃是失去的纸,将笔裹住。打开一看,上写:"答应帮可怜人的忙,偏不早去,在此坐一冷板凳,当穷酸,害人家受苦,已是可气,还用五行禁制吓我。幸而我警觉得快,不曾上当,没有丢脸。要被你捉住,我就不和你好了。我去珠灵洞和老怪物洞中等你。那姓花的女子不久便要粉身碎骨,元神还要被妖僧擒去,受那十四年风雷水火苦劫,才得出头,有多可怜,还不快去!"另外一行写着:"你猜我是谁?如何反朝我赔礼?可笑,可笑,可笑。"没有具名。字虽刚劲,语却稚气。暗忖:"照此语气,分明是同辈至交,怎会是个六七岁的幼童？所留的字,也和小孩一般稚气。"忽然想起一个前生至好,但他转劫重生才只数年,不应有此法力,并有严师照管,也不会放他一人下山犯险。此时人已先往珠灵涧,不知能否相见？果是所料之人,真乃快事。极欲相见,又加时限越近,忙即起身,往珠灵涧隐形飞去。

申屠宏还未到达,相隔老远,便见崖前约有十多丈的五色精光彩霞,将涧面连同对面十数亩平地一齐笼罩。内有五座旗门,随同烟光明灭,不时隐现。并有七八道妖人遁光穿梭也似,在旗门之下往复出没,其疾如电。洞壁上面,却看不出什动静。申屠宏断定花无邪在紧要关头被人识破,情急之下,准备与众妖人一拼。心想:"少时还将乌牙洞老怪师徒惊动,照天残、地缺两老怪的脾气,决不肯与众妖人合流夹攻。花无邪如败,能够逃走,还可无事;如其得胜,必令其门下怪徒出头喝退众妖人,上前为难,却是难当。花无邪已用旗门将妖人阻住,最好先觅一地隐伏起来。反正当晚的事,十九不能成功,妖人被旗门所困,无所施为,便由他去。如被老怪师徒或有力妖党将旗门破去,花无邪不能抵敌,再行出头相助,使往预定地方逃走。"主意打定,便往洞侧一座兀立平地的小峰上飞去。

那峰离战场只数十丈远近,高约二三十丈,虽比对崖低些,看不见崖顶景物,洞壁下面双方斗法之处,却可一览无遗。见那旗门甚是神妙,烟光杂沓,随着众妖人在阵中飞驰穿行,闪变不停。因作旁观,人在阵外,也看不出里面真相。刚落到峰上,想用慧目法眼查看花无邪到底进入外层崖壁也未,忽听身侧有人低唤:"老师,你在哪里？"同时瞥见一只小手四外乱捞。知是龙娃,不知怎会来此？并还隐身在侧,只现一手？好生惊异。恐泄机密,忙把手抓住一带,龙娃果现全身。天蝉叶甚是神妙,不特隐圈大小由心,连声音也可由心隐去。因知龙娃隐身之处也有界限,单他一人不能到此。于是忙把隐圈放大,问他怎能来此？何人带来？此时可在原地？龙娃说了经过。

原来龙娃回家送桃、藕时,又遇昨夜小仙人,因感他成全赠丹恩德,邀往家中见母拜谢。恰值兄长他出,又看出小仙想吃桃、藕,由老母做主,将桃子赠了小仙一个,将藕分吃。小仙因将乃兄的一份吃掉,乃母又想将自有之桃留给长子,小仙便说他不能白吃小辈的东西,令乃母将桃吃下,另赐灵丹一粒,与乃兄服用。说完,还教给龙娃两种法术和一张隐形防身的绢符。说如遇危难,只需手掐灵诀,口喷真气,将符一扬,立可由心飞走。教到夜间,才行教会。乃母为他备了酒菜留饭,小仙说久已不吃人间烟火,吃得很香,只不肯多吃。小仙吃完,问龙娃想寻老师看热闹不想。龙娃自是愿意。随告乃母,也许明早才回,不要担心。乃母自服丹药,一夜之间,白发全黑,身轻体健,又见许多灵迹,自是信服拜谢。

　　小仙随带龙娃往当地飞来,一到便往峰顶落下,一同隐身旁观。先是两个男女妖人来此布阵,满地俱是黑烟交织,又插了七根长幡,才行走去,黑烟、妖幡已早不见。小仙等妖人走后,令龙娃少候,先将手一扬,一片金霞略闪即隐。跟着飞落,触动埋伏,黑烟、妖幡忽又出现。幡上便飞出无数鬼火和红绿妖光,还有许多恶鬼,将小仙围在里面。龙娃正在愁急,哪知小仙一点也不害怕,由胸前玉玦上发出一片极淡的霞光,将全身包住。先是满阵乱飞,逗鬼玩,他走到哪里,恶鬼便追到哪里。鬼数很多,奇形怪状,凶恶已极,偏是不敢近身。追得满阵乱跑,阴风滚滚,上下四外,千百条黑烟连同暴雨一般的鬼火,也随同围涌上去,看去十分厉害吓人,可是一到小仙身旁,便自消灭。有时追得急了,吃小仙猛然回身飞起,双手齐伸,朝鬼脸上打去。那么高大凶恶的恶鬼,吃他打中,立时吆吆惨叫,化成一团团绿光黑气,往旁滚去,鬼叫之声,越发惨厉。但鬼仍不退,依旧前呼后拥,黑烟鬼火随灭随生,跌跌撞撞追逐不已。龙娃正看得好玩,小仙想是玩厌了,不耐烦再逗下去,将手一招,便往峰上飞回。下面恶鬼烟火阻他不住,跟着如潮水一般涌上。

　　龙娃正在心惊,小仙已先飞到,将腰间挂的三个如意金环往空一抛,脱手便是三圈四五尺的金光,分三层悬向峰前。恶鬼似知不妙,带了黑烟想逃,已是无及。由头一个光圈内飞出一股紫色光气直射阵中,将恶鬼和烟光鬼火一齐裹住,天龙吸水般往圈中吸进。鬼大圈小,鬼数又多,不知怎的,一到圈旁便自缩小,投入极快。三圈相隔不过丈许,过第一圈时,还略辨出一点痕迹。未容余烟消散,第二圈中又射出一股红光,正好接住吸进,其势极快,只听一片极凄惨的唧唧鬼叫。第三金圈的一股银光刚刚射出,与前两圈红光紫气合成一条三色长衔,恶鬼、妖光连同数十丈方圆大片黑烟,已全消灭无踪。只剩七根上绘恶鬼、妖符,带有不少污血的长幡,分立地上。小仙笑道:"这类障眼法儿,也要卖弄。早知如此,不破它了。"随收金环,往下面飞绕了一遍,妖幡便挨次隐去。手扬处,空中又是金霞微闪。小仙说:"恐破法被妖人警觉,又生诡计来与花仙作梗,故此先用太乙迷踪潜形之法将当地隔断。否则,人只入他阵地,即使法力高强,不为所困,也必被他警觉。经此一来,花仙可以多办点事,也许深入洞壁,妖人还不知道,只当未来,这有多好。"

　　龙娃两次请问姓名,均不肯说,只说:"我和你师父是至好弟兄,成心逗他玩。他如像我一样想他,必定知我是谁。我知你想问了去讨好,再烦我就生气了,不爱你了。"龙娃不敢再问,只上下留意,看他相貌,也被觉察,笑骂:

"小鬼不知好歹，一心只想讨好师父，以为看明我的相貌，你师父便可猜出几分？不知我是长得高，今生实年才只三岁，容貌好些不同先前，你说得多细，你师父也未必想到是我。不然，他白天就知我是谁，也不会像同外人般做眉眼，说那些过场话打招呼，防我有甚别的用意了。你师父就这点不如阮……"末句话没说完，又笑道："我想多隐一会，话又说漏了。反正早晚会知道，我是气他，分明有闲空，不去寻我，成心怄他。既说漏了口，由你这小鬼讨好去吧。"

正说笑间，便见花无邪飞来，到时也颇审慎，先在空中飞翔了两转，发下一道光华，见无动静，方始欣然降落。由身畔囊内取出一寸大小五座旗门，分向五方掷去，随手一道五色光华闪过，便即隐去。掷完，立往对壁飞去，壁上接连现了六次金光，人便不见。小仙说："糟了！我怎疏忽，忘却隐蔽外壁神光？踪迹已露，少时必被妖人寻来。此女今晚未必成功，只好做一点，算一点，等你师父来了，再说吧。"随往对壁飞去，也是一晃不见。一会，小仙飞回。花仙也从壁飞出，面带愁急之容，正在四下张望。忽听破空之声，一道暗赤光华，由五龙岩那一面斜飞过来。光中现出一个身材高大、相貌凶恶的红脸道人，还未落地，花仙已带着一道青光迎上，两下里斗在一起。那五座旗门也未发动。妖道邪法厉害，一会青光便被红光裹住，眼看青光暗淡。正替花仙着急，接连又是好几阵破空之声。小仙倏地左肩一摇，手朝空中一扬，那连柄双钩立化为两钩金红色的精光，交尾而出，电也似疾，朝红光飞去。红脸妖道似知不敌，想要收光飞去。小仙始终不曾现身，钩光也未现形，到了上空，突然下去。红光想要逃走，如何能够，只一接触，便将红光绞住。本来妖道也不免死，不知用甚邪法，由身旁放出一片红光，破空遁去。红光立被绞碎，洒了一天红雨。花仙也飞落，手朝上一举，道声多谢，人便隐去。

这原是一眨眼之事。花仙身形一隐，那些妖人也随同破空之声，纷纷飞落，共是九人，昨日男女妖人也在其内，好似不见红脸妖道和花仙在场，有些奇怪。一个说道："我明见老徐和贱婢在此斗法，到时看得逼真，仿佛看见一片极淡金霞闪了一闪，便全无踪。就走，也没这等快法。莫非有人用太乙潜影迷踪之法，将形隐去不成？"另一妖人答道："就说有人行法迷踪，到此总该见人，徐道友为何不见？难道就这转眼之间，人便隐形飞去了？断无此理。适见徐道友已经大占上风，他近年法力越高，也许杀了贱婢，故弄玄虚，使我们扑空，自去破壁取宝。你看何师兄和温三妹的七煞搜魂阵，不是行家到此，怎会毫无动静？贱婢必死无疑。莫如我们照温三妹所说，就今夜分出两拨,一由崖顶,一由崖前,两头夹攻,试他一试如何?"

四手天尊何永亮忽然失惊道:"我那阵法被人破了。我数十年祭炼的凶魂恶煞,连同黑眚赤尸之气,全都不见,七煞幡也不知去向。适才心疑行法毫无反应,贱婢无此本领。只有老徐又凶又贪,今日闻我一说,自告奋勇,并还不等这里有了动静,便借题目飞来,诸多可疑。他忌乌牙洞二老前辈,也许不敢下手,却抽空将我七煞神幡盗去。弄巧贱婢也被生擒回山取乐,都不一定。由崖顶直攻,也有顾忌,如若在此,必往前崖一试。此地外人一来,立有警觉,非他没有第二人。他今日所为,不论怎说,都不够朋友。我们先往前崖一试,如真恃强欺人,我必与他拼命,诸位道友、师兄弟尚须助我一臂。"

众妖人方在随声附和,忽听花仙在暗中冷笑,喝道:"无知妖孽!你们那七煞妖幡,早被我朋友破去。可笑你们连点影子也不知道,还在狂吹大气。你那妖党徐全,素恃是妖鬼徐完之弟,你们怕他,来时果是存心不良,想要卖友独吞。可惜邪法无功,奸谋未遂,反将他性命相连的天赤剑失去,还断了两节手指,才得化血逃生。偏生近年来为一妖女,与徐完不和,平日凶顽孤立,连个救兵也没处请。我本想不说破,由你们群邪内讧。但我花无邪乃芬陀神尼与小瑶宫玉绳仙子门下,两位恩师戒律谨严,向无诳语。实不相瞒,前后两层禁图,均已在我手中。此崖有大雄神僧佛法封禁,已有千年,二图缺一不可,妄想非分,自取灭亡。趁早缩头远去,还可网开一面;否则少时伏诛,悔无及了。"

话未说完,众妖人已齐声怒喝,十来道妖光邪焰,齐朝花仙发声所在飞去。妖女温三妹更由怀中取出一镜,待要向前照去,数十丈五色光华,连同五座旗门,倏地同时涌现。众妖人知已入伏,阵法厉害,一声招呼,聚在一起,各施邪法,想将阵破去,就此绕阵飞驶起来。妖女宝镜晚了一步,为旗门所隔,并未照出花仙。

龙娃见众妖人合力前攻,破完一座旗门,又有一座旗门出现,光焰万道,变化无穷,好看已极。正看到有兴头上,小仙笑道:"你师父既打算帮人家,怎不早来?如不是我,那可怜的花道友,岂不为妖剑所害?就这样,为想将众妖人引入伏地,我下手稍晚,她那飞剑已经受了点伤,真个可气。等我把前崖禁光蔽住,送她入内。我再去把你师父催来。你却不可离开。"随即走去。待有不到半个时辰飞回,说:"你师父就来,如觉一阵微风急吹上来,便是你师父来到。如果久候不至,便不是落在这里,我再带你寻他。此时我还有点事须走一趟。"说罢,人便不见。一会,果有一阵风落向石侧,试喊了一声老师。

申屠宏闻言,越知来时所料不差,小小婴童,竟有这高法力,好生欣慰。少时必能相见,便不再去寻找。暗忖:"花无邪已得小师弟之助,进了头层崖洞,禁图全得,神妙已悉,照说今晚就许得手。但恩师先机预示,却说她不到时机强求,不恃成功无望,反倒吃苦,多费辛劳,不是有人解救,命且不保。如今崆峒派所有厉害一点妖人,俱集于此,均为旗门所困。就被破阵脱出,花无邪连来七日,所剩仅此一关,只要被攻进,立可运用内中现成禁制,抵御外敌。再按禁图施为,去往内洞寻取禅经。不问敌人发觉与否,均无妨害。先前还恐天残、地缺两老怪师徒作梗。一则,为时已久,花无邪当已破关而入;二则,老怪师徒素极自负,生具特性,当双方胜负未分,妖人以众对一之际,当时决不至于出手。迁延时久,人已入洞,转以大雄禅师所设禁制相抗,无可奈何。分明有成功之望,恩师说得那等难法,并令自己首次只可暗助,非出不已,不可现出行迹,其中必有原因,并还关系重大。小师弟尚未见面,不知此来是否奉有师父之命,万一乘着归省,或是私自下山,来此惹事,他虽屡生修积,前生法力俱在,毕竟今生尚是幼婴,天真胆大,惹出乱子,却不在小。几世至交情切,不寻见人,问个明白,如何能放心?休宁岛群仙盛宴,他那师父必然不在仙府,定是私出无疑。"

　　申屠宏越想越愁,又不知他隐向何方。只得悄嘱龙娃:"如遇小仙,可告诉他我已知他是谁,并非有空不去寻他,只为峨眉奉命时,不许往别处走动。又以孽难未满,无颜见人,意欲重返师门,再往相见,请不要见怪。不论甚事,务必先见一面,或用本门传声之法,先谈几句也好。并说我已知他近来法力更高,我已心服,不要再隐形取笑了。"龙娃应诺。

　　这时,下面众妖人已经悟出旗门幻象,一个提醒,纷纷警觉,不由急怒交加。一面各施法宝,将四外环攻的五色精光挡住;一面想九人合力,施展九天都箓、秘魔阴雷,将旗门震成粉碎,再制敌人死命。申屠宏见下面九妖人按九宫方位立定,由何永亮为首,各持一面妖幡,幡上飞起一股绿色光气,正往中央聚齐,看出是崆峒派独门辣手秘魔阴雷。知道阴雷已是阴毒无比,况又加上九天都箓,一经爆发,除却对崖有佛家禁制可以无害外,休说阵地一带,连自己存身的小石山也必被震成粉碎。花无邪的五遁旗门断送还在其次,万一人在崖外,未得入内,再自恃法力,不知隐退,骤为阴雷邪火所伤,凶多吉少。偏为小师弟佛法掩蔽,看不出人在何处。因昨晚一谈,越觉花无邪身世可怜。又知崆峒派首要诸人为炼这种邪法,残杀修道之士过多,本已引起各正教公愤,仍还夜郎自大,公然在骑田岭设下九天秘魔大阵,想将各正派仙侠一网打尽。不料极乐真人李静虚恰在此时功候完满,以元神化身,单人入阵，用太乙神雷大破妖阵，首要妖人几乎全数伏诛。由此瓦解，剩下十多个余孽，匿迹销声，久不听人说起。不想竟是处心积虑，隐伏山下，重又炼成阴雷。照此情形，早晚必定猖獗。崆峒阴雷与九烈神君所炼，异曲同工，这班妖人虽非已死诸首要之比，到底不可大意。一时仗义，便把阮征所借的二相环取下，静俟绿烟凝聚成一碧绿火球，打算爆发之际，下手破去，免得留在世上害人。

申屠宏主意打定，忽见西南方现出一团愁云惨雾，乍看邪气一团，不过亩许方圆，晃眼展开，铺天盖地而来。云中隐隐闻得极凄厉的异声，其势神速已极，声才入耳，月光立暗，妖云已是飞近。看出来势太凶，为防万一，刚把龙娃一抱，妖云也停留在阵地之上，现出一个丑怪妖妇。生得又高又大，脸似乌金，一头灰发披拂两肩，左右鬓角各挂着一串纸钱。生就一张马脸，吊额突睛，颧高鼻陷，大口血唇，白牙森列，下巴后缩，口眼鼻子乱动。手如鸟爪，长臂赤足。身穿一件灰白麻衣，腰悬革囊。才一到达，一声狞笑，把手一伸，便有五条黑影由指爪上飞出，往阵中抓去。下面五股绿色烟光正往中央斜射，互相会合，凝成一团，尚在流转不休，那绿气也正发之不已。只要绿气放完，变作一个绿阴阴的晶球，阴雷便自爆发。邪法虽未完成，但那绿色光气一样沾它不得，并且所差只是瞬息之间，一样可化无量阴火爆发，端的厉害已极。不料妖妇鬼手影到处，便似一蓬丝般抓了起来，另一头便与妖幡脱离。手法更快，五条黑气往起一裹，便即无踪。

当妖云到时，众妖人陷身阵中，不曾觉察。忽见五条手指一般的黑影自空飞下，阴雷便被收去。除却两个稍为知底的以外，全都暴怒。未及发话，二次鬼手正要飞下，五色遁光一闪，面前一暗，旗门也便无踪，变了一片空地。众妖人瞥见空中一团阴云邪雾裹着一个妖妇，纷纷喝骂，待要围攻。妖妇已先厉声喝道："我是乌头婆，与你们无仇无怨，只想与你们商议一事，不可乱动，免我冒失。"众妖人一见所料不差，果是此人，又在旁大声喝阻："此是乌老前辈，不可妄动！"于是全都停手为礼，转问："老前辈，既无嫌怨，何故将我九人阴雷收去？"

乌头婆面容立转惨厉，怪声答道："话说太长，不及详谈。只因我一个亲生独子，为两贱婢所杀，仅仅收得几缕残魂。非有佛家无上法力和两件灵丹异宝，还须三十六年苦练玄功，不能使他魂魄复原转世。这类有大法力的僧尼虽有三数人，门户多殊，求必不允，甚至受辱，为此先打复仇主意。我那仇人，乃小寒山神尼门下谢璎、谢琳，既得师门真传，新近又得了佛门至宝七宝金幢，此已难敌，贱婢谢琳更学会了绝尊者的《灭魔宝箓》。毒手摩什与她们也有杀徒之恨，一样奈何她们不得。我老婆子有仇必报，从不轻举妄动。费尽心力，才访问出珠灵涧玉壁，乃西天竺一块灵石，千余年前，大雄禅师将它移来此地。内中藏有两部禅经和好几件灵丹法宝，于我这两件心事，全有大用。只是内外两层均有佛、道两家禁制，埋伏重重，非将此两图得到，多大法力也开不进去。并且外面壁上，便有佛家六字灵符，即此已须在佛门中得有真传，禅功深厚，每日按着外禁图附载的时刻连来六次，才能暂时化解，稍停它的妙用。而洞门上面，更有道家混元真气封固，除却目前有限几人的太乙神雷与魔教中三十六相神魔外，只有阴雷能开。现在两禁图均被一个名叫花无邪的女子得去，她本芬陀弃徒，精于大小金刚禅法，已将六字灵符妙用停止。以为用五遁旗门将你们绊住，只一进门，便可照着禁图，从容在内施为，不料混元真气封闭严固，却没法破。你们想用阴雷、法宝，前后夹攻，也是梦想。再被此女冷不防暗将六字灵符复原，人还受伤，济得甚事？依我想，你们比此女还要无望，不如双方成全我老婆子，由我向她讨图，止住灵符妙用，再借你们阴雷破门入内。事成之后，我只取一部禅经、九粒灵丹、一件法宝，下余除数十粒灵丹十人平分，另一部禅经了却此女的心愿不计外，法宝恰有九件，由我做主，正好分与你们九人。既免徒劳，平白结仇树敌，而你们阴雷虽只九粒，但与九烈道友所炼不同，用后仍能收回还原，并无伤损。此举不是三全其美么？"

众妖人知她练就七煞形音摄魂大法，道力稍差的人，声音一被听见，立被将魂摄去。一双鬼手更是厉害，在场诸人谁也禁不起她一抓。正在面面相觑，未及答话。妖妇说完，也不再理睬妖人，径向对崖说道："花姑娘，我也知你志行坚苦，理应得此禅经。无如我为报仇与救我儿子，非此不可。我儿为仇敌所杀时，值我归晚，只由别人代收到一点残魂剩魄，无法成形，终日心如刀割，不能再延。适才所说，想已听见，禅经你仍先得一部；另一部，我也在三十六年后还你。如听我话，将图交出，以后不论何人与你作对，都有我乌头婆代你出场。你看如何？"

乌头婆说罢，花无邪并无回音，也未现形。只听一个小孩的口音道："花道友，今日你已无望，速将六字灵符复原。你走你的，你也不可出声现形，由我对付这个老妖妇。"妖妇闻言，怒喝："谁家无知小鬼，敢与老娘作梗？通名领死！"小孩接口骂道："无耻老妖妇！你母子积恶如山，在我前生，便想为世除害，未得如愿。我知你因恶贯已满，大劫将临，不敢与人结怨，故此连对几个崆峒余孽，都与之好商量，不似昔年，上来便下毒手。今日便天残、地缺两老容你上门猖狂，小爷我也容你不得。别人怕你呼音摄魂，小爷不怕。你想打听我来历,好打主意么? 我不要你留情,我说出来,你要不敢动手,当着许多欺软怕硬的狗男女,你丢人却大呢。还有甚邪法,只管使吧。"

妖妇闻言,并不发火,冷笑道:"我老婆子一生怕过谁来? 杀你易如反掌。你果是有来头,值我下手,休想活命;如是无知童稚,如此胆大,倒也合我脾胃,我不杀你,只捉去当儿子便了。"小孩接口怒喝:"放你狗屁! 小爷便是峨眉教祖妙一真人之子李洪,前几生均在天蒙恩师门下虔修佛法,今生又拜寒月大师谢山为师。你那两个杀子仇人,便是我两位师姊。休看我转劫才只三岁,似你这类妖妇却不在小爷眼下呢。你不用怪眉怪眼,小爷现形让你看,你那鬼手到底能出甚花样? 只管来吧。"

话未说完,人已现身。只见一片祥霞,拥着一个背插双钩、腰悬如意金环、胸悬玉辟邪、各焕奇光、短衣赤足的童子。年纪看去虽不似三岁,最多也只七八岁光景。生得粉妆玉琢,俊美非常,加上那一身装束佩饰,一身仙风道气,分明天上金童,下降凡世。众妖人知道,既是妙一真人之子,善者不来,全都暗中惊奇不置。申屠宏在旁,却代他捏着一把冷汗,一见现出身来,这等形象,不禁惊喜交集,忙用本门传声告以留意。未及跟踪飞去,双方已是动手。

原来老妖妇闻是妙一真人之子,面上先现惊疑之色。及至听到末两句,面色忽转狞厉,正要下手,人已现出。乌头婆老奸巨猾,刁狡非常,一见这等仙姿英仪,暗忖:"此子根骨之厚,从来未见,分明此时已是仙、佛道中人品,这等美质,如何会死在我手内? 自己本已大劫将临,意欲从此隐迹,不料爱子被杀,复仇心盛,又复出世。就以两个仇人的根骨而论,均不应毁于己手,何况此子父、师无一好惹。莫非情急心昏,仇报不成,反而自投劫数?"

乌头婆心方一寒,猛瞥见李洪在祥霞拥护之下,一手掐着灵诀,一手戟指喝骂。众妖人除温三妹手藏袖口中微动,目注对面,似在暗中行法外,余人全都斜视自己,要看对此婴童如何发落。众目之下,就此退去,实在难堪,至少也应将那禁图抢夺了来,才可落场。好在来时禁网已经暗中布好,花无邪隐身多妙,只一离壁飞行,便即现形。此子仍以吓他逃走为妙。如真不知进退,逼我下毒手,也说不得了。念头一转,厉声喝道:"无知乳臭,真要我下手么?"随说,便有一团灰色暗光,朝李洪打去。这还是妖妇不愿与峨眉派结仇,没想伤害李洪,上来未下杀手,只将自炼阴煞奇秽的天垢珠发出。满拟此宝除能污秽敌人飞剑、法宝外,并还发出一种极秽奇腥之气,闻到便即晕倒。如能将人擒到,说上几句放走更好,否则他的护身宝光必然被污,失却灵效。敌人虽然仙根深厚,终是幼童,奇秽难当,必逃无疑。

126

哪知李洪并不领情,所带法宝,乃灵峤三仙所赠,专御邪法,不怕污秽。并还深知妖妇来历,胸有成竹。一见天垢珠冉冉飞来,笑骂道:"我本心想见识你那形音摄神邪法和那一双鬼手,你偏使出这等下作玩意,有甚用处?"说时,那团灰暗的光气,已是飞近身侧。照例敌人不论用甚飞剑、法宝,只一出手,妖光立即爆散,化为大片邪气,向人飞涌,其势极快,并具灵性,稍有缝隙,即被侵入,法宝、飞剑沾上就失灵效。众妖人深知妖妇全身法宝,无不阴毒厉害,李洪不死必伤。不料李洪若无其事,口说着话,手往胸前玉辟邪上一按,立有万道毫光,暴雨也似朝前射出,妖光立被撞成无数烟缕,四下飞射。妖光虽破,残烟剩缕仍是奇秽极毒。妖妇事出意外,猝不及防,又惊又怒,百忙中恐毒烟飞射,伤了身旁妖党,越发丢人。既然法宝已毁,不愿收回,愤急之余,将手一扬,残烟重又前飞。吃李洪宝光一挡,消灭大半,下余邪烟,便由李洪左右两侧绕飞过去。同时妖妇也已横心,待下毒手,双手一伸,飞出十条黑影,正向李洪抓去。猛觉心灵一动,知道花无邪已离崖飞起,待要逃走。想起此女禁图关系重要,怎今日轻重倒置,与小狗怄甚闲气?忽听温三妹喝道:"那不是贱婢?"目光到处,花无邪已经现身,住斜刺里飞去。

原来花无邪日前连破外壁六字灵符,以为洞门已现,只要照前图施为,当可如愿。不料门上还有混元真气封固,连施法力,均未攻破。李洪去唤申屠宏回来,看出她久攻不开,便往相助,仗着断玉钩之力,方觉有点意思,妖妇便已赶来。二人均知妖妇邪法厉害,李洪便令花无邪暂且停手避开,不可出声。由己上前,如能把妖妇逐走,再打主意。天残、地缺师徒历久未来,只要两老怪不出面作梗,仍是有望。

花无邪明知艰险,终以功亏一篑,不舍就走,想看看再说。其实,当时妖妇已下禁网,稍有行动,仍被察觉,以不动为好。谁知妖气残烟猛飞过来,才闻到一丝,立觉腥秽奇臭,难于忍受。尚幸功力甚高,忙运玄功封闭七窍,不令侵入,虽未中毒晕倒,余气尚是飞扬。惟恐有失,又想起来时申屠宏之言,妙一真人预示先机,定无差错。不合贪功求速,事未成功,反把强敌引来。妖妇人随声到,来去如电,此后防不胜防,又非敌手。再不见机,吃她摄去元神,永沦苦孽,休想出头。越想心越寒,便照申屠宏所说,往乌牙洞那一面乘隙遁去。身才飞出,立触禁网。同时妖女温三妹知花无邪尚在壁上隐迹,暗用镜光查照,因有李洪佛家禁蔽,不曾照见。这一飞出禁地,立被照出。虽然妖妇所设禁网在发动邪法以前并不伤人,花无邪功力又高,照旧飞驶,可是踪迹已现,不能再隐。

妖妇见了,自然不放过,立舍李洪,口唤得一声:"花无邪,你跟我来呀。"

那一双鬼手影便即抓去。妖妇呼音摄神之法厉害无比,如换别人,必被鬼手抓中,真魂元神已被摄住。总算花无邪得有佛门真传,禅功坚定,事前又有戒心。身刚飞出不远,忽听怪妇用极凄厉的怪声呼唤,才一入耳,便觉心旌摇摇,真神欲飞。知道不妙,忙运玄功制住心神,不去理睬,仍催遁光加急飞遁。不料妖妇飞行更快,人还未到,那双鬼手影已是追近。

花无邪心灵上也有了警兆,眼看要糟。幸亏那旁李洪见妖妇鬼手舍了自己,去追花无邪,心中一急,把日前路遇女神童朱文所赠为苗疆斗法而要来的乾天一元霹雳子,由侧面照准妖妇便打。同时左肩一摇,断玉钩立化两道金红光华,交尾电掣而出,朝那黑手影剪去。双方都快,恰巧迎个正着。李洪这主意早就打好,不过提前先发,满拟妖妇必受重创,甚或震成粉碎。哪知妖妇在百多年前,也为孽子惹事,吃过此宝苦头,颇为内行。一见豆大一点紫色晶光迎面斜飞而来,知道此宝乃昔年幻波池威震群魔的乾天一元霹雳子,不禁大惊,口喝:"诸位速退!"忙即收手退回时,只听震天价一个霹雳过去,紫色星光已化为万道紫光奇焰,横飞爆散。这一震之威,数十丈方圆以内的山林树木全都粉碎。众妖人虽均久经大敌,闻声立纵遁光逃避。两个逃得慢一点的,均受了重伤。

申屠宏如非为防龙娃受伤,加以禁制,相隔又远,所立小山也难免于波及了。李洪见紫光过处,妖妇鬼手前半似乎扫中了些,可是逃遁极速,晃眼无踪。方想妖妇也许知难而退,不料去得快,回得也快。远远一声极凄厉的怒啸,人随声到。妖妇虽然吃了点亏,并不向李洪报复,径由斜刺里朝花无邪追去。本来双方动作神速,花无邪逃并不远,又不合闻雷回顾,见妖妇逃走,群邪伤避,略一迟疑,四山回响未息,妖妇又追来。又避开了李洪一面,那一双数十丈的鬼手黑影,重又发出。李洪知道断玉钩乃晓月禅师苦练多年,准备用来抵抗长眉真人玉匣飞刀的前古奇珍,到手以前又经天蒙禅师佛法传授,妖妇鬼手依然竟似无伤,照此情势,不将花无邪擒到不休。只有霹雳子是其所畏,无奈自己共只向朱文讨来两粒,妖妇来去如电,就发出去也未必能使受伤。如再一击不中,便无制她之法。不禁又惊又急,立纵遁光横截上去,手中暗藏末一粒霹雳子,准备迎头再发。

这一面,申屠宏见状也着了急,也是隐身飞起,与李洪不约而同往前追截。忽见由乌牙洞那一面飞来一片天幕也似的黄云,放过花无邪,将妖妇阻住。那云直似一片横亘天半的屏障,上面现出两个死眉死眼、一般高矮的黄衣怪人。这两个怪人,不特容貌、身材相同,连神情、动作也都一样,乍看直似云屏上画着两个孪生兄弟,不似生人。各睁着一双呆暗无光的怪眼,望着妖妇，一言不发。申屠宏一见，便知仙柬之言已应，忙用本门传声，招呼李洪速急隐形，退往小山，恩师有话。

李洪深知怪人来历，本就想坐观虎斗，只是少年好事，不知厉害，打算乘隙下手，给妖妇一个厉害。又以众妖人吃了点亏，俱各愤怒，见妖妇去而复转，气焰更盛，跃跃欲试，已经出声喝骂，待与妖妇合流动手，也想借此除去两个。心方盘算，忽听传声，并有父谕，立即隐身前往会合。因是先后隐形，飞遁神妙，怪人、妖妇全未看出去向。刚到土山，便听两怪人同声说道："娃娃真乖巧!"李洪闻言，方要开口，吃申屠宏连忙阻住，告以少安毋躁，且看下文。师徒三人往前一看，妖妇鬼手已是收回，仍由一团阴云惨雾环身凌空而立，望着两怪人，也不动手，口眼鼻子不住乱动，面容悲愤已极。众妖人见此阵仗，全部收势，悄悄避向一旁。双方沉默相持，约有半盏茶时，妖妇好似进退两难，忽然厉声说道："我并未到你乌牙洞禁地，何故逞强作对?"两怪人始终呆视如死，并不理睬。

第二五八回

贝叶焕祥辉　地缺天残参佛相
魔宫烧毒手　神童仙女盗心灯

　　妖妇乌头婆连问两次，两怪人连眼皮都未眨一下，也不前进，也不放妖妇过去。花无邪早逃得没有影子。妖妇两问不答，便不再问，凶睛闪闪，望着两怪人，几番欲前又却，好似进退皆难，神情愤怒已极。又相持一会，倏地眉发倒竖，厉声喝道："你们既是逞强出头，就该说个原因，我如无理，立即就走，为何死眉死眼，装腔作态，连话都不敢出一句？我知你师父一向不捡人现成便宜。大雄禅师玉壁藏珍，他居此多年，毫不知情，一见有人来取，便生贪心劫夺，我想他决不会作此老脸丢人，自背平生言行之事。我不过打狗看主，不肯轻易结怨，并非怕你们。如只是你两弟兄想要染指，尽可商量。今日之事，凡是出力的人，俱都有份。与其无故结仇树敌，何如将花无邪寻回，合力下手，一同分享，岂不是好？有甚话只管明言，我老婆子在未叫明以前，决不暗中伤你们便了。"两怪人闻言，互看了一眼，板着一张死脸，阴恻恻答道："无知老妖妇，你作梦呢！别的我不知道，就不容人在此卖弄。近年恩师不许我们先动手，才让你一步。你既发了狂言，想好好逃走，不留一点东西，还不行呢。你那一套只管使出来；否则，我弟兄懒得看你这张鬼脸，先下了手，莫说不打招呼。"

　　妖妇本因近来时衰运背，不欲树此古怪难惹之强敌。又见对方人不出门，却将两个元神附在本门独有的五云锁仙屏上飞来。表面上好似人正在打坐，发现来了强敌，不及复体，径用元神出战。实则取巧，有此云屏护身，先立不败之地。此宝用无数人兽精魂庲魄，与乾天罡煞之气合炼而成，虽是旁门左道，但是天残、地缺法力甚高，平生恩怨分明，无往不报，对人也是如此。事前先遣门下怪徒四出，用他灵符拘上万千人兽魂魄，再经选择。别的左道中人视为至宝的凶魂庲魄，反倒不要，连同一些看不中的残魂余气，一齐在他灵符护持之下遣走。下余经他选中的，再当众晓以利害。如愿为他服役的，便自认年限，到时放走；不愿者，仍用灵符送回。这些鬼魂因炼时极少痛苦，并且年限越多，形神益固，限满投生，必能体健身轻，多享年寿，那服役最久的也许还有别的好处，因此十九应诺。事出心愿，与以邪法强制者不同。对起敌来，也各拼命，发挥所付全力，端的神奇无比！

妖妇暗忖："怪物师徒欺人太甚，并且都是有名乖张怪僻，不通情理，好说无用，空自示弱丢人，甚至还不容就此退走。有此云屏护住元神，我那呼音摄神之法多半无用。莫如施展玄功变化，冲入云屏，用这一双抓魂鬼手，将怪徒元神抓裂。也不和两老怪再交手，以防深入虎穴，中他暗算。就此遁回，约请能人相助，再以全力来拼，非将禅经、藏珍得到不可。"妖妇也是大劫将临，自信太甚。不知天残、地缺当晚因见珠灵洞有人斗法，默运玄机推算，得知有一件关系毕生荣辱安危的事，就在不久发生，心中忧急，此举别有用意，竟自破例由那末次一坐三百余年，不曾离开过的危崖石凹之中，隐形飞出，也同附在云屏之上，两怪徒实是真身。因乌头婆邪法厉害，来去如电，非使受了重创，胆寒却步，不能免于纠缠，故意用法力颠倒掩饰，棋高一着。妖妇果然误认是两怪徒怕她，特以元神出斗，上了大当。主意打定，一声极惨厉的怒啸，将身一摇，全身立被一团极浓密的黑烟包满。同时鬓边两挂纸钱也便飞起，化为两道惨白色的光华，环绕身上。众人目光还未看清，两道妖光已环绕一团黑影，箭也似急，往云屏上冲去。

那云屏横亘在珠灵洞斜角上空，看去长只数十丈，高仅十丈，一色深黄，时有光影闪变。众妖人虽然同居此山多年，只偶听人说过；有两个和怪徒交好的，每问俱都不答。今见忽然出现，并不如所闻之甚，看去好似无甚异处。妖妇却精玄功变化，相隔千百里外，声到人到。休说这点间隔，再长百倍，就不冲破，也被由上下左右四边空处飞越过去。不料竟会望而却步，已是奇怪。只当过去不远，便是乌牙洞禁地，不愿开罪两老怪物之故。及见妖妇忽以全力前冲，知她平日行事向不虚发，也无敌手，况当怒极相拼之际，就便将两老怪引出，这片云屏也非破去不可。谁知那么邪法高强，与毒手摩什、蚩尤墓中三怪齐名的乌头婆，这一冲，并未将云屏冲破。一到上面，也和两怪人神气差不多，附身云屏之上，只是动静不同：怪人仍旧呆立相看；乌头婆却是眉发怒张，黑烟和惨白妖光环绕之下，在云屏上往来飞舞，其疾如电。晃眼之间，黑烟白光之外，忽然附上一层黄云，渐渐云气越附越厚。妖妇便如冻蝇钻窗一般，此突彼窜，似想挣脱。末了简直周身被黄云束紧，成了一个大黄团，妖光黑气全被包没，不见痕影。经此一来，休说众妖人大出意外，便申、李二人也觉老怪果是名不虚传，连门下怪徒也有这么高神通。

李洪想起花无邪往乌牙洞中逃走，此时未归，也颇可虑，意欲隐形往探。

申屠宏力言："此举系照恩师手谕而行，结局虽未明言，当可无虑。老怪更为厉害，一入禁地，立被警觉。等乌头婆败后，再作计较。我奉师命，自有处置。"李洪方始中止。

云屏上忽然光色闪变，由黄而白，转眼又变成红色，同时起了无数大小漩涡。妖妇身外所包云光也随同变幻，不论飞到何处，均被漩涡裹住，挣脱一个，又遇一个，飞舞冲突之势越缓，不时发出两声惨啸。申、李等三人因在天蝉叶和禁遁掩护之下，只觉听去刺耳难闻。众妖人却似心摇体战，真神欲飞，不能自制。有几个声才入耳，便已仓皇飞走。下余还有四人，均露出强自震摄，面带惊惧之容。方料妖妇乌头婆情急，正以全力呼音摄神，与敌拼命，猛又瞥见屏上火云旋转中，碧光乱闪，一串连珠霹雳大震，乌头婆身外光云立被震散了些。紧跟着，一股黑烟比电还疾，冲霄射去，烟中带着一种刺耳的厉啸，由近而远，晃眼余音犹曳遥空，乌头婆踪迹已杳，端的神速已极。

跟着云屏忽隐，两个黄衣怪人也未驾其遁光，竟自下落。残余四妖人多与怪徒相识，抢先迎上，意似想恭维几句。哪知两怪人死眉死眼，全不理睬，厉声喝道："那九粒魔阴雷，乃你们门中之物，怎会到乌头妖妇手内？分明与妖妇勾结，合谋作祟。师父立等回话，快说！"众妖人俱是峨嵋余孽，苦练多年，邪法、异宝各有专长，满拟不久死灰复燃，重整门户，经此一局，才知不论和正邪哪一方比，全差得多。本就气短，一听怪徒声色俱厉，大有翻脸之意，适已看出厉害，又是紧邻，如何敢忤，慌不迭极口分辩。李洪见众妖人窘急丑态，反倒消了敌意，还想再听下去。

申屠宏知已到了时机，老怪已回，悄告李洪："速带龙娃回我书房，我去接应花道友回来。这累赘是你带来的，万不可随我同往。包你还有事做，但不在今天。"李洪已觉龙娃一人在此可虑，便答应看完即走。申屠宏说声："小心。"便往乌牙洞飞去。刚到，便见另一怪徒引了花无邪，由崖凹中走出，引往半里外另一设备整齐的石洞中坐下，笑说："花道友，此事两有益处，还望三思。不过家师素不勉强人，本是令我送出山去。只是我想二位许师兄曾为道友稍效微劳，想请道友暂缓，等他们事完回来见上一面，再走如何？"申屠宏忙用传声，令花无邪婉言相拒。花无邪便告诉妖徒："令师盛意，并解我围，甚为感谢，必有以报。尚有要约须赴，改日登门，再见令师兄吧。"怪徒极强横固执，闻言面色一沉，冷笑道："我也有事，留否由你！"一闪不见。申屠宏立令花无邪同隐身形，仗着天蝉灵叶与仙柬指示，连越过沿途禁网，飞了回去。李洪、龙娃恰也飞到，各说经过。

原来花无邪危急中想起申屠宏之言，忙往乌牙洞飞去。果然身后现出云屏,将乌头婆阻住。先还恐才脱虎口,又入龙潭。继一想:"申屠宏奉命相助,所说当无差错。"一到乌牙洞上空,除来路外,三面均有禁制,不能冲过,只得硬着头皮下降。见危崖内陷,地并不广,也无陈设用具。只当中有一个五尺高、二尺多宽的石凹,并肩挤坐着两个黄衣怪人:一缺左脚,一缺右脚,似是孪生兄弟。虽未见过,料是天残、地缺。知他们生性乖谬,狂傲固执,与众不同,便以礼相见。两怪人冷冷地说道:"我这西崆峒,除五龙岩几个后辈,因他们师长先住此山,在日对我又极恭敬,容留至今外,向不许外人动本山一草一木。你所做的事,本不容许。但我一向扶弱抑强,见你孤身一人,竟敢大胆来此开山取宝,已有五龙岩这班蠢牛与你作对,再如出手,还当我师徒倚强欺人。本心由你自去,不料你当危急之际,明知我师徒不好说话,偏往我门前投到,足见胆识过人,妖妇又那等猖狂可恶,才命门人相助。妖妇已为我法力所困,逃生已是万幸,足可无虑。你所取禅经,到此也能成功,我并还可助你一臂。不过,我二人恩怨分明,助人须有酬报。此事已经洞悉因果,并不想有分润。只是存放贝叶的金箧之内,有一件佛门至宝,非你不能到手,如肯借我一用,到时,你便可安心下手。不论有多厉害的对头与你作梗,均由我师徒应付。我事一完,立即还你。此系彼此有益之事。我师徒素不勉强人,时尚未至,也无须马上回话。如若心愿,或是你看出单仗李洪相助无用,仇敌太多,形势凶危,下手前三日,来此一行,我便可为你安排,使你专心按照禁图取宝,决无他虑了。"

花无邪知道对方乃方今旁门散仙中有数人物,脾气更怪,行辈甚高,一向自大,入门并未跪拜,他们竟毫无愠色,反允相助,只借宝物一用。按说承他师徒解围,借此酬报,原是应该。不过二老行事莫测,以其神通广大,怎会自贬身价,向一后辈借宝?还有他们既凡事前知,申屠宏也在暗中相助,怎会算不出来?贝叶禅经箧内是何法宝,他们竟会如此需要,自身灾劫定数所限,非经魔劫,不能成道,本是明知故犯,并不须人相助。还是问过申屠宏,再行回答为是。略一寻思,正要回答,天残、地缺已闭目入定,唤了两声"老前辈",不听回音,只得罢了。身在虎穴,主人喜怒无常,便在侧恭敬侍立,以待回醒。

隔有片刻,左侧有人影一闪,忽现出一个黄衣怪徒。花无邪法力原高,看出怪徒早在室内,并非外来,也许隐伏的不止一人。于是故作不知,问道:"道友,有何见教?"怪徒已做手势嗓声,似恐惊动二老,态绝恭谨。随之引往另一洞中,一言不合,便自含怒隐去。看神气,似以为禁网周密,若不放行,决难脱身。不料申屠宏赶到,将人引走。

另一面，李洪在小山上隐形旁观，先见仵氏兄弟咬定诸妖人与乌头婆勾结，经四妖人再三分说，仵氏弟兄虽然息怒，即令众妖人不许过问此事。并说他们只是不服以多欺少，并非想要自取禅经。众妖人自是不愿，温三妹便说："此事譬如不知，中止前念，本无不可。只是青海二恶定必不容，早将神魔炼成，寻上门来，却是难敌。不知二位道友可能助我等免难？"仵氏弟兄闻言，冷笑道："不经我师徒默许，谁敢动此一草一木？你们只要不离此山，怕他何来？你们不听话，与那女子为难，却是自讨苦吃。"说罢，人便不见。气得四妖人咬牙切齿，一言未发，各自飞去。

申、李、花三人彼此一谈，均觉奇怪，便把仙柬取出，通诚拜观，第三页字迹忽现。才知白眉禅师大弟子朱由穆，自从铜椰岛分手，本约定三生至交姜雪君，随了大方真人神驼乙休、韩仙子，去除玄门中败类双凤山两小邪天相、天和兄弟。就便应仵氏弟兄之约，往寻祖护双凤山两小的天残、地缺斗法，减少他一点气焰。不料邢氏弟兄凶狡异常，知道铜椰岛拦截韩仙子元神惹下杀身之祸，遍约能人，百计求免。四人最后虽然大胜，邢氏弟兄也吃乙、韩二人追往北极天边杀死，除去两个极恶穷凶，却因此惹出不少事故，这里暂时不表，留待后叙。

且说妙一真人素持宽大，与人为善。深知天残、地缺虽非正宗清修之士，除却生性奇特，专重恩怨，不论善恶，又喜祖护徒弟，是其所短，劣迹却不多。门人虽不时背师为恶，但他两人初得道时，颇积善功。尤其所炼护身云屏，度化了许多冤鬼，用心虽为利己，无形中也积了不少功德。只为狂傲自大，所居直同禁地，有人游山误入或是路过，不论仙凡，均受怪徒欺侮，法力越高，吃亏越大。他俩不但不问，有时反为张目。几个宠徒相貌既极丑怪，行事更极骄横任性。近年胆子越大，时与妖人勾结为恶，因此树敌甚众。朱、姜二人这一去，必与他师徒难堪，只是二人法力虽高，仍难制其死命。念在他俩成名多年，修为不易；又恐其恼羞成怒，反与妖邪合流，生出事来。欲以恩相结，到要紧关头，为其解围。同辈之交，不是无法分身，便是素来恨恶他师徒的为人。双方法力都高，事前不能泄露。知申屠宏机智稳练，如将迷踪隐迹和乾坤大挪移法炼成前往，照柬帖所说而行，便可胜任。为此命醉道人传谕，令其依言行事。

这第三页仙示上，除指示到时机宜外，并说：

大雄禅师法力无边，不特洞门上的太乙混元真气，不到时限无法攻开，并且内里另有法宝封固，不在禁图所载埋伏以内。第三层威力更大，刻经玉碑，已化成一片玉壁，法力稍差，也不能取走。届时番僧三十六相神魔已经炼成，随后赶来。花无邪所要禅经也可得到，当时携经遁往海外，虽可无事，一则孽难未消，将来仍须应验；二则玉碑所刻，乃是经解，留在世上只剩五日，便须化去，碑重如山，保留、携走两俱不能，非当时默记下来不可。如用前部贝叶禅经自去参悟，至少三百多年始能通晓。事前只采薇僧朱由穆和李宁可以相助，但各有事，到得甚晚，必与青海二恶相遇。此经关系番僧日后成败，就令当时不敢苦迫，真形已被摄去，从此苦苦寻踪，不久便为所害，元神也被擒禁，非满十四年不能脱难，但异日成就却大。如甘以身殉道，为久远之计，经到手后，速将天残、地缺想借的一片贝叶灵符交与申屠宏备用。再照图封禁全洞，往末层玉碑之下读那经解。一任番僧神魔攻山，不去理睬。等碑洞将被邪法攻破，经已记全。速将所得禅经用篮中所附灵符封固，高呼神僧法号，乞发慈悲，朝玉碑掷去，立即藏起。跟着申屠宏所请的人也已到来，将碑取去。番僧晶球视影只能看出前半，藏经一节，因有灵符妙用，并未看出。只知关系切身利害的前部禅经已被人取走，因此拼命劫夺，不肯甘休。花无邪若隐避得快，真形不被摄去，未始不可暂脱毒手。无奈定数如此，花无邪精诚强毅，也必不肯早退。苦难虽不能免，将来脱难出困重取此经，参悟末两章上乘佛法，必成正果。

花无邪向道坚诚，知道事可如愿，又知天残、地缺借宝之事已有安排，好生欣慰，毫不以十四年炼魂之苦为念。申、李二人益发感动，对于她将来超劫出困之事，均愿以全力相助。花无邪自是感谢。

申屠宏因仙示未提李洪，便问："洪弟，怎得到此？"李洪笑答："我每年此时要到峨眉省亲，恰值休宁岛群仙盛会，欲往观光，未得如愿。归途遇见世叔藏灵子，将我喝住，先对我夸奖了一阵。后说日前遇凌世叔与陕西黄龙山猿长老，谈起这里的事，回山又探出了些机密。问我如想凑此热闹，助花道友取经，便指点我得一件好法宝。并说他去休宁岛见了我爹娘、师父，必为分说，事情是他怂恿，与我无干。另外又赠我一道极神妙的灵符，一经施为，不论对方法力多高，也算不出来人心意行动。须等璎、琳二位世姊有要事寻我时才用。此是他照例三年一次，默运玄功，推算未来，为了感我爹爹高义，一时关切，无意中推算出来的。命我谨秘，尤其不可对师父说。防我不听话,心思自用,冷不防在我头上拍了一下,加了禁制,说是一见师父便想不起,我也不知灵否。送走以后,一想师父也是赴会未归,回山无聊,好在爹娘、师父事前全未叮嘱,不算违命,何况还有世叔藏灵子代我说情呢。我以前法力,近来多能运用;法宝虽未发还,有断玉钩和灵崤三宝,也能抵挡一气。便赶来了。"

申屠宏知藏灵子近与本门修好,此老法力高强,必有深意。仙柬未提李洪,可知无碍,才放了心。花无邪见李洪小小年纪,如此神通,再听二人叙阔,说起前生之事,更为惊奇,赞佩不置。

一会天明,龙娃告辞回家。申屠宏说:"无多时日,便要下手,形势较前还要凶险,带你徒多累赘;并且你不久随我远行,母子还要久别。明日我便设词散馆,反正无事,何如在家中奉母,多聚些时,事完,我自寻你多好。"龙娃先颇不愿,后一想到母子不久分离,不知何时才得重逢,立即应诺,分别拜辞而去。

李、花二人均说龙娃至性可嘉。申屠宏笑向李洪道:"如不是孝母可取,似此庸凡,如何可要? 都是你作成我,头一次收徒便不如人。"李洪笑道:"大哥休如此说。人贵自修,你没见诸葛师兄初在大世伯门下那等艰难么? 现为本门四大弟子中第一等人物,成就如何? 再者,我见这孩子灵巧孝心,颇为喜爱。既作成他拜在大哥门下,也必助他到底,我一下山,必有办法。我这老长辈决不白当,包你满意便了。"申、花二人见他不过像一个六七岁的幼童,偏于老练之中,带着无限天真,深以当龙娃老长辈为喜,都由不得笑了起来。

一会,生徒到来,申屠宏告以不久解馆归去,每人暗赠了些银子遣走。

生徒去后,花、李二人重又现身。因昨晚为妖妇所扰,洞未攻进,反把连日心思自用,又须从头做起,将六字灵符解完,也到了神僧所限时日。虽然进洞之后尚须三日始得成功,但这次有申、李二人同往相助;两老怪物既已明言,不致作梗;众妖人也许不敢违怪徒之诫。花无邪心急下手,虽然早了数日,生出好些事故,因此却把崆峒诸妖人阻力去掉,损益也可相抵。三人商议停妥之后,又把两图取出,互相观看,照妙一真人仙示,细加推详。花无邪才知禁法微妙,息息相通。幸而昨日没有进攻,否则还要陷身在内,进退两难。深悔先前不合私心自用,总算临事审慎,将两图全交申屠宏保管,免却好些难堪。尤其李洪无端锐身急难,以全力相助,免去燃脂头陀所说鬼手抓魂之劫,由此铭感在心。不提。

挨到夜间,时辰已至,三人一同前往。到了珠灵涧,先由花无邪将旗门布好,由李洪助她,重破六字灵符。申屠宏仍在小山之上守望。有了二人相助,不特格外放心,并且破完灵符,李洪便由外面加上一层佛法禁制。申屠宏又格外谨秘,用天蝉灵叶将花、李二人行迹隐去,任是多高法力的妖人,决看不出。如有妖人到此,别的不说,外面的一层佛法禁制便极难破。此是天蒙禅师伏魔真传,与行法人心灵相通,只一有事,李洪先自警觉,端的戒备周密,无隙可乘。初意众妖人未必死心,至少也要隐伏窥伺。前后也有个把时辰,才得毕事。李洪连施佛法,暗中搜索,不但未见妖人,连预想要讨借宝回音的怪徒都未见来。第一夜,还当偶然。不料第二夜、第三夜,俱是如此。都料这伙妖人均非弱者,即令畏惧怪徒,不敢自来,也必有别的阴谋毒计,或将此事传扬出去,将与天残、地缺法力差不多的妖邪引来作梗,哪有如此便宜的事?李洪欲往五龙岩、乌牙洞两处探看。申屠宏因他这次转世,法力恢复既快,功候越深,胆子更大,恐生枝节,力说:"看恩师手谕,虽非容易,既可成功,当然无碍,去惹他们做甚?"李洪欲行又止。

一晃,到了第五夜,已经事完将走,忽见一道极暗淡的灰白色妖光由山外飞来,往五龙岩那一面投去。飞行甚速,破空之声也极细微,换了常人,决听不出。次日子夜,便是成功紧要关头,特意在当地隐伏了半夜,均无异兆。妖党往来常有,不愿多事。好在李洪禁法有警即知,仍未往五龙岩探看,便同回转。

次日,申屠宏装作起身,退了民房,暗将行李衣物等平日用来摆样的东西,一齐暗送龙娃家来。告以三日之内前来,带他同行。龙娃母子见了三人大喜,坚要款待。三人见他诚切,难得动上一回烟火,也就允了。

饭后,因仙示上只说当晚可以成功,险阻多在入门得手之后,门上混元真气却未明言破法,是否顺手还不一定,又防临期生变,特意早些赶往。到后一看,仍无异状,心虽喜慰,戒备更严。快到亥末子初,竟连听到两次隐微破空之声,飞行甚高,遁光一点也看不出。等到发觉,已由侧面飞过,好似俱自外来,落处并不在崖前一带。功成一篑,要紧关头,就有敌人,也须一拼,只有仍照预计行事,不去睬他。为防门上真气难破,才交子初,便即下手。仍由花、李二人上前,申屠宏在侧戒备。约有盏茶光景,花、李二人攻门正急,李洪心灵忽连起了两次警兆,都是略现即止。照理,人一走入禁地,旗门立现,并且来人不到壁上犯禁,不会有此景象。李洪虽然屡生修积,法力甚高,此生终是年幼天真,无甚机心。那警兆又是现灭极快,毫无影迹。一见旗门禁地仍是好好的,申屠宏尚在小山上守望,并还加了一层本门禁制,有此两关,敌人稍有动作,万无不觉之理,怎会已到身旁,尚无异兆?二人本是连人带法宝、飞剑,合成一道精光,朝门上猛冲。无奈元气屡分屡合,几次可以冲破的,均未占住机先。心虽奇怪,以为敌人如已冲开禁网入内,有此法力,早已出手施为。正急之际,略一寻思,也就放开。李洪并未通知申、花二人,眼看断玉钩连同灵峤三宝与花无邪法宝、飞剑合成的一片精光,末次冲上前去,将门上混元真气冲散了十之八九,又和以往一样,不能全数冲破。

花、李二人方在可惜,待要就势加功施为,猛瞥见酒杯大一团灰白色的妖光打向门上,叭的一声,元气四散,门便大开。紧跟着,箭也似急一道暗赤光华由身侧飞过,往门里冲进,来势神速,事出意外。方道:"不好!"未及施为,就这妖光电射,不容一瞬的当儿,猛又瞥见门前现出五青五白十道光华,也是电射而出,两下里撞在一起,只听哇的一声惨叫,妖光散处,飞起几条黑影。同时另一道银光却往门内射去,耳听哈哈大笑道:"狗妖孽!你上了我二人的当了,想逃如何能够?"花、李二人百忙中俱都情急万分,话没听完,各将飞剑、法宝朝那青白光华冲去。双方撞了一撞,觉出其力甚大,又看不出甚路数。忽听门内有人大喝:"贤侄不得无理!此是猿长老,经我便道约来相助。申屠宏快放天璇神砂,留神妖孽逃走。"话未听完,先前妖光散处,旗门出现。

申屠宏见变生瞬息,事前毫无迹兆,敌人便已入阵,也甚惶急。正待往援,门内人一发话,便听出是师门至交怪叫花穷神凌浑,忙喊:"洪弟、花道友,不可妄动!"又立将二相环取出,方要施为,忽听一声可裂金石的清啸,大喝:"无须!凌花子,你太小看我了。"话还未完,青白光华只与花、李二人撞了一撞,并未为敌,略微一斜,便自让过。崖前忽现出一个身穿白麻布衫,生得猿臂鸢肩,狮鼻阔口,银牙朱唇,面色红润,额前搭着两道细长寿眉,大耳垂轮,色如朱砂,须发如银,一对细长眼睛精芒四射,相貌奇古,身材高大的长髯老者。一出现,便凌空而立,一双细长指爪一齐外伸,那五青五白十道光华,便由十指尖上射出,朝旗门内那几条黑影追去。申屠宏久闻猿长老之名,尚未见过。李洪来往仙府,早听说起开府斗法,凌浑义结猿长老,弃邪归正之事,来时又听藏灵子说过,此时一听是他,忙即住手。方和花无邪高喊:"后辈一时无知,长老恕过。"凌浑忽然走出,手中托了一件祥辉闪闪的法宝,见面便指花无邪道:"我受令友吕道友之托,来此相助。如今洞门已开,还快些进去。"花无邪连忙礼谢,飞身而入。申屠宏因猿长老一说,不便出手,也飞过来拜见。

凌浑随对李洪道:"你这娃儿也不安分,还不到你下山时期呢,便来多事。可笑天矮子量小,知我想借这里一件法宝应用,因记青螺峪和开府时的两次小过节,特意指点你来取此宝,使我不好意思再要。其实,我无此宝,不过稍费点事,有甚相干?倒是他赠你那道灵符,关系重要。小寒山二女不久便与毒手摩什恶斗,非用心灯,不能制这妖人死命。此时,谢氏姊妹已往武夷等你,须用此符,才可将心灯得到,去往大岔山火炼毒手摩什,除此一害。你这小淘气,也有一次热闹可看。以后便须再过七年,才可下山行道。天矮子尚且作成你,何况于我?省你费事,已将你那件法宝得到,于你将来颇有大用。至于名称用法,令师会指点你。底下没你的事了,还不快走!"李洪笑道:"小侄法宝甚多,本是为开眼界而来,没想要甚法宝。世叔如是需要,请拿去吧;或是用过再赐小侄,也是一样。"凌浑道:"胡说!天矮子还当我非此不可呢,还不快拿了走!"李洪接过一看,形如一朵莲花,非金非玉,入手甚轻,料知不是寻常。因和谢璎、谢琳最为投契,知道所取心灯关系至大。只不知师父既是她们的父亲,又是诛邪除害之事,为何要等自己这道灵符才能到手?此老脾气古怪,不便多问,惟恐误事,匆匆拜谢作别飞去。

申屠宏旁立,看出妖人已死,元神也被剑光击散。只是妖人法力甚高,元神竟能分合,先被旗门困住,吃他接连几窜,已将冲出重围,快要合成一体。猿长老十道光华,先只分射阵角,忽在此时合围上去一兜,成了一面光网,将黑影包紧,电闪了两闪,便已消灭。一见飞回,忙即上前拜见。凌浑道:"此时朱、姜二位道友正与两老怪斗法,驼子夫妻也要前来,我和老猿要前往观战。你快进洞去,只要将禁制复原,便可畅所欲为。那旗门可先收去。如有甚事,我们俱在乌牙洞,立可应援,放心好了。"申屠宏方在拜谢,凌浑已和猿长老飞去。

申屠宏暗忖:"恩师所传禁法真个神妙,那最关紧要的事,以此老的法力,居然不曾前知。休看成功在即,底下的事更多艰危,丝毫大意不得。"便照所说,收了旗门,往里飞进。花无邪正收那第二层埋伏的一件法宝,尚未成功。见面匆匆一说,忙将外壁禁制复原。那第二层是一道玉门,法宝是一金环,大约丈许,乍看仿佛画在门上,是一圈黄印,不在内外两图所载之内。

花无邪初进来时,并未看出这是佛门至宝。及至按照总图行法,想要开门入内,头一次行法攻门,因是初试,不知威力大小,心怀谨慎,不敢过猛,门上黄圈只色彩格外鲜明,尚无大异。二次再进,因头次行法无效,也不见有甚反应,胆子渐大,心又急于收功,以免夜长梦多,别生枝节,除照总图所载,解禁之法施为外,并以全力朝前猛攻。花无邪曾在芬陀大师门下多年,得有佛门真传,因平日用功最勤,彼时功力尚在杨瑾前身凌雪鸿之上。以为佛家降魔禁制,十九同源,头层禁制已解,初试不见甚警兆,埋伏许在门内,只要把此门攻开，便可照图行事。因忆总图载有逐步解禁之言，为防万一，并还双管齐下，心料照此行事，万无一失。哪知全洞禁制，不但息息相关，并与所埋伏的法宝互相连贯，发生不可思议的威力。如非得有佛门降魔真传，而又与事机巧合的有缘人，便将两图得到，照样无法进去。

花无邪这一猛攻，恰将金环威力引发，眼前倏地奇亮，门上黄印忽变作一圈金霞，发出无量吸力，吸上身来。如换另一个法力稍差的人，当时定被吸进圈中，吃那西方真金之气裹住一绞，纵不形消神灭，也休想逃得性命。总算花无邪机智绝伦，法力又高，两次施为，禁法已被止住，人未入圈，尚可无害。又是行家，一见金霞焕彩，立即警觉，知这黄印乃是佛家法宝，并非禁制。这类法宝，如若无力收取，一经引发，就此想脱身，真是万难。慌不迭一面运用玄功，奋身纵退；百忙中回手咬破中指，施展师传滴血化身之法，朝前弹去，化为一片血光，飞上前去。那金霞正待离门飞起，与血光迎个正着。只见血光投入金霞圈中，一闪不见，金环也就停在原处，不再转动。

花无邪知道不将此宝收取到手，不能入内。先前不知误犯，受此虚惊，一经判明是佛门异宝，不能再以强力引发，便照佛、道两家收宝之法，试探着小心收取。金环威力虽不再现，连用收法，并无动静。初意难极，本欲求助。及至与申屠宏见面，说完前事，外壁禁制刚一复原，门上金印也恢复了原状，不再放光。猛然触动灵机，重又跪拜通诚。起立之后，先不行法攻那玉门，只照总图试一解禁。又见金光一闪，心中大惊，赶紧纵退。再定睛一看，那一圈黄印忽化为一个金环，晃眼由大而小，只有茶杯粗细，向洞外一面飞去。事出仓猝，又是惊弓之鸟，见即闪避，不及下手。

申屠宏初来，不曾问出底细，正立迎面，一眼看出是件奇珍异宝，立用分光捉影之法，伸手捉住递过。花无邪道："此系佛门至宝，我尚不知它的来历、用法。定数应为道友所有，否则我早已收取到手了。即请收下，无须推让。我便据为己有，也只暂时保存，多操一份心，并无益处。只门内禅经，关系我大劫安危成败，此时方悟仅我一人之力，决难如愿，仍望道友终始玉成，感谢不尽。"

话未说完，门内水火风雷与金铁交鸣之声同时大作。虽题中应有文章，鉴于前失，知道单靠内外两图还不足恃，前路艰险，一层难似一层，把初来急功自恃之念去了个干净。二人合力下手，先朝玉门按图行法一指，门刚自行开放，门内立有千万点金星激射而来。这一道埋伏，又非禁图所有，花无邪急切间分辨不出是法是宝，不禁惊疑。申屠宏来时开读仙示，早知就里，把手中二相环脱下准备，见状忙往外一甩。环中所收天璇神砂，也化为千万朵五色星光,激射而出,竟将门内星光冲了回去。随喝:"花道友,此是佛家八功德池中神泥所化金砂,被我用二相环挡住。速照总图准备,随我入门,再将二层禁制复原,此宝便可收下了。"

花无邪见他用一枚铁指环发出五色星光,竟将西方神泥挡了回去,益发钦佩,自愧弗如。同时悟出洞中防卫周密,禅经未到手以前,禁制不能全撤。每进一层,必须先将外层来路禁制复原,始能照图行事。否则另设的法宝埋伏必生妙用,阻路为害。前面禁制一复原,所伏法宝也可收取,等禅经得到手中,禁法也不破自解,端的互相呼应,神妙莫测。照此情势,分明神僧深知仇敌厉害,特意设此严关。等少时仇敌到来,层层攻破,事情已差不多了。闻言立即应诺。

申屠宏已当先飞入。这时门内星光金霞,吃天璇神砂强力一挡,威势更盛,互相冲激排荡,发出极强烈的轰轰之声,宛如山崩海啸,震耳欲聋。转眼之间,神砂星光竟吃阻住,不能再进。申屠宏觉着神泥不特威力逐渐加增,并与天璇神砂互相吸引胶着,生出一种极微妙的变化。

不知二宝各具吸力妙用,只要一方势绌,便可化合为一,增长出无边威力。西方神泥虽然厉害,却无人主持。当日之事,神僧早已算定,一切设施运用,至时逐渐失去灵效。少时便与神砂合为一体,成了峨眉七矮中第一件至宝。但是天璇神砂如为神泥所制,虽也一样相合,却凝成一金块,必须多耗心力,多日重炼,始能运用。尽管峨眉仙府藏有天一真水,也费事多了。

仙示只说神泥至宝可以收用,并未详言,申屠宏仓猝之间,自未悟透。又以天璇神砂乃阮征性命相连之宝,除他年抵御邪魔,仗以完成仙业外,不久领导金蝉、石生等七矮,冲破南极磁光圈,在小南极不夜城光明境天外神山开府,以及三次峨眉斗剑,均有极重要的关系。如稍毁损,怎对得起几生患难的同门至交? 当时情势,已无法收退。心中一急,拼耗真元,把多年苦练的全副功力运用上去。因与阮征同门同修,各人法宝妙用均所深悉。此举人与宝几成一体,天璇神砂不是可以消灭之物,人虽不致死,稍如失挫,创伤却不在小处,形势端的险极。

申屠宏这一情急相拼,神砂威力随同大盛,神泥星光立被制压后退,未容二次发生变化。花无邪撤收禁制,也已成功。神泥与禁法息息相关,禁制一停,便失灵效。天璇神砂吸收法宝,原具专长;申屠宏全力运用,势又绝猛,一进一退,相差悬远,这一来刚巧合适。申屠宏猛觉前面千万斤的阻力忽地一松,神泥也未消灭,只吃天璇神砂分化,杂入五色星光之内,随同飞舞,向前冲去,上下四外,更无别的阻碍。因素来谨慎,虽料神泥已被制住,依然不敢造次。方在停步观察,忽听花无邪道:"前面已是神碑,道友快收法宝,容我过去。"申屠宏闻言,又看见神泥所化金星与五色星光匀合,仿佛原有,运用由心,忽然省悟,忙戒备着往回一收,神光一闪即隐,与平时收宝一样,只铁指环隐隐多出一圈极微细的金点。知道神泥已到手,并与神砂相合融为一体,喜出望外。

同时花无邪已将二层禁制复原,朝前飞去。申屠宏跟踪赶到尽头处一看,那神碑乃是一片平整玉壁,当中有一片尺许长树叶形的金影深入玉里,隐隐放光;好似天然生就,又似一片真树叶藏在里面,玉质晶莹,映透出来。知道这便是那贝叶禅经,忙同下拜通诚,祝告起立。又知道此经密藏玉里,金光外映,看去只隔纸一般薄的玉皮,实则相隔还有尺多深厚。并且外壁所刻禅经与此关联,非把这贝叶禅经取出,外壁经文不能出现。玉质更坚如百炼精钢,非照总图所载,并须精习佛法的人,不能取出,并非容易。到手以前,夺经仇敌也必赶到,实是大意不得。总算事前有了准备,便照预计,由花无邪施展前师神尼芬陀所传佛法,上前取经;申屠宏在侧戒备。事机瞬息,稍为延误,便生巨变。申屠宏少时更须抽空走往后山,参与采薇僧朱由穆、姜雪君与天残、地缺师徒斗法之事。哪一面都是事难责重,差之毫厘,谬以千里,由不得心情紧张起来。

待了一会,申屠宏见花无邪面壁而立,先是手掐诀印,由中指上放出一道毫光,射向壁上,朝树叶四边徐徐转动。跟着便听壁内禅唱之声隐隐传出。此是神僧所留音文经解,只此一遍。当时如若记忆不全,便须再费多年功力,始能通解。那时花无邪早到应劫之时,必不能仗以自保。禅唱一完,玉碑上立即变化,禅经也自取到手内。

申屠宏暗忖:"自己不是佛门中人,此经无缘得见,事正危急,也无暇记,不消说了。可笑青海二恶用尽心机,百计劫夺,虽精晶球视影之法,内洞许多秘奥仍无法窥测。这禅唱留音不曾听去,便将禅经劫夺到手,也无用处。何况内外两经互有关联,若不深悉细情,又是神僧昔年默许的正宗佛门弟子,多高法力也难取走。结局必然是白用心力,害人转而害己。闻说二恶虽是邪教,法力甚高。麻头鬼王更能前知,行事谨慎。怎临事如此愚蠢?现在花无邪功成在即,先前不合贪功,又稍延误。又当天残、地缺与人斗法正酣,无人作梗之际,按说仇敌应已早到,洞外怎还无有警兆?"

申屠宏方在寻思,忽听隔洞顶上面惊天动地一片大震,宛如一二十个极大地雷同时爆发。可是洞内仍是好好的,并无异状。紧跟着,四外风火之声轰轰交作,顶上巨震更响个不住。两下里汇成一片,声势猛恶,自来罕见。

142

知道青海二恶正用有相神魔攻洞，此时虽还无害，迟早仍被攻进，难免一场恶斗，并且从此纠缠，非到强存弱亡，不能分解。

申屠宏再看花无邪，正在运用法力，虔诚默记，直如未闻。暗想："此女根骨既佳，人又美好，更有这高定力，真个难得。只为当初一时不慎，误犯芬陀教规，已受多年辛苦危害，结局仍不免于玉碎香消，还受二恶十四年炼魂之惨。如非向道坚诚，自身能够排除万难，甘于以身殉道，力求正果，势必形神皆灭，连元神也保不住。"又想起师长闭关，群邪猖狂，自己虽得重返师门，前路依旧艰难。心愤二恶，明知此经正邪殊途，不应为其所有，和乌头婆一样，偏要恃强凌弱，乘危劫夺。花无邪定数如难避免，异日相遇，决不使其漏网。

申屠宏正寻思间，外面风雷攻势愈急。待不一会，中间忽杂着一种从未听到过的极凄厉的颤声悲鸣，隐隐传来。好像是乌头婆呼音摄魂之法，又不全像，才一人耳，便是心摇神荡。知道不妙，尚幸功力坚定，未为所乘。再看花无邪，闻声面上立带惶急不安之状。同时壁中禅唱也已终止，一阵旃檀香风过处，眼前倏地奇亮，耀目难睁。由内而外，满洞风雷大作，焰光交织，上下四外洞壁一齐震撼，势欲崩塌。变生仓猝，不禁大惊，忙把二相环往外一甩，那神泥、神砂合化的五色金星，立似潮涌而出，欲将内层碑室入口封住。

第二五九回

蓦地起惊霆　电漩星砂诛老魅
凌空呈宝相　缤纷花雨警真灵

　　话说申屠宏刚想将内层碑室封闭，忽听身后花无邪急呼道："道友快收法宝，我禅经已得到手。此时神僧佛法已经发动，并蒙神僧慈悲，佛光照体之后，顿悟玄机，因此得知佛法妙用。固然结局必不能免难，但不到我将前后两部经文、经解全数记下以及我应劫时限到来，任他天大邪法也难攻进。时机紧迫，不暇多言。只等道友取走贝叶灵符，后半部梵唱二次又起，大功即可告成。前得伏魔金环，乃昔年禅师降魔之宝，用法简便，只要将前洞六字灵符记住，照我所习佛家诀印，再以本身真灵主持，便能由心运用了。出时可用此宝防身，许能为我除去一害，也未可知。快请习此诀印，由我倒转禁法，送道友出洞，往后山为二老解围便了。"

　　花无邪说时，申屠宏已经取宝回身，第一次见到花无邪满面惊喜之容，暗赞佛法神奇，不可思议。就这转眼之间，此女竟能悟彻玄机，并连洞中佛法也能由心运用。闻言足代欣慰，但知她大功虽成，十四年苦难魔劫仍所不免，定数所限，无法挽救。方觉可怜可敬，花无邪话已说完，将贝叶灵符递过，催习伏魔金环用法。知时迫势急，难于久延。好在禅师千年前早有准备，来时见洞外六字真诀，因防异日或许有用，已经记下。佛、道两家降魔法宝，多由本身元灵主驭，大略相同，所差只这诀印。既然易学，又可为此女驱除妖妇，自应学了再走为是。见那贝叶灵符形如一片手掌大的翠绿树叶，并无符号字迹在上，只是金光隐隐，祥辉浮泛。其用法恩师已经示知，便不再细看，随手藏起。花无邪立传诀印，告以用法出于禅师遗偈留音。并说："道友不是佛门弟子，好些无关，故未听出。适才风雷祥光，便是佛家威力。三五日内，我与道友尚有一面之缘，但必无暇长谈。且等过十四年，劫后重逢，面谢大德，再行奉告吧。"

　　申屠宏无可劝慰，只得举手作别，说声："道友珍重，行再相见。"随将先得金环取出，如法一试，立有一环金光套向身上，看去只将腰间围住，但是佛光远射,全身均有祥辉笼护。知道威力至大,少时如与二相环合用,多厉害的妖邪也不是对手。如非花无邪凤孽太重,必须经此一劫始能成道,后山之行又奉有师命,不敢违背的话,便助此女脱难,也非无望。略一寻思,花无邪又催道:"道友盛情心领,此时不必管我,请快去吧。"说时,满洞祥光闪变,二次风雷又起。申屠宏知正倒转禁法,忙纵遁光往外冲去。觉着所过处阻力绝大,如鱼穿波,身外焰光万道,祥霞变灭如电,不容一丝缝隙。知道花无邪防范周密,佛法威力至大,已与主持人心灵相合,神妙已极。这还是有意放走,更有佛门至宝防身,这才不觉飞过两层门户,一看前面,已是头层出口。忽然想起:"洞外现有青海二恶;又听哀呼之声,与乌头婆邪法相似,也许妖妇也卷土重来。这两起妖邪均极厉害,又都性情乖戾,有己无人,双方均把禅经珍逾性命,宁冒险难,势欲必得。但知正教中人已经出手,天残、地缺不容外人在此猖獗,日前已经出手,大有左袒花无邪之势。这类妖邪平日虽不相下,一到事急,照例同恶相济。也不知双方联合与否?自己如若现形飞出,定必群起夹攻。何如仍用天蝉叶隐身?双方如未合谋,必在外面先自火并,乐得任其相持,耽延时候,等后山事完,再作计较。如已联合,二恶气运未终,又擅魔教中小金刚不坏身法,除之甚难。仗着隐形突出,冷不防将妖妇除去,想可办到。"

申屠宏沿途光焰杂沓,飞行迟滞,直到主意打好,才到洞口。立将天蝉叶取出,并用太乙潜光之法,连护身宝光也同隐去。哪知到了洞外一看,珠灵洞对面平地之上,竟设有一座法台,上面各色幡幢林立。另有十八个身高丈六、相貌狞恶、威风凛凛的神将,手持各种奇怪兵刃法器,按九宫方位立定。当中两个身材高大,相貌凶恶,手持戒刀、金钟、火轮、法牌等法器的红衣番僧,坐在两朵丈许大小、血也似红的千叶莲花之上。花瓣上面,各有一股血色焰光朝上激射,高起丈许,合成两幢血光,将两番僧全身一起笼罩在内。法台周围,也有一层血光环护。上首手持火轮、令牌的麻面番僧,由牌上发出一道金碧光华,长约百丈,直射身后崖壁顶上,神态甚是紧张。台前不远,一片愁云惨雾,笼罩着日前所见妖妇乌头婆和一个形似鬼怪的妖人。这妖人生得尖头尖脑,头上短发稀疏,根根倒立;脸作暗绿色,前额下面不见眉毛,好似生病烂掉;一双圆眼,怒凸在外,碧瞳闪闪,直射凶光;高颧削鼻,尖嘴缩腮。上穿绿色短衣,下穿短裤,赤露出黑瘦如铁的腿足;胸前挂着一个拳头般大的死人骷髅,背插三叉,腰系葫芦。面向台前悬空而立,似与二番僧在争论。

下首妖僧喝道:"侯道友,你我彼此闻名,井河不犯,久闻三位道友言行如一。那盗取禅经的女子,已成网中之鱼。来时大师兄曾用晶球视影,此时两老怪物正准备与劲敌斗法,无暇及此;又以日前此女心粗糊涂,未肯应他所求,决不会和我们作梗。你并不需此经,不过受人怂恿而来。如肯依我先前所说,我们事后必将你想得到的两件法宝奉上,从此交个朋友。否则,暂请回去,我弟兄回到青海,恭候光临如何?"

话未说完,形如鬼怪的妖人似要变脸,一只鸡爪般的怪手已经扬起。旁立妖妇似与配合,作势欲发。二番僧也似在暗中戒备神气。不知怎的,妖人面色遽变,好似有甚警兆,吃了一惊,厉声答道:"我弟兄三人,说到必行,永无更改。无如此时大哥、三弟忽然催我回去,无暇与你两个不知死活好歹的番狗纠缠。总之,禅经如落人手,我自会去寻它,不值与你们计较;如落你们之手,不献出来,休想活命!"

下首番僧见他声色暴戾,令人难堪,不由大怒,方一扬手中戒刀,麻面番僧嘴皮微动,竟似不令轻举。刚刚止住,妖人也似事情紧急,连末句话都未及说完,竟化作一条绿气,刺空激射而去,其疾如电,余音尚在摇曳,人已飞向遥空云层之中,一晃不见。

妖妇见帮手一走,神情更转狞厉,口、眼、耳、鼻似抽风一般,不住乱动,厉声喝道:"我向不服人,只为我子残魂不能重聚,苦痛日深,心如刀割,明知劫数将临,依然来此拼命。早知你们必来犯险作梗,特请侯道友同来,与你们商量。此事合则两利,分则难成。只求保全我儿一命,暂借此经,并不据为己有,终于归你们。已经再四言明,你们偏不听。休看侯道友已走,我照样能坏你们的事,不过不愿两败俱伤而已。休再固执。"

话未说完,麻面番僧本来目注前面晶球,全未理睬,忽然一声诡笑道:"我弟兄向不与外人联手行事。念你为子心切,暂宽一线,联手仍是休想。你既吹大气,我且将攻山神魔暂止,让你先去下手。你如不行,或是为人所杀,我们再行下手如何?此事并非容易,便我两弟兄来此,能否如愿,也还未定。但我二人劫数未临,法力又高,虽还有未尽算出之处,早已防备周密。不似你这老妖妇,为了孽子,明明大劫临头,还敢胆大妄为罢了。"

妖妇闻言,立被激怒,厉声喝道:"我本心防你们作梗,闹得两败俱伤,为了我儿,忍气吞声。否则,我已将蚩尤三友吸取真神之宝白骨吹借来。你们先前也曾尝到厉害,如非预坐小金刚禅,心魂早已被它摄去。何况此女微末道行,我只一吹,她必由我摆弄,自将禅经献出。话须言明,到时不要作梗。"

申屠宏因听番僧口气,后山斗法似刚开始,稍迟无妨,意欲相机下手除害。仗着隐形神妙,便往侧面绕去,早看出妖妇胸前挂着一个白骨哨子。先听飞去妖人姓侯,本就疑是蚩尤墓中三怪之一。再听妖妇说出白骨吹,益发惊异。先前异声悲啸,必是此物无疑,怪不得连自己也几乎支持不住。为防花无邪闻声闪失,心中愤恨,忽听番僧喝道:"无耻妖妇!让你先下手,尽说废话做甚?想挨到神魔攻破山顶,捡便宜么?直是做梦。此地三日之内,决无人来作梗。现且停手让你,再如拖延,我们前言便作罢了。"

申屠宏出洞时,风雷之势并未停止。再稍往前,便见崖顶之上焰光腾涌中,另有十八神将与台上所立相同,正用手中法器发出百丈风雷,在麻面番僧右手令牌妖光指挥之下,猛力攻山。这时忽然一闪不见,山顶仍是好好的,心方稍放。

妖妇也是恶贯满盈,明知前路凶危,仍想因人成事。素日又极凶横自大,本想借着说话延宕,等山顶稍被攻出一点裂痕,再行运用玄功变化,入内夺经。及被番僧道破,怒火上升,自觉难堪,不由犯了凶狂之性,怒喝:"番狗休狂,此时无暇多言,早晚必取尔等狗命!"末句带着哭音,甚是刺耳。二番僧好似早有成竹,任她叫骂,只把目光注定妖妇动作,全不答理。

妖妇说完回身,两臂一振,身外邪气立即暴长,满头灰发连同鬓角两挂纸钱一同倒竖,飞舞起来。跟着飞身而起,将那两只鸡爪般的怪手往外一伸一扬,立有十条黑影由指爪尖上飞出,各长数十百丈,将对崖连顶带洞交叉罩住,大片愁云惨雾便疾如奔马,朝前涌去。

申屠宏行事谨慎,上来便恐番僧、妖妇设有禁网,为防触动,特意由侧绕去,相隔尚远。本在准备发难,及见妖妇动作神速无比,知那妖云邪雾只一近身,妖妇心灵立有警兆。便不等涌近,突然现身,大喝:"无知妖孽!你劫数到了!"说时迟,那时快,申屠宏原因身是峨眉高弟,不愿暗中伤敌,又防一击不中,又留后患,身形一现,二相环一甩,天璇神砂早化作无量星涛,金芒电舞,狂涌而出。

妖妇长于玄功变化,原可遁走。无如心痛孽子,夺经之心太切,邪法又高。刚一返身施为,心灵上便有了警兆,觉着左侧有人隐形埋伏。忽然想到日前吃亏之事,由于李洪作梗而起。心疑花无邪与李洪合力下手:一个入内取经,一个在外接应,又在作对。不由怒火中烧,既想报复前仇,又想借此卖弄给番僧看个厉害。表面装作行法,实是就便布置邪法,乘敌不备,冷不防回身,用鬼手抓魂,将仇人生魂抓去。

不料煞星照命,左侧隐伏的并非前见幼童李洪,天璇神砂已是极厉害的克星,又加上西方神泥,威力更大,一经发出,疾逾雷电。尤厉害是稍为沾上一点,下余立生感应,一齐飞涌而来。当时见机,变化遁走,尚非容易,何况事出意外，一味蓄势前扑，未有退逃之念。当申屠宏现身时，妖妇也已猛然回身，扬手抓到。双方恰是同时发难，迎凑在一起。等妖妇瞥见对方是个大头麻衣、身有佛家金光祥辉环绕的少年时，那山海一般的五色星涛，已当头罩下。心方一惊，猛觉身外压力绝大，行动不得，才知不妙，怒啸一声，便要化身遁走。哪知此宝威力无上，专戮妖邪，不动死得还慢一些，这一行法强挣，星涛受了激动，内中神泥所化金星各具绝大吸力，首将妖妇通身绕住，吸了个紧。申屠宏再伸手一指，与金星杂在一起的五色星光跟着往上一涌一裹，互相激撞，纷纷爆裂，火花密如雨霰，只管随分随合。妖妇却是难当，只惨号得两声，便已形神皆灭。

申屠宏因知妖妇身带法宝甚多，均极污秽狠毒，惟恐消灭不尽。侧顾二番僧，目注自己，面有惊容，守在台上，一意戒备，并未出手。料他们行事审慎，必不先发。为防万一，便将飞剑放出防身，连新得伏魔金环也放将出去。金光方离身而起，果有几声极难听的鬼哭悲啸之声，由神砂星涛中发出，金光还未飞到，已经消灭。申屠宏终不放心，仍指定金光祥霞罩上前去，使神砂由佛光照过，方始缩小收回。

申屠宏正想此宝如此神妙，好在为时尚不算晚，索性一不做，二不休，将二番僧有相神魔破了再走。忽听麻面番僧喝道："道友奉命后山解围，正是时候。你我素无仇怨。我们早用晶球视影看出此事，各用小金刚不坏身法防护，道友法力虽高，仍是无奈我何。并且道友一来我便看出，有心假手道友除此妖妇，以免你那女伴元神被她摄去。我们志在取经，并无他意。道友何苦违背师命，与我们作对？"申屠宏不知番僧仅知大概，并未看出底细，所说一半是诈，急切间被他蒙住。又知所持魔教中不坏身法，委实难破，心虽吃惊，仍想略示威力。方在寻思如何下手，猛听后山乌牙洞那面雷声大作，精光宝气上冲霄汉。一看日色，已是酉初，知难再延，只得大喝道："大雄禅经，留赠有缘，各凭法力，善取无妨。如被花道友先得了去，你们如敢伤她一根毫发，妖妇便是榜样！"麻面番一僧忙插口道："我们决不伤她。道友留步，尚有话说。"

申屠宏原知恩师既有仙示，决难挽回，只是可怜花无邪，一时义愤，又看出番僧有些内怯，故意如此说法。急于赶往后山，说完，便自飞走。耳听番僧大声疾呼，又叹息一声，也未回身理睬。飞行神速，晃眼乌牙洞在望。忙照仙示，不飞近前，先在中途隐身飞落，步行赶去。看出沿途均有埋伏禁制，有的已为人破去。仗着师传灵符，通行无阻，径由乱山中绕到洞前危峰之上。

那乌牙洞在崆峒后山深处，地甚僻险，中隔森林绝涧。天残、地缺师徒脾气古怪，喜怒无常。怪徒更是骄横任性，仗着乃师祖护，专与生人为难。故此处平日为仙凡足迹所不至。申屠宏也是初次来此，地方就在日前申屠宏寻找花无邪时，所见怪徒住的山洞左近，该洞位列西首危崖凹中，并不广大。洞外大片盆地，三面均是危峰怪石，宛如犬牙相错，石色乌黑，形势奇特，险峻非常。本来四面均有极厉害的禁制，申屠宏未到以前，既防主人先行警觉，更恐采薇僧朱由穆和姜雪君识破，老早施展迷踪隐形乾坤大挪移法，另用天蝉叶隐身，悄悄前进。先还恐主人法力高强，稍一疏忽，便触禁网，甚是小心。哪知刚到峰下，一片黄云闪过，所有禁制忽全撤去。隔峰遥望，佛光祥辉，连同各色光华，仍在隐隐相持，映得满天暮云俱成异彩。知道双方未分胜负，心中一宽，立即走上。

到了峰顶，觅好藏处，往下一看，崖对面两座危石顶上，分立着两人：一个是面如冠玉，身着黄葛僧衣的小和尚；一个是美艳如仙的青衣少女。看年纪都不过十多岁，都是气度高华，神仪朗秀。一见便认出是师门至交朱、姜二位师叔。知道神驼乙休、韩仙子，还有先在珠灵涧所遇穷神凌浑和猿长老，也必在此，细一寻视，并无踪影。凌、猿二老，本为解围而来，也许隐伏在侧。乙、韩两老夫妻，本与朱、姜二人约好一路，事又一半为了乙氏夫妇追戮双凤山两小而起，怎会不见？

这时天残、地缺也未现身出斗，只把日前逐走妖妇乌头婆的黄色云屏放了出来，也不似那日飞得高，只横向天半，将乌牙洞连崖护住。云屏上面立着五个怪徒，一律黄色短衣，相貌丑怪，仵氏弟兄却不在内。朱由穆由手指上发出五道佛光，朝屏上五怪徒射去。姜雪君左手指定一青一红两道长虹也似的精光，分射开来，将云屏两头罩住；另一手指着一个法诀，目注前面，蓄势待发。五怪徒立身屏上，不言不动，态甚沉稳，各有一幢白光护身。另外一道五色精光宝气，由屏中心激射出来，分布成一片光墙，挡向怪徒前面，将佛光敌住。有时势子稍细，吃佛光往前一压，缩回屏上，五怪徒立现不支之状。可是彩光也颇强烈，略微退缩，晃眼强行冲起，将佛光敌住，怪徒神色又复自若。朱由穆见状，将手一指，佛光重盛，五彩光墙又复后退。双方进退不已，似此相持到了天黑，精光祥霞照耀之下，四外峰峦齐幻异彩，更是奇观。申屠宏知道天残、地缺尚未出现，还不到下手时期，且喜双方全未惊动，便耐心静候下去。中间姜雪君几次想要扬手施为，均吃朱由穆止住。到了后来，光墙似知不是对手，已不再往前冲起，却挡向云屏前面。这一改攻为守，看似势衰，佛光反倒不能再进，成了相持不下。

姜雪君意似不耐,叱道:"老怪物!你以为将元神附在孽徒身上,人不出面,只凭这万千游魂所结的挡箭牌,就可免难么? 除照我们先前所说,将两孽徒献出,当面责罚,念你二人虽是左道旁门,除喜护短任性,夜郎自大,和这次包庇双凤山两小外,恶迹无多,只要肯认错服低,便可无事。否则,我不似朱道友仁慈,一发无音神雷,你这千万游魂炼成的保命牌和你这老巢,齐化劫灰了。"随听洞中有两人怪声怪气,一同答道:"你当我弟兄怕你们么? 不过你们来得凑巧,正赶有事,暂时无暇罢了。是好的,少时我弟兄自会出来见个高下。你要不怕造孽,无音神雷只管发放,看看可能伤我分毫?"

话未说完,忽听当空有人大喝道:"老怪物,少要说嘴。你明知姜道友可怜这些游魂,用意只想迫你俩出头,不肯下此杀手。得了便宜,卖乖做甚? 本来是我的事,被朱、姜二位赶在前头。我夫妻照例不喜两打一,小和尚已经抢先,只得让他。原想你这两个老残废自负多年,既敢纵徒为恶,包庇妖邪,人已寻到门上,总该把你那些鬼门道使点出来,令人见识。始终藏头不出,已是无耻,还要发狂言,空吹大气。我夫妻决不打帮槌,朱、姜二位道友也无须人相助。只是来了半日,看着闷气。我夫妻也不与你俩动手,只将你俩这龟壳揭开,省你俩无法出头,你俩看如何?"

申屠宏早看见神驼乙休同了韩仙子,突在乌牙洞上空现身,相隔洞顶危崖不过数丈高下,可是说话声音,却在朱、姜二人身后列峰之上,正与相反。再一回头注视,果然又另有一个神驼乙休在崖对面相去里许的小峰之上立定,戟指喝骂。韩仙子却未在侧。怪徒闻声,一齐朝前注视,身后崖顶有人却并无所觉。知是身外化身,难得是两下均能一样言动施为,各行其是,心中好生赞佩。乙休话未说完,朱由穆已经插口大喝:"驼兄住手! 我不捡人便宜。老残废可速出现,免得驼子用身外化身、五丁神掌将你牢洞抓去,被人逼出,平白现世。"

话还未了,乌牙洞上空的乙休听朱由穆发话阻止,早不等说完,手伸处,立发出五股长虹也似的金光飞射下来,将乌牙洞连崖顶一起搭紧。乙休随纵遁光飞向空际,口喝得一个"疾"字,那高广约十多丈的一座危崖,连同当中凹进的乌牙洞,立似齐地面铲去,一片裂石之音过处,齐整整与地脱离,吃乙休手上五道金光抓起。刚刚悬向空中,先是青蒙蒙一片淡烟闪过,猛听天崩地裂一声大震,那座危崖忽然自行炸裂,宛如千百巨雷同时爆发,那石崖已化为百十丈大一团烈火,声势猛恶,从来罕见。

乙、韩二人同时不见,只剩小峰上面乙休原身哈哈大笑道:"老残废惯用心机,平白将你俩的牢洞自行炸裂,闹得少时无家可归。你俩多年炼就的灵石真火,可曾伤我分毫?白便宜山妻炼一纯阳之宝。"说时,韩仙子也在峰上现身,腰间挂着一个黑葫芦,扬手一招。崖石爆发所化火团本悬空中,立时电驰飞去。申屠宏先还奇怪,雷火怎会聚而不散?这才看出火外还包着极薄一层光网,淡如轻烟,火光强烈,如非慧目法眼,休想看出一点痕迹。韩仙子见火团飞到,将手一指,火团便裂了一口,自向葫芦之中钻进,晃眼全消。笼在火外的青色淡烟,也往韩仙子袖中投入,同时不见。对面云屏之上,五徒忽然一闪不见。

跟着云屏敛处,先飞起一团黄气、两道青光,将朱、姜二人的佛光剑光接住。同时现出两个一缺左腿,一缺右腿,相貌奇丑的孪生怪人,并肩而立,挨挤甚紧,须发皆张,神情好似愤怒已极。也不发话,一照面,便朝乙、韩二人并立的小山峰飞去。身上也未见甚遁光,连手足都未见动,飞起来却是快得出奇,人方出现,便已飞到小峰前面。申屠宏那么好的目力,竟未看出是怎么飞过去的。便是朱、姜两人那么高法力,也似出于意外,未及阻隔,便被飞近身前。申屠宏因天残、地缺已经出现,一面准备贝叶灵符,一面朝前细看。就这瞬息之间,双方已经交手。

原来天残、地缺恨极乙休,本朝乙、韩二人扑去。不料对方知他巢穴一毁,又把灵石真火失去,必要情急拼命,事前早有准备,先前所见淡青色的光网,忽又出现。天残、地缺的太乙潜光遁法,虽不如佛家心光遁法可以神游千万里外,念动即至,但也迅速不可思议,去势又猛,差一点没被撞到网上。同时朱、姜二人见两老怪物一言不发,纵遁飞来,竟舍自己,朝乙休夫妻扑去,佛光、飞剑也吃那黄气和两道青光敌住。知两老怪物得道年久,在各异派旁门中独树一帜。所用二宝,乃二人昔年在两极尽头,采取千万年前遗留,快要积成星球的混元真气凝炼而成,青黄二色,一清一浊,分合由心,威力至大。此外,尚有一件异宝,乃南极磁光炼成,更是厉害。这三件法宝,多高法力也不能破。看去虽只一团黄气,大才尺许,如在当地破去,一经震裂,五千里方圆以内,立被鸿濛大气布满,自相激射震裂,地震山崩,洪水怒涌,烈火烧空。在此震圈以内,人畜生物固全毁灭,弄巧还要蔓延开去。所到之地,气重如山,生物遇上,立即闭气裂腹而死。非俟二气日久自分:轻气上腾,为云为雨,大雨数年;重浊之气,受了雨湿凝聚,化为土石下降。方始停歇。虽不似天地定位以前那么厉害,灾区相差悬远,也须经过数十百年才可无事。震圈以外,人物虽不至于死亡,水火天时之灾,也多受波及。端的厉害无比。

老怪物对此三宝一向珍逾生命,不特与人对敌从未用过,并且多年来均深藏在所打坐的崖洞山腹之内，亲身坐镇守护，连门人也不令见。原备千三百年大劫临身之时，去往两天交界之处，把应遭劫的几个同道至交也约了去，仗此三宝抵御末劫。论起为人用心，并不算恶。只是自恃成道年久，法力高强，性既骄狂自傲，又专以一时喜怒来分亲疏。怪徒每喜结交妖邪，横行为恶，尽管法严，事后也必责罚，但因师徒情长，当时必加护庇，与对方为难，从未清理过一次门户。尤可恨是，无论是甚极恶穷凶，如双凤山两小之类，遇到危临事败，无可幸免，只要肯低首下心，忍受苦痛恶气，前往求告，碰到二人高兴头上，也必援手，不稍顾忌。结怨甚多，人却奈何他俩不得。

朱由穆前生有两好友，便吃他师徒大亏，几乎惨死。彼时激于义愤，未及往寻，便奉师命转世。上次峨眉开府，恰遇见当年肇事的两黄衣怪徒，事已过去，两友已经仙去，本想放过，两怪徒反向自己招惹，逃时叫阵。因值有事，迟延至今，方始来会。朱由穆以为，自己有佛光，二怪物不敢用其三宝。不料竟自施展出来，必是恨极乙休夫妻；又知自己和他俩一样顾忌，因佛光威力神妙，不肯造此浩劫。老怪物尚是初会，果然有点门道。本心不想除他俩，只是愤其纵徒行凶，略加警戒。虽然备有制他俩之法，照此神通，委实不可轻视。如果对方情急，豁出两败俱伤，大家造孽，自将大气爆散，佛光还不能收回。

朱由穆正在寻思，姜雪君不等对方冲向光网之上，扬手先是一粒无音神雷发将出去。媖姆的无音神雷何等威力，势更神速，发时并无声音，多厉害的妖邪一被打中，只金光一闪便成劫灰，甚或形神皆灭，万无不中之理。哪知对方竟似预先知道。金光闪处，高地大片山石全成粉碎，尘雾高扬，涌起数十丈高下，地也击碎了一个大深坑。再看天残、地缺，人已飞出十里以外。金光闪过，人又飞回原处，手略一扬，那高涌天半的尘雾立即消散，行动端的比电还快。同时每人肩上发出一片五色奇光，流辉四射，耀眼生缬，冷气森森，老远都觉逼人。

姜雪君见对方已将两极磁光所炼之宝发出，便将师门至宝天龙剪化为两道金碧光华，交尾而出。天残、地缺二次飞回，本仍想朝乙休拼命，一见此宝，知道厉害，只得暂停。双方斗在一起，动作都很神速，原是瞬息间事。

朱由穆心念微动，还未及出手，乙休已哈哈大笑道："我向不喜以多欺少，似他俩这等老残废，两人只能算得一个，连山妻也无须上前。既是专来寻我拼命，有我一人足够发付。小和尚和姜道友速将法宝、飞剑收转，停手观战。我先看看他俩那混浊之气结成的坏包，是什么玩意?"说罢，不俟答言，身形微闪，化作一道金光，惊鸿刺天，朝那黄色气团飞去。气团原吃佛光包没，停空相持不下。申屠宏是个行家，早看出气团虽小，重如山岳，佛光虽然将它包住，并看不出能够破它。金光正要往佛光之中穿进，忽听朱由穆大喝道："驼兄不可负气，老怪物虽然可恶，此是他俩的命根。你将此重浊之物送往两天交界之处破去，也颇费事。他俩不过借此抵挡，岂敢造此大孽，我也早有防备，决可无害。还是由我与姜道友对敌，老残废若是服输便罢。快请回来，免他日后说嘴，道我又请帮手。"乙休不理，依然冲光而入。

朱由穆知道乙休欲以全力大显神通，将此宝送往两天交界之处毁去。此次来时，曾接妙一真人飞书相劝，又遇师弟李宁代传师命，本心不欲过分。惟恐乙休记恨对方袒护妖邪，结局虽将双凤山两小除去，因被连次作梗，不特大仇元凶几被漏网，韩仙子还失了几件法宝，连所居白犀潭水宫也几不保，又结下许多无谓仇怨，必不甘休。又知妙一真人密令门人暗有安排，为防乙休走极端，特意赶在前头，故意虚张声势，把事情揽在自己身上。不料乙休久候不耐，依然出手。一见不听拦阻，气团渐有上升之势，只得发挥全力，指定佛光，连金光一起包住，不令上升。双方功力原差不多，气团早变成了一个极大光球，金光、佛光齐焕霞辉。双方再一进一退，便在当空上下滚转，气象万千，壮丽无伦。

朱由穆一面阻住乙休，不令飞走；一面寻思："两怪物幸吃姜雪君绊住，不然事更难测。此时势成骑虎，除却最后一着，不能取胜，乙休也决不善罢。"又见天残、地缺手掐灵诀，知他俩也要施展杀手，用玄功变化应敌，便喝道："老残废！并非我们倚仗人多欺你俩，只为驼兄恨你俩自不为恶，却喜庇护妖邪，想将你俩御劫三宝破去，以示警戒。我想强行劝阻，你俩也看见了。再不服输，驼兄法力高强，我一个阻他不住，你俩数百年苦练之功，付于一旦了。你俩那小诸天邪法和玄功变化均无用处。如嫌我们多了一人，我请姜道友停手，由我和驼兄对敌如何？"此时天残、地缺也是气急之下，竟没想到对方知他俩运作如电，早有成算。闻言暗想："自己原不舍的这两道磁光，才被绊住。只要对方天龙剪一收，立可施展玄功变化追上仇人，乘机下手，与乙休拼个存亡，免得施展杀着，为害生灵。"闻言，正在准备，谁知姜雪君已得暗示，天龙剪往回一撤。三方动作均快，又是同时发动。就在这将要飞起，时机不容一瞬之际，朱由穆大旆檀佛法已经施为。

天残、地缺刚收转两道磁光，要往上空飞起，猛闻到一股旃檀异香，当时心神便觉迷糊，知道不妙。怒喝一声，手才往起一招，意欲拼命，忽又瞥见一片祥霞，由侧面峰上冉冉飞堕，看去并不甚快，可是才一入目，全山立被笼罩在内。同时空中出现一个身高丈六、形与观世音相似的一尊菩萨，头上环着一圈佛光，手执一朵青莲，拈花微笑，凌空而立，宝相庄严，气象万千。一时祥辉潋滟，花雨缤纷，一派祥和景象，与先前金光宝气满空激射飞舞，形势迥不相同。二人便清醒过来，只觉天机宁静，通体一片清凉。不特先前怨毒嗔怒之气一齐化为乌有，连发出去的那些法宝也全回到手上，仿佛噩梦初回，并无其事情景。

　　天残、地缺言行心念本都相同，猛想起身非佛门中人，此时空中忽现佛菩萨金身，所用法宝又复无故收回，直如未发，必是敌人施展大旃檀佛法，身已受制无疑。多年盛名威望，不料毁于一旦。心中一急怒，神智刚又一迷，同时空中飞剑、法宝，连同强仇乙休元神所化金光，也均不知去向。这时二人已为佛法所制，随着心情反应，成败所关，仙凡系于一念。当嗔念才起之际，已经神智不清，周身火热欲焚，愤怒之下，再生先前恶念，立为本身真火所焚，堕入轮回了。总算二人苦练千年，法力高深，神智尚未全昏，见空中宝光全隐，心中一动，忙往左右查看。目光到处，乙休已经回到原处，身前光网已收，连同山石上分立的朱、姜二人俱在向空顶礼膜拜，神态十分虔敬，满面喜容，哪有丝毫敌意？再看侧面高峰之上，现出一个葛衣矮胖少年，不由大悟。

　　原来二人日前曾算出为了自己一时负气，护庇妖邪，始而势成骑虎，欲罢不能，终于树下强敌。事后虔心推算，不久便有对头寻上门来，此次斗法，竟关系到成败安危。恰巧日前珠灵涧有人斗法，刚算出取经女子和一同伴是个救星，设计引来，向其借用灵符，偏又不答应，被人隐形潜入，冲破禁网，带了逃走。话已出口，不能向其作梗，或是自行强取。并且不到时限，经和灵符均取不出。后又再四推算，除此无救。自己那么高法力，竟会推算不出详情，越知厉害。总算此女虽未明允借符，也未拒绝，又曾助她脱难，见时神情甚是感激，也许不致袖手。万般无奈之下，知道此女便肯借符，也在敌人到来以后。只得先把两个最招恨的徒弟隐藏起来，自在洞中打坐。表面故作大意，仅将护身云屏放出，并分化元神附在五怪徒身上，出来应敌。本想拖延时刻，以待解救。不料被神驼乙休所愚，将洞府连崖拔去。自己将计就计，暗放石火神雷，又吃韩仙子收去，失了一件至宝。连遭失利，怒火中烧。心料花无邪乃芬陀弃徒，与敌人多有渊源，日前不肯借符，必由于此。这时符当取到，并未送来，可知无望。多年盛名，就此断送，恶气难消。反正敌人难伤自己，好歹也须与之一拼。及至现身出斗，所恃三件法宝，又吃敌人分头敌住，两不相下，已是愤极。尤可恨是乙休竟想把将来御劫三宝中最具威力的混元一气球毁去，如何不急？暗忖："你既无所顾忌，索性大家造此大劫。"恰巧敌人托大收回天龙剪，正要赶往，佛身忽现，法宝无功，自己也未离地飞起。正在心念起伏，周身火热剧痛之际，一见申屠宏，猛触灵机。刚自醒悟，盛气一平，周身重又立转清凉，越知所料不差。本身功力原极高深，当时明白过来，刚双双顶礼膜拜下去，口呼："我佛慈悲！"似觉一片祥辉透身而过，宛如醍醐灌顶，周身气机和畅，神智益发空灵，哪有丝毫杂念。

天残、地缺正在潜光反视，静心体会，忽听身侧有人唤道："老怪物，齐道友嘉惠于你不少，今此佛光一照，异日天劫免去许多魔障。加上你那三宝抵御外魔，决可无害。灵符已收，还不起来？"睁眼一看，自己跌坐在地，并未跪倒。旁边除先前五人外，又添了二人：一是凌浑，一是猿长老。以前均曾见过，猿长老更是对头之一。俱都含笑，环立面前。彼此都是有道之士，自然无须细说。本来胜败未分，又有佛力化解，芥蒂全消。从容起立，笑答道："以前种种，本属虚幻，不消说了。只是嘉客远来，蜗居已为乙道友所毁，只好请至小徒洞中一叙了。"朱由穆笑道："道友你说此话，又入魔障。以前既是虚幻，怎会毁去？"

乙休也微笑插口道："道友仙府已为佛光复原。只是高足们不合私出观战，虽然隐形，并无用处，佛光照时，妄生嗔念，如非符收得快，几乎堕劫。现在人俱昏迷于峰侧崖凹之中，尚在受苦。只有小和尚能救，你我均难为力。可是这一来，气质已变，决不再为盛名之累了。"凌浑笑道："我向不服人，今日越看出佛法神妙，不可思议。只金身一现，佛光所照，弹指之间，不特在场诸位仁兄仁姊杀机悉泯，连我驼兄说话也文雅起来。自与驼兄相交以来，连峨眉开府，第二次才听到他这等吐属。早知如此，我和老猴头真不该藏得那么远。假使藏在左近，让佛光照上一照，好歹把我这身穷气和老猿的一身野气去掉，不是好么？"韩仙子、姜雪君等俱都觉得好笑。连申屠宏正向天残、地缺礼见，素来谨饬的人，也被他引得忍俊不禁，只不敢笑出声来。

天残、地缺闻言回顾，已早看出乌牙洞仍是好好的，原样未动。又知门人均在受苦，便请众人同往。申屠宏随往一看，怪徒共是七人，仵氏弟兄也在其内，业已昏迷不醒，面上各带苦痛神色。朱由穆道："因申屠宏不是佛门中人，不能尽发贝叶灵符妙用。否则，此等西方至宝本有无上威力妙用，善恶转移之间，大千世界任何事物，哪怕化成劫灰，立可返本归原。二位道友也必回坐原处，不在外面了。他们七人，佛光不曾普照，如藏原处，便可无事。可是不如此，焉能转祸为福？可惜福缘还浅，因我也是劫中之人，不敢妄行收取。幸家师早知此事，已用佛家心光收去。如在我手，他们更是得益不少呢。"随说随将自炼佛光放出，照向七人身上。

约有盏茶光景，七人逐渐如梦初觉。天残、地缺立命向众礼见。

第二六〇回

孽重忧危　离魂怜倩女
心灵福至　隐迹护仙童

话说朱由穆用佛光救醒了天残、地缺的门徒，天残、地缺道："我弟兄二人早该成道飞升，只为性情奇特，延迟至今。多蒙齐道友命门人解围，居然转祸为福，与诸位成了朋友。现蒙佛法度化，备悉前后因果，孽根已净，连门人也变了气质，真乃万幸。我师徒九人稍事清修，便须出山修积。此后小徒在外行道，仍望诸位道友在便中相遇时加以教益。还有，此次虽是齐道友暗中主持，花、申二人实是首功。花无邪处境尤为可怜。适才默运神光查看，珠灵洞碑洞已被番僧连用三十六相神魔攻进头层门户。花无邪禅经已得，本可冒险遁走，但此女向道诚毅，因见经解梵文尚未全通，已拼以身殉道，定欲学全。仗着大雄禅功，二、三两层禁制尚未失去灵效，一任风雷烈火猛攻，全未在意，现正相持。可惜佛法神妙，头层禁制未解以前，查看不出内里情景。又以日前此女不肯借符一用，未曾命人往助，否则也不致如此。我因番僧长于晶球视影，先前撤禁，本为等候此女送符之故。自见申屠宏道友省悟之后，便将原有禁网恢复，这里番僧决查看不出。此女志行如此高洁诚毅，行路之人均无坐视。我意欲同了诸位稍逆定数，将这青海二恶除去，为此女永除后患。得经以后，再仗佛力化解凤孽，免去这十四年炼魂之惨如何？"

凌浑笑道："你两弟兄又想左了。我和小和尚、驼子夫妻，还有姜道友和老猿，哪一位不是和贤昆仲一样，专讲人定胜天的么？如能这样，随便哪位前去，也只举手之劳，何必劳师动众呢？请想她那前师芬陀神尼是什么人物，如不堪造就，决不会收到门下；既收，决不会再逐出。分明有意激励，设法玉成。稍可挽回，休说似她师父的法力，便一干师执之交，也决无坐视之理。这十四年的苦厄虽极厉害，对她实有大益。我们爱之，实以害之，由她去吧。但那青海二恶横行川藏青海等地，为恶已有多年。固然他们的结局也是徒种他年恶因，终觉气不过，我们到时自会除去。你两弟兄护身云屏，为小和尚佛光侵铄太久，不免受伤。这些游魂也颇可怜，我们走后，便须重炼,以免多受苦痛。花无邪危急之时,另有人来应援。我和猿长老秦岭归来,也许前往凑趣。你两个由她去吧。"

乙休笑道:"主人虽经佛力度化,但他们恩怨分明,根于天性。佛家原重因果,去原无妨,只不要早去便了。"

朱由穆笑道:"乙道兄此话多余。主人法力高强,已知定数难移,无非想使花无邪稍减苦孽,异日少受上点魔难罢了。本来事尚凶险,因蚩尤墓中三怪执意想与幻波池易、李诸人为难,杨道友偶然对人谈起,吃所收古神鸠听去,得知三怪已经约好日子,由大、三两怪先往洞庭山寻岳韫道友斗法,只要打一个平手,便用邪法发出信号,由埋伏幻波池左近的二怪去向英琼、癞姑二人报复一刀之仇。恰巧杨道友所去之处,相隔幻波池只数百里。古神鸠和神雕佛奴鸟友至交,立即溜出,赶往幻波池送信,本意报警,令神雕转告主人,多加戒备。神雕为主忠义,知古神鸠专制这类僵尸恶鬼,当时用鸟语一激,不等发难,便先寻去。

"事有凑巧。三怪因平日自负,立有信条:犯他三怪的人,固是必杀无免。如在下手以前有人逞能,包庇作梗,便先寻这人作对,非获全胜,连生魂也摄去,决不再与前人为难。并且一击不中,永不再发。此次因为看中幻波池藏珍、灵药,虽然双管齐下,毕竟有背向例,并料定岳道友不好惹,本就不甚愿意。妖妇乌头婆又往卑词求助,诱以禅经重利,已向大、三两怪力争,只要胜得岳韫,报仇何必急这二三日内? 多年信条,万不可改,已经变计,应了乌头妖妇之约来此。

"大、三两怪飞行本极神速,路过大峃山,忽遇毒手摩什败逃回去,说起七宝金幢已落他仇人小寒山二女之手,破幻波池便有二女在内,双方仇人已结为一体。两怪知那七宝金幢也是他们的克星,闻言大惊,妄想赶往幻波池外,用邪法先摄癞姑生魂试上一试,途中正遇古神鸠,自然不放过。休看有名三怪那么高邪法,竟遇克星,连吃了好些亏,脑中元丹也几被神鸠抓去。后来情急,各用玄功变化,拼耗元神,施展阿鼻七煞。神鸠刚现败象,杨道友便已赶来,将两怪困住。两怪用邪法,向第二怪告急,隐形暗助,才得遁走。可是三怪元气受伤不轻,复原尚须时日。又知乌头婆已死,估量这里主人也不好惹,想等二恶夺经之后,再捡现成。否则,花无邪危机还要多呢。"

乙休道:"话虽如此,闻说后半部禅经连同副册经解,均刻在玉碑之上,还有几件法宝也尚未取出。前部禅经,末了也要藏于碑内,第五日上,碑文便隐。由经声止后算起,今天虽是第二日,但此后部禅经也不宜为群魔窃窥。上次分手,你与人所约时日已至,我还有事他行。此碑运走及保存,均非你不可,你真大意不得呢。"朱由穆道:"这个无妨,我固有成算,齐道兄也预有安排。申屠宏只等我们一走,便往幻波池请我李宁师弟去了。"

朱由穆随对申屠宏道:"你此次功劳不小,功力尤为精进。齐道兄日前谈起,颇有奖意,好自为之,前途无量。我们尚要往主人洞府少坐,你不必等候。定数如此,无须匆忙,只在第五日内赶到,决不误事。你先去吧。"申屠宏早就盼走,闻言拜谢道:"弟子待罪多年,幸蒙各位师执前辈恩怜,始有今日。此后重返师门,咸出恩赐,敢不勉旃。"又向姜雪君谢了上次义释女仙夫妻之德,然后分别拜辞。步行出洞,越过山去,又驾遁光往幻波池飞去,途遇神雕,引入洞内。见了李宁与诸女同门,谈完前事。

英琼笑问:"师兄过大咎山时,可见小寒山二女么?"申屠宏答道:"小师弟李洪赶回武夷,便要暗助谢家姊妹盗取心灯。他年幼喜事,也许跟了去趁热闹。他虽灵根不昧,法力甚高,这等强敌,既然有人出头,终以不去招惹为是。我见他行时甚是高兴,恐随了二女同往下手,不甚放心,过大咎山时,曾经隐形前往窥探。只见山顶魔宫外面,平崖之上,涌起一幢祥霞,静悄悄的,连个人影俱无。祥霞也极淡,日光之下,如换常人目力,直看不出。方想试探着近前查看,霞影中忽现出两个孪生少女,一立一坐,并无洪弟在内。同时遥天空中异声大作,妖光邪雾电驶飞来。东南方更有两道细如游丝,不用目力,直辨不出的金碧光线闪动,晃眼便要飞落当地。立的一个少女,又在朝我挥手。我虽未用本门心法,天蝉叶护身也极神妙,不知怎会被她看出。看神气,分明知我来历用意,必因妖党将来应援,恐我遇上生出波折,催我速走。我见洪弟未在,二女已可制胜,又急于拜见李伯父,便赶来了,未看下文,立即飞走。刚一离开,妖人也相继飞落,稍差一瞬,即被撞上,端的神速已极。"

李宁接口问道:"你可看出妖人的形象么?"申屠宏答道:"来的共是五人,虽是初见,内中三人似是毒手摩什同类。只那化身金碧光线的乃是两个十多岁的幼童,各穿一身短装,赤着双足,头上顶着一朵拳大的金莲花,身上各缠着一条金碧光线,相貌也颇俊美,并无邪气,看不出是甚路数。"

李宁微噫道:"果不出我所料,这两人果然背师下山,党邪多事。小寒山二女如听我别时之言,只将他们惊走,或可无事。谢璎也还无妨。谢琳如恃绝尊者《灭魔宝箓》,加上李洪年幼,疾恶喜事,必定多所杀伤。固然此是他二人夙世因果,数应如此,但毕竟佛力广大,将来道成,仍可化解。诛戮邪魔无妨,这两人一伤,乃师必不甘休。小寒山神尼决不出手伤人,何况二人之师前虽魔教,近已皈依佛法。他师徒父女并不为恶,老的法力甚高,七宝金幢妙用也所深知。除因二女得有佛门最高心法,功力又深,真灵已与此宝相合,不能夺去以外,并难以此制他。阮征遇他女儿纠缠,尚在他昔年旧居魔宫之中困了两年,受尽烦恼,如非定力坚强,几为所败。近方脱困,化敌为友。彼时阮征如与动强,直难幸免。李洪今生福厚,到处逢凶化吉,也还罢了。二人虽然灵根特秀,毕竟未到火候,如何能与李洪为敌呢?"

众人闻言,全都忧疑起来。申屠宏更和阮征、李洪几生患难,骨肉之交,急忙询问:"李洪在内,怎未看出?这两个对头的师父是谁?"易、李二人尚义性急,好友同门,均所关心,也纷纷请问。李宁却向申屠宏道:"你未见李洪,以为他不在内么?七宝金幢神妙无穷,任何隐形妙法均无用处。当运用时,千百里内人物来往,均可由内查看。李洪也真胆大,他原是背师行事,不特同去,并代二女主持心灯。见你去后,恐遭劝阻,所以隐形。在金幢中看出各方妖邪强敌纷纷赶来,防你众寡不敌;又恐你对敌时久,误了花无邪取经之事,才令二女现形示意,催你快走。内中人本可随心隐现,你自然看他不出。阮征非但脱困,并将屡生宿孽化去,连受将近两年的磨折,终以坚诚毅力战胜,未施一点法力。结果对方也受感化,同受其福。他那对头原是个女子,此女之父便是你所遇头顶莲花两幼童之师。所居在云南高黎贡山西南,与缅甸交界的火云岭绝顶神剑峰上。你与阮、李二贤侄几生至契,此时听我一说,你想必知道了。"

申屠宏闻言,得知阮征凤孽居然化解,不禁惊喜交集。英琼笑道:"这家父女师徒是谁,如此厉害?爹爹怎和申师兄打哑谜,不说出来呢?"

李宁道:"你们迟早必知底细。一则,此事说来话长,我就要走,无暇多言;二则,此人现虽改归佛门,嗔念犹存,更与有名异派散仙苍虚老人同一积习:人如无知相犯,他并不以为意;如知是他而与对敌,或他自道姓名仍不认罪服输,必杀无赦。至今未参上乘佛法,也由于此。但他所习法术和两件法宝,实具释道正邪诸家之长,别有妙用,决不可以轻敌。我料谢琳必树强敌,你们与二女至好,若知此人姓名、来历,也许遇事还可相助。他见你们末学后进,又这等好资质,不特不致为难,弄巧还故意任你们解围而去。但他姓名、来历,必在你们去时说出。二次相遇,再与为敌,便须由他喜怒行事,难于逆料了。此事得知,反有害处,先说做甚?来日方长,足够你们应付。以前所说,务须谨记。我们已经迟了些时,花女正在危急,另外虽有救星,仍非我和你朱师伯去,难收全功。我走了。"

英琼等知留不住,方欲恭送出洞,李宁笑说:"无须,我二人自会飞出。我去十日之内,此处便有事故,最好暂时守洞待敌,不要无故轻易外出,事虽一样，到底要省好些心力。"说罢，将手微扬，一片金光闪过，便带了申屠宏冲开禁制，飞将出去。

申屠宏满拟遁光已隐，路过大咎山，还可就便观察。后见李宁竟自绕越过去，径飞崆峒，不知何意，只得罢了，心中仍是惦念李洪不置。飞行神速，比来时还要快得多，不消多时，已离崆峒山不远。遥望珠灵洞，烟光交织，风雷大作，恶斗方酣。暗忖："此人与番僧为敌，自是花无邪的援兵，怎也看不出他来历？"心念才动，人已飞抵当地上空。李宁忽将遁光停住道："花无邪的好友吕璟，竟背师命来此，现与青海二恶正在相持。大番僧魔法颇高，花无邪真形已被摄去。我们到得恰是时候。早来，吕璟尚未赶到，花无邪不与见面，将来难免又生枝节；如到稍晚，天残、地缺感念花无邪借符之惠，必先出手，二恶自知不敌，必有毒计。固然禅经不会落于他们之手，今日已是第三日，二恶晶球视影只能查知大概，玉碑有佛法禁制，不能洞悉微妙，后部禅经再有一二日便要隐去。如被施展魔法，将碑沉入地底，连取前部禅经也费事了。我自起身，便用佛法隐蔽，番僧尚无所知。你可在崖左近隐形埋伏，只见洞顶冒起祥光，速将你那金环、神砂放出，以防二恶见势不佳，施展崩山下策。"说罢飞去。

申屠宏再用慧目往前一看，珠灵洞崖顶已被魔法揭去。番僧所用三十六相神魔，各由所持兵刃法器之上发出风雷烈火与各色光华，四面围定，正在朝下猛攻。洞前站着一个丰神挺秀的中年书生，右手掐着灵诀，左手平舒，托着一个形制古雅大才五寸的小香炉，由炉中心发出一股青色烟光。初出细才如指，又劲又直，越往上越粗，到了空中展布开来，化为一座极大穹顶光幕，将全崖洞一齐罩住。四外妖光雷火为其所隔，虽然急切间攻打不进，书生面上已现悲愤之容。料知此人必是阳阿老人之徒吕璟无疑。花无邪真形为妖法所摄，人必昏迷，失去知觉。

申屠宏方在寻思，忽听大番僧麻头鬼王喝道："吕道友，我原料今日之事未必顺手。但是此经，我和令友均非此不可。我此时已不想据为己有，只求容我二人将全文读上一遍，经仍任她取走。你且问她，心意如何？"随听花无邪接口道："番狗无信无义，玉哥来时已经上当，几为所算，不可睬他。何况禅经上部被我藏起，眼前除我，只几位长老、神僧能解。经声已住。虽然后部禅经尚在碑上，日内也要隐去，就令他读，必难通晓。况我适才真形被他摄去，此时有佛门至宝防身，固然无妨，将来魔劫终于不免。我志已决，再挨一会，番狗多年苦炼的神魔便化为乌有，他能逃生，已是幸事。此说分明又是诡计：等我容他入门，再用邪法连人摄走，逼索经解，再加楚毒。我如不是尚有些事未了，本拼以身殉道，早晚一样，已经豁出去了。你理他做甚？"

二番僧闻言，面色越转狞厉，同声怒喝道："小狗男女，不知好歹！佛爷如此委曲求全，你偏不听。今日不将你们擒去，受我炼魂之惨，你也不知厉害。"说着，将手一扬，先前法台上的两朵血焰莲花忽又出现，往洞前飞去，势子却缓。大番僧又厉声喝道："你们留意，再不降伏，我这莲花往下一合，你那法宝立毁，人也成为灰烬了。"

话未说完，先是一道祥光由洞中升起，到光幕顶边停住。申屠宏见李宁发出信号，忙即现身，把伏魔金环与天璇神砂一同飞出手去。紧跟着，又听两人怪声怪气，接口冷笑道："只怕未必。"那声音听去甚远，似在后山一带，但是来势神速已极。话完人到，两个死眉死眼的黄衣怪人，已在空中现身。四外空空，凌虚而立，一扬左手，一扬右手，看神气，似要往那两朵血莲抓去。

申屠宏刚看出是天残、地缺两老，不知怎的，只现身一闪，忽然不见。同时一道佛光，金虹电射，由当空直射下来，晃眼展布，将那三十六个身高丈六、相貌狰狞的有相神魔全数罩住。同时在西南天空中，又有一片青霞电驶飞来。这原是瞬息间事，又是同时发动，势疾如电。番僧瞥见申屠宏突然现身，天璇神砂金星电射般潮涌而来，方觉此宝厉害，天残、地缺又现，不禁大惊。但心仍不死，咬牙切齿，待作最后一拼，未容打好主意，佛光已将神魔罩住。益发手忙脚乱，忙即行法回收，已是无及。青色光幕忽然撤去，下面祥光突涌，佛光往下一合，只闪得一闪，神魔全数烟消，心灵立受巨震，知已受伤不轻。总算神魔已为佛光所灭，不曾倒戈反噬，功力又深，一有警兆，立将心神镇住，不曾反应昏迷。知道对方救星云集，再不见机，万无幸理。以为血莲尚未飞抵洞前，未受波及，还可保全。慌不迭将手一招，并纵起魔光，待要带了逃走。

不料申屠宏临敌最是机智稳练，伏魔金环早已准备应用，佛光一现，更不寻思，一指满空霞雨金星，改朝番僧冲去。金环也化作一圈金霞，脱手飞起。一见番僧手忙脚乱之状，忽然想起二恶数还未尽，两朵血莲乃魔教中心灵相应之宝，如能破去，日后害人，便要减少许多凶焰，岂不也好？心念微动，金霞立向血莲飞去，恰好迎个正着。神砂星光再返卷回来，两下里一凑，相次裹住，随化血雨爆散，金霞再一闪动，全都失踪。二番僧一见如此厉害，当时亡魂丧胆。百忙中又听空中有老人口音大喝道："我向来不打落水狗，来晚一步，便宜你们多活十数年，结局仍须死我门人手内。逃生去吧。"二番僧已经逃出老远，犹觉声如霹雳，听去心脉皆震，哪里还敢稍为迟延，就此逃去，只把花无邪恨入切骨。不提。

161

番僧刚逃，便有一幢金光祥霞涌起一座神碑，左右分立着朱由穆和李宁，由崖洞原址冉冉升起。朱由穆朝下面点首说道："我二人急于护送神碑，往复师命，不及与道友叙阔。令高足来此，实出不得已，还望道友从宽发落。我们改日登门拜访吧。"说罢，佛光忽隐，不知去向。

申屠宏再看洞前，立着一个白发白须、面如红玉、黄衫朱履、手执拂尘的老人。吕、花二人分别拜倒在地。知是在海外闭宫隐修多年，新近方出走动的吕璟之师阳阿老人。方想上前拜见，老人已指着吕璟说了几句话，青霞微闪，便自飞去。近前一看，吕璟满面愁苦悲愤之色。

花无邪仍是那么玉立亭亭，神态从容，手上托着一个布口袋。见了申屠宏，先为吕璟引见。然后说道："此次多蒙道友相助，且喜大功告成。这布口袋内便是神碑、藏珍，连前番所得，共是九件。禅师留有遗偈，除道友前收服魔金环、西方神泥，与李道友所得金莲宝座以外，尚有一粒龙珠，我暂借用。袋中共有五件奇珍和四十九粒化魔丹，此时还不到开视时候，道友带回仙山，妙一真人自有分派。我这次因吕道友知我危急，拼受他师父重责，持了师门镇山之宝来此应援，几为邪法所污。阳阿老人原知此事因果，只为一时疏忽，为佛法所掩蔽，没算出采薇大师护送神碑一节。由海外施展他多年未用的太清仙遁赶来，到得恰又稍缓须臾，见此情势，越发不快。如非采薇大师前生曾与交好，行时说情，吕道友受累更重。就这样，行时仍罚吕道友回山，将一十九炉灵丹炼成以后，尚须鞭打一顿，罚在外面乞食数年。炼丹虽苦，于修为上反有进益。那行法的蛟影鞭，却是难禁。最厉害是那行乞，事前本身法宝、法力全要追去，直比凡人强不多少。更不许受人分文和向朋友求助。他生性耿介，日月又长，如何熬得过来？"

话未说完，忽听身后有人接口道："花姑娘，不必为令友担心，此时且先顾你自己的事吧。"三人一看，正是凌浑，忙同礼见。凌浑不等发问，便先说道："我和乙驼子以前专喜逆数而行。近听朋友之劝，虽不似以前那么任性，有时仍按捺不下。为了花姑娘心志坚强，爱莫能助，事前早和驼子、老猿商量，知道朱、李二位今日必到，并且一切均已算定，我们事前赶来，至多不令番僧摄去真形，结果花姑娘仍不能免难，反倒因此迟延岁月，多生枝节。与其这样，何如釜底抽薪，给青海二恶苦吃，先出点气，使其异日再炼有相神魔，难于成功，而那魔火威力，也因此减少大半。比起来此助威，实强得多。定数所限，仍难尽如人意。我原想和驼子夫妻分头埋伏在番僧去路左近，算计神魔一亡，他们必遁走。却没想到驼子有事他去，阳阿老人也会赶来。我们俱知此老轻不出手，出手便是辣的，向无虚发。他在岛宫闭关二十七年，连上次峨眉开府均未得去。近甫开宫出外走动，匆促之间，未及推算，以为番僧必无幸免。哪知他来得那么雷风暴雨，其势汹汹，竟连手也未伸。番僧因受你们几面夹攻，连受损害，心胆皆寒，再吃他挡住去路，竟吓得舍了回去正路，往相反方向逃走。我们看出番僧元气大耗，将来魔火风雷虽仍厉害，只要禅功坚定，苦厄虽所不免，难关必能渡过。驼妻韩仙子，想与老人见面叙阔，并代吕道友求情，知他飞遁神速，已经赶向前去。适听传声相告，吕道友罚仍不免，本身法力却不加禁闭，那一顿长鞭也从宽不打了。我没有追去，知道你们定必担心，特意来此送信。以后不论甚事，我必竭力相助便了。"

吕、花二人拜谢不迭。凌浑道："我不喜人谦恭多礼，无须如此。还有你二人，一个要赶回海外领责，一个来日有大难，今生所用法宝也须准备。尤其令师遗留的那件锦云衣，务须贴身穿好。龙珠用完，你只要心念峨眉，高呼大雄禅师法号，自会飞走。有此至宝护住元神，应劫之时，可免好多苦难。不过全身快被魔火化尽时，必须留意便了。你们先走吧。"花、吕二人立即应诺，分别拜辞，一同飞走。

申屠宏见二人走时，花无邪还不怎样，吕璟却在暗中切齿，悲愤已极。想起花无邪这么好一个志行高洁的修女，不久便吃青海二恶用魔火化炼成灰，再受十四年炼魂之惨，稍一疏忽，元神也为地火风雷所化，身受如此惨酷，朋友一场，爱莫能助，好生愤慨。凌浑见他义形于色，笑道："他二人原是欢喜冤家，已经历劫五世，女的凤蜇更重。到了今生，因受芬陀大师点化，方始勘破情关。再经十四年苦厄，脱困出来，便以元神成真。吕璟也必受她点化。此举于他俩人实有大益，本人心志又强，不便逆她。否则，我们助她脱难，岂不易如反掌？只是番狗下手惨毒，明知不行，仍想由此女口中逼出梵文经解，并且居心险诈，便此女肯献出来，仍是难免，令人不忿而已。你与她也颇交厚，如不服气，乘着师长未回，何不找点事做？还有你那徒弟，怕你不肯带他，你又再三禁阻，不令来此探看，急得在山口外不住背人祝告，眼都望穿，你也应该把他带走才是。"

申屠宏便说："我不放心李洪，欲乘恩师未回以前，就便往大峇山一行，尚不知能去与否，如带龙娃，未免不便。意欲先往嘱咐他几句，大峇山事完，再来带他同行。还有花无邪之事，既承师叔见示，此女实是可敬可怜，不知有无方法，使其减少苦孽？仍求师叔赐示。"

凌浑笑道："这两件事，我早想好。你先往大峇山去，别处你还有事。事完照我束帖行事，内有灵符一道，去时应用，便不至被番狗觉察。他们原是青海玉树乌龙族中两个番子,幼时在海心山采药,本是踏冰过去,不料附近火山爆发,海中冰解,无法回转。为避狂风,误入魔教中一个主脑人物所居魔宫地阙以内,巧值每三百五十年一次开山之期,不但没有送命,反留在宫中百零九日,除传授魔法外,又赐了两部魔经。并说西昆仑有一破头和尚,乃他师叔,命持魔经前往求教。番狗将人寻到,炼成魔法以后,横行青海,无恶不作。破头和尚是个汉人出家,得道早数百年,人更凶恶乖戾。因和血神子邓隐争夺魔教中秘籍《血神经》未成,反遭大败,心中愤愧,立誓此仇不报,决不出世。番狗本与他貌合神离,这次劫夺禅经,本来欺他闭居山腹,不使与闻。现见花女大援甚多,又知血神子已经伏诛,必往求助。秃贼前在西昆仑山腹隐居,禁闭甚严,与外隔绝。本是负气苦修,入定多年,竟将一次劫难避过,越发自恃。不知修道人的本身劫难,非到临头,极难尽悉天机微妙。番狗前往一说,定必静极思动。如将此人除去,功德不小,并免花无邪每日魔火风雷之外,更受金刀炼魂之厄。就便再给番狗一点苦吃,岂不也妙?我看龙娃喜气已透华盖,决无凶险,只管带去。如不放心,你将他放在大峇山北山谷崖洞之内暂候,事完同走便了。"

申屠宏料无差错,方在应诺拜谢,凌浑人已飞走。忙赶往谷外,龙娃果然独坐谷口,向内探头遥望。见面喜极,便同往他家中,给乃母留了一些金银,然后走向无人之处,往空飞去。龙娃对师亲热异常,从见面起,老是喜形于色,把师父叫不绝口,不住请问对敌情形和往返幻波池经过。申屠宏本就爱他天真,素性又极和易,见他问得甚详,心想:"此子根骨虽差,但极聪明至诚。本要带他在外经历,此时所问,俱是本门师执尊长名姓、法力和诸妖邪的来历,而幻波池地阙仙景,日前也听自己谈到,却未问起,也无歆羡之意。小小年纪,竟能逐处留心,分别轻重,实是难得。"心中一喜,便有问必答,不厌其详。龙娃一一记在心里。仗着师父带了同飞,天际罡风吹不上身,问答方便,竟连大峇山斗法起因及此时情形,全听了去。

师徒二人且谈且行,不觉行抵大峇山绝顶不远。依了龙娃,还想跟去。申屠宏终觉累赘,不令同往,先往北山谷中降落。遥望绝顶之上,双方似在相持,佛光祥霞,反倒加盛,不似上次经过时隐晦,看出谢、李三人正占上风。这班妖人,均非弱者。本心为防李洪误伤那两个头戴莲花的道童,意欲觑便解围,不令树此强敌。照所见形势,谢、李三人分明着重化炼毒手摩什,仗着七宝金幢防护,未怎出手。自己守着李宁预嘱,既未打算助其诛杀妖邪,稍为延迟无妨。

当地邻近魔窟,龙娃无甚法力,只身在此,休说遇上妖邪一流,便厉害一点的猛兽,也禁不住。虽有李洪所传法术和隐形绢符,但是学习日浅,功力不够,只能用来防御蛇兽,如遇妖邪,反而有害。绢符虽可以隐形飞遁,但又人地生疏,不知逃处。再因事急寻师,遁往山顶,更是可虑。本门隐形已极神妙,天蝉叶此时实是多余,便取出来交与龙娃,传了用法,择好藏伏之处,令其将身隐起,不可出现。为防万一,并在外面下了一圈禁制。龙娃大喜,立即跪请传授,说:"师父去后,不知久暂,适见附近果树甚多,如知收撤之法,便可随意出入,弟子决不远走便了。"申屠宏也觉这地方是个窄小隐僻的崖穴,龙娃年幼,独个儿禁在内,也实气闷,一个忍受不住,走出圈去,便不能再返原处。本想传以出入之法,又见他两手牵衣,依依膝前,仰望自己诚求之状,一时怜爱过甚,竟连收发口诀也同传授。初意还防他功力太浅,到时遗忘,或是临事疏忽,想将衣襟割下,留道灵符备用。哪知龙娃向道诚切,逐处用心,加上服了阳阿老人两粒灵药,灵智大增,自从领了本门心法,日常勤习,数日之隔,居然大有进境。因见师父常用此法封禁学塾,每次旁观默记,除功力不济,不能由心运用,便生极大威力妙用,仗以擒敌,外人决难发现侵入,单是收撤复原,竟是一学就会,毫不费事。出手更是谨慎从容,一点不慌。申屠宏见他如此勤勉向上,自然更放心嘉许,嘱咐了几句,便即起身飞去。

龙娃初次学会本门禁法,高兴非常,师父走后,便在洞外演习,始而还用天蝉叶隐身。嗣一查看,那山谷隐于乱山危崖之中,四面更有高林掩蔽,岩穴左近草莽繁茂,高可过人,端的隐秘已极,觉着这等地方怎会有人到此?不由胆子渐大起来。又想起师父昔曾说起,本门禁法威力甚大,外人决看不出;即或外人心生疑念,强行闯入,不死必伤,或者昏迷成擒。虽然初学,功力太差,多少总可生出一点妙用。意欲寻点物事,试上一下。无如天蝉叶也是初学,人在禁圈之内,自不须此;一出圈去,便须如法施为,始能隐形:一心不能两用。暗忖:"此地决无人来,便师父也说防备万一,事出多虑。一会工夫,有甚妨害?"

龙娃想罢,便将天蝉叶收起,走出圈外。先寻了块山石,假当敌人,往禁圈中投去。接着按照师传发出法诀。只见一片金霞闪过,石成粉碎,一点也未侵入,越发高兴。连试了几次,俱是如此,不论是石块,是树枝,全部一触禁网,立即碎裂四散。意犹未尽,又想寻个活东西试试。哪知当地野兽甚少,先在附近一寻没有,不由往前走去。等走了半里多路,忽想起禁法厉害,自己不过借以演习,却要白害一条生物性命。那蛇、虎等猛恶毒物,又制它不住;兔子一类小生物,俱都与人无害,无辜弄死,岂非造孽?念头一转,忙往回走。快到崖侧，似有金碧光华一闪即隐。龙娃无甚经历，光又细如游丝，斜阳影里也未看清。同时想起："先前原和师父求说，决不远走，如何忘却？虽然师父不在，也无甚事，终是违背师命。自身根骨又差，好容易有此仙缘遇合，理当时刻仰体恩师心意行事才是。只要用心勤学，将来飞剑、法术全可学会，忙这一时做甚？并且师父已去了好些时，想必快要回转。行时曾说自己坐功长进，与其出外贪玩，何如去往洞中打坐？既可用功，还讨师父喜欢，多好。"心中寻思，禁法已撤，便走将进去。

这地方本是危崖之下一个洞穴。左近还有两洞，比较高大，但颇污秽。这洞虽小，地势却好，外面还有丈许大小一片石地，上面危崖前覆，更有藤蔓下垂挡住入口，本不易为人发现；再一设上禁制，外观一片侧壁，决不知内有洞穴。申屠宏行事谨慎，那禁圈又藏在藤草之后，除非来人揭藤俯身而入，便走到崖前也不相干。龙娃因觉不该走远，回洞时心中想事，稍为呆立了一会，方始走进。刚把禁制复原，用功打坐，忽听破空之声甚是劲急。龙娃知道师父飞行之声细微得多，不特没有冒失出外，反将天蝉灵叶取出，准备随时可以运用。方始伏身崖口，隔着禁圈往外张望，目光到处，两道白光已自凌空飞射，落向谷中，现出两个白衣少年：一个长身玉立，丰神俊秀，手持一柄玉如意，背插一口宝剑，腰系一个白玉葫芦；一个身矮微胖，方面大耳，相貌丑陋，背插双剑，两手各持一镜，斜对着四面乱照，镜光远射，宛如银电，不时向左手镜中注视，似用镜光照看，搜索甚物事情景，面色也极紧张。

龙娃近来耳濡目染之下，已稍能分别邪正。暗忖："大岱山顶斗法正紧，这两人剑光、宝光均不似妖邪一流，来路又与山顶一面相反。自己在此半日，从未离开，并未见甚事故，这两人如此搜索，必有原因。"忽听身后似有极轻微的声息，心中一动，忙将天蝉叶随手一晃，隐身纵向一旁。

龙娃回脸细看，洞中竟多了两个十五六岁的幼童，各穿着一身莲花短装，赤着双足，臂腿裸露在外。都是星眸秀眉，面如冠玉，头上戴着一顶金莲花，前发齐额，后发垂肩，相貌甚是英美。装束一色，身材高矮也差不多，比画儿上的哪吒、红孩儿还要好看得多。内中一个已经受了重伤，头面身上好些血迹，满面愤激之容，倚着墙壁，坐在地上。一个本来掩向身后，不知是何用意。因见龙娃忽然隐身飞遁，神色似甚惊惶，先朝外面匆匆看了看，将手一扬，回身说道："我弟兄二人，因受仇人追迫，偏我哥哥受伤。仇人空中布有罗网，难于逃遁，来此暂避，并无恶意。我知你就在我前面，如蒙相助，异日必有重报。这里说话，外面决听不出，就被发觉，来人于你也无妨害。你如愿意，请即现身商谈。否则，我弟兄死不皱眉，也决不强人所难，只要答一个不字,我们便走如何?"

龙娃素具侠肠,一见两人这身装束、相貌和李洪相仿,本就心生好感。等话说完,忽然想起:"来时师父所说往幻波池请人,路上所遇头戴金莲花的两幼童,正是这等打扮。并还说起这两人来头甚大,此次帮助妖党,必是受人之愚。师父赶往大岔山,便恐李师叔不知底细,与人结怨,意欲相机化解,或到事急,助其逃去,不料在此相遇。追赶这两少年的,照那遁光,决非师父所说本门尊长。好在不要出手,乐得助他,为李师叔解冤。"想到这里,立时收了天蝉叶,现身出来,笑问道:"二位道长,只要有用我之处,力所能及,我必尽心,不知有何话说?"龙娃原因师父常说,在外对人务要谦和;又因初遇李洪,那高法力,却是一个小孩;自己初次从师,什么都不会,一心对人谦恭。以为师父虽未细说,既肯为这两人解围,必是师父同辈,所以这等说法。

两道童见龙娃如言现身,已现喜容;再见词礼甚恭,越发喜他。立的一个便凑近前去,拉着龙娃的手笑道:"我也知你无甚法力,但你那隐身法和这五行禁制,均极神妙。我先见你禁法,颇似敌人一路,只一发现我们,撤去禁制,仇敌立时寻来。固然我们还有脱身之法,但受伤终所不免。起初对你也无十分恶意,只想将你制住,以免坏事。你隐身遁走以后,想起这等行事有欠光明,非我弟兄所为,因此和你明说。为防万一,我并还留有退步。不料你小小年纪,竟有这等胆识义气。此时彼此莫问来历,免你事后为我们受过。我们也别无所托,只要在我们仇敌罗网未撤,人未离去以前,同我们隐藏洞内,你也不可出去。还有你那隐形法宝,甚是神妙,我也不便相借。万一仇人识得禁制,搜寻进来,你只和我弟兄立在一起,由你行法,一同将身隐去,出洞不远,我便将你放下,自行遁走。你如能答应,将来不论甚事,只要你一开口,我必照办,另外还送你两件法宝。你愿意么?"

龙娃也是福至心灵,记准师父化解之言,暗忖:"师祖仙府中法宝多着呢,只要我向道坚诚,必有赏赐。旁门法宝多是妖魂魔鬼所炼,我已见过,哪有师父师叔的好,谁稀罕它?"随口答道:"些许小事,理应效劳。我知二位道长法力甚高,这次必是不留神受了人欺。法宝、飞剑,将来师父自会赏赐,外人的多好也不想要。万一将来有事相求,二位道长如能答应,却极感谢。"道童闻言,喜道:"你这人真好。实不相瞒,本门法宝也难送人,本想另外寻找,否则现在就送你了。你竟不起贪心,我也不再勉强。既是这样,将来无论天大的事,只要你一言,我弟兄必允便了。"

龙娃忽想起师父不令他离洞,少时如何同人隐身飞走?话已出口,无法挽回,后悔末一节不该答应。洞外两少年本在谷中四处持镜查照,搜索甚细,这时忽然寻近洞外,正在说话,两道童面色立变,卧地的一个也被同伴扶起,打一手势,同凑近前,一边一个,将龙娃夹在当中,令其暗中戒备。龙娃知不能抗,再说已经答应了人家,转不如放大方些。便将天蝉叶取出施为,先将身形一同隐起,以示践言。二童同声喜谢,悄说:"就被仇人破法冲进,也无妨了。"

话未说完,两少年已寻到洞外立定,一面持镜四下查照,面上同带惊奇之色。只听高的一个说道:"师兄,此事奇怪,莫要被这两个小鬼滑脱,却累我们白费心力呢。"矮的一个愤道:"凭我这两仪天昱镜,所照之下,决难逃脱。何况我们追他们走时,知道小鬼精于玄功变化,滴血分身,老早便把如意五云罗暗放空中。大的一个,又为谢、李三位道友所伤。只可惜事前未用宝镜,稍为疏忽,吃他用两滴鲜血化成两个幻影,往相反一方逃走。等到警觉,你将幻影破去,我用宝镜查看,落在此地。虽然搜寻不出,但是人如逃出千里以外,阴镜人影定必消灭。如今阴镜人影尚在,阳镜却不现形。如用魔法隐藏,镜上又无形迹烟雾之类出现,真个奇怪。我料人必在此,如不寻到,用那根锁心神索将其制服,迫令立下誓约,将来必是隐患。如何可以大意呢?"

高的道:"你休看宝镜一照之下,物无遁形。但师父说,此宝灵效仍非极品,如遇峨眉、青城两派玄门正宗禁制或佛法禁闭,便照不出。莫非正教中有人暗助小鬼隐藏么?"矮的道:"师弟你倒会想。谢家姊妹是佛门高弟,与各正教中长老门人多有渊源。李洪更是寒月大师门人、妙一真人之子。他三人在此诛戮妖邪,连我二人遇上此事尚且相助出力,岂有反帮对头之理?"高的道:"这事难说。你没见李洪喊他大哥的那位麻面大头道友的行径么?如不是他用伏魔金环挡了一下,小鬼怎会遁走?至今我还疑他有心卖放人情。如非李道友和他那样亲热,又亲见他杀死两个妖邪,真要当他奸细呢。我们先前不问这事也罢,如今闹得势成骑虎,不将小的制服,回山一播弄是非,老的必不甘休。师父又快闭关证果之时,已为蚩尤墓中三怪延迟了些日,岂不又要为此操心?"这时天空中忽有云光闪动,两少年好似有甚急事发生,各自眉头紧皱,将足一顿,破空飞走。

道童道:"蒙你相助,仇人因恐所布五云天罗为毒火邪焰污毁,赶忙撤去。也许另外还有甚急事,不欲再寻我们晦气。现虽飞走,但是仇人诡许,又持有两面宝镜,一离此洞,便易被他发现。平日无妨,此时我们有人受伤,元气已耗,好些法力不能施展,飞行也较往日要差得多。仍望你始终如一,用这护身法宝,将我二人隐送五百里外,便不愁他追上了。"

龙娃闻言吓了一跳，随他们逃往近处已是违背师命，如再远出数百里外，休说无以对师，自己又不会飞行，怎得回来？方想据理力争，问他们前后之言为何不符？忽听耳侧有人低语，令速允诺："远出无妨，自有人去接你，也不会令你走出那么远。"声音极低，料是师父传声，心胆立壮。同时侧顾受伤的一个，大汗涔涔，面色愁苦，似已难支。发话的一个似见自己迟疑，也现出不快神色。于是忙答道："我原在此等候师父，又无法力，不会飞行，惟恐走远相左。现见这位道长受伤颇重，想必急于回山医治，好在师父法力甚高，自会寻找。只好豁出受责，陪着二位道长同行了。"

　　道童闻言，喜道："本来我不令你远送，无奈实逼处此。大咎山敌人只小寒山二女和一小孩。你那师父，可是先前仇人所说的大头道友么？"龙娃答说："正是，双姓申屠。"道童又道："有一阮征，你可相识？"龙娃原听师父说过，忙答："那是我师叔，入门未久，尚未见过。"道童朝受伤的一个对看了看，随道："我本不肯食言相强，你如不愿同行，还须冒险出探。既蒙相送，就此走吧。"随令撤去禁制。龙娃依言收法。只见金碧光线闪得一闪，便即随同凌空而起。刚同飞过两座山头，道童忽然侧顾喜道："仇人不知何事，竟未终场而去。今日之事，只这两人可恶，无须远送了。"随说，随同下降到地，说道："此地离你原处只六七十里，本想送你回去，无如事正紧急，只好由你跋涉，徐图报德了。详情无暇细说，如见令师，只说我二人近和他好友阮征有交，今日甚感令师徒盛情。令师必知我姓名来历，不致再累你受责了。"龙娃原从李洪学会隐形飞遁之法，只是所去须有一定地方，不能随意飞行和远出百里之外。闻言方答："几十里路，自会回去。"二童已经相扶飞去，一道金碧光线，破空入云，转眼无踪。

　　龙娃心想师父已知救人之事，并还愿意命人来接，好生欣喜。收了天蝉叶一看，四外并无人影，以为人还未来，或是误听。好在路近，正待行法自回原处，哪知遁法失效，连试三次未起。眼看夕阳已快落山，算计不会有人来接。这六七十里山路，跑多快，也须两个时辰，不走又不放心。正在愁急，寻路回跑，刚一举步，忽听身后扑哧一声笑道："你这娃儿，竟敢暗助敌人，放他们逃走，胆子不小。"龙娃闻言，大惊回看，正是李洪，不禁大喜，忙喊："师叔！"跪拜在地，急问："师父可曾怪我？我是照师父口气行事的。"

　　李洪拉起，笑道："你这娃儿，专会取巧闹鬼，这便宜又被你捡上了。不过，田氏兄弟平日虽然好强，危急之际，也顾不了许多，彼时如不允助他，就许吃亏，连天蝉叶也被夺去。你师父见你遇事留心，应变机警，竟能体他心意行事，也颇高兴。我起初原恨他二人党恶助邪，后知受人愚弄而来，本已不想伤他俩。你师父又赶来传声相劝，我正想逼他们回去，不料谢二世姊的灭魔大法发动，即此已是他俩的克星。

"偏巧玉洞真人岳韫师叔两个门人孙侗、于端，自在武夷见到谢家两姊妹，便刻意结纳讨好。因听人说起火炼毒手摩什，田氏弟兄助邪作梗之事。他知田氏弟兄所炼魔法，已得他师父尸毗老人真传近一甲子。乃师皈依佛门虽然未参上乘佛法，法力却极高强。他两弟兄最得宠爱，又学了好些本领，更有独门飞剑金碧神锋和几件神奇法宝，甚是厉害，恐谢家姊妹功败垂成，竟把师门几件镇山之宝全带来了，恰在紧急时赶到，两下夹攻。如非你师父故意放出金环佛光挡了一挡，田氏弟兄休想全身回去。就这样，田琪还受了重伤，元气大耗，幸得田瑶用滴血分身护了乃兄，才得逃走。孙、于二人只顾讨好，一面发出五云天罗，一面用宝镜照形追赶。既要和人作对，又怕人家师父，打算追上，乘其受伤挫败，有力难施之际，强行擒制，迫令服输。只要不再与妖邪一党，回去不向乃师诉苦报复，便即放手，永罢干戈。也不想想，对方师徒是甚人物心性，田氏弟兄岂是受人强迫，便肯服低的？并且这次如非先为灭魔神光所伤，孙、于虽有师门至宝，也制人家不住。就被追上，乘人于危，如何肯服？

"这两兄弟照例同共祸福，一见不妙，定必铤而走险，拼舍肉身，只将元神遁去，双方立成不解之仇。老的把这两人和他一个前生女儿珍爱如命，以前闹了不少事故，由魔归佛，以致苦修多年，至今不能证果，全是为了保全他们。你阮师叔那么高法力，如非师门渊源，老的近来脾气略改，前年也几乎死他手内，凭这两人便想制服，如何能行？但他们自信太甚，素无交情，无法劝阻，已然对你师父生疑，如何化解？恰巧你阮师叔同时隐形到来，将我唤出金幢宝光之外，匆匆说起他与田氏兄弟渊源。可惜定数所限，晚到一步，不及阻止。你师父我已无敌意，他正会同你阮师叔合用天璇神砂防护，又有强敌侵扰，不能分身，命我隐身赶来，相机化解。

"我到时田氏弟兄正与你相见，孙、于二人也自寻来，我一面传声与你师父，一面令你允诺。正想暗护你们三人，设法愚弄孙、于二人，遁出云网之外，不料又来强敌。那云网天罗，原与宝镜相辅为用，大峇山上空已吃神砂、神泥宝光笼罩，多厉害的邪法，也无所施。想是孙、于二人讨好过甚，仗着此宝可以如意展布，又相隔不远，于是连大峇山顶一齐罩住。本来妖人一见天璇神砂，定必知难而退，因为云网所隔，你阮师叔把宝光隐却十之八九，来势又急，匆促之间，没有看清，一到便用魔火阴雷往上硬冲，云网差点为其毁去。等到二人警觉收宝，他们的师父又在行法催归，只得怀着鬼胎赶回山去。总算云网未破,妖人冒失下冲,吃神砂裹住,毁了两件厉害法宝,负伤逃走。我先见孙、于二人说得颇好,法力也不弱,行事却如此冒失,看去好笑,不知是何缘故。田氏弟兄起初也是屡生修积,根骨甚厚,本来早该成就仙业,只为一点夙孽,转世不久,便吃他这位老魔头由危难中救出,收归门下。二人也真忠于乃师,誓不他投,立意随同乃师,以旁门魔道修成。近一甲子,方始随师改习正教。平日只是任性恃强,恩怨心重,虽与左道往来,有时遇事相助出手,本身却和乃师一样无甚恶行。我前生曾经人指点,见过一次,不曾交言。他们说话最算数,所允之言,必能照办。这次他们和谢家姊妹仇怨不轻,孙、于二人更毋庸说,将来如由你化解,就太妙了。"

龙娃知要起身,涎着脸笑道:"那山洞又窄又暗,师叔还叫我回去么?"李洪笑道:"你这娃儿,真个胆大,莫非还想跟我到大咎山顶去么?"龙娃恭答:"有师叔携带,不论哪里我都敢去,弟子还想听那盗心灯的事呢。"李洪道:"热闹的事多着呢,岂止盗取心灯一件?此时火炼毒手摩什正当紧急之际,无暇多言。我且把你带去,事完问你师父吧。只今日情势,比珠灵涧还要厉害。虽说毒手摩什原身早死,元神也将化完,但他炼就三尸元神,玄功变化。轩辕老怪邪法甚强,接应人多。稍被逃走一点残魂剩魄,早晚复原成形,仍是隐患。又有妖党环伺,乘隙发难。到时务用天蝉叶隐身,紧随我身侧,连话都不可说呢。"龙娃大喜应诺。

李洪正待起身,遥望大咎山顶,霹雳连声,满空星光霞雨四下飞射,先前隐伏在天璇神砂光幕之外的一些妖云邪雾,全被太乙神雷击散。随见四五道深赤、暗绿和乌金色的妖光血焰,带着极凄厉的异声长啸,分头逃走,其疾如电,晃眼遁向遥空暗云之中,一闪不见。不禁又好气,又好笑道:"我上阮二哥的当了。"龙娃问故。李洪朝前山看了看,笑道:"你师父和阮师叔知道光幕之外必还隐伏着不少妖党,必是防我事完之后节外生枝。又知我爱你,假说田氏弟兄心性难测,你不允助他们,定必翻脸无情;而孙、于二人也在情急之际,又未见过你面,二人冒失手狠,如误当你是敌党,必不肯容,处境甚危。他们又须合用神砂,不能分身,令我来此相机暗护。不料竟有用意。现时妖魂全灭,群邪鼠窜,谢家世姊送完心灯,即回小寒山。这都不说,最可气是你阮师叔。他日前脱难之后,奉令往小南极,冲破太阴元磁极光,去助金、石诸位兄弟,合诛万载寒蚖。在天外神山遇到大方真人,令其赶回中土,向杨仙子借用九疑鼎和古神鸠。偏巧古神鸠为助鸟友神雕佛奴,与蚩尤墓中三怪结下深仇,要等过数日,始能借用此鼎,杨仙子命他就便来此相助。我与他二次见面,还在喜欢,难得师父又放了我三个月假,正想事完和他说好,均往小南极光明境一游，看看极光圈外，天外神山的奇景。他竟不辞而别，我偏和你守在这里不走。他只听你师父的话，真个丢下我一走，从此再理他两个才怪。他们嫌我惹事，我日内索性杀几个著名的妖邪，与他们看看。"

龙娃虽和李洪亲热，言笑无忌，闻言当他真急，但所埋怨的又是师长，要想劝解，难于措词。正不知如何说法，忽听空中有人接口道："洪弟，你错怪我和大哥了。此行正还须你相助，如何不辞而别呢？"龙娃一看，话完人到，突有两人自空飞落：一是师父申屠宏；那发话的是个重瞳凤目，身着青罗衣，腰悬宝剑的俊美少年，知是师父同门至好阮征。连忙礼拜在地。二人命起。申屠宏笑道："二弟说你见妖人逃散，谢家姊妹回山，不见我二人寻你，不知是在扫荡魔窟，只当二弟隐形走去，难保不负气发点牢骚。我还说是不会，来时行法查听，果然还是这等天真。"话未说完，李洪哈哈笑道："你们何曾猜对？不过我想和阮师兄一游小南极，看金、石诸兄弟的天外神山如何开发，又恐吃碰，不带我去。准知你们要查听我的言动，故意说些话探口气的。不然，就你二位，好意思不辞而别？当真你们人没走，我都看不出来么？二哥那么高法力，前生法宝日前已由大姊奉命送还，大哥又代你收了一丸西方神泥，怎还须人相助？如是哄我，却不行呢。"

阮征笑道："你太把宇宙极光看易了。我这二相环，近日威力大增，虽能控制极光，偏又带上一座九疑鼎，故非你和大哥相助不可。请想，乙师伯那么高法力，去时尚由地轴之下绕越过去，回来更难。也非真个不可，但他必须等候时机，还要少损元气，才能通过，可知不是容易出入的了。"

李洪道："我们都去，那么龙娃呢？"阮征道："因为他事母甚孝，至性感格，已蒙教祖与乙、凌诸老恩怜，不但令其随往，还令在当地寄居三年，随我炼本门大还丹，脱胎换骨之后，再来中土修积呢。好在极光虽然厉害，有我三人法宝、佛光围护，便是凡人也能过去。此子福缘真个不浅。先听大哥说他根骨稍差，此时一见，根骨虽非上等，诚厚强毅，根于天性，人又灵慧，异日成就，必不在小哩。"

李洪道："我三人无处可去，除龙娃外，无须饮食。弟兄久别，尚未畅谈，此地景物不差，山月已升，就在这里谈上一会，少时再定行止如何？"申屠宏因当地邻近魔窟，元凶群邪虽已消灭逃亡，终恐生事，方欲劝阻，阮征已先点头。再一想，凭三人这时法力，就有甚事，也是进退裕如，欲言又止。便由李洪先说本身经历。

第二六一回

怨毒种灵禽　白骨穿心腾魅影
缠绵悲死劫　金莲度厄走仙童

原来李洪由珠灵涧别了凌浑，起身往武夷山赶去。暗忖："谢氏姊妹乃师父前生爱女，来借心灯诛邪，为何不与，还要自己相助？藏灵子这道灵符又是何用？怎的非它不能借到？前在峨眉，闻说此次休宁岛群仙盛会，实因岛上许多地仙大劫将临，特借这数百年一次的盛会，向我爹娘和各位有法力的尊长求助。所以爹爹此行为期最久，前后须去三次，与其他会后即去的仙宾大不相同。师父必被留在岛上，未必回来。就是回来，如其不允，自己是门人，也无相助世姊偷盗之理。"

李洪正想不出是甚缘故，哪知藏灵子有心以全力作成此事，法力又高，日前当头一掌，竟将元神分化，附在李洪身上。李洪因见对方父执之交，好心指教，事出意外，没有防备，心灵竟受遥制。那道灵符更是神妙，路上还在盘算，一到武夷，便只记着灵符必须转交两位世姊，始可将妖邪除去，永绝后患，别的全想不起。尤妙是，身刚到达，还未走进，便见小寒山二女飞来，双方见面，自甚欣喜。谢琳开口便问："我爹爹呢？"李洪见仙府云封，禁法未撤，知道赴会未归，笑答："我也刚回，师父大约还在休宁岛吧？"忽想起身畔灵符，连忙取出，说道："来时途遇藏灵子世叔，交我一道灵符，命转交世姊，说有大用。世姊请看。"谢琳刚一接过，一片红霞闪过，符上现出两行字迹，也是一闪即隐。心中大喜，忙即收好。并用传声告知谢璎，令其如言行事。李洪正与谢璎叙谈，刚觉符上有字，已经隐去。李洪问是甚字，二女同道："说来话长，我们进去再说吧。"

李洪随即撤禁，延入仙府以内。谢琳先将灵符取出，朝入门处一扬，又是一片红霞飞起，连闪几闪隐去，符已不见。然后落座，说道："我爹爹少时即回。我们来意，是想借那心灯，去除毒手摩什。照着爹爹本意，惟恐由此生出枝节，本不肯借。我虽然想好一个主意，但爹爹法力多高，岂能巧取？正在为难，不料有人暗助，事已可望如愿。不过，事情仍须洪弟相助，你却不许推辞呢。"李洪道:"只要不叫我欺骗师父去偷,哪怕受顿责罚,也必照办。"谢琳嗔道:"洪弟忒小看人。莫非我所求不遂,便作偷儿么?就说自己父亲,事后可以涎脸请罪,也断无逼你伙同行窃之理。"李洪见她生气,慌道:"我不过一句笑话,如何认起真来?"谢琳笑道:"你说话气人么。其实前半一样瞒着爹爹,不过事有凑巧,仗着爹爹不曾明令禁止而已。我只问你:如灯在你手,你肯不肯借呢?"李洪道:"如在我手,拼受责罚,也无不借之理。"

谢璎接口道:"我看还是一面向恩师、叶姑通诚求告,等爹爹回来,明言借用吧。"谢琳道:"姊姊真迂。适才灵符现出,已经指点,并且到时自有机缘。适求恩师、叶姑,均无回音,当有原因,再求未必有望,弄巧还被爹爹警觉。偏生这几日无法求见,寻了去也是无用。时机甚迫,稍纵即逝。爹爹不知为何不允?万一坚执成见,明说更糟。好在诛邪除害之事,异日有什么难,我自当之。我真恨那妖孽,难得有此除他良机。豁出爹爹见怪,便做小偷,也所不计,何况无须做贼呢。"谢璎便未再往下说。李洪还想问师父如果不允,既不暗取,如何到手?话到口边,吃二女说话一岔,就此忘却。二女也不再提前事。

这日李洪正谈花无邪取经经过,谢山忽然走进,李、谢三人迎前礼拜。谢山笑问二女:"幻波池事完了么?"二女略说经过。谢山笑道:"那毒手摩什连吃大亏,必不甘休,你姊妹不久下山,却须随时留意呢。"谢琳乘机说道:"这个自然。便女儿们来此,也是想求爹爹相助,将这妖孽除去呢。"谢山道:"这妖孽在老怪门下最为凶残淫恶,委实能早除去得好。我此时尚难为谋,且从缓计议吧。"

谢山随又对李洪道:"休宁岛诸位道友欲借心灯一用,但是此灯所存万年神油,本来无多,所余几滴,又经叶姑和我先后用去。而休宁岛这次天劫,须用四十九朵佛火灯花,相差悬远。虽然此宝神妙无穷,无油也能应用,威力终差得多,休说这等数百年一次的天劫,便用以化炼具有神通的妖邪,也未必能奏全功。并且叶姑将来诛戮小南极四十七岛妖邪时也甚需要。这类神油本极珍贵难得,也是邪魔将亡,机缘凑巧,杨瑾道友在白阳山古妖尸无华氏墓中,竟将这神油无意之中得有甚多。事后分了一半送与令尊。因须炼过,始可合用,我在峨眉开府时,不曾索取。昨听令尊说,杨道友已用佛法将油炼成,恰可取来应用。此外尚有一事,须我亲往,必须半月,始可办完。特地回山一行,命你持此心灯,去向杨仙子求取神油。她此时已回倚天崖,去必获允。她正与蚩尤墓中三怪为敌,如有甚事,你只照她所说而行便了。还有,我这一去,需要三月始回。回山不久,你便同我往谒天蒙、白眉二位神僧,由此勤修佛法,七年之内,难得离山一步。你灵智虽复,童心犹盛,前生良友又均难满,重逢在即。好在我这里并不须人照看,你取来灯油之后,乘我未归以前,三个月内许你自在游行。但那神油必须在十四天内取到,仍放原处。只要将留存的灵符如法一扬,此灯即自向休宁岛飞去,你就无事了。"谢、李三人闻言大喜。

谢山手朝洞壁一指,一片金霞闪过,壁间现出一个尺许高的小洞,心灯便在其内。随将心灯交给李洪,传以存放启闭之法。二女笑道:"爹爹的心灯,原来藏在这里。将来女儿想要借用,爹爹不肯,便可偷了。"谢山笑道:"你们还像以前一样顽皮。异日有事,暂用何妨,说甚偷字?"谢琳闻言,首先跪谢。谢山看了她一眼,笑道:"你莫得意。你姊妹二人,独你习了《灭魔宝箓》,魔障也随之而生。你如一遇事便来借用,我并不一定再肯呢。"谢琳故意把樱口一噘,笑道:"习那《宝箓》,原为仰体爹爹心意,如今说了话又不算。女儿日后不用此灯便罢,如用此灯,不问明偷暗盗,一定到手才算哩。"谢璎知道时机成熟,父亲法力甚高,惟恐灵符时久失效,插口道:"琳妹说话全没检点,幸而洪弟不是外人,否则,和爹爹这等放肆,岂不被人见笑?"谢琳知她用意,故作负气,走向一旁不理。谢璎又对谢山道:"女儿久已不见叶姑,杨仙子对女儿们也极期爱。洪弟法力虽已复原,终是年幼,持此至宝远行,也觉可虑。意欲与他同往龙象庵,拜见杨仙子,就便看望叶姑。等取来神油,再返小寒山,不知可否?"谢山笑道:"你看他年小么,稍差一点的妖邪,真没奈他何呢。同往无妨。叶姑却见不到,双杉坪无须去了。杨道友如无甚使命,回山去吧。"

李洪把珠灵涧所得莲花形法宝取出,说了来历。谢山笑道:"我已听人说起,此是大雄神僧昔年降魔至宝金莲神座。我此时无暇,你见了杨道友,她两生对你均极期爱,必有传授。我等一人来此,便要起身,你们去吧。"二女巴不得早走,忙催李洪,一同拜别上路。

谢琳心急,刚同驾遁光飞出不远,便和李洪商量说:"火炼毒手摩什就在日内,等油取到,便先借用。"李洪一算,尽有富余日限,刚刚应诺,忽见一道金光由身后电驶追来。方疑是正教中长老父执,想看是谁,晃眼已经追近,正是谢山同一头陀。谢山唤住三人,先命向头陀礼见。然后说道:"事虽定数,藏灵子何必又乱谋?只顾他感念齐道友的厚情,却忘了别人添累。我如不允,反道我真个畏惧这些邪魔外道。燃脂道友,又代你三人力保。你们此去尚还有事。我已允借心灯,无须再有顾忌,事完由璎、琳二女送回,照我适说行事。你小世弟与前生良友重逢,不舍回山,且由他去便了。"说时,李洪早认出同来的是前生至交燃脂头陀，心中大喜，忙上前拜见，想问隐修何处。未及开口，已吃头陀拉起，笑道："一别多年，在此重逢，皆是前定。再有数面之缘，我便去了。"同时，谢山话也说完，一道金光，便同飞去。

二女见父亲追来，本在担惊，不料竟奉明命，喜出望外。谢琳笑道："可见还是做好人上算，洪弟如不允借，岂不白做恶人？"李洪笑道："我早打好主意，心灯虽可借用，你不要我同去，却是不行。"谢璎道："洪弟你太胆大。我们两次败于毒手摩什之手，这妖孽实是厉害，闻他这次并有好些能手相助，我们也只试试，并无必成之望，如何可以视如儿戏呢？"李洪急道："那乌头婆鬼手抓魂何等厉害，照样吃我大亏。我有三宝护身，怎去不得？何况还有你们七宝金幢呢。你们多大乱子都敢惹，怎一有我在内，就胆小了？反正我不多事，只帮你们助威照料，总可以吧？"

谢琳接口道："如论小世弟的法宝、功力，去是可去。不然，爹爹早就禁止，也不是那等口气了。我只恨他狡猾，始而说他不肯背师偷盗，但又愿受责罚，暗助我们。既不背师，如何暗助？话已矛盾。本心喜事，想趁热闹，却不先说。直到爹爹追来，明允借灯，才坚执同行。分明先前怕有碍难，预留地步。如不是答应借灯，还有一点情分，我再和他好才怪。"李洪忙分辩道："我一离山，天世叔赠符之事立时想起。因师父法力高强，念动即知，又知你近来心急口快，惟恐师父查知，不但去不成，还误你事，到了地头再说，不是一样？你偏路上先说，我正担心师父这时离洞，必定查知就里，果然追来。幸我应命于先，不然，更当我藏私，有口难分了。我这人言出必行，永无更改。也知二位世姊爱我，恐有闪失，并非轻视。不令我去，仍是不行。你只细想，师父行时所说，是不要我去的话么？真不令我去，我将心灯交与世姊，自己一样能去。妖邪人多势众，你们要炼毒手摩什，难于分神对付别的妖党。你们不放心我，我还不放心你们，恐怕功败垂成呢。这心灯，师父早传过我用法；你们虽能以佛法应用，终是初试。有我同行，既可为你们护法，遇事还可代为应付，以免分神。这等白送上门的好帮手，该有多好？"谢琳笑骂道："小猴儿，又逞能吹大气了。到时如稍误事，看你日后拿甚面目见人？"李洪笑道："这个只管放心。真要丢人，两位世姊也在一起，大家一样，有何可笑？"

谢璎伏魔法力不如谢琳，禅功却较高深，近来益发精进。先因李洪年幼，不欲令犯奇险。及见非去不可，回忆父言，果有许他同行之意，只未明说。再一想，此人屡世修积，功力根骨无不深厚，今生应当证果，福缘更厚，何况法力早复，又有灵崎三宝防身，不特无妨，果还是个极好帮手，如何因其天真稚气便加轻视？忙接口道："如论洪弟法力，足可去得。只为来时李伯父力戒，此次只除毒手摩什妖孽，不可多杀，恐你好贪功，又生枝节罢了。只要能听话，同去也可。"李洪闻言，自是高兴。

三人一路说笑，飞行神速，倚天崖已经在望。忽见一点黑影疾如流星，迎面飞来，两下里都快，晃眼邻近，黑影由小而大。二女见是杨瑾门下古神鸠，先告知李洪。随问道："杨师叔知道我们要来拜谒么？"神鸠点头，欢叫了两声，便朝前引路飞去。李洪久闻神鸠之名，尚是初见，笑问道："闻说神鸠得道数千年，妖邪鬼物望影而逃，怎和老鹰差不多大，莫非故意缩小的么？"末句话未说完，神鸠身形忽然暴长，两翼立即伸长十多丈，铁羽若箭，根根森立。身上更有栲栳大十八团金光环绕，目光宛如电炬，回顾三人。张开那比板门还大得多的铁喙，一声长啸过处，身子倏又暴缩成拳大一团黑影。那十八粒金光，也缩成绿豆般大，宛如一蓬星雨，朝前面峰脚下射去，一闪不见。李洪笑道："神鸠果然灵通变化，不比寻常。差一点的妖人，休说与之对敌，吓也被它吓死了。人言它性情过于刚烈，也真不假，我只随便一说，立时显出颜色来了。"谢琳笑道："只你小娃儿家口没遮拦，说话冒失。它去得那么快，也许生气了呢。"李洪笑道："我本疑似之词，又没说它不好，怎会见怪？显点威风我看，也许有之。"

谢璎忽然惊道："神鸠所去之处，不是倚天崖，莫非杨师叔换了仙居，命它来接引么？"李洪、谢琳也被提醒，见那地方偏在倚天崖左的百余里峡谷之中。倚天崖矗立大雪山川边界上，四外景物本就荒寒。那条峡谷更是险恶阴晦，隐秘非常，更有高峰危崖掩蔽。三人若不是飞得甚高，又有神鸠前引，决难发现。心想："这等寸草不生的穷山暗谷，主人怎会移居来此？"峡谷中间一段，谷径长约里许，宽只数尺，两边均是危崖，三人已经飞过。李洪因觉神鸠好玩，飞得又快，相隔近二百里的峡口，晃眼飞投下去，一闪即逝。先前因将到达，未催遁光急追，竟未看出下落，寻时格外留心。偶一回顾，瞥见身后危崖，近地面一段竟是空的。二女也恰回顾，谢璎首先心动，觉出有异，见李洪正要开口，忙使眼色止住，故作前飞。越过谷径，再打一手势，同隐身形，往回急飞。落到谷底一看，原来那中间一段，空中下视，仿佛一条裂缝，宽只二三尺，下面却甚宽大。一面危崖低覆，凹进之处竟达六七十丈宽深，直似把山腹掏空，成了一个大洞。因前面入口宽只尺许，崖石厚达数丈，又甚倾斜，便走近前，也当是峡谷尽头，不易看出。

方觉洞中空空，无甚异物，忽听一声鸠鸣甚是洪厉；同时瞥见当中地皮下陷一个巨穴，邪气隐隐。各运慧目定睛一看，一股绿气突然涌起，内中裹定三个大只如拳的骷髅头骨。一出现，便在绿气之中上下滚转，其疾如电，晃眼几百转滚过，吱吱几声鬼叫过去，绿气忽连骷髅落地爆散不见。化作三个周身灰白色的赤身怪人，俱不甚高，相貌狞恶已极。身外各有五尺长一朵火焰灯花，各持着一根死人骨朵，一个三寸大小的六角环，非金非玉，色作灰白，环中碧锋交射，密如针雨，看去和刀圈相似。三怪初现形时，似有畏难之色。及听神鸠在外鸣啸不已，正在互相推托，分人出外探看，穴中异声忽起。三小怪人闻声全都惊惶已极，慌不迭各把手中六角环一晃，那环随即暴长到五六尺方圆。当头一个环中现出一个古神鸠的影子，似被邪法困住，在里面左冲右突，愤怒已极，无如被那一圈碧锋绿气吸紧，脱身不得。另外两环，却是空的。

李洪并没把妖邪看在眼里，几次想要出手，均吃二女阻住，不令言动。等三个形如鬼物的赤身怪人走出，互相一打手势，谢琳首先往外飞去。谢璎刚把七宝金幢放出，压向穴中，忽听穴中远远传来两声极凄厉的鬼啸。同时外面震天价一个迅雷过处，雷火金光交映中，耳听谢琳大喝："休放妖邪逃走！"声才入耳，三小怪人已经电驶飞回，那现有鸠影的妖环已经失去。瞥见金幢祥光徐徐转动，霞辉四射，花雨缤纷，归路已断，同声惨噪。两个想往外面分路冲逃；一个就地一滚，化为一溜绿气，往地下便钻。哪知遇见克星照命，七宝金幢威力神妙，一经施为，多厉害的妖邪也难脱身，更能凭着主人心意发挥威力。这上下方圆数百丈地面，全在禁圈以内，何况相隔这么近，另外两人还有防备。不过谢璎想看看妖孽邪法究有多高，是否如先前所料；又因心性慈祥，当地虽然无甚赋有邪气的生物，又是深藏山腹之内，终防万一有甚伤害，不肯发出全力，势子稍缓而已。绿气才一沾地，便吃祥光裹入金幢之内，消灭无迹。另外两个怪人，一个被李洪挡住左边出口，胸前放出一片霞光，先将怪人裹住，断玉钩随即飞出，两道宝光交尾一绞，便成粉碎；另一个吃谢琳扬手一串连珠霹雳，同时了账。剩下几缕残余妖烟邪气，连那骨朵、妖环全被金幢祥光吸去，晃眼全灭。

谢琳道："此与癞姊姊所说蚩尤墓中三怪一般路数。必是记恨神鸠，不知怎会被他们将形摄去？先前神鸠来迎，多半杨师叔不在庵中，自知有难，欲引我们来此相助。恰值邪法摄魂，它用那十八牟尼珠抵御，洪弟恰在说它，适逢其会，并非逞能呢。"说时，地底忽然隆隆大震，山崖似要崩塌，吃谢璎金幢略转，便即止住。李洪道："适闻穴中异声，三怪必在远方主持。现成地穴，何不寻去，永除后患？"二女同道："你真看事容易。三怪行动捷逾雷电，追赶不上。他们刚才妄想发动地震，吃我镇住，地穴已经填没。何况妖邪所开地穴就算还在,也由其主持运用,急切间如何追寻? 如用金幢硬冲,岂不又要造孽伤生么?"

话未说完,神鸠已经飞进,仍是苍鹰般大,朝着三人欢啸不已。谢琳因当地曾有妖邪出入,为防卷土重来,又下了两层伏魔禁制。方始各收法宝走出,一同飞起。神鸠这次才是朝前引路,向倚天崖飞去,相隔百多里路,晃眼飞近。正要往倚天崖上庵门前飞去,神鸠忽然回顾三人,叫了两声,绕崖而过,往叶缤炼法的绝尊者故居双杉坪对面山脚下飞去。三人疑心另外还有妖邪伏伺,赶去一看,那地方乃是一片童山削壁。神鸠已先飞到,爪喙齐施,朝壁上画了几下,张口喷出一团金光,一股紫焰射向壁上,山石立即裂开,现出一个石洞。方觉神鸠变化通灵,神通广大,只惜不会人言,是个缺点。杨瑾已由洞中迎出,三人忙同礼拜。

杨瑾拉起三人,同到里面落座,笑道:"这孽畜枉自修炼数千年,劫后重生,又经家师佛法点化,虽不似前凶野,天性仍是那么刚烈,又喜多事,时常累我清修。日前忽与三怪结仇。我知三怪无怨不报,此鸠在化去横骨以前,尚有两次大劫。怜它虽然性暴疾恶,对于主人和同道鸟友,倒也忠义。正赶上叶道友这次重返双杉坪闭关炼法,不日完满,期前不免邪魔烦扰,欲为暗中护法,移居在此,就便结坛,为她解去这场大难。彼时叶道友也功成出来,正好合力将三怪引来,一齐除去。事虽勉为其难,并非无望。

"它偏心急,耳目嗅觉又极灵警,知我在此护法防魔,每日都在留心守伺。三怪因我设有佛法禁制,推算不出虚实,昨早命一得力妖徒来此窥探,被它在洞中闻出邪味。此洞原是山腹中空之处,并无门户,出入均须行法。此鸟功候甚深,随我这几年,这类禁法已经通解,本身又有裂石开山之能,阻它不住。我先想用它身佩十八牟尼珠将其禁住,不令外出,因它急叫不愿,只告诫了几句,没有施为,又当炼法正紧之时,竟被它开禁走出。

"它专长抓食这类凶魂厉魄炼成的精怪和僵尸一类的邪魔。妖徒本难免死,它偏吃了性急的亏。妖徒知道此间人鸟均不好惹,来时隐了身形,并还备下退路和替身。其实此鸟神目如电,老远便能闻出邪味,隐形无用。如若故作未见,声东击西,冷不防喷出丹气紫焰,张口一吸,妖徒便无幸理。它始而性急,一出便照直飞扑过去。临快下手,一见不是三怪本人,便存轻视,忽想生擒回来,由我问出口供,再行享受。又因在峨眉开府时得了一口飞剑,经我无事时略加传授,居然与身相合,常想卖弄。于是没喷丹气,却将飞剑吐出,以为它那飞剑不比寻常,想将妖徒胁迫入洞。哪知妖徒诡诈已极,邪法又高,李英琼紫郢剑尚难伤他,何况别的? 隐形无用,本在行法欲逃,如来得及便下手暗算。一见神鸠所用飞剑，正好乘机暗下毒手。一面故作张皇，现形欲逃，冷不防，暗用白骨锁心环，将它真形先行摄去；一面化作一朵火焰，还想另施毒手。总算此鸟应变尚速，看出飞剑无功，妖徒有诈，心灵一有警觉，立将紫焰喷出。妖徒知难迎敌，方始穿地逃去。

"神鸠回到洞中，尚不知真形被摄。后来三怪邪法发动，心魂欲飞，才知不妙。幸而身怀佛门至宝，略一运用，便即无事。三怪自不死心。白骨环乃蚩尤胸骨所制，为三怪镇山之宝，例存墓中，向不轻出。再如三环同用，一任道力多高，也挡不住。记仇心切，本身又在养伤，决计先杀此鸟，日后再寻我的晦气。便命门下三妖徒，仗其本门玄功变化，将三个白骨环一齐带来，由地底潜行，在你们所去谷洞之内，设好埋伏，诱令此鸟上当。它如不多事，只需挨过今夜，佛法炼成，加上九疑鼎，便可将计就计，连妖孽师徒一网打尽了。想是运数所限，不能尽如人意。

"适才大方真人命人来此投书，上说阮征被困火云岭神剑峰魔宫之中，已近两年，灾孽将满。昔年阮征被妙一真人逐出时，曾允有事相助。无如魔宫山主尸毗老人得道千年，法力既高强，阮征和他前生魔女又有屡世凤缘。此老以前虽习阿修罗法，为魔教中第一人物，但他昔年立志欲以旁门证果，千年苦修，备历灾劫危难，从未做过一件恶事。这两年来闭关期满，改修佛法，虽以嗔念未尽，暂时难参上乘佛法，已经兼有两家之长。此事他又有理可说，不便和他强动。并且阮征仗着定力坚强，性行诚洁，被困两年，已将孽尽难满。不过最后一关尚须佛法暗助，始能圆满，双方交受其益。但是此老争强好胜，又最喜爱灵慧有根器的幼童。大方真人日前默运玄机，推算因果，只有李洪能胜此任。恰巧大雄神僧西方至宝金莲宝座又为李洪所得，更易成功。因金蝉、石生等七人近由陷空岛误入北极地轴，走往小南极天外神山。大方真人早知此事，前在铜椰岛分手，曾赐金蝉一件法宝，告以将来如遇一身具六首四十八足，精于玄功变化，幻形美女，能运用太阴元磁真气的怪物，被其困住，可用此宝求救。此宝原是两块刻有符箓和太极图形的铁牌，乙真人也留有一块。无论相隔千万里，只要如法施为，立生感应。这时恰巧接到求救信号，时当极光最盛之际，乙真人那么高法力，如欲冲越过去，也非容易，必须仍由陷空岛地轴通行。相隔十数万里，先是不愿延迟，使金、石诸人吃苦，意欲早去。又算出你三人今日来取前古神油，特命司徒平与我送信，请我传授此宝用法；并将所附柬帖转交，令在此间开看，借我法力禁制，以免对方由魔宫宝镜中查知，别生枝节。司徒平还未起身，乙真人忽得妙一真人由休宁岛飞剑传书，说金、石诸人只此一场困厄，过此便无往不利。

加以妖物寒蚿贪恋七人屡世童贞，志在必得，决不加害，晚去些日无妨。并且凌云凤师徒不久也要赶去，她持有前古至宝宙光盘，专破磁光和太阴元磁真气，无足为虑。到时乌牙洞之行，万不可缓，务请与天残、地缺践约之后再去。乙真人方始息念。

"司徒平来时，我又恰在入定。神鸠本来认识，开山放进。他为人恭谨，不肯惊动。偏巧另奉师命，有事秦岭，必须赶往，好在详情均在信上，便向神鸠略说来意，礼拜留书而去。此鸟听我说过七宝金幢威力，一听宝主人就快要来，立即迎了上去。刚遇见你们三人，妖徒也快赶到，内中一个忽用妖法摄形。本是存有戒心，意欲三环合用，试上一试，如能就此将神鸠魂摄去，便省来此犯险。哪知另外两环不曾摄形，连在一起，力虽加强，并无用处。此鸟自然警觉，知道仇人已来，此次非它所能抵敌，一面发动牟尼珠，挡了一挡；一面缩身隐形，引你三人前往，将三妖徒除去，破了摄形之法。我恰回醒，知这一来，仇怨更深。三怪也不敢再自恃邪法玄功，轻来犯险。可是不来则已，来必厉害，此鸟必有一场大厄。事已至此，只率听之。李洪本习佛法，近日玄功精进。金莲宝座用法极易传授，你只要记住珠灵洞外层六字灵符，再由我传一诀印，立可应用。大衾山之行，应在五日之后。火云岭却须早去，灯油现成，事不宜迟，看完柬帖便须起身了。"

李洪一听阮征有难，早就心急，忙接柬帖一看，不由惊喜交集。杨瑾随向二女要过心灯，取一玉瓶，将瓶中神油注入，传了诀印，命李洪带心灯起身。二女也要同去。杨瑾略微闭目寻思，笑道："你姊妹也要把柬帖看明，同去更多一层助力，但须用有无相神光隐身。只能由李洪一人出面，照柬帖所言行事；你姊妹却不可显露行迹，也不可到峰顶上去呢。"二女领命，便同拜谢辞别，杨瑾亲送出洞。谢琳见神鸠低鸣连声，意似感谢，忽然心动，笑对它道："你放心，我大衾山回来，也许能帮你除此一害。"神鸠欢啸了一声。说时已行至洞口。杨瑾唤住三人道："你们由此起身，比较稳妥。"三人随即隐形飞起，往火云岭神剑峰而去。

当地在滇缅交界的乱山之中，四周山岭杂沓，高峰入云，上蠹天半。山阳一面，上下壁立如削，无可攀升。峰半以上，终年为云雾包没，看不见顶。左右两面溪谷回环，幽险莫测，其中更多毒蛇猛兽，森林覆压，往往二三百里不见天日。林中蚊蛇毒虫类以千计。更有毒蚁成群，大如人指，数盈亿万，无论人兽与之相遇，群起猛啮，转眼变成枯骨。瘴气迷漫，中人立毙。故为人兽足迹所不至。只山阴一面有一横岭，乃哀牢山支脉，由莽苍山蜿蜒而来，与峰相接，成一数千丈高的斜坡，与峰相连。沿途草莽怒生，灌木盘虬，更多险巇,亦难直达。

本来四面无路可上,三人因有大方真人预示途径,一起身便直往半峰云雾中飞去,到后一看,云上竟是别有天地。原来那峰周围有百十里方圆,云层以上忽作圆锥形,往里缩小,现出大片平地。上丰下锐,孔窍甚多,宛如朵云高起,矗立云端,高出霄汉,天风浩荡,烟霭苍茫。四望云外,大地山河,宛如蚁蛭,历历可数,景绝壮阔。上半峰巅,果如卓剑,知那魔宫就在剑柄护手两头。山主尸毗老人父女分居其内,上下皆有禁制,仙凡不能冲越。李洪便请二女埋伏峰半崖坳之中,潜为接应。自己照仙柬所示,觅到峰侧盘道,用佛法隐身,潜踪而上。魔宫禁制森严,止此一条道路,专供魔女平日游山之用。但离峰丈许以上,便为禁法所制,不死必伤,并难脱身遁走。峰形如剑,上下笔立,盘道环峰而建。其间洞壑灵奇,水木清华,移步换形,时有胜景,令人应接不暇。外观却如一条青线,盘绕峰腰之上,时隐时现,断续相间,峰高前突,已难窥测。入口一带,乃一暗洞,宽只容人,高仅数尺,深约十丈,不知底细的人绝难发现。

李洪知道此行如用法力飞行,易为对方警觉,前段必须步行上去。好在途径避忌均已知悉,隐形又极神妙。只要走到峰左魔宫平台之上,大功即可告成。便飞步径直而上。沿途所见瑶草琪花,美景甚多,也无心观赏。仗着奔驰迅速,不消多时,便赶到峰巅。那峰上层,宛如一个倒丁字形,魔宫分占两边横头之上,地大各数百亩。魔宫金碧辉煌,峰石如玉,宛如一根绝长大的碧玉簪,一边担着一幢金霞,卓立天汉云海之中,气象万千,壮丽无伦。魔女所居在左,平崖突出,下临无地,魔宫便建其上。前边一片花林,灿若云锦,花大如碗,多不知名。

李洪刚由林中突出,遥望魔宫前面,一伙美艳如仙的少女,拥着一个身着青罗衫的少年缓步走来。李、阮二人屡生至契,一望而知,那少年便是平生惟一的好友阮征。料知难发在即,又想起和二女分手时谢琳面上神色,似有不服之意。恐其自恃法力,用有无相神光隐身,贸然掩来,一触主人禁制,便生波折,良友关心,好生愁虑。那一伙人又走得慢,直似闲谈玩景,不似变生顷刻之势。再稍前进,便入禁地,易被觉察。没奈何,只得守在花林旁边一株石笋之上,静立相待,以备接应。当地看似一片绝好园林仙景,实则禁制重重,埋伏杀机。惟恐发难时相隔太远,不及救援,事机瞬息,稍纵即逝,心情十分紧张。阮征同那一伙少女竟似预有成约,当地美景甚多,均未浏览,直往林前走来。神态偏又那等从容,若无其事。李洪正在奇怪,来人已经停步。正对花林外面,是一个十亩大方塘,水清见底,荇藻纷披,寸鳞可数。左通小溪,右傍花林。当中有一晶玉所建水榭,兀立水上,通以朱栏小桥。水榭顶上是一玉石平台,相隔石笋只二三十丈。阮征等已到平台上面,这才看出,内一黄衣少女,云帔霞裳,仪态万方,周身珠光宝气,掩映流辉,容光照人,美绝仙凡,似是众中之首。一到平台,便与阮征分坐青玉案侧玉墩之上,诸女侍立两侧。

待不一会,黄衣少女随顾左右说了两句,内一侍女意似不愿。黄衣少女凤目微睁,立现怒容,诸女分别各去。阮征和那少女便争论起来。隐闻少女说:"你非此不能脱难。我虽经惨劫,不过苦难三年,有我父在,终不至于灭亡。而你异日道成,倘能念我对你三生热爱,将你师父的毒龙丸与大还丹各赐我两粒,也不枉我对你这番痴情苦心,就足感盛情了。"

阮征道:"我误你两世仙业,你又为我身遭惨死,受尽苦难,本是不解之冤。蒙你大恩宽宥,自行化解,深情厚德,终生难忘,愧负已多。我已连铸大错,如何又使你为我受此惨祸? 只要你对我宽恕,令尊法力虽高,我不过每隔些日受上一回苦难,并不能奈我何,反倒加强我的道力,有甚相干? 你因对我情痴太甚,见我每月必受几次金刀刺体、魔火烧身之厄,爱莫能助,心生怜念,故而出此下策,不惜舍身相救。此时你我二心如一,无事不可明言。实不相瞒,我仗本门法力与二相环守护心神,令尊毒刑,我并不怕,反以为非此不足抵消前孽,似祸实福。倒是你以前对我深情蜜爱,有时过分,尤其情痴太甚,有失常度。我既不能自毁道基,屈意相从,终于两败;又不忍对你难堪,加重冤孽。当时你那玉骨冰肌,雪肤花貌,无异刀林箭雨攒刺全身;浅笑轻颦,柔情媚态,更似烈火毒焰烧心灼骨。又是日夕相处,软硬兼施,随时皆可发难。不比令尊毒刑,至多只一日夜,甚或片刻之间,即可耐过。彼时你神智失常,全无理性,魔法又高。我为防诱惑,一面震摄心神,一面还须甘受凌逼,婉言劝解,以防羞恼成怒,情急生变。彼时处境,轻重皆难,内心苦痛,更有甚于魔火金刀之厄,至今思之,犹有余悸。现你既已如梦初觉,不听老人乱命,我便无所顾忌,别的何足为虑? 我自日前彼此把话说明,对你敬爱甚深,便没有这两生凤孽,也不忍伤你分毫,何况目睹心中敬爱的人,为我受此惨祸呢? 我每日但得来此一游,终有脱身之望。因我许多话不便先泄,大约出困当不在远。异日道成,便来接你,一同清修,天长地久,共享仙福。昨日已经言明,静俟时机,或是另作计较,如何又欲变计,定以身殉呢?"

少女叹道:"哥哥,你哪知道参参的神通和厉害呢! 适才因师弟密告侍女阿鬖,说参参当初原想人非木石,我的容貌也非庸流,早晚你必能被我痴情感动;他又以毒刑煎逼,迫你降顺。知我彼时虽然怨你薄情,但仍爱你深情,胜逾性命,见你受苦,自然不舍。于是每次行刑,故意弄出一点空隙,以便我私入解救,所以你身受苦难,多是片刻即完。只有三次,经时一日夜以上。那是他听侍女告密,说我百计千方呈身自荐,不顾羞耻,种种难堪。每次受伤归来,又是那等服侍将护,无微不至,深情一往,任是铁石心肠,也应动心。你却始终置之不理,至多说上几句花言巧语;再不,竟同老僧入定,无一次不使我伤心已极。为此大怒,立意惩罚,以全力禁制,使我不能冲入相救,给你多吃点苦。这还是他身为我父,不愿看见儿女之私,并防师弟由宝镜中看出,将这里全境预以法力掩蔽,只听侍女口说;如真见我那些俯就丑态,更不知对你如何楚毒了。

"我没想到侍女饶舌,不能入内解救,向他哭求了一夜,才行将你救出。你除心智灵明未灭外,事后苦痛尚非人所能堪,狱中情形可以想见。好容易调养痊可,我不合又生欲念,强迫同好,你又不从,第三日便吃摄去。我才查知侍女告密,向爹爹哭求不允,正要斩杀侍女泄愤,再去拼命,爹爹忽然将你放回,只不许杀那侍女。我见你周身糜烂,心如刀割,恨那侍女不过,方要毒打报仇,忽被师弟奉命救走。由此逐出宫去,不令随侍。

"第三次,原是我不好,因往参谒,想起伤心,爹爹盘问,略说了几句。当时激怒爹爹,说此时此地只有妙一真人和天蒙、白眉两禅师可以救你。但你负我两世夙冤,情孽纠缠,因果相循,爹爹于理无亏。这三人,一个是方今正教宗师,两个是有道神僧。除你自行化解,三人法力虽高,决不肯做此逆数背理之事。爹爹当时无杀害之心,刑却更毒。我知失言,这场毒刑以次加重,越往后越难当,哭求不允,只得横心拼命。总算爹爹爱我,恐我以身殉情,于危机一发中将我放进,救你回宫,由此对你便不再似前此恶毒。我更时刻留心,见你失踪,立即赶去。所以你以后每月例受苦难,只要我强行冲进,便即救出,为时不多。如非冲入费事,简直连那片刻之苦都不会受了。

"爹爹见我不念两世杀身之仇,今生情痴更深,时将两年,依旧固执,昨日谈起,大为愤恨。知你道心坚定,功力甚深,又有至宝防护心灵,料我决不伤你,便设下法坛,施展魔教中九天十地大修罗法。到时先将我禁住,以免从殉。再将你擒去,化炼成灰。也不伤你生魂,仍放投生,只将你本身多生修积的灵智摄去,为我补益。这么一来,我灵智道力无不大增,欲念一消,凤孽也解,就不致再作痴心殉情之想了。即便你师父知道,以你一命偿我两命,也不为过。祸在旦夕,除此无救,你如何还可延迟呢?"

阮征闻言,先颇吃惊,听完慨然答道:"我宁遭惨死,堕入轮回,纵然转世成了凡胎,毁却数百年功力,只要心志坚定,终有成功之日。何况前生恩师、良友以及各位师执、尊长，见我处境如此，决不坐视呢。我志已定，决不容你行此拙计。"少女笑道："我自受你感化，情发于正，已决不再以色身相示。今当生离死别之际，为示我心志坚定，使你一见，当不致说我食言无耻。你来看！"说罢，慷慨起立，两臂一振，满身霞帔云裳一齐委卸，除胸前有形似背心的一片冰纨遮住乳阴外，通体立即赤裸。人本极美，这一来，把粉弯玉腿一齐呈露，越觉柔肌如雪，光艳照人。阮征一着急，指上所佩二相环立化一圈虹霞飞出，将少女全身罩住。口中急呼："我实爱你，妹妹不可！"

李洪不愿见裸女形态，无如事机正迫，不容少懈。方在暗道："晦气！"晃眼工夫，少女从头至脚，突现出无数小金针、金刀、金叉之类，长约二寸、三寸、五寸不等，俱都深深钉入玉肤之内，有的看去已经刺入骨里。胸前七把金刀，更是长达尺许。金光闪闪，看去可怖，通身钉得密层层，刺猬一样。少女随笑道："这二相环与你心身相合，为你防身。我爹爹如施全力，尚且难当，如何拦得住我魔教中最恶毒的金刀解体化血分身大修罗绝灭神法？我只要心念一动，不必自己拔刀，全身立化血云而起。快快依我收去，休伤一件至宝，照计行事，免被爹爹追回，平白送我一命。只要你能图他年聚首，便是怜我痴情，真心相爱。否则我志早决，魔法已经发动，不能收回。除非我佛菩萨亲来，此时便我生了悔心依你，我也无法自救。转不如听我良言，来生尚有相逢之日。如非爱你过甚，不舍分离，想在死前多看得一眼是一眼，等你答应起身，我再发难，也放心些。不然的话，我已只剩一点精气化成的血云，休说肉身不受三年炼魂之苦，连神魂都散而不成形了。好哥哥，你听我的话，走吧。"

少女心志虽然如此壮烈，起初并不带一点愁苦容色。尤其听到阮征说是爱她，更是媚目流波，满脸欣慰之色。及至说到末几句上，想是会短离长，柔肠欲断，满腹悲苦，再也支持不住。始而翠黛含颦，隐蓄幽怨，渐渐语带哽咽。到了末句"哥哥走吧"，竟然不胜凄楚，星眸乱转，泪随声下。人是那么美艳多情，声音那么凄婉，处境又如此壮烈悲苦，端的子夜鹃泣，巫峡猿吟，无此凄凉哀艳。李洪九世修为的童贞有道之士，也被感动，心酸难过。

少女见阮征不肯收那二相环，不住以好言求告，满面愁苦，惶急万分，不禁破涕为笑道："我为爱你太深，不惜百计千方，屡以色身诱惑。现虽蒙你见怜，允做名义夫妻，他年同修仙业，我也知你至诚君子，不会欺我，终觉为形势所迫，为解凤孽，不是真心相爱，想起前事，引为奇耻。今得见你至情流露，百死无恨。除不舍这长时之别外，只有更喜慰。料你二相环不肯收去，这件法宝，于你异日修为关系至大，我决不舍损伤我心爱丈夫防身之宝，但决阻我不住。为全此宝,说不得,只好拼受痛苦,以次而行了。"说罢,口皮微动,胸前七把金刀便缓缓自行拔起,刀上金光骤转血红颜色,少女酥胸上鲜血立即随刀上涌。阮征见状,不禁收环扑抱上去。

李洪知是时候了,忙即现身喝道:"二嫂无须拙见!我来接应二哥,持有佛门至宝在此,你二人均不妨事。只请二嫂暂等三年,便与二哥同证仙业了。"话未说完,佛门至宝已先发出,化为一朵亩许大的千叶莲花宝座,飞向男女二人头上。李洪再掐灵诀一指,莲花上突涌起一圈佛光,照向少女身上。少女此时本是苦痛万分,眼看形神将化血云而散,忽见李洪现身,听出来的是丈夫好友。但知魔法厉害,万无解救,既不信一个幼童有此法力,又恐来人失陷,话未听完,便负痛急喊:"你那法宝无用!来人快走!"佛光已照向身上,立觉金芒掩耀,神铁无光,通体清凉,疼痛全止,魔法自解,全身金刀、金叉、金针之类纷纷坠地。事出意料,心中狂喜。

同时瞥见前退侍女由魔宫左角蜂拥而来。为首一女,隔老远将手一扬,花林四外突然血焰飞扬,中夹千万金刀,潮水一般,向平台上涌到,大片园林立成刀山血海,李洪归路已断。少女见状,一声娇叱,将手一挥,四围血焰金刀便不再进。口中急喊:"哥哥还不快走,等待何时?"这原是转瞬间事。李洪早连宝座一齐飞向平台之上,不等少女说完,飞身上前,手拉阮征,另一只手一扬灵诀,莲座往下略沉,阮、李二人飞身其上。佛光随将二人罩住,宝座千层莲瓣齐放毫光,拥着二人,电也似疾,更不再由故道,冲破千层血浪金刀,往花林上空突围而出。耳闻身后风雷大作,宛如百万天鼓一齐怒鸣,声势惊人。回顾少女,手执一枚金环,由环中射出一道黄光,一晃分布开来,将血焰金刀阻住,似在断后神气。同时又闻远远传来一种钟磬之声,悠扬娱耳。

李洪料知尸毗老人已经警觉,血焰金刀已被少女阻住,正好逃走。刚飞出不远,忽想起小寒山二女尚在峰半崖洞之中潜伏。略一迟疑,猛听空中有一老人口音喝道:"孺子何来,竟敢犯我禁条么?"声才入耳,便见前面高空中悬下一条宽达十丈、长约百丈以上的黄光。当中站着一位老人,生得白发银髯,修眉秀目,狮鼻虎口,广额丰颐,面如朱砂,手白如玉。穿着一件火也似红的道袍,白袜红鞋。相貌奇古,身材高大,宛如画上神仙。手执一个白玉拂尘,挡住去路。相貌那样威严,面上却无怒色,手指二人道:"你这娃儿虽然无知,这等胆大,倒也罕见。我先不问你来历,我只问你:你救这人,欠我女儿三生孽债,尚未清偿,你们一走,就算完了么?"

李洪法力甚高,年幼胆大,屡世修为,见多识广,人又灵慧机智,一见这等声势,知非易与。又因阮征乃屡世患难骨肉之交,知他成败安危,系此一举。本意委曲求全,但求免难,不肯操切从事。何况来时又经高人指教,竟把往日遇敌勇往直前之气去个干净,破例小心起来。当时躬身答道:"我与令婿多生至友,义同生死。明知你老人家法力无边,得道千年,此举无异以卵击石。但是交深金石,不容袖手,为此甘冒百死,来犯威严。师长、父母均未请命,纯由义气所激,一意孤行。幸托我佛默佑,侥幸成功,令爱冤孽亦同化解。尚望你老人家念在世哥阮征九世苦修,能到今日,煞非容易,并念翁婿之谊,许其暂离仙山。三年之后,再接令爱去往海外同修仙业。令婿固感玉成之惠,后辈也同拜大德了。"说时隐闻身侧有一女子声音冷笑,知是小寒山二女隐伏在侧,心方一放。

老人还未即答,猛又瞥见一个相貌奇丑的魔女,驾着一朵血云电驰飞来,近前说道:"小贼另有同党,不知用甚法宝隐身,暗将禁法破去三层,小仙源入口山径也被毁去好些,阿鬐并受重伤,主人千万不可放此二人逃走。"

老人闻报大怒,喝道:"孺子大胆乃尔!我在此修炼千年,从无一人敢犯我一草一木。你来此救人,念在为友义气,本不想与你计较,略问数言,便可放走。你竟敢率人毁我灵景,伤我侍女。就此放你,情理难容。就算我女儿孽缘已解,也须将我灵景复原,还须问明情由,方可酌情释放。"话未说完,忽听谢琳在暗中插口笑道:"老人家枉自修道千年,为何这么大火气?阮道友所欠乃是令爱孽缘,与你何干?遄能出头,已嫌多事。冤孽未解,也还可说;如今债主已自愿了结,反而怨你行事狠毒,你仍出头作梗,理更不通。如说毁你山中景物禁制,须要赔偿,那么阮道友与你并无冤仇,无故将他困禁两年,受尽金刀、魔火、风雷之厄,你将如何赔法?"老人已怒不可遏,厉声喝道:"何方贼婢,敢在我面前饶舌强辩?"

尸毗老人随将手中玉拂尘一挥,立有千百万朵血焰,灯花暴雨一般飞出,布满空中,将阮、李二人金莲宝座一齐围住。虽因佛光环绕,无法近身,但是上下四外已成一片血海。李洪心灵上立有警兆,知道老人魔法至高,自己法力新得,虽习禅功,功力尚差,一个冲不过去,全数被擒。所幸老人未自道名姓。心中愁急,方欲婉言分说,与之辩理,忽听谢琳传声低语道:"洪弟,你不要慌,事情有我担待,只准备走好了。"阮征同时也要挺身向前理论,闻言略一迟疑,二女七宝金幢已先发动。李洪深知谢琳近日性情法力,料将决裂,难于挽回,因受大方真人之诫,惟恐做了过分,将来更难化解。一面传声密告二女,不可现身;一面把灵峤三宝连同断玉钩同时施为。也不前攻,只将宝座四外护住,挡在金幢宝光之前,高声说道:"后辈不敢班门弄斧,只望老人家大度包容。三年之后，再与令婿同上仙山，负荆请罪。暂时我们告辞了。"

老人本极高明识货，明知金莲宝座乃西方至宝，李、阮二人根骨福慧平生仅见；阮征又孽冤已解，转祸为福；素性又最喜这等灵慧隽秀的幼童少年，本无伤害之意。此时追出拦阻，虽以千年威望所关，不愿来人随意出入禁地，事成之后从容而去，一半还是另有深心。

不料小寒山二女久候李洪不至，谢琳首先不耐。又以阮征乃妙一真人九生高弟，昔年法力高强，并有两件至宝随身，稍差一点妖邪，闻名丧胆，望影而逃。此次因为犯过，逐出师门八十一年，在强敌林立，群邪环伺之下，竟以精诚毅力，历尽苦厄，排除万难。这最后一场冤孽更是厉害，有力难施，师长、良友全都爱莫能助。终仗着至诚苦志，感化魔女，同保真元，化敌为友。人又生得那么英秀，前在峨眉仙府，曾听癞姑说起，此人在同辈仙侠中有第一美少年之称。不特一班异派妖邪淫娃荡妇欲得而甘心，便是海外女散仙，甘弃仙业欲谋永好的也大有人在。灵云姊妹未成道时，与之情分甚厚，历劫九生，终能守身如玉，以迄于今，又将这仙凡所不能解的凤世爱孽奇冤一朝化去。闻名已久，早欲一见其人，又想就便观赏魔宫奇景。谢璎也有同感。谢琳既恃伏魔威力，又恐李洪年幼，不能济事，略一商议，便即起身。路上疏忽，不曾步行，虽然寻径飞驰，离地不高，仍将埋伏引发。谢琳虽听杨瑾叮嘱，但并未放在心上。哪知魔法厉害，牵一发而动全身，到处皆是梗阻，金刀箭雨，血焰如潮。幸而此是魔女所居，主人正与阮征死别生离，情爱缠绵之际，虽有警兆，无心及此。二女借有无相神光隐身防护，居然冲到魔宫前面，沿途景物却被毁去不少。

事有凑巧，那丑女便是魔女恨其告发阮征，欲加毒打，后又逐出的侍女拉蛮。因为求荣反辱，怀恨在心。算计两年期满，阮征不从婚姻，魔女痴情，必将此人放走。为想讨好老人，近日常往伏伺。正与同党侍女阿蛮在一小峰之上密语窥探，却被二女隐形跑来听去。同时阮征和魔女正诉说前事，情致哀艳，令人心恻，二女大为感动。因听两侍女准备阮征一逃，立将埋伏全都发动，擒去惨杀，心已愤其残酷。跟着李洪发出金莲宝座，刚将分身解体魔法破去，两侍女也将埋伏引发。二女立时生气，顿忘杨瑾之诚，谢琳先将《灭魔宝箓》施展出来。谢璎又将碧蜈钩放出，化为两道翠虹飞将出去。因不肯轻用七宝金幢，魔宫禁制又极神妙，阿蛮本不至于受伤。偏生平台上魔女见阮、李二人还未起身，侍女已将禁制发动，惟恐情人受伤，又陷罗网，当时急怒交加，也未看清李洪有无同伴，猛以全力将所有禁制强行止住，双方恰是同时动手。拉蛮狡诈,一见主人身上刀叉飞针自行脱落,人也未伤,魔法全解,大出意外。小主人不死,不问阮征能逃与否,决不与己甘休,知事不妙,见势先逃。阿鬟猝不及防,竟为碧蜈钩斩断一臂,化道血光逃去。丑女拉蛮本往老人宫中告急,老人已经警觉追来。同时阮、李二人也飞身遁走,二女立即追去。这事本是一时疏忽,阴错阳差,老人又预有算计。假使无人告密,老人必定装装不知,双方问答几句,即可无事。无如丑女拉蛮本系老人记名弟子,因犯过恶,降为侍女,人极奸狡,蓄有私心。自惭貌丑,老人又最恨淫恶,自见阮征,便生忌妒。谋害未成,反与魔女结怨,仇恨越深。巴不得有事,一见老人追出,随后赶来大声告发。

老人虽有通天彻地之能,只是嗔念未消,积习难忘,闻言自觉多年威望,情面难堪。又听二女出语讥嘲,最奇是凭自己这么高法力,竟看不出对方形影,越发有气。刚刚出手将来人困住,本心迫令服输,稍加惩治,仍愿放走。哪知血焰刚涌上去,莲花宝座佛光骤盛,已出意外。紧跟着又涌现出一幢上具七宝的金霞,祥辉潋滟,瑞霭千重,将阮、李二人笼罩在内,血焰挨近,便即消散。认出此宝来历,只不知幢顶舍利已失。心方惊急,李洪又将灵峤三宝与断玉钩一齐发出,光芒万丈,奇辉电耀,挡在金幢之前。都是闻名多年的仙府奇珍、西方至宝,竟在此时突然出现。一任老人平昔自负,也由不得心生谨慎,急怒交加,嗔念与好胜之心也被激发。正待施展玄功变化,改变初衷,与敌一拼,忽听李洪以上说话,盛气渐平。又觉对方法宝如此厉害,纵然练就不死之身,不致受什么伤害,但是此时尚可乘机下台,再若出手,一个制服不住,盛名立堕,反而不美。心念一转移间,遥闻魔宫金钟连响,知有急事发生。忙按神光查看,才知爱女为防自己与逃人为难,竟发动魔宫禁制,假装向己求情,实则以死相挟。心想正可借此下台,但须使对方知道,免其轻视。同时李洪说完,金幢宝光已在冲荡血焰,向侧面移动。为示不与老人为敌,行动虽缓,所到之处,那势如山海的魔火血焰,已似狂涛怒奔,纷纷消散。

老人忙把手向空一指,大声喝道:"无知乳臭男女,现已放你,且慢逃走,听我一言。"阮征知道厉害,忙止二女,暂停前进。谢琳因老人辞色强傲,意犹不服。总算谢瑛心气和平,又因阮、李二人为此行主动,不应相违,将金幢强行止住,不令谢琳开口。李洪先问:"老人家有何见教?"阮征接口说道:"岳父息怒。我与令爱虽无肌肤之亲,已有夫妇名分。蒙其深情厚爱,不特自解前孽,并允三年之后,与小婿同去海外合籍双修,同证仙业。今当孽消难满,蒙屡生良友解危脱困,冒犯威严,实非得已。所望岳父念在来人急于义侠,未知厉害,大度包容,使小婿重返师门,再事潜修,感恩不尽。"老人把两道其白如霜的寿眉往上一扬,冷笑道:"此中因果,我原晓得。救人尚可酌情容恕,为何毁我灵景,伤我侍女?本来欲加惩处,现因我女在宫中苦苦哀求,拼舍一身为你们赎罪。如以为你们持有仙、佛两家至宝,便行自满,日后来人再犯我手,就难活命了。"

这时对面现出一圈银光,大约数亩,中现一座金碧辉煌、宛如神仙宫阙的魔宫洞府。魔女跪在一个法坛之上,四外尽是金刀魔火,围紧烧刺,正在哀声号泣,哭求乃父宽纵来人,声音悲楚,惨不忍闻。阮征见状,慨然接口,厉声说道:"我不忍见此惨状。请速停止禁制,我束身待命,任凭宰割便了。"老人红脸上方转笑容,答道:"既允放你,决不食言。我女自作自受,以死相挟。此时虽然不免受伤,但亦无妨。你们去吧。"说到"去"字,把手一挥。先是光中刀火全清,只剩魔女娇声悲泣,委顿在地,柳悴花憔,奄然欲绝。同时四外血焰潜收,晴空万里,重返清明。老人也自隐去。只觉一股重如山海的绝大潜力由后涌来,推着宝座、金幢,比电还疾,往来路飞去,晃眼远出千里之外,方始停止。老人末句话的余音,犹复在耳。谢琳几次要想开口,均被李洪阻住,直到潜力收去。众人又飞行了一阵,算计途程已达两千里外,料知不会有事。刚把势子放缓,想要互叙别状以及各人经过,忽听破空之声,同时瞥见一道金光如长虹经天,横空飞来。李洪与二女同声急呼:"大姊来了!"

来人已经飞近,光中现出一个年约十八九岁的道装女子,正是峨眉四大女弟子中的齐灵云。见面把手一招,便往左边山头上飞去。众人料知有事,忙收遁光、法宝,跟踪降落。

互相礼见之后,灵云先向阮征道贺,匆匆略谈别况。随又说道:"昨日家母由休宁岛飞剑传书,上写蝉弟等七人,因甄氏弟兄在苗疆赤身寨为毒刀所伤,同往陷空岛求取万年续断,与岛主发生误会,困入迷宫。后经易氏弟兄与石生合力,由地窍中通行,误走小南极天外神山,被盘踞当地多年的妖物万载寒虻所困。命阮师兄急往救援,家母代你保存的法宝以及四枚二相环均已发还,交我取出带来。另有白眉禅师所赐心光遁符一道。此符飞行千万里,顷刻即至,又当宇宙磁光最弱之时,当日便可到达。如过今天,磁光威力绝大,便有此符,也甚费事。并且你事完之后,日内还要重返中土,故非迅速不可。此环尚有一枚在申屠师兄手中,他得了一丸西方神泥,与之融合,如能六环合用,威力更大。无如他日内也有急需,暂不能取。你我劫后重逢,尚有多少话说,请即起身,日后相见,再作长谈吧。"阮征闻言大喜,随将法宝、灵符接过,一纵神光,往小南极飞去。

灵云又对谢、李三人说："大峪山之行，由今天算起，应在第四天上。早去便生枝节，务要留意。洪弟虽然年幼，此行尚还无碍。倒是二妹眉宇间隐伏杀机。自来道长魔高。尤其二妹近习《灭魔宝箓》，法力虽然高强，也必从此多事。所望杀戒少开，遇事务从宽大，便可少却许多烦恼。属在知交，特为奉告，留意为幸。愚姊新近移居紫云宫，本意请去一游，无如远在东海，相隔数万里，往返费时，万一误事，反而不美。异日事完有暇，再奉邀一游吧。此三四日中，最好能寻一处知交姊妹，前往小聚，以待时至，往除毒手摩什妖孽。以金幢威力，一日夜间即可将其消灭。如愿回转武夷等候更好。愚姊尚另有事，行再相见吧。"说完，作别自去。

谢琳笑道："灵云姊姊人是极好，就嫌她稍为有点头巾气。洪弟是她前生爱弟，性情却不一样，这等淘气。"李洪未及答言，谢璎接口道："琳妹此言不对。他虽宿根灵慧，今生毕竟年幼。可记得你我未到小寒山以前，不也是带着几分稚气么？"谢琳笑道："你还说他幼稚呢，平时那样好胜喜事，多大乱子，他都敢惹。可是适才对付老魔头，说那一套，何等文雅谦和，酸溜溜的。你我当初说得出么？可见他也是欺软怕硬，见景生情。不似寻常初生之犊，惯吃眼前亏呢。"李洪气道："二姊专挖苦我，也不想想今天是甚情势？阮二哥和我多深交情，休说几句软话，为他脱难，再大委屈我也愿受。如非有所顾忌，一任对方多凶，我要皱一皱眉头才怪。"谢琳把樱口一撇，笑道："事后说狠话，谁相信你？像老魔头那高法力的人，方今能有几个？另换一人，自然你狠，何足为奇？"

谢璎见李洪无话可答，赌气把小胖脸往侧一歪，假装看山，不再理睬。知道二人世交至好，无事常喜拌嘴。妹子灵心慧舌，妙语如珠，李洪稚气天真，一说不过，就生闷气，转眼就好，已成常事。便笑说道："琳妹，话不是这样说。尸毗老人得道千年，法力兼有佛道正邪诸家之长，实非小可。眼前各位长老尚且无人对他轻视，何况我们后生小辈？这次我们因候洪弟不至，前往窥探，本心不想为敌，不料无意中触动禁制，毁损好些灵景。他千年威望，不快自是人情，你又不合出语讥嘲，越发激怒。当血焰猛压洪弟法宝，尚未施为之时，虽然西方至宝仍具极大威力，冲行其中，便不似毒手摩什妖光云幕那么容易，我心灵上也有了警兆。幸我存有戒心，又知金幢舍利已失，未敢轻敌，有无相神光不曾撤去，魔女恰在此时舍身求告，才得善罢。否则，以我今日观察，我三人结局，胜负正自难定呢。就以修道年龄而论，洪弟词意稍为卑下，也不为过。何况对方乃阮师兄的岳父，而洪弟所说不亢不卑，也甚得体呢。分明我姊妹不来，事更易了；这一来，反倒生出嫌怨。此时想起，真觉多此一行哩。"

李洪立转笑容道："还是大师姊公平讲理,不似二姊欺人。今日你也看见了,以我三人所用,无一不是具有极大威力的奇珍至宝,可是休说冲荡血焰,不似往日遇敌那等厉害;就以临去而论,人家只把手一挥,道声'去吧',那催送之力,晃眼竟把我们送出千里之外,法力可想。对方别的神通尚还未见,是否能敌,实是难料。就这样,我也不肯怕人,只为来前乙世伯仙示再三告诫不可轻举妄动,务以阮二哥为重,不得不委曲求全。二姊说我欺软怕硬,早晚找一个与此老有同等法力的人斗他一斗,看我李洪年纪虽小,法力不高,可是怕人的么?"

谢琳星眼微瞋,未及发话,谢璎已先拦道："你两个都是小孩脾气,这些闲话说它则甚? 我们往返火云岭,尚有三四日的闲暇,往哪里去呢?"李洪道："我有主意了。昨天和你们说那花无邪志行高洁,向道坚诚,身世处境至为可怜可敬。我们左右无事,何不前往珠灵涧助她一臂?"谢琳答说："也好。"谢璎道："此事不妥。花道友劫难乃是定数,我们去了不能救她,反倒难过。至于惩治番僧,照昨日洪弟所说,已有申屠师兄在彼,更有凌真人暗助,何必多事?"谢琳道："那么我们到哪里去呢? 莫非在这荒山顶上露立四天么?"谢璎道："如今各位姊妹道友,俱各奉命下山建立洞府,积修外功,都可以做主人。除幻波池,因听李伯父的口气,似乎不应再去外,余者哪里都可去,地方多着呢。"

谢琳喜道："我想起来了。前次峨眉开府,我姊妹几乎被于娲的混元球装走,多亏半边大师赐我一根玄女针,才得转危为安,甚是感念。她门下武当七姊妹,又有五人与我们交好,分手时曾答应日后有便,往作良晤。山在鄂西,邻近四川,以我们飞行之速,往大峇山片刻可至,由彼动身,也颇方便。我意欲往作数日之聚,便践前约,不是好么?"谢璎拍手称妙。李洪却不愿意道："我不惯和女子同玩,武当门下尽是些女弟子,有甚意思? 你们去,我不去。"谢琳笑道："你敢不去,日后你再出花样淘气,我们再帮助你才怪。我姊妹不也是女的,你怎么也跟我们好呢? 你刚到武夷拜师,因太幼小,好玩喜事,我们每去,你磨着出游,好姊姊喊个不住,哪一次不是我抱你同去? 如今又不愿与女子同玩了,羞也不羞? 你不知道石家姊姊她们人有多好,还不是和我们一样?"李洪也笑道："莫非这也算是我的短处? 引头带我出游,不也是你么? 第一次和妖人动手,还是你教的呢。去我便去,你要当着外人拿我取笑,我决不干,当时就走。心灯在我手上,误事你却莫怪。"谢璎接口拦道："你俩姊弟,每到一处就拌嘴。洪弟也是多余,我们比同胞骨肉还亲,当着外

192

人只有夸你，怎会取笑？这里景物荒寒，久留无趣，我们走吧。"

三人随同起身，谢璎为防万一，并还将遁光隐蔽。这时原是深秋天气，沿途山野中，不是梧桐叶落，桂子香残，便是黄花满地，枫叶流丹，秋光满眼，天色本极晴爽。哪知飞到武当附近，三百余里暗云密布，天色忽变，再往前便下起雪来。沿途都是崇山峻岭，山中气候阴晴百变，地势高寒，原不足奇。二女所居小寒山虽是仙灵境地，但在滇西大雪山后僻远之处，四围冰山雪岭，亘古不消，看惯无奇。李洪长居武夷，地暖气和，难得见雪，不住赞妙。谢璎笑道："这有甚稀罕？几时你到我们小寒山一游，当地到处冰封雪压，终年愁云低垂，暗雾沉沉，令人闷气无欢，你一看就无趣了。"李洪道："闻得小寒山灵境福地，鹿虎共游，雀鼠同栖，瑶草琪花，四时同春，一派祥和气象，怎会是这等晦暗景象？"谢琳道："大姊说的是山外。这雪越下越大，看神气已下多时，武当仙府定成玉砌银装。可惜时在九秋，岭上梅开尚差一月，无由领略寒芳，美中不足而已。"

三人说着，已经越过卧眉东西两峰，直达武当后山绝顶绿云崖前降下。崖在半边大师所居仙府张祖洞左侧，地广百亩，背倚崇山，面临碧嶂。中间隔着一道大壑，浮云低漫，深不可测，修竹流泉，映带左右。对面峭壁上更有一条宽约丈许的大瀑布，自顶际缺口倒挂下来，顺着崖势折成长短数叠，如匹练悬空，玉龙飞舞，直泻下面云雾之中，隐闻铿锵玎珰之声由壑底传来，与上面泉响松涛汇为繁籁。仿佛黄钟大吕，杂以笙簧，清妙娱耳，尘虑皆消。云层之上，水烟溟濛，如笼轻纱，雾縠冰纨，与雪花相映，分外缤纷。

第二六二回

缟袂可胜寒　万树梅花　佳人独立
璇沙能御敌　弥天灵雨　妙女双飞

　　三人为想观赏雪景，由洞侧危崖之下缓步走来。见积雪已厚尺许，雪仍未住，当地山势灵秀，再吃积雪一铺，到处琼堆瑶砌，玉树银花，照眼生缬，观之不尽。一时心喜，有无相神光也忘撤去。谢璎低语道："你们看此地又是一番美景。前闻林绿华姊姊最爱梅花，姑射仙之得名，也由于此。这里乃她七姊妹啸遨游赏之地，就说梅花未到开时，怎连成阴的绿叶也见不到一片？"李洪道："莫是被雪盖没了吧？"话未说完，忽闻一股幽香随着雪风吹来，沁人鼻端，二女忙即示意噤声。刚转过崖角，猛瞥见崖腰上突出一根虬枝，上缀红梅三五，正在凌寒吐艳，自竞芳华，忙赶过去一看。原来崖上有一斜坡，近壁一株丈许高的梅树正向前斜伸出来，铁干盘虬，迎风飞舞，上面约有百十朵梅花。因为树大，看去稀落落的，有的枝上尚还挂着几片残叶。积雪难支，似坠不坠。叶旁花萼两三，嫣红欲吐。二女原极爱梅，觉着此中消息大有天趣，正在流连观赏，不舍遽去。忽见李洪跑来笑呼道："二姊快看，那旁梅花多着呢。"二女闻声回顾，问在何处。李洪道："我无心中往前走了几步，就在前面坡下。你们的朋友也在那里，还不快去！"

　　三人边说边走，已经看见前面崖势凹下，现出一片平崖。雪势已止。崖上一幢楼台精舍，前面大片梅花林，树头满缀繁花，香光如海，望若云霞。林前一株大梅花树下，站着一个年约十五六岁的白衣少女，玉立亭亭。人本美秀，再吃四外白雪红梅、琼楼飞瀑一陪衬，宛如缟衣仙人离自广殿瑶宫；又似小李将军云山画图中，添了一个仙女。武当七女中，二女只见过五人。方欲现身上前通问，忽听少女娇叱道："何人大胆，窥视仙山？急速现形出见，不怕死么？"语声未住，把手一扬，立有一道青光飞起。同时二女也已现身走近。白衣少女一见来人，略一注视，立即转怒为喜。因看不出来人所在，飞剑并未随人下落，似有愧色，连忙收回，赶迎上来，笑唤道："来者是小寒山谢家二位姊姊么？肉眼无知，只当外人，幸勿见怪。"二女同道："姊姊贵姓芳名？石、林诸位姊姊可在仙山？"少女答道："小妹司青璜，去年才蒙恩师收录，不在武当七女之列。二位姊姊却是心仪已久，今得相见，真乃幸事。这位道友尚望引见。"随向三人礼拜。三人答礼。谢琳道："此是我小世弟李洪，妙一真人齐世伯九生爱子。偶因暇日，来此拜望七位令师姊，不料又得一位良友，真乃快事。"司青璜道："诸位师姊多半有事远出，只林绿华师姊现在入定。我因见积雪，闲中无聊，偶然游戏，把林师姊的催花灵符暗中取了一道，照她所传，如法施为。此地梅花多半为女仙姜雪君所赠，均是洞庭山中灵木，各有一点气候。林师姊又极珍爱，常用灵泉滋润，故此花开容易。本心想等林师姊出来，同赏香雪，博她一笑，不料三位道友光降，倒真成贻笑大方了。"三人自是谦谢。青璜道："嘉客远来，只顾说话，还未及请进叙谈呢。"遂请三人入内。

刚刚坐定，林绿华便已走来，见面大喜，互相礼叙。绿华道："愚姊妹如今奉命轮流下山，修积外功，众同门姊妹在山时少。今日石玉珠师妹本已回山，又被卧眉峰孙毓桐姊姊约往鼎湖峰采药，见面没有说几句话，便匆匆走去。我因家师近方闭关，须人留守，未得同行。却值天降大雪，小师妹故弄狡狯，知我最爱梅花，行法催开，三位嘉宾又从天外飞来。古人谓良辰美景，赏心乐事，今乃兼之，梅花有知，当亦欣喜。只惜诸姊妹未得迎待，辜负此清赏罢了。"说时，青璜已将主人自酿香雪饮，连同山中特种葡萄、苹果、梨、枣、松仁、首乌之类，杂以松菌、笋脯等素肴，用碧玉盘端来奉客。绿华笑道："薄酒野蔌，愧无兼味款待嘉宾，惟此果品数事。虽是常物，尚系愚姊妹由各名产地移植而来，此间地脉尚属膏腴，复经灵泉浇灌，味颇甘芳，有异常产。若比凝碧仙府仙果灵实，相差不可以道里计了。"三人随意取尝，果然玉肪流膏，芳腾齿颊，隽美非常。那酒倒在玉杯之中，湛然深碧，芳馨袭人，尤为色香味三绝，比起峨眉仙酿另具胜场，俱都赞不绝口。

谢琳道："林姊姊冰肌玉骨，美绝天人，仿佛梅花化身，同此冷艳。吐属容止，更那么温文娴雅。与你相对，就有一点俗气，也被你的容光所化了。"绿华道："二姊几时学来这一套客气话？莫非玉珠妹子不在，我便见外不成？"青璜见二人谦词相对，笑道："我这人心直口快，常说同门师姊妹中绿华姊姊最美，久闻谢家二位姊姊天真美貌，并世所希，常想还有比我绿华姊姊更美的么？今日一见，果然珠辉玉映，仪态万方，青女素娥，未必胜之。你二人瑜亮并生，我绿华姊姊也不遑多让。可是绿华姊姊孤芳自赏，哪似二位姊姊琼树双生，琪花并秀，看得人眼花撩乱，直恨不能永为臣仆才快心呢。"

李洪道："你们尽转文，放着好酒好东西不吃，说这些文话干什么？"谢璎道："洪弟毕竟年幼，连主人说在一起。初次登门，也太不客气了。"谢琳笑道："此时此景，最宜清谈，谁似你这等俗气，只会吃呢！"绿华前在峨眉见过李洪，知他九世修为，法力甚高，忙笑答道："我们修道之人，原无须乎客套。本来是我说话酸气，小师妹再一随声附和，无怪乎李道友齿冷。"谢璎道："姊姊才说不客气，为何对洪弟道友相称？若不见外，和我们一样称呼如何？"林、司二女谦谢不肯。谢璎道："洪弟童心未尽，你要客气，他便不能久留了。"绿华本意结纳，又听出三人此来，不似略谈即去口吻，随即应诺。随问是否便道相访，还是另有别事？谢琳说了来意。林、司二女一听，三人似愿小住，益发高兴，再四挽留。三人便应了。

当地乃是一座玉石所建的两层楼舍，楼外便是大片花林。宾主五人凭栏赏梅，对雪小饮，笑语甚欢。李洪见主人对他格外殷勤，也自高兴，忘了拘束。三人因半边老尼闭关入定，不能进谒，只托绿华日后致意。雪住以后，天气渐趋晴朗。遥望夕阳已落西山，大半轮红日浮在地平线上，射出万道光芒，把左近山石林木都映成了红色。谢璎道："今方九月，天并不冷，这场快雪，恐怕留不住哩。"司青璜道："此间地暖，本来难得遇到这等大雪，就下也难留。适才略施小技，留此快雪，以伴梅花，并留姊姊、洪弟同赏寒芳。你看此崖以外积雪不都化了么？"三人斜倚玉栏，先未留意，闻言四顾，尺许厚的积雪已经化去十之八九，只剩薄薄一层，浮在地上。雪后飞瀑，越发雄快，玉溅珠喷，水烟溟濛，斜阳映照上去，缤纷五色，顿成奇观。

正观赏间，忽见遥天云影中，有两道金碧光线闪了两闪，细如游丝，一霎即逝，也分不出邪正家数。李洪回问众人见未，绿华眉头一皱道："此与妖邪不同。名姓详情，我不深知，不值一谈。"正说之间，又是一道青光如长虹飞渡，朝那金碧光线追去，晃眼落向左侧乱山之中，相去也只五七百里，三人看出青光之中邪气隐隐。谢琳便问故。绿华道："本山虽不许左道妖人驻足，但在五百里外，向不过问。这道青光尚是初见，我们还是饮酒赏花吧。"李洪回顾，见青璜愤容初敛，绿华辞色也颇可疑，好似有话不说神气，料有缘故，便留了心。

一会，东山月上，清光大来，照得楼外花林香光浮泛，仙景无殊，对月开樽，佳趣无穷。彼此又那么情投意合，直谈到斗转参横，翠羽啁啾，东方有了明意。三人知，武当诸女在山时均有常课，力请自便，主人方始引客去往楼后云房中安置。三人也想用功，略微商谈，便同在房中玉榻上入定。因连日不曾用功，这一坐，直到次日下午，方始先后起身。

李洪先起，见主人不在房中，信步走往前楼。见晴雪梅花益发繁艳，想往花下踏雪。刚刚飞落，忽见青璜急匆匆跑来，说道："好弟弟，快帮她一帮，绿华姊姊出了事了。"李洪知道绿华道力颇高，半边老尼好胜护犊，向不许人欺她门下，何人大胆，敢捋虎须？忙问："现在何处？"青璜急道："就是昨日青光下落之处。林师姊不许我去，更不许对人说起。本来不想出口，无如她此时还未回来，令人放心不下。此事不宜人多，最好快去快回。事前连谢家姊姊也无使知，问时我自会代你应答，请快去吧。"李洪喜事，住在当地本非所愿。只觉绿华人好，匆匆也未深思，便即起身，破空飞去。

六七百里的云程，飞行神速，晃眼即至。因青璜不知一定所在，只照昨日青光落处寻找，见下面乱山杂沓，谿壑纵横，空山无人，毫无迹兆可寻。正在盘空疾飞，打不出主意，忽见前面山谷中飞起一片蓝色妖光，光中一个相貌痴肥的妖人，刚由林中飞起。紧跟着后面一道尺许长金光电射追去，晃眼赶上，两下里才一接触，霹雳一声，妖光立被震破，洒了一天蓝色星雨。妖人一声怒啸，化为一溜烟逃去，一霎不见，金光也自撤回。认出那金光便是玄女针，谢琳曾有此宝，乃半边老尼所赐，知是绿华所发，人必在内，忙即赶去。入林一看，绿华手指一道金光，与昨日所见青光相斗。敌人乃是一个相貌丑怪，一目已眇的中年秃子。前面另一美少年，面容愁苦，正向绿华赔话，神情甚是惶遽。绿华面有愁容，似在大声斥责。回顾李洪赶到，意似惊急，更不再理少年，手指敌人喝道："我实委曲求全，投鼠忌器，秃贼休再不知进退。再不见机，刚才妖人便是你的榜样！"随把手一指，金光骤盛。李洪也已赶近，因知绿华所用金牛剑乃武当派镇山之宝，威力至大，而妖人并无所惧，绿华又是那样情急，匆匆未暇寻思，左肩摇处，断玉钩立时化为两弯精虹，神龙剪尾飞将出去。惟恐不能制胜，又将玉玦一按，一片祥霞随同飞出。

那妖人乃左道中有名之士，受人之托而来，本心想迫绿华降伏，未施全力。不料绿华应变神速，反乘隙将另一妖人打伤败逃。一见飞来一人，虽是幼童，遁光却不寻常。暗忖："此是何人门下？小小年纪，具此根骨功力。今日若败，以后何颜见人？"方想另施邪法取胜，金牛剑光骤盛，匆匆迎御，断玉钩已迎面飞来。妖人深知此宝来历，心中一惊，祥霞一起，越知不妙。因所用飞剑也是苦炼多年，雌雄各一，不舍失去，想要收回。慌迫中略一迟疑，哪知来势万分神速，青光又被金光绊住，缓得一缓，断玉钩已追上前来，照准青光一绞，立成粉碎，化为凡铁，纷纷坠地。妖人急怒交加，未及施为，玉玦霞光电驶飞来，当头压下，精虹也跟踪剪尾而至。两人夹攻，知无幸理，只得咬牙切齿，把心一横，左臂往上一迎，立被钩光斩断，就势化为一道血光遁去。李洪耳听绿华急呼："洪弟且慢！"事已无及，匆忙中也未在意。事完回看，那美少年仍立在绿华面前,面色已是惨变。绿华急道:"你这不听好话的人,自寻苦恼,谁来管你? 再不见机,此时便难活命了。"说时见李洪回身走来,脸上一红,似有愧容。正待迎前说话,少年面色忽转悲愤道:"妹妹再不见怜,有何生趣? 你不肯下手,便请贵友杀我吧。"

绿华见李洪已经走近,知难隐讳,只得苦笑道:"洪弟乃我好友,怎肯杀你? 倒是你连番弄巧成拙,今日更是引火烧身。幸而田氏弟兄被我说服,否则误己还要误人。你真是我屡世冤孽,我决不忍见你自毁仙业,徒取灭亡。今日你如联合妖人与我为敌,我蒙李道友相助,也不至于吃亏。妖人虽败,你却无害。不合首鼠两端,既想借外人之力乘我于危,又恐我受伤害,事急之时,反而倒戈相助,以至两妖人反胜为败,相继受伤逃走。这两个一是姬繁爱徒,一是小南极群邪之首,对你岂肯甘休? 你虽愚昧无知,昔年情分仍在,况有义母抚育之恩,岂容坐视? 偏生师父对你又极厌恶。妖人寻我,尚有师父荫庇。你孤立无援,田氏兄弟未必助你。本来再有一甲子,我功行便可圆满,经此一来,又要为你延误。事已至此,尚复何言? 绿云崖左近,师父决不容你涉足。若往别处,难保不与妖人相逢狭路,吉少凶多。幸石师妹好友孙毓桐隐居卧眉峰峰腰一洞,深入地底数百丈,乃古仙人炼丹之所,可往相依。就这样,踪迹仍须隐秘,我每月两次,或是得暇,必往看望,就便考察功力,也许日后机缘巧合,将你引进到诸正派长老门下。你虽在旁门,从无恶行,今世又是散仙门下,只要肯勤于修为,仙业并非无望,何苦自暴自弃呢?"

少年起初闻言,神色依旧悲愤,好似无动于衷。及听绿华日后要去看他,面上忽现喜容,答道:"今日才知妹妹对我仍是关切。本心只求常得相见,并无他求,但得如此,百死也所心甘,请即同往便了。"李洪细看少年,方觉他丰神俊朗,道骨仙风,颇似散仙中人,并非左道一流,心颇喜他。未及发问,小寒山二女忽然现身,笑道:"林姊姊有甚为难之事,但请明言,我三人愿效微劳如何?"绿华见二女赶来,益发玉屑生春,朝少年斜视了一眼,眉宇间隐含幽怨。转对二女道:"你我至好,无事不可明言。这位崔道友当初乃我世交至友,说来话长。三位请回绿云崖,等我将他送往卧眉峰安顿之后,回来再说吧。"随向双方引见,礼叙后分别飞回。

原来李洪走时,二女已经警觉赶出,随后追来,相继到达林中。一听双方说话,便明白了几分,知道绿华别有难言之隐,本来不想现身出见。因见少年情词诚切,神情悲愤,隐蕴无限深情,人又那么英俊,一身道气;绿华对于少年只是难处,并无恶感,反甚关切:不由生出同情,意欲问明相助。一想李洪已与绿华相见,妖人也为她所伤,少时仍须问明,便即现身相见,回到崖前。

青璜正在盼望,问知前事,知难再隐,便同去楼中,笑道:"林师姊虽是丽质天生,性情温婉,但她玉洁冰清,纤尘不染,此是她难言之隐。少时回来,请勿多问,由我略说经过吧。"

原来绿华前生乃滇西派教祖凌浑之女。因父母雪山炼丹,年幼不能同去,经乃母白发龙女崔五姑寄养仙都后山碧梧仙子崔芜洞中。少年乃崔芜次子,两人本是两世情孽,转世重逢,情更深厚。先颇发情止礼,终以冤孽纠缠,致为妖人所算,同失元真,又堕尘劫。绿华幸得前世恩师半边老尼接引,重回师门,仙业已将成就。少年接连三世俱在旁门,今生始拜在一位散仙门下,对于绿华情深爱重,相思入骨,一心只想常伺玉人颜色,并无邪念。无奈武当教规至严,半边老尼性情古怪,因爱徒前生为其所误,大为厌恶,不许入山相见。少年在左近守伺多年,好容易见到两次。绿华性情温柔,始尚敷衍。嗣见少年情痴更甚,恐蹈覆辙,又陷情网,往往避道而行。少年自是痴恋,本就难耐。近闻武当七女奉命行道,照胆碧张锦雯、摩云翼孔凌霄与绿华不久还要别寻灵区胜域,另建仙府。闻讯惊喜交集,顿触凤愿,欲与绿华乘机同在一起共修仙业。绿华为人谨慎,如何敢逆师意行事。近三月中,少年乘着老尼闭关,七女他出,绿华一人在山,竟自犯险,暗至绿云崖与绿华相见。绿华又急又怒,严词拒绝,并以法力驱逐。

少年情急难堪,一时激怒,忽发奇想:便约了几个左道中好友,欲以强力迫令如愿。此已三次,均未得逞。但对绿华情痴意厚,行事便多颠倒:一面约人相助,又恐绿华到时受伤,不是发难之前飞书告警,令做准备;便是到时一见绿华有了败意,便锐身掩护,甚或反戈相向,情愿事后向所约妖人赔罪,受尽折辱,所识几个左道中人竟全因此反目。这一次展转请求,所约的也无一庸手。因愤绿华薄情,已下决心。哪知人约定后,知来人法力高强,行事毒辣,情切心上人的安危,又害了怕,忙在人到以前赶来告急,吃绿华怒斥回去。三人来时,绿华实在暗中准备,因想师传法宝神奇,近来功力尤为精进,只有田氏兄弟乃尸毗老人爱徒,魔法甚高,恐非敌手,心中疑虑。先想请李洪等三人相助,又觉羞于启齿。今朝一见时至,如若不去,必要寻上门来。心对少年仍存维护,师父最恨外人来此扰闹,何况上门欺人,万一将其惊动,少年必无生理。忙中无计,只好硬着头皮,前往一试。哪知田氏弟兄甚通情理,绿华义正词严,竟被说服,首先退去。这两个最厉害的一走,绿华心便放了许多,以后情事,三人均曾眼见。

青璜说完,绿华也已回转。谢琳首先说道:"此事已听青璜妹子说起,姊姊处境困难,令友痴情也是可怜,久藏在此,终非了局。我想此事只有佛力度化,方可无害。妹子事完回山,必向家师求说,请其相助便了。"绿华闻言大喜,再三称谢。随对二人道:"今日秃贼邪法甚高,未容施展全力,便为洪弟所伤,决不甘休。此贼手狠心毒,炼有邪法九寒沙,此外异宝甚多。洪弟再与相遇,最好先用灵峤三宝制住他的本身元灵,勿留空隙,再将断玉钩与太乙神雷同时发动,方可永绝后患。否则,此贼最长暗算,识人甚多,海外妖邪多半是他后辈,定往仙山寻仇。固然洪弟法力高强,必可无害,但现当用功之时,岂不惹厌?"二女同声说道:"早知此贼是我叶姑对头,刚才我们也动手了。"李洪道:"早知如此,我只要放出一朵灯花,立可了账,何必费事?"谢璎道:"这可来不得。我们踪迹一现,毒手摩什妖人立可警觉。如知此宝在我们手中,必先隐匿逃遁,再过些日,元气炼复,除他便难。所以我们行动均用有无相神光隐身,虽也有现形之时,决不使其看出将有除他之意。妖孽虽知金幢厉害,一则幻波池诸姊妹未与我们一起,魔宫防备森严,邪法厉害,心仍自恃,以为我们畏惧轩辕老魔,必有顾忌。到了明日子夜,我三人突然前往,出其无备,方可成功,怎可打草惊蛇呢?"

　　众人笑语欢叙,时光易过,不觉到了用功之时,仍去分别入定。等次日功课做完,同时走出,林、司二女又陪往游玩全景。偶谈起卧眉峰主人雅善修治营建,匠心独运,清景如画。残雪早消,满山红叶与秋菊争艳,秋光独盛。主人不在,也可观赏,欲往一游,便信步行去。

　　五人快要到达,忽见一道白光刺空飞来,直往面前落下,现出一个道装女子,正是武当七女中的大姊张锦雯。与三人分别礼见之后,便对绿华道:"我原说山中哪有如此年幼的道友,原来李道友与二位姊姊宠临,无怪乎那么厉害的妖人,也不是对手了。"众人问故。锦雯道:"适才归途,发现川鄂交界深山之中,水木清华,洞壑幽奇,意欲日后为本门辟一洞府,前往查看。忽然发现有人在彼修炼,刚把身形隐起,便见两人走出。听他一谈,内中一个秃贼竟是小南极为首妖人尤鳌,主人乃昔年在东海三仙无形剑下漏网的妖妇半杨妃勾魂姹女马庚仙。秃贼说起昨日为李道友所伤之事,痛恨彻骨,必欲得而甘心,只不知姓名来历。已和妖妇定下毒计,由明日起,秃贼先来本山查访窥探。只一见面,便即诱往妖妇山中,用邪法困住,由妖妇吸取真阳,再由秃贼嚼吃肉身,方可报仇雪愤。我知又是林师妹那位冤孽所惹的事,此人也大情痴,长此纠缠,如何是好呢?"

　　谢琳插口笑拍了李洪一下道:"你这个胖娃娃,少惹点事,留神秃妖贼要吃你的肉呢。"李洪在旁，本就有气，不等说完，怒道："秃贼、妖妇实太可恶！反正无事，就此除去也好。"说完，手向张、林、司三女主人把手一拱，道声："行再相见。"双足一顿，破空飞去。谢璎一把未拉住，想要飞身追回。谢琳拦道："秃贼以前曾往金钟岛生事，叶姑门下两世妹几为所害，断乎容他不得。就此除害，岂不也好？"张锦雯道："我看秃贼、妖妇恶贯满盈，此去手到成功。愚姊妹尚有要事，未便远离，恕不奉陪了。"二女问明途向，作别起身，以为飞行神速，必可追上。哪知叙别稍为耽延，李洪年幼疾恶，匆匆起身，未及细问，只知地在川鄂交界深山之中，本来不易找到。也是妖人该死，阴错阳差，却在此时离山外出，二女反倒扑空，李洪却迎个正着，等二女寻到，双方已经恶斗多时，生出枝节来了。

原来李洪飞经川鄂交界，忽想起先恐二人拦阻，忙于起身，不曾细问山在何处，荆门一带，千山万壑，如何寻找？又不便回去问人。心想今天才第三日，有的是闲空，豁出把这一带山岭寻遍，也许查出妖人下落。心念才动，猛瞥见一道青光同了一道暗赤光华横空而渡，飞得极高，直非寻常目力所见。暗忖："秃贼飞剑已被我所毁，这道青光怎与其一样？莫非飞剑不止一口？暗赤光华也与赤阴教相似，说不定就是所说的妖妇。"立即跟踪赶去。

原意身形已隐，对方不能发现，等追上看明，再行下手。不料男女两妖人邪法甚高，还未近前，便被警觉，因觉来人决非平庸之手，特意诱往小峨山一个有力的同党那里，准备合力应付。那同党正是毒手摩什门下妖徒闵乌能，正在山上祭炼邪法，性本凶残，仗恃乃师凶焰，无恶不作。所炼邪法，得有师传，也极厉害。一见二妖人匆匆跑来，神色张皇，见面说不几句，李洪也已赶到。李洪因见邪法厉害，妖人已经现身，果是秃贼、妖妇连同妖党师徒，有十余人之多，正向自己来路指说，知被警觉。少年心性，不欲示弱，立即现身，方喝："妖贼纳命！"山顶上忽有一片乌金色的云光飞涌上来，将李洪围在其内。李洪虽不知妖党来历，但听二女说，这玄武乌煞罗睺血焰神罡的厉害。近来精习禅功，应变神速，心灵上略有警兆，灵峤三宝立即发动。玉玦祥霞首先飞出，护住全身。金连环连同断玉钩相继飞出。本来心有先入之见，毒手摩什又未见过，虽然当地山形景物与二女所说大峃山魔宫不类，但因所用邪法同一路道，心疑毒手摩什也在其内。又见金云电漩，血焰如潮，上下四外成了一片乌金色的火海，宝光以外，什么也看不见。那么强烈的护身宝光，所到之处，尽管纵横如意，并不十分为难，潜力却大，妖光随灭随生，散而复聚，越来越密。

李洪匆忙中不知妖徒伎俩只此，因素来强横骄狂，夜郎自大，当着同党

201

门人,表面虽还镇静,实已手忙脚乱,强行挣扎,损耗颇多,并不能持久下去。以为邪法厉害,二女又未同来,如无七宝金幢将妖邪困住,必被逃走。虽有制他之宝心灯在手,不能妄用。胜负两难,方在寻思。

对方男女两妖人原是行家,先觉闵乌能邪法可恃,人又刚暴逞强,不便伸手。及见李洪周身都是佛光祥霞环绕,邪法无功,大有相形见绌之势。妖妇首把腰间葫芦一拍,便有粉红色的淡烟杂着一股赤阴阴光雨,朝前激射出去。此是赤阴教中最阴毒的邪法,厉害非常。看去光并不强,中杂一股带着粉香的腥秽之气,洒中人身,骨髓皆融,终化脓血而死,连生魂带所化污血全被妖妇葫芦吸去。每害一人,便增加若干凶威。不论道力多高的人,猝不及防,如为所乘,初闻尚觉腥秽异常,只一入鼻,便觉另具一种檀香,越闻越爱。不多一会,便软瘫在地,听其摆布,终于化血而死。妖妇原因李洪仙骨仙根,致生邪念。又见李洪头顶祥霞,身环金光,精虹如电,上下飞舞,以为妖光血焰虽不能近,并非无隙可乘。所放毒气俱是凶魂厉魄与极污秽淫毒的精气合炼而成,能由心运用,得隙即入,敌人稍为疏忽,即受暗算。便用宝光护满全身,稍为疏忽,也必晕迷过去。对头法宝虽极神妙,终是年幼,无甚经历,多半不知利害。又因妖徒势绌,不容袖手。明知宝光强烈,此举必有损耗。继而一想:"敌人不知是甚来历,这么好的根骨禀赋,从来未见,如能吸取他的童真,足偿所失。"贪心一生,立即如法施为。秃子也将轻易不用的九寒沙发出助战。

李洪本有戒心,前生曾与赤阴教妖人对敌,深知邪法来历。又见九寒沙化为千万点碧萤,暴雨一般射来,乌金色光云血焰又未减退。一时惊疑,惟恐失算,便把莲花宝座取出,望外一扬,化为一朵金光万道的莲花宝座。本意腾身其上,不求有功,但求无过,先把自己护住,再打御敌主意。没想到西方至宝威力绝大,前与尸毗老人相斗,心存退让,全力并未发挥,这时却显出此宝的妙用。灵峤三宝本就万邪不侵,妖妇所谋只是徒劳,所用毒气并不能侵入丝毫,哪再禁得起这一件西方至宝的威力。一经施为,那千叶莲花瓣上突射出万亿金芒,所到之处,邪焰全消,毒氛尽灭。更有一圈佛光,大约十丈,悬向敌人头上,祥辉潋滟,徐徐流转。

妖妇先打着如意算盘,欲等对方中邪晕倒,立即连宝带人,一齐下手抢走,捷足先登,以免同党觊觎。待用玄功变化,掩向火海邪氛之中,相隔甚远,做梦也没想到祸发甚快。佛光一现,立被罩住,邪法全都失效,原形毕现,想逃已是无及。李洪原为有点疑虑,上来便照杨瑾所传,猛以全力施为,未料此宝如此威力。一见金莲涌出,邪法全破,天色立转清明。妖妇忽在身前不远现形，手执阴火葫芦，周身邪烟围绕，被佛光罩定，正在强力挣扎，似想逃走。知道上有佛光，下有金莲，任何邪法异宝俱难侵犯，无须再用法宝防身。于是将手一指，断玉钩先飞出去。妖妇首当其冲，精虹略闪，立时毙命。如意金环宝光赶上前去，裹定一绞，连人带葫芦一齐消灭。

秃子见势不佳，急纵妖光逃去。闵乌能看出不妙，再不见机，必无生理，心中愤恨，急怒交加，也忙化为一溜乌金色的妖光，电驰遁走。

李洪虽觉妖人邪法不如意料之甚，但是相貌狰恶，身材高大，连所发妖光均与二女所说相似，仍疑心是毒手摩什本人。也许幻波池新遭惨败，元气未复，故此法力大逊。一见逃走，惟恐二女不在，被其逃脱，因而误事，便着了急。立纵遁光加急追去，百忙中连所用法宝也未收回，身在莲花宝座佛光环绕之中，前面又有一道金红色的交尾精虹和灵峤三宝所发宝光，相率齐飞。一时光焰万丈，上烛重霄，慧炬流天，星驰电射，顿成亘古未有之奇观，千万里外俱能看见。

当时只苦了山顶上一伙毒手摩什门下的徒子徒孙。因妖师情急逃命，忘了携带，敌人来势又万分神速。知金莲宝座本是佛门降魔至宝，寻常妖邪只吃那圈佛光照住，或被金莲宝焰射中，决难幸免；常人遇上，转可无事，且增智慧。这班极恶穷凶的妖徒一经接触，立生反应，欲逃无及，佛光宝焰已照上身来。李洪只顾追敌，并未在意，众妖徒却全数遭报，死于就地。总算李洪不曾有意诛戮，佛法慈悲，经此佛光一照，邪法戾气与原有恶性一齐解消，仍可前去投生，转入轮回，只不过法力全失，与常人死后精魂一样罢了。当地原离大峇山魔窟不远，双方飞得又快，不消片刻，先后飞近。

这时毒手摩什正在宫中修炼，欲谋异日报仇之计，忽见一个门下妖徒神色慌张，飞身入报说："闵师兄被一个敌人追来，已将到达。"毒手摩什闻报大怒，身形一晃，便到宫外。迎头遇见妖徒鼠窜逃来，手指身后来路，连话也顾不得说，神色甚是惊惶。毒手摩什素日凶威远震，无人敢撄其锋，这多年来只小寒山二女曾来本山与之对敌，由此连遭挫折，想起便怒不可遏。一听有人追上门来，想起前事，更是火上加油，暴跳如雷。因愤妖徒脓包，怒吼一声，方要打去。猛瞥见遥天空际，一座千叶莲台带着大片金光祥霞，电也似飞。先前吃过佛门中人的亏，一见这等声势，疑是平日意想中那几个强敌来寻晦气，不禁惊疑。再一想："来人如是方今佛门中几个有名人物，妖徒一遇，早为所杀，怎会被其逃走？再说来人也不曾这等卖弄，许又是对头门人有意欺人。"念头一转，怒火重又上升，李洪也已追到。一见来人是个不满十岁的幼童，又见周身俱是法宝防护之状，分明年幼无知，仗着师长法宝，私出生事。觉着自己多年威望，无人敢惹，如今时衰运背，连这么一个乳臭未干的幼童也敢上门欺人，怒极之下，心想："来人根骨至佳，从所未见，如能摄得生魂，祭炼邪法，报仇必可如愿。"毒手摩什自从幻波池逃走以后，也曾防到对头寻他晦气，魔窟内外均设有极厉害的埋伏禁制。于是将手一挥，立即发动。

李洪正追之间，瞥见妖徒下落的山头竟有大片平地，一头矗立着数十幢金碧楼台，殿阁崇宏，气象万千。前面更有无数琪花瑶草，佳木秀列，软草如茵，山光泼黛，景极壮丽，有似神仙宫阙，不类人间。但用慧目法眼遥一谛视，便看出其中邪雾隐隐，暗含煞气。快要飞到，忽见殿前玉平台上突现一人，紧跟着两旁金碧台榭内又飞出一伙奇形怪状的妖人。前追之敌，也已落地现身，先出妖人把手一扬，便即退去。这才看出为首一个，正是毒手摩什。暗忖："这里方是大岙山魔窟，至多挨到明朝，二女必要寻来，一举成功。"心中一放，人已飞上山顶。

要知下文许多惊险新奇情节，俱在以后各回披露。

第二六三回

惊丽质　蓦地起微波
愤轻狂　凌空飞巨掌

话说到李洪独自一个追赶妖徒，不料竟追到大峇山毒手摩什魔窟门上。等到发现毒手摩什在对面山顶上现身，才知先前所追不是本人。虽幸妖孽未被滑脱，但是小寒山二女不曾跟来，是否能敌，尚无把握。方在惊喜交集，人已飞近。毒手摩什见来人是个幼童，越发愤怒，立意生擒，用邪法逼问口供，摄取元神祭炼魔幡。厉吼一声，扬手一片乌金色的光幕飞将出来，将李洪连人带宝光一起罩住。这玄武乌煞罗睺血焰神罡在魔法中最是厉害，李洪虽有佛光、法宝护身，毕竟今生功力不够，只能仗以防身，取胜却是无望。这还是毒手摩什日前幻波池连受重伤，妖光魔火损耗太甚，所剩只是一点残余，虽然连日苦练，尚未复原，否则更凶，但也伤害李洪不了。

李洪不知就里，一见妖光当头压到，跟着血焰如潮，四外涌来，防身宝光以外，成了一片暗赤色的血海，乌金色的妖光更是箭雨一般射到。虽为宝光、佛光所阻，不能近身，但上下四外全被胶住，无法行动。比前遇妖徒固凶得多，连尸毗老人魔光血焰也似无此厉害。耳听毒手摩什现身恶骂："何方小狗，通名纳命，少时可免好些苦痛。你那法宝不过稍捱时候，我只要略用玄功，你连人带宝立时粉碎了。"李洪想起二女以前所说妖法厉害，虽有制他的法宝，不能妄用。方想把如意金环和断玉钩放出防身宝光之外试试，忽听两个女子声音同声接口清叱道："无耻妖孽，少发狂言，你今日恶贯满盈，活不成了。"刚听出是二女的口音，话还未完，猛瞥见一幢祥霞突然涌现。同时又听一声厉啸，那布满山顶高入数百丈的妖光血焰，连同毒手摩什师徒多人，全数不见，只有十几道妖光黑烟往祥霞中投去。天色重转清明，妖氛尽扫，云白天青。面前七宝金幢仍在徐徐转动，祥辉潋滟，彩霞千重。内中现出谢璎跌坐在地，身后站着谢琳。金幢约有三丈多高，丈许粗细，由谢璎头上升起，将二女带妖人一齐笼罩在内。

李洪再看毒手摩什师徒十余人，仅有两条黑影随同毒手摩什在光幢外围之内上下冲突，往来飞舞，倏忽如电。正在注目查看，一会工夫，妖徒肉身早已消灭不见。元神所化黑影，随同佛光祥霞闪变之际，一个个由浓而淡，转眼化为乌有。只剩毒手摩什尚在光中张牙舞爪，拼命挣扎，想要逃出。谢琳一手掐着一个灭魔诀印，一手指着一道佛光，射向妖人身上，随同飞舞，似以全力防范，不敢丝毫松懈之状。谢璎闭目趺坐，神仪内莹，正在默运禅功，加增金幢威力。二女本来美绝天人，再吃佛光祥霞一陪衬，越觉宝相庄严，仪态万方，容光照人，不可逼视。

李洪方在赞妙，待要走进，忽见谢琳朝自己看了一眼，面有怒容。随闻妖人厉吼悲啸之声，由光幢中隐隐传出，挣扎冲突，势更猛急。再看谢琳，好似有点制他不住，神情也不慌乱。暗忖："金幢乃佛门至宝，多厉害的妖邪一被困住，休说逃生，连声音也被隔断，想向同党求救也办不到，吼啸之声如何听出？"又见金幢祥霞大盛，转动渐快，啸声也时闻时辍。猛想起："心灯佛火尚未施为，妖人未受重创，已被二女擒住。闻说妖法厉害，声到人到，已经听见啸声，许是金幢制他不住，莫要被他乘机逃走，却是大害。"心中一动，手掐法诀，取出心灯。谢琳脸上忽现喜容，越知所料不差。

李洪方想如法施为，说时迟，那时快，毒手摩什魔影忽在金幢光层内急挣了几挣，一片极淡的血焰妖光倏地爆散消灭，毒手摩什前半身竟然冲出光外，妖遁神速无比。这时毒手摩什已拼舍弃原身，只留妖魂元神，本来非被逃走不可。也是恶贯满盈，数限将终，二女又以全神贯注在他身上，金幢威力绝大，挣逃甚难。毒手摩什将原炼形体失去，已是痛心万分，出于无奈，再将三尸元神葬送两个，自更不舍，欲保全魂而逃，以致弄巧成拙。

二女原恐附近有气候的生物无辜受伤，又恐隐却宝光，李洪看不见自己，特用有无相神光笼罩在外，未将金幢全力施为，以免波及。及见妖魂要逃，心中一急，便不再顾忌，加增威力。毒手摩什身刚逃出一半，便被吸住。毒手摩什知被擒回，再逃更难。这时方在咬牙横心，拼着苦练六十年，想要分化元神，只保得一半残魂逃去时，就在这时机紧迫，不容一瞬之际，李洪手指处，青莹莹只有豆大一点极柔和的佛火神光，已经发将出去。双方相隔甚近，恰好迎个正着。毒手摩什神通广大，见多识广，百忙中瞥见幼童手上拿着一盏玉石灯檠，灯头上发出一朵灯花，看出是件佛门至宝，情知不妙，无如里外受敌，想逃如何能够。刚被打中，只觉身上微微一凉，佛火神光随即爆炸，将元神震散了一半，只惨嗥得一声，立被金幢佛光摄去，转眼合成一条黑影。虽然仍在里面挣扎，比起先前便差多了。金幢转动，便由快而慢，回恢了原状，渐渐停住不动，光霞也减少了多半。这原是瞬息间事，先后不过半盏茶的工夫。

李洪见妖魂逐渐势弱，知已无碍，正在高兴，忽听谢琳娇嗔道："洪弟还不收了你的法宝，进来代我护法！妖孽这一声鬼叫，不知要有多少妖党被他引来。强敌将到，你一人在外，如何应付？"说时，李洪已如言走进，觉着由光层中穿过，若无其事。知道佛门至宝，随同主人心念所至，因人而施，果然神妙无穷。方在赞妙，谢琳已埋怨起来，说因李洪忘了施展心灯，看出妖人欲用玄功变化逃走，略用眼色示意，稍一分神，差点没被漏网。李洪随问如何寻到此地。

原来二女照张锦雯所说妖人巢穴寻找，敌我俱无踪影，惟恐有失。正在巫峡上空飞寻，忽遇金姥姥罗紫烟说："适才空中遥望，李洪在佛光金霞环拥之中追一妖人，往西南方大巴山一面飞去。前面妖人驾着一道乌金色的妖光，颇似毒手摩什门下。"二女闻言大惊，立用有无相神光隐身急追，到时李洪已被困住。便乘妖人口发狂言，尚未警觉之际，冷不防施展七宝金幢，将毒手摩什师徒一起擒住。虽然出其不备，得手容易，不似预计之难，但下手早了一天，难免不生波折。又知这类妖邪颇具神通，同党呼啸，均有邪法运用，不论多远都能听见。毒手摩什这一喊，必已发出求救信号。轩辕老怪因知劫运将临，邪法尚未炼成，惟恐因此生出波折，牵动全局，虽然不敢出手，但毒手摩什是他第四爱徒，任人宰割，心必不甘，定必示意妖徒来援。而毒手摩什本人所结妖党，也不在少，必来为他报仇。谢琳不愿李洪犯险，又恃学会绝尊者《灭魔宝箓》，便令李洪用心灯代她护法，以便专心御敌。

刚刚准备停当，将宝光缩减，便由金幢中看出申屠宏绕道飞来。另外两三起妖党也由天边出现，各纵妖光，似往当地飞到。李洪知道这些敌人定极厉害，申屠宏此来，必为不放心自己是否在此。忙告诉谢琳，令其示意申屠宏快走，不令其停留。同时把身隐起，人在金幢之内，千百里内人物往来，俱能看见，更能随意隐现。申屠宏到时，未看见李洪，谢琳又挥手示意，又见天边两道金碧光线与几道妖光三面飞来，自己又有事在身，不便久留，便往幻波池飞去。

申屠宏刚走，先是那两道金碧光线飞落山顶，现出两个头顶金莲花，各披云肩，臂腿半裸的白衣道童，一现身，便手指金幢，喝令二女现身答话。

谢、李三人见这两个道童面如冠玉，皆是英俊，赤着白足，年纪不过十五六岁，和画上哪吒、红孩儿相似。又都生得一般高矮，装束相貌宛如一人，分不出谁长谁幼。连人带那金碧光华，均不带一丝邪气。虽不知来人乃魔教中第一等人物尸毗老人的爱徒田琪、田瑶，初见也未有甚恶感。尤其李洪，见他们这等相貌打扮,惺惺相惜,首先有些喜爱,本意不愿伤他们。三人均在金幢祥霞之内,万邪不侵,一心想等毒手摩什炼化之后,再作计较,任其叫骂,没有理睬。

转眼之间,又飞落三个妖人,都是满身妖气,面目狰狞,神态凶恶。一到便各施展邪法,放出各色各样的妖光、法宝,上前夹攻,纷纷厉声怒骂,话甚秽恶。

随后又一妖妇赶到,相貌奇丑,偏是赤身露体,不挂一丝,只有一团粉红色的彩烟将身围绕。紫黄色的胖身体上,画着不少赤身俊男美女。始而不曾动手,只在光层之外摇头晃脑,做出许多妖声媚气,向三人娇啼哭喊说:"毒手摩什是我情人丈夫,快快放还便罢,否则我身带诸天欲界阴阳五淫神魔,稍一施为,你们连元神带肉体,全被我身上神魔享受了去,休想活命。"又说:"我虽然相貌不大讨人喜欢,但是身具艳质奇资,不论仙凡,无此禀赋。又具阴阳二体,平生阅人千万,从无一人合意,只有毒手摩什情郎是我心爱之人,无如他情爱不专,一年中难得聚上两次。适才闻他求救之声,特意赶来相救。也知道你们正派门下专与他这样的人作对,如能看我五淫仙子情面,将他放出,他对我固是知恩感德,而我有了合意郎君,常年快活,必定同他隐居在那小春城诸天欲界之中,终日厮守,永不出山害人为恶。你们无形中也算积了极大功德,彼此两益,何苦结什么冤家呢?"

这妖妇即五淫仙子秦媛,长得奇丑,说话偏那么浪声浪气。那粗如水桶的腰身,连同前胸一对肥肉口袋,后身两片紫酱色的肥臀,还随同乱扭,丑态百出,厥状至怪。先来三妖人深知妖妇厉害狠毒,始终在旁夹攻乱骂,只让出中间一段,由其向前答话,眼看别处,故作未见。田氏兄弟见此怪状,也忍不住笑出声来。谢、李三人本来打算除去毒手摩什之后再说,藏身宝光之中,对这些妖党全不理睬。及见妖妇这等丑怪,简直梦想不到;再想起毒手摩什那副尊容,与妖妇恰好配对。初遇不知来历,谢琳首先忍不住好笑起来。哪知妖妇邪法厉害,别具专长,即此也是邪法之一。幸被金幢宝光隔断,未受暗算,否则谢琳这一笑,先吃大亏了。

妖妇早就看出毒手摩什只剩残魂在内,勉强挣扎。暗中激怒之下,因对方三个少年男女根骨之好,从来未见,竟生妄念:既想代毒手摩什报仇,救出残魂;又想把敌人真神摄去。及见邪法无功,内中一个少女同一幼童还在指点自己笑骂,竟如无事,不禁大惊。当时一声怒吼,现出本来面目。浓眉往上一竖,两只猪眼突泛凶光,拍手跳脚,狼嗥也似破口大骂起来。

谢璎近来禅功精进,佛法越高,一经运用,便如一粒慧珠,通体灵明,不染丝毫尘滓,任何事物,绝难摇惑。此时正在灵光返照,潜心默运,打算时机一到,再发心灯佛火,消灭残魂。妖妇尽管丑态百出,直如未见。谢琳却是不然。因七宝金幢已有乃姊主持,护法有人,又恃练就伏魔诛邪之法,先见群邪猖狂,本就跃跃欲试。又见妖妇怪声怪气,哭求了一阵,无缘无故忽然翻脸,张着一个连腮血唇大口,露出满嘴黄板牙,唾沫横飞,跳脚乱骂,出语更是污秽不堪,便是鸠盘、嫫母、恶鬼变相,也无此丑怪,不由有气。李洪更是早就厌恨。于是双双不约而同,一个把断玉钩化为剪尾精光,一个把碧蜈钩化为一道翠虹,同时飞射出去。

不料田氏弟兄喝骂一阵,见对方三人不曾理睬,当作有心轻视,越发有气。把来时所闻妖人激将之言信以为真,早要发难。不过二人出身虽是魔教,因尸毗老人为人正直,除因身是旁门,恐正教中人轻视,无甚往还,交游不多,大半左道又与乃师一样习性,专喜意气用事而外,善恶之分,却极明白。见妖妇淫秽丑态,也是心生厌恶,羞与为伍。这还是与群邪同在一面,妖妇不曾犯他;如在别处相遇,绝看不惯妖妇这等淫邪无耻,也许动手杀她,皆未可知,如何还肯与之同流合污?因此一来,反倒停手住口,暂作旁观。心料妖妇邪法虽高,不是对方三人之敌,想等妖妇败退,再行上前,以示并非妖党。只为闻说二女学会绝尊者《宝箓》,要将宇内魔教中人一一除去,自己虽已随师皈依佛法,以前总是魔教,为此不服。又与轩辕门下妖徒好些相识,还想寻对方理论,教她知道魔教中人厉害,就便救出毒手摩什,应人之托。停手以后,仔细往光中一看,见二女生得美胜天仙,清丽绝尘,又是一般装束相貌,不由生出爱意。暗忖:"自己也是孪生兄弟,又都生得那么美秀,自负举世无二,谁知天地钟灵毓秀,并不偏私,竟会生出这样两个少女。师父近来虽习佛法,因是得道千年,法力高强,无从拜师剃度,至今不曾受戒。本门不禁婚嫁,新近师父还将师妹的前生爱侣擒来,迫令允婚,自己学样,当不怪责。如得此女为妻,岂非天造地设,两双四好,永传佳话?"想到这里,多年道心,竟为二女美丽容光摇动,本就越看越爱。谢琳再因妖妇丑态,嫣然一笑,越发爱极,正在痴看。不料两道虹光电射飞出,当前妖妇五淫仙子秦媟首先化作一片红粉色的妖光,一闪不见。

李洪年幼爱才,对于二田并无敌意。见妖妇逃脱,右侧三妖人正以全力猛攻,想救毒手摩什。金幢宝光虽冲不进,但谢璎一心对内,未将金幢威力向外发挥。而来的这三个妖人,所持均是魔教中的异宝,厉害无比,如换别的法宝,早已被他毁去。尤其内中一个身材高大的妖徒,竟用大量阴雷来攻。只见一团接一团茶杯大小紫碧二色晶球,在光层外连珠爆炸,发出极猛烈的雷火精芒,连同另两妖党手上发出来的十几根血焰火礜,所到之处,激撞起千重霞彩,花雨缤纷,霹雳之声震天动地。如非金幢镇压,轩辕老怪秘炼阴雷与九烈神君异曲同工,凶威最猛,休说为数这么多,只消两三粒,两座大峇山也被从顶到底连根炸去,成了平地。就这样,当地虽无甚残破,附近峰峦也被震裂了不少,纷纷倒塌,此起彼应,轰隆轰隆,响成一片巨震,声势猛烈,也实惊人。此时正越来越猛,李洪自是不容,一指断玉钩,改朝三妖人飞去,双方斗在一起。

谢琳见妖妇逃脱,本来想与李洪合力御敌,猛瞥见田氏弟兄痴看自己,低声说笑。金幢以内,心灵所注,能听出千里以外,任何巨声繁喧均不能乱,照样听得逼真。先见二童喝骂叫阵,因见身无邪气,左道妖邪中从来无此妖人,当是海外散仙一流,受人蛊惑而来,本和李洪一样不想伤他。及见神色可疑,行法一听,对方竟垂涎自己美色,正在暗中商议,想用魔法擒回山去为妻,如何不恨?当时大怒,以为两道童决非好人,立意除他,不愿再寻三妖人的晦气。一面指挥翠虹,改朝田氏弟兄飞去;一面把近炼的伏魔法宝,纷纷飞将出去。田氏弟兄竟然不惧,朝着二女,喜孜孜同喊得一声:"好!"连身化作两道金碧光华,与那四五道宝光、雷火斗在一起。

妖妇五淫仙子秦嫫邪法高强,本非真败,因见金幢神妙,邪法难侵,又见钩光厉害,措手不及,本意败退诱敌,将邪法准备停当,乘隙暗算。二田动手一挡,敌人法宝又在纷纷发出,正合心意。知道这类法宝多与主人心灵相合,如在行法时先有准备,不令上身,便有成功之望。只要对方心神稍受摇动,所炼五淫神魔便如影附形,不到把对方真元吸尽,骨销神灭,决不停止,便是天仙也难解脱。又看出田氏弟兄对她意存鄙视,对于二女却甚有情,不由激发天生凶残淫妒之性,妄想就势连男带女一起下手。这时刚刚准备停当,飞将回来,二次现身,手朝脐下一拍,妖妇丑怪形体忽然隐去。谢、李三人面前,忽现出亩许大小,明镜也似一团略带红粉色的光华。先前妖妇身上所绘五对赤身美男美女,忽同出现,在一片繁花盛开的桃林之内,舞蹈起来。始而粉臂轻摇,玉腿同飞,雪股酥胸,极妍尽态。跟着艳歌互唱,媚笑相闻,声音柔曼,荡人心魄。到了后来,更是横陈花下,引臂替枕,活色生香,备诸妙相。

谢琳禅功本有根底,道心坚定,不合心愤敌人,必欲置之于死,全神贯注在田氏弟兄身上,生了嗔念,心神已分。索性厌恶妖法污目,不去看她也罢。一则妖妇邪法相隔不远,正在对面,占地又大,目光所及,不容不看;再则谢琳童心未退,性最爱花,又擅灭魔大法,未免自恃,不知厉害。见那片花林花光潋滟,灿若云锦,十分好看,一时大意,不由多看了一眼。及见林中邪魔诸般丑态,不愿再看下去,暗骂:"该死妖妇! 少时一定教你形神皆灭。"正想用法宝破那妖法,猛又瞥见镜中飞起一蓬粉红色的彩烟,朝外面宝光中射去。当时心神一荡,心旌摇摇,心灵上立生警兆。知道妖法厉害,虽然金幢阻隔,不曾受害,因所用法宝与心神相合,也竟受了感应,几为所算,可见阴毒无比,不由大吃一惊,改了先前轻视之念。于是忙把最具威力的灭魔大法施展出来。

妖妇不知金幢威力不可思议,就算谢琳神魔已经附身,不过元神稍受损耗,谢璎必定警觉,稍为运用,不特害人不成,那淫魔也必消灭;再不,便是倒戈相向,反攻主人。本来万无幸理,偏又是既贪且狠,竟想谢、李三人之外,就便连田氏兄弟一齐下手。做梦也没有想到,李洪九世童贞成道,虽然年幼,不论法力,专论道力,竟比二女还要深厚。不特见如未见,无动于衷,反倒恨她污目,正要一举除她。而另一面,田氏弟兄得道多年,又是行家,虽未见过妖妇,闻名已久,知她淫毒无比,不论亲疏,早有防备。先还想妖妇震于自己师徒威名,必不敢犯,不料竟连自己齐下毒手,毫不顾忌,不由大怒。又想借此向心上人卖好。于是同声大喝:"谢道友暂停玉手,留神邪法暗算,我代你除此妖孽。"随说,田琪扬手一蓬彩丝,暴雨一般发将出去,首将那团妖光一齐网住。田瑶又发出三根血红色的飞钉,朝妖光中打去。李洪为想一举成功,竟将金莲宝座取出,手掐诀印,往外一扬,那圈佛光立飞出去,罩在红丝妖光之上。

妖妇隐身妖光之内,见所想擒的五人,除谢琳面色略变,即复原状外,一个也未受动摇,心中惊奇。正待加紧施为,忽听二田喝骂。猛想起:"欲令智昏,怎会忘了这两人? 看去年幼,实则得道年久,又是尸毗老人爱徒,如何惹他们?"情知不妙,方欲收法暂退,谁知对方出手神速,恰又同时发动,刚被红丝连人带淫魔一起网住,连中三根魔钉,现出原形。那五淫神魔所化的十个美男美女也齐现原形,变作十个青面獠牙,形如骷髅的狰狞恶鬼,一窝蜂朝自己扑咬上来。心中一慌,佛光也已照到,本就万无生理,另一面谢琳又扬手一片雷火打到,三面夹攻,妖妇固是形神皆灭,连带二田的那蓬红丝和三根魔钉,也一起消灭。

谢琳心恨二田轻薄,妖妇一死,又指宝光夹攻上去。田氏弟兄把师门至宝连失其二,不由急怒交加。又看出谢琳恨他们已极,明知对方厉害,无如心爱二女,又从未丢过这样大人,就此退去,面上无光,只得各施法力斗在一起。双方相持,不觉过了一日夜。谢琳成心要制二田死命,见对方法力甚高,法宝层出不穷,急切间无奈他何,欲用所习小金刚灭魔神掌伤之。但是刚刚炼成,尚未用过,此法威力太大,功力不纯,一个驾驭不住,自身元气也要损耗。事前还要准备,必须有人相助,始保万全。谢璎专炼毒手摩什;李洪正与三妖人为敌,刚刚得胜,又来了两个妖党,打得正紧。又看出李洪对于二田似无敌意,越不好意思把前闻之言告知。打算暂时相持,等到妖魂将要炼化,再告知姊姊,一同下手。本来毒手摩什的妖魂黑影,至多再有几个时辰便可消灭。谢琳如不先发,到时二女合力上前,只将七宝金幢往前一罩,田氏弟兄便难幸免了。

事有凑巧,玉洞真人岳韫的两个门人孙侗、于端,因随师父武夷访友,遇见过二女两次,意欲结纳,闻说二女在大衾山化炼毒手摩什,有不少妖邪前往作梗,特意赶来相助。见田氏兄弟孪生,相貌非常英俊,所用法宝邪正皆有,甚是神妙,谢琳与他俩只打个平手;李洪以一敌众,却常占上风:心中奇怪。便飞身上前喝道:"你二人乃何人门下?不去好好修道,来与邪魔为伍?少时形神皆灭,悔之晚矣!"田氏弟兄正没好气,闻言怒答道:"无知鼠辈,也配问我们姓名!说出来吓你一跳。我弟兄乃火云岭神剑峰尸毗老人门下田琪、田瑶。从来不与别人相干,因闻小寒山二女近炼《灭魔宝箓》,口发狂言,要将魔教中人一网打尽,为此寻她。先见她姊妹并不似传言那等骄狂,又是孪生美秀,已不想与她俩计较。恰值妖妇用五淫神魔暗算,摄她真神,被我二人看破,助她先将妖妇现形困住,合力杀死。此女不知好歹,反将我们法宝毁了两件。此时除她姊妹嫁我二人,绝不甘休!"孙、于二人一听,对方竟是尸毗老人爱徒田氏兄弟,心中一惊,本在踌躇。及听到末两句,不由大怒,各把法宝、剑光纷纷放出,上前夹攻。谢琳听对方公然当众明言,要娶她姊妹为妻,不由怒上加怒,更不再有顾忌。随即暗嘱李洪,暂缓与群邪为敌,彼此合力,先将二田除去。

正说话间,申屠宏忽然赶到。李洪一见大喜,一面答应谢琳,一面高喊:"大哥怎又寻来?花道友呢?"申屠宏看出田氏兄弟必败无疑,因在光幢之外,还不知谢琳要下那等杀手,忙用传声说:"田氏弟兄并非恶人,与阮征还有渊源,千万不可伤他们。"其实李洪自听对方道出姓名、来历,已无伤害之心。只为深知谢琳心性,又见她第一次这等生气,如不依她,少时必受责难,口虽应诺,心中早打好两全之策。再听申屠宏一说,越发小心。知道日前往救阮征时,田氏弟兄必已离山他去,受人之恩,不知二女厉害,生此妄念。见谢琳已将外面法宝收回,由孙、于二人迎敌,暗中默运玄功,准备发难。欲向二田警告,故意喝道:"我名李洪。阮征是我二哥,为令师所困,便是我同谢家两位师姊救他脱险,你们难道不知厉害么?"田氏弟兄虽因二女只守不攻,不曾发挥全力,毕竟得道多年,早已看出神妙,知非易与。只为天性好胜,不肯服输,又丢了好几件法宝,心中怨恨。二女寻毒手摩什时不曾眼见,自恃练就玄功变化,兼正邪诸家之长,所用法宝均极厉害;心又不舍二女,明知不能如愿,仍想勉为其难,只管迟疑不决。不料孙、于二人因在途中听姜雪君说起二女诛邪之事,只想见好,特地回山把师门几件至宝全带了来,内有两件恰是专制魔法的克星,正待施为,即此已是难当,哪再禁得起谢琳一击,双方又是同时发动。

正斗之间,谢琳突在有无相神光护身之下,飞出光幢,一声清叱:"小贼纳命!"随说,玉手往外一扬。田氏弟兄见谢琳现身出斗,想说两句便宜话,口还未开,猛瞥见金光奇亮,光中一只大约亩许的蓝手,由敌人玉臂上飞起,发出轰轰霹雳之声,当头打到,这才知道不妙。弟兄二人最是友爱,田琪因见敌人法力太高,身子已被金光照住,情知不能幸免,惟恐与兄弟两败俱伤,不特未逃,反倒迎上前去。回手望头上一拍,头上莲花金顶立时飞射出千重金色莲焰,朝那大手迎去。满拟用师传防身救命之宝挡它一下,好放兄弟逃走。自己无事更好,如若不敌,拼受一点伤,再纵玄功遁走。不料神掌威力至大,如何能与相抗。另一面,孙、于二人又将专破魔教元神的五雷神锋发将出来,两面夹攻,全都厉害非常,形势危险万分。

幸而五行有救,阮征也在谢琳发难以前,由小南极赶来,见状大惊,当时不便现身,忙用传声告知李洪,令其暗中解救。李洪本有此心,又最听申、阮二人的话,假装从旁相助,一指断玉钩,朝正中飞去。申屠宏更是早有准备,也将伏魔金环连同飞剑一齐发出。田瑶瞥见金光蓝手当头压到,乃兄不顾危险,口喝:"瑶弟速退!"自己犯险迎上,知道凶多吉少,不禁大惊。危机已迫,知拦不住,又以弟兄情重,不愿独退,正拼运用玄功,冒险抢救。晃眼之间,田琪已被神掌打中,当时金冠震裂,血流满面,受伤甚重。那旁孙、于二人的宝光、雷火,又似暴雨一般打到。不由心胆皆裂,料知不能逃命,怒吼一声,待用魔教中解体分身大法,与敌人拼命,就算二女有佛法护身,不致受伤,拼得一个是一个,好歹也将孙、于二人杀死泄愤。

说时迟,那时快,就在这心念微动之间,猛又瞥见一道精虹剪尾飞来,恰将蓝手挡了一下,未再下去。同时斜刺里又飞来一环佛光,将孙、于二人的法宝神雷挡住。这两起来势都是又巧又快,虽只微微一挡,不过瞬息之间。田氏弟兄久经大敌,应变神速,最是机智,百忙中见两面强敌均被对方自行隔断,知是逃生机会。田瑶就势一把抱起田琪,化为一道金碧光华,飞身遁走。迎头又遇孙、于二人，扬手一蓬飞针打到。正在惊惶，恐乃兄禁受不住，不料那环佛光正往回飞，似有意似无意地又将飞针挡了一下，然后转往斜对面众妖人中飞去，田氏弟兄始得逃退。逃时瞥见那用佛光解围的，是个大头麻面少年。心想："照此情势，分明成心解救，连那小孩也似有意助己逃难。"虽知这两人明是敌人至友，当时还未想到阮征身上。满腹悲愤之下，正待逃回山去，禀告师父，设法报仇。

谁知孙、于二人见二田逃走，知已闯了大祸，除非将其擒住，迫令服输，立下誓约，否则后患无穷。见谢、李二人正在争论，那发佛光的麻面少年并未去追，直似有心助敌神气。又愤又急，不暇理论，匆匆飞起便追。惟恐敌人飞遁神速，被他逃走，竟把师父一向不许轻用的五云天罗向空撒去，晃眼展布空中。一面照准逃人，穷追不舍。二人在玉洞真人门下多年，法力颇高。田氏弟兄伤败之余，不能同运玄功，晃眼便被追近。田瑶抱着乃兄同飞，回顾敌人越追越近，四面天空均被五彩光网布满。知道再被追近三五里内，光网往下一罩，立被擒去。兄长又被重伤，没奈何只得拼耗元神，咬破中指，回手一弹，用魔教中滴血分身之法，幻出同样一道光华，带着两个人影，在血云拥护中，往斜刺里飞去。真身却用玄功往相反的方向遁走。因有一人受伤，空中又被五色云光隐隐罩住，不能逃远，意欲就近觅地藏起。刚向前面山谷中降落，孙、于二人已用两仪天昙镜发现幻影，又用镜光照查，跟踪追来。幸遇龙娃，得救回山。

申、阮二人和李洪匆匆见面，便令他将心灯交与谢琳，前往暗助二田脱难。李洪走后，在场诸妖人均为申、阮二人所败。除有两个为谢琳就势用神掌击成粉碎而外，全数受伤逃走。跟着又来了几个妖邪，均是左道中能手。申、阮二人因见二女成功在即，不想多结仇冤，只将天璇神砂会合西方神泥，一同放起，护住山顶，不去理睬。这时整座山头，都在五色星砂与金光灵雨笼罩之下，多高邪法也难侵入。孙、于二人偏又将云网远布，盖向上层。不料后来这批妖邪，竟有黑伽山主丌南公门人在内，邪法自是厉害，几乎毁却一件至宝。孙、于二人见云网受阴雷、妖光冲击，眼看要破，同时又听师父用千里传声，催令速回，只得收了法宝，连二女也未见面，便即飞回山去。

众妖人连用邪法、异宝攻山，均被神砂阻住。又相持了些时，谢琳见毒手摩什妖魂黑影越来越淡，挣扎之势逐渐缓慢，好似就要消灭神气。暗想："李宁曾说，这妖孽本由精魂炼成肉体，又曾炼就三尸元神，与别的妖邪不同，邪法甚高，哪怕只剩一点残魂余气，经妖师祭炼数十年，仍可成形复原；非仗心灯佛火之力，不能将其消灭。否则，如用金幢，便须多耗时日，至少也在七天以外始能化尽。旷日持久，必生枝节，势须从速。总共两天工夫，怎会消灭殆尽？可见金幢虽无那一粒舍利子，仍有这大威力妙用，不仗心灯，也许能够成功。"

谢琳正在寻思，不料妖魂刁狡，自知难于逃死，二次被禁以后，想下诡计。知道佛门至宝，抗力越强，反应越大，消灭更快，便不再十分挣扎。一面拼受佛光炼形之厄，忍痛待救，故意装出力弱不支，借用玄功，准备最后一试，作那万一之想。这时因见群邪相继死散逃亡，新来援兵不能攻进，光幢之外又是星砂弥天，祥光如海，自知逃生望绝，那佛光炼形苦痛也实难忍受。万分愤恨之下，早想出其不意，与敌拼命。又见李洪离去，谢琳正与申、阮二人说笑。谢璎又把眼睁开，笑向来人点头。似因自己形影越淡，快要消灭，不知暗藏诡计，意存轻视，心神已分。不由触动凶心，妄想乘着仇人心神松懈之际，猛下毒手，与之同归于尽。

毒手摩什用心虽是刁毒，实则并无用处，死得更快。谢璎早有准备，金幢佛光已将妖魂隔断，多厉害的邪法也难施展。何况谢琳手持心灯，应变又快。见妖魂微微挣了两挣，倏地一闪，由大变小，缩成尺许长一条黑影，张牙舞爪，目射凶光，猛向谢琳头上便抓。同时闻得谢璎喝道："琳妹还不下手！"谢琳立被提醒，手掐诀印一指，灯头上便飞起一朵青莹莹的佛火灯花，照准妖魂打去。妖魂本拟骤出不意，刚把元神缩小凝聚，忽见谢璎目注自己，正在微笑。面前祥光突盛，身被隔断，无法冲过。同时佛光潮涌，上下四外平添了无限压力，将妖魂紧紧逼住，不能移动分毫，才知弄巧成拙。刚刚吼得一声，佛光已当头打到，休说逃避，连似先前那样恢复原影，也办不到。当时只觉头上一凉，佛光爆发，连声都未出，便被震碎，化为无数零烟，跟着佛光祥霞，随同金幢转动，略一闪变，便即消灭，化为乌有。

申、阮二人见大功告成，便向外面群邪喝道："毒手摩什妖孽已经伏诛，除他的小寒山二女谢家姊妹与我们四人，各有西方至宝七宝金幢、大雄禅师伏魔金环与天璇神砂，万邪不侵。因念尔等为友心热，数限未终，不与计较。再如不知自量，我四人出手，尔等形神俱灭了。"随说，把手一指，一面发挥天璇神砂的威力，一面由二女现出金幢宝相。众妖人先见敌人一味防守，不曾应战，虽然技无所施，仍在妄想报仇主意。及听对方发话，紧跟着百丈星砂金光电潊中，突又现出一幢上具七宝的佛光祥霞，内一少女，手持一个玉石灯檠，青光荧荧，佛光神焰似要离灯而起。这才看出，无一不是专戮妖邪的至宝奇珍，料知厉害，俱都胆怯，纷纷逃走。只有两个行辈较高，邪法特强，自觉被敌人几句话吓退，太已难堪，仍想一拼。一个被谢琳用心灯佛火杀死;一个被天璇神砂裹住,自断一臂,用身外化身之法,化道血光逃去。总算谢璎未再施展金幢,否则那伙妖人一个也休想逃命。

大功告成,互相谈了几句。二女知道李洪要随阮征往小南极一行,便带心灯,先行辞去。

申、阮二人送走二女,又往魔宫扫荡邪氛,将全宫行法毁灭,成为平地,方始往寻李洪,说起数日之内往返小南极的经过。

第二六四回

绝海渡鲸波　喜得冰纨传秘奥

求丹行铁瓮　巧穿石壁赴璇宫

　　话说金蝉等送走凌云凤、向芳淑和沙佘、米佘之后，便准备前往北海陷空岛，再向陷空老祖求取灵药。甄氏弟兄虽然受伤，仗有灵丹御毒止痛，照样可以飞行。石完自然跟着师父。干神蛛也要随去，金蝉等已早看出他为人心性，双方成了至友，自然愿意。灵奇虽知陷空老祖上次曾有"此后不令入境"之言，但是孺慕情殷，想见乃父灵威叟。又知这几位师叔都好说话，就有不合，也不至怪责，何况此举由于思亲，也要随去。于是金蝉等一行十人，便匆匆起身。以为陷空岛乃旧游之地，上次取药，主人相待颇好，这次前往必能如愿。众人年轻好友，同居一处，不舍离开，上来便把遁光连在一起，把臂同飞，一路说笑甚欢，并未细想。

　　只有灵奇走到路上，想起岛主法令甚严，向不许人违背，父亲又在他的门下，如何明知故犯？有心告知众人，中途退回，无如海天辽隔，路逾十万，父子二人难得相见，岛主不许自己登门，好容易遇到这等机会，又觉不舍，一路思潮起伏，进退两难。

　　众人飞行神速，不消一日，已飞入北极冰洋边界。只见下面寒流澎湃，悲风怒号，波涛万里，全在冻云冷雾笼罩之中，一片沉冥，望不到边。一座座的冰山，顺着海浪漂来，上载千百年的积雪，远近罗列，互相激撞。或是浮着浮着，忽然自行中断崩裂，海波当时激起好些水柱，高涌数十百丈。此外冰岸冰山受了震荡，冲撞越多，轰隆巨响，远近应和，汇为一片繁音巨籁。时见蛟、鲸等百十丈长的大鱼，在海面上出没游行，吹浪如山，嘘气成云。

　　玄冥界天限严关已将在望，灵奇念切思亲，心中愁急，不禁现于颜色。众人横海飞行，极目万里，正觉波澜壮阔，奇景难穷。金、石二人因见灵奇从起身便未开口随众说笑，先当他为人恭谨，未怎在意。这时见他满面愁容，忽然想起。金蝉首问："你是怕岛主不许你入境么？"灵奇也想到事态凶险，不应如此冒失，闻言躬身答道："弟子本想随同诸位师叔、神僧，往见家父一面,但知师祖法严,不敢妄入。意欲过了玄冥界,便即落下,去往昔日乌神叟所居神峰故径之外守候。求师叔与家父带个口信,请抽空赶出,使弟子得见家父,感恩不尽。"

金蝉还未及答,石生素孝,上次听说陷空老祖不许灵奇父子相见,便抱不平,首先接口道:"岛主此举本来不近人情,如照他那岛规,便干道友和石完也未必许他进去。岛上奇景实在举世所无,另有它的妙处。北极磁光也因此岛正对南极子午线,能见全景。先前不请干道友同来,说在前头,也还罢了。如今十万里外横海飞来,好容易有此机缘,如何望门却步?情理上也对不起朋友,岛主此举更是不近人情。依我之见,既来之,则安之,我们还是一同进去,到了岛宫对岸,把那防守海岸的精怪唤出,令其代为通报。就说干道友和石完二人是仰望他的威名和岛宫海底奇景,特意前来拜望。灵奇乃我们的师侄,因为随同行道,他道浅力薄,初入师门,尊长全都不熟,目前各派妖邪正乘师长闭关之际,到处寻仇,强敌甚多,未便令其孤身在外;又想念他父,意欲一见,请其开恩,收回前命,许随我们入宫拜见。肯了固好,不肯,至多不许进去,想也不至翻脸为仇。你看好么?"

金蝉笑道:"你倒说得轻松。此老有名刚愎,性情古怪,不通情理。上次行时,原说连玄冥界也不许灵奇踏进一步,休说玉殿晶庭,便岛宫海岸也不能到,按说此事绝对不行。但我来时已经想过,一则此老将来有求于我;二则上次来时,原说我们如将他的叛徒郑元规杀死,便不消犯那战门灵癸殿、丹井等奇险,去往丹室,盗取灵药。这次郑元规恰被我们杀死,形神皆灭,替他出了一口恶气。而郑元规被杀,又因灵奇知他底细,从旁提醒,我们才得成功,未被妖魂逃遁。干道友也是出力最多的人。此行实是有词可借。你们不必发愁,到时我自有话说。既带他来,焉有中途退缩之理?岛主如若见怪,我便说他禁制神妙,道法高深,我们非有灵奇领路,无法深入宝山,故此带了同来。有甚责罚,我自承当。此老虽不讲理,想必不至对我下那毒手。可惜温玉、冰蚕均在峨眉,此时无法往取,否则他还更高兴,当我们嘉客登门呢。"

众人俱觉言之有理。只灵奇深知主人性情,心中不无疑虑,但想这等说词,对方当不至于十分翻脸成仇,至多把自己辱骂一顿。只要见到父亲,再因此一来,把话说开,使其收回前言,他年父子相见,岂非万幸?于是便未再说。

众人以为轻车熟路,一过玄冥界天限,便可按照上次所行之路,仍由灵奇引导入内。哪知上次众人取药走后,陷空老祖防范更严,不特将神峰下面出口的晶壁行法封闭,连灵奇昔年发现的那条震源通路也被隔断,无法寻找。众人先并不知真相,又因主人法力高强,所居霜华宫设有法坛,按照一元五宫,略一转动,两三千里外人物往来,纤微悉睹。为求缜密,索性连玄冥界神峰天险都不去犯它,径由上次斗白熊的冰洋海岸,顺地底穿行入内,等到岛宫对岸绣琼源,再出其不意,突然飞出,通名求见。及至找到海獭土穴,飞将出来,仍用前法,一同前进,才只三数百里,忽见地底震脉甚多,道路分歧,时遇阻碍,与上次迥不相同,心已生疑。先还仗着灵奇地理熟悉,南海双童师徒与干神蛛均擅穿山行地之术,易氏弟兄更有九天十地辟魔神梭,任何坚厚的冰雪石土皆不能阻。只当又经过了一次地震,把上次通路填没。等到再走二百余里,不是道路毫无,便是曲径弯环,形如螺旋。最后一次,竟绕回到了原处,几乎连方向也难分别。因未见什么法力阻隔,仍不在意。互相商量,料知通路已经堵塞,决计由南海双童师徒三人辨明方向,照准往陷空岛那一面,用地行法当先开路,众人跟在后面直穿过去。

这一来,居然又穿行了五七百里,比起刚才初入地时还快得多。哪知正走之间,当头三人猛觉前面有一股奇冷之气扑上身来,因未见有别的异状,仍旧施展法力,向前冲去。本来众人非要吃点小亏不可,尚幸灵奇机智细心。先见旧路堵塞,因在岛上居住多年,天时地理最是熟悉,知道当地冰山虽常有崩塌,地形容易变异,因有神峰火口常年狂喷火焰,宣泄地气,地震数十百年难遇一次,怎会如此?又见沿途曲径弯环,平列地底,高低却差不多,也与地震裂缝不同。尤其是一处处形如螺旋,上下都有。知道主人法力甚高,有时敌人已经深入腹地,还看不出,有时只使来人知难而退,还不妨事。否则,到了最后一关,所有埋伏一齐触动,越发难辨,不可收拾,来人能保得全身逃去,已是大幸。早就生疑,有了戒心,一直用心提防。这时紧跟在甄艮之后,一觉对面有冷气扑来,便知不妙。再如前进,万一所伏寒雷冷焰突然爆发,纵令众人法力高强,骤出不意,事前未用法宝防身抵御,这等寒毒之气撞上,受伤也是不轻。万一对方再用毒计,将众人倒翻在北极地窍之内,更是凶多吉少,难于藏身。赶忙上前唤住。

偏巧石完童心好胜,初入师门,不明礼让,仗着身秉灵石精气而生,穿山透石,如鱼游水,竟与乃师抢先飞驶。甄氏弟兄知他一味天真,此举实是卖弄他的天赋本能与家传独门神通,志在讨好自己,想得夸奖,并非不敬。心想:"看他天生特长,在地底能走多快?"便由他去。这时恰被石完抢在前面约有两三丈远。同时前面埋伏也被触动,只还不曾爆发。石完觉着师父地行法还没有自己快,正在卖弄精神,加紧前驰,猛瞥见迎面一片寒碧光华突然飞涌，冲上身来，不由机灵灵打了一个寒战。随听后面灵奇急呼："师弟、师叔，快快止步请回！"同时阿童同了金、石、易诸人正走之间，心灵上忽起警兆，不由戒备。跟着身上一冷，目光到处，石完已将碧光引发。又听灵奇大声疾呼，料知不妙，把手一指，一片佛光金霞电也似急飞将出去，挡向前面。石完也闻声飞退回来。

灵奇见埋伏已被触动，不及细说，忙喊："诸位师叔、神僧快退，如往地底穿下最好。"众人见他神色惊惶，料有缘故。石完首先应声开路，往地底深处穿去。众人跟踪而下。阿童发出佛光，干神蛛发出大片灰色的光网，护往上面，断后同行。众人应变极速，刚刚下落丈许，那寒碧光华随着佛光一挡，已和电一般快，由头上入口潮涌而过。后面更夹着许多银电般亮的针芒，耳间爆音轰轰，宛如密雷。如非佛光盖住穴口，定被跟踪追来。等众人下降了数十丈，上面寒碧光华方始过完。隐闻雷声猛烈，朝前面来路响去，一晃响出多远，不时听到几声极沉闷的巨震，地底好似波浪起伏一般，不住晃荡。

灵奇请众人暂停，连说："好险！"众人问他何故如此惊慌？灵奇道："此是岛主冷焰寒雷，乃万年前寒毒之气所积精英凝炼而成，厉害无比。虽有小神僧与诸位师叔的至宝奇珍护体，不致受它大害。但一不留神，佛光、法宝不及施为，那寒毒之气比上次诸位师叔在战门灵癸殿所遇阴毒得多。尤其那寒雷已经爆发，威力至大，对面撞上，哪怕一座钢山也成粉碎，抗力越大，它也越凶。最厉害的是见缝就钻，无孔不入。等它通过升出地面，遇到热气自行爆散，万里冰原生物稀少，还好一些。如在地底遇到阻碍，接连爆发，生生不已，那一带千百里方圆，数十百丈深厚的地面，定被整个揭去，震裂成一个大洞。从此当地冰坚胜铁，终年笼罩着数十百丈高的一团冷雾，变成奇寒之地，任何生物都不能走近一步。至少经过数十年，才能逐渐减退。端的厉害已极。方才幸是下降，如由来路退回，除非飞行比它更快，一直退出千余里入口之外，如被追上，固是难当。我们再如不愿远退，中途停留，或是回身抵御，想要破它，小神僧和诸位师叔也许无妨，弟子和石完必定经受不住，不死必伤了。"

石完在旁笑道："你说得那么厉害，我不过打一个寒噤，并未觉得怎样。"灵奇说时，本朝石完脸上注视，面现惊奇之容。闻言又走过去，拉着手细看了一看道："我明白了。先见你触动埋伏，人未僵倒，心还奇怪。这时想起你的天赋本能，水火寒暑所不能伤，难怪平安无事。但是你刚遇冷焰，便即退回，又被佛光挡了一挡，冷焰被阻在禁圈以内，寒雷不能爆发，你才未与相撞，不知它的威力。否则，那雷一个接一个连珠爆发，越来越多，你便是大罗神仙也禁不住，只怕比我还要吃亏呢。"石完意似不服。众中还是甄氏弟兄见闻较多，早已看出厉害，同说："灵奇之言不差，实是厉害。我们虽有佛光、至宝防身，那一震之威，就不受伤，恐也难支。"石完最信服师父，又和灵奇至好，想起他从未以年幼无知轻视自己，话到口边，欲言又止。

众人都信二甄，便问灵奇："照此厉害，禁制周密，如何可以过去？"灵奇道："此时过去却并不难。因为最厉害的冷焰寒雷刚刚发过，适听雷声已在千里左近，揭地而出，向空爆散。此宝虽极猛烈，设伏并非容易，不是当时便可施为。我们有佛光、宝光防身，更精地行之法，此最厉害的一关已经过去，底下纵有禁制，均可抵御，不致伤人。不过事情仍须隐秘。好在寒雷威力极大，又追出老远方始爆发。此地在玄冥界外，为霜华宫法坛观察不到，岛主必料来人就不震死，也必重伤逃走。这里已深入地底三百余丈，再下数百丈，便入海底平面之下七十余丈，霜华宫一样查看不出。可是我们已将临近地肺，所过之处，其热如焚，有的地方还有地火沸浆和金、铁、石、煤等熔汁。如非小神僧的佛光与诸位师叔那几件至宝奇珍可以防身，不畏地水火风之险，照样也过不去。此举决出岛主意料之外。莫如将计就计，不由上面寒雷故道，径由地底通行。等他警觉，我们已到达绣琼源，深入腹地了。"

众人同声称善。商定之后，仍由甄氏师徒开路，降到地层深处，往陷空岛绣琼源飞去。众人为想考验各人功力，初下时，只驾遁光，紧随甄、石三人身后飞行，未用佛光、法宝防身。先是地层土色随同下降之势，变异气味，窒息难闻。便把七窍闭住，以本身真气运行全身，不再呼吸，还不妨事。降至五六百丈以后，泥土渐软，地气越热，便与寻常天热不同，另具一种况味，仿佛人在一座蒸笼之内，难受已极。等到降近地肺，改作平面飞行，不特热气加重，而且果如灵奇所说，不是一片沸浆熔液阻路，便是遇到凝结数十里方圆大团暗绿色的地火，人行其中，宛如由火海熔炉之内通过。更有阴风刺骨，黑水毒烟横亘前路，到处皆是，此去彼来，一任法力多高，也难禁受。

还未下到最深之处，易氏弟兄首先忍耐不住，便将九天十地辟魔神梭取出，藏身其内，向众招手。石生看出干神蛛胸前蜘蛛影子突然出现，好似不耐神气。干神蛛因金、石二人未退，还在随众强支。石生知他好胜，一面头上放出一片金霞，一面赶过来拉他，一同进入梭舟以内。前行的甄氏弟兄虽精地行之术，因先受七煞毒刀之伤，甄兑更断去一手，如非石完奋勇当先，地水火风全不能侵，也几乎难于如意通行。金蝉看出众人多半不耐，又见易氏弟兄放出神梭，忙喝止道："此宝通行地底，响声太大，难免不被对方警觉，如何能用？易师弟还不快些收起！"随说手往胸前一按，身佩灵峤三仙所赠玉虎立即离身飞出,晃眼暴长,长约三丈。金蝉手朝众人一招,各纵遁光,随同附在玉虎身上。易氏弟兄忙将神梭收去。石生把手一指,那金霞再飞向玉虎之上。阿童也忙将佛光放出,护住前面甄、石三人,一同向前飞驰。这才未受侵害阻难。只见佛光护住一道墨绿色的光华与两道白光,金碧交辉,虹飞电舞,当先开路。后面一片山形金光,笼罩着一个银光闪闪的玉虎,涌起十丈祥霞,无穷灵雨,缤纷五色,电旋星飞,朝前直射,穿行于火海黑波,阴风毒烟之中。所过之处,冲荡起千重火街,百丈玄云,毒烟滚滚,阴风怒号,顿成从未有之奇观。众人多半天真,童心未退,纷纷喊起好来。这一来,飞行越发加快。

灵奇默计途程,已离地头不远,忽然想起一事。忙请甄、石三人把势子放缓,说道:"今天事情太怪。那寒雷冷焰,岛主视为防御外敌的至宝,从未见他轻用。这次竟将它暗藏在玄冥界地底埋伏之内,数量又那么多,好似早知有人要来生事,意欲一举致人死命。诸位师叔与岛主素无仇恨,又有师门渊源,说什么也不会特地下此毒手。如说为了弟子,岛主与家父师徒情分甚厚,知道家父只此一子,又最怜爱,就算痛恨弟子,也必看在家父面上,至多加上一点责罚,何须小题大做? 此事实出情理之外。他当初不许弟子再来入境,而弟子今日便遇此事。也许岛主有甚仇敌,应在今日到来,故此设下这类极厉害的埋伏,欲使来人形神俱灭,永绝后患。偏被我们赶在那人前面,无心引发。而来人也在此时随后赶到,见机遁走,或是受伤逃去,也未可知。如弟子所料不差,以岛主为人性情,定必愤急,到时还须留他点神才好。"

众人闻言,颇觉有理。因想到了地头,再突然上升,以免中途遇阻,对方仗着天时地利,特有的禁制法宝,闭关相拒,不令人入境,平白徒劳。不过这等走法,途程、方向计算稍差,容易错过。正由灵奇一路查看土色形势,缓缓往前行去,走了一会,忽见前面地层土色如雪,甚是干净,地、水、火、风已不再见。知道陷空岛绣琼源方圆三千里内天生灵境,近年地层深处也与别处不同,照情势,转眼必要到达。各自留神,暗中戒备,以便一举直上。

果然前进百余里,灵奇由土石中看出,已到了绣琼源地层下面。因灵奇当地情形虽熟,这等走法尚是初次,惟恐有失。又往前走了一段,寻到陷空岛最深的海眼附近,由干神蛛行法,听出海声,再由灵奇算计好了远近和上升之处。然后聚在一起,冷不防一同破土,直上数百丈深的地层。在甄、石师徒三人开路之下,不消半盏茶时,便已升出地面。

金蝉一看,上面正是绣琼源旧游之地。料知岛主已经警觉,事机瞬息,恐有延误，意欲抢先发话。无暇赏玩当地仙景，一出土便向海岸赶去，躬身说道："弟子齐金蝉、石生、甄艮、甄兑、易鼎、易震，同了白眉老禅师弟子阿童、司道长门人干神蛛，师侄灵奇、石完，一行十人。自从上次拜谒老祖，蒙赐灵药，回转中途，因在滇池追一妖人，看出那是赤身寨为首妖孽列霸多门下妖徒，想起叛师卖友的恶徒郑元规，意欲就便除去，为老祖效劳，清理门户。不料邪法厉害，弟子等与他师徒苦斗七日夜，虽然得胜，将赤身寨妖孽师徒全数除去，但是师弟甄艮、甄兑一时疏忽，为七煞毒刀所伤，断去一手。师侄米佘更将两腿斩断，现在金石峡养伤待救。为此二次又来拜谒岛宫仙府，求取灵药。望祈老祖看在家父师面上，并念事由诛杀郑元规而起，加恩垂怜，再赐灵药，俾将断处接续还原，感恩不尽。"说完，不见动静。暗忖："上次易静等三人刚到海岸，还未开口，便有夜叉、水怪相继出现，这次怎说了一大篇话，无人答应？形势似较上次和缓，也许有望。"

方在寻思，忽见一道寒光白如银电，由陷空岛隔着海面飞来，晃眼落下，现出两个道童，项围云肩，身穿形若冰纨的短衣短裤，四肢半裸，面白如玉，相貌俊美，年若十三四岁。石生在后面，认得这是上次所遇岛主再传徒孙寒光、玄玉二童。知他们和自己颇为投契，心中大喜，连忙赶近前去。众人也随后赶到。玄玉正向金、石二人举手为礼，一眼瞥见灵奇在内，星眸微微一瞪，扬手便是一蓬银丝，似暴雨一般朝灵奇当头撒下。灵奇似知不妙，纵起遁光想逃，已是无及，吃那蓬银丝连人带剑光一齐网住。玄玉跟着把手一指，便网了灵奇，朝陷空岛上飞去，晃眼投入岛中心盆地之内不见，势急如电，神速无比。

众人因二童上次一见如故，谈得甚是投机，这次见面又以客礼相待，万不料会有此举。因变出非常，谁也不及拦阻，竟吃在人丛中把灵奇擒去。七矮虽然惊急不快，因对方只向灵奇一人下手，事后仍以笑颜相对，不现一丝敌意，料知灵奇为违背上次岛主行时所诫，二童奉命行事，只想向其责问，尚未发作。石、干二人不知底细，尤其石完性如烈火，生来心急手快，又和灵奇同门至好，首先情急，也未留意众人举动，口中大喝："白娃娃，你敢伤我师兄？"话还未了，扬手一道墨绿光华，早朝玄玉头上飞去。玄玉把手一指，先前那道银光重又飞起，将绿光敌住，同时张口一股银光，朝石完迎面喷来。见石完闪躲不及，只打了一个冷战，仍站地上未动，不禁惊奇。那旁干神蛛又是一个爱友护群的心性，数十百条纵横交织，形如蛛网的灰白色光影也脱手而起，飞向前去。玄玉也是自恃太甚，未及闪避，竟被网住。寒光见状，又急又怒，正待施为，金、石二人知道话还未说，此时不宜动手结怨，何况二童

223

奉命行事,也难怪他,忙喝:"干道友,快请停手,此与二位道友无干。石完不可无礼。"干神蛛虽然性急,人却机警,见七矮一个未动,知道冒失,丑脸一红,也未见动手,白影忽然不见。玄玉虽是千万年寒魄精英炼成,也被白影勒得痛痒难禁。双方宝光、飞剑也各收回。

众人俱料二童定必发怒,哪知二童若无其事。只玄玉朝干神蛛看了一眼,笑道:"你这丑鬼,真没道理,这事能怪我么?灵奇之父是我师伯,如何肯无故伤他?你们闯了大祸,我二人好心好意,借题来此指点,不装得像,如何能行?你跟那小黑鬼怎都不知好歹?"干神蛛已看出二童骨秀神清,浑身上下宛如冰玉搓成,这等根骨,从来未见。听双方口气似有深交,平日爱交朋友,对方说话又那么天真,并无怒意,连忙谢过。石完剑虽收回,仍然不服,口中咕噜道:"不问是谁,要害我灵师兄,我和他拼命。"甄艮闻言喝止,不令开口,方始默然,面上仍有愤容。二童见他生得那么矮胖奇丑,憨态可掬,又听出是七矮门下,便笑道:"我不想你二人竟有这两件专长,我代你们又少担一点心了。"

金、石二人等二童把话说完,方要询问老祖是否允许入见?何故将灵奇擒去?猛听远远一声大震,好似崩山之声。跟着便有一道奇亮无比的银光,在遥天空际闪了一下。二童面上立现惊异之容,同向众人使一眼色,大声喝道:"师祖有命,说灵奇不遵前诫,已应严惩;来时更不合引了外人触犯禁制,引发寒雷冷焰:本意将其斩首。一则念在他新近已拜在峨眉门下,又是大方真人接引,姑看齐、乙二位真人情面,虽不要他的命,似此胆大妄为,不加责罚,必当我陷空岛可以随意胡为,如入无人之境,情理难容。至于你们上次所得灵玉膏,原够十人之用,尚有盈余,尽可取用。就说妖刀阴毒,万年续断与灵玉膏只能接骨还原,邪毒仍然暗伏体内,当时不痛,隐患无穷。欲用我师祖秘炼的冷云丹化尽邪毒,来此求讨,事情又为诛杀本岛叛徒郑元规而起,如若来时向玄冥界通诚叩关求见,或是选出两人径由上空飞来,一过玄冥界,师祖自会命人接待。偏要胆大妄为,仗恃地行之术,由地层之下私越禁地,已属无理欺人。姑念后辈年幼无知,不与计较。但想求讨灵药,却无如此容易。那灵奇也不伤他。昔年三样灵药,现同放在霜华宫后地底地璇宫内。你们既然法力甚高,潜入禁地,目中无人,只管前往盗取,连灵奇一同救走。否则,那地璇宫挨近地轴最深之处,相隔海底千四百四十九丈零六寸,更有许多埋伏,你们法宝、佛光只能防身,有时并此不能,只可见机逃避,切勿自恃,以免取祸。话说在先,凭你们的运气吧。"

二童口内说话,所着冰纨短衣前胸,接连现出好些字迹。大意说:

岛主有一强仇，定在今日由地底来犯，想要破坏丹井下面磁源真气。岛主知道此人不除，必有后患，为此在玄冥界内布下疑阵，暗藏本岛至宝寒雷冷焰，引其入阱。不料因事疏忽，御敌匆促，未算出你们会先一步赶来，误将寒雷引发。这时敌人正由你们所开的地道赶来，一见神雷，赶忙遁走。并还将计就计，想将寒雷引去，炸毁神峰，激发地底大火，把方圆五千里的地面化为火海，引起地震，毁损本岛仙景。幸而岛主深知敌人厉害，神峰早有防备，未为所算。敌人几乎弄巧成拙，只得穿地而出。寒雷也随同爆发，将一座冰山揭去，震成粉碎。

岛主也已查看明白，本想阻止你们，不令入岛。略一占算，改命我二人，等你们到了绣琼源，先将灵奇擒去，再命你们自往地璇宫盗丹救人。我二人知那地璇宫邻近地轴，与南极子午线遥遥斜对。全宫系岛主多年心血，按照天星躔度建成，其中途径回环往复，密如蛛网。休说救人，到了里面，定必迷路，误入七星环死地，休想脱身。并且宫中布置，宛如缩小的一个天体，到处均有禁制埋伏，神妙无穷，威力绝大。每月由初七日起始，多在里面留上一天，便多受一种危害。再过七日之后，所经途径宫室，不是化成一段极长大的坚钢，便是化成无量火焰熔汁，逐渐凝成其热无比的胶质，将人埋藏在内。再要误走日、月两宫，一个是日轮压顶，发出万道金光，比烈火还热千万倍的热力，将人化成一缕青烟消灭；一个是一团暗影压向头上，当时奇寒透体，毒火烧心，寒热交作，同时似有几千万斤压力，将人吸入暗影之中，气闭身死。当地乃北极天枢与地轴中心奥区，本来具有地利天机、阴阳五行生克妙用，并非全由法力使然，实在厉害已极，多高法力也难破解。

我二人因与七矮一见倾心，虽不知师祖用意，但知双方师长均有渊源。惟恐众人仗恃法宝，犯险送命，恰好奉命擒人，就便警告，令其留意。你们到了地璇宫中，如果迷路或是遇险，须记准五宫五行方位。不管沿途歧路多少，只照右转三丈六尺，左退两丈一尺，照长圆形往前走去。如见黑色六角小亭，便是金宫顶上。由亭中地洞下去，便是藏丹困人之地。下去之后，全宫禁制必生变化，日月七星连同五行妙用齐发威力，便大罗神仙也难冲出重围。我二人也不深知底细，但知金宫正亭下面有一甬道，如能下去，寻着道路，便可脱险。届时必被一块极厚的玄晶封闭堵塞，前见你们法宝

225

神妙，尤其李英琼那粒定珠似乎可以将它破去。偏生此女未来，见时正替你们着急。不料石完有天生耐寒之性，连玄玉先前所喷寒精俱都不怕；干神蛛所发白影，不知是何法宝，竟能将玄玉网住。有此二人同行，足能下去。但是前听师祖说起，下面便是地轴入口，也须留意。师祖现已回宫，不敢多言，也不便接待。相知以心，行再相见，请各保重。

那字迹随现随隐，现完，话也说完。

金蝉想了一想，当先答道："烦劳二位道友转告岛主，说我们来此，本以后辈之礼求见。请其念在代诛叛徒微劳，而杀郑元规的正是灵奇，纵令犯过，似可将功折罪。初意岛主旧规，不喜人由上空飞越，直抵岛前求见，欲寻昔日地底故道，不料触犯寒雷埋伏。更不知岛主为防御外敌而设，因见威力惊人，不敢再由上面穿行。而受伤的人必须灵药医治，前赐灵药虽然还有，所余均在两位女同门手中，现正奉命在幻波池诛杀妖尸，不便往寻。再者，三人所受邪毒，也非岛主冷云丹不解。故此冒昧同来。岛主既然见怪，又将灵奇擒去，我等身属后辈，不敢多言，自取愆尤，只得遵命而行。但是陷空仙府，贝阙珠宫，上下方圆，地广数千百里，惟恐愚昧无知，干犯禁忌。尚望指点地璇宫所在之地，引往入口，以免妄自走入，得罪左右，负罪不起。"

二童答道："家师祖原命诸位如敢入宫盗丹救人，不特我二人应为领路，并以诸位道友均是妙一真人门下高弟，此举意在警诫，并非有甚恶念。知道贵派法宝神奇，宫中五行七星，除日宫最为厉害，但是老远便可警觉，望即远避，不致受害外，余者多半也能防御。只是前途另有危机，遇时难免受制，特赠神雷三粒，以备缓急之需。另外还有神香七支，须用三昧真火方能点燃。此是千万年前天龙毒涎，与千百种异香灵木合炼而成，任何海中精怪一闻此香，立生妙用。今赠七位道友，人各一支，前途兴许有用处，也未可知。"

金蝉原因师父尊长都说自己和石生仙福至厚，此后任意所为，绝无凶险。又知主人性情刚愎，言出必践，永不更改，已经激怒，出此难题，又将灵奇擒去，求告无益，徒自取辱。又见二童身上现字示警，更知事在必行，乐得大方应诺。料定前途凶险，不是易与，忽听这等说法，心想："主人既然有心为难，如何又肯赠这两样法宝？行事矛盾，令人莫测。也许此行又和上次一样，转祸为福。"心念一动，方才盛气便平和了许多，笑问："此香有何妙用？"二童笑答："师祖传命如此，我们也不深知。道友请收此宝同行吧。"

金、石二人接过一看，那神雷乃是三粒墨色晶珠，虽然透明，并无光泽，看去毫不起眼。拿在手里，却是沉重非常。那七支毒龙香，长几二尺，粗约寸许，看去仿佛六角形的尖头乌木棒，其坚如钢，又黑又亮。二童便叫七矮人佩一支，插在背后备用。金、石等六矮如言斜插背上。惟独阿童料知前路凶危，自己有佛光护身，不怕遇险，心爱石完，怜他小小年纪，初次随师出山，便遇到这等厉害关头，惟恐途中有甚险难，多此一宝，便多一层防护，有意转赠，坚辞不肯佩带。玄玉笑道："这小黑鬼，法宝、功力不如你们，如说此行，他和那丑鬼却是别有专长。休看你佛法高深，到时定力稍差，如无此香，便难保不吃亏呢。"寒光看了玄玉一眼，说道："玄弟如何随便说话？你知小神僧无此定力么？"玄玉便不再说。阿童年幼好胜，闻言自然更不肯再要。金、石二人看出二童辞色可疑，知有隐情，力劝阿童不听，只得改与石完佩了。那三粒神雷应由一人应用，便由金蝉收去。

二童随带众人凌波乱流而渡，往陷空岛上飞去。由岛中央万年寒铁所建仰盂形的铁城中心，直降下去，深达三百多丈，方始到地。乃是大片水晶铺成的一座广场，大约十里方圆，其高八九十丈，用六根粗约十抱晶柱支住。除通向上面一段外，顶上也是水晶铺成。精光灿烂，耀眼生辉，迥非旧游之地。众人因上次来时，灵威叟曾说迷宫疑阵，共有周天三百六十五个门户，为岛宫第一难关，多高法力的人也难走完。稍为疏忽，便被陷入战坛之内，两仪之火一齐夹攻，难于抵御。因已移往他处，不曾见到。以为二童所说地璇宫，必是指此而言，谁知还有七星五行之险。边走边问二童道："灵威道友可在宫中么？"寒光答道："大师伯现在随侍师祖，不得出来接待。诸位道友可有甚话说么？"金蝉道："灵道友曾说，这里有一迷宫疑阵，共分三百六十五个门户，可是地璇宫么？"二童惊喜道："正是此宫。他还说别的话没有？"金蝉道："并未说甚别的。见时烦为致意。"二童好似失望，应诺未答。那广场尽头，远看也是一片晶壁，及至走近一看，竟是极深厚的海水，因受仙法禁制，成了大片冰墙，望若晶壁。众中除金、石二人一落地便早看出外，余人虽也全是慧目法眼，先前竟然误认。

二童先领众人由南而北，将到尽头，忽然转身立定，说道："此是地璇宫的上面，这片广场乃此宫总图。我弟兄与七位道友一见如故，承蒙折节下交，认作平生幸事，按理不应徇私。一则，双方师长原有交情，岛主此举必有用意，不是想置来人于死地。二则，我弟兄实秉万年寒冰精气而生，虽是岛主再传弟子，平日期爱最为优厚。曾允将来转世，亲自收为门人，不与二代弟子并列。并说我二人灵根特异，天仙有望。只因身负奇寒之气，任何母体俱难投胎，不等降生，亲母必死。只有冰蚕、温玉，还有毒龙丸、大还丹两种

227

灵药,可以助我二人转劫成道。曾嘱遇到有人持有这类至宝灵丹,便可任意行事,纵犯本岛规令,只要不过分,也免责罚。先前便想略说几句,总以平素畏惧,本岛法严,胆小不敢妄言。此时见诸位行即入险,而此四宝又全在贵派门下,想起师祖前言,正可借题,略微尽心。等我现出总图,诸位道友道法高深,当能看出天星躔度与阴阳两仪上下相生,七宫五行之妙。固然天枢、地轴玄机微奥,变化无穷,仍在诸位临机应变,随时警悟,不是一看即可全解,但到底不无小补,所望留意才好。"

说罢,将手一指,立有一个形如罗盘的碧玉冒出地上,大约三尺。离盘寸许,悬着大小七根铁针。二童手伸盘内,分朝第二、第四两针微微一拨,针头上立时射出一青一白两股细才如指的精芒,长约丈许,到了前面,互相激撞,一闪即灭。紧跟着,轰的一声巨震,广场上六根金柱齐射毫光,同时转动,电也似旋将起来,约有盏茶光景,忽然隐去。再定睛一看,已换了一番景象。前面大片水晶地面已全不见,四外青气混茫,当中裹着一个略带长圆不甚整齐的大球,正在徐徐转动。看去好似实质,但是气层中隐现着好些脉络,密如蛛网,更有无量大小星光明灭闪动,小的几如微尘,不是目力所能发现。横面南、北两端各有一道光线,绕向上面圆球之上。光并不强,好似一青一白两股光气互相接触以后,合而为一,颜色却不相混。再由中心聚点,向两旁各射出一片奇光,形态各殊,变幻不同。

众人自从峨眉开府以后,功力大进,知道此是宙极缩影。刚刚悟出一点地轴、天枢妙用,球上躔度还未看清,忽听远远金钟响动之声。二童慌道:"师祖升座,我二人必须前往。下面便是地璇宫入口,请快走吧,恕不奉陪了。"说罢,圆球忽隐,广场并不复原,当中现出一个井形大洞,黑沉沉看不见底。金、石二人运用慧目,定睛一看,底层暗影中似有一团亮光,停住不动,上下相隔约有三四百丈。阿童正放佛光朝下照看,大洞一现,二童面上更形惊慌,见阿童放出佛光,忙又回身急喊:"诸位请就此下去,不用法宝,还可免却入门时好些阻力。"话未说完,便双双往上面来路飞去。阿童也将佛光收起。

众人略微商量,料知二童善意相告,必有原因。但是深入重地,主人又是那么难说话,不得不加小心,便戒备着往下飞落。沿途并无阻碍,只湿气太浓重,如行大雾之中,如换常人,必难呼吸,别的并无异状。

晃眼到地一看,那发光所在,乃是一个六角形的洞门,作斜坡形,好似半个圆球平置地上,正面开着一个孔洞。来路天井已然不见,上空四外一片沉冥,雾气浓密,其黑如漆。用尽慧目法眼,只觉地方特大,也看不到一点物事,也不见有宫殿影子。那光便自洞中发出,光并不强。细查洞内,也是一片茫茫,依稀只辨出一点甬道影子。休说归路已断,其势也无中途退出之理,只得一同试探着,往里缓缓飞入。进约数丈,光气忽隐,偶然回顾来路,门也不见,后面也化成一条又弯又斜的极长甬道。金、石、甄、易六人前破紫云宫,曾在神砂甬道中出入,料与相似。便无二童之诚,也不敢妄用法宝,引发它威力变化。便嘱干神蛛、石完、阿童三人:"大家一起,不要走单,须听招呼行事。"一面率众前行,顺甬道走去。

众人飞行神速,一晃飞出数百里。刚觉出甬道特长,前面忽现出七条歧路,参差分列。金蝉等近年已通晓七宫五星两仪运行之妙;先前二童泄机,又占了不少便宜。知道此是七星环入口,内中金、日两宫通路最为厉害,必须避开,便即立定。方在仔细观察,寻找土、木二宫入口,比较减少危害。忽见第七条歧径上黄尘滚滚,互相磨荡,发出一种极洪烈的巨声。遥望门内,无量数的火星互相激撞爆发,密如雨雹,势甚惊人。下余六条歧径仍是静悄悄的。断定此是土宫入口,看去虽然猛烈,比较下余六宫威力要差得多。一行诸人,有好几个通地行之术,就有险阻,也可用法宝闯过,不致被其困住。立率众人纵起遁光,往里飞进。觉着尘沙火星,越往前越密,威势越大。仗着各人均有法宝防身,阿童更放佛光护住,众人一同急进,居然通行无阻。方想七宫虽然通连,本身各有躔度,可通中枢要地,至二童所说的六角黑色小亭,取得灵药,将灵奇救了出来。哪知飞不多远,忽到尽头,并无出路,壁坚如钢,非金非石,无法再进。同时尘沙火星全数敛去。

众人不知土宫也有好些变化,那尽头处实是通路,只要由甄、石师徒三人用地行法穿将过去,即可直达所去之地。当时疏忽,不曾细想,误以为黄尘迷路,走错了地方。回头一看,果然左右两侧均现出不少通路。事出意外,先看总图又未记全,急切间想不出如何走法。没奈何,只得选中一条较小的甬道,往前走去。行约里许,看见前面似有一座金亭。初次见到亭舍,以为那是金宫中心要地,只一入内,便可看出日月五星七宫方位。走到一看,果是一座大约二十多丈的金亭。可是那亭中高起,每面各有一条极长甬道通连,内有两条最大。

众人站在亭内,正在分头查看,不知往哪面走好,忽听干神蛛惊呼速退。回头一看,东首甬道不见。一个极大日轮发出万道金光,由远而近电驶飞来,老远便觉奇热无比,灼人如焚,任何火力也无此强烈。以为误走日宫,不禁大惊,纷往来路退回。众人退得快,那日轮来得更快。众人刚刚退出,还未立定,只听轰轰隆隆,一片霹雳之声,那日轮直似一个极大的火球,已由原甬道外穿亭而过。那亭立时不见，路也隔断，变成一片金壁。总算飞遁神速，没有撞上。众人虽是法力高强，还有至宝防身，也几乎面热心跳，烤得透不过气来。心神乍定，方想另外觅路，四下一看，地形又变，歧径更多，无所适从。还未看清方向，对面又有一片黑影冷气缓缓飞来。先前日轮尝过厉害，恐是二童所说月影，恐生变化，不愿与抗，忙即退入别路。正不知如何是好，忽听石完大声喜唤："师父、师伯快来！我能开路了。"众人恐他走单遇险，连忙赶了过去。

第二六五回

冰魄吐寒辉　霞影千重光似焰

金庭森玉柱　花开十丈藕如船

原来迷宫奇境随时变化。当众人匆匆飞避之时,石完早就疑心那尽头墙壁是个玉石之质,打算仗着家传仙法,撞它一下试试。同时见那黑影冷气来势较缓,初生之犊,不知利害轻重,退得迟了一步。刚要飞去,恰巧甬道又生变化,左手一条极长的甬道,倏地涌起一片黄尘,紧跟着又变成一片墙壁,挡住前面,和第一次所见一样。心中一动,不再随众退下,径往左侧刚变出来的墙上行法撞去,果然石质坚硬非常。本来这一冲,土宫妙用已被引发,石完如若回身,又生变化,仍是无用。总算福至心灵,一经试出真相,不特未退,反用家传法力将那墙壁裂口制住。经此一来,妙用全失,急切间不能生出变化,致被众人安然寻去,见状大喜。同时闻得风、雷、水、火夹着各种极猛烈的异声,万籁齐鸣,上下四外一齐震动。全甬道也不住摇撼,仿佛海啸山崩,就要爆发情景。

金、石、干、甄诸人不是得有师传,便是见闻广博,知道宫中妙用埋伏,已被石完触动,此是应有现象,不足为虑。前面石壁必是入口,前行固然不免险阻,且喜无心中得到出路,由此可以悟彻玄机。反正不用法宝不行,且由石完先行开路,到了前面见机行事。

众人因知石完地遁由于天赋与祖父母的独门传授,具有专长,便令他当先开路。甄艮、甄兑左右相助,金、石、二易居中,阿童与干神蛛殿后,一同前进。刚刚穿入石中不过数丈,方才风、雷、水、火各种爆震之声忽然停止。初意一座石壁能有多厚,一心只防冲开石壁,走上正路,必有许多阻碍。哪知并无别的变化,石却深厚得出奇,前途不知多深。尤其是前面坚如钢铁,石完当先刚刚冲过,上下四外直似快要冻结的石膏一般,又似极浓厚的胶质,随分随合,齐往身上挤来,身后立即填满,向人涌到。如非阿童、干神蛛各放佛光、蛛网,分头抵御,后面两人非被陷住,埋藏在内不可。并且越难通行,压力逐渐加增,在佛光笼护之下虽还无害,均觉吃力异常。

金蝉看出情势危急，稍为疏忽，必受其害，权衡轻重，不管前途如何凶险，终以防身为上。便令易鼎、易震将九天十地辟魔神梭取出，化成一条两头尖的梭舟，众人藏在里面，各将法宝、飞剑放出，护住四面，试一冲行，竟比石完开路还慢。没奈何，只得仍命石完开路，众人驾着神梭尾随在后，向前冲去。所过之处，只见金光电闪，霞彩飞腾，上下四外的石浆狂涛全被排荡开去。虽然神梭一过，后面仍旧合拢，比较先前却好许多。四边压力为宝光所阻，石完走起来也较先前容易了些。似这样，也不知飞行了多少时候。众人见前途漫无止境，又觉着所行之路迂回往复，并非直路。几次命石完留意朝前直穿，总有穿通之时。不料费尽心力，不能如意，非顺石性，不能通过。屡想用法宝、神雷往横里攻穿出去，看清石外形势，再作计较。总算甄氏弟兄持重，力说："这里面既是土宫门径，被我们无心发现，总有到达之时。以我观察所得，好似此中只有一条道路，不照它走，便有无量阻力，此外无路。否则，早和先前一样，现出许多奇境了。"金蝉也觉有理，只得前进，走上一阵再说。也是众人不该遭难，否则，以众人法力，再如妄用主人所赠神雷，这条石中道路难免不被震破，不特众人脱身无计，五行也必失次，甚或引起一场大劫，均未可知。

　　众人在里面又飞行了好些时，将到尽头。只知顺路穿行，早分不出东西南北，更不知土宫躔道已将走完，过去不远，便是中心六角黑亭，但在将到以前，还有一重难关。走着走着，方觉石质逐渐松软，石完在墨绿光笼罩之下，奋力往前一冲。众人紧随在后，猛觉身外一轻，前面石壁变作一片极浓厚的黄影，与初入土宫所见相似。晃眼冲将出去，面前一亮。回顾身后黄尘滚滚，星沙飞舞，正似潮水一般退去，一闪不见，来路只是一堵石壁。

　　众人知将土宫走完，心中大喜。再往四面一看，除来路外，歧径纵横交错，蜿蜒回环，密如蛛网，望去甬道甚长，尽头处各有门户。同用心力，按照先前所见总图仔细参详，好容易才看出五宫五行方位。可是一经走动，险阻横生，不是金刀水火突然怒涌，便是风雷爆发，霹雳横飞。更有五行神雷，连同五色光柱，各像本形，互相生化，夹攻上来，一个退避不及，几乎便为所困。幸而胸有成算，始终合在一起，不曾走单，方得保全。就这样仍受了不少虚惊，才得化险为夷。末一次，更将日轮、月影差一点引发。起先众人深知五行生克与七星运行之妙息息相关，牵一发而动全身，捷逾影响，法宝威力越强，压力越大。到了后来全数引动，一齐夹攻，必不能当。虽幸应变机警，都是浅尝辄止，不曾深入腹地，但是动辄得咎。除开来路短短四五丈地面一段死甬道外，任走何路均有埋伏。每经变故，地形必变，所现甬道更多。

正无奈何,石生笑说:"主人真有玩意,想不到这地璇宫竟比紫云宫千里神砂还要讨厌。何不照着那两位朋友所说的走法试试?"金蝉早就想到二童身上所现字迹,因主人法严,二童此举徇私泄机,大犯岛规,但能不用最好;就用,也要装作无心巧合,以免主人看破,使受责罚。闻言看了石生一看,故意说道:"他教我们遇到危险,用岛主所赠神雷抵御。照着此行经历,前途大难,不到万分紧急,如何妄用? 我们还是查看好了躔度和五行生克方位,试探着前进吧。"石生闻言会意,想起二童私现总图,闻钟惊慌之状。人家为友热心,何苦累他受责? 好生后悔,便不再说。阿童、石完想要开口,也被金蝉使一眼色止住。

又犯了两次小险,方照二童所说,往右边一条甬道走进三丈六尺,果然发现左面有一往后退的甬道。仍作不知往前走去,待前面埋伏发动,然后故作慌不择路,往那甬道退回。到了两丈一尺左侧,又一甬道形如鹿角,改退为进。仍作不知,照前触动埋伏,再退回来,改走进去,果然无事。料定所说不虚,只恐二童负过,一路做作,有时相准行势,连往别路犯险,始回正路。似这样,经过七八次之后,方始装作悟出玄机,照着所说进退之法,往前飞驰,也未再遇丝毫阻碍,所经道路竟达三百六十五条之多。走到一半以后,发现沿途所经,是个长圆形的螺旋躔道,由外而内,圈子越来越小,知将到达。事情虽可如愿,金宫黑亭最后还有难关,既不知如何冲出埋伏,更不知归途如何走法。方在商议,路已走完,略一转折,便见黑亭当路,其高九丈,大约亩许,正中心果有圆形地洞。

金蝉沿途行来,已觉越走地势越低,估计离上面海底,少说也在千丈以上。亭心地洞深三四百丈,知道下面必与地轴相连。少时遇险,再要深入,必要走近两极子午线,或将元磁真气引发。众人法宝,除灵峤三仙所赠玉虎,以及石生的两界牌、易震的火龙钗、阿童的神木剑外,无一样不是五金之质。心方一动,忽闻有人与灵奇说话,甚似耳熟。石完、干神蛛、阿童首先飞身而下。金蝉不暇多想,恐防遇阻分散,匆匆率众跟踪赶去。快要落地,便见一道青光拥着一个红脸矮胖老头,正是灵奇之父灵威叟,朝着众人把手一拱,一言未发,便迎头飞过,往上升去。落地再看,灵奇手里拿着一个小晶瓶,一个内贮灵丹的玉盒,上前拜见递过,神色略显紧张,似未受苦。只奇怪灵威叟怎会在此,而且彼此情意颇厚,见面不交一言,径自飞走? 金蝉接过灵丹,方要问话,灵奇已抢先说道:"诸位师叔,请快随我避入甬道,再说不迟。如非家父在此,诸位师叔一到,所有埋伏全发动了。"

说罢,当先走去。众人料知来势厉害,忙即跟去。下面形势长圆,一头大，一头小，并不凹凸，不是纯圆。那甬道入口，在横面之北作三角形，大约三丈。但只一块银色，光可鉴人，不知底细，绝看不出那是甬道的入口。众人刚刚走到，便听上面万籁怒号，震耳欲聋，比初入土宫所闻更要猛烈得多，知道厉害。金蝉不等灵奇招呼，先命石完行法开路。石完当日连受奖勉，又听出玄玉口气，破此玄晶非他不可，越发兴高采烈，不等说完，冒冒失失，头一晃，便冲将进去。只见墨绿光华刚刚破壁飞进，忽听石完惊呼一声："哎呀！"同时那块玄晶也变成一股奇亮若电的银色光气冒起，亭上面的五行神雷也似排山倒海一般快要涌到。下面立生反应，上下四外一齐震动，壁上银光若箭，暴雨一般相对飞射，晃眼化成一片光海。

众人先听石完惊呼，知已遇险。因他年小胆勇，独任艰难，全都对他怜爱，惟恐有失，一着急，各用法宝护身，便要赶去，甄氏弟兄更是着急抢先。刚一飞近，猛觉奇寒侵骨，几乎血脉皆凝，快要冻僵，银光中又飞出一蓬淡青色的寒星。这才看出那玄晶竟是万载玄冰所结精英，寒星更是厉害，知道不妙。本难避免，幸而金蝉早有防备，见石完不等说完，先自飞入，忙喊："干道友、小神僧留意！"干神蛛扬手一片灰白光网飞将出去。不过二甄心急，稍为快了一步，几吃大亏。就这受寒惊退之际，光网已飞向前面，将那一蓬寒星兜住，不令喷出，众人也无法前进。

干神蛛回顾身后形势大变，全室除甬道入口这一片外，都在灵光箭雨纷射之下，阿童正用佛光抵御。干神蛛不由情急，自言自语道："你不趁此时进攻，我将来如何向人求告？暂时就吃点亏，所得也足偿所失。就现原形，有甚相干，谁还不知道么？"众人料他要令附身神蛛破那玄晶，果然话未说完，胸前黑衣上现出一个大白蜘蛛。以前众人所见，只是神态生动，若隐若现的蜘蛛影子。这时神蛛虽未离人飞起，却是全身毕现，看得甚真。只见那蜘蛛形如人面，狞恶非常，通体灰白，六脚长毛如针，一双火眼其红如血，凹鼻方口，上下各有两枚利齿。一现形，便由肚脐眼内射出一股白气，光网立即加厚，同时嘴里喷出一个血色火球，由光网中心穿出。对面银光寒星虽被网住，仍在冲突飞舞，毫未减退。火球一现，立时爆散，化成一片火云，只一闪，便连光网带银光寒星全都消灭。蜘蛛也已不见。以众人的目力，并未看出是怎么收回来的。面前立现出一个三角甬道，连忙一同飞进。石完也由里面迎出，见面说道："我出生以来头一次遇到这样奇冷，差点没有把我冻死。"干神蛛见甄氏弟兄尚未复原，便请与石完立在一起。跟着胸前蛛影略现即隐，一片红光朝三人当头一照，三人立觉一股热气罩向身上，寒气全消，当时复原。

就在这略一停顿的工夫,上面五行神雷全数爆发,随见一股五色变幻的精光直冲进来,甬道全被填满。前头各色火花乱爆,发出连珠霹雳,狂潮也似朝众人涌来。阿童殿后,忙用佛光挡了一挡。方觉力大异常,从来未有,猛瞥见五色精光齐射中心,互相一撞。跟着便是惊天动地一声大震,威力加倍猛烈,佛光竟被荡退。心灵上忽生警兆,心中一惊,不敢再抗,忙大声急喊:"大家快走!我支持不住了。"这时雷声更密,千百团五色火花随同霹雳之声纷纷爆射,宛如百万天鼓,一齐怒擂。众人听不出说些什么,但见阿童惊慌却退之状,料似不妙,无法再相问答,各纵遁光,联合一起,朝前飞去。后面神雷飞驰追来。众人见那甬道作圆弧形,往下弯去,只顾逃避,也不知飞出多远。似这样逃窜了半个多时辰,甬道渐渐缩小,最前面只有丈许方圆。看去深黑异常,后退无路,只得飞向前去,相机行事。因虑地势如此狭小,无法应付,一同施展全力,飞身逃遁,又飞出老远。金、石、阿童三人留意后面无甚声息,回头一看,惊慌忙乱中,后面的五行神雷已经退去,四外静荡荡的,黑暗异常,雾气浓密。那么强的宝光,只能照出七八丈远近。神雷收得奇特,意欲返回去看看。哪知才一举步,便觉潜力阻路,重如山岳,寸步难行。如往去路飞行,却是轻快异常。惟恐强行回冲,引发神雷,又入危境。互一商议,取丹救人已经做到,主人又将灵药交与灵奇转付,更无再用深机密阱苦苦为难之理。既有道路,总可通行,索性前飞,看到尽头是何景象。

金蝉随问灵奇怎会父子相见?被困时可曾受苦?灵奇答说:"弟子自被玄玉擒去,飞到岛上,便见父亲灵威叟赶出,带了自己,飞入地璇宫最下层金宫洞底。一直等到师叔们快来,父亲才将丹药交与弟子,说:'五行神雷万不可抗,应由石完开路,一同飞入。此时五行神雷一齐发动,定必来追,只要不与接触,飞行百里左右,神雷必退。虽然可回原路,穿行全宫,脱身出去,但经此一来,途径已变,除向岛主服低认过,要想觅路脱身,却非易事。逃时如若误用法宝、佛光去敌五行神雷,一生反应,却不知要被它追出多远,方始撤退。不过前行彼此有益,比由璇宫迷径走出反而容易,只是道路要远得多。'父亲说完,师叔们便来了,父亲也自飞去。"

灵奇说罢,众人便照灵威叟所说撤退。起初只顾寻路急飞,无人留心里程和飞行时间,只知所经途程甚多,不知神雷退时人已深入地轴,为前面元磁真气所吸。先只觉得越往前飞越快,好似不用飞遁,也能照样前进。那甬道已不见,上下四外暗沉沉一片混茫,以金、石二人目力,竟看不出前面景物。所行却是正中央略作弧形的一条直线,毫不偏倚。后来发现前进固是轻快无比,后退却是有不可思议的绝大阻力,不能倒退一步,成了有进无退之势,除照中心飞驰前进而外,连往两旁移动,稍改方向,都办不到。甄艮、甄兑首先警觉,跟着金蝉也已醒悟:如非深陷地肺之内,将为太火所化,形神皆灭,便被两极元磁真气吸住,人由地窍中穿出,走向去往南极的子午线上。互相一说,全都惊慌起来。众中只阿童、石完二人还能勉强挣退,其势又无丢下众人退走之理,正在忧疑。

七矮见身被前面吸住,除越飞越快而外,别无所苦,也不见有甚异兆。暗忖:"照此飞行,早已穿入地肺深处,为地底千万年郁积的太火所困。照前次神驼乙休在铜椰岛陷入地肺情景,就仗法宝护身,不至炼成灰烟而灭,也绝无如此平安。再者,主人与师父尊长俱都相识,对几个后辈也绝不会深机密阱,行此阴谋毒计。此时必是附身在地轴中枢,地体下层之外,上下四面均有极浓厚的混元真气裹紧,只当中子午线有两极元磁吸力,可以通行无阻,左右移动,固然不能,什么也看不见。大火焚身之险虽可免去,但那南极尽头的宇宙磁光威力之大,不可思议,多高法力也禁受不住,到时如何抵御?脱身更是奇难。此行如有凶危,下山时所赐仙示如何不提?"心念一动,金蝉首先想起:"仙示偈语微奥难解,几经猜详,以及玉清大师、邓八姑二人答话暗示,好似新辟的金石峡,只是自己他年小住往来之地,真正洞府似在海外两极等处。照着目前形势,好些俱已应验。"向众一说,再互一推测,果然一点不差。石生更说:"灵威叟最爱灵奇,有时为他,甘受岛主重责。上次暗中相助,何等出力,那是因灵奇拜在岳师兄门下,爱屋及乌之故。如今我们果有凶危,断无一言不发之理。我看不特仙示应验,前行当有奇遇,连那宇宙磁光到时也必能通过。"

众人法力虽高,仍是少年心性,闻言忧虑全消,反嫌飞行子午线上黑暗奇闷,巴不得早到尽头,见个分晓,一点不知厉害,全都胆壮高兴起来。众人所用法宝、飞剑,十九是太白金精所制,为防万一,遁光又连在一起。对面吸力自然随之加增,便不御遁飞行,也不由自主朝前疾驶。这一心急赶路,飞行更快,端的比电还急,朝前射去,快得出奇,晃眼便是千百里。众人只觉飞行之快,从来所无,也不知飞行了多远,飞了多少时候。正在加急飞驰,忽然发现前面微微有了一片亮光。众人以为快要到达,心中一喜,猛觉身上奇热,前面吸力倏地加增。因见前进太快,初次经历,不知吉凶如何,想要仔细盘算应付方法,试把遁光停住,任其自进,果然慢了许多。

七矮上次见过北极磁光,见前面光影相隔渐近,只是一大片灰白色光影,并不好看。暗忖:"前次所见磁光,精芒万丈,辉耀中天,千万里的天空布满彩霞,大地山河齐幻异彩,光怪陆离,不可逼视,奇冷异常。怎同是极光,南北不同? 不但光不强烈,并还如此奇热,莫非相隔尚远之故?"正指点说笑间,猛瞥见灰白光影中现出一个黑点,并无光华,照样发出无量芒雨,作六角形往外四射,吸力又复加强好多倍。众人身子竟如一群陨星,往前飞投下去。不知黑影便是大气之母,阴阳二气正在互为消长。平日所见极光并非实物,乃是气母与元磁精气分合聚散之间发出来的虚影回光,黑影一散,极光立现。阴疑于阳必战,此正是极光出现以前应有现象。阳极阴生之际,那热力竟比寻常烈火加增到几千万倍,而且吸力大得出奇,不论宇宙间任何物质,稍为挨近,便自消灭,化为乌有。众人已经将近死圈边界,形势危险万分,一点还不知道。眼看走上死路,也是仙缘深厚,该当转祸为福。就在这快入死圈,危机一发之际,那气母元磁精气恰巧由合而分,爆散开来,挨近子午线旁的极光虚影立即出现。

众人正飞之间,瞥见那六角黑影突然暴长,四边齐射墨色精芒,当中空现一点红色,其赤如血,晃眼加大,热气同时增加百倍。如换常人,早在半途热死,也绝不会飞得这么靠近。众人本就热得难耐,哪经得住热力暴加。又看出黑影红星威力猛烈,不近前已热得五内如焚,透不出气,再如飞近,焉有幸理? 因觉这等突发奇热,从来未有,金蝉已早将玉虎放出,也只觉对面吸力减少一点,仍然抵御不住奇热。正不知如何是好,忽听干神蛛惊呼道:"前面死路,万万不能再进!"众人闻言大惊,身子又被吸住,无法停止或后退。正待询问,猛瞥见左侧极光突现,万里长空齐焕精光,霞影千里,瑞彩弥空,壮丽无伦,俱以为极光原来在彼而不在此。大家全都怕热,看出前面极其危险,猛又觉出吸力骤减,身上一轻,不约而同,便往有极光的地方飞去。本来众人身上飞剑、法宝俱与心身合一,早被元磁真气吸紧,万拉不脱。事有凑巧,极光现时,众人恰飞到正子午线侧面来复线交叉之处,已经无意巧合,现出生机。

阿童本在断后,始终未向前去。因众人法宝、飞剑均极神妙,不在佛光之下。初次下山,无甚经历,只用佛光试行后退,觉着艰难,以为前面也是一样,并未再试。忽听干神蛛大声警告,自己也是热得难受,想用全力发动佛光去挡热力,再试它一下。如在先前,此举也无甚补救。这时却是适逢其会,恰好到了子午、来复两线交叉之地,再巧没有,又以师传心法全力施为。金蝉玉虎不是金铁之质,又具有隔离妙用。于是太阴元磁真气首被隔断,挡了一下,不等由四方身后包围上来,众人已经发现极光虚影,同时身上吸力一轻,更不怠慢,纷纷改道往侧飞去。一经脱身于子午线外,吸力全消,当时一个寒噤,又由奇热变为奇冷,知已脱险。

众人惊魂乍定,惟恐又陷危机,俱以全力飞行,朝前疾驶。直到飞出老远,方始回顾,见右侧横着一条奇长无际、不知多粗的气体,别的一无所见。天色上下一片混茫,也与平日所见天色不同。只面前银色极光布满遥空,下半齐整如前,上半长短大小参差不齐,宛如一大片倒立着的天花宝盖,璎珞流苏,不往下垂,根根上竖。霞光电射,银雨星飞,与上次陷空岛北极磁光正好相反。只见万里长空,上下四外只此一片极光,不见一点云彩与别的景物。极光虽然非常好看,却不能照远,近身一带仍是黑沉沉的,并且越往前走,遥望极光越发鲜明,所行之处反更黑暗起来。心中奇怪,仍想前途总有光明,一味疾飞。哪知人已飞到南极尽头,转眼重又走入极边地窍。由地轴中通行,穿出大地底层,只消冲破最后一关,便到了小南极左近,附在地体旁边的天外神山之上。

众人飞了一阵,眼前一暗,极光不见,又入黑影之中,先还不知就里。等到又飞行了些时,才看出与陷空岛初入地窍时情景相似。心料危难已过,前途必是南极奥区,只要和在北极一样见了实地,便可进退如意。一面又想着仙示海外开府的语意,全都兴高采烈,不以为意。这一段地窍竟短得多,不消多时,便已走完。众人正飞之间,忽见前面微有亮光,近前一看,所行之路乃是一条弧形甬道,已经行到尽头。光并不强,只似一团实质,将去路堵塞。易氏弟兄心急,首将飞剑放出。哪知飞向光中,竟如石投大海,剑光一闪即没,无影无踪,仍是好好的,并无异状。众人一见大惊。

石完不知厉害,又当是石土之质,飞身便朝前穿去。甄艮想拦,没有来得及,石完已冲入。当时发生变化,只见奇光电旋。石完陷身其内,尽管用尽力量挣扎,不能脱出,急得大声疾呼,哭喊:"师父、师伯救命!"又有无数光箭朝众人猛射过来。虽仗各有飞剑、法宝防身,不曾受伤,但那力量大得出奇。尤其是酷寒难禁,与上次陷空岛初探战门时所经一样。晃眼之间,众人便全陷身于光海之中,冷得乱抖。同时阿童一见石完失陷,首先一指佛光,飞身上去,虽然将他护住,但那寒光之中另具有一种极大压力,上下四外一起涌到,不能脱身。灵奇强挣着喊道:"这必是两极寒精所萃之地。那三粒神雷呢?"

金蝉不等他说完,已先警醒,便将陷空老祖所赠三粒神雷一齐发将出去。那寒光竟似具有灵性,想要逃遁,无如金蝉出手极快,又是连珠同发,已经无及。只见神雷脱手,三团酒杯大小的五色火花纷纷爆炸。耳听两声哀吟过处,寒退光消,一闪不见,所失飞剑也便收回。前面地上,甬道重现,倒着两具残尸。过去一看,乃是两个质如晶玉的女子,各穿着一身薄如蝉翼的冰纨雾縠,与陷空岛二童一样形质。只是相貌狰狞,凶恶非常,已被神雷打死,肢体碎裂,横仆地上。众人知是寒魄精气炼成的怪物,已经身死,便不去理睬,仍旧前行。

众人又走出四五十里,前面又现微光。众人全有戒心,惟恐又遇阻拦,洞径弯曲向上,看不到尽头,便把势子放缓。正在戒备前行,忽听干神蛛笑道:"我看看去,也许走远一点,诸位寻不到我,不要介意,这地方我许有一点事要办呢。"说罢身形一晃,当先飞去,转眼不见。行时,众人见他面有喜容,胸前蜘蛛影子时隐时现,张牙舞爪,兴奋异常,不似路上那样沉默忧郁之状。

众人见前面光影似由上透下,与先前遇险不同,已将邻近。到了尽头,才知那地方正是通往上面的出口,形如深井,上下相隔约数百丈,势向前倾,上面洞口大只数尺,天光由此斜射下来。知已到了地头,出险在即,不由精神一振,大放宽心。忙催遁光飞将上去,出了洞口,便见面前现出一片奇景。那地方乃是一座极高的冰山顶上,通体翠色晶莹。一座高约十丈的黄色玉亭罩住出口,平顶垂直,整齐如削,直似整块晶玉镂空雕刻而成。众人先看到的是对面大片海洋,碧波浩瀚,天水相涵,极目苍茫,漫无涯际。水色又极清深,几可见底。水中鱼介多具文彩,五光十色,千形异态,不时往来飞翔于水面上。海底深约百丈,细沙如雪,上生海藻、海树之类。有的五色交辉,丫杈分歧,宛如巨树;有的翠带纷披,长达十丈以上。更有不少奇形怪状的海兽、飞鱼穿行其间,追逐为戏。偶然激怒,斗将起来,海底细沙受了震荡,立卷起千层星雨,亿万银花,飞舞于翠带珊瑚丛中。

方觉奇景当前,从来未见,忽听石生、阿童传声惊呼,起自身后,金、甄、易、石诸人回头去看。原来因前面亭外矗立着一座高达数十丈的玉壁,众人一出口,便见大海前横,景又壮丽,纷纷向海眺望,亭前景物被玉壁和两边冰崖挡住,不曾绕往前面查看,也未想到这等海上神山,岂无仙灵精怪之类隐居盘踞,多半不曾留意。只阿童一人因先前几为寒精所困,想起大师兄朱由穆铜椰岛别时之言,始终谨慎,见当地景物过于奇异,休说眼见,连听也未听过,本就惊疑。同时心灵上又起了一点警兆,照着初下山时恩师传授,料定必有事故发生,乱子还不在小。见众人正在看海,指点碧浪锦鳞,十分有兴,此时尚无异兆,不愿大惊小怪。因与石生并肩而立,便悄声说道:"这地方太怪,我们往亭那边看看去。"二人本甚交厚,随同往亭前走去。本意那山顶形势奇特,左右两面有数十丈高的冰崖,环向对峙,前面一座玉壁,除亭后向海一面,下余三面外景全被挡住,打算飞向前面玉壁之上,往外查看。哪知上面看是空的,暗中竟设有禁制,刚飞到顶,便将埋伏引发,万点银光似暴雨一般当头打下。幸而阿童早有防备,石生那一块三角金牌又是灵峤奇珍,自具灵异,与主人心神相合,金霞佛光同时飞涌,那禁法恰巧遇到克星,才一接触,便即破去。

二人知已深入重地,一面传声告警,一面隐身上飞。到了墙头,恐又有甚埋伏,越将过去,方始下落,同时看出墙外别有天地,景更光怪奇丽。只见下面乃是数千里方圆一片盆地。先在山顶观海,已觉那山甚高。再由这山前下望陆地,更显得那山高出于意外,上下相去达数千丈,地面似比海底还低得多。地面上也有不少峰峦远近罗列,最高的约有千丈,但比这座高山却差得多。最奇的是除开陂陀溪涧而外,大都地平如镜,其白如银,也看不出是冰是雪。每座峰峦均由平地拔起,翠色晶莹,上面各生着不少奇花异树。遥望过去,俱似晶玉之质,不是金光灿烂,便是锦色辉煌。有的花朵生得奇大,从来未见。如非树身高大,老干丫杈,蟠屈飞舞,姿态生动,简直不像真的。更有不少金碧楼台掩映光林之中,下面地上也是处处花林,灿若锦绣,繁艳无伦。由上望下,到处仙山楼阁,霞蔚云蒸,光怪陆离,不可名状。头上的天是青的,长空万里,湛然深碧。除偶然白云如带,横亘在东南方峰腰殿阁之间,舒卷回翔,似欲飏去而外,不着丝毫云翳。下面的地又是白的,广原平野,其白如银,直似一片奇大无比的银毡。上面堆着千万锦绣,花光浮泛,彩影千重,分明是梦想不到的美景奇观。便凝碧仙府也无此宏阔壮丽,气象万千。令人见了目眩神迷,应接不暇。

石完喜得便要往下飞去,被金蝉一把拉住,说道:"你知道这是什么地方?如此冒失。"说时,发现那山占地甚大,除玉亭高居山顶正中,三面均有玉墙冰崖环绕而外,形势灵奇,景物也颇繁妙。便令众人先寻一个隐秘之地,就冰块上坐定,说道:"适才推详仙示,好似此地是我师徒七人久居修道之所,但是事前似有不少凶险。似此灵境仙山,休说是见,便听也不曾听过。其中如是海外散仙所居宫室,这么大的地方,人弃我取,选上一处做我们的洞府,对方要是正经修道之士,声应气求,必无嫌忌;如是左道妖邪,事情就难说了。干道友此地从未来过,怎会一去不回?必有原因。事须谨慎,我们孤悬南极天外,相隔中土不知多少万里,一有失陷,连救兵也请不到。上次在铜椰岛与乙师伯分手时,虽蒙他赐我一面事急求救的信符,但是相隔太远,又有宇宙磁光太火、大气阻隔,也不知道能否当时赶来。干道友虽是初交,已成至友,蒙他数十万里犯险同来,如今失踪,吉凶难定,也须从速查探他的下落。二甄师弟伤还未愈,一路险难飞驰,虽有灵药,无暇医治。必须治愈复原,将毒气化尽,以免临时仓促,容易吃亏。"

随将陷空岛所得晶瓶玉匣取出，打开一看，瓶中灵玉膏、万年续断和冷云丹外，玉匣中尚有一个小蚌壳，中藏绿豆大小十粒透明金丸。另附灵威叟一张二指宽的鲛绡，上写"辟邪去火，解毒清心，到后即服，可以防身"等字。人数正对，只干神蛛不在。每人分了一丸，将另一丸连蚌壳带余药收起。甄氏弟兄接过灵药，便照前法医治。因所中刀伤有奇毒，虽仗本门灵丹保住心身，仍非陷空岛灵药不能去毒复原。不到半盏茶时，甄氏弟兄便同复原。各人又把那粒金色丹丸服下，入口觉有一丝清凉之气流行全身。再等行完一周天后，好似心神比前更加清灵，只心头微有一点凉意。急于查探干神蛛下落，是否入伏被困，匆匆起身，均料此丹有益无损，也未在意。

行时金、石二人同用慧目法眼，仔细往那群峰楼阁查看，觉着相隔太远，纵有妖邪盘踞，也难看出。但是内中一所楼台，金庭玉柱，高大崇宏，一片平台甚是广大。别的楼阁都在峰上，独此一处建在平地。四外群峰环绕，一水中涵，竟比紫云宫中的黄晶殿、蚣蚰榭两处还要壮丽得多。占地也最大，相隔那山也最远。心疑正经修道士怎会如此奢侈，穷极工巧？意欲先往一探，又恐下面设有埋伏，干神蛛不曾走远，便被困住。这等地方不见一人，越看不出一点迹兆，越是危险，深入重地，虚实难知。便试探着隐身降落，打算由平原花林之中，沿路观察，隐将过去。先还恐地面上设有埋伏，降时甚是审慎，哪知由上下落，倒还无事。因见近山一带，除万载坚冰，青凝如翠，从未见过而外，由上到下都是空的。山下地面虽也银色，大片平原草木不生。那最壮丽美观之处全在东南角上，相去约数百里，便同往下斜飞过去。落地一看，所有地面非晶非玉，又不似冰，一片银色，通体晶莹，不见一点尘沙。那么坚硬光润的地面，竟会生着许多不知名的奇树。每株均有七八抱粗细，其高多达一二十丈以上。树身碧绿，宛如翠玉，琼枝碧叶，上缀各色繁花。有的花大如盆，宛如一朵圆径五六尺的白牡丹，千叶重重，天香欲染。有的花大如杯，满缀繁枝，宛如朱霞锦幛，绵软芬芳。有的铁干挺生，直上二三十丈，到了树顶，繁枝乱发，广被十亩，每一枝上挂下七八丈长、形似垂丝兰叶的翠带，叶上又生着无数五色兰花。偶然一阵微风吹过，花、叶随同披拂，看去好似一座撑天宝盖，繁花如雨，五色缤纷，冉冉飞舞，似下不下。花叶相触，发出一片铿锵之声，如奏宫商，自成清籁，最为奇绝。下余有的和陷空岛绣琼源所见大略相同，但是花开更艳，到处香光荡漾，玉艳珠明，为数更多更奇。那花香也与别处不同，不特清馨细细，沁人心脾，并还沾襟染袖，人由花下走过，便染上了一身香气。香并不十分浓烈，只觉暗香微逗，自然幽艳，闻之心清，令人意远。眼、耳、鼻所领略到的妙处，一时也说它不完。

众人念切良友安危,灵景当前,暂时也无心观赏。连穿越过好几片花林,飞行迅速,已经又多深入了一二百里。由一座孤峰绕过,忽闻笙簧交奏,琴瑟丁冬,汇成一片极繁妙的声音。过去一看,原来面前横着一条大溪,阔约十丈,水甚清深,水底满铺着大小宝石。有三座碧玉飞桥,宛若长虹,横卧水上。上下疏疏落落,矗立着不少玉笋,翠色晶莹,高出水面数丈不等。上生一种五色苔藓,其大如钱,宛如无数奇花,重叠贴在上面。通体孔窍甚多,玲珑剔透,风水相激,顿成幽籁,适听声音便由此发出。桥下无柱,全桥宛如整块碧玉雕成。除来路孤峰上下童秃而外,两岸俱是参天花树。因为树大枝繁,行列虽稀,上面花枝纠结连成一片,一眼望过去,直似两条花龙,蜿蜒飞舞于碧波之上。因处在花林深处,更有远近群峰遮蔽,先在山顶并未看到。这时一见这等壮丽景象,心想:"来路花林,还可说是千万年冰玉精英灵气凝结而生。这三座翠玉虹桥,雕镂精细,巧夺鬼工,分明是人力所为,怎会入境已深,始终不见一人?"桥长中高,非到桥上,看不见对面景物。桥旁空处,又为花林挡住目光。

石生、易震正要飞高查看,再行过去,金蝉、甄兑各用传声拦阻道:"我看此事奇怪,桥对面必有埋伏禁制。我们虽然行法隐身,但身在异地,危机将临。干道友并非弱者,忽然不见,大是可疑。如有埋伏,由地上走过,或者不致引发。这一飞高,难免触动禁网,还是小心些好。"说罢,各把法宝、飞剑暗中准备,敛去光华,由当中桥面上贴地低飞过去。一看桥那边,果然邪气隐隐,正当中涌起一片轻烟,将路阻住。那烟似烟非烟,看去好似一簇轻纱,甚是淡薄。偏生前面景物尽被遮蔽,不能远视,怎么也看不见。再用慧目细查,两旁花林也有这类淡烟浮动。情知有异。待了一会,不见动静,石生、石完和易震三人首先忍不住,待要上前。阿童也说:"已经身入虎穴,终须见个分晓。邪烟阻路,也许干道友陷身在内,夜长多梦,迟则生变。好在身形已隐,如不该来,或有险难,教祖仙示必已明言。似此相持,何如试它一试?"

阿童和众人已学会峨眉传声之法,大家说话,外人一句也听不出。金蝉本在暗中推详仙示上的偈语,意欲谋定再动,并非真个胆小,听众一说,立即应诺。因恐人单势孤,和干神蛛一样走了单,发生险难,仍然聚在一起。料定林中埋伏必更多而厉害,转不如径由侧面冲将过去。那三座玉桥,每桥相隔约有十丈,通体约有五六十丈之宽,全被那片淡烟挡住。

众人议定以后,便联合一起,往对面烟中心冲去。快冲过时,忽听有人急呼:"诸位道友请慢!"刚听出是干神蛛的口音,人已飞过,那片淡烟只一冲便即消散。同时眼前一亮,前面突现出三座白玉牌坊,上面用古篆文刻着

"光明境"三个丈许大字。那牌坊约有三十丈高大,通体水晶建成,银光灿烂,耀眼生花。众人那么高的隐身法,竟被破去,各现原身。干神蛛也由左侧赶来,神情似颇惊惶。牌坊旁边不远,倒卧着一个虎面鱼身、六蹼四翼的水怪,身旁流着一摊腥血,脑已中空,头上陷一大洞。众人见那么清洁的仙山灵境,竟会发现水怪死尸,忙即止步,双方见面。干神蛛道:"诸位道友,可是寻我来的么? 我虽被困,并不妨事,再有一会便脱身了。可惜稍缓一步,诸位隐身神妙,我没有看出,等到警觉,已经入伏。我本想求诸位相助,代办一桩彼此有益的事。偏生我那冤孽老怕人笑他,性子又急,不令我和诸位商量,致有此失。这一来,又要多费手脚了。"众人问故,干神蛛道:"前事说来话长,无暇详言。这里底细也不深悉,只知我们已经深入重地,有进无退。好在妖物自恃神通,又是天生特性,现在还不致发难,乐得探明虚实,再作计较。幸我早有防备,隐形法未破,且引诸位同去,见机行事便了。"

众人见他早来,以为必知对方虚实来历,便即依言而行。干神蛛随将众人身形隐去,由牌坊下往里走进。石生边走边问道:"这里的地主,你见过了么? 你也初来,怎知底细?"干神蛛面上一红,略微迟疑,答道:"我并未走到里面妖窟,为首妖物也未见到,一切全听我那冤孽所说。我也是刚过牌坊,便遇禁阻,幸而遇到两个精怪在彼闲谈,听出一点虚实。本想赶回送信,但为邪法所阻,必须寻一替身,方可乘机脱身。不料刚寻到一个水怪杀死,我还未走,诸位道友就来了。此事只内人知道一半底细,到了妖物盘踞之所,必须照她所说行事,才可减少危害。我与灵奇、石完均不会贵派传声之法,妖物神通广大,耳目甚灵,我们不过来得凑巧,才未被它觉察。等到临近,言动千万留意,务请看我眼色行事,冒失不得。但盼般般凑巧,将它除去,诸位固得这一大片灵境神山,建立仙府;我也得以解脱凤孽,勉修正果,岂非绝妙?"

金蝉等闻言,才知干神蛛并未深入妖窟,只仗附身灵蛛指点,随口应诺,并不十分在意。前途景物越发雄丽。先是数十丈宽一条质若明晶的大道,长达三数十里,两旁均是参天花树,翠干银枝,琼花玉叶,紫姹嫣红,萦青俪白,其大如斗,竟吐芳菲,一路香光绵亘不断。到了尽头之处,路忽两歧。左面不远,尽是一座座的高峰危崖,众人见上面不少金碧楼台,当是妖人所居,正要掩去。干神蛛抢前拦住,用手示意,令众噤声。轻悄悄往右一转,便见大片花林,树不甚高,离地不过两丈,枝干却长,蜿蜒四伸,虬枝委地,又复生根,往上发枝,互相纠结蟠纡,和闽、粤间的榕树差不多。最大的树占地十亩以上,有花无叶,由上到下,满生繁花,形若桃梅,望去一片粉霞,宛如花城,

243

挡住去路。

干神蛛领了众人，由花丛中悄悄绕行过去。那蜘蛛影子也在胸前时隐时现，似颇惶急不安之状。又行五六里，方由衖中走出，乃是一座极高大华美的宫殿后面。再由殿侧绕向前面，正是先前高山所见那座殿台。殿高十丈，占地四五十亩，玉柱金庭，瑶阶翠槛，珠光宝气，耀眼生缬。殿前一座白玉平台，高约丈许，尤为壮丽。因自侧面绕来，又是步行，不曾看见殿台上的事物。只见那殿位列正中，三面翠玉峰峦环绕，远近罗列，不下二百座；犹如玉簪插地，云骨撑空，瑶壁琼楼，交相掩映。对面又是一片湖荡，澄波如镜，甚是清深。因为地面莹如晶玉，清波离岸不过尺许，望去一片澄明，几乎分不出是水是地。湖中心也有亩许大小一座椭圆形的白玉平台，高出水面约有二尺。湖岸旁生着一片莲花，水生之物却种在陆地上面，莲藕根也露出地上，每枝粗约二尺，其长过丈，分为三、四、五节不等。颜色比玉还白，看去滑嫩异常，吹弹欲破。每一节上各生着一柄莲叶，或是一朵莲花。那叶茎粗如人臂，长约丈许，叶有六七尺方圆。花分粉、红、青、白四色，盛开时大约翠叶之半。有的含蕾将绽，其大如瓜，吃碧叶金茎一陪衬，仿佛一条白玉船上面，撑着两三个宝幢翠盖。古诗"花开十丈，藕大如船"，今乃见之，端的好看无比。只是为数不多，共总二十多株。结实又少，仅有当中一枝白莲现出莲房。花外更围着一圈二尺多高的珊瑚朱栏，上面蒙有一片粉红色的轻烟，隐现邪气，料是珍奇仙品。那藕又嫩又鲜，定必甘芳隽美，爽脆非常。莲蓬只此一朵，必更珍贵。但有邪法防护，不是容易可以得到。

众人中只甄氏弟兄最为持重。金蝉因奉师命，暂做七矮之首，生性好强，惟恐失措，贻笑同门，遇事也格外慎重，已不似以前一味天真。灵奇素常谨慎，专一随众进退。余者多半童心未尽，一见这等珍奇灵物，多半动了食指，想尝异味。石完、阿童、石生三人首先传声提议，先往莲花丛中看个仔细。易氏弟兄随声附和。干神蛛听不出众人说话，所去之地又恰可看到台上，不曾阻止。金蝉见他未拦，以为无妨，便同了去。石生本想此地既是妖邪所居，只要力所能及，便无顾忌。石完素常想到就做，更不必说。三人如若一到就采，或者也能得手。偏生走到花前，目光看到台上一些奇怪的事，只顾观察对方情势，便耽延了些时辰。金蝉恐对方警觉，再一拦阻，未将那三百六十五年才结实的天府玉莲采下，自将机缘错过。如非那几根神香，几乎送了性命。这且不提。

原来众人还未走到花前，便发现当中白玉平台上面全景。那台原是一块整玉建成，玉质特佳，光明若镜，大有两亩方圆。这么空旷台面，只台中心孤零零设着一个椭圆形的宝榻,上面侧卧着一个身蒙轻纱的赤身妖女,睡眠正香。妖女生得肤如凝脂,腰同细柳,通体裸露,只笼着薄薄一层轻纱,粉弯雪股,嫩乳酥胸,宛如雾里看花,更增妖艳。尤妙是玉腿圆滑,柔肌光润,白足如霜,胫跗丰妍,底平趾敛,春葱欲折,容易惹人情思。活色生香,从来未睹。另有十几个道装男子,有的羽衣星冠,丰神俊朗,望若神仙中人;有的相貌古拙,道服华美,似个旁门修道之士;有的短装佩剑,形如鬼怪;有的长髯过腹,形态诡异。十九面带愁容,静悄悄侍立两旁,面面相觑,一言不发,状甚恭谨。除当中妖女外,更无别的女子。众人见这一伙人及裸女身上多半不带一丝邪气,而沿途所见埋伏和莲花上的烟雾全是邪法,心中奇怪,不知闹甚把戏。干神蛛胸前灵蛛影子又现了两次,面色更转紧张,连打手势止住众人,不令妄动,静以观变。金蝉觉着照此情势,分明是妖邪一流,竟无邪气现出,决不好惹。也忙止住众人,先不要动,看明虚实,再作计较。

守伺了半个时辰,方觉不耐,石完毕竟天真,脱口说道:"似这样等到几时? 先吃那藕吧。"众人想拦,话已出口。同时对面平台上,妖女也伸了一个懒腰,欠身欲起。旁立老少诸人,立即赶去,纷纷跪伏在地。内有两个道童打扮的正跪榻前,妖女已缓缓坐起,粉腿一伸,一只又嫩又白的左脚正踏在一个道童头上。那道童好似受宠若惊,面容立时惨变。众人断定此女必是群邪之首,绝非好相识,石完不应出声,将她惊动,方料要糟。哪知妖女意如未觉,坐起后,只朝众人星眸流波,作一媚笑,懒洋洋把玉臂一挥。那班人面上立现喜容,纷纷起立,目注妖女神色,倒退数十步。到了台口,方始转身向外,化作十几道红碧蓝紫的光华,分头朝那远近群峰玉楼中飞去,当时散尽。

台上只剩一个相貌丑怪的矮胖道童,跪伏榻前,被妖女一脚踏住,尚还未退。众人去后,若有大祸将临,周身抖战不止。妖女左腿踏在道童头上,右腿微屈,压在左股之下,却将私处微微挡住,心中似在想事,不曾留意脚底。一会,忽由身后摸出一面金镜,朝那玉臂云鬟,左右照看了两次,顾影自怜,柔媚欲绝。无意中右腿一伸,脚尖朝那道童的脸踢了一下。道童忽然兴奋起来,纵身站起,两臂一振,所穿短装一齐脱卸在地,立时周身精赤,一声怪笑,便朝妖女扑去。妖女好似先未理会到他,神情别有所注。及见道童快要上身,忽把秀眉一扬,娇声喝道:"你怎还未走,你忙着求死,我偏要留你些时。此时不该你班,去吧。"说到末句,纤手往外一扬,当胸打去。道童闻声,早就止步,只不知对方心意,进退两难,微一迟疑,便被打中。道童看去颇有气候,人更健壮。妖女人既美艳,手又纤柔,这一掌仿佛打情骂俏,轻轻拍了一下,并无甚力。道童竟似禁受不起,忽的一声惨号,跌出老远。连衣服也顾不得穿，随手抓起，纵起一道蓝光，就这样赤身飞去。众人见他逃时手按前胸，好似受有重伤，面上偏带着十分喜幸神情，俱都不解。

妖女逐走道童，又取镜子照了一下，微张樱口，曼声娇呼了两句，音甚柔媚，也不知说些什么。平台对面群峰上，便起了几处异声长啸，与之相应，却不见有人下来。又隔有半盏茶时，妖女意似不耐，面带狞笑，一双媚目突射凶光，更不再以柔声娇唤。张口一喷，立有一股细如游丝的五色彩烟激射而出，一闪不见。跟着便听好几座峰上有了一片呼啸异声，随有七八道各色光华，拥着一伙道装男子飞来。到了台前，全都落向台下，一个个面如死灰，神情狼狈。最奇怪的是，这一班人看去法力颇高，身上也多不带邪气，对于妖女却奉命惟谨，不知为何那么害怕。妖女反和没事人一般，娇躯斜倚金榻之上，手扶榻栏，满脸媚笑，微唤了一个"龙"字。

来人中有一身材高大、长髯峨冠的老道人，闻声面色骤转惨厉，把牙一咬，随将腰间两个葫芦，连同背上两支长叉向空一掷，由一片烟云簇拥着，往斜刺里天空中飞去。跟着飞身上台，在一幢紫光笼罩之下，走到妖女面前，厉声喝道："我自知今日大劫将临，命送你手，但你不要喜欢。我虽异类修成，道力也非寻常，已经费尽心力，由地轴中穿行，去往中土，拜在一位仙师门下。本可逃出你的爪牙毒口，不合结交妖人，犯了教规，恐恩师金刀行诛，没奈何又设法逃回。以为藏身之处邻近地窍，本来精擅玄功，又收服了两个冰魄寒精，与我所炼法宝合用，不畏太阴元磁真气，稍有警兆，也可由子午线上遁走。不料一时疏忽，为你阴谋暗算，将我师徒擒来，供你蹂躏淫欲，已有三年，仗着功力较深，苟延至今。无如你淫凶诡诈，毫无信义，致在日前为你盗去元丹。如换别人，早应残杀。你表面虽说，这多年来，一班有气候的同道被你残杀殆尽，苦无适意之人。那日盗我元丹，由于一时情浓，并非本心，现在仍想和我做长久夫妻。难得瑶池玉莲今年结实，到时令我采服，虽仍不能复原，足抵三百年苦练之功。说了许多花言巧语。起初我也颇受你愚弄，近日方看出你只为欲心太旺，禀赋奇淫，暂时留我补空。等我元精被你吸尽，早晚仍做你口中之食，并非真有好意对我。昨日回去，想起寒心。恩师以前所赐白柬忽现字迹，才知我命该终，万难避免，今日便是我应劫之期。幸蒙恩师怜念，算出结果，有了准备，否则连元神也保不住。可是我死不久，你的数限已尽，身受较我尤惨。我本可设法拖延到你伏诛，免去此劫。一则前蒙恩师点化，传授道法，备悉因果，自知恶孽太重，非此不解；再则元丹已失，与其苦练数百年，本身仍是精怪一流，何如保着残余精气，一灵不昧，往转人身，悔过求师，重修仙业。刚才你唤人时，本想早来，因为兔死狐悲，物伤其类,特在事前向诸位道友告以趋避之法,意欲稍为保全几个。本来他们闻呼即至,乃我一人行法阻止,迫令听完我话再走,为此晚来一步。我已拼作你口中之食,供你淫欲,也只一次,无须做此丑态,由你摆布便了。"

当道人初上台时,妖女面有怒容,似要发作。及听对方厉声丑诋,反倒改了笑容,喜孜孜侧耳倾听。斜倚榻上,将一条右腿搭在左腿之上,微微上下摇动。玉肤如雪,粉光致致,上面瓠犀微露,皓齿嫣然,更在频频媚笑,越显得淫情荡态,冶艳绝伦。一任对方厉声辱骂,直如未闻,一味尽情挑逗,卖弄风骚。及听到末两句,方始起身下榻,扭着纤腰玉股,微微颤动着雪也似白的柔肌,款步轻盈,待要朝前走去。道人话已说完,好似早已知道对方心意,有心激怒,不等近前,双臂一振,衣冠尽脱,通体赤裸,现出一身紫色细鳞。妖女虽然心中毒恨对方,但是赋性奇淫,此时欲念正旺。本意阴谋被人识破,欲以邪法强迫为欢,不料对方痛骂了一顿,仍和往日一样脱衣来就,一时疏忽,忘了戒备。道人身外那片紫光,忽然电也似急地当头罩下。此是毒龙所炼防身御敌之宝,厉害非常。总算妖女功力甚高,口张处,飞出一股绿气,迎着紫光微微一挡,便全吸进口去。表面仍和没事人一般,媚笑道:"你想激我生气,没有那么便宜的事。"说时肚脐下猛射出一丝粉红色烟气,正中在道人脸上,一闪不见。经此一来,台上形势大变。妖女固是荡逸飞扬,媚态横生;道人也由咬牙切齿,满脸悲愤,变作了热情奔放,欲火如焚,不可遏制。双方立时扭抱在一起,在那一片形若轻纱的邪烟下,纠缠不开。

众人看那道人相貌奇丑,身有逆鳞,也是水中精怪修成,功候并不寻常,来时明已悔悟,结局仍为邪法所迷。所说恩师不知何人,料是散仙中有名人物。事迫无奈,多表同情。激于义愤,想要救他,又看不惯妖女丑态,正在传声商议。干神蛛比较知道底细,惟恐冒失,又不便开口说话,只得忙打手势。又用手指画字,告知众人说:"先在光明境牌坊下面,曾听妖邪私语,妖女乃是一个极厉害的妖邪。此外也都是小南极光明境这一带修炼数千年的精怪和一些左道妖邪。我们如在此地建立仙府,这么多妖邪,扫除费事,此时正好任其自相残杀,以暴制暴,有甚相干? 那妖女不知是人是怪,如此厉害,就要下手除她,也须等到探明虚实深浅以后;或是少时由我同了内人,前往那些翠峰楼阁之中,生擒一两个拷问明白,下手不晚。"众人也看出妖女邪法高强,何况还有许多妖邪精怪,休说不胜,就被漏网,也是隐患,只得忍耐下去。

隔了一会,忽听台上接连两声怒吼惨啸。众人因不愿见那淫秽之事,正向台下人丛中查看,见一道者带着一个十来岁的幼童,并立一处,面带愁容。幼童生得粉妆玉琢,骨秀神清,决不是甚妖邪,不知怎会与群邪一起。心方奇怪,闻声往台上去看。先见道人已经仰跌地上,胸前连皮肉带鳞甲裂去了一大片,满地紫血淋漓。妖女正由榻上起身,目射凶光,手指道人,狞笑一声,喝道:"我已用你不着。你元阳虽失,内丹仍在,想要欺我,直是做梦,趁早献出,少受好些苦痛。"道人闭目未答,似已身死。妖女连问数声未应,张口一喷,一股绿气便将道人全身裹住,悬高两丈,那绿气便往里紧束。道人身本长大,经此一来,便渐渐缩小,只听一片轧轧之声,跟着便听道人惨哼起来。妖女笑道:"你服了么?"随说,绿气往回一收。吧的一声,道人坠落台上,周身肉鳞全被挤轧碎裂,肢骨皆断,成了一摊残缺不全的碎体,横倒地上,血肉狼藉。溅得那光明如镜的白玉平台,染了大片污血,惨不忍睹。

妖女二次喝问。道人缓了缓气,强提着气,颤声答道:"我那两粒元珠么?方才自知今日必死,已用恩师尸毗老人所赐灵符,连我法宝,一同冲开你的禁网,飞往神剑峰去。为防你不肯甘休,脑中一粒尚在。但有恩师仙法禁制,此时周身糜烂,无法取出。你如不伤我的元神,我便指明地方,情愿奉送如何?"妖女不俟说完,厉声喝道:"我早知你存心诡诈。你此时元神受禁,迫于无奈,就肯献出,也非将你元神吸去不可。何况龙珠已失,又中诡计,所说直是做梦。你不说出,当我不能自取么?"道人好似无计可施,急得惨声乱骂。妖女也不理睬,伸手便往他头顶上抓去。众人见状,俱都愤极。连金蝉也忍不住热火上冲,正待发作。干神蛛见势不佳,连忙摇手阻止时,只听台上喳的一声,道人大喝道:"无知淫妖!你上当了。"说时迟,那时快,就在妖女手刚打到道人头上时,猛见一朵血焰金花由道人头顶上飞出,中间裹着一条尺许长的紫龙,比电还快,刺空飞去,一闪即隐。妖女一声怒吼,右手便炸碎了半截。道人残尸在地,方始完全死去。

妖女似知追赶不上,咬牙切齿,暴跳乱吼了一阵。忽然走向台前,望着台下众人,作了一个媚笑,眼含荡意,瞧了两眼。走回原榻坐定,张口一喷,全台便被一片绿气罩住,什么也看不见了。金蝉、石生二人本能透视云雾,知系妖女丹气,与先前所见禁制不同。忙运慧目法眼,定睛注视,才知妖女竟是一个极奇怪的妖物。体如蜗牛,具有六首、九身、四十八足。头作如意形,当中两头特大,头颈特长,脚也较多。一张平扁的大口,宛如血盆,没有牙齿。全身长达数十丈,除当中两首三身盘踞在宝榻之上,下余散爬在地,玉台几被它占去大半。道人残尸已被吸向口边,六颗怪头将其环抱,长颈频频伸缩,不住吮啜,隐闻咀嚼之声。形态猛恶,从所未见。想不到一个千娇百媚,玉艳香温,冶荡风骚,柔媚入骨的尤物佳人,一现原形,竟是这等凶残丑恶的妖孽。

金蝉等正惊异间,忽见台下众人中的幼童不知去向,那具残尸也被吃完。妖物身子渐渐缩小,在台上盘作一堆,状似睡眠。甄艮猛觉石完扯了一下衣服,众人随手指处一看,那结有莲房的荷花,忽然中空,那粉红色的邪烟仍笼花上,只当妖物摄去,也未在意。再往前一看,幼童忽又在道者身侧出现。跟着台上绿气忽敛,妖女又恢复了原状,仍是方才初见时那么浓艳淫荡神态,那只断手仍是玉指春葱,入握欲融。地上仍是晶莹若镜,休说残尸不见,连半点血迹俱无。妖女柔肌如玉,斜倚金床,无限春情,自然流露,正在媚目流波,昵声娇唤。

　　台下众人似知当日情势分外凶险,一听娇呼,虽然面色惨变,早有两人装作满面喜容,飞身上去,见了妖女,更不说话,各把衣服脱去。这次结束却是极快,共总不到刻许工夫,上去两人全都奄奄待毙,状若昏死,僵卧榻上。妖女把手一挥,便似抛球一般,两人滚跌出去老远。跟着妖女又唤了两声。似这样,接连上去六人,情景大略相同。到了末次事完,前两人首先回醒,似知将落虎口,勉强爬起,乘着妖女前拥后抱,正在酣畅之际,想要溜走。刚纵遁光飞起,妖女把口一张,全台立被绿气布满。妖女突现原形,当中两身各用四五条怪爪紧紧搂抱着一个赤身妖人,尚还未放。先前四人,已被那如意形的怪头吸向口边,一片吮啜咀嚼之声,先已连肉带骨吃个净尽。后两人为邪法所迷,抱紧怪物下半身,尚在缠绵不舍。不知怎的触怒妖物,当中两个如意怪头往起一伸,张开血盆大口往下一搭,便将那两人整个身子咬下半截。这两人也是旁门中得道多年的散仙,本来隐居南极各岛上修炼,新近约有十几个同道来此,妄想盗采当地灵药仙草,全被妖物擒来,遭了惨死。此时为邪法所迷,明明搂抱着一个凶残丑恶的妖物,竟把它当作天仙美女。正在得趣当儿,连声都未出,便送了命。

　　这妖物便是盘踞光明境多年的前古妖物万载寒蚿,以前被禁闭在台前湖心地窍之中,近数百年二次出世。生性奇淫,凶毒无比,终年残杀左近方圆七千里内外的精怪生灵。当地乃紧附宙极下的一座天外神山,两间灵气所钟,并有极光太火、元磁真气阻隔,为仙凡足迹之所不至。神峰翠嶂不下千百,地质宛如晶玉。更有琪树琼花,灵药仙草,种类繁多,遍地都是。岛上生物和海中鱼介之类,生此灵区仙景,得天独厚,渐渐飞腾变化,具有神通。本来与世隔绝,除了强存弱亡,偶起争杀,或因一时多事,前往隔海侵扰,被不夜城主钱康诛杀收服而外,本可潜心修炼,相安无事。不料妖蚿二次出世,大肆淫凶。始而只是幻身美女,勾引挑逗,使其竞媚争宠,互相残杀,勾起淫欲,于中取利。彼时当地颇有几个得道数千年,本领神通和妖蚿差不多的精怪，终于在妖蚿媚惑之下，同室操戈，一个个失去灵丹元阳，相继做了妖蚿口中之食物。

妖蚿近年吞噬既多，神通越大，淫心食欲也更加盛，越发任性妄为，恣意淫杀。那为采灵药自行投到的南极散仙，不知死了多少。照例交合之后，除却道力较深，知道厉害，元阳未失，还能保得暂时活命，去往妖蚿所建仙山楼阁中困居待死而外，多半交合之后，便遭吞噬。因当地一带，由上到下全有极严密的禁制，被擒人身上均中妖毒，休说逃不出去，就算侥幸逃脱，出境毒便发作，全身糜烂，化为脓血而死。同时妖蚿也必赶来，将元神吸去，捷如影响，连做鬼都无望。妖蚿又生具特性，纵欲之后，非食肉饮血不可。吸血之后，必要醉卧一会。所食如是人血，经时更久。先死六个，倒有四个是人，吃完便自睡着。

台下还剩四人，好似胸有成算。妖蚿一睡，两个首先往殿后偷偷绕去，走的正是金蝉等的来路，方向、途径一点不差，也是步行，一会便穿入花林之中不见。剩下一个道者和那幼童，互相急匆匆打了一个手势，幼童便往金蝉等立处的荷花前面赶来。道者拉他不听，紧随在后，神情似颇惶急。到了花前妖烟之外立定，道童一晃不见。道者回到台上，正在愁急，忽然人影一闪，幼童二次现身，手上却握了两尺来长的一段藕尖。双方又打了一个手势，同往湖心中穿去，动作极快，一点声音都没有。

第二六六回

却敌环攻　玉殿晶宫伤老魅
传音告急　翠峰瑶岛困群仙

　　金蝉等见后来十人比先走诸人不同，多半身带邪气，相貌凶恶，一望而知是些左道旁门。但都是人，并非精怪。独这一老一少却是仙风道骨，相貌清秀。幼童根骨更是少见。再看他盗藕情形，所习尽是太清仙法，那么坚厚晶玉地面，竟能来往自如，胆更大得出奇。金、石二人首先喜爱，只不知二人入湖做甚。莲丛就在台右不远，那么神通广大的妖物，怎会一无所知，任其盗走？料定先前莲蓬也是幼童所盗无疑。照此久候下去，无非多看一点淫凶丑态，有甚意思？几次想要下手，偏被干神蛛再三摇手力阻。

　　方在寻思，回顾石完不见，互一询问说："先前还在甄兑身后，未见走动，不知怎的没了踪影？"看出妖物神通广大，身居危境，人忽不见，自是忧急。遥望台上妖蚿酣睡若死，又不似有甚动作。金、石二人暗忖："眼前所见，分明妖物吸血之后，必定醉眠，此时下手，岂非最妙？"心方一动，未及与众商量，石完突由地底钻出，双手也捧着一节大藕，喜叫道："这藕好吃极了。"

　　干神蛛闻言大惊，忙即阻止。底下话未出口，台上妖蚿忽醒，又将身子缩小，绿气突收，仍化为一个妖媚入骨的赤身美女，缓缓欠身而起。众人本觉妖蚿难惹，多主慎重，想照干神蛛所说，向所困妖邪先探虚实，再打主意。一见妖蚿好似不曾留意自己，身又隐去，便不再想发难。以为妖蚿必重施故技，向台下唤人淫虐，不愿再看，打算去往对面群峰设法探听，已经要走。金、石、阿童三人忽想起，那幼童本随道者同立台下，听候残杀，忽然不见，妖蚿决不甘休。去处又在湖中，以妖蚿的神通，多半受擒。二人入水不出，必为妖蚿已醒，不敢出来。这老少两人绝非妖邪一流；幼童灵慧胆勇，尤为可爱。恐妖蚿擒回残杀，想要相机解救，不舍就走。正用传声告知众人，干神蛛胸前蛛影突又一现即隐，觉她神色又带惊惶。

　　妖蚿忽由身后取出那面金镜，笑孜孜正在搔首弄姿，做出许多媚态，对于台下四个逃人直如未见。不知何故突现怒容，目射凶光，将手朝外一扬，那台前湖水突然涌起，直上数十百丈，成了一个撑天晶柱，往上冒起，湖水立时由浅而涸。一会便见水中露出两人，正是先见道者、幼童，身陷水柱之内，挣扎冲突，周身光华乱闪。无奈身被困住，如盆中之鱼一样，尽管在水内驾着遁光上下飞行，穿梭也似，共只亩许粗细的一根水柱，竟不能冲出水外。

众人见妖蚿禁法如此厉害，也甚心惊，料定老、少二人凶多吉少，激于义愤，本就跃跃欲试。只见妖蚿怒容已敛，只把一双馋眼注定水中两人，看了又看，满面俱是喜容。倏地把口一张，绿气重又喷出。这次却不散开，初喷出时，粗才寸许，一直射向高空，到了水柱顶上，方始展为一蓬伞盖，笼罩水上。那水柱立即由顶弯倒下来，被那绿气裹紧，由大而小，往妖蚿口内投进，势甚迅速。同时绿气到了妖蚿口边，反卷而下，重又布满全台。妖蚿也现出原形。那水柱大半弯曲，缩成五六尺粗细一股，往绿气之中冲入。下半仍有数十丈高，亩许粗细一段。水中二人几次随水吸近台前，又被挣脱，蹿向下层。看意思，似知四外无望，待要往湖底钻去。无奈妖蚿力大，那么大的一湖水，竟被吸起十之八九，已经见底。妖蚿突将六首齐昂，张口一吸。水中二人立似两条人箭，直往台上射去，眼看就要投入绿气之中，为妖物所杀。

总算命不该绝，金蝉等见此情形，更不再计厉害，除干神蛛另有心计而外，便有九人动手。金、石、阿童三人一着急，各把飞剑、法宝、佛光先飞出去，余人不约而同也相继出手。金蝉霹雳双剑红紫两道光华，与石生所发的一溜银光合在一起，霹雳连声，加上阿童一道佛光，已是惊人。惟恐邪法妖气厉害，又双双扬手，把太乙神雷连珠打去。数十百丈金光、雷火，一起向上打到，爆雷之声惊天动地，震得满殿台金庭玉柱一齐摇撼。再加上易氏弟兄的太皓戈、火龙钗，南海双童下山时新得的五雷神锋，灵奇的寒碧剑光，石完的墨绿色剑光，以及别的法宝、飞剑，数十道各色宝光金霞，虹飞电舞，交织如梭，连那大片连珠雷火，同时夹攻上去。妖蚿先前只知来了一伙隐形敌人，潜伏在侧，心骄自恃，以为网中之鱼，少时手到擒来，正用前古宝镜照查踪影。本未想到吞噬老少二人，忽由镜中无心发现，又见幼童身上背着一节玉藕，立时激怒，想将二人吞吃下去，再寻敌人晦气。万未料到来势如此厉害，猝不及防，护身丹气几被震散。只顾抵御，妖气一松，水柱邪法先为佛光、神雷击散。道者首先破空遁去。幼童本也随同飞走，刚飞出不远，重又飞回，与金蝉等会合，也把剑光放出，随同夹攻。

这原是瞬息间事。金蝉等刚一出手，便听干神蛛急喊："我非妖孽之敌，又有一层顾虑，此时隐身法已经无用，只好暂退。诸位道友须要联合在一起，小心应敌，不可分散。我暂时只好失陪了。"众人知他人最肝胆，累次相助,均出死力,舍众独退,必有原因,绝非怯敌胆小。料知妖蚿厉害无比,金蝉、二甄首存戒心,方喝:"众人留意!"一眼瞥见幼童身剑合一,在一道青光护身之下,右手发出五股毫光,正向绿气猛射,并眼望自己这面,大有歆羡之色。恐其误遭毒手,忙把手一招。幼童去而复转,便是想与众人亲近,因众人忙于对敌,不曾喊他,年少面嫩,心虽感激,还在不好意思。一见金蝉招手,石生也在含笑点头,不由大喜,忙赶过来。石生因自己收了韦蛟,甄氏弟兄先收了石完,金蝉居首,门下反倒无人,早想给他找个好徒弟。一见幼童灵慧美秀,根骨既好,又是众人所救,欲令其拜金蝉为师。见他含笑飞来,神情亲热,好生欢喜。刚刚迎上前去,未及说话,妖蚿邪法已经发动。

众人知道妖蚿厉害,那么多的法宝、飞剑、佛光、雷火夹攻上去,满台绿气不过震荡了一下,便散而复聚,反更较前浓密,所有剑光、宝光全被挡住,奈何它不得。金、石二人正待将两套修罗刀放将出去,忽闻一股檀香刺鼻,紧跟着眼前一暗。众人猛觉心神一荡,周身发热,起了一种从来未有的奇异感觉。阿童心灵忽然大震,想起下山时恩师所赐偈语,倏地惊悟,知道不妙,不禁大吃一惊,忙用传声告知众人:"已中邪法暗算,务须速退,先逃出罗网,再作计较。"

众人自在来路服了一粒金色的灵丹,便觉胸前发冷,老有一团凉气。一任运用本身纯阳化炼,当时稍好,过后又复如初。又以连经危境,跟着深入妖窟,吉凶莫定,无暇及此,只得听之。除金、石、阿童、石完四人稍好而外,多半冷得难受,颇悔不应早服,但已经服下,也是无计可施。灵奇因见众人都说难受,明知师祖好意,打算留以备用,独未曾服。因为先前妖蚿藏身绿气之中,不曾出来抵敌,全神贯注前面,毫无形迹,不知怎会中了邪法暗算?好生奇怪。一听阿童传声告警,想起以前阿童曾说,下山时师父白眉禅师曾有偈语,说他此行当有一场大难,到时心灵上必现极大警兆,令其留意;铜椰岛随同起身时,他大师兄朱由穆又有和自己六人同行,要吃苦头的话。此时必已应验,闻言暗自惶急。

这时那暗影已经失去,重现光明。猛听身后石完惊呼,回头一看,前面不远,现出六个与妖蚿同样的赤身妖女,在一片粉红色轻纱笼罩之下,做出许多淫情荡意,手指众人,秋波送媚,巧笑不已。众人中石生具异禀奇资,向来不怕女色摇惑;阿童从小修道,得有佛门真传,定力坚强;金蝉等六人也都宿根深厚,道力坚强,下山时节又曾通行火宅严关,得有本门心法,悟彻上乘妙谛,更预先服有专御邪毒的灵丹。所以虽中邪法暗算,立时便警觉,忙各震摄心神。加以累世童贞,素无邪念,只开头身上烦热,均未十分摇动。

这时一见妖蚿元神幻化,分身出现,阿童又在二次催逃,一面把佛光收回,照向众人身上,正待一同飞遁。猛瞥见灵奇俊脸通红,眼里似要冒出火来,竟然飞出光外,朝那妖女扑去,神态甚是难看。金、石、阿童三人首先想起,自从闻到邪香,胸前冷气便自消散,跟着心身逐渐清凉,不再有那微妙感觉。只灵奇一人这等情景,知是未服灵丹,致为邪毒暗算,受了媚惑,自投死路。心中一急,更不怠慢,纷纷各纵宝光,冲将上去。金、石二人各把玉虎、金牌发出百丈金霞,千重灵雨祥光,上前抢救,双手齐扬,太乙神雷密如雨雹,纷纷打上前去。阿童佛光更快,随手指处,晃眼便将灵奇围住,拦了回来。

也是灵奇命不该绝。妖蚿分明见众人法宝、飞剑、佛光、雷火威势惊人,从所未见,依然自恃,以为无论多高法力,只要闻到那股檀香,中毒心迷,便可听其摆布。又见来的这九人,根骨元阳之佳,实在少见。除盗藕幼童已预定先作口中之食不计外,意欲挨个摄取真元,从容享受。又见众人回身惊顾,内一美少年已朝自己扑来,越发心骄意快。正待施展淫媚惯技,先行抱住交合,再向余人引逗,令其自行投到。只当众人全受邪迷,多高法力也不会对她再存敌视。不料全都功力深厚,并未迷倒。只灵奇一人,还因未服灵丹之故。众人来势又捷如雷电,灵奇立被擒回。妖蚿志在诱敌,使其全神贯注身前,以便掩向身后,暗中下手。护身丹气全在台上,只将元神幻化成六个赤身美女,飞向众人身后。索性隐形到底,也还不致吃亏。经此一来,这些专除妖邪的至宝奇珍,加上佛光、神雷,怎禁得住?到口美食先被夺去,元神还受了重伤。等到复体重来,众人已有了准备,虽然全被困住,再想遂意淫欲已无望了。

众人见灵奇被佛光圈住,强行夺回,人仍和疯了一般,不住在佛光中左冲右突,拼命想朝前扑去。同时宝光、雷火夹攻之下,妖蚿元神已受重伤,一片血雨飞洒中,龙吟也似几声怒吼,六个妖女一齐不见,满空血雨犹自纷飞,尚未全息。因见妖蚿败退,多想乘胜追杀,二次往台上进攻。一则阿童又在连声催走,惶急万分;又见灵奇中毒,神志全昏。金蝉猛想起:"下山时,所赐锦囊仙示尚有几行空白。目前吉凶难定,不如先行遁走,救转灵奇,取出仙示,通诚祝告。如能现字,指示玄机,岂不容易应付得多?"心念一动,一声招呼,一同电驰般遁走。逃时,盗藕幼童杂在人丛之中,阿童见他只是面带惊疑,并未中邪,心中奇怪。恐他遁光追赶不上,落后遇害,一指佛光,连他裹定。余人也是同样心思,便连他一齐护了带走。

这原是转念瞬息间事。刚刚飞出不远,便听台上妖蚿厉声喝道:"无知小儿,已为我仙法所困,一出光明境,便化脓血而死,还想逃么？速往东北方顺数第九峰白玉楼中,候命处治,等我法体复原,自会挨个寻你们快活。想逃岂非做梦？"声甚猛恶,与先前娇声媚气迥乎不同。

众人也不去理它,本意是往回路逃走,冲出光明境,再打主意。不料妖蚿邪法厉害,到处埋伏。眼看飞离光明境玉牌坊不远,忽见四外白烟蓬勃而起,晃眼弥漫开来,上下一片迷茫,什么也看不见。众人便把太乙神雷向前打去,一片惊天动地的大霹雳连串响过,妖烟尽退,突然大放光明。再看前面,光明境牌坊仍是相隔不远。当时也未理会,照旧前飞,满疑晃眼即可飞过。哪知飞行了一阵,牌坊依然在望,却不曾飞到,方始醒悟。回顾来路,已不似先前样子。知道陷入埋伏,忙各止住,聚在一起,在法宝、飞剑四外防护之下,正待商议。忽听妖蚿又恢复了先前妖声浪气,媚笑哧哧,若远若近,隐隐传来。

石完忽道："上面不好走,我们不会由地下穿出去么？"一句话把众人提醒。易氏兄弟忙把神梭取出,正用传声商议如何穿地而出,眼前忽又一暗。等到重现光明,因不放心石完,想用神梭载了众人,同时裂地出险。一看地势,人已落在一所极高大的白玉楼中。众人料知妖蚿用邪法挪移,引来此地,已被困住。先还当神梭可以脱身,及至易氏弟兄将梭化成一条金舟,前面七叶风车一齐转动,金光电旋,行法一试,哪知地比精钢还坚百倍,非金非玉,不知何质,一任用尽心力,竟冲不破。石完与那幼童全不服气,连用家传穿山行石之法,也未穿动。见那玉楼共只内外两间,孤悬翠峰之上,约有三四十丈宽大。内里陈设,皆是精金美玉、珠翠珊瑚所制,珠光宝气,富丽堂皇,神仙宫室,不过如斯。三面琼檐高耸,翠槛横空,除却瑶壁云门,珠棂洞启,更无屏蔽。楼外碧峰刺天,高低错列,翠色晶莹,山光如活。时见白云如带,蜿蜒山腰,更有不少玉宇琼楼,掩映于白云花树之间。端的神山仙宅,美景清淑,气象万千,备诸灵妙,便唐、宋名手也画它不出。

众人明知入伏已深,未必有用,仍用神雷、法宝发将出去,结局仍是徒劳。三面轩窗,看是空的,无奈冲不出去。前面也未见有甚征兆。方知厉害,危机已迫,脱身不得,只有开读锦囊仙示,或能现出一线生机。还有灵奇也须救转。幼童来历尚未问明,许能由他口内探知一点虚实。适听妖蚿口气,好似受伤甚重,正在调养,暂时被困,不致来扰。因为妖蚿神通广大,出人意料,恐有万一,便把所有法宝、飞剑一齐施展出来,凌空结成一个极大的平底光幕,将众人全体护住。再看灵奇,已是如醉如痴,身热如火。忙把那粒灵丹搜了出来,塞向口中。搜时,石生又发现他身畔法宝囊内,有一座六角金鼎，中贮黑色粉末。方在传观，幼童在旁，一直满面喜容望着众人，依在金、石二人身侧，几次想要开口，因众人正忙，欲言又止，这时忽然惊咦了一声。金蝉正要问话，灵奇已渐毒解，明白过来，满面惭惶，跪在七矮面前，意似求恕，羞于出口。金蝉命起，笑道："邪法厉害，此事怎能怪你？倒是脱困诛邪要紧。"

金蝉随用传声告知众人，同向峨眉通诚祝告。取出锦囊仙示，空白上果现字迹，互相一看，不禁惊喜交集。大意说：

那妖物名叫万载寒蚨。已经修炼九千余年，身具六首九身，神通广大，变化神奇。尤其所炼内丹最为厉害，便大罗神仙，事前如无防备，为它所算，也是难当。因禀宇宙间邪毒之气而生，生性奇淫，凶残无比，又具纯阴极寒之性。小南极光明境一带最多生物，得天独厚，极易修成，一向精怪甚多，并还孳生不已，近年竟被妖蚨残杀殆尽。七矮虽然终于成功，但是这次凶险不比寻常，必须谨慎应付，方可免害。届时人已被困，不特行动艰难，不能离楼一步，再过一日夜，妖蚨肉体修复，必来侵扰。越往后越厉害，必须忍耐待救，不可冒失出手，防身要紧。阿童更须留意防护，因到最紧急时，各人只能自顾，不可分心，否则自己受害，还要连累别人。届时众人已被妖蚨用邪法隔开，所见同伴多半为幻影，最易上当，不可不防。只等救星一到，除了妖物，阮征赶来相会，合成七矮，便可在光明境建立仙府。与海外前辈散仙不夜城主钱康分居两地，永住天外神山，同修仙业。

但救星是谁，如何抵御妖法，却未提到。

金蝉惊喜之余，越想越着急。石生道："我们乃是陷空老祖引来，此举他必有用意。如有伤害，休说冰蚕、温玉，李师姊不会借他，乙师伯也决不肯甘休。想他必早算定，愁他做甚？"一句话把金蝉提醒，想起铜椰岛分手时，神驼乙休曾赠了一面信符法牌，说是元磁真金所炼，阴、阳两面，用以传声，无论相隔数十万里，当时便能到达。灵机一动，立即将牌放出。

原来方今女散仙中，只有神驼乙休之妻韩仙子法宝最多，又均各具妙用。此宝乃乙休向其要来，转赐金蝉。看去黑铁也似，并不起眼。约寸许宽，两寸来长，两头椭圆，中腰特细，仿佛大小两枚枣核连成一串。当中太极上各有一线银丝，细如牛毛，针锋相对，时隐时现。背面一头有一个六角形的星纽,微微凸出。用时,按照所传法诀,用中指紧按背后星纽,再以峨眉派传声之法,先朝正面大的一头喷出一口真气,如法通诚,对方那面阴牌立时发出信号。所说的话,不论相隔多远,全被听去。虽然阴、阳两牌一发一收,对方不能回话,说时颇耗元气,是其所短。但是任多厉害的妖邪,各家禁制和至宝奇珍,均不能加以阻止隔断,用以求救,实是再妙没有。

金蝉说时,两头银丝线各射精芒。话才说了一半,小的一头银线转成红色,不住闪动。料知乙休已接信号,虽因宇宙磁光阻隔,相去数十万里,不知能否即时来援;但这一位父执至交,法力极高,人甚仗义,又最钟爱自己这几个后辈,必不袖手。也许赠宝之时,便已算出这场危难都不一定。想到这里,心情稍宽。

所救幼童已朝众人躬身为礼,请问姓名、来历,怎会来此。金蝉见这幼童生得长眉星目,粉面朱唇,两耳垂珠,鼻似琼瑶,头绾双髻;穿着一身淡黄色短装衣裤,非丝非帛,质似鲛绡;露出半截手臂和下面一双小腿,赤足不袜,又白又嫩。看去玉人也似,竟和石生一样俊美,宛如瑜亮并生,难分高下。这一近看,越发喜爱。又见他稚气天真,面上常挂笑容,看去不过十来岁光景,料是海外散仙之子。便把自己的姓名、来历告知。问他父、师何人,怎会被妖蚿困住。幼童闻言大喜,当时拜倒,跪地说道:"弟子名钱莱。家父是不夜城主钱康。弟子上月偶往乌鱼岛游玩,无意中遇见四十七岛那伙妖孽,众寡不敌。幸仗家父传授,而且不夜城、光明境俱是天外神山,与四十七岛相去三千余里,中有磁光太火阻隔,妖人不能通行,才得脱身逃回。因愤岛上群邪以众欺小,又不敢告知家父,屡想报复之策。不料这伙妖邪日前竟乘极光太火每年必有六个时辰最微弱的时期,冲将过来,想要偷采光明境内各种灵药仙草,又怕妖蚿厉害,不敢直赴妖窟。但这天外神山碧海茫茫,除此两处仙山灵境,更无陆地。先又不知弟子来历,冒失欺人,妄逞凶威,结下仇怨。以为家父人最和善,只要来人对他有礼,不是偷盗本岛灵药,任凭游玩,从不作难;尤其是在城外海边一带,更不加以过问。欲借本岛作一根据地,分人去往妖窟窥探,乘便下手。不料来了七天,被弟子发现,认出仇敌,如何能容。暗中跑回城内,将家父母法宝取了几件,又取两粒冷焰寒雷赶出。不合自恃地利与法宝、神雷威力,心粗胆大,也没有告知别人,独自向前,先用法宝打伤了两个。余人一听弟子道出姓名,知道极光圈外无处栖身,就算盗得灵药,也须在不夜城岛上住上一年,到了明年此时方能回去;又见我的法宝厉害,如何还敢应敌,一面逃走,一面和弟子说好话,意欲求和。弟子愤他们无恶不作,又曾目睹妖人祭炼生魂时惨状,立意为世除害,一直追到光明境岛上,只还不曾过桥。本来已入险境,偏巧众妖邪恐怕妖蚿出来,前后受敌,情急反噬,群向弟子夹攻;同时仍想讲和,力劝弟子化敌为友,以免两败。偏生内一妖人妄用邪法,放出一片妖烟邪雾,想将弟子擒去,以此要挟家父,许其在海边暂住一年。弟子恐受暗算,便将神雷发出,邪法虽破,妖蚿却被惊动,追了出来。众妖人除几个先被神雷打死之外,全被妖蚿擒去,困人翠峰玉楼之中。

"这些楼阁,看似轩窗洞启,并无遮蔽,实则妖蚿神通广大,幻化无穷,暗中运用,到处都是阻力,看不出一点迹兆,人在里面,休想逃出。所喷丹毒绿气更是厉害,只要稍为沾染丝毫,便如影附形,不论逃出多远,妖蚿心念一动,立即赶上,不是当时吞吃下去,便将人擒回供它淫欲,终局仍加残杀。再不,便是一到光明境禁圈以外,由手脚烂起,烂到全身化为脓血而亡。元神被禁,万逃不脱,所受更惨。除却听命,有时碰到机会,死虽不免,元神或者能够保全逃走。因此被困的人明知无幸,谁也不敢冒此奇险,只有听任宰割,以冀万一。弟子如非年幼,早已做了妖蚿口中之食。被困才只两日,众妖邪已惨死了十三四个。心想家父未必得知弟子被困。凡是被妖蚿唤去的,从无一人回来。眼看被擒二十余人,只剩下了三个,今日必要轮到弟子身上。用尽方法,只能在所住峰上游行,不能离峰他去。正在无计可施,忽然发现隔室有一道友,乃小南极附近散仙,名叫公孙道明。也因偷采灵药,冲越极光来此,被妖蚿擒来,困在此地。幸与尸毗老人记名弟子龙猛相识。那龙猛本是前古毒龙,修炼数千年,功候颇深,老巢就在本海深处,为避妖蚿残杀,逃亡中土。因犯师规,恐受诛戮,逃回不久,便被妖蚿暗算擒来。虽然同样被困,但他精于玄功变化,近又算出本身因果,又得妖蚿欢心,各地均能自在游行。于是暗中维护公孙道明,不令妖蚿加害。并对他说:'我不久数尽,跟着妖蚿也必伏诛,只要挨过些日,便可无事。但是妖毒厉害,只有天府玉莲所结莲子可以解毒,否则便逃出去也难活命。如今虽当玉莲结子之期,但是外有邪烟笼罩,人不能近。须在妖蚿吸血昏卧之际,由一精通石遁之人,由地底穿过去,采得玉莲,急速服下。乘妖蚿二次醉卧时去往湖心,用所赠魔珠,暗藏在妖蚿老巢泉眼之内,急速逃出。再照所说藏处,潜伏待救。只要听到一连十二时辰的连珠霹雳过去,便可化凶为吉,免去此难。湖心之行虽与逃人无关,此举却是妖蚿致命一伤,务要照办,不可畏难,纵遇凶险,也有解救。邻室幼童钱莱的师父必在此时到达,只管照他所说,各顾各自行逃去,静候出险。'

"公孙道明说时,龙猛忽然走进,笑对弟子说:'你父是地仙,千三百年一次大劫，为期将近。此间地皆晶玉，其坚如钢。你幼承家学，长于石遁，除这一带翠峰楼阁均有邪法禁制，余者多能穿行自如。如肯助我公孙道友盗来莲实分食，彼此有益，我便指点明路，使你得拜仙师，并助你父他年脱难。你意如何？'又说：'今日必有人由子午线上冲越极光太火，来此诛邪。你只问出来人是由中土飞来，你的师父便在其内。如肯收你为徒，仙业必成，你父大劫也能避免。可要我来指点？'弟子常听家父谈起，大劫将临，只有峨眉掌教妙一真人或者能够解救。前乘峨眉开府，赶往道贺，便中求救。真人口气虽好，素无深交，相隔如此之远，险阻重重，到时能否来援，实是难料。时常想起愁虑，有此救星自然更好。无如那龙猛形态丑恶，口气狂傲，不甚投缘，将信将疑。我便对他说：'我如该为妖蚿所杀，想必难逃定数，乐得助你朋友脱难。来人是否可做我师父，我自会看，也无须你指教。倒是公孙道友人好，我必助他盗那玉莲便了。'他只听了点头，说是还有两人也颇可怜，欲往指点脱难。刚走不久，便听妖蚿怪声唤人。本只一样怪声，听的人全听出是喊自己名字，由不得心神摇动，想要前去。这次被唤诸人，本来要走，被龙猛拦住。一面也发异声，与之相抗；一面向众指点，到时如何趋避。妖蚿二次邪法催逼所发邪烟，也被龙猛暗中解去几股，所以去的人心中多半明白。

"弟子心想：'近日极光太火阴阳相搏，消长循环，此盛彼衰，往复不已，最是猛烈厉害。休说由子午线上通行，稍为挨近死圈，便大罗神仙也被炼化，怎会有人前来？'心疑龙猛想救公孙道友，故意如此说法。后来遇险被救，已将逃走，回顾诸位仙师法力甚高，偏都那么年轻，忽然心动赶回，仍当是南极各岛散仙门下。及被佛光、遁光带了同飞，心想：'海外散仙哪有这等功力？'心方奇怪，不料果是师祖门下。弟子前生乃家父所生独子，也因好胜无知，多树强敌，身遭惨劫，历尽艰危。今生方蒙天乾山小男真人由襁褓之中救出，费了许多事，才送来此地，父子团圆。因是异胎，始终是幼童形体。诸位师长身材也都不高，如收弟子为徒，正配得上。我早看出诸位师长对我怜爱，必不使弟子失望。如蒙收录，得拜在齐仙师门下，感恩不尽。"说罢，又拜了下去，跪伏不起。

众人见他应答如流，甚是灵慧，神态却甚天真，一双俊目仰望金蝉，满脸企盼之容。金蝉连拉他几次，均吃赖在地上，偏不肯起，好似金蝉不答应收他，便不起来神气。不时朝众人望一眼，似想众人代为关说。末几句话更带稚气。七矮中原以石生身材最小，金蝉也是一个俊美幼童；如收这等俊美矮小门人，难师难弟，果然相称。都忍不住好笑起来。

石完最是天真莽撞，不等金蝉开口答应，先在旁急喊道："你拜齐师伯为师,再好没有,我也得一个好师弟。师伯不收,你便跪在地上,不要起来,非拜师不可。当初师父不肯收我,我就是那么样死皮赖脸,跟定不走,师父才答应的。这个法子最好,包你成功。"众人本想说话,见他摇头晃脑,连比带说,貌既丑怪,憨态可掬,由不得又是一阵大笑。石生笑道:"蝉哥哥,你收他吧,这小孩怪可怜的,再说根骨心性也好。"金蝉略一沉吟,答道:"仙示偈语虽有'神山师弟,永葆元真'之言,但他乃不夜城主之子,行辈相差。且等事完,见了他父亲,再定如何?"

石完本被二甄兄弟止住,站向一旁,闻言,忍不住又急喊道:"钱师弟,快拜师父,还是说定的好。"甄兑瞪了石完一眼,低喝道:"你怎老不听话? 也不想此时危机四伏,这是什么地方,要你多口?"石完咧着一张大口,赔笑道:"师父饶我一回,我实在爱他,比韦蛟好得多。师父帮他说两句好话吧。"阿童笑道:"韦蛟是石师伯的门人,你这等说法,他一生气,你齐师伯不收钱莱为徒,怎好?"石完慌对石生道:"师伯千万不要见怪,我说错了。韦蛟也好,不过他不该拜两个师父,又长得那么难看。"众人见他说了一阵,韦蛟仍是不好,说话矛盾,越描越黑,厥状甚怪,又是一阵好笑。石生道:"你说韦蛟丑,你比他也高明不了多少。谁与你一般见识? 你看齐师伯快要生气了,还不住口。"石完见师父又在瞪他,不敢再说。

金蝉见众人三次哗笑,身居奇险之地,不以为意,仍是平日说笑情景。心料妖蚿不久必来加害,能否抵御,尚且难测。想起锦囊仙示,好生忧急。见钱莱跪地不起,连声求告,力言乃父与师祖共只一面之缘,谈不到什么行辈。如知弟子拜在师父门下,只有喜欢,断无话说。阿童、石生、甄、易诸人,又再相继劝说,惟恐妖蚿猛然来犯,众人只顾说笑,分了心神,只得答应收徒。钱莱大喜,又向师长、同门分别礼拜,起立一旁。石完过去拉住他手,喜欢已极。钱莱也是天生异禀,看似幼童,其实功力甚深,见石完对他如此诚恳,也甚高兴。

金蝉随问灵奇:"金鼎是何法宝? 以前怎未见过?"灵奇答道:"此是家父在地璇宫相见时,说诸位师长不久便有一场险难,岛主已经赠了七支毒龙香。因恐弟子追随在侧,万一遇险,特向岛主再三求说,把金鼎、神香借来。此香与师叔所佩毒龙香异曲同工,专御各种精怪,一经本身真火点燃,便不会中那邪毒之气。无论多大神通的精怪妖邪,闻到此香,定必昏醉,敛了凶威;就说不能除他,暂时决保无事。并且鼎中神香足够此行之用。目前除干师叔不知何往,只小神僧无此神香,弟子法力又极浅薄,最好请小神僧与弟子合在一起,以便两全,不知可否?"

金蝉何等机智,一听便知言中之意。料定乃父灵威叟必有机宜预示,妖蚿厉害,非此不能抵御。灵奇恭谨,借口依仗阿童助他,实则是见阿童手中无香,恐其遇害,故意如此说法。暗忖:"阿童年纪虽小,法力甚高,人又忠实爱友。下山时,因阮征尚未重返师门,拉他补缺,凑成七矮之数。屡次遇事,出力最多,交情也日益深厚。白眉禅师所说险难,必甚厉害。万一为此一行受害,如何问心得过? 偏生一行十人,香只七支,他那一支已转赠与石完,其势不便取回,难得灵奇有此至宝,自是幸事。但照仙示所说,到了紧急之时,一切皆是幻象,只能各顾各。二人合在一起,是否有效,难于预料。阿童人小,如肯坐在灵奇怀内,合用此宝,以免到时为幻象所迷,生出危害,比较要好得多。"见已答应,乘机说道:"适见仙示,到了危急之时,大家均无力兼顾,全仗自己以道心定力战胜妖邪。灵奇入门未久,只由我们代他师父略传本门心法,道力不高。在小神僧佛光防卫之下,固受庇护,无如事尚难料,万一因此分神,反有害处。以我之见,莫如令灵奇居中趺坐,小神僧便坐怀内。我们八人按八卦九宫方位,一同悬坐在这个法宝、飞剑结成的光笼之内,将面朝外一同御敌,小神僧再用佛光坐镇中心。我想妖蚿任是多大神通,也绝攻不进来。只要挨到救星到来,立可诛妖脱险。你们看如何?"阿童不知金蝉关心他的安危,以为是欲以众人之力联合防护,觉着此计甚好,妖蚿必难侵害。以为众中只他曾习禅功,定力坚强,并没想到只他一人所遇情势最险。因喜灵奇至诚恭谨,乐于相助,欣然应诺。

　　这时,金蝉运用慧目法眼,远望平台之上,妖蚿正现原形,在彼大嚼海中鱼介生灵。这些水族均由台前湖水中飞出,一出水面,便被妖蚿用那四十八条妖足利爪抓住,六首齐伸,争先乱咬。遇见那生得长大的鱼类,稍为倔强,便将那九条蜗牛也似的长身伸将出来,左右上下只一搭,便即缠紧。只见六个血盆大口,九条带着许多利爪的长身,此起彼伏,上下伸动,一阵乱飞乱舞。不论多长多大的吞舟巨鱼,海蛟介贝,不消片刻,全都连身吞吃干净。因这一次内丹毒气并未放出,看得逼真,端的凶残猛恶已极。休说金、石、阿童三人,便二甄、灵奇等久居辽海珠宫,见闻广博的人,也是首次遇到。

　　正用传声互相谈论,钱莱见众人说完,从旁说道:"适见那香,乃数千年毒龙精涎,与两极海底各种神木奇香,再经仙法炼制而成。任多厉害的海怪山精,一闻此香,便即昏昏如醉。家父前游陷空岛,承蒙岛主赐了一小玉盒,可惜忘了带来,否则便够用了。"金蝉闻言,想起钱莱尚无此宝,方想略变阵形,命他到时坐在自己怀内,合用那支灵香。钱莱躬身答道:"弟子虽非妖蚿之敌,因不夜城与光明境隔海相对,妖窟密迩,家父早防妖蚿早晚要来侵扰,时常留心，用法宝查看它的动静，并向门人指教，颇知趋避。此次原是弟子心粗疏忽，致被擒来，无法逃身。虽然禀赋有异常人，那邪毒之气，仍恐禁受不住。幸在事前巧遇龙猛泄机，得知三百六十五年一次的天府玉莲，刚刚结实。此是瑶池仙藕，美玉精英所萃，服后身心清灵，任多邪毒之气也难加害。只是日期不到，莲房尚未完全成熟，内中莲子共只四粒较大，下余全是空苞。此与寻常莲子不同，必须当时服下，隔不一会，便成玉质。又恐妖蚖警觉，采得之后，当时吃了两粒，莲房掷向地上，便即不见。带了两粒送与公孙道明。彼时如照龙猛所说，暗入湖心，将魔珠藏好，立时一同遁走，觅地藏起，立可无事。也是弟子贪吃，二次前往盗藕，耽延了些时候，如非恩师和诸位师长救援，命必不保。因已服过莲实，虽无此香，在诸位师长佛光、宝光之中，绝可无虑。"金蝉方始放心。

石生笑问石完："你盗的那个藕呢？"易震接口道："他早丢了。"石生道："这么好的东西为何抛弃？你不好带，怎不交我？"石完道："那藕奇怪，当时忙着逃走，没顾献与诸位师长，一会就变成了一段玉石。我嫌带着费事，又想将来我们都是地主，那藕还怕没得吃？便全丢掉了。"石生连道可惜不置。

灵山仙景，亘古光明如昼，不分日夜。遥望妖蚖自从受伤逃回，在平台上待了些时，便把内丹绿气收去，现出原形。用邪法摄来海中大鱼介贝，只顾恣意残杀大嚼，不似就要来犯情形。反正脱身无计，相持待救，乐得多挨一会是一会，且图清静，不去惹它。楼内外的景物又极灵秀富丽，置身其中，令人心旷神怡，飘然有仙山楼阁之思，霞峰云生之想。如非妖蚖厉害，发难在即，委实心情处境再好没有。众人因见妖蚖久无动静，多半年幼天真，石完和新收的钱莱又是两个爱说话的，闲中无事，便谈笑起来。始而金蝉和南海双童甄氏弟兄还在持重，各以传声之法问答。后来石完时常插口，又和钱莱彼此投机，互相说笑。石生、阿童均爱钱莱，不时问他不夜城中的景物，一有开端，纷纷发问。钱莱人又灵秀温文，有问必答，个个喜他，于是说之不已。金蝉初次收到这样好的门人，自是得意心喜，不时也问上两句。因想一切准备停当，众人所说俱是题外文章，无关宏旨，便不再阻止。大家畅谈起来，危机将迫，竟如无事。当地不分日夜，仅以天空星辰隐现和圆月清影，分别朝暮。只钱莱居此多年，能够辨别，偏生忘了说出。所谈又是除去妖蚖，将来建立仙府，总领灵山的方略。互相说笑，各道心意，越谈越高兴，竟把仙示所说"再过一日夜，妖蚖肉体修复，必来侵扰"的话忘却。

也不知经过了多少时辰，金、石、阿童三人目力最高，余人也各具慧目法眼,常向对面平台查看,也只看到妖蚿蚕食鲸吞情景,别的并无异处。哪知妖蚿原因适才被众人飞剑、法宝所伤,虽仗玄功变化,不曾伏诛,受伤也是不轻,元气更有损耗。虽仗天赋异质,除六阴怪首而外,身上不论受甚重伤残破,一经运用玄功,至多个把时辰,便能生长还原。或是斩断之后,又接续上去,连痕迹都没有。但那本身真元之气却是关系甚大,珍如性命。又以再差数日,便是九千六百年生辰,自知到时必有一场大劫,比以前诸次更要厉害。偏生当日所来敌人道法既高,法宝、飞剑更具极大威力,与往日所杀海外旁门散仙迥乎不同。虽然骄横淫毒,一心想把来人擒到,尽情享受,终究不无戒心。一面将人困住;一面用邪法把近海一些有气候的鱼介水族,连同平日收禁的一些精怪摄来,吞噬肉身,吮吸精血,借以补益元气。等过十二个时辰,便可复原,那时再寻来人,任性淫虐,报仇快意。眼看妖蚿真元已将复原,众人大难将临,却一点不曾警觉。

要知后事如何,请看下文分解。

第二六七回

玉虎吐灵音　警禅心　降魔凭定力
毒龙喷冷焰　伤恶怪　却敌运玄功

话说金蝉等说得高兴，竟忘了大难将临。灵奇虽然比较谨慎，偏生入门未久，不会本门传声之法。金蝉又因锦囊仙示有"缜密勿声"之言，未向灵、石二弟子告知，所以灵奇不知底细。灵奇因妖蚝来势必快，几次想请阿童坐在自己怀内，比较稳妥，却怕阿童多心，说他轻视；又想防身宝光这等严密，小神僧幼得白眉禅师期爱，禅法甚高，所炼佛光威力神妙，就有变故，心灵上必起警兆，怎么也来得及。最后决定，等妖蚝发难之后，再请同坐，于是忽略过去，更不再提。

众人早已按九宫方位排好，由灵奇居中，余下八人分八面坐守。本来面都朝外环坐，因为无事闲谈，暂时面均朝内。阿童本应坐在灵奇旁边，到时可坐在灵奇怀里，放起佛光，将二人一起护住。因见妖蚝尚未发动，便坐在石生旁边，随众说笑。而石生心喜钱莱、石完，惟恐二人年幼，初经大敌，遇到这等凶险场面，以为自己身带法宝颇多，母传两界牌、离垢钟尚未取用，想将二宝分借钱、石二人，并想遇险时，就便照应，便把地位选在二人之中，令其分列左右。到时如真无力兼顾，那是无法，否则遇机仍可救助。这一来，阿童便离开了灵奇，而且说得十分高兴，毫无戒备。

南海双童甄氏弟兄最是稳练多识，为七矮中的主谋。先也随同说笑，这时忽然想起阿童曾得佛门真传，六根清净，平日虽是天真，喜怒均不过分，惊惧神情更是从来所无。先与妖蚝对敌，那等惊惶失措，已是第一次见到，还可说是尊信师长最甚，心灵上有了警兆，想起下山时白眉禅师所示仙机，成败之心太切，故而诚中形外。既然这等害怕，理应警惕到底，时加小心，如何转眼忘怀，反更高兴起来？似此惊惧愁喜情绪，均是相交以来所无，事颇反常，已疑心他先说警兆恐要实现。再仔细朝阿童脸上一看，不由吃了一惊。原来阿童人最慈祥和善，大有乃师之风，言动神色也极安详，永无疾声厉色，不但平日相处，连对敌时也是如此。这时不知因甚激发，始而趾高气扬，眉飞色舞，毫不把当前妖物放在心上。继听钱莱谈到小南极四十七岛一班妖邪实在凶横可恶，自从金钟岛主久赴中土不归，越发肆无忌惮，恶迹越多，阿童便连骂妖邪可恶，后来越说越气，竟想斩草除根，将群邪一网打尽。这些话如在别人口里说出，并不足奇。阿童乃佛门高弟，素主慈悲，对方改过迁善，便可不究既往，怎会说出这等斩尽杀绝的话来？同时又发现阿童眉目之间隐带煞气，前额更现出一片淡红色影子，越料不妙。甄艮因为同舟共济，一人也伤不得，何况彼此交情甚深，首先着急。忙用传声，向金、石、阿童等五人说道："小神僧，你须留意白眉老禅师所赐偈语。你此时头上现出红影，眉目间均有煞气。妖蚖厉害，我们患难同舟，牵一发而动全身，委实不可疏忽呢。"

阿童闻言，猛然想起师言，不禁失惊道："我前生本来凤孽未尽，多蒙恩师佛光化解，虽然冤孽已解，本生仍要应过。今日心灵上连起两次警兆，我已觉出不妙，这红影一现，定是凶多吉少。少时彼此无法相顾，我如无事便罢，如若遇害，或被妖蚖所伤，诸位道友请念我数十万里相随来此，无论如何，务必将我元神护住，带了回去，感谢不尽。"众人见他辞色悲愤，说话也无伦次，迥与平日不同。良友关心，全都感觉不妙，心中又急，同声劝说："哪有此事？我们七人早已言明，此行生死患难安乐皆相共之，哪有坐视一人独败之理？不过小神僧今日辞色与往日不似，必有原因。何不运用禅功，向白眉老禅师通诚祝告，一试吉凶呢？"阿童闻言，依言运用禅功试一通诚，并无感应，心情也逐渐宁静起来。众人见他仍是平日安详神态，额间红影也减退了好些，料知就有甚事发生，不致有甚大害，俱都代他欣慰。

经此一来，自然又耽误了好些时候，众人仍一点不曾觉察。大家心情正注在阿童身上，石完忽然问道："师父，这妖怪也不知吃了多少大鱼，照我以前在巫山石洞山腹中的估计，差不多快一天了，怎的还未吃够？"一句话把金蝉等人提醒，方想起时已甚久。钱莱跟着在旁插口说道："楼外虽有邪法掩蔽，看不见天星，照我久居此间的经历计算，就不满一整天，也差不多了。"金蝉闻言，先吃一惊，忙用慧目朝上一看，西方一星独大，精芒闪耀，旁衬小星七颗，此外天空中繁星密布，正与初被困时所见天色相似。忙问钱莱："此是何星？"钱莱惊道："师父法力真高，竟能由禁网中透视上空天星。那便是启明星，因这里躔道方向不同，所以出在西方。此星一现，便是一整天了。"

话未说完，金蝉目光到处，前面玉平台上突然飞起一片绿气，将妖蚖连台一起罩住。又听钱莱说是满了一整天，料知事变将临。刚喝得一声："我们留意！"随听楼外媚声媚气地笑道："你们哪一个跟我快活去？趁早出来，否则我有通天彻地之能,神鬼莫测之机,更练就千劫不死之身,玄功变化,法力无边,你们那些法宝,一件也难伤我,照样被我攻进,那时全遭残杀,后悔无及。休看我残杀那些蠢物,似你们这样妙人,我修道万年,尚是初遇。我本纯阴之体,只要肯顺从,绝不舍得伤害。如能以你们的纯阳,补我纯阴,彼此融会交易,不特两有补益,我也由此将原身脱去,化成六个美人,与你们结为夫妇,永住这等灵山福地,与天同寿,长生不老,岂非两全其美?"说时,众人已全面向外,照着先前所商应付之策,一言不发。只阿童一人本定回坐灵奇怀内,因先前离开,没有回到原位。妖蚿来势神速,才一现身,众人便觉光幕外面,多了一种绝大压力。

阿童佛光本想环绕在光幕外面,金、石诸人恐他有什么险难,再三相劝,令其放在内层,以作万一之备,至不济,总可仗以防护本身,免为邪法所伤。阿童也是对友心热,以为佛光与本身元灵相合,邪法难侵。自与金、石诸人凑成七矮之后,平日无事,互相讨论观摩,对于众人法宝、飞剑备悉微妙,十九试过,都能运用。又是安危相共的生死至交,彼此灵感相应,对敌无异一人。当初此举原是石生提议,说:"各人功力差不多,法宝、飞剑妙用却是不同。如若一旦遇上强敌人多,双方混战,一个照顾不到,就令不伤自己人,也免不了生出阻碍。再要和苗疆红木岭、碧云塘两处一样,万一有人中邪受伤,法宝、飞剑在外,本身无法收回,同伴既要顾人,又要顾宝,已是两难,再如不能代庖收回,以致失落,岂不可惜?"于是把各人的法宝、飞剑,大家交换演习运用,除阿童的佛光,非通佛法不能运用外,下余七人,全能由心施为。

阿童知道佛光虽在里层,一样能够飞出光幕之外御敌。朋友好意,虽未再争,不知魔难将临,情不由己,先前虽连起两次警兆,心中害怕,经禅功通诚,不见感应,便放了心,反更轻敌。一心打算将佛光放向外层,相机将神木剑掩蔽宝光,暗放出去,给妖蚿吃点苦头,稍出恶气。同时又觉钱莱年幼可怜,独当一面,未必胜任。过信自己佛光威力,能随心念隐现御敌。何况玄功坚定,多厉害的妖邪,至多不能取胜,或被困住,决无受伤之理。灵奇虽然道力较浅,总比钱莱强胜好些,人又稳坐中央主位,八面均有能手环护,足可无虑。有心想令钱莱去与灵奇会合,自己代他守这离宫。又想:"金蝉自从做了七矮之首,便与众人议定,平时随便言笑无忌,只要奉到教祖仙示,由其代为发令以后,必须一体遵守,不可丝毫违背。先曾说过,各人方位派定,妖蚿一现,便各顾各,以本身道力,在法宝防护之下抵御邪法,毋为幻象所迷。鼻端如闻异味,立以本身三昧真火,将香点燃,自生妙用。别的全不理睬,更不许擅离原位。钱莱新近拜师,如何令其违背师意?"想了一想,还是坐在一旁,随时暗中相助,比较好些。

阿童主意打定,因灵奇恰是背向离宫,正好背对背坐下,以为这样双方皆可兼顾。一看外圈八人,连同中宫灵奇,早照金蝉所说,各自澄神定虑,运用玄功,准备应付。同时妖蚿把话说完,一声媚笑,便环绕光幕走了一转。每过一宫,一片绿色烟光便闪烁一下,跟着便分化出一个与妖蚿化身差不多,淫艳无比的赤身妖女,站在当地,朝那一宫的防守人施展邪媚起来。妖蚿仍旧往前绕去。似这样,连经六宫,连本身共是六个赤身妖女,环绕光幕之外。每宫外均有一个妖蚿分化出来的赤身美女,都是粉铸脂凝,生香活色。始而只是媚目流波,娇声巧笑,淫词艳语,向众引逗。后见众人神仪内莹,英华外吐,宛如宝玉明珠,自然朗洁,一尘不染,无隙可乘。于是笑吟吟一个媚眼抛过,各把藕臂连摇,玉腿齐飞,就在外面舞蹈起来。

阿童见众人警戒庄严,如临大敌,连钱莱、石完也是如此,各把目光垂帘返视,直如平日打坐入定神气一样。暗忖:"师父常说,目为六贼之首。异日在外行道,遇见厉害妖人,施展出九子母天魔和十二都天神煞,魔教中阿修罗五淫神魔、姹女吸阳等魔法,不论来势多强,只要先有防备,应变机警,一见道浅魔高,形势不妙,立即闭目内视,用师传大金刚天龙等坐禅之法入定,外用佛光护身,任他邪法有多阴毒,也难侵害。并说自己出生三月,便入佛门,不久便被恩师收到门下,从小勤修佛法,得有本门真传,降魔法力虽然不到功候,定力尚还不差,只要遇事留心,当可无虑。生平未与女子交往,几次随众对敌,也未遇到这类邪法,初意定必厉害,照今日所见妖蚿前后情景,对其只有万分厌恶。明知此是淫凶丑恶无比的妖物,如何会受它的勾引迷惑?何况人又藏在光幕之内,这些法宝俱是仙府奇珍,任何邪法、异宝不能攻进,怕它做甚?想是金、石诸人因见妖蚿神通变化,邪法高强,被困在此,相隔中土太远,所以格外小心。实则脱身虽然不能,被害决定不会。真有凶险,妙一真人必早预示仙机,怎会任其自投绝境?"念头一转,见妖蚿所幻化的六个赤身美女已经舞到妙处,粉弯雪股,玉乳酥胸,凉粉也似上下一齐颤动。口中更是曼声艳歌,杂以娇呻,淫情荡意,笔所莫宣。心想:"原来妖邪伎俩不过如斯,有何可惧?难得遇到这等淫毒无比的妖物,何不借此试验自己功力?好在戒备严密,又在中心地位,万一有甚变故,再用玄功抵御也来得及。"

哪知妖蚿诡计多端,上来头一个看中金蝉。不料对方累世童贞,仙缘深厚,又得有玄门上乘心法,复蒙许多前辈师执爱怜,所受教益甚多,下山以前,又通行火宅严关。一行同门六个少年好友,年纪虽轻,道力却是坚定。

加以锦囊仙示告诫，自然不敢大意。金、石、甄、易等六人返照空灵，固不必说，连石完、钱莱、灵奇三人，也不是深知妖蚖厉害，看出危机，便是福至心灵，不该遭难。觉着各位师长法力高强，尚且被困，临事如此谨慎，何况自己？又因独当一面，惟恐一时疏忽，贻误全局，全都把平时顽皮童心收起，改作谨慎起来。内中石完又是天生异质，心如铁石，不特不会受甚迷惑，引起欲念，并且奇寒酷热以及各种邪毒之气，均难加以伤害。这两个小人，看去仿佛功力稍差，实则得天独厚，别有专长。

妖蚖诡计难施，表面淫声艳舞，做尽丑态，心却愤恨已极。本对金蝉志在必得，经时一久，看出金蝉道心坚定，不易摇动。宝光之内，还有一圈佛光，对方十人，非有一个受了摇惑，必定无隙可乘。方始变计，想就众中择出一人，运用邪法，愚弄诱敌。只要稍现一丝空隙，立可化整为零，以诸天幻象愚弄，挨个享受过去，至尽为止。主意打定，厉声怒吼道："无知小鬼，不识好歹！你仙后得道万年，如杀你们，易如反掌。我只要一现法身，略用玄功变化，便连人和法宝一起吞入腹内，不消三十六个时辰，便为我太阴真气炼化。我人、宝俱得，固是大有补益。你们却是形神皆灭，连残魂都逃不出半点，岂不可怜？比起顺我心意，结为夫妇，永享仙福，相去天渊。再不降顺，我一张口，你们就悔之无及了。"说罢，只阿童仍在注视妖蚖动静，余人早料妖蚖邪媚无功，必还另有凶谋，闻言各自加意戒备，置若罔闻。

妖蚖大怒，震天价一声厉吼，四山轰轰回应，立起洪响，那座数十丈高大的玉宇琼楼一时震撼，连整座翠峰也似摇摇欲倒，声势先就惊人。同时眼前一暗，六女齐隐，妖蚖立现原身，竟比先前所见加大十倍。六个怪头，九条长身，连同四十八条利爪，一齐挥动。身上软腻腻绿黝黝的，腥涎流溢，活似一条条奇大无比的蚯蚓，这一临近，形态越发丑恶可怖。又是凌空飞舞，停在外面，天都被它遮黑了大半边。妖蚖这次现身，当中两头特大。才一照面，十二条前爪往前一抓，一片鸣玉之声过处，整座琼楼全被揭去，只剩下大片平崖楼基。紧跟着，由口中喷出两股绿气，将光幕一起裹住，张开血盆一般大口往里便吸。

阿童先听妖蚖口发狂言，说是要将人和法宝一起吞噬，还未深信。及见一现原形，便喷绿气，那许多法宝、飞剑结成的光幕竟被裹定，往妖蚖口中投入，同时又觉压力暴增，光幕被其束紧，好似无力挣脱神气，不禁大惊。晃眼之间，光幕吸向妖蚖左边怪头口前。右边怪头似想争夺美食，奋力一吸，又被吸了过去。左头也似不服，照样猛吸相争。两头怪口齐张，互相争吸不已，眼看相隔只有数尺，又被对头夺去，全都不能到口，争得彼此怒吼连连，厉声交哄。余下四头也齐张口发威，势更猛恶，震耳欲聋。阿童不知此是妖蚿诡计，想将众人引开，化合为分，以便下那毒手。以为妖蚿丹气厉害，那么强烈的宝光，竟敢强行吞噬，照此情势，必被吸进口去无疑。万一如它所言，岂不是糟？因知众人早就言明各顾自己，以防两误，无法商议。情急之下，意欲将计就计，运用自己佛光试它一下。随运用玄功，将手一指，将佛光飞向光层外，压力果然减轻了些，心中微喜。正欲以全力施为，妖蚿似觉佛光威力较大，当中两首便不再争，一齐狂喷绿气，裹定光幕，朝口猛吸。阿童试出那绿气不似预料那等厉害，心便放宽许多。见此情形，正合心意，便不再强抗，反把佛光连同光幕一起略微缩小，表面故作不支。等缩小了十之一二，光幕已经迫近众人坐处，冷不防突用全力施为，佛光、宝光同时暴长，本意想将妖蚿丹气震破。只见数十百丈金光、宝霞暴长急涌中，耳听妖蚿连声怒嚎，绿气首被震破，脱了束缚，一片碧光闪过，妖蚿全身忽隐，不知去向。

　　阿童自以为得计，心想："众人不该胆怯谨慎过度，一味防守，不敢反攻。方才如若合力抵御，或将光围缩小，索性任其吞入口内，再照前策，合力施为，当中怪头必有一个震成粉碎，给妖蚿一个重创，岂不也好？如今妖蚿逃去，必又是逃向平台养伤，复原再来，未必再肯上当。似此相持，真不如趁其负伤未愈，乘胜赶去，合力与之一拼呢。"越想越觉有理，正要告知众人吉凶有数，株守无益，不如试上一试，不行再说。忽然发现光幕加大之后，并未缩小还原，四外一片混茫，先前所见仙山楼阁，翠峰琼树，以及对面妖蚿所居的金庭玉柱，宫殿平台，全都不知去向。仅看出连人带光幕，落在一个极大的山顶之上，地势十分平坦。同伴九人，相隔均在十丈以外，仍按九宫方位趺坐，每人身前神香多已点燃。细查人数，只有钱莱不知去向。

　　阿童正在惊疑，忽听金蝉用传声急呼道："小神僧，你适才已为妖蚿所愚。我们此时身入危境，形势比前更加凶险，多半自顾不暇，处境更是艰难。所幸我在光幕暴长之际，突然警觉，防备尚早。灵峤三仙所赠玉虎甚是灵异，在危机一发之间，忽吐人言。才知甘碧梧仙子早已算就今日之事，虎口内藏有仙符留音，到时自生妙用，将妖蚿元灵隔断，只被乘隙侵入一些，不能尽发它的凶威。而那毒龙香专制这类前古精怪。休看妖蚿玄功变化，邪法极高，一闻此香，便昏昏如醉，有力难施。只需挨上十多日，救兵一到，立可无事，化凶为吉了。无如此香少了一支，上来错了主意，不该令灵奇镇守中宫，你又轻敌，未与合坐。钱莱虽然无香，但他家学渊源，又服过玉莲仙实，尚可无害。就这样，为防万一，已在妖蚿暗用大挪移法分化我们之时，看出破绽，行法藏起。我们十人，只你处境最险。幸仗各人法宝、飞剑，连同你那佛光,均具极大威力,防御严密。妖蚿仅能用那一丝真元之气,里应外合,不能全身入内为害。只要不为它幻象所迷,便可渡此难关。此时外层宝光万万不能再行移动变化,以免又中暗算毒计。等我说完,速将佛光收回防身,运用佛家金刚天龙禅功入定。不论有何身受,全置度外,自可无害;否则,就不免吃它大亏了。此时谁均不能分神他顾,我这次说话也是万分危险。只为你我患难至交,誓共安危,此虽是你应有魔难,但我弟兄蒙你纡尊下交,数十万里同舟相助,宁遭苦难,也无坐视之理。也许本门千里传声之法,全凭心灵运用,不致为此数言受害。即使不然,陪你受罪,也较心安。为此犯险相告,望小神僧千万留意才好。"

阿童闻言大惊,当时醒悟过来。因听金蝉说到末两句时,似颇惊慌,料他为了自己受累,关心着急,回问已无应声。只听石生传音急呼:"小神僧急速自顾。此时妖蚿初闻神香,灵奇防你准备不及,又将宝鼎内的神香大量发出,妖蚿骤为所中,以致邪法尚未发动。我也不能多说了。"阿童知金、石二人以前情分最厚,未下山时,灵感便自相通,石生必听自己发问不已,恐其两误,也学金蝉犯险警告。自己已为妖蚿邪法所乘,危机四伏,如何还敢大意?心中一动,忙把佛光收转。刚把全身护定,忽然机灵灵打了一个冷战,知道不妙,忙即按照师传运用禅功。满拟金刚天龙等禅功一经运用,万邪不侵。哪知妖蚿一丝丹元真气,已在阿童先前收发佛光之际乘隙侵入,附向身上。不特阿童本人,连众人也同被幻象分隔,满布危机。道心稍不坚定,立即飞出光幕之外,自投陷阱,连元神也休想保全。不过众人防御得严,当妖蚿现形,用幻象愚弄诱敌时,紧守师言,置之不理,未为所乘,比较好得多罢了。阿童邪气已经上身,禅功怎能如意运用?如非金、石二人为友忠义,犯险警告,有了戒心,又仗佛光紧护本身元灵,直是万无幸理。就这样,阿童身受已是痛苦万分。

原来阿童所习乃是上乘佛法,功候虽还不到,毕竟名师传授。本身福缘根骨既厚,用功又极勤奋,差不多已得白眉真传十之七八。平日一经入定,便如一粒智珠,活泼泼地返照空灵,心如止水,不起一丝杂念。这时却是不然。先是心乱如麻,不能返虚入浑,物我两忘。等到勉强将心定住,身上又起了诸般痛苦,疼痛麻痒,同时交作。再试往外一看,先前所见同伴一个不在。跟着,现出奇异微妙景象:不是眼前珠茵绣榻,美女横陈,玉软香温,柔情艳态,秋波送媚,来相引逗;便是赤身玉立,轻歌曼舞,皓体流辉,妙相毕呈。舞着舞着,忽然轻盈盈一个大旋转,宛如飞燕投怀,来相昵就。随闻一缕极甜柔的肉香,沁入鼻端。那又凉又滑的玉肌更是着体欲融,荡人心魄。

面红体热，心旌摇摇，几难自制。如在方才，阿童必当妖蚖幻化美女，必以法力抵御降魔，中它圈套无疑。此时已知身入危境，一切见闻身受全是幻景，稍一镇压不住七情，立为所算，只得任其偎倚，不去理睬。不料对方得寸进尺，竟把丁香欲吐，度进口来，立觉细嫩甘腴，不可名状。香津入口，又起遐思，心神一荡，抗既不可，守又不能。自知危机瞬息，稍懈即败，哪敢丝毫大意。没奈何，只得听其自然，只把心灵守住，运用玄功，勉强压制心情，不为所动。总算以前根基扎得稳固，此时居然在万般为难之下，入定起来。心智刚一澄清，幻象齐化乌有，越知只有定力诚毅，可以战胜邪魔，越发加紧用功，不敢丝毫懈怠。

　　无如邪气附身，虽仗佛光、法力，不曾侵害真灵，但是妖蚖神通广大，诡诈百出，所用邪法变化无穷，女色不能迷惑，又生别的幻象。由此起，又变作大风扬尘，罡风刺体，吹人欲化，七窍五官皆被堵塞，几乎闷死。跟着，又是骇浪滔天，海水群飞，身陷汪洋万顷之中，压力绝大，身子几被压扁，海水如百万钢针一般满身攒刺，奇痛无比。刚刚忍受过去，又是千百火球当头打到，互相一撞，纷纷爆炸如雷，化成一片火海，人陷其内，毛发皆焦，周身皮肉烧得油膏四流，焦臭难闻，痛苦更不必说。阿童定力本强，已经醒悟前者俱是幻象，先还咬牙忍受。后来索性拼受诸般苦痛，千灾万难，认作当然，只把本身元灵牢牢守定，一毫不去理会。每经一次苦难，无形中道力随以加增，只一入定，便即化解。可是妖蚖每换一次花样，阿童所受也更残酷。先还要受上好些时苦痛，才能躲过一难，刚刚安宁，心神又把握不住，禅功稍一失调，危害立即上身。最厉害的是一面受着苦难，心神还要摇荡，似欲飞扬出窍，不知要费多少心力，才得脱险。总是宁息时少，受苦时多。到了后来，痛苦虽然逐渐增加，解除却比先前容易，渐渐安宁之时较多，痛苦之时越少。虽幸最危险的关口已渡过一大半，但是这类风火炮烙之刑，虽然是个幻象，事过境迁，人还是好好的，若无其事，仿佛做了一场噩梦，但当其入幻之时，那罪孽也真不好受。似这样百苦备尝，也经过了好几天，除本身元灵未受动摇外，心身实已疲惫万分。

　　妖蚖见阿童小小年纪，连经邪法侵害，毫不为动。到了后来，元灵忽然出窍，由命门中往上升起，被一股祥霞之气冉冉托住，趺坐其上，离头只有尺许。以为对方肉体受不住幻景中磨折，元神已受摇动，离开本身，不过根器道力尚还深固，未受迷惑。立意吸取到口，正在加功施为。哪知阿童千灾百难之余，竟然大彻大悟，已超佛家上乘正觉，物我两忘。元神出窍以后，便静静地停在头顶上面，仿佛具有金刚降魔愿力，一任妖蚖邪法危害，千变万化，直不能动他分毫。妖蚳素性凶横刚愎，想到的一定要做。虽看出阿童元神宝相庄严，神仪莹朗，并且元神已经离体，痛痒已不相关，情欲十三魔头全都无法侵害，但到口馒头，心仍不死。正以全力运用，志在必得，哪知上来便遇见这么一个定力最高的对头。这一耽延，便经了好些时日。等到发现事不可能，转向别人进攻，余人已悟出毒龙神香的妙用。妖蚳就是拼耗元气，施展玄功，猛下毒手，不想再遂淫欲，只把对方吞下肚去，旷日持久，救兵也将赶到，来不及了。

妖蚳正以全力施为，瞥见阿童顶上佛光忽似金花一般爆散，灵雨霏微，宛如天花宝盖，倒卷而下，刚把肉体护住，元神佛光一瞥全隐。再看，人还是好好地趺坐当地，二目垂帘，满脸祥和之气，神采焕发，已经安详入定。那先前附在身上的一丝邪气，竟被荡退，并为佛光消灭大半。由此起，对方身上好似有绝大潜力发出，邪气再也不能近身。却又看不出一点迹象，连先前护身佛光俱都不见。妖蚳试再施展先前邪法幻象的欲关六贼，以及水、火、风、雷、金刀、炮烙之刑，全都无所施威，比起方才对方忍痛苦熬情景，相去天地，这才绝望。妖蚳见阿童在光幕环绕之下，又无法去进攻，除用幻象诱惑愚弄而外，别的邪法全无用处。而各人面前，又都有一股克制自己的毒龙香，当中少年所持宝鼎中香尤为厉害。对方如不受愚中邪，自行投到，自己稍为走近，闻到香味，便即昏昏如醉，通体皆融。既恐敌人乘机逃走，先前已经尝过神香味道，又防反攻为害，自然不敢十分大意。

妖蚳修成后，纵横数千年，平日任性残杀，无不得心应手，从无拂意之事。如这次所遇困难情形，从未有过。加以生性饕贪淫凶，每隔十二时辰，必要恣情淫欲；事完，再把那些情人吞吃下去，大嚼一顿。末了还得加上许多海中鱼介之类，才能快意。因和众人相持，一晃十多天，食、色二字全都空虚。又把众人认作空前所无的美食，隔时逾久，求得之心愈切，早就馋涎四流，怒发欲狂。

及见阿童无法进攻，只得改图，去寻别人晦气。妖蚳本有六个化身，分向众人进攻，上来势猛心毒，打算一举成功。不料女仙甘碧梧所赠玉虎口内预藏灵符留音，金蝉得以警觉之后，立即传令众人，先把神香点燃，朝妖蚳射去，当时便醉昏了四个。只剩当中两个主身分化的妖女，因在运用邪法，相隔较远，又是本身元灵所附，功力最深，不曾受伤。对那神香，虽不似其他四个化身那么易醉，中上也是难禁。先前金蝉为了提醒阿童，冒险分神，几乎为另一化身所害，全仗神香方得免难。这时那四个化身已早醒转，妖蚳也看出对方不是易与，心虽愤极，贪欲更胜于前，却不再做那徒劳之事。舍去阿童以后,自觉分身力弱,敌那神香不住,又想在必要时下那毒手,便把六身合为一体,仍幻作一个赤身美女,先朝金蝉赶去。

金蝉固是妖蚿第一个看中的人,处境虽无阿童那么苦痛,经过情形也颇凶险。原来金蝉自从听玉虎留音,便向阿童传声急呼,连香也顾不得点。话未说完,猛觉身外压力加增,情知不妙,为友热心,仍想把话说完,邪法也已发动。先是面前现出一个千娇百媚的赤身美女,在一片轻绡雾縠笼罩之下,已快扑上身来。一着急,便将娖姆所赐修罗刀发将出去;又把大、中二指照准香头一弹,立有一点火星飞向香头之上,神香立时点燃,冒起一股青白二色的烟气,朝前直射出去。这时金蝉只顾悬念阿童安危,一面御敌,一面口中仍在说话。并不知妖蚿因见光幕阻隔,不能飞进,特用幻象诱敌,想激敌人取宝施为,只要光幕稍被冲动,乘着神光离合之间,稍有一丝空隙,便可侵入,为所欲为。金蝉这一出手,正好上当,情势本是危险万分,总算金蝉仙福深厚,不该遭难。身佩玉虎乃灵峤仙府奇珍,威力神妙,不似阿童佛光须以主人本身功力来分强弱。那支神香恰又相继点燃。就在修罗刀二十七道精碧光华穿破光幕而出,妖蚿伺机乘隙冲入,危机一发之际,玉虎本身自具妙用,不等主人施为,突然发动,由虎口内瀑布也似喷出一股银光,直射前面。那光幕因是二三十件法宝、飞剑结成,层次甚厚。妖蚿心急骄狂,以为敌人已经中计,只防宝光分合太快,错过时机,既未看清楚敌人所用是何法宝,更不知那神香是克星,自恃玄功变化,飞遁神速,只顾冒失冲光而入。还未穿过光层,迎头撞上玉虎口中所喷银光。方觉厉害,挡得一挡,猛又闻到一股异香,当时心醉神迷,骨软筋麻。才知不妙,赶忙飞遁退出圈去。

光幕中的法宝、飞剑本就厉害,只为妖蚿玄功变化,身形已隐,金蝉一面说话,又一面飞刀杀敌,心神已分,不曾发现,才被妖蚿乘隙侵入。等到神香点燃之后,金蝉猛想起外有光幕阻隔,妖蚿怎得飞进?定是幻象,莫要中它诡计。又见玉虎无敌口喷银光,威势猛急,从所未见。知道神物通灵,自生妙用,越料情危势迫。不禁又惊又急,赶忙将修罗刀收回。本意刀光不再收入光幕之内,只令附在光层之外,以免穿光而入,带进邪气或妖蚿元神,引火烧身。方在收回,猛瞥见虎口银光所喷之处,妖蚿吃那青白二色的香光射向身上,面上立现惊惶,由光幕层中向外飞遁,大有手忙脚乱之势,才知妖蚿已经侵入。虽因谨记玉虎留音,未将各层宝光、飞剑发动夹攻,但现成的二十七口修罗刀正往回飞,如何能容,将手一指,那二十七道金碧刀光立往妖蚿身上裹去。妖蚿虽然神通广大,当此神志将昏,周身麻醉之际,此刀又是专杀邪魔妖物的至宝奇珍,怎禁得住。总算数限尚还未尽,金蝉心有顾虑,拿不定眼前所见是真是幻，来的这一个化身是否妖蚖当中主体。又知这六个化身，两主四从，全有呼应，只要当中主体不死，下余四身哪怕斩断破碎，至多七日便可生长复原。与金蝉对敌的化身刚中神香昏迷，另外还有三个化身也各在石生、石完、易震三人面前同样醉倒。妖蚖主体也自警觉，立用玄功抢救下来。就这样，与金蝉对敌的一个，仍被修罗刀将前爪斩断了三只，身受好些刀伤，几将妖头劈为两半。急切间，还无法修炼还原。负伤临敌，天性又极凶残固执，见众人防御严密，无懈可击，只有阿童比较容易下手，意欲由此进攻，一网打尽。嗣见形势日非，没奈何，只得变计，对于金蝉又爱又恨，于是六身合一，头一个又找了他去。因知这班敌人虽然年幼，道心全都坚定，法力颇高，邪媚故技绝所难施，上来便开门见山，咬牙切齿，戟指怒喝道："你们须知厉害，我一反手，便将你们化成灰烟。再若执迷不悟，形神俱灭了。"

金蝉自经连日运用玄功，潜心体会，不特增加好些功力，并还悟出毒龙神香的妙用。加以这些日来，妖蚖全神贯注阿童，无暇旁顾。金、石二人各具一双慧目法眼，虽因遵守师诫，不敢分心他顾，却在暗中观察，看出好些破绽。便乘两下里相持之际，试探着暗中传声告知甄、易四人，说："妖蚖迟早来犯，这七支毒龙香如若同指一处，合力夹攻，威力更大。可惜石完不能传声告知，稍有缺陷，姑且试它一试再说。"金、石原因十人同行，香却只赠了七支，其中必有缘故。又见别的法宝穿出光幕，光层必受冲动，独这神香穿光而出，好似银月照波，静影沉壁，水面上不现一点迹象。香头烟光所射之处，虽和正月里的花炮一样劲急非常，光层却似晶墙镜壁，毫未闪动。先前妖蚖化身一闻此香，立即昏迷欲倒，变化逃去。如果联合应用，威力定必更大。这一来，竟被料中。

金蝉见妖蚖突然在光幕外面出现，神色更加狞恶，一面守定心神，一面发动暗号。冷不防伸手一弹，一口真气喷将出去。那支毒龙香已点燃了多日，悬在各人面前，香头上发出一缕细如游丝的香烟，缕缕上升。金蝉这一伸手，余人也同时施为。石完灵慧，见状跟着学样。七支神香突然怒涌，各发出一股青白二色的香气，朝前面光幕外急射出去。晃眼透出光层，互相一撞，便化作大蓬光雨，四下里急射，散布开来。妖蚖飞遁神速，先前又吃过亏，本不至于受伤。也是晦运临身，阴错阳差，到处受挫，多受伤耗。正在厉声喝骂，只当敌人仍和先前一样潜心兀坐，以静御动，不加理睬，决无什么作为。不料毒龙神香乃陷空老祖苦炼多年的至宝，不特香中异味专制妖邪精怪，一任功候多深，一闻此香，也必昏昏欲醉。内中更暗藏有寒焰神雷，只要三支连用，互相融会，立生妙用。何况七支香同时施为，齐注一处，威力更是大得出奇。

妖蚿眼看好些美味，连耗多日，空自眼馋喉急，不能到口，反受伤折，淫欲之心又复奇旺，急怒交加，不由失了理智。一见神香来势猛烈，依然不舍就退，自恃全身坚逾精钢，想将身上窍穴用真气闭住，试它一试。谁知陷空老祖特意假手众人来此除它，惟恐被其看破，神香具有分合生化之妙。那蓬光雨由表面看去，一撞便散，实则由分而合，隐而复现。晃眼化成无数豆一般大的寒碧精光，不用人指挥，便相感应，齐朝妖蚿身上打去。香头上那股烟气香光更是突突怒涌，朝前发射不已。妖蚿见光雨消散，七窍和身上要穴全被自己封闭，仅头脑微昏，并未昏醉，以为得计。只等神香燃完，便把炼了数千年的丹气全数喷将出来，豁出真元损耗，将光幕震散。再不便把那方圆三百余里的玉山，整个倒翻或是熔化，将众人压入山底地火穴内，炼化成灰。再开一个火口，将众人的真灵之气吸入腹中，以为补偿，兼带雪恨。及见光雨刚散，突现出万千点的寒碧精光，雹雨一般上下四外一起打来。虽然看出不似寻常，更没料到冷焰神雷与魔教中阴雷异曲同工，各具绝大威力，微一迟延，妄想喷出丹气防御。就在这满口绿气喷出，现出原形，晃眼之间，神雷已纷纷爆炸。只听连珠霹雳之声，惊天动地，身外绿气首被神雷炸裂了好几十处。未炸裂的，冷焰寒光得隙即入，见缝就钻，到了里面，又复互相激撞，纷纷爆炸。妖蚿六条长身又被炸伤了数十百处，四十八只怪足利爪也炸断了一小半，闹得遍体鳞伤，受创甚重。如非身躯长大，皮肉坚硬，具有极大神通，玄功变化，不必七矮救兵到来，就这一下，已成粉碎了。

这原是瞬息间事。妖蚿飞遁何等神速，原是一时疏忽，遭此惨败。一见元气大伤，知道不妙，赶忙纵身飞遁。如往来路退回也罢，无如受伤太重，激怒攻心，把敌人恨入骨髓，又见神香、寒雷多在光幕前爆发，逃时妄想由光幕顶上飞过，就便施展预定毒手，将腹中一粒内丹吐出，与敌一拼，震破光幕，微露空隙，立可成功。

说时迟，那时快，这里妖蚿刚刚飞起，下面灵奇静坐光层之内，早看出阿童神情痛苦，料为妖蚿所算，爱莫能助，正在愁急。过了许久，见阿童面色转和，神仪明朗，心方一宽。跟着，妖蚿又在幕外喝骂，金蝉等七支神香突然一起发射。知道此香如不用以御敌，可点四十九日以上。照此用法，大量施为，顷刻用完，救兵未到，岂不又少一层防御？又不便出声劝阻。正打不出主意，瞥见寒光爆发，万雷怒震，才知香中藏有冷焰神雷。灵机一动，想起父亲借鼎时曾说："你诸位师叔有此七支神香，足可防身除害。可惜事关机密，不能预泄，此行虚惊，当所不免。你那宝鼎与神香同一妙用，威力只有更大，务要谨记勿忘。到了前途,更不可向众提起此事。"暗忖:"鼎内也必藏有冷焰神雷等异宝奇珍。"见妖蚿丹气已被震破,本就想要乘胜夹攻。忽见妖蚿连声怒吼,现出数十丈长的原形,六首高昂,九身蜿蜒,在残余绿气环绕之下冲光冒火,往光幕顶上飞舞而来。那一大片光幕,立被遮黑了半边。妖蚿遍体鳞伤,血肉狼藉,二三十条树干粗的利爪一齐划动,作出攫拿之势。目光宛如电炬,凶芒闪闪,血口怒张,厉吼连声,来势猛恶已极。受此重伤,不向来路逃退,反朝敌人飞来。方疑它不怀好意,待要施为,便照父亲传授,手朝宝鼎一指。忽听钱莱急呼:"师兄快做准备,留神妖蚿情急吐出内丹,光幕难免不受震荡,就来不及了。"

钱莱早得乃父钱康指教,深知妖蚿底细。虽然服有玉莲灵实,不畏邪气迷惑中毒,但是妖蚿邪法厉害,终恐一旦被其侵入,不能抵敌。一到当地,便用隐身法赶向师父身旁,匆匆禀告了几句。不等发难,早用家传专长,隐藏在灵奇身侧。初意众中只有自己未带神香,而灵奇所带宝鼎,正与父亲常说的灵癸殿中至宝寒鼫宝鼎一般无二。照父亲平日所说,有此一宝,便可除却妖蚿,况又加上七支毒龙神香。但不知为何不用?初入师门,未敢多言。因灵奇宝鼎威力更大,打算托庇。已然藏身多日,正不耐烦,忽见妖蚿惨败,神情有异,看出将下毒手,忙即大声告警。

灵奇也正发现妖蚿飞临光幕上空,忽把九条长身一齐划动,盘成一堆,凌空飞停在光幕上面,全身皆被绿气包没,把六个如意形的怪头一曲一伸,全身倏地暴长,粗了两倍。六首一齐向上直竖,左右四头各喷出一股五彩烟光,直射当中两张血口之内,全身忽又缩小。紧跟着,一声极难听的怒吼,由当中两口内突喷出两团五彩奇光,两下里一撞,合二为一,光团反缩小了些,看去不过饭碗般大,只是流辉电射,幻丽无比。妖蚿动作极快,光团一经会合,便往下打来。灵奇恰在此时发动,再听钱莱大声疾呼,心中害怕,竟以全力施为。宝鼎所藏冷焰神雷,又与金蝉等所用不同,威力更大。此是由合而分,出手便是大蓬银色寒星朝上激射。双方势子又急,同时发动,刚出光幕,便撞个正着。又是大片霹雳当空爆炸,中间好似杂有吧的一声巨响,满空银电也似的雷火横飞中,一声极凄厉的惨嚎,妖蚿已凌空遁去。那大片冷焰神雷也紧紧追向妖蚿身后,爆炸不绝。只见一大团绿气彩烟,裹着一个奇形怪状、狰狞无比的妖物,满空飞驰。前面那蓬神雷星雨也似具有知觉,紧追上去,仿佛妖蚿身具吸力,如影附形,兀自追逐不舍。妖蚿飞遁虽快,雷火寒星也极神速,妖蚿逃到哪里,便追到哪里,稍为挨近,立即爆炸。妖蚿一粒内丹元珠,已被宝鼎中暗藏的神雷震破,化成大片彩烟,连同先前绿气,护住全身,向前逃窜。不料神雷具有感应妙用,如磁引针,追上便炸。妖蚖元气大为损耗,震得护身彩烟如残纱断丝一般片片飞舞。急得妖蚖不住惨嚎厉啸,在光明境上空千百里方圆以内往来飞驰,其疾如电,彩云飞射,银雨流天。再吃大片仙山楼阁、玉树琼林一陪衬,越觉奇丽非常。可是那神雷和魔教中阴雷一样,一炸便完。这还是陷空老祖想致妖蚖死命,为数既多,又各具有分合吸引妙用,非打中妖蚖或是两雷互撞不炸,无甚浪费,否则早就炸光了。

灵奇宝鼎中的神雷,固是一举便全数发出。金、石等六人先见青白香气之中藏有大量神雷,妖蚖骤出不意,竟受重创,正在高兴,妖蚖已冲光冒火而起,往光幕顶上飞来。百忙中一看,手中神香已去了十之六七,青白香气仍旧向外激射,心中一惊。意欲将香闭住,留以备用,免得浪费。谁知香势猛烈异常,无法封闭。同时瞥见妖眩已盘空下扑,口吐内丹元珠朝光幕顶上打来。方在惊疑,猛觉手中一震,轰的一声,那小半节香头已化成一股带有无数银星的青白光气,电射而出,冲出光幕之上,朝妖蚖追去。灵奇神雷已先爆发,双方前后相差也只一眨眼的工夫。那么厉害的妖蚖,竟被这两蓬神雷追得走投无路,护身丹气连被炸散,看去受伤甚重。

众人先颇高兴,石完更喜得乱蹦。其实此时众人如将光幕缩小会合一起,合力御敌,绝无事;便就此逃走,也有可能。无如连困多日,成了惊弓之鸟,虽见妖蚖现出败象,终是拿它不隐,谁也不敢遽然提议。嗣见神雷越炸越少,妖蚖虽然身受多伤,并未致命,飞遁更急。均想:"神雷发完,更无制它之物,妖蚖仇恨越深,少时卷土重来,如何抵御?"一有戒心,越发不敢妄动,除守在光幕之内待救,更无良策。

妖蚖先前极畏寒雷威力,继见寒雷除头一蓬初出时略微生化外,只一打中,便即消灭,早想激使全数爆炸。忽发现此宝灵异,尽管似流星过渡一般紧随身后,可是不被打中,绝不爆炸。每中一雷,受伤还在其次,最可惜的是数千年苦炼而成的内丹共只六粒,非再炼三数百年不能复原;本身精气每中一雷,也必要损耗好些;那护身绿气,又是数千年来不知残杀了多少精怪生灵,才得凝炼而成,也吃寒雷震散不少。实不舍再有损耗,只得运用玄功变化,飞腾逃避。到了后来,看出逃避无用,照此下去,损耗更多。心想长痛不如短痛,回顾后面追来的神雷寒星尚有三分之一,咬牙切齿,把心一横,当中两个大头猛张血口,各把左右长身咬下两丈多长,一条断尾分别往后一甩,立有两片暗绿色的妖云裹住两个妖蚖化身,朝那大蓬星雨反兜上去。寒雷立被截住,一片爆音过处,全都消散,两段长尾也被炸成粉碎,洒了一天的血雨。妖蚖虽然神通广大,动作很快,仍被那由空隙中穿过来的两粒神雷打向身上,又中两下重伤。痛定思痛,怒火烧心,愤怒欲狂。忙在空中把那两条断尾伸向前去,用如意形的怪头含住一吮。那瀑布也似的血泉立时止住,成了两条秃尾,往后甩去。紧跟着,六首高昂,九条长身一起摆动,被神雷震破的护身彩烟绿气重又合拢,将妖蚿全身笼罩。口中怒吼如雷,由相隔二三十里的西北方天空中飞舞而来。

众人在山顶上远望过去,好似十来条极猛恶的妖龙挤在一起,带着大片五色烟云,在神山仙景上空电驰飞来,声势甚是惊人。方料来者不善,比前更凶,果然妖蚿创巨痛深,心中恨极,决计一到便下毒手。身子还未飞近,相隔里许,便把六个怪头猛然往后一仰,再往前一伸,身形立即暴长了数倍。六张血盆一般的大口,各喷出一股暗绿色的光气,天河倒泻也似急射下来,分六面将光幕围住。所到之处,那么坚固的玉山当时消融,往下陷去,晃眼环着光幕,陷落了丈许深一个大圆圈。同时妖蚿身上的彩烟绿气也结成一片云网,往光幕顶上压来。那光幕乃众人法宝、飞剑联合结成,均与主人心灵相应。才一压到,便觉重如山岳,更有一种胶滞之力,一毫也不能移动。想起妖蚿先前所说下面乃是当地火穴,要将众人压入内炼化,再吸精气之言,知道厉害。逃是逃不掉,上面和四方全被围了个风雨不透。更须防备妖蚿乘机暗算,幻化侵入,又不敢妄将光幕移动。

急切间正打不出主意,忽听钱莱疾呼:"师父快做准备!妖蚿因为适才受伤,已经情急拼命,施展毒手,欲以全力将我们十人陷入地窍之内。此山下面乃是一团蕴积千万年的乾灵真火,比两极子午线上极光太火不在以下。此时离地心火眼虽有三千余丈深,不早打主意,被那火力吸住,再想脱身就来不及了。"众人知他深悉当地情势,闻言一看,就在这晃眼之间,山顶地面环着光幕所在之地陷了一个大坑,玉质地面已成流质,化作浅碧色浆汁,四外飞漩,往下流去,当中地皮随往下陷。那数十丈高的穹顶光幕,被上面妖云邪气压紧,正往大坑中下降,已经陷入地中好几丈深。

众人方在惊惶,无计可施,忽听正南方高空中有人用本门千里传声之法高声喝道:"小神僧与诸位师弟不要惊慌,我阮征来了!"声到人到,话还未完,猛瞥见一股五色星砂,似神龙吸水,电一般急斜泻下来。同时又有两道紫光,夹着三朵莲花形金碧光华,莲瓣上各射出一片其红如血的毫光,带着轰轰雷声,齐朝对面妖蚿夹攻上去。后面一幢金光祥霞,裹着一个凤目重瞳,面如冠玉,鼻似琼瑶,秀眉入鬓,大耳垂轮,猿臂鸢肩,相貌英俊,身穿一件青罗衣,腰佩长剑,年约十五六岁的美少年,横空电驶而来。众人除石完、钱莱而外,俱都久闻阮征威名,一听是他,又见这等来势,不由喜出望外。

第二六八回

火伏地中　妖光熔玉岭
人来天上　星雨泻银河

妖蚿知道对方根骨深厚,道心坚定,想要苟合,绝难遂意。加以内丹元珠连同护身丹气全被神雷震破,损耗太甚,受伤极重,就说费上数百年的苦功,也难修炼复原。因为这两样珍逾性命的至宝,多由数千年来残杀无数精怪和吸取有道人的元神灵气凝炼而成,所杀海中鱼介尚不在内。好容易得有今日,再差不多两年,只等元婴炼成,再把内丹元灵真气与之相合,立可脱去原形,幻化成一个美绝天人的女仙。冲破极光,去往北极陷空岛,将那两个冰魄寒精强行摄来,与之配合。由此与天同寿,万劫不死,飞腾变化,为所欲为。不料会被几个幼童破去,把真元损耗了一半,如何不恨同切骨。为此,抛弃欲念,准备施展毒手,将众人陷入小南极乾灵火穴以内,再去吸收灵气。本心想光明境远隔天外,又有极光太火阻隔,所困诸人已成网中之鱼,绝无后援。对海不夜城岛上虽有一个散仙钱康,法力颇高,但他门人眷属甚多,绝不敢招惹自己。既然志在报仇,不想生擒,那还不是举手之劳,便可成功。

妖蚿一心打着如意算盘,猛瞥见正南方飞来一片彩云。自恃当地到处禁网密布,埋伏重重,纵有人来,无异送死。哪知来势神速,心念才动,人已电驶飞到,空中禁网竟被冲破。刚看出来人是个美少年,根骨似比所困仇敌更好,邪念重又勾起。正待暂舍下面诸人,迎上前去,施展邪法,将来人擒住,以备少时享受。哪知晦星照面,阮征天璇神砂威力至大,正是妖蚿克星,见机先逃,尚且无及,况又迎上前去,岂非自投死路。

阮征因齐灵云传命,曾说七矮诸人已经被困多日。自离师门八十一年,日夕怀念恩师,向往宫墙,遭遇艰危,情如切割。忽然奉到这重大的使命,可见师门恩重,期爱至厚。以前严罚峻拒,实是玉我于成。惊喜交集之下,惟恐相隔太远,势孤力弱,误了时机。接过新发还的几件法宝,便照灵云所说,施展佛门心光遁符,往小南极天外神山飞来。佛法神妙,又值当日极光太火对消,阻力微弱之际,再加上天璇神砂专能抵御两极元磁真气,只稍为受了一点阻碍,便自冲过。到了来复线上,阮征不知全年只此六月十五日起,每夜子时这一个时辰太火最弱。误以为途中耽延了些时刻,惟恐误事,心中愁虑。一入光明境,隔老远,便看出众人被妖蚿用邪法困住,越发情急。刚一照面,便以全力猛攻,除将天璇神砂大量发出而外,又将师父新发还的两支蜗皇戈和神剑峰魔女行前所赠阇耆珠化成两道紫虹和三朵血焰金莲,同朝妖蚿打去。

妖蚿虽然神通广大,邪法高强,连遇见两件克制之宝,如何能当。双方势子又急,迎头先被那数十百丈长大一股五色星砂裹住,便知厉害。待要变化逃遁,脱出光网,再用邪法还攻,说时迟,那时快,连念头都来不及转,两道紫虹连同上发血焰毫光的金碧莲花也已飞到。尤厉害的是那五色星砂具有极大的吸力,星光看去虽只绿豆大小,但一撞上,便互相激撞爆炸,随灭随生,变化无穷,比起先前寒雷冷焰威力更大,刚一挨近妖蚿,便被吸紧,难于挣脱。妖蚿因不舍那护身丹气,极力强挣,微一迟延,两道紫光已绕上身来。忙运玄功抵御时,金碧莲花也已打到。心还妄想那本身丹气可以防御,只要挣脱星砂吸力,便可无害。做梦也没想到,此是尸毗老人所炼魔教中的至宝。阮征又是累世修为,经历甚多,早看出妖蚿厉害,打算一举成功,上来只用天璇神砂将妖蚿裹住,先不发挥它的威力。等那三朵血莲分三面打向妖蚿身上,化为千万朵血焰,同时爆炸,再把神砂一指,也化为无量数的神雷,纷纷爆发,妖蚿身外绿气立即震散消灭。大量星砂海潮般涌将上去,再一裹,妖蚿自吃不住。总算修炼将近万年,功候极深,不似寻常妖物之比。一见护身绿气被敌人震破,知道凶多吉少,先前错了主意。咬牙切齿,把心一横,仗着练就六个化身隐遁神速,慌不迭喷出一大片绿色烟光。不等星砂爆发,便乘烟光闪变明灭,危机一发之间,运用玄功隐形遁走。无奈阮征所用法宝俱都神妙非常,一任妖蚿变化神通,仍连舍了三个肉身,方得冲出重围,隐形遁去。

阮征料定妖蚿已成网中之鱼,见它忽然喷出大片烟光,不知是计,只当情急拼命,正想加功施为,星砂已先爆炸。瞥见妖蚿张牙舞爪,口喷黑烟,连声厉吼,虽被神雷血焰炸得血肉狼藉,遍体鳞伤,内有三条身子并被紫光斩断,仍在千层星砂、无边雷火环绕夹攻之中,迎面猛扑过来,身被星砂裹住,兀自不退。连那被斩断的三截残身,也还飞舞不停。这等生性猛烈,从来未见。妖蚿因用肉体真身迷乱敌人目光,加上邪法运用,阮征那么高明细心的人,急切间也未看出。神砂、血莲以及两道紫光,均具极大威力,阮征惟恐有失,再一加功施为,晃眼之间,妖蚖所舍肉身全被星砂裹住,血莲毫光再一连连爆炸,当时便成粉碎,邪法也被破去。这才看出,所消灭的只是三条残身和一颗妖头。料知妖蚖已逃,只得救人要紧。回头一看,妖蚖虽走,众人光幕仍被那暗绿色的光气紧紧裹住,围了一个风雨不透。地皮仍在熔化,往下陷落,只比妖蚖在时势子要缓得多。

阮征正在施展法宝,将它破去,忽听内一幼童大声疾呼道:"师父快请师伯且慢动手。这暗绿色的妖光,乃妖蚖修炼数千年的精气,厉害非常,不论金玉,挨着便化成水。除非将它整个收去,或是全数消灭,才可脱身。否则,如用阮征师伯法宝破它,只要震散,便朝地底钻将下去。迟早被它穿破地窍,将潜藏地底千万年的乾灵真火引发,这整座神山便成粉碎,连家父所居不夜城也是难保。甚或熔山沸海,烈火烧空,至少也须数百年才能熄灭。地轴同受震撼,那时南北两极积压数千百年的冰雪一齐溶化,到处海啸山崩,洪水泛滥,加上天时奇热,瘟疫流行,如何是好? 还是打好全盘主意,再行破解,比较安全无害。倒是妖蚖淫凶阴毒,诡诈无比,来去如电,防不胜防。它先前因为报仇心切,将所炼妖气全数放出,逃时受伤太重,阮师伯法宝神奇,追迫甚紧,以致不及收回;再不便是想要发难,借此报仇。我料妖蚖此时必逃向隐秘巢穴之内,正在养伤,等伤势稍好,再行拼命。它见阮师伯法力这么高,一定不敢明来,多半暗中闹鬼。反正此山相隔地窍三千丈,我们下陷才二十余丈,只要妖蚖不来作祟,照此形势,便困半年也不妨事。最要紧的还是防备妖蚖,不令侵入此山,并防它将妖气收去。由阮师伯将先前星砂分布开来,再化成一座光幕,罩在外面,先把妖蚖隔断,不令收回。然后想一个两全之法,或收或破,将妖气消灭,再除妖蚖,便无害了。"

阮征早看出那暗绿妖光,与妖蚖逃时所喷妖气大不相同,再听这等说法,越发不敢造次。因知妖蚖耳目灵敏,这等与本身元灵相合的妖气收发之间,捷愈影响。不等钱莱说完,早把星砂化成一片光网,笼罩在绿光外层。双方心意恰是不约而同,妖蚖果如所料,刚刚逃回巢穴,便用玄功回收。不料敌人发动太快,慢了一步,那苦炼数千年的丹毒精气,已被神砂隔断,休说收回,连想就势报仇都办不到,空自咬牙痛恨,无计可施。这且不提。

阮征站在光外,向内查看,除金蝉仍是前生相貌,还能认出,阿童早听传言,一望而知外,余人多是初会。见众人个个仙根仙骨,满脸道气。内中石生和那喊金蝉做师父的幼童,更是众中麟凤。暗忖:"人言峨眉派日益发扬光大,果然吾道当兴,这些同门师弟年纪俱都不大,居然有此功力。自己得为七矮之长,将来便住在这光明境神山仙域,真乃出于意外。"方在欣喜万分,待要上前问话,被困诸人均料妖蚿重伤惨败之余,已经技无所施,再见阮征这等法力,全都放心欢喜,一齐向前,由金蝉为首,通名礼拜。

阮征才知说话的名叫钱莱,乃前生忘年之交不夜城主钱康爱子。又见他仙根仙骨,英俊灵慧,越发喜爱。双方分别礼见之后,便问他道:"令尊所居,与妖蚿只一海之隔,以他法力之高,如何坐视妖蚿猖獗,不加过问?"钱莱躬身答道:"家父也曾为此日常筹计,只为妖蚿玄功变化,邪法甚高,生具六首九身,不特炼就好些化身,所有形体可分可合,更于内丹元珠之外,炼就三种妖气,最厉害的便是那护身绿气和这光幕外面的丹毒之气。此地离子午线近,又当地窍火穴之上,除它时节,稍为疏忽,败固不少伤亡,胜必激动滔天灾劫,眷属门人又多,没有万全之策,不敢造次发难。妖蚿对于不夜城中主人也是虎视眈眈,只为岛上另有防御之道,家父防备严密,不敢轻举。于是双方各仗天时地利,暂且苟安。实则妖蚿并放不过我们,早晚必去侵害。家父日前算出,妖蚿元婴已经炼成,再过一二年便可脱去原体,飞腾变化,每日都在愁虑,只是无奈它何。想不到这么厉害的万年精怪,师伯天外飞来,只一出手,便杀得它体无完肤,狼狈而逃。少时师伯再想好主意,将这妖气收去,师父和诸位师叔、神僧几下里夹攻,妖蚿伏诛无疑了。"

金蝉接口问道:"阮师兄,你可有甚别的方法,将这妖气收去?乘着妖蚿新败,前往合力除它,省得夜长梦多,被它冲破极光,由子午线上逃往中土,为害人间,不是好么?"阮征笑答:"我也如此想法。只是来时匆匆,只在神剑峰脱困出来,遇见灵云师妹,给了我一道心光遁符,便赶了来。便无钱莱提醒,我已看出邪气不似寻常。非但震散之后,入地为害,引出灾祸;便有几丝残余之气,随着罡风吹坠,无论仙凡无心遇上,均非死不可。昔年我在都庞岭深谷之中诛一妖物,曾经见过这类邪毒之气。那功候比妖蚿差得很多,尚且几乎惹出乱子,如何敢大意呢?"

石生接口笑道:"照这样下去,我们何时出困?为防妖蚿暗中跑来闹鬼,人又不能离开。以我之见,小神僧大约受伤颇重,佛光只能护身,不能别用。我们的法宝、飞剑,均与心灵相合。何不用这光幕,同阮师兄的神砂光网里应外合,将妖气夹在当中,往上飞起?等我们乘隙飞出,再返转过来,用神砂将它裹住,先行收去,再想消灭之法。诸位师兄、师弟以为如何?"众俱道好。阮征问钱莱:"可有什么弊害?"钱莱答道:"前听家父说起,这丹毒之气,乃妖蚿数千年来吞吸各种精怪和修道人的元神精血凝炼而成,厉害无比。只有妖蚿本身能够随意运用,外人除却真个能收能破,要想改变它都很艰难。并具一种极大的胶滞之力,重如山岳。先前诸位师长防它下压,曾将光幕放大，毫无用处，可知厉害。试试无妨，但须防备震破，稍为遗漏了一点，侵入地底，便成大害了。"

阮征点了点头。暗忖："自己奉命援助众人除妖脱险，长此相持，人救不出，妖也除不掉，如何交代？"又想起神砂吸力甚大，只要将它吸离地面，光幕由外往内一合，便可如愿。众人又多急于出困，同声怂恿，立即应诺。

阮征行事十分谨慎，一面命众人小心应付，一面运用玄功，口念灵诀，往外一扬，一口真气喷将出去。先是神砂所结光网，与本身合为一体。然后运用神砂环绕外圈，往贴近地面的妖气底边抄将过去。准备将那妖气结成的整座光幕兜住，与里层宝光相合，稍为提离地面，先放众人飞出，再打主意将其缩小。哪知妖气底层深入地面，正徐徐往下钻去，地皮也随同熔化，往下陷落，连接甚是严密。总算阮征法力高强，又极细心，神砂居然由外层地边强行穿过，将妖气一齐兜住。觉那暗绿色的光气沉重异常，并且坚逾百炼精钢，宛如实质。同时众人见阮征神砂光网由四边透将进来，心中大喜，以为预计成功，出困在即，忙各运用玄功，把各人法宝、飞剑结成的光幕迎合上去，但连冲两冲，没有冲动。金、石二人正待施展灵峤三仙所赐的两件奇珍全力施为，向上硬冲，只等稍有空隙，便可护了阿童冲将出去。阮征欲以全力施为，双方正待里应外合，金蝉胸前玉虎已喷出大片银霞，千层灵雨，要往当顶冲去。忽听老远空中有人大喝道："你们万动不得！"众人声才入耳，一个身材高大的驼背老人已经飞到，来势神速，竟比阮征还快得多，以众人的慧目法眼，竟未看出是怎么来的。那老人才一现身，便就空中把双手一伸，立有十股长虹一般的金光彩气射将下来，将整座光幕交叉抓住。巨雷也似喝一声："疾！"那么大一座穿顶光幕，便整座离地而起，提向空中，声如霹雳，震得四山皆起回音。

众人一见来人正是大方真人神驼乙休，不禁惊喜交集，出于望外。立时护了阿童，飞往阮征之处。只见乙休人在高空之中，凌虚而立，面红如火，须发皆张，周身金光闪闪，手发虹光，将那里外三层的光幕一齐提向空中，声威凛凛，望若天神。比起铜椰岛地底被困，怒极发威神情，又自不同。自从相识以来，这等神态尚是初次见到，料定关系重大。

刚刚一同拜倒，便听乙休喝道："妖蚿已将原体化成六个化身。因为恨极你们，知道此仇难报，又急于夺回多年苦炼的丹毒之气，并报大仇，竟不惜再拼舍一个化身，去将子午线上元磁真气和那太火一齐引来，想将此天外神山连仇敌一起毁灭。幸我由乌牙洞斗法事完赶来，抢在它的头里；又蒙天乾山小男相助，将来复线地轴躔道暂时封闭。无如妖宫后面有一地窍，与地轴通连,难保不铤而走险。到时又发现你们快闯大祸,只得先顾这里,无暇前往阻止。并且妖蚳之外,还有一个祸害,也将在日内发动,全都凑在一起,事情本极可虑。

"适才虽然算出妖蚳气运将终,因为所炼元婴被人盗去,藏向它对头巢穴左近,以妖蚳的法力,本不难将仇敌嚼成粉碎。无奈所炼元婴被敌人抱紧,逼它释放同伴,逃出来复线,方允还它;否则,豁出两败俱伤,先将妖蚳元婴抓裂吞吃,再与拼命。妖蚳为那元婴苦炼数千年,费了毕生心血,才得结胎成形,平日珍逾性命;况当惨败重伤之余,已经失去一个化身、三条肉体;又分出一个化身,去引发元磁太火,能否生还,尚不可知。本心是想不等万年期满,功候完成,闯下大祸之后,径舍肉身,将所剩元神与元婴相合,乘机穿人子午线,飞往中土,寻一深山古洞,修炼些年。等元婴成长,将元神附体,化成美女,再出世作怪。不料极光天险,竟有多人相继飞越过来,与它为敌。一时骄敌疏忽,没看出你们人数多少,以为全已被它困住,只顾在此行凶,被那一对苦夫妻事前查探出它的巢穴所在,乘隙暗中赶去,费了好些心力,居然深入虎穴。虽因那女的深知妖蚳厉害,未敢造次,又想借此要挟,释放你们,只将元婴抓住,不曾下手杀害。妖蚳既不舍那元婴,又不肯放弃复仇之念,只想运用邪法诡计欺骗敌人,夺回元婴。无奈敌人甚是机警,防备又严,两次用幻影愚弄,均被看破,反吃对方将那元婴抓伤了好几处,以示惩罚。妖蚳投鼠忌器,不敢动强,一面和敌人好说商量;一面准备稍有空隙,立即变化侵入,夺回元婴,将敌人残杀报仇。实则对方早有准备,除非妖蚳肯舍元婴,并无用处。此时双方正在隔洞相持,妖蚳情急万分,无暇再顾别的,非要诸事绝望,方始孤注一掷。因它自信操有胜算,明知我来,又多了一个强敌,并未放在心上。

"你们可乘妖蚳丹毒所结光幕不曾被我消灭,我说话的声音均被禁法隔断,妖蚳尚未觉察之际,各将法宝收回。除阿童一人少时由我事完护送,以免有失,暂留此地外,余人合力去往妖窟,两下里夹攻。我将这丹毒之气化尽,便往相助。等我一到,阮征可拿我柬帖,仍用你那心光遁符,乘着元磁太火被妖蚳牵动,极光微弱之际,速飞中土,照柬行事,借到神鸠、宝鼎,速急赶回。你去之后,元磁真气必被引发。我已另向陷空岛主要了些灵药,与凌云凤送去,命她师徒将伤治愈之后,急速来此。你那另一枚二相环,被申屠宏借去,得了一丸西方神泥,与之融合,更长了不少威力。心光遁符虽然失效,有此神泥融会的天璇神砂,极光不论强弱,均能冲破。再如遇见云凤师徒,她持有专御元磁之宝宙光盘,走起来更容易了。"说罢,便由大袖中飞出一道金光，中裹一封柬帖。阮征连忙领命接过，金光也自飞回。

众人见乙休仍是飞身高空，双手发光，抓紧那里外三层的光幕，停空不动，神情也颇紧张。知道这位老前辈神通广大，法力无边，一向举重若轻，似此慎重，从来少见，料是关系重大。一面应诺，早各把法宝、飞剑收回，同往妖蛇所居魔殿平台前飞去。耳听迅雷轰轰，惊天动地。途中回望，那丹毒之气已被大片火云包没，由大而小，缩成丈许方圆一个光团，仍由乙休十指所发金光抓紧，随人破空直上。那雷声夹着一片爆炸之音，晃眼飞入高空，无影无迹。众人也已飞到台前，待要下落，寻找妖踪。目光到处，瞥见台前湖水已干，由上下相隔数十丈的湖心深处，飞起一个赤身女子，正是妖蛇幻形，满面俱是愤急之容，似往来路飞去，不料会与众人对面撞上。

妖蛇因先前吃过阮征的亏，知道厉害，微一惊疑，待要纵避，众人法宝、飞剑已是暴雨一般，纷纷发将出去。妖蛇原因那丹毒之气与本身元灵相合，匆匆败逃，不及回收。阮征再被钱莱止住，妖蛇久未觉出动静，认为敌人无法破它。反正收发由心，神速如电，稍有警兆，立可收回。又以元婴受人劫持，无暇他顾。心想对方既不能破，乐得用他困住仇敌，掩蔽逃走，便由他去。谁知乙休赶来，用韩仙子一件至宝将妖气裹住，再用少阳神君所赠三阳神雷，由内爆发，将其送往两天交界之上消灭；等到妖气被火云裹住，震破缩小，方才警觉，忙运玄功一收，竟未收回。这也是一件性命相连之宝。料知元婴虽受劫持，只要自己不先发难，敌人绝不敢伤。好在仇敌已被禁闭，不会逃出，一时情急失智，便追了出来。迎头遇见阮征等赶到，猛想起："此人法力何等厉害！妖气与心灵相连，就被震破，也有残余收回，怎会丝毫皆无？分明被人全数消灭，连先前几个仇人也都救了出来。似此法力高强，如何能与为敌？"

妖蛇心念微动，刚刚飞身遁逃，念头还未想完，众人的法宝、飞剑已似惊鸿乱飞，潮涌而来。阮征天璇神砂更似千丈星河，无边光雨，将妖蛇全身裹住。三朵血莲跟踪飞起，打向前去。妖蛇吃过大亏，惊弓之鸟，本就怯敌，加以适才元气大伤，神通已不如前，越发胆寒，哪里还敢久停。百忙中把心一横，不等血莲飞近，便现原形，喷出一片妖光毒烟，仍用前法，舍却一个肉身，变化逃走。不料敌人上过一次当，有了防备，一见妖蛇喷出大片烟光，恐其重施故技，忙把天璇神砂发挥全力，电一般涌过来。妖蛇也真心狠，见头一个化身刚刚脱体飞出，敌人并不理睬，星砂来势更急，身子又被吸住，知道危机不容一瞬，只得又舍一条肉身，化形遁走。无如敌人来势神速，还未冲出重围，大量星砂又涌上身来。似这样，接连三次过去，虽仗神通变化，长于隐形飞遁,先后仍舍了三个肉身,两个妖头,才算勉强逃出,往另一秘窟中窜去。痛定思痛,心中恨极,自去发动阴谋毒计,作那最后打算。不提。

众人见妖蚿原身接连出现了好几次,俱为法宝、飞剑所诛,满空血雨横飞,纷纷下落,早疑它重施故技,事后细一查看,仍只得三身两首。知道妖蚿六首九身全能分化,只要一首一身留下,便是祸害。尤厉害的是当中两个主要的身首,最具神通,竟被逃走,料知前途阻碍尚多。再一想起乙休适才所说的话,妖蚿必不甘休。阮征见柬帖注明,限令七日之内赶回,在未去川边倚天崖龙象庵以前,还要往大峇山去,助仙都二女、李洪三人抵御群邪,除那毒手摩什。这一往返,有数十万里之遥,中隔极光太火与元磁真气天险。惟恐延迟误事,正和金、石诸人告别要走,忽听湖底有人急呼求援之声,隐隐传来。

金、石诸人先听乙休之言,虽因起身匆促,不及细问,早就料到盗去元婴的是干神蛛,一听呼援之声,果然是他。惟恐邪法厉害,难于救他出险,忙把阮征拉住,说道:"二哥慢走,我们还有一个好友被妖蚿围在妖窟之内呢。"阮征只得随同众人,匆匆飞下去一看,那湖底也是一片玉质,紧靠平台一面,有一个数十丈高大的洞穴。钱莱忙道:"那便是妖蚿潜藏元婴所在,弟子受人指教,曾经去过,并带人暗藏了一粒宝珠在内。里面歧径和大小洞穴甚多,不知人困何处,待弟子前往一看吧。"石完插口道:"我也同去。"随说,二人当先往前飞去。

阮征行事谨慎,为防妖蚿不舍元婴,暗中掩来,先用一朵血莲发出大片金碧光华,将洞口封闭,加上本门禁制,然后率众飞入。见那洞穴又深又大,果然歧路甚多,大小洞穴约有一二百个。耳听干神蛛呼唤求援之声甚急,无奈所有洞穴俱都传声回应,以众人的耳目,急切间竟查不出准在何处,连找了几处俱都不对。钱莱、石完早已穿入玉壁之内不见。金、石二人方在发话询问,耳听干神蛛远远答道:"我们在妖窟最深之处。只为刚才妖蚿赶回,惊慌逃走,本来已被追近,难逃毒手,忽然冒起一团宝光,妖蚿受伤后退,才得乘机逃入一洞,也未看出沿途路径。适闻诸位道友上面说话,才知你们已脱险。妖蚿虽不在此,但它邪法厉害,出口被妖光封闭,我们不能脱身。内人又发现地底还伏有祸胎,事在紧急,非诸位道友合力,不能破去妖光,救我夫妻出险。务请从速,稍迟便无及了。"众人已经飞进十余里,那声音老是若远若近,所有洞穴齐起回音。后来还是阮征潜心体会,稍为分辨出一点方向,同在宝光防身之下,循声前进。又飞了十余里,地势越发往下弯斜,隐闻战鼓之声出自地底,方疑人在下面被困,干神蛛仍大声疾呼。

阮征正在查听，忽见钱莱、石完由侧面破壁飞出，见面急道："那妖蚣真个可恶！干师叔被困之处，就在前面不远。洞口已被妖光封闭，妖蚣并用邪法颠倒途径，中有极厚玉壁相隔，无路可通。待弟子向前开路，照直进去吧。"说罢，二人各纵遁光，朝对面玉壁上冲去，当时裂开一缝。众人跟踪飞入，晃眼便将那十多丈厚的玉壁穿过。见前面地上有一个三四尺方圆的地穴，上面涌着一片暗绿色的妖光，好似妖蚣已在远处警觉，自知无幸，立意相拼。众人刚一飞入，妖光便往穴中钻去。幸而阮征久经大敌，手疾眼快，刚一瞥见，天璇神砂早脱手飞出，射向穴口，将妖烟吸起一裹，立时化为乌有。干神蛛也满面惊慌飞了出来。

众人见他长衣已经脱去，手上抱着一个十二三岁的赤身少女，身上披着干神蛛那件黑衣，与妖蚣长得一般无二。见了众人，满面娇羞，倚在干神蛛怀内，星眸微闭，低头不语，神情甚是亲热。石完性暴，知是妖蚣元婴，大喝："干师叔还不快把妖怪杀死，抱她做甚？"随说，扬手一道墨绿光华，便往少女身上射去。干神蛛因和阮征初见，正想朝前请教，猝不及防，方在飞身纵避，口喝："且慢！"少女已张口喷出一片灰白色的光网，将石完剑光敌住。金、石二人一见少女口喷白光，全都知道就里，甄艮忙将石完喝住。耳听地底战鼓之声又起，干神蛛忙道："此非善地，不是讲话之所，到了外面再说吧。"金蝉仍命钱莱、石完开路，以免损毁玉洞灵景。

一会飞将出来，到了湖旁平台之上。阮征急于上路，无暇细问经过，和干神蛛匆匆礼叙，二次正要辞别。忽见广殿后面精光万丈腾空而起，夹着大片极猛烈的风火交哄之声，甚是惊人。同时地底战鼓之声也越来越盛，由远而近，往上传来。少女樱口微动，干神蛛急叫道："诸位道友，快做准备，浩劫恐将发动，再稍迟延，这座天外神山光明仙府便保不住了，我们的吉凶也自难定了。"众人闻言大惊，阮征也甚惊疑。略一停顿，猛听空中乙休传声大喝道："阮征快走！你们不必害怕，待我挡它一阵。"

阮征料知事情万分凶险，所以连这位老前辈也未说甚满话。自己此行事关重要，越快越好。匆匆应声："弟子遵命。"便往回路中飞去。星光遁符，佛法神妙，瞬息千万里，又是归途，有了来时经历，不消一日，便冲出极光圈外，由子午线横越过去，一直飞行到大峇山附近，灵符也便失效。遥望山顶斗法正急，想起恩师命灵云所示仙机，改纵遁光隐身飞去。果然尸毗老人爱徒田氏弟兄在彼，忙用传声告知李洪，三人合力，暗中助其脱险。等到炼化毒手摩什妖魂，群邪伤亡败逃，再与申屠宏寻到李洪、龙娃，互相细谈，说完各人经过。

李洪问道："蝉哥他们既然情势紧急，你还不快去？我们走吧。"阮征笑道："我来时比你还心急，惟恐七天之内难于往返。不料炼化毒手摩什已成尾声，并无耽搁。适才大师兄又将二相环还我，六环已经合璧，加上西方神泥，威力越发大增。我由光明境到此，才一天半的光阴，乙师伯妙算前知，既然限我七日，必有原因。闻说杨仙子正在除那蚩尤墓中三怪，早去必不能将宝鼎、神鸠借到。我们与大哥难满重逢，乐得抽空聚上些时，何必忙呢？"李洪笑道："我真糊涂，只顾心急，想见你们七矮和那小神僧，把方才你说的话俱都忘了。等在这里多没意思。我们难得见面，你和大哥以后更是海天辽阔，见面时少。乘这几天工夫，找个地方玩上一会，或是寻点事做也好。"

申屠宏笑道："洪弟历劫九生，依然童心未退。我们不比世俗之人，此时仙业未成，有甚可玩的呢？"阮征笑道："我老惦着诛杀妖蚖的事。虽然杨仙子借宝耽延，必在乙师伯算中，但这位老前辈明知有三数日的闲空，诛杀毒手摩什又用我不着；至于田氏兄弟脱难一节，便我不来，大哥、洪弟也必知道，保全小南极，正当用人之际，催我早来做甚？其中必有原因。此山荒寒，无甚可观，换个地方也好，省得邻近妖窟，难免不生枝节。"李洪接口道："我想乘着月夜，同往洞庭、鄱阳两湖水天浩渺之区游玩一夜。我们大都久已不食人间烟火，难得今夜月明，岳阳楼上如有夜市，大家痛饮几杯，叫龙娃尝尝异乡风味，岂不也好？"

申屠宏道："金、石诸弟正在待援，我们就乘月夜登临，也须找那清静隐僻之地，同道所居洞府尽多胜景，何必去往人多之处？以我之见，在去小南极以前，千万不要再生枝节了。"李洪忽然喜叫道："有了！既然此时不宜多生枝节，我们左右无事，何不赶往倚天崖，帮助杨仙子除那蚩尤墓中三怪？看似多事，实就本题立论，早把三怪除掉，我们不就可以早动身了？"阮征笑道："洪弟，难为你还是佛门中人，这等好胜喜事，一天也闲不住。"申屠宏道："二弟可知佛门最重因果，他前几生受尽妖邪危害，应在今生还报，所以功力尽管精进，性情始终未改。否则，这些因果如何了法？他的主意并不算错，也许乙师伯催你早来，为的就是这件事呢。"

说时，三人因是累世深交，情胜骨肉，申、阮二人素把李洪爱如幼弟，山顶又恰只一块条石，李洪居中，申、阮二人一左一右，并坐其上，良友重逢，对月谈笑，甚是高兴。加以法力都高，如有妖邪来犯，或是路过，老远便可警觉。此时云净天空，山高月小，清光如昼，玉宇无声，谁也不曾留意。龙娃先是立在申屠宏身旁，出神静听。李洪怜他久立，命向左侧树根上坐听。龙娃深知小师叔对他怜爱，不听话不行，但又不愿远离。便去寻了一块石头，放在申屠宏对面,然后坐下。李洪笑他对师父如婴儿恋母一样。龙娃不好意思,把头一偏,目光到处,忽见相隔不远的对面山坡上,贴着地皮,微现出一片极淡薄的白烟,后面似有两个怪人影子,由地上冒出,只一闪,便往地下钻去,隐现绝快。如换别人,必当山上起雾,那人影也是眼花。龙娃一则福至心灵,自知根骨不济,处处留心;近来又长了一点经历,认定左道妖邪惯放烟雾,心有成见;再则近服灵药,智慧大增。一见便惊呼道:"师父、师叔,快看后面!"

李、阮二人听完申屠宏之言,本要商议起身,也恰站起,闻言回顾。就这晃眼之间,白烟已隐,夜月清辉,照得四山好似蒙了一层银纱玉雪,到处静荡荡的,一点迹兆俱无。李洪笑问龙娃:"你大惊小怪做甚?"龙娃便把前事一说。阮征眼界甚高,又与龙娃初次见面,不知底细,见他根骨平常,相貌丑怪,除人很至诚外,别无可取。虽然爱屋及乌,终觉大哥乃本门弟子之长,怎会头一次便收了这么一个徒弟?心中未免不满。再见他忽然失声惊叫,回顾却又无甚迹兆,以为龙娃神倦眼花,年幼无知,没看清便大惊小怪。否则,妖邪既敢由后来犯,怎会不见?纵令知难而退,也不会逃得这等快法,以自己的目力,竟会看不出半点痕迹?一时疏忽,也未向龙娃所指之地仔细查看。哪知危机已经密布,变生瞬息,就要发作。

就这互相回顾答问之际,猛瞥见环着四人所立山头,由地上激射起无数缕的白色淡烟,势甚神速,一出地面,便电也似急往当头高空中射去。晃眼展布开来,成了一个奇大无比的烟幕,罩将下来。那烟看去又稀又薄,可是一到上空,立时星月无光,四外一片混茫。同时地面上也冒起一蓬烟网,除四人立处外,仿佛由地上四面揭起,朝上兜来。另有七八支血红色的火箭,朝四人身上射来。耳听万千鬼啸之声宛如潮涌,腥秽之气扑鼻难闻。三人知道来了邪教中劲敌,因知自己法力甚高,不敢近前,暗用阴谋,将邪法做成一圈,暗伏地底,等准备停当,然后发难。本来打算掩到近身之处,骤起暗算,因吃龙娃叫破,不等布置完成,便先发动。因为来势太快,上面邪烟已经下压,下面的也快涌到身前,看出不是寻常,全都不顾说话。李洪金莲宝座首先飞起,阮征扬手一股五色星砂便朝空射去。那七八支火箭妖光也已射到。

本来龙娃处境最险,总算命不该绝,申屠宏知他灵慧忠实,所说决无虚言,一直都在留意,妖烟一起,忙喊:"龙娃快来!"手中伏魔金环先化为一圈金霞,飞上前去,将龙娃全身罩住。火箭妖光恰也射到,吃金霞一撞,只听几声鬼叫惨嚎,全被震散,化为一片黑烟而灭。因为来势特快,先后相差不容一发,出手稍缓,三人或者无妨,龙娃必无幸免。同时李洪金莲神座已化成一朵千叶莲台,将龙娃招来,一同飞身其上,才得无事。就这样,龙娃已为那股腥秽之气所乘,头晕心烦,摇摇欲倒。

李洪见龙娃几为邪法所伤,不禁大怒,急喊:"大哥、二哥,此是何方妖邪,敢来暗算我们?千万不可放他逃走!"一面把灵峤三宝连同两柄断玉钩,一齐发将出去。申、阮二人也各指飞剑、法宝,一同夹攻。只见精光万道,霞彩千重,加上中杂无数金星的五色神妙光雨,顿成奇观。

那妖人乃前杀妖妇五淫仙子秦媶之兄秦魁,邪法比妖妇还高。因为有事来晚了一步,途中遇见败逃下去的妖党说起前事,又惊又恨。知道仇人厉害,决不好惹,自恃所炼邪法阴毒神速,特意暗遣妖徒,由远方地底暗下埋伏,四面合围,突然发难。准备一击成功,骤出不意,至少也伤他两个。不料只听传言,不知敌人深浅,以为那持有七宝金幢的小寒山二女不在,所炼白骨搜魂网专污敌人法宝、飞剑,摄人魂魄真神,最是难破。那阴磷火箭,更是不论对方多高法力,中上便是无救。做梦也没有想到,申、阮、李三人所持不是仙府奇珍,便是佛门至宝。单是李洪西方金莲神座,已是诸邪不侵,万无败理。那天璇神砂、伏魔金环,更是专制妖邪的克星。何况还有许多法宝、飞剑,威力俱都极大。妖人先前暗算既未成功,如何能是对手?说时迟,那时快,先后也只有三两句话的工夫,当空妖网邪气首被天璇神砂冲破,现出天光。申屠宏再把本门太乙神雷朝四外乱发出去,连珠霹雳之声惊天动地。

妖人飞遁神速,此时逃走,原来得及。也是恶贯满盈,该当数尽,明知敌人厉害,不是对手,仍以素性凶横强傲,不到力竭智穷,不甘败退。反因那火箭祭炼不易,曾费多年心血,忽被敌人破去,痛惜之余,激动怒火。自恃邪法异宝甚多,尚未施为,妄想侥幸与敌一拼。不特未退,反倒厉声大喝,幻出许多化身,上前迎敌,意欲相机暗算。

谁知李洪恨极妖人,立意除他。预料莲台佛光如若放出,妖人看出无隙可乘,又见这面法宝如此威力,定必不战而逃。为此故示破绽,引使来犯,不将佛光放起。并用传声暗告申、阮二人:"这类邪法得隙即入,妖人定必自恃。烟网一破,可各分开诱敌,只由我一人在莲台上暗中戒备,并护龙娃。千万不可放其逃走。"阮征本与李洪同一心计,既防妖人逃走,又见申屠宏太乙神雷虽将妖网震破,并未消灭,恐其随风吹散,为害人间。这类邪法,不知聚敛多少凶魂厉魄,成功不易,必不肯舍。因此在当空妖网刚一冲破之际,神砂星光便似电一般冲出烟层之上,四面反卷而下,烟网立被裹成一团,连地上妖烟也被神砂吸起在内。跟着运用玄功,将手一指,只听万千恶鬼悲啸惨嚎之声,凄厉刺耳,晃眼消灭,无影无声。

妖人连失重宝,越发激怒,吼啸如雷,现身飞扑过来。四人见那妖人生得和妖妇一样丑怪,只身材高大得多,也是通身赤裸,不挂一丝。双手空空,并未带甚法宝兵器,只在身上画着不少刀剑戈矛、针箭钉锤、水火云烟以及各种奇怪图形,从头到脚画得密密层层,五颜六色,遍体都是。双手各画日月之形和一些血红火焰。发长尺许,色如黄金,怒极发威,根根倒立,便恶鬼夜叉也无此狞恶丑怪。口发怪声,甚是难听。

阮征见妖人竟不畏神砂威力,对面扑来,心疑有诈,意欲试他一试。刚指神砂拥上前去,将妖人裹住,暗把血莲隐去宝光,发向空中。先下一着闲棋,以备到时应用,一举成功。猛瞥见神砂合围中,妖人身上突飞起十来道各色妖光,中杂一团团的血焰,刚一离身,血焰便自爆发。虽然转眼连那十来道妖光齐被神砂和申、李二人的法宝消灭净尽,但神砂星雨竟被荡了两荡。妖人身形吃三人宝光合力一裹,方才消灭,空中喝骂之声又起,又重出现。阮征知被自己料中:先灭妖人不是化身,便是幻象虚影,那些邪法异宝却是真的。照此情势,妖人不久必逃,便留了神,并用传声暗告申、李二人,设计诱敌。

妖人本想用自炼化身幻象,带着邪法异宝愚弄敌人,使其分心,专顾前面,以便隐形变化,乘隙暗算。及见敌人法宝如此厉害,刚一出现,便即消灭,也甚胆寒,生了戒心。无如恶气难消,二次下手,换了方法,意欲多幻出几个虚影,同时分头出现,自己在空中运用邪法,再试一下,如不能胜,先行遁走,日后再作复仇之计。做梦也没想到,空中伏有三朵血莲,此是魔教中最有威力之宝,敌人存着以毒攻毒的心意。他这里刚一发动,阮征早在暗中查看好了妖人来路方向,及见五个幻影分五面相继出现,立照预计行事。妖人见敌人分头迎御:那最厉害的五色星砂和那一圈金霞,分敌东、南两面三个幻影;金莲上幼童独敌两个幻影,似见自己法宝相继离身飞起,有些手忙脚乱,金莲宝光虽极神妙,但是只护四外和脚底,头上并无防护。误认李洪根骨虽佳,修为不久,全仗师传法宝,无甚道力经验。那手放星砂的少年又似贪功,独自飞起,向那未消灭的一个幻影朝空追去,正好乘虚而入。刚由空中隐形飞降,往下扑去,心想:"邪法阴毒,只一侵入,立可成功,至少也可将两幼童的元神摄去。"快要到达,猛觉出宝光强烈,从来未见,忽然胆怯。暗忖:"此是佛门至宝,适见幼童把手一扬,莲台立时涌现。如若道浅,岂能随意运用?并且另外还有三件法宝,也均幼童所有,威力无不神妙。照理自己所用法宝多非其敌,为何一件未伤,仍在相持,连幻影也未消灭?"心疑李洪乃修道人所炼元婴，成长出游。所料如中，必是天仙一流人物，莫要上当，弄巧反拙。心中一动，便未冒失冲入，只把邪法暗中运用，想把敌人迷倒杀死，将元神摄去。

他这里正在施为，李洪已按阮征指教，一面与来敌幻影故意相持，一面运用佛门心法暗中戒备。待不一会，果然心灵上有了警兆，立把佛光飞将出去。妖人一见佛光突现，才知凶多吉少，有败无胜，立纵妖遁逃走。虽得挣脱，佛光照处，隐形法已被破去。就这样，仍不舍那残余法宝，还想收回再逃。缓得一缓，猛瞥见三朵亩许大的金碧莲花，各由花瓣上射出万道血焰毫光，突在空中出现，三面合围上来。那五色星砂也似银河倒泻，当头压到。不由心胆皆裂，哪里还敢上升，慌不迭飞出一个化身，先挡一阵。同时拨转妖遁，往下急射，竟欲穿地逃走。无如原形不能再隐，所用幻影又早被人识破，一任机警狡诈，全无用处。刚刚掉头向下，申、李二人的飞剑和断玉钩已当头迎上，双双环身一绞，妖人立被斩成粉碎。申屠宏扬手又一太乙神雷打去，阮征的星砂、血莲也自空中电射而下，几面夹攻。妖人残尸下坠，血肉纷飞中，飞起一条黑影，吃申屠宏伏魔金环往上一绞，便已消灭。李洪方说："这妖孽真个找死!"忽听阮征急呼："洪弟快将佛光展布，留神妖魂逃走!"话未说完，阮征手指星砂，已似狂涛怒涌急追下来。同时瞥见地上射起两条黑影，往斜刺里飞去，到了前面，化成两团黑气，飞星电旋般接连千百个滚转，合而为一，仍还原形，刺空飞去，神速已极。阮征那么快的星砂，竟会差了一步没有追上。原来妖人炼就三尸元神，已被舍却一个元神，乘隙遁走。

三人见那妖魂逃路正是川西一面，反正顺路，自然不舍。因带龙娃同飞，便把法宝收回，会合一起。阮征道："我深知这妖孽的来历，如放妖魂逃走，不知要害多少生灵，最好追上除去，才可免患。"双方飞行均极神速，尤其三人遁光联合，势更猛烈，宛如一溜长虹横空而渡，晃眼便是千百里外。追来追去，追到大雪山边界，双方已是首尾相衔，相去不过里许远近，眼看就要追上。遥望前面，一峰刺天，高出云表。近顶有一危崖，下有一洞，宛如巨吻怒张，向空嘘气，正在喷吐云雾。妖魂好似急不暇择，本由洞侧斜飞，快要飞过，猛一掉头，便往洞中飞去。洞中立冒出一股云烟，将妖魂裹进。妖魂黑影好似误投虎口，并还现出挣扎之状。

四人也已飞近，李洪便要跟踪追入，申、阮二人连忙拦住。仔细一看，洞口云烟已止，形势虽然险恶，洞里却并不深，只有丈许便到尽头。石壁地上，满是尘沙冰雪堆积，外面更是冰封雪压，已成玄色。分明高寒荒僻，亘古以来无人踪迹。洞中云烟喷得奇怪，洞壁完整，并无缝隙，妖魂怎会不见？阮征虽觉此非善地，无人便罢，如若洞有主人，妖魂如非运用邪法幻化遁走，被其收留，绝非易与。心中念着光明境应援之事，妖魂既未追上，不欲另生枝节，正想招呼众人，仍往倚天崖赶去。龙娃笑道："明明见妖魂逃来此洞，怎会不见？师叔何不用佛光宝光照他一照，妖魂如在里面，不就现出原形了么？"

申、阮二人先因洞中不见一丝邪气，地上冰雪尘土均非幻化，匆促间不曾想到用法力试探。闻言方要施为，李洪首被提醒，已将佛光发出，朝洞中照了一照，仍是原样，无迹可寻，只觉心神微微动了一下。因申、阮二人见无异状，正在催走，也未在意。

三人都当妖魂幻化逃走，略微商议，便同起身，带了龙娃往倚天崖飞去。两地相去不远，顷刻飞近。因知女仙杨瑾带了古神鸠同隐双杉坪侧山腹之内，便往当地飞降。刚一落地，忽听重石坠地，砰的一声。回看身侧，倒了一块三尺来长的石条，上面并还带有冰雪尘沙。方觉奇怪，李洪忽然惊叫道："龙娃呢？"申、阮二人一看龙娃，已不知去向。随听石条上发话道："无知竖子，竟敢无故扰我清修！为此将他押禁洞中三日，以示薄惩，期满自会放出。你们不服，可来寻我要人便了。"

第二六九回

赤手拯群仙　万丈罡风消毒雾
深宵腾魅影　千重雷火遁凶魂

　　三人一听石条发话，不禁大惊，知道遇到了高人。依了阮征，杨瑾仙居近在咫尺，必知此人来历，意欲叩壁求见，问明再去。申屠宏却是师徒关心，虽知适才带了石头幻化的龙娃，同飞了这么远里程，竟未觉察，对方不问邪正，均非弱者。但因龙娃无甚法力，性又强毅，被禁必定不服，左道中的禁法多半恶毒，恐其受苦。又想自己和李洪均有佛门至宝，适才佛光照洞，本是李洪所发，对头因龙娃开口提醒，拿他出气，行事又极鬼祟，可知仍有顾忌，为此想先赶往援救。李洪最爱龙娃，性又疾恶，力主快去。申屠宏便令阮征往见杨仙子，请教之后，问明对头来历，速急来援。匆匆说完，便同李洪往来路孤峰危崖上飞去。

　　到后一看，崖洞仍是原样，静悄悄地看不出一点形迹。李洪方要开口，申屠宏因对方来历深浅一点不知，意欲先礼后兵，忙使眼色止住李洪。一面戒备，一面口中说道："我乃妙一真人门下弟子申屠宏。适同师弟阮征、李洪追一妖人，路过此山，见他飞入崖洞不见，不知洞中有人，曾用佛光查照。后到双杉坪落下，听道友石上留音，才知小徒被道友擒去，为此前来请教。道友在此清修，本不应冒犯虎威。但是小徒入门日浅，毫无法力，并且佛光照洞乃是我等三人，与他无干。如蒙念其年幼，事出无知，从宽放出，固感盛情，否则，也请现身赐教如何？"说完，并无回音。李洪早就不耐，忍不住喝道："你这人好无道理。我们因见荒山古洞，不像修道人隐居之所，妖魂恰又隐入此洞，你如真是有道之士，理应助我们除此妖邪，就便不愿惊扰，也应现出形声拦阻。你始而隐藏不见，末了又将我师侄用诡计擒去，是何道理？有本事只管找我，无须欺软怕硬，朝那毫无法力的幼童出气。趁早放出，两罢干戈；否则，我便不客气了。"说完，仍无应声。申屠宏也已有气。

　　二人正要下手，忽听一老妇人的口音，喘吁吁发话道："孺子无知，我不过看在你们师父分上，不肯与你们计较。但我巨灵崖不许外人侵犯，就便无

294

知误人,也须少受惩罚,才放脱身。你们本来要走,因你们徒弟提说,才用佛光照我,为此将他拘禁三日,其实并无害处。我因夙孽太重,正坐枯禅,休说行动,连说话也是艰难。平日不愿人扰闹,也由于此。妖魂过时,正值洞中神火刚消,余烟不尽,误认为同道,情急自投,现已被我法力炼化。你们那徒弟龙娃却是好好的,现在下层洞内虽受禁制,并无妨害。你们不知轻重,又来登门寻事。我仍看在你们师门情面,心想此举虽已犯我规例,已有押头在此,可以交代,也就罢了。哪知你们一再冒渎,这小孩尤为无理,就此放过,情理难容。除非应我昔年誓约,你们也须受我禁制三日,才可放走。我在此隐修,再有三日,便整整两个甲子。除每日三个时辰,元神去至下层洞内而外,终日在此枯坐。你们自有眼无珠,怪着谁来?"

申屠宏听出对方口气辈分颇高,料是与师父相识的散仙。又听龙娃并未受苦,心中一放,气便平和许多。方想请问姓名,如何应付。李洪也略平盛气,后听对方口气越来越不好,竟连自己也要禁制三日,不由大怒。暗忖:"自己九世修为,前生之事全部记得,从未听说父执私交中有此一人。照所居崖洞和这等言行,决不是什么玄门正宗清修之士。"

李洪刚要发作,忽见正面石壁上现出一点人形。定睛一看,原来壁上乃是半人来高一个石凹,中坐一个老妇,生得身材横宽,甚是臃肿。一个扁圆形的大头,乱发如绳,两颧高起,扁鼻掀天,咧着一张阔口,牙齿只剩了一两枚,胖腮内瘪,巨目外突,瞳仁却只有豆大,绿黝黝的不住闪光,两道灰白色的寿眉一长一短,往两颧斜挂下来,形容丑怪,从所未见。尤奇是壁凹与人一般大小,老妇嵌坐其中,上下四边通没一丝空隙,仿佛按照人体大小凿成。想是自从入坐,经过百余年不曾动过,通体满是冰雪沙尘堆满。初出时还带着一片冰裂之声,看去宛如一个冰雪堆成的怪人,由壁凹中缓缓移出。等离石凹,方始现出全身形貌,身上冰雪仍未去尽。

申屠宏知道对方坐关年久,功力甚深,既与师长相识,必非庸流。见李洪面色不善,惟恐生事,方想与之理论,老妇已先指李洪笑道:"无知顽童,我已两甲子不曾离座,如今为你现身。有甚法力,只管施展,省得说我以大压小。我这人说话永无更改,不可商量。你们此时便朝我跪地求饶,也须拘禁三日。你那同伴如再开口,不问说些什么,我都不听,也许和你一样,休想脱身。"李洪闻言,固是有气。申屠宏虽觉对方不可理喻,仍恐冒失,赔笑问道:"道长法号可能见示么?"老妇怒道:"叫你不许说话,为何多口?我与你师父共只见过一面,无甚交情,不必顾忌。我名姓说出来,你也不知道。有甚本领,施展便了。"

李洪终是童心未退，见这老妇形态丑怪，手微一伸，身上冻积的坚冰雪块便铿锵乱响，纷纷碎落，觉着可笑。呆了一呆，老妇已二次发话，神态越是强横，便大喝道："我那法宝厉害，更不愿无故伤人。有甚法力，快些施展，似此装模作样，我先动手，你更吃亏了。"老妇冷笑道："孺子无知，把你那几件法宝献出来，我看什么样儿，也值吹这大气？"李洪几次要动手，均被申屠宏暗中传声拦阻。闻言再忍不住，心中仍想："对方枯坐多年，与人无害。虽然禁住龙娃，听口气也未受苦，何必伤她？莫如稍为示威警戒，迫她放出龙娃，一走了事。"

李洪主意打定，惟恐断玉钩厉害，对方又无防备，不死必伤。便把玉玦一按，胸前立有大片霞光放出。老妇笑道："这么一点伎俩，也敢发狂？真不知自量了。"说时，李洪玉玦宝光已将老妇全身罩住。对方神色自如，竟如无事。李洪听她讥嘲，越发有气，又把三枚如意金环放将出去，又将老妇罩住。这两件均是灵峤三仙所赠奇珍，照理必不能当。老妇吃宝光罩住，不特言笑自如，连那身积坚冰也未碎落一块，嘲骂的话越发刻毒。李洪性起，仍不想施展断玉钩，只把金莲宝座放出。老妇笑道："你已力竭智穷，乖乖服输，去往洞中小住三日吧。"

说时，宝座上佛光刚照向老妇身上，眼前一暗，耳听申屠宏传声疾呼："敌人厉害，防身要紧！"声才入耳，申屠宏已飞近身来。那金莲宝座本与李洪心灵相合，闻言也自警觉，一同纵身莲台之上。本意是敌人奇怪诡异，莫测高深，不求有功，先求无过。不料两人会合，定睛一看，敌人也未还攻，就在这晃眼之间，已换了一个地方，敌人不知去向。宝光照处，环境已变。当地是一个奇大无比的山洞，四外无门无户，约有二三百丈高大。正面一片石钟乳，好似一座极广大的水晶帐幔，带着无数璎珞流苏，天花缤纷，自顶下垂，竟与那洞一般高大，离地只有两三丈高。正当中幔后，有一个丈许方圆的宝座。另外两排玉墩，均在晶幔之后，作八字形分列，似是主人集众讲道同修之所。只见全洞空空，并无一人。宝座对面，洞中心约有一尺许大小的圆穴。穴内冒出一股银色火苗，时高时低，向上激射，高约丈许，照得对面钟乳帐后五光十色，齐闪霞辉，壮丽已极。

二人料知身已入伏，被人困住。李洪首先不耐，正待施展全力，破洞而出。申屠宏忙拦道："我看主人不似左道中人，法力甚高，我们不可冒失。龙娃想也必在此地，何不将他找到，以免误伤？"李洪才被提醒。因见敌人行事莫测，人又被困山腹之内，那银色怪火不知何用，为防万一，同在金莲宝座之上环洞飞驶。方在搜寻龙娃踪迹，忽听当中宝座上老妇笑道："你二人无须张皇,我绝不伤你们,只留三日便放。要想寻你们徒弟,却还不到时候,第三日便相见了。实告诉你们,我昔年许有愿约,有人到此,除非将我杀死,休想脱身。三日期满,还须看你们能否醒悟,行事如何而定。否则,我虽不违约,照样释放,你二人造孽无穷了。"申屠宏接口问道:"我知道长必是前辈仙人,此举必有用意。有何使命,只管明言,何必打这哑谜,令人莫测高深?"老妇笑道:"你到底年长几岁,火气小些。别的话我不愿说,你们已被我禁入山腹之内,上下四外全都厚逾千丈,你们法宝、飞剑全无用处。尤其穴中地火激动不得,如敢胆大妄为,方圆三千里内立成火海,此间千年冰雪一齐溶化,那时洪水为灾,造孽无穷。我在此隐居多年,俱都不敢惹它。你们如不怕造此大孽,只管闯祸便了。"说时,只听发话,不见人影。

李洪料知对方隐身座上,本想施放法宝试她一下,因听这等说法,猛想起日前师父曾说:"雪山境内伏有一处祸胎,深藏在一个极大的山腹之内,一旦被人引发,便是滔天大祸。"只得忍住。语声也便终止。二人心想:"阮征少时必来救援,对方所说又不知真假,照着先前对敌情形,终以谨慎为是,好在别无他苦。"互一商量,只得耐心待援,暂时守候。

等了一阵,阮征终不见来。李洪惟恐延误光明境之行,好生烦急。正想施展法力,姑且往上冲它一下试试,忽听龙娃嘻笑之声,由宝座后隐隐传来。二人忙即赶过去一看,座后不远便是正面尽头,石壁如玉,通体完整,看不出一点形迹。连喊数声,也未听答应。方在惊疑,猛瞥见座上飞起一条人影,一闪即逝。紧跟着,地底风雷之声轰轰怒鸣,刚一入耳,火光大盛,银芒如电,往上激射而起。转眼升高百余丈,下小上大,猛烈异常。当时便觉奇热难禁,忙用佛光、法宝护身,才得无事。方疑地火将要爆发,引出巨灾,忽然一片墨云,上坐老妇,自空飞堕,正压在那蓬银色烈火之上。墨云立时展布开来,将那箭一般直的一蓬斗形火花兜住,反卷而下,缓缓往下压来。约有个把时辰,方始将火压入穴中,与地齐平。老妇全身也被墨云拥住,压坐火穴之上。二人见她两目垂帘,似在入定,看出对方正在镇压灾劫,自然不便动武。

又经了好些时,老妇身上所积冰雪早已溶化。先是水气蒸腾,结为热雾,全身直冒热气。地底风雷之声也越发猛烈。到了后来,老妇面容痛苦,仿佛下面火烤,奇热难耐。护身墨云也逐渐消散,化为缕缕热烟,往上升起。李洪忍不住问道:"你是想镇压地火么?休看你我是敌人,防御灾劫,理所应为。情愿助你少受苦痛,事完再与你分个高下如何?"老妇先未理睬,忽把顶门拍了一下,喘吁吁颤声喝道:"无知顽童! 你伤不了我,却自身难保。你们

297

已被困了三日夜，在我法力禁制之下，连此小事尚且不知，还说助我御灾，岂非做梦？何况地火已被我全力制服，由地肺中窜往海外无人火山，缓缓宣泄，也用你不着。"

李洪一听，被对方连困三日，竟未觉察。阮征不知何故未来？惟恐海上之行因此延误，又看出对方神态不似先前苦痛惶遽，防她事完隐遁，无法寻踪。一时情急，也没和申屠宏商量，冷不防把灵峤三宝连同断玉钩发将出去。初意敌人不是隐形遁走，便会和初时一样，法宝无功，不能伤她。哪知断玉钩剪尾精虹刚一飞出，老妇忽然把头一挺，宝光绕身而过，立时斩为两段。头顶上随飞出一幢金碧光华，当中拥着一个赤身趺坐的女婴，相貌甚是美秀，电闪也似往上升起。右手往下一指，一团紫光带着一片碧光打将下来，残尸先被碧光一裹，化为尺许一股血焰，往火穴中投去，紫光跟踪飞下。老妇一死，穴中又现银色火苗，刚刚冒起一二尺高，被那血焰投入，压了回去。紫光再往下投，霹雳一声，地底风雷便似潮水一般由近而远，往远处退去。转眼声息皆无，穴口也自合拢，化为一片完整石地。李洪先当敌人元神遁走，本要指挥宝光追赶，因见那金碧光华不带丝毫邪气，微一停顿，紫光打下，地穴填平，元神也自飞走。

二人才知敌人是想借此兵解，只是困了三日，此时才知。龙娃不见，阮征未到，急切间正想飞起，查看出路。忽听龙娃又在急喊："师父、师叔！"声音似在玉石宝座之上。刚要放出佛光照看，一片紫光闪过，龙娃倏然现身，果在宝座之上飞纵下来。手上拿着一个鱼鳞口袋，腰间还挂着一个金葫芦，胸前一面护心镜，银光闪闪，一望而知是件异宝。

二人见龙娃满面喜容，正要问话，忽听阮征在上面传声疾呼："大哥、洪弟可在下面？我们此时就要起身往小南极去了。"二人闻言大喜，一面应声，匆匆带了龙娃，照适才老妇元神上升之处，飞去一看，洞顶现一小洞，正是先前老妇打坐之处的出口，里外相隔，少说也有好几百丈，才知老妇所说，果非虚语。阮征正在外面等候，手持一个小鼎。洞外山石上立着一个目射金光的黑鸠，竟有丈许高下，顾盼威猛，神骏非常。李洪笑问："二哥将九疑鼎和古神鸠借到了么？这位鸠道友，怎不变小一些？"阮征笑道："宝鼎自经佛法炼过，已经大小随心。来时鸠道友因听杨仙子说，主人脾气古怪，虽然假手洪弟兵解，也许故意留难，不将门户开放，意欲将这山顶揭去，放出你们，刚现法身，还未恢复呢。我蒙杨仙子转赐一道神符，可以快些。据说不用此符，也赶得上。不过凌师妹未必能遇到，她途中也许还有阻拦，最好早走，无暇多谈。鸠道友因我弟兄为它曾效微劳，欲令我们骑它同飞，固辞不允，只好恭敬不如从命。且先起身，有话路上再详谈吧。"

随令龙娃先向神鸠礼拜，跪谢无礼之罪。然后长幼四人同上鸠背。阮征终想快走，方取灵符施为，神鸠忽然回过头来叫了两声，把头一摇，张开比备箕还大的铁喙，一嘴将符衔去，吞入腹内。两翼展动，环身十八团栲栳大的佛光突然现了一现，立时破空入云，比电还快，往小南极天外神山飞去。阮征不知神鸠夺符何意，见它飞得如此快法，暗忖："此符杨仙子所赠，必有原因。"方想询问，嗣见飞行神速异常，预料期前必可赶上，便未再问。

申屠宏等四人坐在神鸠身上，任凭神鸠飞行，阮征便说起借宝鼎和神鸠经过。

原来阮征先在双杉坪叩壁求见，半晌无人应声，心方奇怪，忽见侧面危崖飞来一道金光，落地现出一个女仙。上前请教，乃是一音大师金钟岛主叶缤。见面便说杨瑾因蚩尤墓中三怪知道大劫将临，不特飞行神速，来去如电，近来并在地底穿通了两条道路，由不周山，远至冀北涿鹿一带，每隔三四百里，设有一处邪法禁制，准备万一有事，便由地底通行，沿途倒转地形途径，以阻追兵。并在不周山老巢设下极厉害的埋伏，以备敌人上门，若不是对手，当时施展邪法，倒翻地肺，引起浩劫，以为挟制。自从上次三妖徒被李洪和小寒山二女杀死，越生戒心，虽然恨极，日夜打算复仇，但畏七宝金幢威力，不敢妄动，师徒数人防备甚严，除之越发不易。

日前算出三怪生辰在即，一班妖邪知其厉害，又喜奉承，平日行踪诡秘，很难寻到，多乘此日借着庆寿为由，前往讨好。三怪虽知杨瑾将要寻他晦气，无如平日骄横好胜，不肯示弱，若把每年一次例举忽然取消，自觉丢人，互一商议，仍然举办，只在暗中加以防备。便把会场设在大雪山西黑风峡暗谷之内，表面说是峡中隐伏的大弟子巫拿阿为他庆寿，实是为了当地僻处雪山深处，终年阴霾，冰雪万丈，狂风怒号，无论仙凡，从无人打从当地经过。妖徒最喜营建，经用邪法多年布置，整座山腹几被掏空，方圆大至二百余里。不似三怪老巢，地势虽也不小，污秽黑暗，无异地狱，每次设宴，都在不周山前广场平野之上，无故从不邀人深入墓穴。谷中更有不少邪法禁制，埋伏重重，道路又多，一旦强敌寻来，进可以战，退可以逃。事前并用邪法迷踪，在老巢内外设下幻象和七盏摄形神灯。有人入内，被那神灯一照，立将形神摄去，休想活命。邪法如若无功，或被人破去，也可立时警觉。端的防范严密，诡诈异常。可是不乘此时下手，以后除他更难，甚或铤而走险，激出别的灾变。只要有一人漏网，便是将来大害。

杨瑾因此十分慎重，与叶缤约定：假装各不相干，面都不见，等时机一到,立即分头下手。而叶缤所炼灭魔宝箓,也恰在期前完成。当日杨瑾已经先去,事前计议还少一个帮手。无如人选甚难,事要机密。本想神鸠近来法力大进,可以承负。叶缤刚要起身,忽在绝尊者故居以内,由佛光中看出申屠宏等三人飞来,细一推算,得知此行因果。为此赶出告知阮征,令其同往相助。

叶缤又说:"那擒龙娃的老妇,以前也是旁门中有名女仙江芷云,和幻波池圣姑伽因还是先后同门。昔年美艳如仙,虽是旁门中人,除性情乖僻而外,从无恶迹。因为树敌太多,中了仇人诡计,乘她元婴刚刚炼成,神游之际,将她法体毁坏,以致不能归窍。她又不愿再转人身,正在愁急,寻找庐舍,巧值散仙彭姥尸解,被她撞上。彭姥已经成道,貌极丑怪,借用法体,本可商量。因她情急疏忽,后面敌人追迫又紧,惟恐明言不肯,自恃玄功法力,隐形神妙,对方真神刚一离体,便强附了上去。彭姥愤她无礼,立用仙法将她泥丸、紫阙两窍闭住,并对她说:'我这躯壳,本不足惜,为何不告而取?我已成道,也不愿为此伤你,惩罚却不能免。我这法体已有千三百年功力,你得了去,修为上固可精进,但是要穴被我闭住,非经我师门炼过的法宝兵解,你纵元婴凝炼到我今日境界,也不能出窍。此举于你利害参半,只看你心意定力如何。如能改头换面,静中体会,照样能以元婴成道,甚或成就在我之上,都说不定。'芷云自负绝色,一生好胜,急难附身,原因元婴尚未凝炼,一时权宜,日后仍要别寻美好庐舍。一旦被人将窍闭住,相貌如此奇丑,心虽愤极,无奈连中敌人暗算,元气已伤,看出对方厉害,说完人已飞升,无计可施。怒极之下,想起事由仇敌而起,在当地修炼了些年,法力越高,又炼了两件法宝,前往寻仇,积恨太深,竟把仇敌师徒同党七十多人全数杀死,一个不留。正在快心,归途遇一神尼点化,忽然醒悟,改归佛门,就在巨灵崖洞中修炼。这日静中推算,备悉前因后果,得知洞底火穴乃是未来祸胎,于是发下宏愿:在上层崖壁上开出一个壁凹,往内坐关苦练,每日两次运用元神镇压火穴。先后历时三百余年,单枯禅便坐了两甲子,元婴早已凝炼,用尽方法,总是不能出窍。后又算出彭姥所说法宝,便是李洪由晓月禅师手中得来的断玉钩,不久便要由她那里经过。生性刚傲,向不求人,不愿明言,便在暗中布置。等秦雉的妖魂路过,故意诱他自投罗网,禁入火穴消灭。又故意把龙娃擒去,想激李洪下手。现时申、李二人均被她用乾坤大挪移法关入洞内,以备到时借断玉钩兵解,即用彭姥法体和她两件法宝,封闭火穴,除去祸胎,一同成此功德。因觉此举不甚光明,并把平生所有法宝、飞剑转赠李、申师徒三人,以示酬劳。她那里事完,兵解飞升,三怪也同时除去,正好借了宝鼎、神鸠一同起身。此时却去不得。"

　　阮征闻言，便同起身，往不周山飞去。当地乃蚩尤埋骨之所，墓中只有一个大头骨。自三怪盘踞以来，又开了不少洞穴，地势颇大。原定杨瑾带了古神鸠去往黑风峡，暗用佛法将宝鼎中混元真气笼罩全山。神鸠埋伏不周山上空。杨瑾独自隐形潜入黑风峡妖穴，用无相神光将三怪逃路封闭。这面叶缤赶往蚩尤墓穴，故意被那神灯妖火摄住，挣扎欲逃，并将三怪寝宫毁去。等三怪警觉，附着灯焰飞回，立用灭魔神掌，冷不防将三怪原体击碎。元神必往黑风峡逃去，神鸠突然在外现身，吸收妖魂。杨瑾也在妖穴发难，用师传佛门四宝，就势将妖徒和到会群邪一网打尽。照此行事，虽然可望成功，但是三怪邪法甚高，元神仍具神通，一样厉害。神鸠猛烈心粗，容易为他所愚。更防三怪逃时不在一起，难免漏网。阮征恰巧新得西方神泥天璇神砂，威力更大，正是一个绝好帮手。一上路，便用佛法传声告知杨瑾，说帮手约到，分头准备。

　　三怪果然上当，误以为敌人为他所愚，中计入伏。只是法力颇高，人虽被困，还在挣扎。因事前又有芬陀大师的佛法隐蔽，三怪推算不出虚实真假。性又凶毒，报仇心切，惟恐仇敌逃走，立化灯焰赶回，到时还自戒备。及见叶缤用佛法幻化的替身被神灯鬼火罩住，周身宝光乱闪，分明人已被困，这才现身，一同上前，调笑侮弄。不料叶缤灭魔神掌突然下击，三怪骤出不意，立成粉碎。如换别的妖邪，这一下早已形神皆灭。但三怪邪法真高，元神居然逃走。本心似想黑风峡聚有不少妖邪，意欲赶去，寻上三个功力较高的猛下毒手，将对方元神摄去，附体重生。不料刚一出洞，阮征一听洞中雷声，立把天璇神砂大量施展开来。因宝光早被叶缤法力掩蔽，三怪逃命匆促，不曾看出。等到发觉身被吸紧，百丈星砂突然涌现，将身裹住，才知不妙，合力往外冲逃，已经无及。叶缤看出妖魂厉害，如非阮征相助，神鸠还未必制得他住。似这样，经了两日夜，才由神鸠喷出口中紫焰，神龙吸水，直射星砂丛中，将三怪残魂一齐吸入腹内。

　　叶、阮二人随往黑风峡，赶去一看，妖徒虽已全数伤亡，赴会的妖党颇多能手。内有两个，一是摩诃尊者司空湛的爱徒刘超，一是老怪丌南公的得力门人清风散人，邪法还在其次，每人均持有两件厉害法宝。同时姬繁怀恨前仇，炼了两件法宝，算出杨瑾在此，赶来报仇。以一敌三，已经斗法两三日。二人一到，随即助战。三邪本就连失重宝，力绌计穷，一个已被法华金轮罩住，一个被般若刀斩断一臂，本就情虚胆怯，焉能禁得起这两人一鸠。只一照面，刘超先被天璇神砂裹住，杨瑾法华金轮宝光急转，往上一冲，形神俱灭。姬繁独臂应敌，还想拼斗，一见清风散人知机先逃，新来强敌个个厉害，只得飞遁逃走。事完，已是第四天早上。为了指示阮征机宜，又往龙象庵要了一道神符，先后耽搁了半日，才得起身，果然到得恰好。

阮征说完前事，龙娃因李洪用玉玦宝光挡住前面，不畏天际罡风，也禀告他的经过。

原来龙娃本随申屠宏等追赶妖人秦魋的妖魂，忽然眼前一花，落在洞中宝座之上，面前坐着一个丑怪老妇。因见师父、师叔不知去向，正在着急，想要动手。不料一抬手，便被老妇制住，笑对他道："你不要急，你那师父一会便要寻来，我因烦他一事，特意留你在此。但我向不无故承人的情，此举彼此都好，实非恶意。你如不信，这法宝囊内，便是赠你师徒三人之宝，到了天外神山取看，自知它的妙用。我另外再赐你一个金葫芦，此宝内贮百余粒霹雳子。我与幻波池圣姑是同门姊妹，此宝比她所炼虽然稍差，威力却也不小。葫芦更是太白精金所炼，你将来也有不少用处。"龙娃甚是机智，一听这等口气，又见道姑说完，递过一个鱼皮宝囊和所说葫芦，禁法也已收去，以前曾听师长说过圣姑事迹，知又遇见前辈仙人，忙即拜谢。待了一会，申、李二人一同赶到。自己在座上，师父竟如未见，一任呼喊，也似未闻。自觉隔时颇久，人又不能下去，方在愁急，银色怪火忽然升起。直到老妇兵解飞升，禁法失效，方得纵下。

师徒见面，李洪要过金葫芦、宝囊一看，那霹雳子只有黄豆大小，五色晶莹，隐射奇光。知道此与圣姑所炼乾天一元霹雳子同一路数，威力甚大，已是欢喜。再看宝囊封闭严紧，外写"到后取视"四字，用手一摸，好似法宝甚多，越发高兴。笑道："这位老前辈，有事怎不明言？如非人已兵解，又由龙娃转交，真不好意思要她的呢。"阮征笑道："所赠法宝必非寻常，以后我们均要收徒，正有用处。她令到后再看，也许还有别的用意。"龙娃道："弟子也曾问过，她说：'你师徒四人飞近南极天边，当有对头相遇。此人知我来历，我赠法宝未经你们用本门心法炼过，一被看破，难保不暗中偷盗，能不出现最好。否则，也只霹雳子可用，余者均经我收入囊内，用佛法将宝光隐去，不使看出。到了光明境便无妨了。'"李洪道："她原是佛门中人，怪不得我用佛光照她，依然言笑自如呢。"申屠宏道："洪弟，下次遇敌，仍须慎重。幸而对方未存恶意，并有用我们之处，否则岂不又树强敌？还是问明了好。"李洪笑道："她不肯说真话，也怪我么？"

神鸠飞遁神速，竟不在三人以下，一路说笑，不觉飞入南极海洋上空。申屠宏想起龙娃适才所说，方令大家留意，忽见前面暗云低压，水雾迷漫中，隐隐有金光红光闪动，并有无数火星飞射如雨，看出内中剑光是本门中人。未及开口，神鸠两翼突收，已由高空中电也似急往下射去。李洪手中拿着两粒霹雳子，坐在鸠背之上，本想遇见敌人，给他一下，试试此宝威力。这时目光到处，瞥见前面一个胁生两翅、身材高大的怪人，口喷火球，两翅横张，各有丈许来宽，由翅尖上射出千万点火星，和一个青衣女子、两个十二三岁的幼童斗得正急。少女和两幼童似知敌人厉害，都是身剑合一，另用一道白光、两弯朱虹和两团金光与敌恶斗，一望而知是本门家法。申、阮、李三人对于开府后所收新同门，十九不曾见过，只认出对头是那翼道人耿鲲。这三人虽未见过，但那形貌极像杨瑾所说的凌云凤师徒。阮征方用传声询问："这位道友可姓凌么？"

　　凌云凤原是日前神驼乙休命人由陷空岛送去灵药，将沙、米两小治愈，立即起身。不料行至南极上空，突遇翼道人耿鲲，因见云凤师徒是峨眉家数，想起前仇，意欲加害，双方便在海面上争斗起来。云凤自非其敌，幸仗神禹令和沙、米两小的佛门牟尼珠、毗那神刀合力抵御，勉强打个平手。无奈耿鲲精于玄功变化，邪法甚高，沙、米二人重伤新愈，不能施展全力。眼看危急，忽见四人骑鸠飞来。神鸠本来相识，李洪也曾在峨眉见过，再听传声相唤，不禁大喜，连忙回答："愚妹正是凌云凤，同了小徒沙佘、米佘路过此地，被这妖孽无端拦阻。诸位师兄贵姓？望乞见示。"申、阮、李三人一面通名答话，一面各人的飞剑、法宝早先飞将出去。神鸠也早飞向云凤身前，等双方会合一起，忽将两翼微振，似要众人下骑。申、阮二人会意，因知耿鲲邪法甚高，不可轻敌，忙令李洪放起金莲宝座，带了龙娃飞身其上。四人刚离鸠背，神鸠倏的一声长啸，便朝宝光丛中耿鲲飞扑上去。

　　阮征知耿鲲乃人与怪鸟交合而生，生具异禀；又在一无人海岛上得到一部道书，修炼多年。仗着邪法神通，横行东南两海，性又凶残，犯者无幸。虽因生长在辽海穷边无人岛上，最恋故土，不常去往中土为恶。但他素性凶残，强暴无比，海中生灵遭其残杀者不知多少。近来又受许飞娘等妖邪蛊惑，专与正教中人作对。仗着天赋本能，修炼年久，两翅上面长短羽毛均是极厉害的法宝。对敌时，翅尖上所发火星凶毒无比，不论仙凡遇上，为其打中，不死必伤，端的厉害非常。自从那年为与宝相夫人作对，被神驼乙休将他一个得力妖徒用乌龙剪杀死，将另一个收服擒去，本人又为乙休所伤。到末一天赶来报仇，又被恩师仙法惊走，越发怀恨。从此只要遇见正教中修道之士，便视为切齿之仇，决不轻易放过。此人飞行神速，来去如电。日前正当一班同门下山行道之际，一旦狭路相逢，稍为疏忽，难免不遭毒手，实是未来隐患。意欲就势将他除去，上来便用传声令众留意。天璇神砂先不放出，以免打草惊蛇，追他不上。只把两柄娲皇戈，连同各人的飞剑发将出去诱敌。正待暗放阇耆珠，分三面埋伏空中，将去路阻住。再由正面，冷不防发动天璇神砂，阇耆珠所化三朵血焰金莲也同时发动。再把各人法宝、佛光，连同太乙神雷，一齐上前夹攻。纵然他擅长玄功变化，至多也只逃得一个元神，本身必死无疑。哪知古神鸠神目如电，早看出敌人禀赋奇特，介于人禽之间，腹中炼有内丹，起了贪心，欲捡便宜，也在此时飞扑上去，势又绝快，竟抢在阮征前面，已先发难。

原来正派群仙见耿鲲性虽凶暴，所残杀的俱都是海中精怪之类。近年除所收妖徒多是异类，偶然背师在近海诸山摄些妇女纵淫为恶而外，本人只是性暴刚愎，无故不肯害人。又知他数限未尽之际，均未与他计较。年时一久，耿鲲以为神通广大，无人敢惹，越发夜郎自大，谁也不放在眼内。自从连遭神驼乙休与白发龙女崔五姑两次挫折，才知敌人不是易与，心虽愤恨，时刻都在留心，平日骄横之气已去了好些。

当日正与云凤巧遇，看出是峨眉门下，触动旧恨，意欲报仇出气。哪知敌人师徒法宝神奇，急切间无可奈何。正待施展玄功变化，避开正面神禹令的宝光，出其不意，猛下毒手，忽见四人一鸟横海飞来。一照面，便看出神鸠气候不似寻常，鸟尚如此厉害，敌人本领可想而知。方在失惊，暗中戒备，法宝、飞剑已相继飞来，对面两个幼童又放起一个金莲宝座，将身护住。经此一来，已经有胜无败之势。正在又急又怒，那只比自己大出好多倍的古神鸠，忽然离了主人，猛扑上来。虽知厉害，因神鸠近来功力深厚，宝光已先掩去，不曾看出。正想施展邪法试它一下，两翼一振，翅尖上大片火星像暴雨一般刚刚飞出，神鸠一声怒啸，身子忽又暴长十倍，看去直是展翅金鹏，当头扑到。同时鸠身上又现出一十八团栲栳般大的金光，环绕全身。比海碗还大的火眼金睛，精光电闪，远射数十百丈，威势越发惊人。方料要糟，只为凶横已惯，不甘败逃，仍想试为抵敌。

就这微一迟疑之际，猛瞥见神鸠把口一张，立有六七尺粗一股紫焰激射而出。耿鲲翅尖上的火焰，挨着便被冲散消灭，护身光气也被吸住，吸力甚大。同时敌人方面六七道剑光、宝光，连同少女手中的神禹令所发青蒙蒙的光气，也正电舞虹飞般环攻上来，才知不妙。心方一惊，神鸠两只树干般粗细的钢爪已当头扑到，正在扬爪下击。匆迫之中，想起此鸟乃众妖人平日所说的古神鸠，本就猛恶无比，更有至宝、佛光环绕全身，如何能与为敌？忙用玄功挣逃时，觉出身子已被紫焰吸紧。惊惶失措之下，一时情急，不知厉害，忙把苦炼多年,新近才得炼成的一粒内丹火珠喷将出来。本意形势万分危急,只有拼舍损耗元气,一面仍用翼尖上火星抵御其他强敌,一面用这一粒内丹元珠将紫焰暂行挡住,等运用玄功化身逃走,再行收回。谁知神鸠狡猾,故意扬爪发威,运用腹中丹气将其吸住,迫使喷出元丹,以便吸收。耿鲲果然上当。

其实申、阮二人已经布置停当,人、鸠合力,耿鲲自无幸免。也是神鸠一心专注敌人内丹,没想到双管齐下,就势下击。瞥见对方张口喷出一团火球,心中大喜,惟恐失去,只顾夺取,奋力一吸,那粒内丹虽被紫焰裹住,仍然吸入腹内。耿鲲见此情形,早吓了一个亡魂皆冒,乘着紫焰收回,慌不迭飞身遁走。刚一回身,猛又瞥见空中现出三朵亩许大的金碧莲花,各射出千重血焰,无量毫光,带着轰轰雷电之声,三面环攻而来。身后宝光大亮,天璇神砂已化作大片金光星雨,铺天盖地潮涌追来。内中并还夹着许多法宝、飞剑和两环佛光祥霞,电驰飞到。太乙神雷打个不住,千百丈金光、雷火密如雨雹,上下四外一起夹攻。震得天惊海啸,浊浪排空,精光万道,上达云霄。耿鲲做梦也没有想到,几个无名后辈竟有如此神通威力。古神鸠吸完内丹,又二次铁羽横空,飞扑上来。

此时危机一发,耿鲲稍为疏忽,非但命丧敌手,连元神都许保全不住,不由心胆皆裂,哪里还敢停留。只得拼耗元气,自残肢体,假装情急拼命,运用玄功变化,由两翅上卸下三根长翎,化作三个化身,相继出现,迎敌上前,真身却在暗中隐形遁去。

第二七〇回

御劫化元神　永宁仙宇虹光碧
降妖凭宝鼎　曼衍鱼龙海气腥

这原是瞬息间事。耿鲲逃时，那三朵血焰金莲已经飞近，正要合围爆发。众人见耿鲲已受四面包围，浑身火星银光乱爆如雨，不特没有逃意，反倒多分出两个化身，向那血焰迎去，当是情急拼命。方想："妖人伏诛在即，这等魔教中的至宝，如何能与硬对？"众人法宝、飞剑夹攻之下，血焰神雷已全数爆发，三个化身相继粉碎。星涛血焰怒涌中，阮征方觉有异，忽听神鸠怒啸，往星砂中冲去。阮征因神砂厉害，神鸠虽有牟尼珠光护身，恐其疏忽误伤，方在运用神砂，不令生出感应。神鸠已由千层光焰之中，将耿鲲最后一个化身抓起。众人还当真身被擒，忙收法宝仔细查看，乃是一根七八尺长的鸟羽，色彩鲜艳，虽有好些地方残破，铁翎如钢，仍是好看非常。神鸠身上也复了原状，飞向李洪身前，将那鸟羽向龙娃手里一塞，龙娃连忙接住。

申屠宏知道耿鲲已逃，便向龙娃道："此是鸠师伯赐你的见面礼，将来必有用处，还不拜谢？"龙娃连忙谢过。云凤师徒再向众人重新礼见。神鸠连声鸣啸催走。云凤师徒本与相熟，更不客套，略微招呼，便随众人一同坐上，往南极天边飞去。

神鸠飞行甚快，不消多时，便由南极荒原雪漠之上飞越过去，到了地轴之下。众人除阮征外，多是初次经历，觉得天体有异，所见星辰都较往日为大，地面上凹凸之处甚多，时见方圆千百里的深穴，天气奇冷，有的地方长河千里，绣野云连，只是鸟兽大而不多，形态特异。

偶然发现丛林深处大河两边有些野人，身材俱甚瘦长高大，肤黑如漆，纵跃如飞，每人身上只围着一片兽皮、树叶之类，拿着石条和树枝所制成的兵器，飞驰往来于林野草树之中。这时神鸠飞行越低，那些野人一见空中飞来这样大鸟，齐声哗噪，纷纷奔出，漫山遍野到处都是，各用石制镖弩和树枝削成的长矛，暴雨一般飞掷上来。神鸠自不把这些野人放在心上，两翼微动，大风立起，把野人纷纷扇倒，连身子也未挨近。众人看出当地洪荒未辟，那些人仍是穴居野处,神鸠性烈如火,恐有伤害,忙请飞高。野人见大鸟厉害,也自惊退。晃眼便把那一带飞过。

李洪笑道:"这里的人怎还似上古之民一样?"阮征笑道:"我们此时已在地壳下面。我上次经过,因在日中,下面奇热无比。此时约在申酉之交,如此奇冷,晚来天寒可想而知,外人到此绝难生活。中间又隔着数万里的冰洋大海、雪漠荒原,凭这类人,如何能够飞渡过去? 限于天时,只好穴居野处了。"

正说之间,忽见天宇渐低,身外似有雾气笼罩,前途一片混茫,天星早已隐迹。神鸠双目金光,电炬般直射浓雾之中,先能照出数十丈远,此时也在逐渐缩短。眼前暗沉沉一片氤氲,似无量数的圆圈密层层旋转不休。阮征猛觉手中所持宝鼎,似被甚吸力吸住,知道已飞近天边气层之外,前途不远,就是子午、来复两线交汇之处,极光太火相隔渐近。正告众人留意戒备,凌云凤躬身答道:"昨奉乙师伯转来仙示,恩师所赐宙光盘和师兄二相环中天璇神砂,均能穿越元磁真气和那极光太火。有一已可无害,何况会合一起。不过此宝用时费事,愚妹功力不济,须先准备,不似师兄神砂可以随心运用罢了。"申、阮二人早知宙光盘乃本门最珍秘的法宝,封藏多年,连自己也未见过,想就此观赏此宝的威力妙用,便对云凤道:"此宝实是神妙非常,师妹既然奉命,当仁不让,无须客气。我用神砂防护,请师妹独立前面,准备应付吧。"云凤依言行事。刚刚站好,将宙光盘取出,众人猛觉身子一轻,人已飞出气层之外,眼前一亮,重放光明。李洪、龙娃首先欢呼:"好看!"

原来前面极光已现,茫茫天宇已成了一片云霞世界,又仿佛面前横着一道其长无比的光墙。上边整齐如削,下半如山如林,如岗如阜,又如剑树刀锋和人物花草之形,只是倒立芒尾,根根向下。奇光灿烂,幻为五彩,气象万千,不可名状,极尽光怪陆离之致。龙娃笑问李洪道:"这便是宇宙磁光么? 我们穿过时,必更好看呢。"李洪笑道:"你这小娃儿知道什么? 此是极光反射出来的虚影,如何冲过? 那元磁真气只是一股混元之气与万古凝炼不消的太火,厉害无比,不论仙凡都不敢去惹它。我们如非备有克制之宝,不要说冲过去,稍为挨近,便化成烟气消灭,万无生理。磁光尤其厉害,听说多厉害的法宝,只要是五金之质,全被吸去,化为乌有。你小小年纪,功力直谈不到,如非阮师叔宝光防护,当此阳魄始生,极光犹盛之际,天气奇冷,你早冻死了。"

话未说完,忽听阮征说道:"我们来快了一步,正当元磁真气最盛之时,吸力甚大,虽有制它之宝,仍以小心为是。那磁光本质只是一团灰白光影,乙师伯那么高法力都不敢犯险冲入，何况我们。此时鸠道友已经停飞，尚且如此快法，想必相隔已近。这东西说来就来，神速无比，凌师妹先把宙光盘准备，以防万一吧。"

云凤初当大任，早看出神鸠一离大地气层之外，飞不多远，忽然往侧一偏，两翼便即停住，未再前飞。内有两次，并往后挣退神气，口中鸣啸不已。下面大地山河，不见一点影迹。脚底青冥杳霭之中，反有不少天星出现，光均强烈，比平常所见要大得多。料知快到地头，虽以全神暗中戒备，但因后进道浅，心存谨畏，意欲奉命行事。闻言，立把手上宙光盘往上一扬，立有长圆形一盘奇亮无比的五色金光飞出神砂光层之外，悬向前面，一同飞驰。

众人见此宝脱手便自暴长，约有六七尺长，三四尺宽。盘中满是日月星辰躔度，密如蛛网。中心浮卧着一根尺许长的银针，针尖上发出一丛细如游丝的五色芒雨，比电还亮，耀眼欲花，不可逼视。再往前飞不远，针头上的精芒突朝前面自行激射，伸缩不停，快射出光盘之外。申、阮二人身边所带，多是精金炼成之宝。阮征手持九疑鼎，原体更是重大，本来越往前越觉前面吸力加增。如非众人法力高强，所用法宝、飞剑与身相合，早被相隔万千里外的元磁真气吸去。后经神砂星光连人带鸠一起笼罩，也只稍为好些。阮征手中宝鼎仍被吸紧，除了双手紧持，随着吸力前飞，已经无法与之相抗。可是宙光盘才一出现，盘中子午神光线并未射出，前面吸力便似有了抵销，神鸠飞行也可停住。

本来飞行已缓，李洪急于赶往天外神山去与那七矮相见，偶然无心催快，神鸠飞势刚一加速，盘中针光便现出这等景象。一看云凤全神贯注此宝，并未施为。方在奇怪，眼前倏地一暗，那横亘左侧天半的大片极光忽全隐去。阮征以前曾经过，知已飞入磁气死圈之内，忙道："师妹留意！左侧面如有白影黑点出现，连用此宝朝正南方冲去。"同时把手一扬，又放出大片五色星砂，将前面挡住。申、李二人早经议定，也各把两圈佛光飞出。云凤宝光照处，方始看出，连人带鸠已飞入一股粗大无比的黑气之中，最前面现出一团灰白色的影子。相隔极远，那么浓厚的黑气，竟能看见光影，光之强烈可想而知。

众人本对那团灰白光影正面急飞，刚一发现，便觉身上由冷转热。白影圈中突现出饭碗大小的黑点，料是阴衰阳盛，太火将现。阮征还未及开口，云凤先听阮征一说，格外留心，一见白影黑点相继出现，立将法诀一扬，盘中针头上光线突然电也似急往斜刺里黑气中射去。初出时，光细如发，又劲又直，猛烈异常，光并不十分长，离盘只两三丈，宛如千万根比电还亮的银针，刺向前面,闪烁不停。一经射入前面黑气之中,便似百万天鼓同时怒鸣,雷声轰轰,震耳欲聋。两旁黑气本最浓厚,无异实质,光线刚一射入,轰的一声巨震,立化为大片暗赤色的奇怪火花爆散,对面便冲破了一个大洞。神鸠似知厉害,身上珠光骤亮,将头一偏,两翼往里一束,便往新现出的衢中急穿进去。同时众人均觉身后奇热,百忙中回头去看。就这晃眼之间,黑气爆散以后,来路一带已被波及,成了一片暗赤色的火云,往四外蔓延开去。火力之猛,热力之大,从来未见。看去又非真火,仿佛无量顽铁被火烧红情景。众人那么高法力,又在宝光笼罩之中,俱都烤得难受。龙娃更是通体汗流,连气都喘不出。而前面黑气因是混元真气的外层,势子比较稍缓,但也逐渐引燃,一路烧将过去。幸仗神鸠飞行神速,一路疾驶。阮征又发出千百丈的星砂,挡住后面燃烧之势,才得穿过。这两旁气层也有千百里厚,回顾身后赤云虽在蔓延,似潮水一般狂涌而来,因飞得快,相隔渐远。

申、阮、李三人均觉自己虽然无事,但这环亘地壳之外的元磁真气已被引燃,发出极强大的热力,万一发生灾祸,如何是好?心正愁急,忽听神鸠欢啸,七人一鸠已全飞出磁圈之外。云凤随令神鸠停飞,回身将手一指,盘中针头上立有一串细如米粒的银星朝那暗赤色云气中射去。说也奇怪,磁圈本是一道长大无比的暗虹,横亘天心,无边无际,两头望不到底,看去形势那么惊人;这么小一串银星,无异大千世界着上一粒微尘,相形之下,端的渺小得可怜。可是一经射到火云以内,遥闻一连串的风涛交哄之声过去,便由浓而淡,转眼恢复原状,变成了一股同样长大的青气,作一环形,静静地横涌天边。神鸠也自掉头前飞。

三人见此宝如此神妙,不可思议,互相询问。才知云凤来前先奉到妙一真人飞剑传书,预示仙机,指点此宝用法。跟着,乙休又命人送药,告以机宜。大意是说:

途中如遇申、阮诸人,便可不由来复线上通行,前面还有一层阻隔。那元磁真气边层为宙光盘冲破,太火受了感应,必发出比常火热出千万倍的热力,彼时元磁真气也受波及,看去虽是一片暗红,火云万丈,实非真火,无须害怕。因在地壳之外,四外均有大气包没,除南、北两极边界上当时感到一阵奇热而外,转眼便过,并无他害。只消倒转盘中神针,针头上便有银色火星飞出,引使复原。三年之内,元磁真气与大火互相吸收抵消。这隔断宇宙的奇险固可通行无阻,人世上九州万国全都风调雨顺,气候也可转为平和。

虽然三年后仍要复原，不是根本消除，但经此一来，后人只要算准两仪消长盈虚之理，便可通行，本门弟子更无用说。只是天外神山也是紧附在地壳外面的另一世界，照样也有混元真气包没，更与地极磁光太火互相吸引。除来复线可以通行外，只在偏西的小南极四十七岛最末一岛附近有一道路，比较容易冲过。但那地方乃小南极天边与不夜城两天交界之处，大气磁光虽较微弱，下面四十七岛尽是妖邪盘踞，邪法颇高。此时应援要紧，不宜多生枝节。来复线相隔尚远，并且磁光太火已被妖蚣引发，正与神驼乙休相持不下。妖蚣受逼，难保不铤而走险，一个防御不周，天外神山的美景恐有毁损。应由中部横断冲过，冷不防先用宙光盘将极光太火挡退复原，底下皆由乙休做主，便可成功。

云凤因知申、阮二人同门先进，道法高深，阮征又往来过一次，所用二相环也是一件能制元磁真气之宝，以为事前必奉机宜。见面匆匆，阮征又先发话指点，令其戒备，越当是胸有成竹，一味谦恭，忘了先说，反使三人受了一场虚惊，俱都好笑。

正谈说间，前面又现出一道其长经天的青气，虽比来路所见要小好些，望去也有数千里长一圈。天宇空旷，又是远看，绝看不出那是一股混元之气，只是色彩鲜明得多。难关将到，俱各紧张，一会便已飞近。等到穿入气层之中，只觉上下四外气流甚乱，吸力之外加上阻力。阮征看出有异，与上次所经不同，料是妖蚣已将这元磁真气引入地窍之故，便令云凤先莫动手。既然吸力不大，索性由自己用天璇神砂开路冲过，以免和先前一样发火蔓延，生出奇热，毁损下面仙景，再被妖蚣警觉，激出变故。随将神砂放出，冲荡气层而进。费了不少心力，居然将这数百里厚的气层磁圈平安通过。

李洪遥望前面，仍是一片苍茫，除有许多大小星光疏落落上下闪耀而外，什么也看不见。笑问："还有多远？"阮征笑道："就快到了。我们如由来复线走，一出地窍，便到光明境前面海岸。因由中部横断冲入，也未留神上头，只看前面天心，所以不曾留意。鸠道友大约也是初来，只知前飞，所以均未看出。我正要说，它已看出形势，你没见它正往上回飞么？"

说时，李洪见神鸠果然正在上升，已飞高了好些丈，倏地一个回翔，反折了上去。目光到处，猛瞥见左前面突现奇景：到处仙山楼阁，棋布星罗，琼林花树，宛如锦绣。并有大片海洋，碧浪滔天，红霞万丈。远望过去，那地方恍惚天空中虚悬着一片奇大无比的另一世界，上面有山有水，万象包罗，霞蔚云蒸,好看已极。神鸠已经飞过了头,再由上而下斜飞过去。飞行越近,越觉那地方壮丽庄严,景物灵妙,料是天上仙宫不过如此。

李洪方在赞妙,阮征早把宝光隐去,低声说道:"洪弟噤声!你只顾好看,全没有想到我们慧目法眼能看多远?此时相隔少说也有好几百里,地面上的海涛竟会如此汹涌,岛中心又被红霞布满,分明妖蚿正在卖弄神通,与乙师伯斗法,以致引起海啸地震。虽被仙法禁制,不曾毁损灵景,乙师伯必还另有顾忌。我已早隐行迹,暗告鸠道友飞行放缓,看清形势之后,我们七人分头下手,方可成功。势正凶险,你还当是好玩的么?龙娃无甚法力,恐禁不起丝毫侵害,到时你可带他同在金莲宝座之上,免受危害。"李洪笑答:"二哥是怕我转世不久,难当敌人,不便明言,故意给我添个累赘,使我专心防护龙娃,连自己也同保住,对与不对?"阮征方答:"洪弟怎么连我也疑心起来了?"

话未说完,神鸠已越飞越近,果然前面形势险恶异常,耳听风雷水火夹着海啸之声,隐隐传来,光明境已经在望。只见当中琼原翠峰之间,宝光剑气电舞横飞,霞光万道,雷火千重,霹雳之声密如擂鼓。阮征已与众人商议停当,并告神鸠埋伏待机,各自分途飞起,分四面合围而上。这时只剩百余里途程,晃眼便已飞近。申屠宏独当中路,刚把遁光飞到妖蚿所居宫殿上空,往下一落,便见一座极广大的玉殿金亭,已被震毁击碎。只剩前面一座残破的玉平台,中心坐着一个相貌丑怪的矮胖子。怀里抱定一个身披黑衣的赤足美女,年约十三四岁,口喷一股白色的光气,将男女二人全身护住。身前跌坐着一个小和尚,周身佛光环绕,正是前在岷山所遇小神僧阿童。另外十来个少年幼童,各用许多飞剑、法宝,将那平台笼罩了一个风雨不透。内有三人,一是师弟金蝉,另两人不认识,正向前面发出数十道刀光和一道形如火龙的宝光,朝湖心中飞出来的一个牛首人身、两翼四手怪物夹攻。怪物并未使用什么法宝,只由左右四手上发出二十来道紫黑色的妖气,与众对敌,不时由口里喷出一团比血还红的火球,向前打去。刚一出现,金蝉胸前便飞出一个玉虎,晃眼暴长好几丈,周身祥霞潋滟,灵雨霏微,虎口内更喷出大股银光星雨,挡在前面。两下里才一接触,火球便自退回口内。三人便把本门太乙神雷连珠般朝前打去。怪物枉自激怒,发出战鼓一般的厉声怪吼,终究无计可施。三人应敌稍为松懈,又复飞扑上去。申屠宏认出那大片飞刀乃左道中最有名的修罗刀,看去不带邪气,必经仙法重炼,竟会伤那怪物不得,料知厉害。似这样,时进时退,双方相持不下。神驼乙休不知何往。地底水火风雷之声与海啸遥相应和,比先前空中所闻加倍猛烈。

申屠宏暗忖:"妖蚘女体,此怪男身,形态也与二弟所说不同。下面诸人多是同门后起之秀,年纪不大,功力颇深,飞剑、法宝尤为神妙。似此只守不攻,必是妖物厉害,奉命待援。反正防护周密,万无败理,莫如看清形势,出其不意,一举便可成功。"仗着隐形宝光全隐,先不发动,轻悄悄掩向湖底细一查看,不禁吃了一惊。

　　原来那湖深达数十丈,面积甚大。怪物所现竟是元神,本身形状如龙,少说也在百丈以上,约有一丈多粗。前半节生着两片肉翅,四只龙爪。后半近尾之处却生着两排粗约尺许、长约三四尺的兽足。尾作扇形,约有三四丈方圆,上面尽是逆鳞倒刺。通体红色,满生三角鳞片,其大如箕,闪闪生光。前半身近头一带昂起向上,口发鼓声,不住怒吼。尾部、兽足挺立湖底,中段长躯竟将湖心一带盘满,形态猛恶长大,平生仅见。靠近玉台正面湖底玉壁上,有一大洞,已被一片金光堵塞。料定是洪荒以前的龙类妖物,深藏地底不知多少年,乘着斗法之际,穿地而出,神通定不在小,一个除它不了,反倒生别的灾害。

　　投鼠忌器,正想不出应当如何下手才好。忽听空中一声清叱,先是云凤师徒各指剑光飞到,自空击下。妖物发现来了一个女子、两个幼童,以为此是到口美食,竟舍前面敌人,飞身直上,一扬怪爪,便有一二十股紫黑色的妖气往上飞起。申屠宏知道云凤师徒入门日浅,对敌全仗法宝,妖龙何等厉害,恐有闪失。又见妖龙好似心骄气盛,只顾将元神飞起迎敌,全没防到下面,觉着此时下手,正是一举两便。于是把自己大小两口飞剑,连同伏魔金环同时发出。意欲先用金环佛光将妖龙元神隔断,不令复体,然后再用飞剑将它肉身斩断。

　　其实那妖龙和妖蚘均是前古最厉害的凶毒爬虫,地底修炼将近万年,并和妖蚘生性相克,所具神通也不在妖蚘之下。只为当初本是毒龙遗种,当天外神山地震时,随入地窍深处,那地方恰是地水火风微弱之处,因得长成,便潜伏在里面修炼。因为所居地层太厚,性素喜睡。妖蚘又先出世,知道两恶不能并立,百计防护。妖龙不似妖蚘诡诈,偶然发怒,想要冲出,吃妖蚘邪法阻住,不得如愿,无可如何,只得罢了。

　　妖蚘自知自己巢穴隔离对头伏处最近,时刻留心。准备万年期满,元婴凝炼,可以任意飞行变化时,便将原体弃去。于是设下毒计,即以原体为饵,将妖龙放出,乘其交合之际,暗中引发地火,将妖龙化为灰烟,以免后患。不料被干神蛛盗去元婴,激怒忘形,妄施邪法暗算,想用湖中玉泉将敌人胶住。做梦也没有想到,先前钱莱受了龙猛指教,在它穴中放了一粒如意魔珠。此珠也是魔教中至宝,专与敌人心意相反,发出威力妙用。妖蚖人未害成,反将湖水干涸,并把泉眼堵塞。下面地窍中气候混浊,奇热如焚,妖龙虽然生长其中,一样难受,全仗泉眼通气呼吸,历久相安,才得无事。妖蚖自从出地以后,所有通路均经邪法封闭,单留这一处泉眼,以防功候未到以前,妖龙气闷不过,情急拼命,裂地而出。妖龙近年神通越大,早已不耐蛰伏,无奈妖蚖防护周密,禁制重重。泉眼通路最小之处,大只如拳,其深数百丈,更有许多埋伏,即便元神能够通过,肉身也必毁灭,为此顾虑,迟疑不决。表面装睡,每遇妖蚖纵淫行凶,吸血醉卧之际,便在地底用水磨功夫朝妖蚖老巢进攻。意欲时机一到,便以全力猛蹿出去,先将妖蚖所炼元婴吞吃下肚,然后与之拼斗。日前泉眼一闭,立时激怒,以全力向上猛攻。

当时妖蚖乘着乙休飞升天空,化炼妖气之际,恨极行凶,竟将极光太火、元磁真气引发,与敌拼命。乙休法力虽高,一面要将妖蚖化身由来复线引来的太火挡住;一面又须对付妖蚖躯体当中两个主体。阮征这个得力帮手又先走去,七矮诸人经历又都不够,势难兼顾。只得暗用传声指示,令干神蛛抱着妖蚖元婴诱敌,暂将妖龙稳住,免其逃走。再由七矮诸人各用宝光防护,只守不攻,以待后援。等自己擒到妖蚖,将剩余的两粒元珠收去,援兵也已到达,分头下手,便可成功,不致毁损仙景,免生灾祸。

众人依言行事,已有数日。实则妖龙神通变化,也极厉害。只为刚出不久,无甚机心,初见生人,又都是些根骨深厚的童男;又见妖蚖元婴在内,越发眼红。上来本想用原身御敌,因金、石二人受有指教,一照面,各把飞剑、法宝、太乙神雷先给了它一个下马威,妖龙身长吃亏,受了点伤,见不是路,忙即缩退回去,改用元神化身出斗。负伤之后,越发激怒,必欲得而甘心,全神贯注在众人身上,通未留意其他,申屠宏隐形飞下竟未警觉。以妖龙的功力,便乙、凌、白、朱诸老要想一举除它,也非容易,何况是申屠宏。并且妖龙力大无穷,身比钢铁还坚百倍,一个应付不善,纵不引起灾祸,元神只要复体,大片仙景花林定被扫荡残毁无疑。

也是妖龙该当伏诛,般般凑巧。申屠宏行事素来谨慎,这次因见妖龙厉害,乙休人又不在,又见入门不久的师妹凌云凤飞驰数十万里之外,当此大任,临敌太猛,两个门人又是幼童,一见妖龙,便冒失下击,一时激于义愤,未加思索,便即动手。妖龙眼看好些肥肉,相持数日不能到口,正在馋极。忽见云凤师徒自空飞下,自恃飞遁神速,复体甚快,元神竟然离体飞起。就在这时机瞬息之际,佛光一起,恰巧隔断。等到妖龙元神警觉退回,已是无及。其实云凤早得杨瑾预示,下时胸有成竹,故作大意,实则早命沙、米两小将牟尼珠隐去宝光,暗中护住全身,便无申屠宏相助,也不致受害。那专一克制水陆精怪的至宝神禹令,也早准备停当。一见妖龙化身飞起,来势猛恶,大出意料之外,慌不迭将神禹令一扬,一股百十丈长青蒙蒙的光气刚射出去。妖龙急于回护原身,已不战而退。经此一来,妖龙闹了一个首尾受敌,哪一头也未顾上,佛光首将回路挡住,不特无法冲过,元神反被吸住。惊悸惶急之中,正要挣逃,禹令神光又罩将下来,妖龙元神立被裹住,两下合围。妖龙像是一只极猛恶的野兽,自投陷阱,空具神通,不能自拔,佛光、宝光会合一绞,立成粉碎。申屠宏见妖龙元神虽死,下面原身也被飞剑斩成数段,仍在蠢动,生意犹存,恐有疏失,又将佛光裹住残余妖烟,连连绞动,直到妖魂消灭无踪,方始停手。

金、石诸人见那么厉害的一条妖龙,竟被申、凌二人手到除去,好生欣喜。各自飞将过来,正待合力消灭妖龙原体。沙、米两小人小胆大,最是贪功。一见妖龙被宝光裹住,下面一道金光、一道银光正在纵横飞舞,绕向一条极长大的妖龙身上,看出妖龙皮鳞坚厚,暗具抵御之力,身虽斩成数段,似乎未死,另有诡计。又见金光绕向妖龙头上,只听一片皮鳞碎裂轧轧之声,急切间斩它不断。暗忖:"前听杨太仙师说,凡是修炼数千年的妖物,除本身元灵最关紧要,必须杀死而外,更须防它脑中炼有元婴、内丹之类,如不一并消灭,被其遁走,仍是祸害。妖龙身躯如此威猛长大,本身灵气必还未尽,莫要被它诈死逃走。近来毗那神刀已炼得出神入化,大小由心,何不隐去宝光,由它七窍中穿入,试它一试?"念头一转,不约而同,各把飞刀朝妖龙鼻孔之中直射进去。

那妖龙修炼多年,功候甚深,脑中果然炼有内丹、元婴。当元神消灭之际,本身仍具绝大威力,稍为奋力腾跃,湖面上下立成齑粉。纵然结局难逃一死,仙景却难保全。只为初遇强敌,一见来人这等厉害,心胆皆寒,禹令神光既是克星,元神首被消灭,减去许多神通。自知身太长大,反而吃亏,惨败之余,一心只望保住元婴,用本身丹气防护,乘隙遁走。因见上面佛光、宝光厉害,不敢就起,正在暗运丹气抵御飞剑,只等禹令神光一撤,立即变化逃去。及见众人纷纷飞临,宝光、剑气满空飞舞,就要飞下,情知凶多吉少。方始横心,正想用那身体猛力向敌人扫去,不料两小隐蔽刀光,由鼻孔中飞入。等到警觉,元婴已被刀光裹住,无力再施毒计。刚收转丹气,防护挣扎,两小在外面也已警觉,忙以全力施为。身外丹气一撤,飞剑金光绕处,龙首一下被斩断,大股鲜血,似瀑布一般向上射起数十丈高下。妖龙元婴在一团紫黑色丹气绕护之下,被两道朱虹裹紧,刚刚飞起,云凤手中禹令神光已经当空射到，一下裹住，一声惨嗥，化为残烟消灭。

同时遥闻："师妹且慢！"众人连忙回顾，一道长虹已自空飞堕。众见来人正是阮征，见面便道："可惜！"众人问故，阮征笑道："此是前古妖龙元罴，神通广大，凶毒无比。化身虽只一个，功力却与妖蚿不相上下。所炼丹元，送与干道友的夫人，至少可抵两三千年功力。虽然中有弊害，但有本门灵丹可以化解。我刚听乙师伯说起，才得知晓。因想这等难得之物，平白毁去，岂不可惜？连忙赶来，仍然迟了一步。否则，干夫人只需转世十余年，便成仙业，岂不是好？"

说时，干神蛛同那怀中幼女也已双双赶来，闻言拜谢道："多谢阮道友好意，但是我和内人欢喜冤家，互相纠缠已好几世。她因前生被仇敌暗算，投身异类，羞于见人，我和她又不舍离开，只好长年附在我的身上，彼此俱都难受。幸蒙诸位道友下交，因得附骥来此。初意只想求得一粒毒龙丸，使其脱去妖形，仍复人身，已是万幸。她虽女体，实是纯阳之性。不料此行竟将妖蚿元婴得到，不特借此恢复人形，因妖蚿纯阴之质，得益实在不小。我夫妻也不想成甚天仙，只想长相厮守，永不离开。妖龙元婴、内丹固具坎离相生之妙，但这十数年的离别也颇难耐。如蒙厚惠，只求赐她一粒大还丹便感谢不尽了。"阮征笑道："这个不难。各位老前辈中，只乙师伯交游最广，身上所带灵丹最多，有的并不在大还丹以下。少时由我代令夫人求取一粒如何？"干神蛛方要答言，阮征深知乙休性情，朝他使了一个眼色，便未开口。

众人见他那附身妖蚿元婴的爱妻美如天仙，容光娇艳，因为没有衣服，穿着他一件又肥又短的道衫，上半露出雪白粉颈，下面白足如霜，玉腿半裸，依附丈夫身前，随同向众礼拜，越显得娇小玲珑，楚楚可怜。干神蛛却生得又矮又胖，相貌奇丑，长衣脱去，其状更怪。二人一美一丑，相去天地，偏又那么恩爱，如影附形，不可离开，全都好笑。

金蝉随问："乙师伯可将妖蚿除去了么？"阮征一说经过，众人才知乙休早已算定，为想借此考验自己道力，特命阮征第七日赶到。不料阮、凌二人俱都急于赴援，以防误事，仍是早到半日，才知事有定数。想起铜椰岛的经历，便不再固执己见，仍照妙一真人飞书行事。

原来妖蚿失去元婴，惨败恨极，誓以全力拼命。除来复线与地轴躔道通连，可以引发大火，尚有一处地窍，与元磁真气发源之处相连。那地方便在妖蚿所居广殿后侧地底深穴之中，相隔只百余里。乙休惟恐丹毒之气为害，特意送往离地万七千丈以外两天交界之处，借着乾天罡煞之气与法宝之力，将其消灭。费了一些时候，以致晚到一步，妖蚿已经遁走。妖蚿另一化身，因被乙休禁网法宝阻住，竟仗玄功变化，由一山狭缝中窜入来复线内。那地方原是龙猛暗中开出来的逃路，乙休事前不曾查到，致被妖蚿寻到，窜了出去。乙休如果亲身赶往，太火一被引发，天外神山必化劫灰。地底妖龙又在此时裂地而出。妖蚿引发的元磁真气，虽有一件法宝可以抵御，也只暂时镇压，不能消灭。那时元磁真气必被地火引燃，威力之大，不可思议。再为法宝镇压，不能宣泄，定要引起海啸。那为避免妖蚿侵害，深藏海眼之下的许多精怪，存身不住，也要兴风作浪。

乙休当时难于兼顾，略一盘算，随用传声，密令众人绊住妖龙。自己分化出一个化身，用一件至宝去将磁源来路堵塞。再用一道神符幻出阮征，手发神砂，紧追妖蚿，与之相持苦斗，以免又生枝节。乙休亲身追入来复线，在祸发顷刻之间赶到前面，用一幻象将妖蚿引入子午线死圈之内，并施大法力，将回路隔断。妖蚿化身还想引发太火，不料对敌时，乙休痛恨妖蚿淫凶阴毒，竟拼舍一件法宝，用一枚神铁环隐去宝光，束在它的身外，刚一窜进子午线，便被元磁真气吸紧。妖蚿几个化身全具神通，功力只比当中主体稍差，仍是狡诈机警，不比寻常。虽然情急相拼，仍想全身而遁，将太火引上来复线后，便仗本能，就此逃往中土，本无必死之意。无如性太贪残，又为幻象所愚，一味穷追不舍。等到追入死圈，幻象忽隐，方才醒悟，已经无及。那磁光太火仍顺地轴躔道自为消长，分合流转，并未起甚波动。妖蚿化身却被太火化为乌有。乙休将这最紧要的关头渡过，忙又赶回，知道非将妖蚿两个主体中的脑中元珠内丹得去，不能善后。但是妖蚿机灵，稍被看破，自知不能幸免，必将元珠自行毁去。而且还须防备日子越多，地下磁光火力越大，一个镇压不住，便是祸事。于是暗用六合旗门埋伏四外，将妖蚿困住，化出好些幻象与之相持，自往地穴全力镇压。

到了第五日上，乙休见势危急，正在施展玄门最高法力，犯险一试，阮、李二人忽然飞到。忙用传声，令阮征将九疑鼎放在坎宫旗门之内；又令空中神鸠隐身守伺；再令李洪带了龙娃去往地穴，用金莲宝座代为镇压。分派停当，说是还有一会才到时机，随说起干神蛛夫妻之事。阮征心热，立即抽空赶来，想将妖龙内丹留下，已为众人所毁。

众人好奇，又知妖龙一死，只等除去妖蚿，将元磁真火复原，大功便可告成。此时不会再生枝节，俱想前往观战，以开眼界。走时，金蝉忽说："小神僧先前几受妖蚿暗算，元气大伤。自从乙师伯将他送来台上，便自入定静养。此时地底风火与海啸之声比前更要猛烈，知道少时有无危险，如何丢他一人在此？"石生笑道："这个无妨，我们把他带去不一样么？"金蝉未及答言，一片金光祥霞忽自空中飞堕,现出一个少年神僧,众人一看,正是师门好友采薇僧朱由穆,众人连忙上前拜见。朱由穆笑道:"我小师弟虽然该有此难,但他在铜椰岛分手时,如听我话,并非不可避免。这样也好,总算因祸得福,人虽受伤,道力却增进不少。"

朱由穆说时,见干神蛛夫妻也随众跪拜在地,尚未起立,便指二人道:"你夫妻本是怨偶孽缘,只为前两生至情感召,反成了患难恩爱的夫妻。尽管魔难重重,受尽苦痛,居然一灵不昧,终于化解前孽,遂了心愿。如非向道真诚,深明邪正之分,如何能有今日?我知你妻虽将妖蚿元婴夺去,可以借它所炼形体恢复人身,并还增长道力,并非不好。无如妖蚿修炼万年,功力颇高,它那元婴乃妖蚿精气凝炼而成,赋有它的本性;暂时或者无妨,将来修为上难免不受其害。固然妖蚿伏诛,元神不能附体,但终究可虑。还是由我用大旃檀佛光将恶质化去,永绝后患,索性成全你们这一对苦夫妻。此女以后就叫朱灵吧。"干神蛛夫妻闻言,喜出望外,口宣佛号,膜拜不已。朱由穆随令干神蛛走开,将手一扬,立有一片极柔和的祥光,朝少女身上当头照过,同时闻到一股旃檀香气。再看蜘蛛所附的少女脸上,立改庄容,不似先前那么轻佻神气,容光也更美艳,俱知佛力感化。夫妻二人双双跪拜,叩谢不已。

朱由穆随又对众说道:"乙道友今日功德不小。我此时急于带了小师弟,回转云南石虎山去,不及往见。可对他说,等他事完,回转中土,再相见吧。"说罢,又是一片金光祥霞,飞向阿童身上,只一晃便全没了踪影,众人竟未看出是怎么走的。金、石诸人因和阿童至交,未及叙别,自是恋恋不舍。

云凤见朱灵通身全裸,只披着干神蛛一件道袍,满脸娇羞,甚是可怜,人又生得那么美艳,好生怜爱。便对她道:"朱道友这样,如何往见大方真人?我下山时,曾蒙恩师赐我一身仙衣,因洞府尚未寻到,一直带在身边,另外还有旧衣两件。如不嫌弃,等诸位道友走后,我拼凑出一身,送你如何?"朱灵闻言,大喜称谢。

话未说完,忽闻殿后神雷大震与古神鸠怒啸之声,众人已先飞身赶去,男的只干神蛛一人未走。朱灵妙目微瞑,悄声说道:"你还不去,我蒙凌姊姊赐我衣服,穿上就来。"干神蛛丑脸一红,笑道:"我因凌道友与你初见,想代你说几句话,并谢解衣之德。"朱灵抢口说道:"我以前那丑样儿,凌姊姊在滇池已早见过。照她为人,只有可怜我的身世,绝不见笑,无须你来表白,还不快走!"干神蛛方始应声飞去。

云凤随将衣服匀了几件与她,并问她:"照采薇大师所说,你二人分明是久共患难的恩爱夫妻,又不曾为恶,怎会化身蜘蛛?"朱灵苦笑道:"伤心人别有怀抱，我那累世患难经历，便铁石人听了也要下泪。此时急于往见大方真人，无暇长谈，且等事完奉告吧。"话未说完，随又接口惊喜道："妖蚿已快伏诛，我们还不快去？"

云凤与朱灵一同飞起，往后面雷火、宝光飞涌之处赶去。还未飞到当地，便见前面山野中现出六座高达百丈以上的旗门，申、阮、金、石等十余人分立在六门之下。金光祥霞上映重霄，雷火星砂笼罩大地，把方圆一二百里的阵地一起布满。坎宫阵地上现出一座宝鼎，大约丈许，被一片金霞托住，突然出现。由鼎上飞出亩许大的一张口，口内射出大片金红色的火花，中杂一青一白两股光气，匹练也似正在朝空激射。一个近百丈长，双头双身，口喷邪烟的怪物，刚由震宫旗门前面冲光冒火而起，看神气似要向空遁走。朱灵方告云凤："怪物便是妖蚿。"

说时迟，那时快，宝鼎怪口中所喷光气，已将妖蚿当头裹住。妖蚿似知不妙，正在挣扎，不料全身早被天璇神砂吸紧。本是欲取姑与，故意放它逃走，以便取它脑中元珠。上面青白二气，便是九疑鼎中混沌元胎，具有无上威力，想逃如何能够。刚挣得一挣，阮征也发出全力，上下夹攻，互相对吸，妖蚿长身立被拉成笔直。空中神鸠早得指示，猛然凌空下击，身子也比较平日长大了好几倍。物性各有相克，妖蚿先前被困阵中，往来冲突之时，闻得神鸠啸声，便听出是专克制它的前古对头，早就心惊。只为身陷旗门，为仙法所制，失了灵性，不知敌人有意乱它心神。因为先被阮征幻象追逐，相持数日，才发现是假，刚刚醒悟，真的又复赶到，上当不止一次，心疑又是假的。性又凶猛残暴，听出极光太火声势越来越猛，暂时虽被敌人禁住，迟早终须爆发。彼时敌人多高法力也难禁受，便自己如非炼就元珠，一样难当。一心想挨到地震山崩，整座神山化成火海，借以报仇。又恐玉石俱焚，身遭波及，明知情势危急，始终不舍将那元珠毁去。

后在阵中乱冲，觉着吸力稍减，立时乘机冲起。不料这次上当更大，等到上下吸紧，不能动转，才知万无生理，再想毁珠自杀，已经无及。只见一片佛光自空飞射，竟将头上混元真气挡退了些，百忙中以为有了一线生机，想把元神乘机遁走。就这佛光一闪，瞬息之间，妖蚿这里已将天灵震破。两条与妖蚿同样，长约三尺的妖魂，各含了半尺方圆一团翠色晶莹的宝珠，刚刚向上激射，神鸠突然现形，猛伸开丈许大小的钢爪，分头向下抓去。同时口中喷出大股紫焰，裹住妖蚿，两声惨嚎过去，全被吸入腹内。先喷佛光也已飞回，神鸠张口接住，身形暴缩复原。两翼一展，风驰电掣往左侧飞去，晃眼不见。

这时妖蚿只剩死尸，灵气全失，佛光一去，重被青白二气吸住。阮征惟恐宝鼎吸力太大，元珠还未到手，便将妖蚿吸入鼎中化去，为此用神砂将妖蚿下半身吸紧，以便神鸠下手。等元珠夺下，立即收宝。阻力一去，宝鼎威力大增，那么长大的妖蚿死尸，竟似灵蛇归洞，飞一般往宝鼎怪口之中投去，晃眼无踪。

阮征也率众人往坎宫阵地赶到，手中灵诀往外一扬，宝鼎立复原状，缩成尺许大小。众人料知妖蚿已被宝鼎炼化，前古至宝果是神妙莫测，互相惊赞不已。阮征随道："还有两个难题，一大一小，乙师伯正在施为，不知如何，我们快去看来。"说罢，一同飞起，往左侧群峰环绕中的磁源地穴飞去。刚飞过一座高矗入云的玉峰，猛瞥见一片寒光闪闪的碧云，裹着一股其长经天的暗赤色火气，朝最高空中电也似急斜射上去，破空之声震得山摇地动，猛烈惊人，从所未见。回顾海上波涛，本随啸声高涌起数十百丈，此时正似山崩一般往下落去。惊涛尽管浩荡，威势却减小了大半，海啸也已停止。地底风火之声也似潮水一般，由近而远往四外散去。知道灾劫已被消灭，好不欢喜。

到后一看，李洪同了龙娃正在欢呼。那地方是翠峰环绕中一片洼地，当中也无地穴，只是一片池塘，翠峰倒影，碧波粼粼，池水甚是清澈。四周不少琪树琼林，满地繁花如锦，景绝清丽，一点不像适才经过灾变景象。石生笑问李洪是何缘故，李洪答道："你们没有看见，方才形势多么厉害。那磁光太火最盛之时，因被我的金莲宝座压住穴口，不能出来，下面地火及点燃的元磁真气无法宣泄，威力越来越猛。彼时山林地皮一起震动，眼看就要全数爆炸；四外花树纷纷摇落，如下暴雨一般。幸亏乙师伯全力施为，百计防护，勉强保住。正在危急之际，神鸠忽然飞到，吐下两粒内丹元珠。乙师伯说妖蚿禀千万年纯阴之气而生，此珠功效不在冰蚕之下，可惜用以防灾，不能保全。还有地火磁气全都爆发点燃，此珠虽可引火复原，但经连日地水火风在地底互相激荡，地层已经熔化不少，不将地火发泄，迟早仍是祸胎。几经盘算，已有成竹。接到元珠以后，立时命我闪开，将预先埋伏的仙法禁制一齐发动，穴中地火立时狂喷而出。他让过火头，将两粒元珠上下分掷，下半地火立被一片寒碧光华压了下去。一声雷震，涌起一股清泉，晃眼便将地穴布满，成了这一片池塘。同时另一粒元珠也已爆散，乙师伯跟踪飞起，同化作一片碧云，将那数千丈的火头裹住，向天空中飞去。乙师伯的法力尚且如此，你当是容易的么？现在诸事已定，只等九疑鼎收复海中精怪之后，你们天外神山就住成了。"

金蝉便问:"神鸩何往?"李洪又道:"当地震最烈之时,神鸩一到,乙师伯一面行法,一面令它去往海中,防备那些精怪乘机蠢动,当时飞走。听说不夜城主钱康也为此事,率领门人全数出动,与那些精怪斗法多日,除去不少。不过为数太多,又不应该多杀,必需九疑鼎始能镇住。阮师兄怎不快去?"阮征道:"乙师伯本有此意,后因钱道长已经出手,不愿掠人之美,令我缓去,所以先来此地。"钱莱躬身说道:"前听家父说,此间海眼中所潜伏的妖精,多半是前古遗孽,猛恶非常,只为畏惧妖蚖侵害,不能出头。妖蚖一死,定必兴风作浪,甚或穿通地窍,逃往中土,祸害生灵,所以必须事前除去,免使为害。不过家父虽然住此多年,深知底细,但门下弟子法力有限,恐难成事。家父也必渴望诸位师伯、师叔驾临,请往一叙如何?"

金、石二人不知阮征奉有乙休之命,另有用意,因爱钱莱,首先答应。余人也多随声附和。阮征见众同门已经应诺,不便独异,略一寻思,只得点头。一行十余人同往海中心飞去,遁光神速,一会飞到。这时海啸已止,那些海怪多半觉出厉害,海眼归路又被乙休先用禁法隔断,于是齐往不夜城一带海岸下面洞穴中遁去。另有几个最凶的还在领头作怪,妄想将不夜城占据。钱康知道这些精怪多非善良,休说被它上岸,即使都在近岸一带盘踞,也是未来隐患。又算出乙休同了七矮弟兄,正与妖邪斗法,开建光明境仙府,自己无力往助,反被海怪侵入,面子上也太难堪,便率门人、妻子前往堵截。苦斗了四五日,海怪虽除去不少,那最厉害的几个因是出没无常,将门人伤了好几个。这类精怪多具神通变化,除它不易,钱氏夫妻又不敢远离本岛,正在为难。

先是古神鸩横海飞来,凌空下击,只一爪,便将内中一个具有无数长须、上附吸盘毒刺的星形怪物抓死,连所喷内丹也吸了下去。那怪物名叫星吴,一雌一雄,最是厉害,性又凶毒狡诈。雌的见雄的一死,立缩形体,遁入海心深处藏起。神鸩为想得它内丹,假装飞走,将身隐去。下余海怪本已多半惊逃,待了一会,无甚动静,重向岛上飞扑。神鸩志在取那星形怪物,尚在守伺,众人恰巧飞到。

众人见近光明境一带还不怎样,再往前飞,遥望海天尽头,现出一座瑶岛玉城,海中波浪如山,直上千百丈。妖雾迷漫之中,时有剑光闪动,许多奇形怪状的妖物时隐时现,上下飞腾,大都三数十丈以上。岛岸玉城之上,散立着好些道装男女,各指着一两道飞剑、法宝,向前抵御。岛边更有一片极长大的青光,防护外层,遇有妖邪冲上,便即挡退。双方斗得正急。阮征昔年本来认识,看出那钱门弟子,好些手忙脚乱。暗忖:"乙师伯本来语意活

320

动,并非一定不令前来。以后彼此隔海同修,他子钱莱又是金蝉爱徒,既已来此,何不助他一下,免使为难?将来便有什么难题,看在他儿子分上,也不容坐视,到时再作计较便了。"念头一转,立即抢先飞去,手掐灵诀,将鼎一举。宝鼎立时暴长,悬向空中,大口重又出现,喷出金花彩气,神龙吸水般朝下面精怪丛中射去。同时水中星吴见上面久无动静,想拿岛上诸人复仇出气,也在此时飞出水面,被神鸠现形抓去。众精怪逃得稍慢一点的,全被鼎口宝光摄住。众人再把飞剑、法宝纷纷放出,四下合围,全都困住,吓得纷纷怪叫惨嚎,有的并还口吐人言,哀求饶命。

七矮终是心善服软,见众精怪除有一半生得特别长大凶恶而外,余者多半具有人形。因由上到下均被天璇神砂罩住,转动不得,一个个正由大变小,往鼎口内投去。知道众精怪少说也有三五千年功候,修成不易;平日畏惧妖蚿,并未出世为恶,有的竟连邪气都无,不由生了恻隐之心。又知宝鼎善于分辨善恶,于是大喝道:"无知妖物!盘踞在这等仙山灵境,得天独厚,还不知足,竟敢兴妖作怪,来此扰闹。本应全数诛戮,姑念今日地震,海底难于栖身,事属初犯,稍从宽免。此鼎乃仙、佛两家合炼的前古至宝,专除精怪妖邪,气机相感,如影随形。你们为数太多,难于分辨善恶。现将神砂放松,尔等如能从此洗心革面,就在海中游行,为我神山仙府点缀,永不为恶,只要不被宝鼎神光吸去,便可活命。"众精怪齐声欢啸,舞拜跪谢。那未成人形的也将头连点,以示改悔。阮征运用鼎光暗中查看,见那么多的精怪,只被宝鼎先后吸了十一个,下余全都挣脱,有的并还从容穿光而过,好生欣慰。

刚刚发放完毕,对面瑶岛玉城上突飞来两个男女修士,身后跟着好些徒众。钱莱早高呼:"爹娘!"飞身迎去。众人知为首两人便是钱康夫妇,忙收法宝,上前相见。

钱康是个羽衣星冠的中年道者。夫妻二人由南宋末年得道,偶因机缘巧合,隐居小南极不夜城,度那神仙岁月,已数百年。除爱子钱莱新近转劫重归外,所有眷属、门人全未离开过。此岛也和光明境一样,到处玉砌琼铺,金门翠殿。加上主人多年新建布置,添了好些金银宫阙。当地又是终古光明,城开不夜,每隔九百六十年,只有一二日的黑暗。钱康带了眷属、门人长住其中,端的逍遥自在,快乐非常,美景无边,赏玩不尽。只有妖蚿是他一个强敌。多年来苦心积虑,炼了两件法宝,准备用一件防卫本岛,用一件去除此大害。不料法宝尚未炼成,妖蚿元婴已快成长,眼看神通越大,不久即来侵害。正在愁急,恐其先发,钱莱忽追妖人,赶往光明境去,闻报大惊,知道此后永无宁日。虽然心疼爱子,无如仇敌厉害,如在本岛,还能防御,如往妖窟,决非其敌。权衡轻重,只得强忍悲痛,修下绿章,向玉清仙界恩师通诚祝告。同时虔心推算,居然算出一切因果:不特爱子此行因祸得福,并且前数年所筹计未来的事,也可因此得到极大助力,以后神山仙景,更不会再有妖邪盘踞。

乙休到时,本欲往助。继一想,不久地震海啸,尚有不少精怪要来侵扰,惟恐损坏本岛仙景。以为乙休神通广大,七矮法力高强,此来必有成算,去了不过锦上添花,不能出甚大力,便没有去。料定对岛诸人必来除妖诛邪,哪知乙休愤他自私,当阮征走后需人之际,未往相助,只顾防卫自己,便示意阮征先无须管他闲事。申、阮二人待罪八十一年,全仗乙、凌诸老爱护保全,才得脱难,自然惟命是从,照他意旨行事。如非金、石诸人答应得快,几乎中止,因此晚来一步。钱康见妖蚖伏诛,地震已止,遥望磁光火头已被乙休引走,所盼的人一个未来。只古神鸠略一现身,抓死了一个精怪,便即不见,仿佛专为夺那内丹而来。精怪为数甚多,防不胜防,如非事前防御周密,几乎被它们扑上岛来。门人有三个受伤。正在为难,众人忽然飞临,才一到,便将海中精怪全数制服,好生惊佩,连忙迎上。爱子已当先赶来,向各位师长一一引见。申、阮二人原是旧交,见面均甚喜慰。钱康便请众人去到宫中款待。

那对敌之处,乃是一片五色珊瑚结成的地面,全岛只此一处不是玉质。那地皮直似五色宝石熔铸,细润无比,其平如镜,光鉴毫发。靠海一面,晶岸削立,高出水面只两三丈。四外生着不少大约两三抱的珊瑚树,琼枝丫杈,奇辉四射。临海建有一座十余丈高大的金亭,三面花树环绕,面临碧海清波。近岸一带更有不少翠玉奇礁,镂空秀拔,孔窍玲珑。风水相搏,汇成一片潮音,洪细相间,仿佛黄钟大吕,箫韶叠奏,音声美妙,好听已极。

先前放走的海怪好似感恩诚服,去而复转,连那炼成人体的,全都现出原形,罗列海上,各现出前半身,朝着众人欢笑舞蹈。一个个俱是奇形怪状,彩色斑斓,嘘气成云,排浪如山。微微张口一喷,便有一股银泉射起数十百丈高下,海面上当时便涌起大小数百根撑天水柱。时见吞舟巨鱼,胁生多翅,上下水中,往来飞行。另有蛟蜃之类卖弄伎俩,各喷出一座座蜃楼海市,照样也有金亭玉柱,瑶草琪花,仙山楼阁,人物往来,把近岸数百里的海面点缀成一片奇观。再被这真的神山仙景互相映衬,越觉火树银花,鱼龙曼衍,光怪陆离,雄奇壮丽,简直不可名状。

众人年轻好奇,不舍离去。石生、易震同声笑道:"我们与主人此后成了一家,不作客套,盛筵自当领谢,但请把席设在此间如何?"金蝉也说:"这里最好。"钱康夫妇知道众人想看海景,又因乙休尚未回来,在此迎候也好,立答:"遵命。"旁立门人侍女,早有多人分头飞去,一会,便将盛筵设好,来请入座。

钱康刚陪众人入亭就座,忽见一道金光比电还疾,横海飞来。阮征看出乙休所发,连忙赶向前面,接到手内,落下一封柬帖,金光重又飞去。阮征打开一看,不禁大惊失色,忙喊:"大哥、洪弟、蝉弟,快来!"众人早纷纷凑向前去,看完俱都惊急非常。申屠宏随道:"我早料到此事必有后文,不想如此厉害。连灵峤三仙也会牵入,事甚扎手。二弟还不便去! 此间仙府新设,也难离开,只好由我与蝉、洪二弟送凌师妹四人一行吧。"钱康料有极重大的事故发生,否则以众人的法力,绝不会如此惊慌,但新交不便询问。方疑乙休恃强,也许消灭磁光太火未成,中途遇险,干神蛛已先开口道:"愚夫妻可能同行,少效微劳么?"申、阮二人同声笑答:"二位道友如肯同行,自是佳事。"说时,钱莱已由侍女手中取过一身衣服鞋袜,转赠朱灵。主人看出众人行色匆匆,正欲挽留片刻,小饮两杯再走,七矮所带告急传音法牌突又发出紧急信号。众人一听,越发愁急,略一商谈,申、李、齐、凌、干、朱六人便向主人告别。

要知是何紧急之事,请看下文。

第二七一回

灵境甫安澜　　忽听传音急友难
离筵陈壮志　　为观飞箓报师恩

话说不夜城岛主钱康夫妻正在珊瑚林金亭内设筵款待申屠宏等师徒十多人，忽然连接神驼乙休的箓帖和本门法牌传音告急，匆匆与钱康夫妻告辞，古神鸠忽自空中飞堕，到了亭前，朝众人连啸两声，把口一张，将先前从阮征手上夺去的灵符喷了出来。

阮征因当初杨瑾赠符时，曾说此符本可无需，但是此符具有不少妙用，带去可备缓急之需。此行如用不着，将来遇事，虽不似白眉禅师心光遁符飞行神速，但仗以防身，多厉害的邪法也难侵害。难得师父回山，特意代求了一道相赠。到了途中，赶路心急，刚一取出，便被神鸠夺去。后除妖蚖，曾见神鸠将此符化为金霞喷出，现了一现，便自收回。此时忽来交还，心想："此鸟得道数千年，通灵变化，法力甚高。自被杨瑾收服，传了佛法，神通越大。照此情形，许是杨瑾早已算出，神鸠预奉密令，也未可知。"连忙伸手接过，笑问神鸠道："我此时不能离开，无需此符。鸠道友忽还此符与我，可是申屠师兄和蝉弟他们此行有用么？"神鸠将头连点，鸣啸示意。阮征便将符交与申屠宏。随问神鸠："此行对头厉害非常，鸠道友可能相助么？"神鸠将头一摇，身子忽然暴缩，飞进亭来，用爪向阮征手中宝鼎抓了一下，朝云凤叫了两声，又朝阮征连连点头。阮征见状会意，答道："此事不劳鸠道友挂念。我原和杨仙子说好，这里事完，便我不能前去，也必令凌师妹将鼎送还。看鸠道友心意，可是护送此鼎回山之后，再往相助么？"神鸠闭目寻思，并未回答。这时众人俱都忙于起身，见它不理，也未在意。

阮征因奉师命，必须坐镇神山，主持开府之事，不能同行；甄、易四弟兄法力较差，敌势太强，去也无用；新收弟子更不必说，沙佘、米佘、灵奇、龙娃四人俱都奉命，暂留海外修炼；石完舍不得师父，再说去也无用。只钱莱一人，见众人要走，便依依金蝉身侧，意欲乘便求说，相随同往。金、石诸人对他均极喜爱；又知他看去虽是幼童，实则累世修为，功力颇深；众中只他一个面上喜气直透华盖，虽非对方之敌，去了未必有用，也决不会有什么凶险。石生看出他依恋师父，有不舍之状，首先提议带同前往。钱莱立即乘机跪求。金蝉眉头一皱，说道："照乙师伯仙示之意，我此行恐怕还有牵累，偏又非去不能应点，自顾不暇，如何能带你呢?"钱莱不好说出自己因看见乙休柬帖，得知金蝉此行似有险难，方始想去的话，仍是婉言求告，坚执随行。金蝉终因童心未尽，初收弟子根骨既好，法力又高，越发喜爱，故不忍拂他心意；又听众人纷纷劝说，连乃父钱康也说："小儿道浅力弱，虽无大用，此行却可增长见识。"金蝉想了一想，笑道："我对贤郎实是钟爱，无如事太艰险，稍微疏忽，便吃大亏，为此不愿他去。既是大家这等说法，同行便了。"当下议定：只申屠宏、李洪、金蝉、石生、干神蛛、朱灵、钱莱七人同行，按照乙休柬帖行事。由凌云凤带了古神鸠开路，径由子午线上冲过，到了中土，再与众人分手，送还宝鼎。这等走法，可以近上小半路程。好在近日极光太火威力大减，云凤已试出宙光盘妙用，不似初来时那等矜持，足可无虑。

阮征和申屠宏、李洪累世同门至好，生死骨肉，终不放心；尤其金蝉此行，似要关系他的仙业成败，越发忧念。行时，将二相环分出一枚交与申屠宏。又把杨瑾所赠灵符交与金蝉，暗中叮嘱说："此老法力委实厉害，不可思议。乙师伯的仙示又未明言，看那意思于你关系甚大，万万不可疏忽。杨仙子本是凌师叔转世，佛法高深，她赠此符，竟未明言，必是防备此老会查出底细，故借助我飞行为由，到了途中，却命神鸠夺去，如此机密，定有深意。此外我再把阇耆珠借你一粒，此是魔教至宝，你二嫂与它灵感相通，如遇危急之时，照我所传诀印用法，向她通诚求助，立生感应。我与她相处二年，无事时也常说笑，我生平几个好友俱都深知，她见是你，定必暗中竭力相助，但不可用来对敌。"随将用法传授。申屠宏说："二相环须用来镇压神山，不宜分开。"推辞不要。阮征道："法宝共是六枚，自从大哥代我收了一丸西方神泥，另四枚又经师母仙法炼过，目前发还，经我试用，比前威力大了不知多少。近日我已将六环化合为二，与西方神泥再一融汇，更见神妙。不论相隔多少万里，如若遇事，我只要运用玄功，立可收回。到时，大哥如见环上忽然放光，不住闪动，你便将它取下，朝空一扬，自会飞回。再说这里远在天边地轴之外，中有极光太火相隔，异派妖邪向无人来。就是元磁真气，近已减退，须满三年方始复原。到底远隔中土数十万里，一班妖邪漫说不会知道，纵令得知，也不敢轻来相犯。至于海中精怪，也都制服。暂时绝无甚事发生，大哥只管放心。倒是龙娃在大岊山援救田氏兄弟，我们曾下了一着闲棋，龙娃虽无法力，却有用处，近又得了几件法宝，怎么也不带去呢?"

申屠宏想了想,将二相环接过,答道:"我看乙师伯仙示,好些均未明言,并还注明:一过子午线,便不许再谈论此事。与他平日所发仙柬预示,迥不相同。我看此行事既艰危,更须隐秘。乙、凌、白、朱诸老前辈,暗中必有布置,龙娃也许还不到去的时候呢。"说时,瞥见龙娃紧依身侧,眼巴巴望着自己,满桌仙果珍馐,美酒佳肴,均如未见。知他依恋之心更切,不舍离开。于是正色说道:"你毫无法力,带去反而累我,如何能行? 好好随着诸位师叔、师兄在此勤修,自有成就。你看同门师兄弟,哪个不比你强? 你根骨最差,全仗用功勤奋,或能补你缺憾,专跟着我有甚用处?"龙娃本来不舍离开师父,自知法力太差,不敢求说。及听阮征之言,方生出一点希冀,没敢开口。一听师父这等说法,想起自己和诸同门一比,委实相形见绌,差得太多,简直谁都不如。知道师父乃本派第二代大弟子,群龙之首,第一次开山收徒,便收了自己这样徒弟,不特不曾轻厌,反更疼爱,师恩深厚,重如山海。如不用功向上,为师门争光,也无面目见人了。当时感愧交集,通身出汗,急得眼花乱转,吞吞吐吐,低声答道:"弟子错了。"申屠宏见他目有泪光,面涨通红,看出他的心意,觉着此子终是年幼,也颇怜爱。便抚慰道:"莫要心急。你诸葛师叔当初根骨也差,今日居然成就为本门中有名人物,全由勤奋得来。只要立志向上,终能如愿。我们就要走了。"说时,众人早就忙于起身。

主人钱康夫妇听出事虽紧急,并非一到便能无事;而被困的人道心坚定,除受魔扰之外,暂时尚无别的危害;便乙休柬上,也令众人到后,按照所示方略相机而为。事虽紧急异常,并不争此片刻迟延。因此再三挽留,小饮再走。众人先也着慌,继而想到去得太早,并无大用;主人情意殷殷,不便坚拒。又见主人正命人取来许多仙果,款待神鸠,知它随侍杨瑾,极难得吃到这好东西,此次相随,往返数十万里,出力不少,又见它吃得香,也就不便催促。

等到众人商议完毕,神鸠也住口,飞出亭外,方向主人辞别。刚一飞起,神鸠已恢复原形,飞迎过来。众人不便拂它盛意,略微称谢,便同坐上鸠背,仍由凌云凤手持宙光盘,当先戒备,冲入子午线,往中土飞去。因知事要机密,一过子午线,便不能再谈前事,乙休柬帖又只说大概,一切全仗随机应变,为防有失,便在途中互相商议,到时如何下手应付。

原来女神童朱文约了齐灵云、周轻云、方瑛、元皓一行五人,由苗疆红木岭碧云塘,别了众男女同门起身,到了路上,朱文因自己和女空空吴文琪做了一路,尚未寻到洞府,本来议定分头寻找。行至云贵交界,接到传音法牌告急信号,中途又遇二云姊妹,也为应援之事而来。下山时,早有仙柬预示机宜,于是三人会合,同往碧云塘相助诸人脱险。此时无事,意欲往莽苍山一带寻找洞府,便向齐、周、方、元四人辞别。二云姊妹因与秦紫玲约定,在衡山白雀洞金姥姥罗紫烟那里相见,等把岷山天女庙步虚仙子萧十九妹的绿玉杖转借到手,便同去南海紫云宫,开建海底仙府。因知此行事难责重,自己三人势力较单,虽有金萍、龙力子、赵铁娘等新收男女弟子,法力都不甚高。又因下山时所颁仙示,好似前次大破紫云宫时,矮叟朱梅一时疏忽,被一旁门散仙连同宫中异兽神鲛,藏在宫中隐僻之处,此去还有争执。二云姊妹人均谨慎,本想多约两个帮手,无如一班同门各有使命,不便邀约,外人更不便请其相助。料知诸人无甚要事,方、元二人又是枯竹老人引进的本门弟子,奉命随行,这一来,无异多添了三个好帮手。正在欣慰,不料要往莽苍山去。依了轻云,本想拦阻,劝其同往紫云宫,再续前游。灵云素不强人所难,深知朱文心高好胜,行事坚决,急于早将洞府寻到。不等轻云开口,便先说道:"文妹既然急于找寻洞府,等愚姊开了紫云宫,再行奉邀作一良晤吧。"五人随即分手。

轻云埋怨灵云道:"大师姊太随和了。我此时想起恩师一句闲话,往往暗寓仙机,既命方、元二位随我三人同行,多半含有深意。寻找洞府,稍缓何妨?也是文妹太好强,否则黄山故居一样可用,何必费事再找?你不拦她,就许生出别个枝节来呢。"灵云一想,果然有理。便答道:"仙示兴许别有用意,可惜我未想起,她已先走。如说寻找洞府,却是难怪。人谁不爱好?她见易、李、癞姑三位师妹不久开府幻波池;我们三人所居紫云宫更是珠宫贝阙,金庭玉柱,海底奇景,气象万千。她们此时尚无一定住处,自然心切,急于往寻了。"轻云便未答言。灵云深知父师每于无意之中暗示仙机,料定朱文此行必有事故发生,无如飞行已远,又急于赶往衡山赴约。暗忖:"事如重大,仙示纵不明言,也应略示机宜,当不止此一句。"虽不放心,也就罢了。这且不提。

朱文也并非不想往紫云宫去,只因性刚好强,言出必践,又和吴文琪约定,在西南诸省深山之中寻找洞府,如寻不到,便往莽苍山灵玉岩相见,再作计较。算计约会日期,相去只有十来天,如随二云姊妹前往南海,加上衡山,就便事情顺手,一到便入居紫云宫,这一往返,连同途中耽搁,决赶不上。文琪本是自己的大师姊,前在黄山餐霞大师门下同修时,多蒙她爱抚关照,亲如骨肉。如今自己法力越高,成了后来居上之势,理应对她格外恭敬亲热才是。如使其在莽苍山中孤身久候,于心不安。所以坚持要去,不与二云姊妹同行。初意前听青囊仙子华瑶崧曾说,莽苍山环回三千余里,其中洞壑幽奇,水木清华,灵区美景所在都是,以为洞府必可寻到。哪知平日见惯仙景,胸有成见,目光太高,连寻了好几天,把一座莽苍山几乎寻遍,全不合意。内有两处觉着还好,但都各有缺点。一算日期,相隔本月十五、六两夜,还有三四日。心想:"文琪原来约好,分两路寻来,以灵玉岩为终点。也许她在别处寻到,且等见人之后商议。如无合适所在,且就先寻两处,择一暂居,修为要紧,将来道成,另寻仙山也是一样。"闲中无聊,又去前寻两处仔细查看,觉着也有可取之处,决定文琪如未找到,便择一处居住。

朱文心意一定,忽然想起昔年旧家情景,欲往城市置办一点什物用具,将它布置出一间卧室。这原是朱文以前出生世家,一时无事,乘兴所为。等到飞到昆明城外,择一无人之处降落,走到碧鸡坊前,才想起身边未带金银,如何买法?再说修道人也不需此,好端端布置这间闺房做甚?

念头一转,忽又想起初到黄山拜师时年幼无知,常随师父去往九华锁云洞师母妙一夫人别府拜望,得遇掌教师尊转生爱子金蝉,两小无猜,十分投契。自己每爱闹个小性,常发娇嗔,金蝉总是让着自己。也常随师母去往黄山相访,彼此关切,情分越厚。后来两次身中邪毒,几乎送命,全仗他姊弟二人救护,方得免难。金蝉从未以此居功。自己不知怎的,心虽感他情意,只一见面,必定故意讥笑,往往使其难堪,红脸而去。事后也未尝不悔,见面又是故态复萌。自己并非贫嘴薄舌,惯喜拿人取笑,对于别的同门也极谦和,惟独对他不然,不知是何缘故。

忽又想起两番遇救时的情景:"第一次,金蝉伏在自己身上,不惜耗损元气,嘴对嘴哺那芝血。刚将自己救醒,便被推下床来,几乎打跌在地。第二次,被红花姥姥用袖里乾坤摄往桂花山福仙潭,醒来又和他并头交臂而卧。虽然彼此天真,心地光明,终有男女之嫌。为此一到峨眉,便故意和他冷淡,彼时还怕他和从前一样纠缠不舍,被人议论。

哪知金蝉从紫云宫取水回来,不久也自谨饬,不再似从前一味天真,言笑无忌,专寻自己游玩。加上自己一见面,便加嘲笑,仙府人多,年轻面嫩,除对自己仍是格外关注而外,踪迹渐疏。照良心说,实在有点对他不起。听说七矮暂时以他为首,不久要在云贵苗疆深山之中开建仙府。以他累世修积,仙福甚厚,不知仙府寻到也未?所居如近,以后便可时常来往。好在彼此年长,道力精进,不似以前童心稚气。以后如与他相见,还是对他说明心意,免使误解,还当自己知恩不报,反与为难。"

朱文独个儿思潮起伏,忘了路的远近,信步前行,不觉走向碧鸡山上。纵目四顾,遥望滇池,平波如镜,万顷汪洋。内中岛屿沙洲,宛如翠螺,浮向水面之上。加上风帆点点，出没天边，景物清旷，颇觉快心。暗忖："此山风景也还不差，最难得的是这八百里滇池就在眼底，点缀得眼前景物分外雄丽。只惜离城市太近，又是省会所在，山民之外，更有不少游人往来。否则就在这金马、碧鸡两山，择一胜处建立仙府，岂不也好？"

一路寻思，不觉登上山顶，翠袖临风，独立苍茫。正在指点对面翠屿螺洲，观赏水色山光之胜，偶一回顾，瞥见一道白光，急如流星，正由远方飞射而来，投向后山深谷丛林之中。看出是本门中人，不知何事如此仓皇。正要去看，忽又见后面飞来一个周身白光环绕的黄衣少女，朝那白光追去。朱文前在峨眉开府时，曾见各异派和海内外的散仙因受众妖人蛊惑，无故生事，双方斗法多次，所以认出后追少女正是冷云仙子余娲门下。知道余娲师徒前在峨眉斗法不胜，丢了脸，当时为势所迫，虽被灵峤三仙劝往宾馆，终觉无颜，未等入席，便推有事，坚辞而去。乙、凌诸老本想封闭云路，迫令吃这罚酒，后因赤杖仙童阮纠传声劝解，方开云路送走。彼时师父妙一夫人又值开府在即，去往太元殿开读师祖长眉真人仙示，不曾亲送，当然又是一恨。看双方情势，必是本门师兄弟在外行道，与她门下的女弟子相遇，因而动手。闻说余娲门下男女弟子少说也有一二百年的功力，已成散仙一流，道法甚高。前面那道白光身剑合一，飞行迅速，必遭大败无疑。朱文一时激于义愤，不假寻思，立即跟踪追去。

朱文自到峨眉以后，用功越发勤奋，连经大敌，又经师长、同门指点，长了不少见识。这次开府，妙一真人传以本门心法，赐了几件法宝和一部道书，这些日来潜心参悟，法力更高。相隔后山谷只七八里路，晃眼飞到。还未降落，便见前面树林尽头有一石洞，洞前高林环绕，一条瀑布由洞侧危崖上如银龙蜿蜒，飞舞而下，直注洞侧不远清溪之中，雪洒珠喷，清波浩荡。洞前大片空地，中杂各色草花，老松如龙，虬干盘纤。下设石台石墩，似是主人闲中对弈之所。先前两道白光已经不见，满林静荡荡的，只有泉响松涛，相与应和，自成清籁，景物幽绝，不见一人。朱文心方奇怪，人已落向洞前。暗忖："先前明见白光落在此间，这条山谷，外观形势虽极幽险隐僻，中隔危峰峻壁，但是地方不大，形如葫芦，并无出路，怎会追到此地不见一人？双方明是仇敌，也无如此清静之理。有心飞入洞中查看，又觉洞中诸人必也是修道之士，彼此素昧平生，不应如此冒昧；并且来历深浅，一点不知。看眼前形势如此安静，来人也未必落在洞内。冒失飞进去，就许一个不巧，发生误会。不问对方是甚来历，均违背本门教规。"

念头一转，便即止步未进。先在洞外喊道："哪位道友在此隐居，可能请出一谈么?"连喊数声,未听回音。先前看准敌我遁光相继飞落,立时跟踪赶来,无甚耽延,又未见人飞起,心终生疑。方想诸人如在,不问敌友邪正,断无置之不理之理。再不出来,我便进去也有话说,还是应援要紧。忽听洞内有人急呼:"朱师妹!"只喊了三个字,便无下文,好似突然隔断,语声急促,听去甚远,颇为耳熟。这一来,越发断定有人被困在内。

因是劲敌当前,既有同门被困,定必厉害。对方深浅虚实难知,忽生戒心,意欲隐形飞进。身刚隐起,便见洞中银光一闪,忙往洞侧避开,一蓬其细如针的银光,已由身旁飞过,一闪即隐。志在救人,便不去惹他。二次正待飞入,银光到了洞外,又由隐而现,电也似收将回来,如不躲闪得快,差点没被射中。朱文心中一动,便把天遁镜取出,隐去宝光,以作防身之用,立随那蓬银光去路,飞身入洞。见洞中又深又大,石室甚多,曲径回环,极易迷路。最后一层,地势往上高起,钟乳四垂,蝙蝠乱飞。有的地方积水甚深,前进之路,盘旋如螺,最窄之处,人不能并肩而过。好似主人全未修缮,比起高大整洁的前洞石室,迥不相同。如非有那银光引路,自己飞遁神速,绝找不到。飞过那中洞最曲折阴晦污湿的一段以后,前面渐平,到处钟乳如林,璎珞下垂,光影离离,灿若锦屏,地势亦极宽大。那尽头处,大小共有八九个钟乳所结的洞穴。因见门户太多,恐和来路一样,正在立定查看,不知由何洞走进才好,忽听女子说笑之声,似由右侧第三洞内隐隐传出,忙即循声走入。

进了洞门往右一转,面前忽现出一条高约丈许,长约十丈,通体质如晶玉溶结的甬道。全洞由外到内,俱都不透天光,独这甬道前端明如白昼。最前面又是一个圆洞,那光便由洞内发出。空洞传音,适才所闻笑语之声,分外真切,听去似在与人问答,不似对敌情景。朱文心中奇怪,孤身深入,未敢造次,便把飞行放缓,轻悄悄掩将过去。只听一个女子口音说道:"你们怎还不明白?适才你那同门师妹,必因无人应声,又见前洞黑暗,不似有人在内,已经走去。我因急于问话,无暇过问,也就听之,否则我决放她不过。我这太白神针,能由心灵运用,隐现如意,威力至大。此女如还在外,或是走进,遇上此针,不死必伤。就算你们峨眉门下这些后辈各有一两件可以卖弄的法宝,事前警觉,能够抵御,我也必有感应。此洞深长曲折,隐僻非常,不知底细的人绝难到此。你二人新近隐居此地,并无人知;就有人来,在我手下也是送死。我已再三开导,怎么还不醒悟?趁早降顺,免受苦楚。"稍停,又道:"你这黑鬼最是可恶!如非看你师兄分上,休想活命!如今声音被我隔断,鬼叫有什么用处?且先给你吃点苦头再说。"

朱文才知被困的人,连说话都受了禁制,难怪没有回音。料定对头不是庸手,便把法宝、飞剑准备停当,打算相机行事,猛施全力,给她一个措手不及,将人救走。主意打定,人也飞到洞外。定睛一看,里面乃是一间八九丈方圆,由钟乳结成的洞室。当顶悬有一团宝光,照得满洞通明,上下四外的钟乳晶壁齐焕流霞,光却柔和,并不耀眼,不知是何法宝。此外,卧榻用具陈设颇多,也均晶玉所制。初疑被困那人,必被对方禁制擒住,不能行动,这时一看,大出意料。

原来室中共是男女三人。一是白侠孙南,一是黑孩儿尉迟火,分坐两边玉榻之上。孙南全身宝光笼罩,似运玄功入定神气,还不怎样;尉迟火身外虽也有宝光、飞剑防护,光外却笼罩着一幢银色怪火,满脸俱是愤急之容,嘴皮乱动,似在喝骂,但是一句也听不出。榻前站定一个宫装女子,云裳霞帔,宛如画上神仙打扮,满身珠光宝气,相貌颇美。正在戟指说笑,劝令二人降顺。如换平日,朱文早已冲入下手。因是先前看出对方来历,胸有成竹,自觉势孤力弱,又见这女子禁法神妙,深浅莫测,已快闯进,又停了下来。这一审慎,果看出门外还有一片极淡的银色光网,断定敌人厉害非常。于是小题大做,骤以全力施为,一言不发,首先将天遁镜朝前照去。此宝略一施为,便是数十百丈金霞电闪而出,那么小一点地方,怎够施展,宝光到处,封门光网首先消灭。朱文因恐不是敌人对手,原是同时发动,镜光到处,飞剑、法宝也一齐飞出,夹攻上去。

这女子乃余娲徒孙,三湘贫女于湘竹的爱徒魏瑶芝,法力颇高。正在志得意满之际,猛觉满洞金霞,耀眼欲花,封洞法宝已被人破去。知道不好,将手一扬,一幢银光刚将身护住,只见敌人飞剑、法宝已一同飞射过来,不禁大惊。朱文因恐敌人情急反噬,镜光一偏,又射向尉迟火和孙南的身上,笼身怪火立被消灭。孙南、尉迟火见来了救星,也各飞起,指挥飞剑上前夹攻。

魏瑶芝本就觉着镜光强烈,如非仗有师父防身法宝,敌人上来又以救人为重,不曾对面照来,就开头这一下,便无幸理。情知凶多吉少,无如师父性情素所深知,此举大是犯恶,成了还好,就此逃走回去,认为丢人,必不能容。心中忧急,举棋不定。敌人法宝、飞剑又极厉害,正在奋力抵御,打算豁出心上人,玉石俱焚,施展最后杀着,败中取胜。猛瞥见镜光到处,师门至宝乾罡神火罩又被敌人破去;所困两人也各放出飞剑,倒戈相向;敌人也现出身来,是个红衣少女。这一惊真非小可。一时心痛情急,咬牙切齿,把心一横,忙将左肩上所系葫芦往外一甩,立有几粒豆大黑色精光突突飞起。这时朱文等三人正同时向前夹攻,两下里一撞,当头一点黑光首先爆散,化为无数黑色火弹,夹着大片黑气狂涌上来,剑光几被荡退。如非朱文宝镜在手,防御得快,几乎被它打中。头一粒刚被镜光冲散,第二粒又飞将上来,相继爆炸。虽被天遁镜照样消灭,但是地方太小,火球黑烟四下横飞,上下洞壁挨着一点便成粉碎,整片钟乳晶壁雪崩也似纷纷倒塌坠落,晃眼之间,便炸成了百十丈方圆的一个大洞。

朱文见那黑光并无邪气,余威所及尚且如此厉害,本就惊奇。又见敌人在银光环绕之下,恶狠狠戟指怒骂,说与自己势不两立,辞色凶横,毫无退意,惟恐还有别的杀手,意欲先下手为强。暗用传声,令孙南、尉迟火留意,一面用天遁镜破那黑光,一面加增法宝、飞剑的妙用,上前夹攻,使敌人无法还手。暗中又取了两粒霹雳子,一粒照准那黑光的葫芦打去,另用一粒想将敌人打死。此宝乃幻波池圣姑收集两天交界乾罡雷火凝炼而成,威力绝大,如用两粒照人打去,魏瑶芝绝难活命,总算她命不该绝。朱文因见敌人护身宝光甚是神妙,飞剑、法宝不能攻进,只有左肩上的葫芦往外发那黑光,略有空隙,意欲乘虚而入,先将葫芦震破再说。另一粒能否打中敌人,原无把握,不料弄巧成拙,竟被逃去。

原来魏瑶芝口中虽发狂言,实则力竭计穷。先还情急拼命,继见敌人如此厉害,心胆已寒。暗忖:"师父法严,总有一点情意。如落外人手中,焉有活命?"于是起了逃走之念。无如敌人相逼太紧,急切间脱身不得,本就心虚意乱,加以宝光、剑光均极强烈,虹飞电舞,耀眼欲花。那霹雳子初发时,只有豆大一粒紫光,又经妙一夫人炼过,能随心意运用,不到地头,绝不发难,势更神速如电。魏瑶芝因见黑光一出,便为宝镜所破。此宝虽无霹雳子那么大威力,功效性质也颇相同。师门至宝,炼时不易,连遭毁灭,痛惜万分,不舍平白葬送。恰在此时停发,未及封闭,霹雳子已乘虚投入,到了里面,便生妙用,连那一葫芦的火珠也一齐爆炸开来。幸那葫芦也是一件异宝,不曾一举炸裂,缓得一缓。魏瑶芝百忙中刚将葫芦封闭,猛觉里面迅雷爆炸,密如贯珠,左肩立受震撼,力猛无比。知道中人暗算,心还不舍抛弃。转眼震势越猛,葫芦也发出炸裂之声,才知不妙,极力戒备,用护身银光将其隔断。在这微一迟延之际,猛听惊天动地一声大震,雷火横飞,葫芦炸成粉碎,左肩连臂震断,身外宝光也被荡散,人被震退出去好几十丈。同时第二粒霹雳子也已打到,正值断臂飞起,一下撞上,又是一声霹雳,炸成粉碎。幸是先前受震倒退,否则身外宝光全被震散,人也难免惨死。惊痛惶急之中,瞥见雷火猛烈,连珠爆发,下面洞壁四外崩塌,整座洞顶也被震裂了一大片,轰隆之声震耳欲聋,上面已经发现天光。敌人也似事出意外,飞剑、法宝虽还未撤,人却齐向后退,正用宝镜排荡残余雷火。心中一动,立纵遁光,电一般朝上射去。

　　三人没想到敌人葫芦中还藏有大量火珠,声势如此猛烈。朱文惟恐同门受伤,不知当地相隔山顶只二三十丈,已被雷火震裂了一个大洞,以为敌人逃路已被隔断,只顾施展宝镜排荡雷火,略一疏忽,竟被敌人负伤逃走,再想追赶,已是无及。

　　一问孙南,才知二人自从奉令下山,便在西南诸省行道。前两月行至昆明,发现碧鸡山后深谷之中有一山洞。以前原有一位散仙在内隐修,后来尸解,便将洞封闭。并还留下偈语,说再停两甲子,还要转世重来,到时禁法自然失效。但是入居不久,还要他去,脱去一层情孽,便可成就仙业。孙南到时,石壁忽开,谷中云雾全消,现出洞府。寻到里面,仿佛以前常去之地,心甚奇怪。后来发现偈语,再被壁上一片神光照过,忽然醒悟,自己竟是那散仙转世,心中大喜。到后洞寻出前生遗留的道书、法宝和十几粒灵丹。因是前世修炼之地,此次奉命行道,多在云贵两省城镇之中,二人本无一定洞府,便同住在其内。用功之外,日常出外行道,一连两月,所救的人甚多,功力也颇精进。

　　本来无事。尉迟火为友心热,这日想起同门好友笑和尚违犯教规,被师父苦行头陀罚在东海面壁十九年,开府盛会,所有同门师兄弟妹全都得了好处,只他一个罚期未满,不得参与。便和孙南商量,欲往探看,虽然爱莫能助,使笑和尚得知本门近年发扬光大的盛况,心里高兴,也可增进向上之心。孙南知他诚厚天真,虽然修炼多年,仍是刚直性情。笑和尚与自己原也交厚,略微寻思,便即应诺。一同飞到东海钓鳌矶侧面笑和尚受罚之处,见石壁苔封,中藏本门禁制。尉迟火打算拼受责罚,仗着下山时传授,解禁入内探看。孙南觉得笑和尚疾恶如仇,树敌甚多,此举不特有违师命,甚或与他不利,再三劝阻。二人正在商议,忽听笑和尚由石壁内传声说道:"本门开府盛况,我已尽知,诸葛师兄并曾神游到此,与我叙谈。十九年光阴,弹指即至,火弟如何这等热情?我此时元神本能出见你们,无如师命难违。自从大师伯与掌教师尊走后,有时妖邪来此扰闹。上月耿鲲竟想毁损三仙故居,为封洞禁法所伤。近来方始安静一点。此间已非善地,你们法力尚差,遇上厉害一点的便对付不了,我又不能相助,还是快些走吧。"

　　孙南以前原在东海住过,意欲去往三仙洞府稍微查看,就便将当地所产的五色灵芝带几株去。心想笑和尚曾说当地近日已较安静,这一会工夫,当不致有什么事故。尉迟火素来胆大,又在旁一怂恿,便同前往。哪知事情真巧。刚一到达,见仙府后面昔年诸葛警我、黄玄极二人所开辟的一片芝圃,虽然无人经管，照样繁茂，各色灵芝，灿若锦云，老远便闻到一股香气。暗忖："诸葛师兄曾说，这里共有五千株灵芝仙草，开府之时，已经移去大半。所余虽非天府名葩，也是以前海外采药物色来的异种，为防妖人毁损，曾用禁法掩蔽。并告诉自己，以后寻到洞府，如需以此点缀，不妨亲往移植。现在生长如此繁盛，老远便能看见，莫非禁制被人破去不成？"

想到这里，已同飞落。孙南方嘱尉迟火留意，忽听身后女子笑声。二人忙即回顾，面前站定一个黄衣宫装的女子，肩上扛着一柄花锄，上面挑着一个六角浅底花篮，已然采有两株灵芝，正由芝丛中缓步走来。尉迟火素来不喜欢女子，见是生人，又因禁制被人破去，不由有气，开口便问："你是哪里来的？为何盗我灵芝？"孙南见这女子满身珠光宝气，不是妖邪一流，惟恐冒失惹事，不等说完，抢前插口道："道友何来？可能见告么？"女子先听对方口出不逊，本有怒意，柳眉微扬，说得"丑鬼"二字，又听孙南之言，忽改笑容，答道："家师乃三湘贫女，家师祖是冷云仙子。我名魏瑶芝，平生最爱种植灵芝，异种收罗，不下千种。前听人言，你们凝碧崖颇有珍品，无奈双方情意不投，不便往取。昨日才听一道友说起，三仙故居后面有一芝圃，但有法力封禁，并还传我破法。我想你们凝碧仙府瑶草奇花甚多，这里已经弃置，理应公诸同好，为此赶来，破禁入内。哪知传言太过，佳品无多，只几种差强人意，我已早有。本不想要，因先和那道友打赌，如不采回两株，必定道我怕事。其实并不稀罕，如不愿意，还你如何？"

孙南一听，对方竟是余娲门下，想起开府斗法情形，心中一惊，知道难惹，不愿为此小事结怨。暗止尉迟火不令开口，从容笑道："这片芝圃，乃我师兄所辟，曾费不少心力。因自移居峨眉以后，时有左道妖邪来此侵扰，恐其毁损可惜，方用禁法掩护。道友如喜移植，只管将去便了。"魏瑶芝一双媚目注定孙南面上，听完笑道："你这人甚好，不似你这同伴无故开口伤人。你就住在此地么？"孙南不知对方一见钟情，虽不忿她辞色狂傲，总想省事，平生不惯说谎，勉强答道："我二人奉命行道，尚无一定住所。"魏瑶芝又问："现在何处行道？"尉迟火见她絮聒不休，早已不耐，忍不住说道："我二人回昆明去，与你什么相干？"魏瑶芝朝孙南瞟了一眼，笑说："你这人怎不诚实？你那禁制只被我法宝镇住，仍可复原，免得日后被人毁损，你却怪我。行再相见，我去了。"说罢，将手一招，一片银光闪过，人便破空飞去。再看禁法，果是原样。

尉迟火气愤愤方要开口，孙南道："诸葛师兄虽因以后同门弟兄姊妹许要移植灵芝，所下禁制虽不厉害，终是太清仙法。此女竟能用法宝将它暂时镇住,不令发出威力,从容来去,你我岂是敌手?何况余娲师徒最是骄横,法力又高,本有嫌怨,与她门下再一争执,立即会生出不少事故,何苦惹她?反正不是妖邪一流,让她一点也无妨害。我们采上几株走吧。"二人随把灵芝采了四株,便即回山。

又过些日,二人照例同出同进,每次外出,必将洞门禁闭。这日孙南想起滇池小菱洲有一家渔民为水蛇所伤,经自己治愈以后,因那渔民是个孝子,人甚穷苦,欲加周济。恰巧当地富人邢开甲人甚侠气,昔年便与相识,曾救过他两次性命。因知自己不受酬谢,在外行道,身无分文,教规又严。遇到需钱之时,至多只能去往金沙江上游,淘取一点金砂,或向相熟善士募化,不许偷富济贫,妄取不义之财。为此慨捐巨金,托代行善,每有需用,无不欣然照奉。打算向他讨些银子,与渔民送去。尉迟火灵悟较差,用功却勤,隔夜照着师父道书修炼,觉着功候不如孙南,又不喜与俗人酬应,便没有同去。孙南先到邢家取银,再寻到小菱洲一问,那渔民因母老弟幼,愈后无米为炊,又值淡月,嫌当地所得不多,独驾小舟远出未归。孙南怜他孝行,将银交与乃母,还想见他一面,告以此后有事,如何寻找自己,便追了去。寻到谈了一阵,又赐了两粒祛病延年的灵丹,令他母子同服。

孙南正要走去,忽听破空之声甚是细微,忙运慧目仰望,一道青光正由当空飞渡,往东北斜射下去。飞行绝快,声光一闪即隐,一望而知是个正教门下,却又不是峨眉、青城、武当三派家数。一看下落之处,正是香兰渚一面。暗忖:"宁一子便在那里隐居。昔年自己偶游西南深山之中,被一妖人所困,彼时入门不久,法力太差,眼看危急,幸遇此老援救,才得无事。这次再来昆明,早欲往见,每日勤于用功,并须按时出外修积;又以这位老前辈为当今散仙中头等人物,道法高深,人又和善,最喜提携后进,既打算去,便须留上一半日,以便向其请教,一直无暇,迁延至今。难得今日有此闲空,何不就便拜见?"

孙南想到此,便往香兰渚上飞去。刚刚到达,便见临湖水榭之上,一个年约十二三岁的道童,飞身迎出,自称姓蒋名翊,问知来意以后,延往水榭落座。说他前生乃宁一子门人,近始转劫,重返师门。师父昨日去往海外访友,不久还往休宁岛去赴群仙盛会,归期尚远。孤身留守,甚为寂寞,难得双方相隔甚近,如不见弃,以后可以常共往还。孙南因双方门门交厚,蒋翊年纪虽轻,适见青光功力颇深,人又天真至诚,所居相隔又近,交此同道好友,自是合意。两下里越谈越投机,便成莫逆之交。蒋翊又往洞中取些酒果出来款待,意欲留他盘桓几日再走。孙南答说:"现奉师命,修积内外功行,每日均有常课。并且尉迟师弟尚在等候，时久不归，必多悬念。今日暂且告别，稍暇当与尉迟师弟同来拜访，再图良晤。"

孙南临行，蒋翊忽取出一片上画符篆的青竹叶递与他，说道："小弟前生，偶往熊耳山采药，路遇枯竹老人神游中土，转世三十六年刚刚期满，在彼坐化。因有一对头开他玩笑，此老性情古怪，素不求人相助，我事前恰遇高人指教，为他效了一点小劳。等他坐化以后，我正要走，此老元神突然出现，命我再隔一甲子，记准那天月日时刻，不论人在何处，往西南方飞寻过去，一面三呼枯竹老人，便可相遇。说完不见。今早忽然想起此事，便照所说寻去。飞出好几百里，经过好几座山头，均不似修道隐居之所，前行又无一定地方，心中不耐，姑且唤他名号。刚一出口，遁光便被人吸住下降，落向山头。同时面前一片青光闪过，现出一位手执竹枝的美少年。我知那竹枝便是此老记号，连忙朝他礼拜。他说我今生必有成就，夸奖了几句，送我一粒青灵丹和几片竹叶。那丹可抵一甲子功力，我已服下。这竹叶乃他自炼灵符，专能抵御邪法，保卫真灵，用以防身，再好没有。因为每符只用两次，所以给了好几片。行时曾说：'你用不了那许多，日内有人寻你，不妨转赠一片。'我想前生道友多半道成，或已转世，就有两个，也不知我踪迹，近数年内，师父又不许我离此他去，怎会有人寻我？没料回来不久，师兄便到。久闻此老与齐师伯神交甚厚，此举必有深意。现送师兄一片，以备不时之需。此符神妙非常，用时只需心中默念他的口诀，立生妙用，连手都不要动。无论多紧急的形势，哪怕身被敌人擒住，不能言动，均可无害。"

孙南闻言喜谢，各订后会而别。本定一直飞回，忽想起附近山中有片果林，好些果实俱已成熟，想就便采些回去，二人同吃。刚刚飞落，忽听女子笑声，甚是耳熟。回头一看，正是前在东海所遇魏瑶芝，面带巧笑，突在身后出现。心里虽厌恶，却不愿得罪。略一点首，刚转身去采果，魏瑶芝忽道："这里果实皆非珍品。我那里海外仙果甚多，均能轻身益气，驻颜祛老。道友洞府何处？我改日专程奉送，不比这个强得多么？"孙南因对方道路不同，师门还有嫌怨未消，又是一个女子，不愿与之结交，还未想到别的，便以婉言推谢。

其实魏瑶芝也非淫荡女子，只为前世夙孽，一见钟情。想起本门不禁婚嫁，除乃师于湘竹外，各位师长多是成双配对，同修仙业，于是动了凡心。东海采芝之时，恰正有事，又不愿上来便现轻狂，未及尾随。无如身陷情网，不能自拔。魏瑶芝先还在想借故结识，等交往些时，成了朋友，再仗自己美色柔情，引使上套。后听人说，峨眉教规至严，所修均是玄门上乘道法。教主虽是夫妻合籍双修成道，一则历劫多生，愿力宏大，非一般人所能办到，更有长眉真人为他夫妻特炼的太元丹，依然历尽艰难，才有今日。教规虽也不禁婚嫁，但是门下弟子除有限几人，情孽纠缠不能解脱而外，全都志行艰苦，誓修仙业。下山时，通行左、右元两洞火宅严关，道心坚定，万难动摇。休说使其自投，便献身俯就，也必遭其峻拒。思量无计，只有苦缠不舍，或者有望。算计意中人必在昆明滇池左近山中修炼，事完便寻了来。魏瑶芝因孙南行踪、洞府均极隐秘，连寻多日，不曾寻到。正在失望，疑心尉迟火所说不真，待要离去，偶往乡镇上访问，无意中居然访出孙南、尉迟火在当地舍药救人之事，不由又活了心。每日隐身飞寻，把那一带的山岭搜索殆遍，终无影踪。这日飞经香兰渚上空，正值孙、蒋二人分别，被她发现，隐身追来。初意仍想结为同道之友，循序渐进。不料对方毫不领情，辞色虽颇谦和，心意却是坚拒，连所居洞府均不肯明言。疑是心意被人看破，不由恼羞成怒。始而责问，说孙南不受抬举。后来情不自禁，公然直吐心意。孙南听她越说越不像话，又愤她无耻，于是由口角变为动武。孙南自非其敌，总算魏瑶芝情痴热爱，不愿伤他。又因此举太没脸面，防被别人撞见，想逼他逃回洞去，再行迫使降服。已经困住，又故意放他一条逃路。

孙南不知是计，正想施展蒋翊所赠灵符，忽见有了逃路，立驾遁光逃去。起初也防备引鬼上门，及至飞出不远，回顾敌人渐远，已不再追，只当飞行不快，没有追来。双方相持已过了一夜，出来时久，惟恐尉迟火悬心，便往回路飞去。眼看碧鸡山洞府快要飞近，忽听身后笑骂之声。孙南回顾敌人突然现身追来，心中大惊。意欲赶紧回洞，用本门禁制将洞封闭，见了尉迟火，再商议应付。刚一入洞，敌人也跟踪赶到，连禁法也不及施为。可是敌人也未十分相逼，一直追到后洞。尉迟火闻声迎出，相助应敌。双方动手不久，便被魏瑶芝追入室中困住，立逼降顺，结为夫妇。一任二人辱骂，置若罔闻，一面用新学来的左道中摄心迷神之法诱惑。这时二人全被困禁室内，虽仗飞剑、法宝防身，对方又无别的恶意，未受甚苦，心中自是惶急。尉迟火还好一点，孙南因被对方看中，邪法厉害，心中几受迷惑。幸而身带灵符，刚觉心神摇动，不能自制，立即施为，随有一片极淡的青光冷气笼罩全身，神志立时清明。便用传声告知尉迟火，各自震摄心神，索性坐向榻上，按照本门心法运用玄功，免为所算。只要道心不受摇动，外有法宝、飞剑防护，决可无害，暂时不去理她。枯竹老人遇事前知，仙机莫测，转赠此符，分明早已前知，也许还有救援，且相持些时，再作计较。尉迟火性暴，偏不听话，喝骂不已，又想运用传声法牌向同门求救。孙南因那法牌只能用一次，自己前途还有大难，

337

不舍轻用;又看出敌人志在求偶,虽然淫贱无耻,并无害人之意;并且法宝、飞剑足能防身,除被困外,并无他虑,何苦为此用去?便止住尉迟火,不令发出求救信号。

正相持间,忽听洞外有一女子呼唤主人出见,正是朱文来到。尉迟火刚一应声,魏瑶芝深知峨眉门下颇多能者,惟恐来人作梗,一面行法,连二人语声一同隔断;一面施展法宝太白神针,出洞查看。不料朱文机警,动作神速,预先避开,跟踪飞入,既巧且快。魏瑶芝几被神雷炸死,身负重伤逃去。可是那洞府也被炸碎,连洞顶所悬照亮的宝珠也一起葬送,全洞石室十九崩塌,无法再住。仇恨已成,早晚有人寻来,决非对手。略一商量,便将上下洞穴裂口一齐行法堵塞,同飞往香兰渚,与蒋翊相见,告以前事。蒋翊答说:"今日开读师父所留柬帖,曾说此事因果。并令告诉三位:余娲素日自负,前番峨眉受挫,在未找回颜面以前,决不致亲自出头与后辈们作对。于湘竹虽不好惹,又有伤她爱徒之恨,寻仇当所不免。但是此女身具畸形,四肢不全,天性乖张强傲,又喜奉承,时受许飞娘等妖妇蛊惑,多行不义,终于自误,法力虽高,到时也可解救。倒是两年之后另有一场魔难关系孙南成败,必须留意。最好在莽苍山寻一洞府隐居,行道之外,多用基本功夫,务令道心定力格外坚强,到时才可勉强应付。"

孙南向空拜谢之后,朱文作别先走。孙南、尉迟火在香兰渚与蒋翊聚了数日,方始辞别。蒋翊笑道:"照师父留示,那魏瑶芝与孙师兄原是夙孽,她那同党曾往山中代为寻仇,二位师兄在此数日,已经错过。此女已被乃师带往海外养伤,大约两年之内不会寻你。过了两年,你便有人相助,不怕她师徒了。"二人自是感谢,各定后会之期,同往莽苍山飞去。

第二七二回

飞剑除凶鱼　黄水堤封消巨浸
登山逢怨女　白莲花送见仙童

朱文在莽苍山本寻有两处洞府。一在风穴左近向阳山谷之中,便是她与吴文琪的新居。一在山东南一座峡岭上面,满山俱是松篁,掩云蔽日,一峰凸起,形势高峻,远望宛如神龙昂首,势欲飞舞。洞在峰腰危崖之上,高只数丈,但有天然石径。由上而下,移步换形,各有胜景,加以泉石清幽,山花如锦。因左近还有两山高出天汉,挡住天风,气候十分温和,四时如春,花开不断,只是稍微显露一点。孙南、尉迟火寻到地头,稍加布置,便即入居。在山中先后将近两年。因隔城市太远,又因树下强敌,存有戒心,头一年两人闭洞用功,极少出外。到第二年上,见敌人无甚信息,一班同门兄弟姊妹闻说四人分居莽苍山,每一经过,常往探望。得知二云姊妹同了秦紫玲已经开府紫云宫;易静、癞姑、李英琼也早到了依还岭,正与妖尸隔洞相持,不久便要夺取圣姑藏珍,开府幻波池;七矮弟兄和一班同门,也都各有遇合,建功颇多。又见朱、吴二女时常出外修积,心想:"对头一次也未遇上,自己这样胆小,岂不惭愧?"孙南谨记宁一子柬帖之言,偶然心动,还想:"成功不在早晚,挨过两年之后,彼时功力精进,再行出山也是一样。"尉迟火天性刚强,见众同门多为师门争光,只自己和孙南伏处山中,无甚建树,心中不快,力言:"事有定数,我们该遭魔难也逃不掉,师父也不会命我们下山为他丢人。再不出山修积,岂不被人取笑,说我们怕那贱婢,连门都不敢出么?"孙南强他不过,自信近来道力坚定,飞剑、法宝越发神妙,下山时所赐道书也将学全,遇上强敌也无大碍,便被说动。偏生一开始事情十分顺手,连建了两次大功德,越发高兴,以后又是无往不利。中间也曾遇见两次妖邪,一则本身法力已非昔比,二则时机又巧,刚一动手,便遇有大力的同门经过,一同合力将妖人除去。因为遇事得手顺心,渐渐忘形,不以前事为意。

光阴易过,转瞬满了两年。二人一路游行,随处行道,久已不曾回山。这日在路上,孙南想起明日便满两年,忽然心动,恐宁一子之言快要应验,正在商议回山住上两月，再出来修积。忽听人言，黄河在开封附近决口，灾民甚多。尉迟火首先提议，前往救灾。孙南暗忖："这类大劫不知也罢，知而不往，便犯教规。就便有甚魔难，也不应取巧回避。有命自天，管它做甚？还是救灾要紧。"立止前念。互相商议，此举需银甚多，不是所交几家富人所能胜任。日前听墨凤凰申若兰说，二云姊妹近因紫云宫中金珠宝玉多如山积，前两月曾用法力运了不少存放在解脱坡崖洞之中，请宝相夫人收藏，准备众同门在外行道济人之用。便决定由尉迟火前往取运，孙南赶往黄河防御水势，暗助堤工，并查水中有无精怪作祟。议定之后，便各分头行事。

当地原离灾区甚近，孙南不消多时便已飞到。那黄河原是数千年来一个大害，自青海发源起长达万余里，自来流经河南、山东两省境内水灾甚多。这次原因上流山洪暴发，加上巩县、武陟一带天降淫雨，连旬不休，由孟津起直达铜瓦厢，连决了十多处口子。灾区之广，从来少见，又当桃汛期中，水势越发猛烈。孙南刚入河南省境，便见前面浊浪滔天，奔流滚滚，大好平原，已成了一片泛滥之势。低处人家田舍早已淹没漂走，化为乌有。较高之处，也只露出半截屋顶。灾民全都露宿山野之中，更有不少被水围困的栖身树上，哀鸣待救。遍地汪洋，野无炊烟。虽有一些官民绅商好善人士抢救河堤，分驾小舟，装运食物，在那水浅之处救济灾民，无奈灾区太广，杯水车薪，简直无济于事。孙南一路飞将过去，到处都是啼饥号寒、哀鸣求救之声，惨不忍闻。时见成群浮尸，夹着一些箱笼什物，顺水漂浮。河道中的激流，仍似排山倒海，万马奔腾，狂涌而来。那被惊涛骇浪激起来的漩涡，大大小小，一个接着一个，比电还快，顺着狂流往下流泻。遇到浮尸、断树、什物之类，只转得几转，便被吞没了去。遇到稍微转折之处，那么坚厚的河堤，吃浪头一扫，立似雪崩一样，倒塌大片。滚滚狂流，便顺堤岸决口，狂涌而上，晃眼便淹没了一大片。不论人畜房舍，挨着便被卷去。这些地方，因是河堤险要之处，堤上大半聚有不少乡民，在彼抢护。河堤一塌，前排的人首先随堤下坠，被浊流卷去，送了性命。后排的人见状齐声哭喊奔逃，水已由后涌来，人自然没有水快。有的赶忙爬往附近树上，还可苟延残喘。有那跑得慢的，再不悉水性，不是被浪打倒，淹死水中，便被卷入河内，照样送命。只听哭喊救命、唤娘呼儿的哀号，与远近村中鸣锣报灾之声，四野相应，声震天地，令人见了，心酸目润，不忍毕睹。那水仍在继长增高，狂涌不休。

孙南当时激动侠肠，一着急，便不暇再顾行藏，径驾遁光，飞身直下。明知灾区广大，独力难胜，意欲先将堤防护住，再作计较。飞近堤边，先用本门太清仙法，手掐灵诀，往下一扬，先把决口水势禁制，不令冒起。然后飞往村中,唤住难民,说水势已退,不会再涨,无须逃避,速急去救死伤诸人。并留下几粒灵丹,溶化在大缸水内,只要将死人腹中浊水压出,灌上一杯药水,便可救治。村人早见他驾着一道电光,自空飞降,扬手又是一道金光,水便退去,决口依然,却不再涨。黄河沿岸居民神权最盛,俱当天神下界,纷纷求救。孙南知道无可理喻,便大喝道:"我奉仙师之命,来救你们。但是水势太大,我还要往别处,不能单顾你们。那富有钱米人家,可速取出施舍救灾,等我回来,照数奉还;如若不舍济人,你们也无须勉强,听其自便,善恶皆有报应。不出三日,我便回来。只不许告知官府,向外传扬,也无须祭神供奉;否则,我便不管你们了。"说罢,索性故示神异,放出大片光华,腾空飞去。便驾遁光,顺流而下,遇到决口之处,便照前法施为:先将堤岸护住,然后设法医救灾民。共经了四日四夜的工夫,才把中下游的堤防护住。总共现身民间才只三次,均是小镇,也未在意。因见水势依然汹涌,不能过多运用法力禁制,帮手一个没有,救灾善后,事甚烦难。尉迟火也未到来,心中奇怪。

正打算去往上流查看,行经武陟、孟津之间,见两山对峙,中夹黄流,骇浪奔腾,势更猛恶。孙南再往前飞不远,忽见两面山崖上聚有不少乡民,正在焚香顶礼,向空哭喊,声震原野。心想:"地势这么高,难道还怕被水冲塌?"便把遁光放低,定睛一看,原来前面不远,便是河道弯曲之处,山势至此突然中凹,现出大片平原。地上种满庄稼,看去一片青绿,甚是茂盛,分明年景甚好,可望丰收。可是那两山缺口,正当河道转折之处,堤防虽颇高厚,无如水势太猛,千层恶浪由上流狂涌而来,先朝缺口之处打去,被那又坚又厚的河堤一挡,然后就势转折,一泻千里,往下流头驶去。似这样后浪催前浪,一个紧接一个,打个不休,多坚固的河堤也禁不住。虽然不曾整个崩溃,每经一次大浪头过去,临河堤岸便被刷去好些。那宽厚几达二三十丈的河堤,有的地方已被冲刷去了十之七八,成了六七十丈长的一条残缺不全的锯齿断岸。最猛烈的是浪花高涌,宛如山立,竟由堤岸上飞过,近堤土田已有积水。河中涛鸣浪吼,水气蒸腾,杂着两边坡崖上近万人民号叫喧哗之声,越显得形势险恶,看去惊人。

孙南料知堤岸必被冲塌,正待行法禁制,忽听决口这面哭声震天,近村中锣声又起。随有无数人民扶老携幼,肩挑背负,由附近村中哭喊奔出,纷纷往山头高地上跑去,势甚惊惶,若有大祸将至。知道近河居民多有经验,预感到河要决口,才有此惊惶逃命情景。再往河中一看,不禁大怒。原来水气弥漫中,竟有无数奇鱼,正在攻打堤岸。那鱼通体青黑,形如棒槌,不知何故,各用前面鱼头乱箭也似朝着堤岸纷纷乱撞。上面看去,堤岸还有小半不曾冲塌,实则底层水中一带,已被那群鱼攻穿了一个大阱,成了中空之势。如再经上较大一点的浪头,立时全部崩决,黄水便由决口倒灌而入,将那一带田野淹没,酿成巨灾。无怪人民这等情急悲哭。

孙南因觉怪鱼可恶,立动杀机,连禁法也未及施为,扬手一道剑光,便朝怪鱼群中飞去。飞到水中,微一闪动,当头鱼群被斩杀了好几百条。满以为惩一儆百,后面鱼群必被惊退。哪知这类怪鱼,乃黄河中天生的大害,平日一条也看不见,只要出现,便有水灾,生具特性,专攻堤岸。一来就是千百成群,朝堤下乱撞,多坚厚的河堤,不消片刻,便被攻穿一个大洞。那虚悬上面的堤岸,失了支柱,水势又大,一个浪头扫到,便自崩塌,立时决口成灾。最厉害的是凡鱼所攻之处,都是险要所在,只要决口,连想抢救都办不到。这种鱼又具特性,宁死不退,为数又多,前仆后继,一味朝前猛攻。一经成灾,鱼也不见了。河边居民畏如凶神。也曾有人用鱼叉、水箭刺杀,尽管杀死甚多;因其来势猛急,又不怕死,结果仍被冲塌,灾区更广,大好田野,全数荒废。于是只当河神所遣,人力无用,除却焚香哭告而外,从来不想对付之法。孙南不知那鱼宁死不退的特性,见此才有二三尺长的丑类,任凭飞剑诛杀,一点不怕,依旧猛攻不休,本就有气,一时疏忽,只顾杀鱼,忘了先护河堤和河岸上的百姓。正诛杀间,忽然上流头一排急浪打到,只听轰的一声,数十丈长一段堤岸立被冲塌,骇浪如山,高涌数十丈,立随决口奔腾而入,晃眼便淹没了一大片。见势危急,手指灵诀,往下一扬,一片金光闪过,水势立被禁住,不再上岸,顺着转折之处,往下流去。

孙南的这类禁法只能防御一时,不能经年累月持久下去。立即召集当地人民重新筑堤,以谋永久。同时仍用剑光追杀群鱼,打算用禁法将其围住,一齐杀死,永除后患。这时身侧哭喊喧哗之声又起,只当又有惊兆,回头去看。原来山崖上居民早听传说孙南救灾救人灵异之事:在当日灾象已成,危急之际,忽然出现,施展神力,将堤护住。行法之人又与传说中的美少年仙人相貌衣着一般无二,自然惊喜出于望外,纷纷赶来,一会工夫,便跪了一大片。孙南近日已知这班愚民心性,不等近前,便大喝道:"我奉师命来此救灾,不受人礼拜,只需听话。你们可乘河水被我挡住,合力同心,速备土袋、柳条、木桩等筑堤之物,将堤筑好。有我行法相助,要快得多,事也容易,此地至少六十年内不致受害;如不听话,我便走了。"众人齐声欢呼应诺,仍是拜跪不已。那离得远一点的,都纷纷赶来,人声喧哗,嘈成一片。孙南见人越来越多,心里不耐烦嚣。同时那怪鱼也被圈住,吃剑光一绞,全数斩断。剑光禁法一撤,只见一片血浪过处,满河通红,千万条半截鱼尸,随着奔流激湍,一路翻滚而去,晃眼不见。

　　孙南刚要飞起,忽听上流浪吼之声有异寻常。偏头一看,那浪头宛如一座水山,高出水面二三十丈,由远而近,疾驶过来。当前似有一团黑影,因隔较远,还未看真。众人已在同声惊叫:"黑龙爷爷来了! 棒槌鱼是它先锋,被神仙爷爷杀死,前来报仇,这却怎好?"话未说完,孙南已看出水头上的黑影,是一个独角牛头形的怪物,料是水中恶蛟之类。忙喝:"你们不要惊慌!"

　　原来那恶蛟潜伏星宿海侧黄河发源之地,已有多年,近始远出为害。起初只在上游兴风作浪,吞食民畜。近半年来,越发胆大逞凶,不时往来中游一带,为害人民。连日黄水为灾,即由它造成。当日正想发动洪水,冲决堤防,肆意行凶,不料恶贯满盈,遇见凶星照命。它由数十里处,望见堤岸上聚有多人,还在高兴,发威怒啸,兴波逐浪而来。所过之处,两岸地势稍低一点的地方全被淹没。总算全神贯注前面,无暇旁顾,不曾决口成灾。那蛟在水面疾驶如飞,转眼临近,相隔三数十丈,把头一昂,所带浪头立时高涌起五六十丈。众人先仗仙人壮胆,虽未逃退,见此猛恶形势,也甚害怕,正在纷纷哭喊。孙南因见恶蛟太大,惟恐自己一人除它不了,毁堤伤人。因那一带河面较窄,便暗用太清仙法,将两岸和来去两路下了禁制,一起隔断。然后冷不防把法宝、飞剑发将出去。

　　那蛟虽也通灵变化,只因出生以来没有吃过亏,哪知人的厉害。等到发水施威,觉出水势尽管向上高起,并不往外横溢,与往日发水,一个浪头,便不论人畜田舍全都卷去,当地立成一片汪洋的情势,大不相同。方在惊疑怒啸,猛张血盆大口,想将岸上诸人吞吸上数十个,稍微解馋,再打主意。哪知一道白光,有如长虹飞堕,直射过来,才知不妙。百忙中把口一张,刚喷出一口黑气打算抵御,并缩小身形准备逃遁,不料这类玄门仙剑,岂是寻常妖物腹中丹气所能抵御,本就白送。孙南救人心切,又是初次遇到这类水怪,想起昔日诛戮妖蚖之事,存有戒心。一见蛟口喷出黑气,惟恐有失,扬手便将太乙神雷发将出去。霹雳一声,数十百丈金光雷火打向恶蛟头上,黑气全被震散。飞剑也绕身而过,把蛟斩为两段,再吃大片雷火一打,前半身首先粉碎。后半身余性犹在,方在挣扎欲起,被那剑光飞追过去劈作两半,血雨横飞,带着数十段残尸,随同那数十丈高的浪头,一齐下坠。血浪汹涌,顺流冲去,水势一时消减了许多。

　　众人见孙南在弹指之间,便将那么巨大的恶蛟除去,雷火电光满河横飞,越当天神下界,纷纷跪拜欢呼,叩头不止。孙南料知水害乃是恶蛟作怪,除去以后,水势不久必然平息,便告诉众人:"水怪已除,可各安心筑堤,我还有事他去。"

话未说完,忽听有一女子冷笑。回头一看,那女子相貌并不甚丑,只是生具畸形,双手双脚都是一长一短,一大一小,左右参差。穿着一身破旧黄麻的短衣,补缀却甚整洁。右手与常人无异,又白又细。因为双腿左长右短,右手握着一根青竹竿当拐杖用。左手又短又瘦,宛如鸟爪虎拳。正在斜视自己冷笑,满面俱是轻鄙之容。认出是前番峨眉开府见过的冷云仙子余娲的爱徒三湘贫女于湘竹,也正是魏瑶芝的师父,不禁大惊失色,料她此来决非好意。因此暗中戒备,不知如何应付。于湘竹仍持竹杖,用那黑瘦枯干、形如鸟爪的怪手,指着孙南冷笑道:"我与这些愚人无缘,不愿管他们闲事。也不愿阻人善念,你事未了,我暂时不肯与你为难。五日之后,可去嵩山寻我便了。我知你同门党羽甚多,约人无妨。你如不去赴约,使我费事寻你,却休怪我心毒手狠,料你也逃走不掉。"说完,手足乱动,一颠一拐,缓缓转身走去。

众人全把孙南敬若天神,感激非常。一见来人如此无礼,又是一个残废的贫女,毫无异处,不由大动公愤,认为是个疯女花子,纷纷喝骂喊打。内有十几个性情暴一点的,竟追上前去大骂:"该死残废丫头,你敢冒犯神仙爷爷!"随说,动手便打。孙南知要闯祸,连忙喝止,已是无及。当头两人刚一伸手,贫女忽然回身冷笑道:"你们这群猪狗,要想死么!"说时,当头两人已应声而倒。余人喝骂,越发有气,匆促之中,也未看到前面两人怎么倒的,已经打上前去,刚要挨近,便自倒地,当时跌翻了一大片,全都气闭身死。

孙南本想忍气,少时再去救治。及见伤人甚多,担心是五行真气伤人,少时救不转来,不由激动侠肠,一纵遁光,便落向贫女前面,先大喝道:"此是海外仙女,你们如何无知冒犯?还不跪下赔罪!"众人见上去的人纷纷倒地,贫女除开头骂了两声,从容前行,连理也未理,再听孙南这等说法,受伤人的家属亲友首先害怕,纷纷赶上前去,拦路跪拜,哭求仙人饶命。贫女见孙南阻住去路,面色一沉,阴沉沉问道:"你想在此地做个了断么?"孙南抗声答道:"你无须如此狂傲,愚民无知,何苦与他们一般见识?彼此禁法不同,不知你是否下那毒手?你如是三清门下,修道之人当有天良,请你将人救醒再走,以免造孽。五日之后,我准到嵩山赴约便了。"于湘竹冷笑道:"我素不知什么叫造孽,自来顺我者生,逆我者死。此是他们自寻死路,姑念无知,免其一死。但他们轻视穷人,欺凌残废之罪,仍不可免。我不要他们的命,只令他们受上五日活罪,自会醒转,戒其下次。再如絮聒,便难活了。"说罢,从容走去。

众人还待赶上前去跪求，孙南早听人说此女手狠心毒，求必无用，连忙迎前拦阻。有几个腿快赶上去的，还未近前，便被一种极大的潜力猛撞回来，跌倒在地，几受重伤，方才死心。又赶过来，纷纷向孙南求救。孙南看了又看，竟看不出是甚禁法所伤。且喜不是五行真气，死人心头微温，气也未断，只是面容惨变，汗出如浆，料知苦痛非常。暗骂："贱婢万恶，日后必遭恶报！"

孙南耳听众人悲哭求救，正在为难，忽听破空之声甚是耳熟。等遁光飞落，一看来人，正是尉迟火。说是数日前飞到峨眉，取了金珠，正要起身，途遇玉清大师唤住，说起她也为了黄河水灾之事，想助他二人成就这场功德。放赈之事，已有详细方法，只是所募金银不够。命将金珠交她，变成银钱，再同去产米之区采办粮米，由她平日在外行道所结交的富绅施主出面，以免惊人耳目，因此耽搁了两日。如今事已办妥，并由大师门徒暗中行法相助，由今日起便要分段发放。分手时，大师又说："孙南命中魔难不可避免，现已开端。对头连伤诸人，孙南原能救醒，但是于湘竹为人凶横，言出必践，禁法多有反应。幸是孙南持重，否则暂时救醒，被她警觉，立下毒手，反而送命。此女多行不义，恶报将临。嵩山之约只管前去，到时自有人来。救灾之事已算圆满，不可再露行藏，致生枝节。另赠灵符一道，如法施为，伤人立时可醒，并免后患。"

孙南闻言大喜，立即依言行事。尉迟火取出灵符，用所传佛家诀印如法施为，将符一扬，一片佛光照向死人身上，当时全都同醒。孙南见众挽留，拜谢求告不已，便说："是真神仙，决不受人一草一木之敬。只要为人善良，自有好报。难得灾区众多，当地官府顾不过来，不曾惊动。今日之事，只要不向外传扬，便算对我报答。现在水势越小，那堤又被护住，三月之内，多厉害的波浪也打它不动。只要照原样兴工修筑，不久可成。"

众人还想问仙人姓名，以便建庙，永显灵威，保护沿河生民。二人却已驾遁光破空飞起。先寻一隐僻深山降落，互相商议。孙南知道对头法力甚高，决计到时孤身赴约，真要不行，再以传音法牌求救。尉迟火本来要去，因玉清大师再三劝阻，不令同往，只得罢了。便对孙南道："我也忘了对你说，玉清大师劝我，去了无益有害，却说天遁镜有用。我想问她，是否请朱师妹相助？她已飞走。我看朱师妹近来功力越深，法宝、飞剑威力甚大，你就不愿人相助，何不将此宝借来一用？"

孙南因近年一班同门多建殊功，只自己无声无息，刚遇点事，还未临场，便先求人；又因连日参悟道书所附仙示，这场魔难虽所不免，结局仍是因祸得福。恩师昔年常说，自己根骨比起同门杰出之士虽然不如，但是心性谨厚，用功勤奋，将来必有成就，勉励好自为之。中途如有凶险，师长怎会说出此言？近习太清仙法，道心越发坚定，到时如不能敌，只要有法宝防身，运用本门传授护住元神，至多被困些时，受点魔难，绝无大害。玉清大师最是热心好义，既知此事，暗中必有安排。吉凶祸福，定数难移，何苦先事张皇，示人以怯？本想谁都不令知道，及听尉迟火一说，暗忖："于湘竹行时那等狂妄，出手必定厉害。好在还有五天，如借宝镜防身，果然是好。"便被说动，同往莽苍山飞去。到后一看，只吴文琪一人在山。问起朱文，说应申若兰之约，去往仙霞岭助一道友转劫未归。二人坐了一会，回到自己山洞用功，准备第四日起身，赶往嵩山赴约。

次日，尉迟火忽说他与邱林、徐祥鹅已有两三年不见。近闻张瑶青说，二人现在黔灵山中修炼，乘这数日闲空，欲往寻访。孙南知他为友心热，并不拦阻，惟别时再三叮嘱，暂时休将嵩山斗法之事告知别的同门。

尉迟火走后，到了第三日早上，孙南忽觉心动欲行。暗忖："宁一子曾说，到时自有解救，照所留柬帖口气，那救星到日必来。事情反正一样，何不先期赶往？省得敌人骄狂说嘴。"念头一转，便即起身往嵩山飞去。那定约之处并未指明。嵩山地域广大，群峰罗列，势甚雄秀。孙南见时尚早，先去岳庙闲游一会，走向少室峰顶。孙南为人外和内刚，向来对人总是谦和，遇事也肯忍让，不轻发怒。可是对方欺人太甚，一旦激怒，便以全力相拼，任多厉害的形势，也非所计。不过对方法力久有耳闻，尽管奋勇而来，心终不无戒备。行至山顶嵩山二老昔年旧居，见古洞云封，一片整壁，连洞门也找不到。心想："此时朱、白二老如在嵩山，必不容人在此猖獗。其实诸老前辈对本门弟子有求必应，只因少年修道，理应多历艰危，以期磨砺，不应遇事倚仗外人，以求苟安。一向在外行道，均在人间，从未遇甚险难。而三英二云等诸同门所遇对头，全是极恶穷凶，厉害无比的妖邪，往往出生入死，不知受了多少艰危辛苦，终于成功，为师门争光，受师长、同门奖赞。自己如何初次遇事，便去求人？"意欲借着此行，试验自己道力。故此拿定主意，独自应付，连同门也不找一个。即便不是敌人对手，也须等力竭势穷，万分危急，方用法牌传音求救，这样才可以交代得过。

孙南边走边想，不觉走上绝顶。见老松之下，有一块四五尺方圆的磐石，旁设石墩，石上画有棋盘，知是昔年二老对弈之所。心想："敌人法力高强，也许知道自己踪迹。近来隐形飞遁，越发比前精进，何不将身隐起，暗中观察？在当地等上一会，如无人来，再往别处寻她，出其不意，突然现身，多少压她一点骄气。"便在石旁松根下坐下，隐身往四外查看。

忽然一阵山风过去，鼻端闻到一股莲花香味。暮春天气，又是嵩山绝顶最高之处，哪里来的莲花？情知有异。偶一抬头，瞥见前面高空中悬下一条数十百丈长的黄光，光中有一红衣白发，手持拂尘的老人，直往前面少室峰顶落去，来势绝快，一闪即隐。暗忖："此是何人？怎会看不出他的路数？正邪各派中，均未听有这等行径的人物。"

心方奇怪，忽又瞥见下面山径上走来两个女子。当头一个，正是仇敌三湘贫女于湘竹，仍是那等怪相，一路摇摆着左长右短的手脚，顺山径往上走来。后随断臂女子，正是魏瑶芝，已换了一身道装，不似以前宫装高髻的仙女打扮，满面均是愁苦之容。于湘竹虽然四肢不匀，手脚各有长短，走起路来左右乱晃，行动却甚矫捷。师徒二人行走若飞，转眼便到峰脚，距离峰顶那片突崖约有十来丈，忽然停住，又绕崖环行了一周。孙南暗中留神，见于湘竹手掐法诀，边走边往四外发放，手扬处必有一片极淡的白光闪过。走完一转之后，师徒二人停步商议，语声甚低，不知说些什么。料知敌人正在行法暗中埋伏，自己踪迹也许未被发现。反正不能善罢，索性给她叫破，嘲笑几句，也可快意。

孙南也是该当有此一难，心有成见，断定自己必败，一意相拼，不似平日谨慎。心念一动，也未寻思，又看出敌人似要他去，冷笑一声，喝道："我孙南共只一人来此赴约，已经恭候多时。山路崎岖，于道友天生异相，古今所无，手足不全，行路想必艰难。对我一个道浅力微的后生小辈，何值费这么大事呢？"

于湘竹此来原因孙南虽非自己敌手，但是峨眉派正当鼎盛之时，门人甚多，个个法力高强，内有几个并还持有几件天府奇珍、佛门至宝，如全约来，自己法力虽高，也未必能操胜算。多年威望，若惧这班学道没有多年的后生小辈，再约人相助，未免笑话。平日只管骄狂，临场也不由生了戒心。适在左近山中想起，明早便是第五日约会之期，偶然行法观察敌人踪迹，好做准备。忽然发现敌人已在嵩山少室绝顶出现，隔不一会忽又隐去，再往上看，便不见一点迹象。于湘竹猛想起当地正是嵩山二老的故居，敌人先期赶到，必有原因。莫要被他将白、朱两个老鬼请出相助，却是惹厌。得道数百年，休说败在敌人手下，便被敌人逃去，也是难堪。深悔先前疏忽，只图近便，忘了嵩山乃是两个老鬼的巢穴。近数十年，两个老鬼虽已移居衡山、青城二山，当地终是他们的老巢。两个老鬼脾气又怪，前曾声言，不许人动他少室一草一木。敌人在此相待，不是将人请好，便是借此将两个老鬼激出，与自己作对。明知此举不论如何，都有枝节，但其势不能更改，正在盘算。

魏瑶芝对于孙南，仍未忘情，认定仇人只是朱文，与孙南无干。看出师父有点为难，乘机苦劝说："此番结仇，乃弟子自己不好，无故生事。对敌时，孙南一味防守，并未反攻，仇人实是贱婢朱文，不能怪他。师父与少室主人素无嫌怨，何苦为此伤了和气？莫如权且开恩，宽他一面，由弟子前去见他，命其献出仇敌，或令转告贱婢，另约时地报仇不晚。"于湘竹先是冷着一张怪脸静听，等快说完，冷笑骂道："你当我怕这两个老鬼么？你随我多年，难道不知我的脾气？你那痴心妄想，直是做梦！休说事情因他而起，他又卖弄法力，破我禁法，我生平说了不能做到，只此一次。虽然愚民无知，不值计较，但容他活命，断无此事。再如多言，休怪我不念师徒情分。"魏瑶芝知道师父反被激怒，势在必行，无可挽回，只得罢了。

于湘竹虽然狂傲凶横，终以多年盛名，虽不把孙南放在心上，二老却是难斗。又以对方隐遁神妙，一任行法查看，也不见人影。想了一想，把心一横，二老不在便罢，如若出面，便以全力与之一拼。如若失败，索性归告师父余娲，约人再作报仇之计。主意打定，便往少室峰飞去。快要到达，也和孙南一样，鼻端闻到莲花香味，只未见到别的。当时觉着心神微动，不知无形中已为魔法所迷。身刚落地，便听左近崖上有人说道："斗法应在明日，这残废便来，也无须理她。此时无事，我们去寻那老和尚下棋吧。"跟着，便见崖上金光一闪，飞起三条人影，内有一人似是孙南，晃眼不见。也未想自己不曾隐身，由老远飞来，直落峰前，对方这等人物，焉有不见之理？竟误以为敌人全数走开，正好施展，暗下毒手，事先埋伏。等明日动手，突然发难，也许连二老一网打尽，令其受伤大败，岂非快事？

于湘竹正打着如意算盘，事完待要走去。倒是魏瑶芝觉出师父平日行事何等细心周密，今日怎会改了常态，如此轻敌？忍不住问道："嵩山二老鬼成道多年，我们在此行法，怎会毫无警觉？适才又由那旁崖上飞起，与师父先见少室峰顶不同。"于湘竹闻言，才想起来时身形未隐，对方见如未见，果非情理。心方惊疑，忽听孙南发话讥嘲，不由大怒，扬手先是大片白光往上飞去，师徒二人随同飞上。孙南早有准备，忙将飞剑、法宝纷纷放出，先将身护住。然后喝道："你无须如此撒野凶横，有甚本领只管施展便了。"于湘竹看出对方飞剑、法宝均颇神妙，又是只守不攻，急切间无奈他何。分明是约有援兵，相持待救，嘴里偏说大话讥嘲。越发生气，厉声喝道："尢知小狗！你无非倚仗这里是两矮鬼的老巢，想就势引出与我对敌；再不，便是人已约好，暗中闹鬼。实对你说，我已布就天罗地网，向不容人在我面前放肆。今日无论是谁,只要敢出头,我便连他一齐杀死,形神俱灭。"

话未说完,便听两人在旁冷笑道:"不要脸的残废叫花,自己粗心狂妄,与人约定在此比斗,还好意思说这样无耻的话。姓孙的单身到此,几曾约甚人来?他在崖上看你闹鬼可怜,你在下面画了半天鬼符,人家不说话,你连人影也未看出,还有脸吹大气呢!你数百年修炼,就炼的是这双盲眼么?似你这样三分不像人,七分倒像鬼的残废丫头,我弟兄本不值与你计较,打算看点活把戏拉倒。你偏不要脸,口发狂言。我弟兄虽与你那敌人素昧生平,不想帮他,但是气你不过,倒要看你有甚鬼门道?形神如何灭法?否则,你那残废徒弟还能活命,你却要形神俱灭了。"

说时,于湘竹瞥见面前现出两个年约十五六岁的道童,各穿着一身莲花形的短装,头上顶着一朵金莲花,赤着双脚,臂腿全裸,都是星眸秀眉,面如冠玉,周身雪也似白,身材高矮,装束相貌,全都一样,宛如一人化身为二。每人左肩上斜插着一柄金叉,左腰挂着一个翠色鱼皮宝囊,手脚均戴金环;胸前挂着一面宝镜,大如碗口,精光四射。看去英俊美秀,宛如天府金童下降凡世。不知何时掩来,竟在禁圈之内突然出现。于湘竹哪曾受过这等恶语讥嘲,又当怒火头上,明知来人必非弱者,竟未寻思,自恃暗中伏有法宝和极厉害的禁制,连对方名姓、来历均不顾得问,怒喝:"无知小狗,敢来送死!"随说,把那瘦小枯干、形如鸟爪的怪手往外一扬,立有五道白光电射而出。同时发动埋伏,轰的一声,眼前奇亮,大片白光银电也似由四外飞起。到了空中,化为数十丈高一口大钟,将众人全罩在内。来势绝快,精光电耀,强烈异常。

孙南看出厉害,一面用飞剑、法宝紧护全身,以防万一,一面高呼:"二位道友,尊姓大名,仙乡何处?"说时迟,那时快,就这晃眼之间,那五道白光首先飞到三人头上。二童依旧谈笑自若,全不在意,也未答话。只内中一个把头上莲花用手一按,立有数十道金碧光华,箭雨一般向上激射而起,将那五道白光敌住。另一个笑道:"大哥,人说三湘贫女颇有一点鬼门道,原来就这一点伎俩,也敢猖狂,当众现丑。我实讨厌这等六根不全,短脚短手的怪相,还是早点打发她吧。"另一个答道:"我也和兄弟一样心思,但是恩师还想把她师父冷云仙子余娲娶来做我们的师母,还未过门,便将她徒弟杀死,日后不恨我们么?莫如把她这些破铜烂铁留下作押,放她逃走,好把师母早点引来,嫁与师父,省得伤了和气。你看如何?"

于湘竹得道多年,本来识货。一见道童头顶莲花瓣上射出大片金碧光华,势急如电,忽然想起初入师门所闻魔教中的一个异人,后来此人忽然引退，久已不听说起，也无人知他踪迹下落。两童看去年轻，可是道力甚深，正与此老同一路数。如是此老门下，休说对方最善玄功变化，魔法高强，绝难伤他们分毫；即便侥幸占了上风，定把老的引出，势更难当。心方惊疑，一听对方说话这等难听，便是泥人也有土性，何况那么凶横狂傲的性情，不由怒火上攻，顿忘利害，切齿大骂道："无知小狗畜生！我不杀你们，誓不为人！"

一童哈哈笑道："你也不到粪缸里照照你那怪相，本来像个人么？实对你说，这姓孙的，我师父还有一事和他商量，岂能容你这残废动他一根头发？念你无知，我也不曾说出来历，按我本门规条，还可容忍。晓事的趁早滚开，免我弟兄看了你恶心生气；否则，连你那好的一手一脚也保全不住了。"

这时于湘竹已用全力相拼，将手连指，那照在众人四周的钟形白光突然急闪如电，往中心挤压上来。另外又有三条弯月牙形的翠虹和大蓬粉红色的飞针，齐朝二童和孙南身前射到。内中一童，首先抢在孙南面前，右肩一摇，先是一柄其红如血的飞叉飞起，将翠虹敌住。另一个将腰间宝囊一指，立有一团血色的火球飞向空中，晃眼暴长十余丈，化为一幢红光，将钟形白光挡住，不令下压。同时囊内又飞出一股血红的光气，迎着那蓬飞针只一裹，嗖的一声，全数吸入囊内，无影无踪。飞叉到了空中又连闪几闪，由一柄化成了三柄，将那三弯翠虹分头敌住，尚还不分上下。

于湘竹不知对方便是尸毗老人门下爱徒田琪、田瑶。原来老人料定此事必然闹大，自己立意一拼，要树不少强敌。知道对方仙机神妙，法力高强，威力之大，往往不可思议。就许早有定算，暗中布置。或是颠倒五行九宫，迷乱自己心智，稍微疏忽，便落对头算中。惟恐爱徒又有闪失，除将魔教中几件至宝交其带来外，又运用玄功，自己的元神暗中跟来，施展魔教中阿修罗附形大法。经此一来，田氏兄弟比在大峇山顶与小寒山二女斗法时，法力胜强得多，无异老人亲临战场。于湘竹见自己仗以成名的几件法宝不特不能收效，最厉害的一套坤灵针，反被敌人收去，另两件形势也颇不妙。不由大吃一惊，又急又怒，正想另施杀手。

那用飞叉敌住翠虹的，恰是田琪，平生最恨丑人。见于湘竹生相丑怪，神态又极凶横，心中有气，怒喝道："贱婢再不见机快滚，休想活命！"田瑶接口道："这等活怪物，哥哥何必为她生气？我来打发她走便了。"于湘竹此时已看出对方来历，又见法力如此神妙，未始不知厉害。无如骑虎难下，就此退走，不特丢人不起，师父余娲素来好胜，又将至宝坤灵针失去，回山也无法交代。闻言怒火上攻，把心一横，咬牙切齿，厉声骂道："无知小狗！当我不知你们来么么？你们无非是尸毗老魔鬼的门下。这类邪魔外道，也敢在你仙姑面前猖狂。今日有你没我！"田瑶哈哈笑道："你这残废丫头，我弟兄本意是将姓孙的带走，不想伤你，所以未说名姓、来历。你既敢犯我师门戒条，且教你尝尝邪魔外道的厉害。"

话未说完，于湘竹已先发功，身形一闪，人便不见。魏瑶芝早得乃师密令，先已隐形遁去。孙南心疑敌人师徒口说大话，冷不防乘机遁走，方想二次上前向两道童请教，刚喊得一声："二位道友！"空中三道翠虹忽全隐去。田琪忙喊："这残废闹鬼，弟弟留神！先保住姓孙的，待我来对付她。"田瑶回答："无妨。她那现世宝已被我制住，收不回去了。我先给她一点厉害。"

说时迟，那时快，就这两三句话的工夫，那罩在众人头上的钟形白光，早被田瑶所发血色光幢撑紧，随同大小，几乎合成一体。白光电也似急连闪了许多次，看神情是想收回，因被血光撑满，不能如愿，正在相持。田瑶将腰间宝囊一指，又飞出一支血色火箭，朝上射去。箭光到处，只听吧的一声极清脆的爆音，当空钟形白光立被震破。同时紧抵内层的血光突然暴长，又是震天价一声巨响，白光全被炸成粉碎。田琪忙喊："此是西方太白玄金精气所炼之宝，不可糟蹋。"田瑶回答："晓得。"口说着话，血光比电还快，早反兜上去，将残碎白光全数裹住，和飞针一样收入囊内。紧跟着微微一暗，当地立被一片青灰色的光气罩住。

孙南觉着四外沉冥，一片浑茫，二童近在身前竟看不见，上下四外均有一股绝大压力猛袭上来。所幸防身宝光未撤，否则就这一下也甚难当。心方一惊，猛瞥见一个与于湘竹同一形象的尺许小人，周身毫光四射，灿若银电，耀眼欲花，双手指上各射出五股极强烈的银色精光，凌空飞舞，突然出现。四外青气越发浓厚，沉重非常。虽仗法宝、飞剑防御，未受甚害，但被上下逼紧，一毫行动不得。随即有两股血焰金光朝上斜射，将那十股银光连于湘竹的元神一齐挡住，人却不见，正在相持不下。

这等斗法，孙南连见也未见过，料是厉害。心想："这两个道童小小年纪，竟有这么高法力。听于湘竹的口气，他们似是左道中人，怎又不带分毫邪气？好生不解。宁一子所说救星，定是这两人无疑。人家仗义拔刀，我专一自保，不特使人轻视，也太不好意思。"心念一动，以为近来法力精进，师父法宝威力颇大，意欲乘机下手，相助应敌。主意打定，便把开府下山所赐，近年方始炼成的法宝，连同另一口飞剑发将出去。同时又把太乙神雷由防身宝光内往外乱打，数十百丈精光、雷火满空爆炸，霹雳连声之中，外面青气竟被击散了好些。只是打不到敌人身上，稍一挨近，便似有甚东西阻住，枉自震得山摇地动，无奈其何。

青气少散,二童也现出身来,每人头上均有千百层金碧光华,由头顶莲花瓣上射出,反卷而下,护住全身。另由花心莲房中射出二三十股血焰金光,到了空中合而为一,向上斜射,与对方相持,也似难于行动神气。隐闻二童喝骂之声,双方相隔不过丈许远近,听去却似中隔了极厚一层墙壁,听不甚真。并且神雷一停,青气立时由淡而浓,二童身形又复隐而不见。孙南自己所发宝光飞到空中,于湘竹只将手一挥,便有一道银光脱手而起,将其敌住。于湘竹又怒目相视,咬牙切齿,似在咒骂。孙南也未理会。因见青气随灭随生,变化无穷,不知是何法宝,如此厉害。觉出二童也未必稳占上风,欲用太乙神雷二次震散青气,移往二童身前,与之会合,一同应敌。刚把神雷连珠发出,倏地眼前人影一闪,又一个于湘竹飞临头上,戟指怒喝道:"小畜生,速急跪下降服,由我擒回海外处治,还可免却戮神之诛;否则,我一扬手,形神皆灭了。"孙南百忙中看出敌人化身为二,口气如此凶恶,情知不妙,心一着急,不等她说完,便把太乙神雷连珠般往上打去。

　　于湘竹不知孙南情急拼命,全力施为,神雷威力比前更大。一时骄敌,骤出不意,虽仗玄功奥妙,飞遁神速,又有混元真气护身,不曾受伤,但神雷来势十分猛烈,也是难当,竟被震退出去老远,护身真气也被击散了一些。如非功力高深,连元神也非受伤不可。不禁大怒,厉声喝道:"无知小畜生!竟敢与我对抗。且先将你除去,做个榜样,再杀尸毗老魔鬼两个孽徒便了。"说时双手一扬,和先前一样,也是十来股银色精光,由双手指上发出,朝孙南当头射下。才一接触,孙南便觉周身奇热如焚,力大异常,可是防身宝光并未冲破。

　　孙南方料不好,忽听空中有人接口道:"贱婢虽然无礼,徒儿无须杀她,仍照前定,将她仗以行凶的几件法宝全数留下,稍微惩处,放其逃生,教她师徒去往神剑峰寻我便了。"跟着,便听二童答道:"弟子遵命。只是太便宜了她。否则,她那五行真气已经发完,若不奉师命,弟子早在空中伏有十八粒修罗雷珠,贱婢连残魂也保不住了。"

　　话未说完,孙南猛觉一大片极浓厚的血云往上飞去,略微闪动,当时身外一轻,适才奇热与那无限压力全部消失。同时眼前一暗,四外漆黑,什么也看不见了。

第二七三回

浩荡天风　万里长空飞侠士
迷离花影　一泓止水起情波

　　孙南听到于湘竹的怒吼咒骂之声,仿佛人已逃走。自己的身子好似被一种极大力量摄向空中,身外依旧黑暗异常。那么强烈的护身宝光,照不出分毫景物,也听不见别的声音,只觉天风浩浩,又劲又急,但又吹不到身上。心中奇怪,试纵遁光想要飞冲出去,行动虽然自如,一任加紧飞行,改变方向,始终仍在黑暗之中,冲不出去。先颇惊疑,后想起二童曾有奉命将自己带走之言,辞色虽傲,双方素昧平生,敌人所说尸毗老魔鬼从未听人说过,自无结怨之理。二童又曾出力相助,料非恶意。还有初到嵩山时所见,随着大片黄光飞向对面山头的红衣老人,想必便是二童师父,看那神气,颇似有道力的前辈散仙,不是妖邪一流。也许有甚事情,将自己摄往所居神剑峰商议,也未可知。只是有话好说,加以解围之德,断无拒绝之理。一言不发,便强行摄走,是何缘故?再者,他师徒法力高强得多,便有甚事,也不应向己求助。这等行径,实在难测,怎么想也想不出一个道理来。断定人被对方法力所制,任飞何方,均难脱身,莫如听其自然,等到达后,见人再行询问。

　　孙南念头一转,便不再相强,任其自行前飞,只在暗中戒备。忽然眼前一亮,脚踏实地。定睛一看,身已落在极广大平崖之上。那崖在一座高出天半的孤峰近顶之处,面前大片平地,尽头处乃是一座极高大庄严的宫殿。到处玉树琼林,繁花盛开,灿如云锦。不少亭台仙馆,琼壁云楼,清溪平湖,位列其间,交相映带。端的美景无边,观之不尽。加以翠峰独秀,高出天中,远峰凝青,飞云在下。越觉天空地旷,胸怀自朗,景物灵奇,气象万千。

　　孙南立处就在正面宫殿不远的白玉平台之下,占地甚广。珠楼翠瓦,玉柱金庭,伟大壮丽,平生仅见。只是静荡荡的。遥望远方花林中,时有二三宫装少女游行出入,此外并无人影。因见对方这等气象,所居高出云汉,宫殿园林虽极华丽,并无邪气。许多瑶草琪花,也均仙种,不是常见之物。断定主人必非庸流。只是让自己来此,不知是何用意?偏又无人接待,不敢胡乱走动。

正在暗中留神查看，忽听身后男女笑语之声远远传来。孙南回头一看，左侧花林中立着两男一女。男的便是前遇两童。女的年约十六七岁，美艳如仙，正对二童说道："二位师兄，此人的师兄阮征，和我情厚，你所深知。父亲此举实是尚气，务望遇事相助，暗中关照，感谢不尽。"一童反问道："师妹可知阮妹夫还有一个师兄叫申屠宏，一个师弟名叫李洪的么？"少女笑答："这二人均和他好几生骨肉之交，二位师兄何处相见？"另一童接口道："师父少时便回，无暇详谈，师妹既然关照，我必尽心。"少女答道："其实无妨，我已将禁法发动，爹爹如不回山行法查看，决不知道我们言动。但也快回，正在气头上，莫要被他看破，我回去了。"说罢，人影一闪不见。

二童却到了孙南身前，行动神速已极，未容开口，便先说道："孙道友，我兄弟二人，一名田琪，一名田瑶，乃火云岭神剑峰阿修罗宫主尸毗老人弟子。我们双方本无仇怨，只为我师妹与令兄阮征凤孽纠缠，已历多世。前年才经家师将阮道友寻来，本意令其与师妹成婚，完此一段因果，消除前孽，彼此都好。不料阮道友道心坚定，执意不从，连受两年磨折苦难，终未动摇。师妹又复情痴太甚，平日百计救护，自将前孽解去。本来家师已被他们至诚感动，不再固执成见，只令在宫中再留九年，便放回山。刚满两年，忽有三个少年男女来此救他。为友义气，救人无妨，来人偏是年幼无知，自恃佛门法宝威力，辞色诸多不逊。为此激怒家师，本意将其擒往魔宫治罪处罚。无奈师妹夫妻情重，拼死犯禁，冲入法坛，豁出身受金刀解体，魔火焚身之厄，欲以身殉。家师为保全爱女，未下绝情，便用一阵罡地罡风将他们四人送出五千里以外。

"当时放过，嗣后想起此事，分明有人暗中布置，乘着家师日久疏忽，出其不意，冷不防将人救走。对方暗用太清仙法，颠倒阴阳，使家师算他不出。但是别人无此法力，定是令师妙一真人所为。他的门人被困在此，命人来救，理所当然。家师并非不通情理的人，何况近百年既习佛法，已非昔比。我师妹一念情痴，已历多世，尽管仇深孽重，始终不忍报复伤害阮道友分毫，甘心解消前孽，化此凤冤。只要托出一位稍有情面的道友来此相求，立可无事，双方还可化敌为友。令师始而爱徒被陷，置之不理。等家师费了不少心力，阮道友前孽消尽，道力反更增进，难期已满，却随便遣上三个无知童稚，将人救走。家师几生钟爱的女儿，几乎为此形消神灭。

"家师越想越觉欺人太甚，为此运用大修罗法设坛推算，得知他门下弟子情侣颇多，都因得他玄门真传，各运慧剑斩断情丝，欲证上乘仙业，未成连理。为此，命我兄弟将内中诸人相继请来，也不怎么为难，只请在我魔宫住上些时。如和阮道友一样，能以道力战胜情魔，立即放走，从此甘拜下风；否则，来人自然不能回去，只好同在家师门下，同参我阿修罗魔法。此次请来男女共是四人，内中两人均是令师前生子女。愚弟兄奉命行事，实出无奈，还望道友见谅，好自应付。家师少时即回，事前未必会与道友相见。在道友脱困以前，愚弟兄也难私自接谈。请随愚弟兄同行吧。"

孙南在这番言语中，听出乃师虽存敌视，田氏弟兄颇有维护之意。暗忖："以阮征的法力，尚且被困在此两年，并有魔女舍命相助，才得脱身；我如与动强，岂是敌手？偏生见闻太少，竟不知这师徒来历。所用魔法虽必厉害，但是自己近来道力坚定，料是无妨。与其逃走不得，徒自取辱，转不如放大方些，听其自然，借此试验自己道力。所说师父子女，必是灵云、金蝉二人。二人俱是本门之秀，仙福最厚，无论如何不会遭人毒手，也许连人都擒不来。"

念头一转，猛又想起："自己和灵云同在师门两世，不特情分甚深，前生更是患难知己之交。当初有两位前辈女仙，曾向师母妙一夫人提说：'你和齐道友也是夫妻成道，合籍双修。他们金童玉女，一双两好，反正还要转世，何不使他们也结为连理，为贵派添一佳话？'师母含笑未答。彼时自己初入师门，和灵云年纪都轻，两小无猜，常共游玩，正在后山一同练剑，并未在侧。金蝉年纪更小，因和灵云性情相投，跑来告知，意欲取笑，被灵云怒斥了几句，负气走去。由此起，双方行迹虽渐疏远，暗中却是互相关切，情苗日渐滋生。中经不少患难，虽然相敬相爱，直到兵解转世，满腹情愫始终未吐。今生偶然想念，去往九华山访看，聚了数日。正不舍走，便遇五台妖僧法元斗剑，跟着与她姊弟合力，诛杀妖蟒。朱文一时不慎，为取肉芝，误中妖人白骨箭。自己因见金蝉口含芝血，哺救朱文，知道二人也是三生爱侣，无心中和灵云谈了两句。第二日，灵云背人相告说：'母亲这次东海回来，说父亲奉有师祖长眉真人仙示，不久便要开府峨眉，承继道统，本门日益发扬光大，一班同门十九仙根仙骨，成就远大。你我情分深厚，胜于他人，为此约你商谈。以后务要虔心勉力，互相扶持，以求上乘仙业。不可再似以前专事游乐，荒废功课，以致成就不高，为人所笑。'她虽未明言，用意实想摆脱情缘，免误仙业。自己因她词意虽然坚决，深情仍自流露，并因自己根骨功力两都不够，暗示异日决不独成，必以全力相助，同修正果，于是大为感动，越发奋志勤修，暗中照她心意，力求上进。平日面都难得相见，见面也是相知以心，不落言诠。"

孙南正在跟定二童边走边想,田瑶朝他使一眼色,左手往后一扬,先是一片暗黄色的光影微微一闪。又手掐灵诀,向前一指,田琪背上便现出"似真是幻,似幻是真,以水济水,以神宁神"十六个血也似红的字迹,一闪即隐。

孙南侧顾田瑶,正朝自己微笑努嘴。当时虽未省悟,料非恶意,便点头示谢,慨然说道:"小弟道浅力薄,见闻孤陋,实不知令师与二位道友名姓、来历,但知令师是位前辈仙人。我想双方素无仇怨,令师成道多年,量如山海,未必会与后生小辈为难。至于家师,自从开府以后,便即闭关清修,久不与闻外事,新近才应休宁岛群仙之约,前往赴会。阮师兄虽是相随多世的门人,因犯教规,待罪在外,八十一年限尚未满,连师门都不令回,怎会管他的事?令师推算不出,必有原因,并非家师有意为难。家师对人宽厚,公正和平,不问敌友,均所深知,还望令师三思而行。如能相谅,使小弟末学后进免此难关,是非曲直,终会水落石出。必欲考验后辈功力,小弟固是不才,一班同门师兄姊妹均曾得有本门心法。下山时节,便曾通行左、右元洞,由火宅严关与情欲十三限勉强冲过,定力还有几分。令师乃前辈尊仙,对此末学后辈,自不肯以法力加以危害。万一不如所料,被困的人竟能勉强应付,排除万难,岂非不值?"

说时,田氏弟兄本已摇手示意,不令开口。孙南因见对方无故欺人,未免有气,反正难于脱身,又想起宁一子之言,断定难关终可渡过,乐得痛快几句。见当地势派,明知魔法厉害,一言一动均在主人耳目之下,而田氏弟兄受了魔女之托,意欲暗助,故不愿示怯,依然往下说去。

话未说完,遥闻空中有一老人哈哈笑道:"无知孺子,均善卖弄口舌。你道我胜之不武,不胜为笑么?只要你有本事逃脱出我的魔宫,老夫甘拜下风。非但不再为难,并还助你四人,从此随心所欲,任多厉害的妖邪仇敌,也难伤你们分毫。如今就便使老夫看看你们的玄门上乘道法,你意如何?"

声才入耳,一道宽约数丈,其长无际的黄光,早如黄虹经天,由东北方遥空云影中斜射过来,飞落在三人面前。犹如金河倒挂,悬向当空,光中现出前在嵩山所见悬光飞降的老人。这一对面,只见老人身材高大,相貌奇古,生得白发红颜,修眉秀目,狮鼻虎口,广额丰颐。额下一部银须,长达三尺,根根见肉。手白如玉,指爪长约二三寸。头挽道髻。身穿一件火一般红的道袍,白袜朱履,腰系黄带。手执一柄三尺来长的白玉拂尘,尘尾又粗又长,作金碧色,精光隐隐。形态甚是威严,直与画上神仙相似。

孙南本想口头上占便宜,见了这等势派,也不由有点气馁。暗忖:"口舌取胜,徒自结怨树敌。目前身在对头掌握之中,口气又非不善,还以忍气为是。"便躬身答道:"弟子学道年浅,莫测高深,如言法力,何异以卵敌石。只望老前辈不要过分,使末学后进不致贻羞师门,就足感盛情了。"

老人笑道:"你和齐灵云这一对,都是这等口吻,善于辞令。不似朱文贱婢狂妄无知,上来便欲仗她师父法宝、飞剑与霹雳子向我行凶。如不念其不知底细,岂能容她活命? 你们这一对,实是天生佳偶,正好相配。此次能脱我手,自无话说;如在宫中成了夫妇,我必以全力助你们成就了这段神仙美眷,就不肯归我门下,也成地仙。此与阮征不同,本无仇怨,只是老夫愤人取巧,一时负气。除用我大阿修罗法,试你们能否以定力智慧脱出我的柔丝情网之外,那些水火风雷、血焰金刀、毒芒针刺之刑,全都不用。因此另将你们禁居一处,与朱文身受也大不相同。将来便知道了。"

孙南早听出另一对,男的必是金蝉,因为朱文激怒了对方,连带受害,甚代二人愁急。便说:"老前辈如此神通,何苦与后辈一般见识? 不知他三人可曾来否?"黄光忽连老人一齐隐去。田瑶便道:"你师妹齐灵云已经早到数日,见面自知。朱文与家师路遇,刚刚寻到。另外还有几个女道友,同禁一处。只齐金蝉远在天外神山,中隔磁光太火,我们嫌远,不愿往寻。朱文不久必用法牌传音求救,他日内自会投到。听家师口气,对你二人颇好。你那情侣正在宫中相候,度日如年,快随我走,不要分神管人闲事吧。"

孙南先以为灵云自从重返紫云宫,照着师父道书勤习,法力大进。下山时又得了圣姑留赐的好些法宝、灵丹,加上紫云宫中异宝藏珍全部发现,神通更大。她又远在南海海心深处,禁制重重,加上千里神砂与海眼地利,多高法力也休想妄入一步。对方却说得那等容易,心里还不信。及听田瑶这等说法,料无虚语。因关心过切,心疑灵云在魔宫中不知受了多少苦难,一时情急过甚,未免现于辞色。耳听田琪低语道:"照孙道友这等情形,恐难脱身呢。我们这里,情、欲两关最是难渡,休说峨眉诸道友修为年浅,全仗得天独厚,夙世修积,所习又是上乘仙法,定力虽坚,毕竟功候不纯。连灵峤仙府赤杖真人那些徒孙,谁都具有好几百年功力,尚且被困在此,结局如何,尚不可知呢。"孙南一听灵峤三仙门人也有好些被困在此,不禁大惊,忍不住问道:"灵峤诸仙也有人被困在此么?"田氏弟兄答道:"此事说来话长,不久自见分晓。这里便是天欲宫,齐道友便在此内。愚弟兄不能入内,暂且失陪,请进去吧。"

孙南见前面只是一池清泉,波平如镜,池旁繁花盛开,枝枝浓艳,倒影水中。水面上更无一丝波纹,花光水色,交相映照,景甚清丽,并不见有什么宫殿。再往两侧和前方一看,到处琪花瑶草,互斗芳妍,弥望繁霞,香光如海。

更有山鸡舞镜,孔雀开屏,鹣鲽双双,鸳鸯对对,莺簧叠奏,鸾凤和鸣。全是一片富丽繁华景象,令人娱目赏心,应接不暇。

孙南想问田氏弟兄宫在何处,如何走法,刚喊了一声"田道友",无人应声。回头一看,人已不见,只身后起了一片五彩云网,将退路隔断,情知身已入伏。事已至此,只好安定心神,暗中戒备,相机应付。先以为前途步步荆棘,危机四伏,主人来历虚实一点不知,稍为失机,一败涂地,哪里还敢大意。方在盘算,再回头往前一看,池面上忽然起了波浪,水中花影散乱,一阵香风过处,觉着心神微微一荡。跟着又是一片粉红色的香光闪过,所有清泉花鸟全都不见。眼前只是一片粉红色的雾影,上不见天,无边无际,不问何方,都是一眼望不到底。人却和微微陶醉了一般,除带着一两分倦意之外,别无感觉。

孙南心方惊疑,猛想起灵云被困在此,不知所见景物是否相同?心中悬念,忍不住唤了一声:"大姊!"语声才住,眼前忽然一亮,又换了一番景象。存身之地,乃是一座极华美壮丽的宫殿,园林花树环列,水木清华。殿侧有个十字长廊,顺着地势高低,通向湖中朱栏小桥之上。桥尽头,有一块约三丈方圆的礁石,其白如玉,冒出水上约两三尺高。上面种着几株桃树,比常见桃树高大得多,花开正繁,宛如锦幕,张向石上。内中一株较大的桃花树下,有一架尺许高的玉榻,上面卧着一个美如天仙的道装少女,榻前玉几上横着一张古琴。湖上轻风飘拂,吹得树上桃花落如红雨,少女身上脸上沾了好些花片,身前更是落花狼藉,仿佛熟睡多时。有时一阵风过,将少女衣角锦袂微微吹起,露出半截皓腕,越觉翠袖单寒,玉肤如雪,人面花光,掩映流辉。当此轻暖轻寒天气,不由得使人一见生怜,撩动情思。虽是侧面,相隔又远,看不甚真,但心有成见,情所独钟,加以两生爱侣,见惯娇姿,一望而知那是灵云在彼酣睡。

孙南因关心过切,便想赶去将其唤醒。刚一举步,猛听殿中有一女子口音急呼:"南弟快来!"一听正是灵云口音,忽然警觉。暗忖:"灵云道力甚高,身在困中,怎会花下酣睡?"微一寻思,又听灵云颤声急呼:"南弟快来!迟无及了。"情知事在紧急,慌不迭想往殿中飞去,哪知法力已经失效,遁光竟未纵起,心越惊慌。只得一面应声,一面纵身往里飞跑,且喜尚能行动。那殿外本有一道极宽大的玉石矮廊,离地约有二尺。正门前面,还有一方平台。因从侧面赶去,未由廊上行走。刚刚纵上台去,灵云便已迎出,面上容光比起从前越更美艳,面带微笑,望着自己,欲言又止,眉梢眼角隐蕴情思。

孙南平日对灵云本极敬爱,又在魔法禁制之中,但毕竟近来功力已非昔比,心神刚刚一荡,自觉不妙,立即后退。灵云竟轻舒手臂,面带娇嗔,似喜似愠,迎面扑来,似要晕倒神气。孙南对她爱若生命,一见要倒,先前又听大声疾呼,以为中邪受伤,人已不支。一面想将她扶住,又恐扑个满怀,扶时只把双手前伸,留有退步。哪知对方身形一歪,又往左边倾倒。孙南心中一急,往前一抢步,正握在对方手腕之上,立觉玉肌凉滑,入手如棉。当时面红耳热,心头上起了一种微妙感觉,猛听一声轻叱。百忙中抬头一看,又是一个齐灵云,只头上多了酒杯大小一团银光,光甚柔和,时大时小,由门内飞奔出来。口喝:"南弟,我们已受魔法迷禁,所见全是幻象,危机四伏。我犯险相救,且到我旗门中说去。"说时,早一把拉了孙南,边说边往前跑。

孙南满以为殿门相去咫尺,举步可至。哪知灵云一到,先前扑上身来的幻影,虽然一晃不见,可是殿身老在前面,跑了一阵也未赶到,灵云满脸俱是惶急之容。觉出形势不妙,知道灵云本能自保,为救自己,妄离旗门,也许两败俱伤,心中愧悔。正在愁急万状,灵云忽把双眉一皱,回首将孙南夹在胁下,手掐灵诀,往前一扬,口中默念了两句,忽然一片竹叶形的青光,突由身上冒起,裹了二人往斜刺里飞去。

孙南瞥见前面现出一幢六角形的青莹莹的怪火,灵云飞行甚缓,正带着自己直往火中飞去。快要到达,遥闻一声断喝,灵云面色越慌,往前奋力一冲,好似十分吃力神气。身方穿入,回顾身后,又有大片粉红色的烟光冒起,同时人也落到火中。再仔细一看,火已不见。身外环插着六根青竹竿,长才齐人,上面各带着一两片枝叶,青光隐隐,占地不过丈许方圆。下面也非真地,乃是一片青云,形若石质。竹竿与人分立其上,由内外望,哪有什么宫殿楼台,花树水面,乃是一片亩许大小,荒寒不毛的绝顶危崖之上。仰视穹苍,下临无地,上下四外,俱被一片五色彩丝结成的光网笼罩。本来什么景物也看不见,因灵云手中持有一面两寸大的八角晶镜,方才看出,除去临崖一面,下余便是神剑峰魔宫园林全景。

孙南便问:"大姊怎会到此?"灵云答道:"事情真险! 我唤你时,也只刚把枯竹老人所赐旗门准备停当,才脱危境。事情也真巧,我二人不问是谁,再稍迟延,便无幸理。我仗旗门、宝珠护住心身,或者无妨,你却难了。但是此老法力高强,素不服人,除非有心相谅,不与我们计较,休想脱身。恐怕还有辣手,防不胜防,虽在旗门之中,我们仍是不可大意呢!"孙南随问经过。灵云因身入危境,惟恐有失,本不想说,以防为敌所乘。待了好些时,见无动静,又知枯竹老人早有算计,曾对妹子齐霞儿说过,此行因祸得福,时至自了。只要不离开旗门,决可无害。适才因救孙南,那旗门施为费事,主人魔法又高,惟恐措手不及,好在另有一道保身灵符,以为遁回也来得及。不料主人连用魔法倒转阵地,差点闪失。经此多时,平安无事,别无异兆,才把前事经过说了出来。

原来灵云自与周轻云、秦紫玲奉命重返紫云宫,开建海底仙府,行事均极谨慎。因为紫云宫虽有千寻海眼与千里神砂之险,但是贝阙珠宫地域广大,矮叟朱梅那么高法力,尚且被人乘虚混入,隐藏在内。自己开建仙府,费了好些心力,失去许多仙兵神铁,才得将其赶走。宫中门人又只有限几个,惟恐有甚疏失。曾经议定:每出行道,必有一人坐镇。灵云这日因见紫云宫中金砂、珠宝堆如山积,意欲送些去峨眉解脱坡,交与宝相夫人保管,以备同门济世救人之用。心念一动,便命金萍、赵铁娘将尘世易于变价的金珠之类取出,想分两三次运去。当第二次运送时,带有新炼灵丹,恰值轻云、紫玲有事远出,须过些日才回,灵云自己如往峨眉,宫中无人留守,放心不下,本想候到二女回宫再走。

第二日,严人英忽然来访。灵云知他和轻云本有夙缘,自从莽苍山一见之后,便即投契。近年在外行道,双方每遇危急:都是不期而遇,又共了几次患难。虽然向道心坚,未涉儿女之私,情谊却比别的同门要厚得多。半年前,人英得了嫘姆所赐道书《太玄天章》,刚到手,便寻轻云一同修炼,由此二人法力大进,又炼了两件法宝。人英原意是,嫘姆准其转传一人,学成之后,便将书中所附束帖取出,依言行事,书便化去,为期只有百日。想起同门中,只轻云一人私交最厚,忙即寻去,二人恰在途中相遇。轻云虽然落落大方,总想自己是女子,人英平日相对,仿佛情有独钟;再者,孤男寡女同在一起修炼,易招物议,先还婉拒。嗣经人英再三力劝,说:"家祖姑法力之高,全由此书得来。现值异派猖獗,妖邪横行之际,如将此书学会,立可增加极大威力。本欲公诸同好,无奈仙示只许再传一人,时限又短。难得遇见师妹,又是我的患难至交,可见福缘前定,如何天与不取? 我知师妹也许因为彼此情厚,男女同修有甚顾忌之故。实则,修道人避甚嫌疑? 实不相瞒,我对师妹,固是敬爱逾常,衷心感佩,但自奉命下山勤修仙业,愚兄虽然不才,尚知自爱。本心虽想与贤妹同参正果,永享仙福,终古不离,也只是累共患难,情分使然,男女界限早已忘去。师妹志行高洁,如冰如玉,更不必说。难得遇到这等不世良机,如何为这小节拘束,将它失去,岂不可惜? 彼此心地光明,何必计较人言? 何况我们不比常人,是非真假,一望而明。各位师长更是神目如电,念动即知。愚兄稍有乖谬,也不配列名三英了。"

轻云本就不忍坚拒,再听对方明道心事,心想:"再不应允,反显自己情虚。"只得允了。人英因见时限太迫,恐难学全,左近恰是元元大师罗浮山香雪洞旧居,封洞的又是本门禁制,立同赶去。先向各位师长通诚遥拜,再行开洞入内,就在洞中一同勤习。二人练到第一百天上,居然学了十之七八。还待住下学时,忽听柬帖发出霹雳之声,不敢再延。打开一看,内有媖姆手谕灵符。便照所说,用真火将符化去,立化一片金霞,拥了那部道书,带着风雷之声,向空飞去。柬上大意说:

> 二人累世清修,均以情丝难断,互相牵缠,致误仙业。直到前一世,道心方始坚定。但是情爱至厚,不舍分离,在兵解以前约定以身殉道,誓求仙业;来生虽不再作双栖之想,仍要同门同修,共证仙业。虽然一样情爱,但与司徒平夫妻情孽纠缠,终误仙业者大不相同。以后只管安心学道,绝无他虑。

二人方始大悟。因柬上曾说,各位师长也早深悉前因后果,双方心意又经言明,无须再有嫌忌,情爱自然更深一层。此次人英乃因轻云许久未见,不知她有事远出,特来寻访。

灵云觉人英远来不易,平日修为又极清苦,心想:"轻云不久即回,正好请人英代为留守,自己去往峨眉一行。"便和人英说了。人英未见轻云,本在失望,闻言立允。灵云独自一人带了金珠、灵丹,二次飞往峨眉解脱坡,交与宝相夫人。

聚了数日,本欲回宫,忽然想起人英、轻云本来情厚,只因忙于修积,会短离长,虽无儿女之私,相见必有话说。自己在旁,这两人一个面嫩,一个拘谨,好些不便。当时又无处可去,忽想起孙南和自己也是累生情侣,只为当初嫌他情痴太甚,恐其两误,姑以正言规劝。自从九华分手,开府再遇,双方便渐疏远。以后偶然相见,虽未尹邢避面,迥非以前如影随形,非到万不得已,不舍分离情景。后听人言,他功力精进,修积甚厚。分明根骨稍差,自惭形秽,专一刻苦自励,以求上进,免使自己轻视,实则心中仍蕴热情。如与轻云、人英来比,未免对他太薄。又因孙南对自己敬爱太甚,前生相处,稍假辞色,便心喜欲狂。转世以后,表面不似前生那等亲密,人也端谨得多,而真诚流露,情爱之深更甚于前。不过敬重自己,知道志切修为,恐拂己意,言行慎重,不敢露出而已。

灵云越想,越觉自己迹近薄情,对他不起。良朋久别,尚且相思,况是三生情好。欲乘此时无事,前往访晤,加以慰勉,坚其向道之心。念头一动,立时起身。本意飞往莽苍山，先与孙南叙阔，再寻朱文、吴文琪良晤。到那里一看，只吴文琪独居山中，说起昨日七星手施林来谈到孙南、尉迟火黄河救灾之事。算计二人必在黄河灾区一带行道，意欲跟踪往晤。如若不遇，就便可向玉清大师叙阔也好。于是又往黄河灾区飞去。

飞行神速，不消多时便已到达。哪知二人此时也正回山，云路相左，竟未遇上，以致生出波折。刚刚飞过铜瓦厢，见黄河水势正在减退，沿途难民甚多，到处都有富绅善士所设的善堂，施舍衣食银钱，办理甚善，灾民欢呼颂德之声，所在都是。先当是玉清大师佛法慈悲。正在沿河前飞，打算择地降落，探询三人踪迹。继而一想："尉迟火昨日才与玉清大师相遇，灾区蔓延数千里，中途还要变卖那么多金珠。玉清师徒共只三人，任凭法力多高，事前防御灾劫尚还容易，灾象已成，再往救济，何等烦难，岂是一天半日所能办理完善？"于是沿河上飞，暗用仙法查听。

她一连飞行了数百里，到处歌功颂德，异口同声，说是从来救灾无此完美，也没有这么多的善士。最难得的是银、米丰足，被淹没的土地，水退以后，全成沃壤。每一灾民除当时所领救济费而外，并还各按本来行业，人口多少，给以安家治生之用；老弱残废，均有所食，使其温饱，以终天年。经此一来，连那素常贫苦，无依无业之民，均有得遂小康之望。妙在那么多地方所设善堂不下数百，各有专人总管，办事井井有条，一点看不出有人暗用法力相助之迹。灵云几经留神观察，只两三处大善堂为首诸人密计时露出一点口风，大意是说："我们必须仰体仙人恩义，宁可枉费，不可遗漏。好在仙人钱多，我们问心无愧，必无话说。只不许灾民得知详情，张扬出去。我们未费甚钱，得此善名，虽出仙人之意，心终不安，惟有日夜用心，多出点力。"所说大同小异。听那口气，所遇仙人均在同一时间，颇似用身外化身分头下手神气。

灵云正在奇怪，已经飞近城池上空。瞥见一片极轻微的祥云横空而渡，由斜刺里高空中飞来，往侧面飞去。那云飞得又高又快，宛如薄薄一片彩色轻烟，在当头高空苍冥之中一闪即过。如换旁人，必不在意。灵云近年法力大增，开府之后越发长了经历。见那彩云看去薄薄一片，又是逆风而渡，聚而不散，飞得那么高，以自己的慧目竟不能透视云上，断定不是寻常人物。方按遁光回顾，猛想起灵峤三仙师徒，来去都是祥霞丽霄，轻云冉冉，与异派仙侠御剑飞遁，破空冲云而渡，迥不相同，这片彩云正与他们同一路数。记得灵峤女仙陈文玑、赵蕙，与己一见如故，十分投契，曾有不久重逢之言。一晃数年，并无音信。所居仙府，中隔十万里流沙与八千寻罡风之险，已近灵空仙界。以崔五姑的法力,上下尚且艰难,何况自己。前月取出紫云宫玉池藏珍,虽有一件法宝可御罡风劫火,但因初得到手,尚未重新炼过,只能抵御罡风。此宝关系重大,异派中首要诸人全都梦想多年,得到便能抵御天劫,一旦出现,必定百计窃夺。放在玉池宝库以内,自然无妨。带在身旁,此时法力尚不能掩蔽它的精光宝气,一被发觉,就不被夺去,也永无宁日。父亲命藏原处,不令带往峨眉,可知重要。为此格外慎重,不敢妄用。

灵云久欲去往灵峤仙府访晤,均未得便。看出彩云正是灵峤仙府之人,意欲探询陈、赵二仙近况,立时追去。彩云神速已极,灵云的剑遁竟几乎追它不上。对方不知何人,又未便传声相唤。方疑失之交臂,彩云忽然向前飞堕。双方高低悬殊,恰好相继落下。一看落处,正是嵩山太室山后绝壑之中。两下里相隔不过数十丈,灵云早看出云中是一位美貌少女,装束也和陈、赵二仙女差不多,人却从未见过。想起适才飞行太急,无故追踪,似乎无礼。方一寻思,那女仙本是面有愠色,神情匆促,回顾灵云,忽然转嗔为喜,微微一笑,欲言又止。灵云见她身材不高,娇小玲珑,神态天真,越想亲近。正要乘机上前请教,前面崖凹中忽然走出一个黑衣老妇,生得身材高大,相貌丑怪,从未见过。手里拄着一根黑色的藤杖,杖头杈枒颇多,遍刻着鸟兽龙蛇之形,黑烟缕缕,由蛇鸟口内喷出。一望而知不是正经修道之人。少女面上立转愁愤之容。因地势弯曲,老妇背向自己,落时遁光已收,料未发现,忙隐身形,轻轻掩向前去,藏在小石后面,暗中查看。

灵云只听老妇格格怪笑道:"小姑娘,可是想讨还你那玉环么?"少女气道:"此宝乃我恩师之物,不能失落。一时疏忽,被那小贼诡计盗去,约我来此取环。已经延误三日,如今急于回山,如肯还我,情愿送你一件别的法宝,免伤和气。你看如何?"老妇突把两只鹞眼一翻,狞笑道:"你说什么?凭你那样来历的人,身带这物,怎会被人盗去?我那小孙儿,共才学了几年道法,岂能近身?分明有心相赠,事后生悔。除非答应嫁我孙儿为妻,同在我洞中修炼,休想将环取回。"少女怒道:"无知丑妇!我原是一时疏忽,误中诡计,被小贼乘隙将环骗盗了去,等我警觉搜寻,人已隐形遁去。只发现一片树叶,上写有事相求,约在此地奉还。后遇一位道友,得知你为人贪狠。因为急于回山,委曲求全,自认晦气,另以宝物交换,谁知这等狂妄刁诈!快将此宝还我,免动干戈。"话未说完,老妇厉声喝道:"无知贱婢!我居此三百多年,何人敢犯?竟敢对我无礼么?好说谅你不从,今日教你知我的厉害。"

老妇说着,手微一晃,杖头上立有五股极浓厚的黑气,各按所刻形象,化作龙蛇鸟兽等猛恶之物,口喷各色毒焰,向前夹攻。少女也似早有准备,扬手一片祥光,先将全身护住。跟着放出一粒宝珠,化为斗大一团银光,向老妇当头打去,被内中一条龙形黑气迎头敌住。少女又连施了两样法宝,俱被老妇杖头上所发黑气结成的妖物分别抵御,不能上前。下剩一蛇和一只形如鸥枭的怪鸟,仍向少女猛扑不已。晃眼妖蛇黑气加盛,紧缠在护身祥光之外,妖鸟又在当头下击,蛇鸟口中毒焰似火箭一般喷射不已。少女被困其内,上下四外全被黑气裹紧,所带法宝已全发完,大有败意。老妇连声喝骂,令其速降,免遭毒手。

灵云见这老妇白发如绳,乱草一般披拂两肩,当中露出一个猪肝色的大头,浓眉如刷,目射凶光,鼻尖似被削去,鼻孔大如龙眼,两腮奇大,又咧着一张缺口,露出稀稀落落几根又尖又长的利齿,形态丑怪,声如枭鸟,简直不似生人。杖头上所发黑气一经出现,便成实物,上下飞舞,口喷毒焰,猛恶异常。少女身受围困,满脸愁急悲愤之容。灵云早想相助,因为素来持重,妖妇初遇,从未听人说起,不知来历深浅。心想:"当地靠近嵩山二老故居,怎会容此妖邪盘踞?如是新来,听口气又觉不像。"意欲查看明白,再作计较。又想灵峤诸仙法力甚高,既命下山,决不容人欺侮,难得相遇,正好看看她的法力。稍为一停,少女已经被困,不由激动义愤。暗忖:"妖妇邪法虽然厉害,自己身带飞剑、法宝均具绝大威力,怕她何来?"

灵云心念一动,正准备冷不防将几件法宝、飞剑连同太乙神雷一齐施为。妖妇性情凶暴,见敌久不降服,也甚暴怒,待下毒手,刚喝得一声:"贱婢你真想死么?"忽然一道青光,由崖凹中飞出。灵云见这青光眼熟,并非邪教,欲发又止。青光落地,现出一个少年,拦跪在妖妇面前,直喊:"太婆饶命!待我劝她降顺。"灵云认出这少年正是前在峨眉为害芝仙,被自己押往青螺峪,现为凌浑门下的杨成志。不知怎会和妖妇一起,又是这等称呼?双方师门均有渊源,凌浑性情古怪,恐生嫌怨。心中踌躇,再一查听,不由大怒。

原来妖妇所说小孙儿,便是杨成志。杨成志出现以后,妖妇便将手上快要发出的一股黄光邪火收回。狞笑道:"小孙儿,不要太痴。此女即使被迫嫁你,也非心愿,何况她已准备事急兵解,宁死不从。我二次出世虽才三月,你已得了我不少传授。照你所说,峨眉门下美女甚多,早晚还不由你随便选择,何患无妻,非要此女做甚?我虽多年禁闭,仍是当年脾气,顺我者生,逆我者死。此女口出不逊,本无生理,因你爱她过甚,方始宽容。如此倔强,岂容活命?她已被我五形神火困住,想要兵解,遁逃元神,岂非做梦?我只扬手之间,便成蛇鸟口中之物。你将她这件法宝得去,再经我祭炼之后,决少

364

敌手。那时照我所传,遇上峨眉心爱的人,擒来成婚,岂不一样称心么?"杨成志仍苦求道:"孙儿实是爱她。并且峨眉那些贱婢,俱都看我不上,尤其齐灵云、李英琼可恶,将来只想报仇,不想要人了。"

灵云在旁,闻言已是气极。又见少女气得乱抖,想是素性温柔,骤遇横逆,一句话也说不出来,只把目光望着自己先前隐身之处,似有求援之意。手中握着一口尺许长的玉刀,已经发出精光,似要自杀,又在迟疑神气,心越不忍。转念一想:"此贼已经叛师附邪,凌老前辈未必再肯护他;即或不然,灵峤三仙乃凌氏夫妻至交,他门人这等行为,人神共愤,见面也有话说。"想到这里,立时发动,飞剑、法宝同时施为,紧跟着双手齐扬,又把本门太乙神雷连珠般发将出去,精光、宝气,照耀岩阿,虹飞电舞,金霞乱窜。数十百丈金光、雷火纷飞四射中,妖妇存身的崖凹先被炸裂,成了粉碎,山地也陷了七八亩大一个深穴。当时沙石惊飞,尘土齐扬,地震山崩,天鸣谷撼。

灵云自从学道以来,遇见强敌,从来也未如此出手。这时因觉邪法厉害,惟恐一战不胜,更费手脚,上来便用全力。妖妇也是禁闭年久,新近出世,不曾想到后起中竟有好些能手。先前分明已听出破空之声降落附近,依然托大自恃,守着昔年人我不犯的戒条,不特未放心上,竟未回顾,打算制服少女后,再问来意。只要在离崖十丈以外,便不过问,否则看事而行。半晌未听身后动静,还当来人被自己吓退。为防少女元神遁走,全神贯注前面,做梦也未想到这等厉害。灵云所用法宝,内有两件恰又是专破这类邪法的克星,新近才由玉池宝库取出,刚刚炼好。因恐毁损仙景,久欲觅地演习,素性不喜炫弄,未得其便,只知威力甚大,不知底细。此时急于救人除害,全力施为,加上别的飞剑、法宝和太乙神雷,多高法力的人遇上,也非死必伤;何况妖妇丝毫不曾防备,变生意外,来势神速,纵有一身邪法,神通变化,也是难当。宝光、雷火电射中,那五形妖物还未全消,妖妇已随同那片崩裂的危崖山地震成粉碎。元神刚刚飞起,灵云早就防到妖妇擅长玄功,炼有元神,一见飞起,左手一指,新炼成的至宝日月轮所化一红一白两轮宝光,早电也似急迎向前去。妖妇元神先吃那团冷森森的银色寒光照定,不能脱身。跟着日轮所发万道毫光往上一合,火星电旋,闪得一闪,立时消灭无踪。

杨成志站在妖妇身前,本难免死,总算运数未尽,新近炼有一身邪法,隐遁极快,人又刚刚立起,走向少女身前,想要威逼劝说,恰巧离开。灵云因知内有二宝威力太大,虽然由心运用,终以初次施为,投鼠忌器,惟恐少女万一波及,本心又只想生擒扬成志,交与凌浑发落,不愿伤他。有此顾忌,连那五形妖物也只除去三个,内中一鸟一蛇,因是紧附少女护身祥光之外,反被苟免。它们全是修炼千年以上的妖物,被妖妇杀死,将精魂摄来,炼成法宝,厉害无比。一见主人及同伴同时惨死,禁制已破,无人拘束,又见来敌如此厉害,立即乘机遁走。杨成志闻声惊顾,瞥见神雷、宝光横飞电射中妖妇惨死,邪法全破,自身几受重伤,不由亡魂失魄,哪里还敢停留,本要逃走。忽然想起一事,百忙中竟犯奇险,往原处隐形遁去。等到灵云与少女相见,入洞查看,妖书已被盗去,几乎留下后患。不提。

蛇鸟妖魂均具神通,逃时神速非常,由大变小,一闪即隐。这时,满崖谷宝光照耀,飞剑纵横,雷火又极强烈,微一疏忽,只当全数消灭,并未在意。方觉杨成志没有擒到,少女忽然将手一招,立有一圈青光由劫灰中飞起,化为一只青玉环落向手中,含笑迎来。灵云忙收法宝相见,未容开口,少女匆匆说道:"妖妇虽死,洞中藏有妖书,姊姊取来,大有用处。少时再作详谈如何?"灵云见她美丽天真,神情亲热,闻言笑道:"道友贵姓?可是灵峤三仙门下?洞中可有妖党么?"少女笑答:"家仙祖赤杖真人,所说三仙乃小妹的师伯,家师为兜元仙史邢曼。妖妇近始脱困,洞中只她一人。我防小贼前往偷盗,但我想他也许无此大胆。"话未说完,灵云原因行事谨慎,恐有余党,不便冒失,打算问明入洞。闻言忽想起杨成志隐遁神速,心中一动,忙说:"事果可虑,我们查看之后再谈也好。"

第二七四回

惆怅古今情　魔火焚身惊鬼魅

缠绵生死孽　花光如海拜仙灵

　　灵云和少女一同飞进洞中,见那妖洞前半已被震塌了几十丈,碎石堆满,已被隔断。只近顶处,似被人用法力穿了一洞,仅容一人蛇行而入。便料有人到过,也许还未出去。立用仙法封禁出口,一同飞入。里面乃是一座极广大的山腹石洞,内中只有一个石榻,一个法坛,上面插着几面妖幡,邪气隐隐,此外无甚陈设。榻已中裂。内有一槽深约二尺,大约尺许,作长方形,似是藏书之所。书已不见,裂口旁染有两滴鲜血,痕迹犹新。槽中还有两粒丹药;一支妖针,长才寸许。仿佛匆忙中不及取走。知道书已被人盗去,总共立谈几句话的时间,也许贼还隐藏洞中,未及逃出。洞口又有禁制,只要行法查看,便可寻到。为防暗算,正在戒备着四下观察,忽见离地数十丈高的洞顶上起了一片裂音,声甚轻微。灵云还未觉异,忽听少女急呼:"姊姊留意!"立有一片祥光飞起,照向二女身上。一句话未说完,轰的一声大震,整座山顶崩塌下来。少女忙道:"小贼在外暗算,必已盗书逃走,也许能够追上,我们快走!"说时,手指处又是一片彩云,拥了二人,由那数十百丈碎石尘沙猛压中飞身而上。

　　灵云因身带宝镜,多么厉害的隐身法俱都能破。此时全山崩塌,敌人必以为暗算成功,将人压死,正在上面快心之际,兴许想不到当时便能冲出,只要用这面伏羲镜破去隐身邪法,任逃多远也能追上。当即运用飞剑、法宝相助少女,冲荡开千层石沙,向上飞射。晃眼透出崖顶,用镜四外一照,哪有人影。少女笑道:"小贼已学妖妇邪法,他知姊姊法力高强,虽想报仇,奸计未必有效,一面暗算,人早逃走。日后我再寻找凌师伯理论,反正难逃公道,暂时由他去吧。适才忙于取书,无暇多言,仍被小贼捷足先登。小妹名叫花绿绮。姊姊必是峨眉齐真人门下三英二云之一,今日如非大力相救,几遭不测。想起法力不济,强要下山,幸蒙家师怜爱,还赐了两件防身法宝,初次遇敌,如此狼狈,空自修炼三百余年。如和姊姊来比,那么享名百年,号称无敌的妖妇，一举手间，形神俱灭，岂不教人愧死？不知尊姓芳名？可能不弃，结一同道之交么？"

灵云见她骨秀神清，明艳绝伦，宛如美玉明珠，无限容光，自然流照。性情偏是那么温和，语声又清婉柔丽，如啭笙簧。比起几个最美的女同门，另具一种丰神。心想："似此美好娇柔，我见犹怜，何况杨成志这等心术不端的男子。"又见她依依身侧，执手殷勤，笑靥相问，吐气如兰，玉手纤纤，春葱也似，入握温软，柔若无骨，由不得越生怜爱，思与亲近。随笑答道："愚妹便是齐灵云。今生修道，并无多年，姊姊比我年长得多。许附知交，原所欣慰，这等称呼却不敢当。"

绿绮笑道："实不相瞒，小妹从小娇惯，又蒙师长、同门加意怜爱。灵峤仙府中长幼儿辈，除朝参师祖，传授道法而外，平时相处，多是笑口常开，常葆天和，从无一人疾声厉色。小妹在同辈中入门最晚，年龄最稚，于是养成这种柔和性情。觉得人若幼小，平日易得师长怜爱，就有错事，也比起别人易得原谅，所以自来不愿居长。姊姊今生入道虽然年浅，休说法力高强，胜我十倍，便按修为年岁来说，齐伯父九世修为，姊姊乃他最前生的爱女，先后总算起来，还是我的老前辈呢。不过我爱姊姊，一见投缘，结为姊妹，要亲热些罢了。"

灵云见她如此天真稚气，几番逊谢，坚执不允，只得罢了。绿绮又道："姊姊法力比我高得多，以后我便是你小妹，再受人欺，姊姊却不要置身事外呢。"灵云道："愚姊仅仗法宝之力，如论修为，实差得多，妹子何出此言？万一有事，休说愚姊，便一班男女同门遇上，也必以全力效劳，怎会袖手？"

绿绮想了想，笑道："家师说小妹以后多灾多难，此次修积外功，众同门俱都奉命下山，家师本欲以人力避免，令我独留。小妹平素让人，修为之时却耻落人后，再三求告，方蒙允准，为此还拜赐了两件法宝。本心早想结交正教中几位道友，偏生最后一人下山，初来凡间，人地不熟，一些男女同门均早下山行道，一时无从寻访。偶然想起白发龙女崔师叔，近两年曾往灵峤宫去了好几次，对于小妹最是怜爱，曾说异日下山，可去青螺峪寻她。小妹想得她一点照应，寻到一问，凌、崔二位师叔均往休宁岛未归。门人也多下山，只有两人留守，一名于建，一名俞允中，人尚老成。问知我来历，知我尚无住处，留我住在那里，随时出外修积。

"小妹生具洁癖，本无适当居处，有此洞府暂居，主人又是师门至交，自然是好。不料第二日，又一门人回来，便是小贼杨成志。小妹久居灵峤，早忘男女之嫌，何况是主人门下，全未想到别的，反因他对我殷勤，心生感谢。起初除觉他遇事先意承旨，全神在我一人身上，对于于、俞二人却是冷淡，尤其和于建时常背人争论,和对我相去天渊。也只当是这两人与他平素不和,因我是客,又想求取蓝田玉实,因此格外讨好,并未觉异。中间我同他出来行善修积,刚觉出他不应那么亲热,不愿再与同行。哪知小贼竟早在我到以前,闲游嵩山,与他前生祖姑、尸毗老人之妻女魔王阿怛含婆在此谷中相遇。

"妖妇虽是魔教中长老,但在前生,与她丈夫原是怨偶。后又背师叛教,身受魔刀分身之刑。因愤丈夫不肯救她,全仗所习邪法才免斩魂之厄,心中愤恨,戾气所钟,相貌奇丑。事也真巧,妖妇刚转世不久,便得到一部妖书,费了一甲子的苦功,练就神通。头一次出山,便寻丈夫作对。尸毗老人先还念在旧情和爱女的分上,不与计较,每次逐走了事。后来仇恨越深,纠缠了数百年。最后一次,才将她封禁此地绝壑之中。妖妇仍不屈服,立誓报仇。老人说:'你数限当终,至多只有百日寿命。我虽将你禁闭在此,实是夫妻一场,加以女儿苦求,借此助你脱难,到时自有前生业障寻来,与你合力,将我禁法破去。彼时你如在百日之内不离此洞,或是自知悔罪,一出困便来寻我,只要肯服输,我便既往不咎,使你免此大劫;否则必遭惨祸。'说罢走去。妖妇由此在洞中潜修,苦练邪法,费了多年心力,刚把解禁邪法炼成,短一助手,小贼恰巧无心寻来。便在里面发话,令其相助,竟将禁制破去。

"小贼于是借着行道为由,前往学炼邪法。因遇见我,起了邪心,已有多日未去,妖妇行法唤他。小贼看出我生了疑心,又知我不久尚须出山一行,奸谋必被家师看破,就势前往求助。妖妇不知用甚邪法,算出我那玉母环关系甚重,设下阴谋,令小贼埋伏途中,假装路遇,将我拦住,说是附近山中有一妖人,与斗不胜,请我相助。我不知那妖人是他新结交的妖党,预先伏有妖妇邪法幻象,一见化身太多,便把所有法宝全使出来,只有此环未用,妖人受伤败逃。他见我法宝神妙,假装佩服已极,问我还有其他法宝没有。并说他在附近山中藏有凝碧仙酿和几样佳果,请我就在当地同饮。我见那山风景颇好,又听陈师伯说过峨眉酒好,见他不是以往讨厌情景,只当愧悔,我素性又不愿与人难堪,勉强应诺,便把此环取出。小贼接过,便套在手上。我因此宝外人不能使用,随着心念一动,立可飞回,小贼又在殷勤劝饮,也未在意。等酒方要沾唇,忽然想起地邻妖窟,小贼酒果如何藏在附近?取酒时又是隐形来去,一晃取来,来去甚快,妖人已走,何须如此?酒色深红,也与凝碧二字不符。同时闻得酒香浓烈,还未入口,便觉心神微晕,情思不宁。忙定心神,一抬头,小贼一双鬼眼正对我看,手持一符已经抬起。越知不妙,忙用法宝护身,向其责问。小贼情虚,立纵妖光,隐形遁走。我忙行法禁制全山,想断小贼逃路,再行搜索,哪知妖遁神速,并未追上。我气愤太甚,忘了先收此环,竟被邪法禁隔,连收不回。正在着急,发现小贼所留树叶妖符,说是有事相烦,令我三日之后来此取宝。

　　"彼时不知妖妇来历,因是回山心急,第三日便赶了来,途遇玉清大师,才知底细。玉清大师又说她在黄河救灾,一班同门师兄妹也在黄河两岸,相助成此善功。妖妇命我三日后去,实是多年禁闭,尽管仇深恨重,因本身劫难,局中人多高法力也算不出,知她丈夫昔年所说必有原因,心中胆怯,意欲挨满百日之后再出为恶,并寻丈夫报仇。我今日来此找她,虽有险难,结局无害,并可交一良友。小妹依言赶来,到时发现姊姊在后追赶。因玉清大师行时曾说:'前途无论遇谁,在未与妖妇相见以前,不可相见交言,否则两误。'所以不曾回顾请教。后见姊姊是个美貌女子,方在喜欢,人忽隐去。本心还想善罢,妖妇凶横太甚,终于动手。全仗姊姊免此一难。小妹灾劫尚多,以后行道不在一处,万一有事,如何能够助我呢?"

　　灵云道:"愚姊与两同门姊妹见紫云宫中昔年残毁的精金神铁甚多,除改铸飞剑之外,又炼了不少子母传音针,现由门人祭炼,愚姊妹闲时也相助同炼。将来炼成,当送妹子数套。如若有事,将此针往地上一掷,心念紫云宫或别的所在,子针立向母针飞回,不久即可往援。好在妹子回山,往返尚须时日,再下山时,何妨绕道紫云宫一游,就便取针,不是好么?"绿绮大喜道:"妹子久闻紫云宫乃海宫仙府,灵景无边,想不到姊姊竟是宫中主人,再好没有。"灵云又问知陈、赵二女仙已同下山,只陈文玑同另两同门去往北海访一道友,不在中土。余下全在黄河两岸灾区行道,赵蕙也在其内。方欲往见,绿绮忽道:"姊姊快看,师姊他们怎会往此山飞来?前面还有好些外人,是何缘故?我们追去看看如何?"灵云见前面遁光虽非妖邪一流,看去眼生,飞行却快得出奇,颇似一追一逃神气。料知有事,又想与赵蕙相见,就便结交几个道友,立即应诺,一同飞身追去。

　　前行两起遁光本极神速,二女发现,已经飞过,再一耽延,虽只几句话的工夫,踪迹已杳。二女各以全力催动遁光,由后急追,并未追上,晃眼便是三四百里。因恐对方不见,一面朝着去路急追,一面留神查看,不觉又飞出了好几百里。灵云笑说:"令师姊们飞云驭空,瞬息千里,不必说了,怎前面诸人飞得也这样快法?"绿绮道:"小妹在同门中功力最差,否则也不致落后太远,连影子也看不见。前飞的人,颇似陈师姊常说的冷云仙子余娲门下,她自峨眉开府受挫,便恨我们师徒,背后并有报复之计,莫要狭路相逢动起手来。可是师兄姊他们性均温和,决不会赶尽杀绝,追得这么急,令人不解。姊姊宝镜何不取出一照?"灵云方答:"前面诸人并无败意,也许双方订甚约

370

会,前往比斗。"说着,将镜取出,未及照看,猛觉遁光遇阻,似被一种极大潜力吸住,往下坠落,情知下面有人拦阻。绿绮初次经历,未免情急,欲用仙法抵御,强行挣脱。灵云终是持重,心疑拦路的人许是师执尊长,恐有疏失,忙即劝阻,非但不与相抗,反把遁光一按,往下飞降。满拟此人法力甚高,必是乙、凌、白、朱诸老之一。如是对头,凭着近来功力法宝,就不能胜,全身而退也非难事。便把先前所用法宝暗中运用准备,若见势不妙,仍照前策先下手为强。

灵云目光到处,瞥见下面乃是大片松林,林外山坡上站着一个白衣少年,素昧平生,从未见过。心方惊疑,人已飞近,发现少年是个丰神挺秀的书生,面带微笑,态甚温文,右手拿着一根青竹枝,正朝自己这面微招。他的手刚放下,灵云忽然想起七矮在苗疆与红发老祖斗法以前,所遇前辈散仙,正是这等装束神情。福至心灵,顿触灵机,忙把绿绮的手握了一下,示意不令开口。落地便收遁光,躬身上前问道:"仙长可是枯竹老仙么?"少年微笑点头道:"你倒有点眼力。"灵云忙拉绿绮一同跪拜行礼,说道:"这位便是东极大荒山无终岭枯竹老仙,妹子快快随我拜见。"少年笑道:"我与令尊神交至好,便赤杖真人,以前也有数面之缘。我向不喜人多礼,一拜已足,可同起来说话。"灵云曾听人说过枯竹老人性情,便同绿绮起立。问道:"弟子等适才飞行寻友,老前辈见召,不知有何仙谕?"

少年笑道:"你和灵峤诸弟子不久大难将临,日前被我无意之间偶然发现,算出因果,结局无碍,目前总是讨厌。前飞的冷云门下几个孽徒,便是起祸根苗之一。灵峤诸弟子下山,各奉锦囊仙示,虽同被困,暂时还不致有甚险难。你二人中一个防魔法力较差;一个本身定力虽坚,但受前生情侣牵累,微一疏忽,易于两败。对方乃魔教中第一人物尸毗老人,近百年来本已改习佛法。只为以前旧习太深,既不舍放下屠刀,尽弃前功,去旧从新,作大解脱,又以天性刚烈,尚气任性。自觉年龄、行辈俱尊,眼前极少有人配做他的师父,虽有一两位神僧,未遇机缘,耻于登门求拜。而且又想以大阿修罗法参同佛门妙谛,别创禅宗,为此委决不下。

"近年推算他的气运成就,只有三条路走:一是自甘卑下,以虔心毅力,往求天蒙禅师与雪山智公长老度化,从此皈依,以求佛门正果;一是方才所说,会合两家之长,别创禅宗;还有一条,便是自恃魔法神通,练就不死之身,仍照以前故习,虽不为恶,却要重开魔教,广收门徒,与各正教相抗,一分强弱。因第一条虽是他向往多年的明路,无奈佛门虽然号称广大,普度众生,但对他这样人,却非有极坚诚的毅力恒心,甘受诸般磨折苦厄,难于入门。而他平生对人,专以喜怒为生死,因果甚多。佛菩萨那么高法力,前生误伤禽鱼走兽,尚受报应,何况是他。此去皈依,必受许多令其难堪的苦难,空有偌大神通,全都无用。更须将一切因果全都偿完,才望成就。以他那等法力智慧,仍受无相魔头暗制,临机竟起畏难之念,欲行又止,本就举棋不定。

"新近小寒山二女往救阮征,他因事出意外,不曾准备,人被强行救走,丢人现眼。道浅魔高,不知危机将临,竟因此激发怒火,故态复萌,认定令尊有意使其难堪,定要报复。总算多年修为,把以前狂妄狠毒的心性改去了些,未为太甚,用意只想一报还一报:把峨眉门下近已解脱了的几个前生情侣强摄了去,禁入天欲宫中,在魔法禁制之下,使其勘破情关,才行放出。否则中意的收到他的门下;惹恼他的任在宫中放纵情欲,自生自灭,死后元神永做魔宫男女侍者。虽不似别的邪魔将生魂炼成法宝,沉沦苦厄,日受炼魂之惨,并还和他门人一样享受,但天劫降临,终归消灭,升仙成道更是无望。这第一起,便是你和孙南、金蝉和朱文两对,不久将全被擒去。固然令尊和天蒙、白眉两神僧均早算就此事,另有安排,但总觉你四人小小年纪,遇此难关,稍一疏忽,累世修为全成泡影,实在可怜。但是此老魔法甚高,三千里内对他有甚行动,明如指掌,这两日正在附近往来。此老又正魔星照命,以善为恶,倒行逆施之际,不可不防。

"为此我暗布旗门,将你二人引来,在我乾灵仙遁之中,他决观察不到。除对你们事前指点而外,昔年借与令尊的巽风珠虽未取回,此珠我共炼有一十三粒,恰在身边。除分一粒宝珠与绿绮外,下余全数赐你,另加灵符一道,六个旗门。照我用法施为,可免好些苦难。此老性暴,既看中你,决逃不脱。等我说完,仍照原路赶去,定与相遇。见时话须得体,法宝用作防身,不可仗恃威力,与之相抗。否则,他那前生冤孽新死你手,此老情热,尽管厌恨,犹有故剑之思。只要不将他触怒,必当你事出无知,不再计较。否则,新仇旧怨,一齐发作,此去便多吃他苦头了。"

说罢,取出六根长才尺许的青竹枝,一片上绘灵符的竹叶,十三粒宝珠,除分了一粒宝珠与绿绮,其余全赐予灵云,并分别传授用法,便命起身。

灵云、绿绮随即拜别,仍往前途赶去。飞出又数百里,刚刚到达秦岭上空,遥望前面高峰之后宝气蒸腾,霞光闪耀。料知双方正在斗法,连忙绕向峰后一看,果是灵峤男女诸仙正与余娲门下斗法。双方约有十余人,除开府时见过的赵蕙、尹松云,以及对方的毛成、褚玲等有限数人而外,多半并不认识。两下里相隔也只有二三十里,二女慧眼看得逼真,见双方斗法正酣,旗鼓相当,两不相下。因避熟人耳目,借着高峰隐蔽,离地不高。有的更在地上,各用法宝、飞剑相持。正待上前助战,忽见侧面电也似急飞来一道极长大的黄光，只一闪，便到了众人头上，立时往下飞泻。双方似知不妙，看出厉害，各用飞剑、法宝防身抵御。立时精光万道，霞彩千重，上冲霄汉，势甚惊人。方料双方必有恶斗，说时迟，那时快，就这晃眼之间，黄光中飞出一片其红如血的光华，映得天都红了半边，但是神速异常，略现即隐。再看战场，连人带宝已无影迹。

同时黄光中现出一个身材高大，白发红衣，手持白玉拂尘的老人，悬空而立，手指自己这里，似要发话。二女也已飞近，因先得高明指教，再见这等情形，知难逃避，不动手又恐露出马脚，各把飞剑、法宝放出防身，迎上前去。问道："这位道长，素昧平生，为何将我几位道友擒去？"尸毗老人此来，本是满腹盛气，想将二女一齐摄走。及见灵云迎前发话，手托日月轮，好似微微吃了一惊，转口喝道："你便是齐灵云么？先前所杀老妇，你可知她来历？"灵云知他怀恨，便把前情一一告知。并说："我乃事出仗义，因见妖妇邪法厉害，急于救人，故下杀手，实不知她姓名、来历。我想道长并非与她同流，既出此言，想有瓜葛。似此恶人，难道道长还要为她报仇么？"尸毗老人冷笑道："我虽不值为她报仇，但你父仗恃法力，与我为难，心实不服。我知他门下弟子均受玄门真传，为此想擒几个去，试验他门中人的道力。好好随我同行，免受苦痛。"灵云抗声答道："你是何人，如此狂傲？看你法力、年辈，当非庸流，只要说出一个来由，使我心服，我姊妹自甘听命。否则临死也要拼个高下。"

老人便把阮征前事一说。灵云立即改容，躬身答道："我不知老前辈便是阮师兄的岳父。实不相瞒，上次阮师兄脱困时，家母因他八十一年期满，曾命我送还他的法宝。可惜匆匆一见，不曾谈到老前辈的威仪，致多冒犯。事出无知，还望原宥。家父与阮师兄分手八十一年，久未见面。前两年虽曾赐柬，令其将功赎罪，由此闭关，便未过问，怎会有意为难？至于弟子，先前实是不知。既知老前辈驾临，休说流萤之火，不敢与皓月争辉，便以阮师兄而论，也是前辈尊长，如何敢于放肆？何况老前辈此举，与人无伤，正可借以试验自己的道力，闻命即行，何劳老前辈动手呢？只是弟子义妹绿绮，法力浅薄，灵峤诸仙素无嫌怨，如蒙许其归去，固所深幸，否则也请另眼相看，感谢不尽。"说时早把防身法宝收去，以示听命。

老人见状，反倒不好意思，略一迟疑，笑道："你倒大方，话也得体。人不犯我，我不犯人。无暇长谈，决不难为你们，即使陷身情关，也必成全你这一对。此时箭在弦上，且随我走吧。"说罢，扬手一片红光闪过，灵云立觉四外沉黑，身被摄起，先还能和绿绮谈说，过有些时，便不听回音。倏地眼前一亮，自己落在神剑峰魔宫外面，绿绮不知何往。所见也与孙南相同，只引路的是一魔女,见面并未多说,便将灵云引入天欲宫去。

灵云因事前有了准备,法力又较孙南为高,一到便悟出玄机。初意还想运用玄功,在内打坐,哪知魔法厉害,非比寻常,道力越高,反应之力更强。休说丝毫念头都起不得,便是五官所及稍为萦情,一注目间,魔头立时乘虚而入。由此万念纷集,幻象无穷,此去彼来,怎么也摆脱不开。灵云尽管洞悉此中微妙,仍然穷于应付。最厉害的是情关七念刚刚勉强渡过,欲界六魔又复来攻。此虽无关身受,终是由于一意所生,不论耳目所及,全是魔头。人未逃出圈外,不能无念;便能返照空明,但是起因由于抵御危害,即此一念,已落下乘,魔头必须排遣。虽仗本门传授,勉强把心神镇住,一经时刻提防,先生烦恼。魔头再一环攻,机识微妙,倏忽万变,全身立受感应。

接连两日,受了不少苦痛。先因魔法厉害,稍为疏忽,动念之间便为所伤。惟恐取宝施为之际中了暗算,孙南幻影又复缠绕不休,未敢造次。后来实在忍受不住,便运用玄功奋力相抗,想要取宝防身,仍是不得机会。后来忽然急中生智,听其自然,只把心神守定,任凭孙南抚抱温存,见若无物,果然好得多。那幻象见她不理,时而哭诉相思之苦:"已历三生,好容易有此机缘,并不敢妄想鱼水之欢,只求略亲玉肌,稍以笑言相向,死且无恨。否则,也请心上人念我情痴,回眸一笑,免我伤心悔恨,于愿已足。如何萧郎陌路,冷冰冰置若罔闻?此举与你无害,我却平生愿遂,其乐胜于登仙。我爱你多少年,昔日也承温言抚慰,义厚情深,美人恩重,刻骨铭心。常说他年合籍同修,可以永享仙福,花好月圆,与天同寿。谁知今日落在患难之中,你竟视若路人,连句话都没有,负心薄情,一至于此。"说着说着,忽然面转悲愤,情泪满眶,抱膝跪求,哭将起来。仿佛先前所说肌肤之亲,都因玉人薄幸,已不敢再想望,只求开颜一盼,也自死心。

灵云此时端的危险异常,只要心肠稍软,一盼一笑之间,立陷情网,休想脱身。幸而胸前藏有宝珠,虽未取用,仍具灵效。被困时久,居然发觉孙南两次幻象。虽还不知此时是真是假,心早拿定主意,想将枯竹老人所赐灵符、法宝取出,将身护住,然后相机应付。心想:"眼前这人就是真的,也为魔诱,事完尽可向其劝解,必生愧悔。到底不理他为好,以免得寸进尺,穷于应付。"

心念动处,早把旗门、珠、符一同取出,加以施为。先是一片青霞,飞向脚底,将身托住。跟着又是六股青色冷光随手而起,电一般急,环身转了数转。当时身上如释重负,连日所受眼、耳、鼻、舌、身、意诸般感觉,一齐消失。同时瞥见孙南忽然不见,只是一个相貌狰狞的魔鬼影子一闪即灭。再把那两颗宝珠取出一颗,往上一扬,立有茶杯大小一团青光压向头顶命门之上,心智越发空灵。那旗门已长成六根一人高的竹竿,立在四外青光边缘之上。这才知道,连最后的孙南也是幻象所化。心想:"他的法力更差,对方手到擒来,理应早到。另一粒宝珠,本是留为他用,今已被困多时,怎还未见真人?魔法厉害,自身尚受好些苦难,才得勉强应付,何况于他。"惟恐人早被困,因为定力不坚,走火入魔,败了道基,难以挽救。

如在平日,灵云也还不致如此关切。因为适才幻象一来,不由回忆到昔年经过,想起三生情厚,不禁着起急来。自身才脱难关,又守着枯竹老人之戒,旗门只能离开一次,非到万分切要,不可妄动。否则一被主人看破隔断,休想再回原地。偏生由内望外,一片沉冥,什么也看不见。又经多时,她才想起用宝镜照看。镜光照处,虽能看到一点外景,孙南仍无踪迹。此举关系修道人的成败,听父母说,孙南将来地仙有望,至少也可成一散仙。一经入魔,前功尽弃。

心正代他着急,又盼了半日光景,忽见孙南走来。前面崖石上卧着一个魔鬼影子,孙南一点不知戒备,反要往魔鬼身前走去。先还拿不定是真是幻,试用本门传声警告,令其来会。孙南方似警觉,却不往自己这面走来,纵了两纵,似想飞起,未得如愿,忽又往旁走去。魔鬼又抢在孙南前面出现,双方伸手,似要拥抱。忽然大悟,知那魔鬼必定幻为自己形象,孙南误认为真。情势已在危急,心一着急,便往外飞迎上去。一离旗门,才知本身法力已失灵效,全仗脚底青光飞行逃回。等到了里面,一看孙南神情,与前见幻象大不相同,断定不差。刚刚把孙南救回旗门,对头已经警觉。二人幸亏运气还好,稍差须臾,转瞬之间便被魔法隔断在外,决无幸理了。

惊魂乍定,互说前情。灵云又将另一粒宝珠放在孙南头上,为他保住心神,坐待难满出困。以为有此旗门护身,对头已无可奈何。经此患难,越发情厚。又都是修为勤奋,向道心坚的人,心地光明,无话不说。正在各吐心腹,谈情言志,互相期勉,忽听传音法牌告急信号。未容详听,忽又听尸毗老人喝道:"我见你们心志可嘉,不似别的无知小辈可恶,因此略宽,不曾施为。如当老怪物的太乙青灵旗门不是你们本身自炼之宝,又有老怪物在远方主持,不致受我大阿修罗法禁制感应,你们便错了。不信,你们看别人身受如何?此非幻景。如非我女儿、徒弟再四求情,你们刚才飞回旗门时,早已入网。贱婢身受,更不止此,只要往西方一看就知道了。"语声听去甚远。

灵云知道主人好高,法力又强,自己一举一动,全被看出。虽然关心朱文、金蝉和绿绮等灵峤诸弟子,闻言且不回看,先朝魔宫躬身遥答道:"弟子等怎敢以防身法宝自满?不过志切仙业,不甘堕落,耐得一时是一时。舍弟金蝉,师妹朱文,纵有冒犯,事出无知;还有灵峤弟子,人均和善,即或冒犯威严,料非得已,所望老前辈念他们修为不易,勿下辣手。或是送交他们师长处罚,也是一样。"话未说完,老人应声笑道:"我不为他们师长欺人太甚,也无今日之事。这比你们不同,非等他们师长亲来答话,便满时限,也不轻放。我已格外宽容,最好只顾自己,休管他人闲事,免招无趣。"

灵云不便再说,想起先前身旁法牌曾发信号,不知是否朱文、金蝉所发,忙用宝镜照定西方,定睛一看,不由大吃一惊。

原来前面乃是一片花林,林中有一座丈许方圆的法台。朱文独自一人坐在中心,身上穿着一件紫色仙衣,宝光闪闪,不知何处得来,从未见过。由一片紫光将人护住,另外身上套着两圈金红光华,似是嵩山二老所用朱环。手中除一面天遁镜外,和自己一样,别的法宝似均失效,一件未用。这时满台俱是烈火血焰笼罩,更有千万把金刀、金叉四面攒刺。头上一朵血莲花,花瓣向下,发出无限金碧毫光,正在向下猛射。身外血火中,更有好些魔影环绕出没。朱文护身宝光竟挡不住魔火、金刀的来势,已被压迫近身,只有尺许。最厉害的是头上那朵血莲,其大如亩,全台均被罩住。火焰、刀叉合围夹攻,光芒更是强烈。那面天遁镜的宝光,也不如往日,光只丈许,仅能将那血莲抵住,不令下压。朱文满脸俱是愁惨苦痛之容,好似力绌智穷,情势万分危险。知道此是外象,局中人身心所受更不知如何苦痛。不由愁急万分,偏又无法解救。后来还是孙南暗告灵云:"这里一言一动,对头明如指掌,姊姊何不也用传声,把我们经历告之? 只要心神保住,不受魔头侵害,也可减少好些苦难。"灵云虽拿不准是否不被对头听去,终以朱文是同门至交师妹,金蝉未见,不知到否,心中悬念,立用传声告知,令照自己先前经历一试。并问何时结怨对方,下手如此狠毒?

朱文年来功力虽然大进,因被困以前连用天遁镜、霹雳子等至宝向敌还攻,加以性情较刚,又不知对方来历,辞色强傲,事前又伤了两人,致将尸毗老人激怒,所用魔法禁制格外厉害。如非事前也得前辈高人暗助,早无幸理。即使如此,因被擒入伏之时心中气愤,才见天光,立即施为,法宝、飞剑虽然失效,朱环、天遁镜仍能使用,虽伤了一个魔宫侍女,可是一上来不曾准备,致为魔头所乘,心身苦痛,比起灵云远胜十倍。总算为时不久,魔火、金刀又是后发。否则此时魔头所化金蝉幻象正施诱惑,二人几生情侣,以前两小无猜,亲热已惯,患难相遇,自更情深,魔头幻象惯能随着人意喜怒做作变幻,无所不用其极,任是铁石心肠,也受摇动。朱文又当千灾百难之际,忽见意中人身犯奇险,由魔火、金刀,千重血焰之中冲入来援,见面便流泪哭喊:

"魔法厉害，要死也和姊姊一起。"身上还受了重伤，满面鲜血，焉能不芳心感动，勾起旧情，加以怜爱？做梦也没有想到，全是魔头幻象。

　　刚刚开口想呼蝉弟，因四外受逼，惟恐分神失散，同归于尽，缓得一缓。就这危机一发之际，忽听灵云传声警告，令其留意魔头幻象，猛然警觉。想起金蝉所配玉虎万邪不侵，既能飞入，身还受伤，怎未见此非用不可的至宝？只有一片遁光护身，难道假的不成？连忙运用玄功防御时，就这念头微起，心神已受摇动，好容易才得镇住。便照灵云所说，澄神定虑，返照空明，一切视若无睹，果然要好得多。身外魔火、血焰、金刀、血莲虽仍环攻不已，身上不是奇冷，便是奇热，痛痒交作，如被芒刺，因为心神已有主宰，比如又通行了一次左元洞火宅莲焰，把一切身受视若故常，居然痛苦减轻了些，镜、环宝光也稍加强。本来准备再待一会，不生出别的变化，再向灵云回话，商谈出困之策。心神刚定，灵云关心兄弟，问她见到金蝉没有，是否已由天外神山飞返中土。

　　朱文近半年多是独身行道，不知七矮小南极开府之事，以为金蝉人在云雾山九盘岭金石峡新辟洞府之中。闻言猛想起适才受苦太甚，眼看情势危急，曾用传音法牌发出信号，指名求救，金、石二人便在其内。虽只令他转求诸长老求援，但他对己情厚，人又好义自恃，定必亲身赶来。照灵云所说，对方本就要他自行投到，难得人在天外神山，相隔数十万里，中有极光太火之险，魔法难施，避还避不开，如何令其自投罗网？想到此，不由连着急带后悔。心神一动，魔头立即乘虚而入。先前的幻象已早隐灭，这次竟化作七矮同来，金蝉头上玉虎也自出现，各在外面施展法宝、飞剑、佛光，同破魔法。晃眼之间，金蝉同了南海双童，一晃不见，随由法台下面穿地而入，到了身前，正向自己高喊："姊姊！"满脸悲愤，热情流露，挨近身来，温语慰问，劝用天遁镜开路，一同冲出，脱身再说。朱文本非上当不可，也是不该遭难。尸毗老人没有想到，双方会用心声传语；以为受困的人一举一动全能察知，不曾留意。不特未加防备，反欲示威卖好，自撤魔障掩蔽，令齐、孙二人去看，以致泄机。等到发现，朱文最重要的难关已过，怎会上套？

　　另一面，灵云却在此时瞥见魔影甚多，内外都有，不似自己和孙南所遇只见一个情景，料知厉害，又在连声警告说："魔头有七个之多，师妹必须留意！"朱文重又警觉。回问灵云说："先前曾用法牌求救，眼前所见乃是七矮弟兄，并有小神僧佛光，大姊可看出全是假的？"灵云忙答："七矮一个未见，全是魔影。上月遇见采薇大师，还说小神僧在小南极有难，须往救其回山；并且阮师兄为七矮之长，日内坐镇神山，便来也不会全来，小神僧怎会在内?"朱文闻言,心方一惊,金蝉已扑上身来,似要搂抱亲热,越发断定是假,不去理睬。一面强摄心神,一面把连日所遇告知灵云。因和灵云传音回答,必须运用玄功仙法,心神专注,又按本门心法与自己道力,付之无觉,反倒比前好些。魔头照例缠扰一阵,技无所施,便自退去,变个花样再来。朱文居然能把话说完,除刀、火、莲、焰仍在环攻不休,与前一样外,并无他异。由此又悟出了一些玄机与抵御之法。想起方才奇险,不禁惊心。灵云忽说:"眼前魔光一闪,你便不能再见我了,恐被主人看破,又生枝节。"跟着语声便断,再问也无回答。料知对头发觉,底下必有杀手,脱身无计,没奈何,只得运用玄功,专心应付,以待救援。不提。

朱文原是自从移居莽苍山后,因想内功外行同时并进,与三英二云一争短长,平日一点光阴不肯荒废,功力固是精进,所积善功也真多。这日正在山中修炼,女空空吴文琪忽由外面回转,进门便道:"我来问你:你这两月未出山,可知诸位男女同门的奇遇么?"朱文问故,文琪说道:"方才途中遇到杨瑾师叔,说起易静、癫姑、李英琼师徒已入居幻波池。其他一班同门,除女婇神邓八姑赋性恬退,仍和陆蓉波、廉红药三人近在邓尉山中筑了一所道观,比较最次而外,余人多就各地名山胜景建立洞府。其中最好的,是蝉弟等七矮,小小年纪,不久就要开府天外神山,在光明境建立仙府。听说景物灵奇,与紫云宫先后辉映,各擅胜场。阮征师兄也要前往与之会合。那地方孤悬天中,附于宙极之外。到处玉树琼林,琪花瑶草,仙山楼阁,不下千百。海中碧水千寻,奇鱼万种。最难得的是通体地如晶玉,不见纤尘,终古光明如昼,永无黑夜。不特本门仙府多一灵境,也是从古未有之奇,为神仙传籍中添一佳话。你道喜是不喜?"

朱文人最爱群,尤其金蝉至交密友,情分深厚,闻言自是惊喜。又听说众同门多半收了徒弟,心想:"自己与吴文琪,一个谨慎,惟恐多事;一个眼界太高,无暇及此。至今连个守山门人都没有,以致二人难得同出。近年洞中设下丹炉,更须有人坐镇,更番行道,都是孤身。"因吴文琪语焉不详,意欲寻人打听,金蝉到底何时才得成功? 所受四十九日险难,此时是否渡过? 就便物色一两个门人:真要美质难得,便和英琼、寒萼二人一样,收个把奇禽猛兽,或是猩猿之类,用来守洞也好。心念一动,便和文琪说好,独自出山。本意玉清大师与邓八姑见多识广,所知最多,交情又厚,一个并是同门师姊,当可问知底细,便往成都辟邪村飞去。

朱文行至中途,遥望前面飞来一道遁光,看出是本门中人。迎上前去一看,正是墨凤凰申若兰。二人也是久别,见面喜慰,一同觅地降下,互询来意。若兰说是近年遇一惹厌之事。先是对方两人到处追踪，纠缠不舍。中有一人，并还约有同党将自己困住。又不愿用法牌求助，正在为难，忽被另一个赶来解围，由此居功，越发讨厌。因他曾有解围之德，不愿伤他，偏是纠缠不舍。又说："起初和灵云大姊与姊姊定交时，本欲追随，永不离开，便为了这两个冤孽。偏生师父另有使命，不令与齐大姊一起，有心请求，又不敢冒昧请求。如与齐大姊一起，同住紫云宫，哪有此事？昨日去寻玉清大师求教，人已他出，连门人都不在。转往峨眉解脱坡，访看宝相夫人，请她代我占算未来之事。她也没有深说，只令我照她所说途向飞行，不久便有遇合。刚飞出不远，便遇姊姊，不知能助我一臂么？"双方本来交厚，朱文知她性情温柔，所结同伴吴玫、崔绮，都是性刚喜事的人，法力还不如她。虽然同门情分，都是一样，终不如自己和灵云姊弟屡共患难的交情，遇事也无力相助。看她独自出来求人和所说口气，必有难言之隐，便问何事。若兰颊晕红潮，只不肯说。朱文再三盘问，才吞吞吐吐说了个大概。

原来那两人一名李厚，一名丁汝林，与若兰是师兄妹，前生同在一位散仙门下，二人均对若兰苦恋。若兰虽然志大心高，不愿嫁人，无奈生性柔和，不肯与人难堪，只是设法躲避。丁、李二人见若兰从未以疾声厉色坚拒，俱认为事情有望，互相用尽心机追逐不舍，结局谁也不曾如愿。若兰在师父坐化以后，为了躲避二人，远走滇、缅交界深山之中。本欲觅地清修，不料又遇魔教门人屠沙，一见倾心，和丁、李二人一样情痴，逼得若兰逃回旧居。屠沙自是不舍，跟踪追来。丁、李二人一同合力，将屠沙用计杀死。本身也为魔法所伤，一同丧命。事前各对若兰哭诉相思，说是来生无论如何，也要结为夫妻，为此形神消灭，也非所计。不久屠沙同门得信寻来，若兰为魔火环攻之下，自行兵解，转世投到红花姥姥门下。师父兵解前，曾示仙机，说这三人均是凤孽，纠缠已好几世。屠沙应为若兰而死，丁汝林也还无妨，李厚却是她命中魔障，必须善处。如非累世修积，两在旁门，均以心性仁厚，不曾为恶，反多善行，因此仙缘遇合，借着齐、朱三人来取乌风草的机缘，投到峨眉门下，得有玄门上乘心法，简直不能幸免。

若兰每一想起，便自发愁，几次想和众人提说，羞于出口。不料刚下山不久，便与丁、李二人先后相遇，已经纠缠了两年多。若兰既恐误己修为，又以李厚热恋已历四世，虽是左道中人，不忍加以杀害。而丁汝林邪法甚高，又非其敌，新近约了好些妖党围困自己，意欲行强。又是李厚由旁处得信，约人赶往解围，并用邪法、异宝，甘犯众怒，冷不防将丁汝林杀死，代自己除了一个大害，本身也为此受伤，断去一手。由此起，一味软磨，也不动手，只是到处追寻,一见面便跪哭求告。近因自己坚决拒绝,忽变初衷,去向前师红花姥姥的老友、左道中妖人司空湛求助。妖道因知峨眉势盛,表面不应,却将宠姬爱徒忉利仙子方玉柔所炼诸天摄形镜转借与李,说是若被此镜一照,人便昏迷,听其摆布。若兰并不知道,所幸下山时节,妙一夫人赐了三件法宝,内中一件便是幻波池圣姑留赐的天宁珠,此宝专破这类邪法,立将妖镜震破。当时因见李厚取出妖镜一照,心神便自摇动,不由胆小情急,把所有法宝、飞剑全施出来,威力太大,李厚竟遭波及,身受重伤。他非但毫无怨恨,反说自己实是该死。此时失却妖妇至宝,必不肯容。念在几世相思,身已残废,不再求爱,只求稍加辞色,将他杀死,以免妖妇师徒寻来翻脸,受那炼魂之惨。并且死在心上人手上,也所甘心。

若兰想起对方除痴心热爱之外,从未使自己难堪,这次虽用邪法暗算,也是有激而发。及见自己发现中邪,向其怒骂,立即赔罪。正想收去妖镜,自己身藏法宝已随心运用,发出威力。他当时逃避并非不能,因见自己生气,心中惶恐,只顾赔话,忘了逃退,始受重伤。似此情形,如何还忍亲手杀他?劝又不听,一味求死,辞意凄苦,说什么也不肯离去。伤也真重,难于飞行。跟着,吴、崔二女回山,问知前事,也觉对方可怜。迫于无奈,只得给他服了两颗灵丹,移往洞后石窟之中养息。石窟甚为黑暗狭小,又当山阴,终年不见阳光,他却认作天堂乐土,喜幸非常。常说:"此后别无他求,只望常住在此,早晚能得一见颜色,于愿已足。"若兰起初也颇怜他,日子一久,渐渐觉出对方并未死心,日夜守伺求见,已是厌烦。洞外风景甚好,偶出闲眺,或与同伴闲游,他必紧随身侧,不肯离开。若兰平素不愿与人难堪,气在心里,说不出来。对方深知若兰性情,一见快要发作,向其责问,便即远避,等若兰气消再来。除在身侧痴望外,又说不出别的过处,越发难于翻脸。只好赌气,不是洞中修炼,便是远出行道,懒得回去。李厚倒也守信,又恐妖人寻仇,并不似前如影随形。即此若兰已觉是未来一个大累。

新近妖人师徒见借宝久未归还,妖妇行法一收,才知已毁。又查知李厚已立誓改邪归正,永不再与妖人为伍,甘心守定若兰,永为臣仆之事。妖妇水性杨花,早想勾引李厚,因为对方情有独钟,不为所动,当着妖师,勉强借他宝镜,心实不愿。及见这等情形,以为自己秾姿奇艳,谁都一见倾心,色授魂与,李厚独不受其诱惑,认为奇耻大辱。又因法宝毁在若兰手内,越发大怒,当时便要寻来,把二人置于死地。无奈妖师因与神驼乙休结怨,吃了大亏,仅以身免,惟恐又生枝节。说:"李厚失宝,非出本心,不敢见你,也是常情。他与对方几生热爱,乘机进身,也难责怪。我法宝尚未炼成,此时不宜多事。"严词禁阻。

妖妇本有好些面首，均是有力妖邪，自己不敢违背师命，气又不出，便在暗中指使妖党去向二人寻仇。若兰已经遇上过一次，虽仗师传法宝占了上风，但是仇恨越深，必要卷土重来。李厚便说："我一人在山，早晚必遭毒手，死并不怕，但不愿死在别人手内。"力求若兰将他杀死，了他痴愿。还说如蒙见怜，带他出入，绝不敢稍有违忤，或想就势亲近。只是随侍身侧，可以常见玉容，一旦遇事，也可多个帮手。妖邪行径来历，均所深知，有他在侧，便可先作防备，要免好些意外。若兰见他辞意恳切，虽未答应，也颇感动，当时未置可否。心想："这人痴得可怜。虽然出身左道，近已立誓改悔，可惜正教中无人援引。"意欲寻到齐、朱等至交姊妹，说明心事，由灵云出面，接引到本门师兄门下，借以保全，免为妖人所害。自己素来面嫩，又觉难于出口。想起玉清大师法力高深，无须明言，便可代为做主。方始变计，前往求教，不料忽与朱文路遇。

朱文问知前情，暗忖："若兰温柔心软，昔日玉清大师背后说她将来尚有情孽，能否摆脱，尚不可知。彼时见她端静，向道最切，还当不至于如此。谁知下山不久，便遇此事。难怪灵云想将她带往紫云宫同修，两向师长求说，俱都未允。她说那人，不知根骨心性如何？只要不是真正恶人，七矮现在开府小南极，那么大一片仙山灵境，自必须人管理。七矮下山不久，无甚门人，金蝉又是莫逆之交，如为接引，断无不允之理。"朱文便将自己的想法和若兰说了。

若兰闻言大喜，立约朱文同往查看。途中力言："妹子实因志切修为，对他从无情愫，故觉纠缠讨厌。平心而论，前生同在旁门，丁汝林有时还不免于为恶，李厚却因情太专，敬爱自己，奉若神明，休说害人，不论甚事，妹子只稍不以为然，立即作罢，并还永不再犯。转世之后，多年不见，以前行为虽还不敢断定，但他仍是当年心性。因其所交多是左道中人，过失或者不免，料非本心。何况近又立誓追随，决计弃邪归正，永不再与妖邪来往。他曾对妹子哭诉：'以前误入歧途，此时虽知自拔，自信平生也无大过，无如始基已误，手又残废，峨眉取材甚严，似此菲质，决难收录。兰妹又不能以本门心法私相授受。我虽归正有心，但向道无门，只想永随兰妹，做一守洞奴仆，以待劫运来临。我已洗心革面，又不出山，除妖道师徒怀恨可虑而外，正教中人决不再加诛戮。有此三数百年光阴常见兰妹的面，到时形消神灭，也是值得。何况期前兵解，还可转世，彼时定当化身女子，求兰妹度在门下，收为徒弟。由此天长地久，永不分离，岂不更好么？'妹子气他不过，便问他道：'你既想转女身,早日兵解,不是一样,何必缠我做甚?'他说:'前师所赐法宝,内有一件能查知三年以内祸福,我两次遇难,俱有警兆,并非不知。一次为与妹子解围,明知故犯,断去一手。一次因见妹子中邪生气,心中惶急,更没料到法宝威力那等神速,虽受重伤,但是因此常见玉颜,无异转祸为福,引为深幸。我因看出兰妹不久当有一难,想同出入,实由于此。屡请不允,可知对我厌恶太深,死后定必弃我如遗,转世不论为男为女,要想兰妹度我,决无此事。我又不肯违背兰妹心意,再投左道旁门。岂非白用心机,徒受苦难? 转不如守侍些年,万一能以至诚感动,稍加怜悯,固是万幸;否则,有此三数百年眼皮上的供养,也足够我消受了。再不,死在兰妹手内,我也心甘。'妹子虽然又好气,又好笑,现在回忆此人,实是忠厚。世上美女甚多,左道中妖妇淫娃中也不少佳丽,以他法力容貌,一拍即合,并非难事。一班同门和平辈道友中,休说仙都二女、姊姊和英云姊妹那样珠光玉貌,令人一见便要眼花的,我比不上,便是秦家姊妹与向芳淑、陆蓉波、李文衍、廉红药、凌云凤诸姊妹,哪一个不是丽质天生,容光照人,比我胜强得多? 我平时往往自惭形秽,偏生遇到这么一个冤孽,前生多年同门,杀他于心不忍。姊姊如不想法代我去此一害,将来万一受他牵累,如何是好?"

朱文见她辞色幽怨,料知芳心早被对方感动,如不乘此时机预为分解,将来定和寒萼一样,延误仙业。若兰也深知利害,所以如此愁急。朱文慨然说道:"你我知交,患难姊妹。你为人又好,同门姊妹个个情意相投。休说片面相思,心有主宰,即使凤萼纠缠,我和英云姊妹,定无坐视,放心好了。"若兰心中感谢,未及开口,忽听左侧有人说道:"泥菩萨过江,自身难保,还要代人撑腰呢!"

这时二人正由仙霞岭上飞过,因是俱都爱花,经过之处乃是一条极广大的山谷,谷中繁花盛开,蝶莺乱飞,好鸟和鸣,景甚清丽,因想事情不忙,便把遁光降低,一路说笑,并肩徐飞,顺便观赏过去。朱文一听有人接口,语意似为自己而发,声如婴儿,忙拉若兰,按住遁光,细一观察。见当地山谷长只半里多路,一头通向口外乱山之中,一头是片云雾布满的无底深壑,两边山崖高矗入云,从上到下,被千百种各色繁花布满,霞蔚云蒸,宛如锦绣。先在空中遥望,便因花开繁盛,向所罕见,方始下降,只顾谈笑,也未留意。及至闻声查看,方觉有异寻常:二人均想起常在当地上空飞行往来,从未见过这条山谷。再看那声音来处,乃是近顶一个大只方丈的崖凹。这一座山崖,本较倾斜,只当地缩进去这一块平地。上面繁花布满,层层堆积,地作圆形。花又纯白,其大如碗,形似莲花,开得极盛,从未见过。四外的花多是五色缤纷,独此一圈白花,宛如锦绣堆中涌起一团银玉,花光灿烂,清香袭人,看去繁艳已极。四围更生着四五株玉兰花树,繁枝乱发,上面花都开满,亭亭若盖,恰将那片地方罩住。

二女正寻视间,忽又听先发话人笑道:"我在这里,怎的还未看见?"二女定睛一看,原来靠崖树下花堆上面,坐着一个白衣幼女,看年纪不过五六岁,正朝自己指点说笑。这幼女身材矮小,形若童婴,盘膝坐在其上。四围万花围绕,上面又是一片繁花交织的华盖紧压其上,离头只二三尺。人又生得玉雪也似,所穿白衣非纱非纳,好似一簇银色轻云笼在身上。下面一双又白又嫩的脚埋在花堆里面,微露纤指。除头上披拂两肩的秀发乌光滑亮而外,连人带衣服俱与花光同一颜色,人又生得那么瘦小,所以起先没有发现。这一照面,觉出对方是一个幼童,独身坐在这危崖近顶,万花丛中,相貌虽然清丽入骨,神态却甚庄严,直是天仙中人。猛想起极乐真人李静虚,也是这等幼童神气,料是成道人的元婴。不敢怠慢,忙即躬身请问道:"道长有何赐教?法号、行辈还望见示。"幼女微笑道:"我的姓名,此时未便明言。但我在此隐居数百年,轻易不与人相见。此谷也经我行法封禁,无人能来。只为前月有一昔年故交来此相托,说你二人不久大难临身,他又有事,暂时难于往援,为此留下一封锦囊,内有两件法宝,请我转交。本不想管此闲事,因在当年曾与这位道友约定,将来有事,必定相助,不便失言。照我向例,凡能见到我的人,便算有缘,多少必有所赠。何况你们中,又有一人前生是我旧交,当此危急存亡之际,更应稍尽心力。不过我不久便要成道,实厌魔扰。虽然事前还要出山一次,素喜清静,目前最好无事。为此移动禁制,将你二人引来,除代交锦囊外,另赠天孙锦仙衣一件与朱文,可供防身之用,此时便须贴身穿上。此宝专御魔火,宝光经我隐去,御敌始生妙用。还有两粒灵丹赠与若兰,留备未来之用,任多厉害的邪法,只要把人保住,立可起死回生。锦囊也在此时取看。一离此谷,不可再提此事和我的踪迹,否则,我不过多点烦扰,你们却有大害。"

说罢,由身侧花下取出大仅数寸见方一叠轻纱。朱文以为还要脱衣更换,方和若兰拜谢,少女手一扬,一片紫色光华迎头罩下,顿觉身上轻快,舒适非常。幼女随将锦囊交与朱文,令其开看。再将两颗灵丹赠与若兰。笑道:"你二人根骨深厚,必有成就,前途珍重。"说完,眼前银霞微闪,一阵香风过处,人已不见。二女知是一位前辈女仙,连忙下拜。打开锦囊一看,不禁大吃一惊。

要知后事如何,且看下文。

第二七五回

绣谷双飞　示灵机　喜得天孙锦
江皋独步　急友难　惊逢海峤仙

话说朱文、申若兰打开锦囊一看,才知那女仙名叫倪芳贤,竟是极乐真人未成道时的表姊。二人幼时青梅竹马,相恋多年,因为中表之嫌,未得如愿。中经好些波折和一场大乱,等到劫后相逢,真人已另婚名门。不久看破世缘,夫妻同修,已经将证仙业。极乐真人对于芳贤,旧情还在,便将她度去,一同修炼。修道人虽无燕婉之私,情爱反更深厚。此时芳贤学道不久,犹有儿女之见。只因身是庶出,为俗礼所拘,未成连理,又见真人已经娶妻,芳心不无幽怨。虽蒙度上仙山,超脱死蹩,初去时,见真人夫妻情厚,每疑真人心有偏私,对于自己只是故剑难忘,余情未断,并非真相爱好。虽感真人之妻五福仙子孙洵仁厚温淑,相待甚优,心仍介介,不能去怀。真人以前对她本是情有独钟,但因彼时尚未出家,身是独子,不能不以嗣续为重。而李夫人孙洵,又是怜才念切,一见倾心,排除万难,誓相追随,不忍辜负,虽然闺房静好,但对于儿时爱侣,并未忘情。劫后重逢,又见她仙骨珊珊,凤根甚厚,比前更加爱重。无如女子善怀,道基未固,修士不比凡人,修为之际,除却清谈永夜,把袂云游而外,温存之时甚少。一个是未同衾枕的爱友,一个是仙凡与共的患难恩爱夫妻,心中虽无甲乙,形迹上难免有了不同之处。芳贤始而由疑生妒,心中快快,终至负气出走。真人夫妇苦寻不见。

隔了数十年,真人得到一部天书,夫妇二人不久全都修炼到天仙一流人物。只为真人不愿转劫受苦,又以爱妻根骨功力较差,所炼元婴尚须多年功候始可成就,便把本身法体留在雄狮岭长春崖无忧洞,陪伴李夫人修炼;自以所炼元婴化成个道装幼童,游戏人间。彼时真人法力之高已不可思议,在散仙中最负盛名,各派妖邪闻风丧胆。芳贤也被一女仙度去,法力虽高,但以所学不是玄门正宗,学道年久,深悔以前不该负气,但又羞于重返故居。乃师坐化以后,因其容貌美艳,时受群邪欺凌,苦不可言。真人先因她负气远避,又知所习虽是旁门,法力颇高,算出早晚还要聚首,时机未至,决难相见,也就听之。此时得信,连忙赶去,芳贤正在危急之中,救星天降。深知真人始终情重,虽为之感动,但是心高气傲,积习未尽,仍然不好意思回去。真人知她心意,特地就她,在仙霞岭花云崖旧居,另外开一石洞,并留当地十年,传以上乘道法,方始别去。行时说道:"你照我所传修炼,只一甲子,便可将元婴炼成,天仙可期了。"真人去后,芳贤内功外行同时修积,功力大进,不久便成了散仙中有名人物。近百年来又将谷口封闭,独在其中静养,除真人和几个同道至交偶然来访外,轻易不与外人相见。

上月嵩山二老忽然来访,说起本年各正派长老均接休宁岛八十六位地仙请柬,往赴群仙胜会,各以全力助其避免天劫。无如目前妖邪猖狂,各派后起门人大都修道年浅,本就难于应付。新近又有一个最厉害的人物,妄动无明,出头作对,虽以法力高强自负,不与群邪一党,但是此人最为难敌。所炼情网欲丝和所设魔阵尤为厉害,一被暗算,轻则为魔法所迷,失去元阴,被他收到门下,成了魔宫侍者;重则欲火烧身,形消神灭。现在此老声言专与峨眉弟子作对,要摄取十几个男女弟子,前往魔宫试法泄愤。朱文便在首列,此行如被擒去,万分危险。二老本欲出手相助,一则休宁岛之约不能不赴,无暇分身;二则平生疾恶,又不喜这样矫情的人,一见定必成仇,对方恼羞成怒,事更闹大。妙一真人又极力劝阻说:"对方虽是魔教,志行还好,只为心高尚气,一时误会。如能就此度化,乃是一件极大功德;还可就此试验门人的道力,使有增进。恩师长眉真人早有仙示,决可无害。"朱梅因朱文乃前生好友,只为一时恶作剧,累她转劫。今生又是好友门下,前在成都相见,已答应她逢难必援,不容坐视。所以虽知无害,仍将二老月儿岛火海中所得朱环和两粒灵丹,托芳贤等二女路过时,引来转交,以免朱文困入魔宫,受那魔火焚身、金刀刺体之苦。顺便为若兰也解去一劫。锦囊后面并写:"芳贤功行不久圆满。尸毗老人魔法神妙,最重恩怨,人如无故犯他,定必寻仇不止。锦囊之言,前途不可再提。魔火、金刀虽极厉害,有此二宝防身,所见全是幻象,不会真的受伤。再有芳贤所赠仙衣,更可无碍。"对于若兰前途之事,除所赠两粒灵丹用法外,别的未提。

朱文虽不知尸毗老人来历,听那口气,料不寻常。心想:"下山前,仙府火宅严关何等神奇厉害,我尚无害,区区邪魔,岂能害我?"当时看完锦囊,虽吃一惊,不久也自放开。二女回顾来路,仙云杂沓,已经潮涌而来;前边出口却是香光如海,并无异状,知道主人催走。同时一片银光过去,锦囊也自化去。略一商量,便往前飞,那条山谷长才七八里,转眼飞过。身后彩云也尾随涌来,刚一出口,猛听隐隐雷鸣之声响过,再看后面,已成了一座秃崖童山。

　　二女谨记锦囊之言，不敢多说，同往括苍山飞去。快要到达，遥望承露峰上崖洞前面，敌我双方斗法正急。何玫、崔绮已被四个妖人用邪法困住，在一团灰白色妖雾之中左冲又突。另一妖妇，手持一面妖幡向二女连晃，由幡上飞起两条赤身男女魔鬼，各在一片粉红色淡光环绕之下，想朝雾中二女拥去。被李厚发出两环相连的绿光，将魔鬼双双拦腰套住，不令近前。妖妇势颇激怒，口中大喝："你们速急降顺，免遭惨死！"随说着话，又由手上发出一幢烈火，将李厚罩住。李厚虽用法宝防护，但非其敌，神情狼狈已极。妖妇又在连声喝骂："贱婢不降，由她送死！你如随我回山快活，便可免死。"李厚也是咬牙切齿，厉声大骂："无耻淫贱妖妇！我今日宁死不降，由你便了。"

　　若兰隔老远便看出李厚为救何、崔二同门，竟然舍身犯险，不由心生怜爱。又见崔、何二女尚还无妨，李厚却是危急万分，立催遁光朝李厚飞去，先发出飞剑去斩妖妇。同时取出初下山时所得法宝，待要施为，还未出手，忽听李厚急叫道："此是九烈老怪所炼阴阳两形幡，不要近前，免为邪法暗算。"话未说完，若兰手中白龙钩已化作两道白虹，交尾飞出，朝妖妇拦腰绞去。妖妇一声冷笑，身形一闪，倏地化出十七八个同样幻影，满空飞舞，一任宝钩、飞剑往来追杀，老是随灭随生，闪避不停。每一妖妇手上均有一面妖幡，连连晃动，始终不知真身所在。

　　若兰出身旁门，原知厉害，一见妖妇化身神妙，变幻异常，恐分心神，遭其暗算。耳听李厚大声疾呼，似令取宝防身，也未听清，百忙中一指腰间宝囊，前在峨眉所得七修仙剑之一的青灵剑，刚化成一片青霞罩向身上，又听李厚惊呼："兰妹！"鼻端猛闻到一股异香，心神微微一荡。同时瞥见李厚护身宝光已被妖火炼化殆尽，只剩薄薄一层附在身上，满脸俱是痛苦之容，将口连张，似已力竭失声，危机一瞬。若兰一时情急，不顾追杀妖妇，连人带宝齐往火中冲去，想救李厚出险再说。猛又觉出脑后阴风鬼叫，百忙中回头一看，妖妇幻影一齐不见，真身手持妖幡，指定自己，幡前两个赤身男女魔鬼张牙舞爪，正由后面扑来。全身已被妖幡上面大蓬粉红色的邪烟裹定，如非剑光护身，早被邪法将魂摄去，遭了毒手。就这样，心旌摇摇，情思昏昏，仍是不能自制。

　　若兰方料不妙，猛听惊天价两声霹雳，随同两点豆大紫光当空爆炸，震得山摇地动，石破沙飞，同时眼前金光奇亮。还未看真，一道形如蜈蚣的赤红精光，直朝妖妇电掣飞去。这原是转眼间事，雷声震处，妖烟邪雾连那妖幡鬼形全被震散，消灭无踪。妖妇似知不妙，一声惊呼，化作一道粉红色的烟光，刚刚飞起想逃，旁边又是数十丈一道金霞飞将过来，恰将妖烟罩住。紧跟着一点紫色金光朝前打去，当空爆散，一声惨嚎过处，满空雷火星飞，红光宛如雨箭，纷纷迸射，妖烟不见，只剩妖妇残尸随同血雨下坠。

若兰才看出那是朱文的天遁镜和七修剑中的赤苏剑，先后三点紫光乃是圣姑伽因留赐的乾天一元霹雳子，李厚人已昏迷欲倒。按定心神，勉强落向崖上，朝李厚身前赶去。见邪法虽破，人已昏死在地，为妖火所伤，周身是泡。心方一酸，忽听朱文喝道："兰妹怎忘来时之言，灵丹何不取出？"一句话，猛然警觉，忙将女仙倪芳贤代赐的灵丹取出，塞了一丸在李厚口内。

朱文原因到时发现双方恶斗，因与李厚初见，又非本门师兄弟，虽然料是若兰所说情孽，并未在意。一见何、崔二女为四妖人所困，又急又怒，左手天遁镜发出百丈金霞，跟着又是两粒霹雳子。先听若兰说妖党太凶，为防一击不中，被其逃走，直到飞近方使全力下手。那团邪雾先被震散，解了二女的危。四妖人有两个被霹雳子震成粉碎；一个身受重伤，刚要逃走，吃何、崔二女飞剑赶上，只一绞，便即杀死；只有一个吃神雷炸断一腿，又被崔绮用新得王母剪，连另一腿一齐剪断，成了半截人，总算见机，逃遁得快，拼舍独腿，就势化成一溜黑烟，冲空遁去。朱文百忙中侧顾若兰，为妖妇邪法所制，一时情急，将赤苏剑先发出去，天遁镜光又一照，便将妖妇罩定。意犹不足，扬手又是一粒霹雳子，将妖妇连形神震成粉碎。总共才逃掉半个妖人。

朱文自觉近来功力大进，自是得意。及见若兰被自己提醒以后，已取一粒灵丹塞向李厚口中，另一粒也想送掉，满脸惶急关心之状，脸上更是春生玉靥，星眼微扬，隐蕴情思。忙赶过去，将天遁镜宝光照向她的身上，随手将一粒灵丹夺去，大喝："兰妹，你为邪法所迷，还不清醒，想要如何？"随将灵丹塞向她的口中。若兰虽中邪毒，因妖幡已破，本身又颇有功力，本只一时昏迷，再被朱文用宝镜一照，立时醒悟过来。服药以后，觉着满口异香，遍体清凉，精神一振，立时复原，想起方才中邪情景，好生惭愧。见李厚倒卧地上，双目微睁，人尚委顿，不能起立，心虽觉他可怜，也不好意思过去扶起。何、崔二女因自己如非李厚在妖人寻来以前再四警告，到时又犯险相助，几遭毒手，心生感激。知道若兰面嫩，恐朱文说她，不敢将其扶往洞中，同声笑道："今日妖人厉害，妖妇尤为狠毒淫凶，多亏李道友舍命相助，才得免难。如今又受重伤，后洞卑湿，常年风吹雨打，如何调养？我们已看出此人虽是情痴，心地不恶，近又立誓改邪归正。这等外人，我们遇上尚且援手，况是兰妹故人，我们将他扶向洞中去吧。"说着，二女同上前去，各用遁光托起李厚，往洞内走进。

朱文故意后走,暗用传声告知若兰道:"兰妹此后须要留意,虽然对方肯听你话,到底小心为好。越是这样,越易纠缠。一旦陷入情网,毁却仙业,就来不及了。秦家二姊有大方真人乙老前辈始终全力维护,将来能否超劫成道,尚不可知,你有何人可恃呢?"若兰闻言,脸上一红,低语道:"文姊说得极对。我们走吧。只等文姊将来为他引进,我不想再和他见面了。"随听何、崔二女在洞内连呼:"朱文姊,怎不进来?"朱文且应且笑道:"兰妹你又迂了,只要自己拿定主意,相见何妨?一着痕迹,反而不美。并且我只看出此人心志尚还坚定,不知他的功力根基如何。何、崔二师妹和你移居在此,我尚初来,也无过门不入之理。"随拉若兰往里走进,同到洞中一看,李厚人已回生,身上烧焦之处尚未复原。本在闭目养神,一听众人说笑之声,一时睁眼望着若兰,面上立转喜容。

朱文知他伤痛未止,又见人颇英俊,相貌也似忠厚,何、崔二女再从旁一说好话,不由心肠便软。把身带灵丹取了两粒出来,方要取水调治,李厚已在榻上欠身说道:"妖妇袁三娘所炼阴火最是厉害,一被罩住,火毒立时攻心惨死。虽然拼毁一件法宝,未使上身,但那火势十分猛烈,先已火炙难受,后来防身法宝又被炼化十之八九,再也支持不住。恩人只要缓下手一步,护身宝光一灭,全身立成灰烬,至多逃脱一个残魂。本来受伤还不致这样厉害,只为恩人所发神雷威力太大,力尽神疲之际未能飞走,致被残余火星射中了好几处,痛极昏倒。昏迷中自料必死,正忍奇痛,运用玄功,想将元神遁出,谁知灵丹入口,立时通体清凉,心中火热全解。此时只身外几处烧伤虽还有点痛处,并不妨事。据我推测,至多一个时辰,必可复原。这两粒灵丹,当是峨眉仙府奇珍,用去可惜。如蒙惠赐,留待异日应急之用,却是感恩不尽。"

朱文见他欠身说话,似甚负痛,一面令其安卧,一面答道:"此是紫云丹,乃紫云宫齐、秦、周三位师姊采取宫中所产灵药仙草炼成。前月方始炼成,分送男女同门,有的人还未得到。虽能起死回生,专治各种伤毒,但非本门大小灵丹可比。你当是与先前所服灵丹一样么?此丹我身边带有甚多,无须珍惜。先用两粒化水,便可治好火伤。你如要时,我再送你几粒无妨。"李厚闻言大喜,随问恩人姓名。崔绮见若兰目注李厚,虽未开口,但是脉脉含情,似甚关切,接口笑道:"这位便是我们师姊女神童朱文,身带天遁镜、赤苏剑,更有好些霹雳子,异派妖邪遇上她,便无幸免。方才妖人何等厉害,她一到,便被消灭,你又不是没有看见。我们都是至好姊妹。你与兰妹旧交,今且又为我们犯险,几乎送命。此后只要性行坚定,力求正道,决不当你外人,无须说甚感恩客气的话,可以姊妹弟兄称呼。等有机缘,为你引进,从此转祸为福,岂不是好?"李厚闻言大喜,立答:"既蒙诸位姊姊不弃,小弟感谢,遵命就是。"何玫已将泉水取来,朱文将灵丹用水化开,再施仙法,将手一指,便化成一片银雾,笼罩李厚全身,转眼进入体内,身体伤痛立止。跟着,焦处结疤脱去许多皮肤,人便复原下地,重向众人拜谢。朱文性刚口快,笑道:"先前崔师妹已经和你说过,为何还要多礼?"

李厚起身,慨然说道:"小弟并非客套,只为耿耿私心,可矢天日,无如兰妹因我以前投身左道,一任说得舌敝唇焦,始终不肯见信,避我如仇。难得今日许我登门,又值朱姊姊驾临,正好表明心迹。我也深知双方本是情孽,难以化解,临机稍一疏忽,便要误人误己,妨害兰妹仙业。但我也是历劫一生,修道多年,并非不知利害轻重。何况此时见嫉群邪,到处仇敌,已经穷无所归,除非投身正教,早晚死于妖邪之手,连元神也保不住。我又算出兰妹还有一场劫难,非我不解。她偏对我顾忌太甚,空自忧急,无计追随。即以今日之事而论,兰妹如与狭路相逢,定必不免伤害,事后想起,尚自心寒。我蒙诸位姊姊见容,将来代为引进,实是存亡剥复之机,如何敢有丝毫异念?为此当面言明,上矢天日:只求兰妹勿再见疑,平日容我来此相见;如出行道,在我未拜仙师之前,许我相随。休说有甚歪心,稍有忤犯,便甘受飞剑之诛,死膺灭神之祸。只等诸位姊姊深恩援引,得归正教,便即辞别,不俟道成,决不再见。不知兰妹心意如何?"

朱文早看出若兰芳心已受感动,见她闻言望着自己沉吟未答,便笑道:"兰妹,人家问你话,怎不开口?我们修道人只要心志坚定,本无所用其嫌疑。你没见严师兄和轻云姊姊不是常在一起么?为了所居相隔太远,屡次相见,至少也要聚上十天半月。紫云宫还好,严师兄的洞府共只前后两间石室,二人同居洞内,时常同出同进,形影不离,从未听人笑他们,他们也居之不疑,纯正自然。既是生前至交,又经过许多危难波折,只要互相爱重,心地光明,有甚相干?如若胸有成见,矜持着相,一旦有事,魔头立即乘机而入,反而不美。人非太上,本难忘情。掌教师尊和乙、白、凌诸老前辈,也都是神仙眷属,合籍双修,前生受尽颠连危害,始有今日,问起来,还不是为了一个情字?我未来时,初意李道友曾在旁门多年,人尚难料,意欲见面,相机为你解脱。不料事出意外,照我此时观察,他为爱你太深,即便出于强制,也未必背叛盟约。你这样有意矜持,却不是甚好兆头。能如秦家大姊和凌云凤师妹那样,故作无情,强压情感,仗着功力尚高,向道心诚,尚是幸事;否则,我真替你担心呢。"若兰闻言,不禁心惊。

朱文又转对李厚正色说道:"我这兰妹,人最和婉温柔。你既对她一往情深，始终爱护，就应知她根骨在众同门中不是最高，全仗一时机缘，始有今日。这等仙缘，旷世难遇。何况你又适才当众盟誓，想必洞明利害。以后她仙业成败，全在你的身上。万一骤遇强敌，致迷心志，虽然情非得已，不是本心，却也不容你推诿呢。"

李厚慨然答道："那个自然。万一不幸，必先自杀，决不使其两误。今日劫后余生，已如大梦初觉。又早看出兰妹近日似受感动，为免累她，本欲离此他去，在她仙业未成以前不与相见。实为她那一场劫难不久即要来到，偏生仙机难测。家师所传元运球，本来三年以内祸福吉凶，一经行法，了如指掌。前因此宝最耗人的元神，又料兰妹必定弃我如遗，略现警兆，便停施为，不愿往下查看，以免人还未见，先就短气，始终当作有望的事，一味情痴。不料竟有今日，可见精诚所至，金石为开，不必说了。这次为了兰妹安危，不惜连耗元气，三次查看，不知怎的，所见影迹甚是模糊，与前日大不相同。我料事关重大，但又在乎人为，并非不可避免，也必与我有关，所以吉凶互见，隐现无常。好在最后结局，兰妹似乎无害。我却三次不同：只有一次变了相貌，不似本人，说是兵解转世，又必无此快法；下余两次均无下落，令人不解。立意追随，便由于此。但盼暂时不要应验，比较稍好。发难如早，还真可忧呢。"

崔绮问是何故，李厚道："先师传授此宝时曾说，此是仙府奇珍，如在正派中道法高深的仙师手内，只要不惜消耗真元，拼舍一甲子修为功力，休说三年以内，便十二万九千六百年元会运世，也全可挨次观察过去。因是旁门法术，功力又差，以家师之力也仅看出三数十年为止。如由小弟行法观察，不过三数年内，时期久暂，还难定准。先来妖人乃西昆仑伏尸峡有名的六恶，共是四男二女，多半藏番修成，所炼阴火邪法均颇厉害。为首妖妇萨若耶，心最狠毒，邪法也最高，今日未来。她与赤身教下魔女铁妹交厚。因为去年终在大雪山杀害生灵，祭炼邪法，恰值屠龙师太善法大师同了门人眇姑访友路过，立用佛法降魔除害。妖妇机警异常，虽得逃走，但是六恶全都受伤，毁却多半功力。萨若耶为护同党，逃走稍迟，还受了佛法反应，回到伏尸峡，便被所炼阴魔反噬，几遭惨死。现时正以全力祭炼阴魔，在未炼到随心应用，指挥如意以前，不敢轻出，所以今日未来。来的这五人邪法较差，又当重创之后，凶威大减。否则，天遁镜虽然神妙，想要除他们，也无此容易。可惜小弟彼时不能言动，竟被内中一恶逃去。虽然双腿已断，只剩半截身子，照样能够为害。何况妖妇淫凶无比，有仇必报，六恶誓同生死，决不甘休。如将来的五恶形神一齐消灭，妖妇素日骄狂，决想不到会有此事，只当远游海外，日子一久，便难查知下落。现既逃走了一个，我们形貌来历均被看去，发难必早。单是妖妇就已难防御，万一加上铁妹相助，益增险恶。此女来去如电，自炼神魔尤为厉害，本极可虑。所幸魔女初转劫时，先师得道年久，与她曾有救命之恩。她那魔法，我固万非其敌，但一发动，便可警觉。兰妹如允许小弟随行，至少也可先为防备。妖妇行动神速，说来就来，更能行法查看敌人动静强弱，俟机而动。依我猜想，她知天遁镜、霹雳子难敌，必有阴谋毒计。我们四人还在其次，朱姊姊仇恨最深，决放不过，此后也须留意呢。"

朱文道："照此说法，妖妇发难必快。反正难免一决胜败，我们一同找上门去如何？"李厚道："她那伏尸峡妖窟，地广数百里，深居地底山腹之内，一头可通星宿海泉源之下，内中洞径何止千百，更有重重埋伏，不特费事，也难搜寻。一个不巧，不是为她所困，便是妖妇铤而走险，用邪法震破泉眼，崩山发水，惹出极大乱子。如非投鼠忌器，天师派教主藏灵子恨她刺骨，难得六恶均为屠龙师太佛法所伤，早下手了。"

朱文道："反正都要出山行道，我们合在一起结伴修积，等到除害，再行分手，不是好么？"李厚不便深说，方想如何回答，何玫笑道："此时我和崔师妹先就不能一路。昨日拜读师父仙示，令妹子往武当山见半边大师，便在她那里暂住，听候使命，须等事完才回，但未明言何事，明日就要起身。好在我二人随去也只助威，无甚大用，只得失陪了。"朱文闻言惊道："我想起来了，上次峨眉开府，玉清大师曾说武当山将来有事，半边大师为此炼有一座阵法。因她门下只武当七姊妹，尚缺五人，掌教师尊曾允相助，并借五个女弟子与她。上月路遇岳师兄，也曾说到此事，说派往武当的女弟子，内有李文衎、向芳淑、云霞两姊妹和我五人，怎又添上你们，岂不多出两人？日期也还相差一年，是何缘故？"何玫道："这事以前我也听人说过，详情一点不知，奉命而行，且到武当再说吧。"

若兰始终不曾开口，正在盘算心事：此后出门是否和李厚一起？忽听洞外破空之声，似有同道之人飞过，若兰心正烦闷，先自赶出。李厚立即跟了出去。朱文本来要走，被何、崔二人拦住。朱文因和若兰交厚，先前听她一面之词，不知心志是否坚定，本想探询，如今只好不出洞。微闻洞外天空风雷飞行之声，略一停顿，便往侧面飞过，跟着又听破空声起。料有本门中人路过，若兰前往追赶，不久必把来人追回，也未在意。随问何、崔二女经过。

二女答说："李厚固是痴心情重，若兰也早被感动，表面峻拒，不令随同出入，实则心肠早软。每次外出回来，必要询问李厚别后情况，再埋怨几句，以为遮掩。李厚近日却改常态，每遇若兰他出，苦口追随，非到若兰坚持不许,不肯退去。人走以后,必是终日愁虑。等若兰回来,立现喜容。有时暗中尾随,又被若兰设法掩蔽,苦寻不见,只得回山,日常向空盼望,不到人回不止。只要若兰在山,便少愁容,也不再似以前每日立在洞外守候。今日早起,忽到洞外呼唤,说他为了不放心若兰孤身行道,又不许他跟去,每日必用法宝查看。近因此宝关系重要,不宜在外泄露,兰妹又不许他跟在身侧,只好回山行法观察,以防妖邪劫夺。天明前忽有警兆,行法一看,竟有妖人来犯。令我二人留意,并告诉我们应付之法。果然,不久五妖人飞来,势甚神速,一到便将我二人困住。幸而事前准备,李厚又舍身相救,将妖幡摄魂魔鬼挡住,不令上前。妖妇淫贱无耻,本欲迫他降顺,不想伤害。后见不降,拼命苦斗,才用妖火将他困住。我二人正在愁急,师妹就赶来了。据我二人观察,此人心地忠厚,只对兰妹情痴太甚。兰妹面嫩,双方必有话说,我们何苦作梗?"

朱文叹道:"她根骨不如寒萼,偏又遇见这类事,一个面软心活,便误大事,怎么好呢?"崔绮道:"我看不会。休说兰妹向道心坚,日常都在警惕;李厚方才还曾立誓,料想无碍。"朱文叹道:"你哪里知道。以司徒平师兄那么向道坚诚的好人,尚为情孽所累,何况旁门中人? 这类事,非具极大智慧定力,难于解脱。兰妹几次请求往依二云姊妹,师长不允,必有深意,终须应验。我们只好事前遇机相助,事后设法补救,暂时由她去吧。"

崔绮笑道:"这个人还不进来,莫非平日假惺惺,今日刚说明了心事,情话便说不完么? 我看看去。"朱文忽想起先前申、李二人破空飞去,未见回转,心中一动,同出洞外去看。只见晴空万里,白云自飞,斜阳倒影,晚烟袅袅,到处静荡荡的,哪有丝毫形迹。三人均觉先听破空之声,如是本门同道无心走过,若兰追去,必定同回。如说觅地谈情,应在静处;再说二人也不好意思背人密谈,许久不归。朱文试用传声呼唤,并无回音,知已飞远,越发奇怪。在洞前等了一会,还是未回。朱文首生疑虑,估计方才二人去处,似往西北一面,只拿不准一定去向,便和何、崔二女商量,分路去往前途追寻。崔绮说:"反正明早要去武当,正好顺路,索性封闭洞门,就此起身,顺便还可访看两位故交。"说罢,依言行事。何、崔二女自去封闭洞口,另走一路。

朱文惟恐若兰有失,已先起身,飞遁神速,一口气飞出千百里,沿途运用传声呼唤,始终未听回音。心想若兰不会飞出太远,先在满空中往来搜寻,均无下落。似这样连寻了三日三夜。这日飞到江西庐山上空,仍是无迹可寻。天已入夜,大半轮明月高悬天半。俯视脚底,鄱阳湖中水月交辉,渔灯掩映,清波浩浩,极目千里。大小孤山矗立湖上,在皓月明辉之下,宛如大片碧琉璃中涌起两个翠螺，夜景清绝。

朱文方欲回飞，忽听下面有人传声相应。互一问讯，正是同门师兄林寒、庄易两人，在含鄱口危崖之上，与一妖人正在斗法。朱文不顾寻找若兰，连忙赶去一看，对方乃是一个大头大肚，胸挂十八颗人头念珠的妖僧。旁边倒着一僧一道，已经腰斩。朱文一见，便认出是江西鄱阳湖小螺洲金风寺恶弥勒观在。那年峨眉开府，曾和几个妖人带了所养虎面枭和金眼妖狍前往仙府，借着观礼为名，暗盗芝仙。后来枭、狍和众妖徒被癫姑和小寒山二女以及仙府神鸠、雕、鹫等仙禽所杀。妖僧和众妖人自觉无颜再留，又不敢再肆凶威，乘着灵峤三仙送走冷云仙子余娲之际，暗中遁去。料是遇见林、庄二人，想起前仇，欲下毒手。又见二人已被青、白、黑、绿四色相混的妖光邪火怪蟒一般将身缠住，林寒手指一片祥光，连庄易一起护住，神色自如，虽未受伤，但也不能脱身。观在挺着一个大肚皮，赤着双脚，趺坐磐石之上，手指二人厉声喝骂，形态甚是丑恶。

朱文早听说妖僧厉害，仗着他在含鄱口旁的危崖之后，地势十分隐僻，先前闻声寻来，身形已隐。妖僧自恃得道多年，已经脱过三劫，对方只是两个峨眉后辈，丝毫不以为意，并未发觉朱文。朱文想先下手为强，冷不防暗用霹雳子朝妖僧打去，同时用天遁镜破那缠身妖光邪火。眼看飞近，取了一粒霹雳子，正待向前打去，忽然发现月光之下，似有一层极薄的暗赤光华似大水泡一般，将双方斗法之处罩住。未及看清，猛瞥见一道金霞突自五老峰上激射下来，照得左近山崖林木全成了一片金色。同时霞光中有一粉面朱唇，宛如婴童的小道人，生得更比极乐真人李静虚还要矮小。霞光到处，一蓬血焰火花先已破散，暗赤光华也立时消灭。紧跟着，小道人右肩一摇，立有一支奇亮如电的短剑飞起，剑尖上射出一股银色毫光，直朝林、庄二人身前飞去。身外妖光邪火，挨着便断成数截。妖僧似知不妙，把手一招，刚把残余妖光收回，未及还手。不料对方来势神速无比，一面飞起剑光，一面用手一扬，立有数十百丈金光雷火，连同一道形如火龙的红光，直朝妖僧飞去。妖僧已经警觉来敌厉害，又见身材这等矮小，断定是天仙一流人物；否则，如是寻常修道人的元婴，哪有如此骨格坚固，神完气足？本就心惊，再见这独门的太乙神雷，越发看出来历决不寻常，如何还敢恋战，立纵妖光遁去。小道人随手一指，满空金光雷火，连同那道红光，立朝妖僧逃路追去。霹雳之声由崖谷中响起，一直响到天心，由近而远，晃眼剩了一蓬极微细的火星，朝着妖僧逃路，穿向天边云层之中，方始一闪而逝，大片金霞已早收去。

小道人并未追赶，刚将飞剑收回，朱文也恰飞降。满拟这么高法力，必是一位前辈仙人的元婴，出场解围。方想礼见，请问来历，猛觉来人眼熟，似在哪里见过。还未开口，小道人已朝三人下拜。三人连忙还礼，定睛一看，来人竟是凌云凤前在小人国所收四小之一，前数年被极乐真人李静虚收归门下的健儿。因有数年未见，又换了一身道装，一个僬侥细人，做梦也想不到会有如此高的法力，所以仓猝之间全未辨清。这时见他羽衣星冠，赤足芒鞋，与极乐真人近来装束一样。身材仍似童婴，妙在背插单剑，也与人相称，长才尺许。林、庄二人素极庄重谨慎，还不怎样。朱文却和健儿甚熟，前在仙府还抱过他，忍不住笑道："竟是你么，想不到别才几时，竟有这么高法力，可喜可贺！你已高升，按说比我们还长一辈，怎倒如此谦恭？"健儿笑道："朱师伯，话不是这等说法。弟子如非凌恩师深恩收容，焉有今日？为人不可忘本，何况师祖极乐真人与齐师祖也是各论各交，从不自命尊长。弟子为防异日见了凌恩师和诸位师伯叔不好称呼，特拜在未来家师秦渔门下，算是本门第二代弟子。见了诸位师伯叔，如何不礼拜呢？"三人见他一步登天，具此法力，丝毫不以此自满，反更谦退，齐声称赞不已。

朱文又笑道："你们四个小人，只玄儿我未见过。听说和你一样，法力甚高，韩仙子对他十分钟爱，赐了不少法宝。只是身材太小，遇敌时容易被人轻视，至少能和沙、米两小一样，岂不更好？可见佛法无边，能于弹指之间历三世相，实在神妙不可思议呢！"朱文原是无心说笑，又因健儿是以前师侄，人更谦厚，随口而出。

健儿闻言，笑道："师伯，你也玄门中人，只说佛法高深。可知一枕黄粱，顷刻槐西；残棋未终，斧柯已烂；壶中自有日月，袖里别具乾坤。与佛家须弥芥子之喻，不也殊途同归，差不多么？如说李健渺小，沙、米二兄身虽较高，又何尝不是幻象？哪似弟子本来面目，游行自在，大小由心，无须矫揉造作呢！"说到末句，两臂微振，身材忽然暴长，成了大人，又生得那般俊美，望去一身道骨仙风，飘然有出尘之概。

林寒知他不快，忙插口道："道友姓李，可是令师祖所赐的么？"健儿躬身答道："林师伯怎如此称呼？家师祖因健儿单名无姓，赐名李健。当着诸位尊长，非敢班门弄斧。只为朱师伯对弟子期许太厚，又蒙家师祖怜爱成全，使我略谙变化，知道诸位师伯见了，必代弟子喜欢，故敢放肆，还望恕罪才好。"

朱文笑道："你几时学得这张巧口？我原是无心之言，你朝我摆这架子做甚？还不收去。你几时下山行道，怎知妖僧在与我们作对？可从五老峰来的么？"李健（以下健儿改称李健）闻言，好似不好意思，忙即恢复原状。答道："弟子尚有要事忘却禀告。今日本随家师庐山访友，偶见妖僧闹鬼，又算出申若兰师伯有难，现在汉阳，与同伴被困江心水洞之中，须经五日方可脱身。特命弟子持了一道灵符，将妖僧惊走。转告三位师伯，后日早上赶往相救；不可先往，否则有损无益。事完，朱师伯速急与之分手。不久，也有变故发生。好在事前有人指点，不足为虑。弟子尚须复命，不久还要往见凌恩师，先拜辞了。"说罢，向众拜别，一道金光，往五老峰飞去。

三人见状，俱都惊赞不已。互一询问，才知林、庄二人结伴行道，颇有积修。日间偶游孤山，与恶弥勒观在妖徒相遇，看出淫凶之迹，尾随到了含鄱口，被妖徒和同党识破，动起手来。因观在自从开府会后，心中胆寒，惟恐门人惹事，不多传授。妖徒又从师不久，无甚法力，才一照面，便为庄易玄龟剑所斩。观在来救，已是无及，想起前仇，顿发怒火，双方恶斗起来。

林、庄又说起途中遇见三位老前辈，说汉阳龟山脚下有一大洞，直达江底；另有一座水洞，也甚广大。两洞均具奇景，本是前古水仙萧真人的洞府，法体也藏水洞之内。竟被南海妖人呼侗师徒发现，盘踞在内，到处摄取良家妇女入洞淫乐。二人本意前往除害，料定若兰被困，必是此洞无疑。朱文与若兰至好，又防她和李厚一起，步了秦寒萼夫妻覆辙，恨不能当时便要赶去。林、庄二人再三劝说："极乐真人既命李健来此吩咐，必有深意，事情想必无碍。否则真人对于我们这些后辈何等爱护提携，多厉害的妖邪，也难经他一击，岂肯坐视？想是命中一劫，早去既然有害，只差二日，并未接到法牌告急信号，仍以到时前往为是。"

朱文想了一想，只得依言缓去。心终不放，意欲先往汉阳一带，访查妖人师徒虚实，遇事顺往援手，就不往救若兰，遇上对方摄取妇女时，也可阻止，免多害人。林、庄对于女同门，向来不善应付，不好意思强劝。心想救人之事，分所应为，只好答应。朱文看出二人勉强，情知所说不差，不便独自先行。虽然合在一起，心意却不相同。林寒、庄易人最缜密，断定极乐真人洞悉前因，不便明劝，便在途中故意迟延，一面暗用言语点醒朱文，不可冒失。等到汉阳，竟是次日午后。朱文心想："已经结伴同来，这两人极诚恳谦和，只是过于谨慎固执，拿他们无法。"路上一算，明日便该下手，今日先探虚实，也不算违背真人仙示。还未飞到地头，便即提议，分头访查。

林寒近来功力大进，早就知她心意，便对她道："我知师妹义气，同门姊妹，锐身急难，原是应该。无如极乐真人已示先机；又听师妹途中所说，虽未明语何事，前途必多艰险，稍失机宜，难免两误。以我之见，汉阳虽系临江要邑，地方不大，妖人所摄民女多在外乡，目前正教昌明，人才辈出，断无不知之理,为防被人发觉,必不在巢穴附近作怪。到了汉阳,除却深入虎穴,决查不出他的虚实。如往妖窟窥探,岂不又背仙示? 此间有鹦鹉洲、黄鹤楼、南楼、石镜亭,颇多胜迹,又近在隔江,与汉阳东西相对。武昌又是水陆要冲,人民繁富,遥望龟山,宛如对面。妖人师徒行动往来,不论水陆,全可查见,还省得被他警觉。你看好么?"朱文点头应诺,仍主分头查访。林寒想了想,也就不再多说。于是分成三人两起。

朱文关心若兰安危太甚,本定先去武昌访查。分手以后,越想越不放心,中途变计,仍往汉阳飞去。始而尚记仙示,隐身访查。等赶到龟山上面一看,因地当江边要冲之地,上有真武庙宇,香客游人络绎不断,找遍全山,哪有什么洞穴。也无一人谈到当地有甚奇迹,所说均是寻常迷信神权的话。在人丛中,暗中查访了一阵,毫无所得。末了在后山和临江山崖之上,寻到几处山洞,俱都污秽窄小,蝙蝠乱飞,蛛网四布,决不似有人出入光景。又用法力隐身入江,见江中礁石林立,无路可通,也找不着妖窟门户。心想还有半日,何必冒失行事? 勉强忍耐,飞出水面,又往附近几处穷苦人家现身打听,也问不出一点消息,当地也无一人失踪遇害以及民女走失之事,才知访问不出。仰望日光已经偏西,忽想起林、庄二人所说口气,妖道虽未见过,来历底细以及出入门户,似已得知。所说隔江遥望,也颇有理。心想:"既查访不出下落,莫如还去寻他们商议,至少也将入口问出。次日天色微明,便即下手,反正早一刻是一刻。"

朱文主意打定,先往鹦鹉洲上飞去。见人不在,因为所约之处相隔都近,试用传声一问,并无回音。注视龟山上下,仍未发现邪气。心想:"若兰真要万分危急,必用法牌求救。始终未接信号,也许人虽被困,尚还无害。法牌只能用一次,非到存亡关头,谁也不舍轻用。既未求救,当无大害。林、庄二人所论甚是,自己这次行事,怎会心神不定,举动粗疏?"心虽一动,哪知大难将临,此是预兆。当时想过,也未在意,径往黄鹤楼飞去。先是隐形寻人,见又不在,朱文赌气,索性现身下楼,走往武昌市上和江边一带,游玩访查。本意想诱妖人师徒出面,并使林、庄二人望见来会。便在沿途留神访查,并随时暗用传声向二人通话,令其约地相会。

朱文万没想到,林、庄二人先前已接传声,因遇两个怪人,看出厉害,口气又恶,分明是本门强敌,恐被发现寻踪,另生枝节,误了明日之事。林寒人最稳重,恐被对方警觉,仗着身形已隐,等其离开,方始飞走,也未回答朱文。朱文由鹦鹉洲刚走,二人也就寻去,先后相差才半盏茶的工夫,往来途向不对,以致错过。二人见朱文不在,以为是在龟山发现敌踪,或是有甚急事,来约同往,便往对江寻去,没想到会往黄鹤楼去寻他们。经此一来,本就不免被两怪人发现,朱文再在江边现身走动,自然更容易生事。林、庄二人在龟山左近寻了一遍,又听朱文传声,说是人在江边等候,不禁大惊,连忙回飞。

这里朱文信步前行,已到江边无人之处。因唤二人不应,心疑人已走远。方觉不耐,待要离去,忽见前边树林中青光一闪,斜阳影里,似有两条相貌丑怪的人影。行处恰是江边野地,发光所在乃是一片大坟地,相隔约有半里多路。朱文本来想往左边临江人家访问武昌城内外可有奇事发生,见状情知有异,立即跟踪寻去。刚一起步,忽想起人单势孤,对方深浅难知,前面地虽僻静,相隔民家均不甚远,踪迹还须隐秘。刚把身形隐起,似听身后有人"咦"了一声,相隔甚近,晃眼人已飞近。

峨眉隐形法本极神妙,除却本门中人,对方多高法力也难看见。这次下山,共只十多人领了传授,朱文还是近一年来才炼到功候。本来起飞时,已有警兆,只为命中注定灾厄,不能避免,只顾寻查妖踪,飞得太急,一时粗心,忽略过去。否则,只要闻声回顾,立可发现身后对头。一有戒心,为防惊动俗人耳目,误伤好人,就动手也必引往深山无人之处。届时林、庄二人自必赶到,将其唤走,何致破去隐形法,生出许多事来?朱文这一疏忽,刚刚赶到林内,四面查看,并无妖人影迹。相隔这么近,才一发现,立即赶到,又未见有妖光邪气飞起。心想:"怎么也不会逃得如此快法,何况自己独步江边,和常人差不多。仓促间看不出来历深浅,怎会望即隐避?"料定妖人未走,也许藏向巢穴之内。但那坟场甚是宽大,四外翠柏森森,当中一片空地,十几座坟头错落对立,祭坛完整,打扫也极清洁,绝非妖人隐藏之地。

朱文方在奇怪,忽听身后有人说道:"这丫头果是峨眉门下贱婢,容她不得。"朱文不知竟被对头循声追来,两下里合力暗将隐形法破去。闻声连忙回顾,见面前站定一个豹头圆眼,狮鼻虎口,面如黄金,形容丑怪,穿着一身金黄色华美短装,臂腿赤裸的矮胖道童。另外还有一个高髻宫装,年约十八九,容光甚美,一双秀目,隐蕴威严的女子。二人正指自己说话,满面轻鄙之容。

朱文要发作,猛想起这两人看去功力甚深,女的又与那年峨眉开府所见冷云仙子余娲门人打扮相似。这里离民家近,还是不要造次,等问明了来历再说。心念才动,猛觉出隐形法已失效用,不禁大惊,忙把心神镇定,也做藐视之状。同时暗中戒备,冷笑一声,说道:"我与你们素昧平生,为何出口伤人?即便寻事,这里离城市近,难免殃及无辜,也须约在无人之处,一分高下。真正修道人有这等鬼祟行径么?"道童似甚暴烈,话未听完,怒喝一声,便要发作,手已扬起,因听离城市近,女的再摇手一拦,方始停止。朱文说时,忽听林寒传音急呼:"此是余娲门人,明早我们还要救人,此时不宜与之动手。师妹先不小心,隐形法被他们暗用法宝破去。乘他们当地不会下手,可借说话拖延,暗中准备。我二人仍用隐形法护你脱身,见面再说,不可造次。"听完,正想询问对方姓名,忽然一片祥霞在面前一闪,耳听庄易传声低喝:"师妹随我往东方遁走。"

朱文本极机警,祥霞一现,乘着敌人骤出不意,立即飞起。瞥见林、庄二人一个手指祥霞,挡向前面,等将敌人惊退,立时飞走;一个护了自己同飞。二人全都隐身,逃时却分东南两面。中途回顾,林寒仍向南飞,那片银霞却往西北飞走。因为隐形神妙,行动神速,对方那么高法力竟未看出。银霞又在西北方天空密云之中时隐时现。对方似知来人分路逃走,女的方一停顿,道童已经暴怒。那祥霞乃林寒玉玦宝光所化,曾经上方山无名禅师佛法炼过,加以近年本门仙法重炼,威力甚大,不是幻影。道童只当有人在内,另两起敌人身形已隐,非等看准地方,暗中掩去,不能破那隐身法,更难捉摸。将女的手一拉,双双化成一道青虹,刺空追去。声光强烈神速,从来罕见,晃眼便被追近,祥霞忽然不见。朱文才知林寒功力竟不在岳雯以下,自愧弗如,好生赞佩。人也飞出老远,随同庄易落向深山之中。林寒也已寻来。

见面一说,才知二人在武昌市上游行了一阵,先未隐形。午后去往黄鹤楼眺望,忽发现上来两人,装束奇古,虽将衣上光华隐去,但在二人眼里,一望而知不是人间绸帛,身上又无妖气,看去功力甚深,先还当是散仙中的有名人物。继一想,开府时,余娲门下女弟子也是这等装束,便留了心,乘其未见,隐身查听。当日楼上的游人不多,对方这等装束,全都奇怪,未免多看了两眼。女的还未在意,道童已是不快,将手一挥,一片白影微闪。众游客便说:"好好天气,为何这么大的雾,什么也看不见?方才男女两人怎会失踪?定是神仙下凡,莫要冲撞了他们。"纷纷议论而去,全都走光。有的还向空礼拜才走。凡是礼拜的人,均被道童伸手一指,打了一个冷战。随见二人凭栏望江,说是日前在雁荡追赶两个峨眉后辈,本想擒往海外,膔膔他们的脸。飞过括苍山上空,又有两个同党追来,本想一同下手,眼看成功,不料斜刺里飞来一片佛光,挡住去路,因看出是佛家大旃檀法,退了下来。后来佛光自撤,四处搜寻,不见逃人踪迹。日前算出人在汉阳江中,尚未查看出一个底细。因先追两人十分可恶,曾受暗算,非要擒回海外处治不可,为此前来查看。并说乃师冷云仙子得道千年,从未受过人气,只在上次峨眉开府当众吃亏,又伤了许多法宝,说什么也非报此仇不可,只要遇见他的门下,决不放过。林、庄一听口气不善，知道对方得道年久，不是好惹，又当救人之际，始终隐在一旁，闻得朱文传声，俱都未动。直等对方离开，方始往鹦鹉洲赶去。

三人说完，因见月上中天，夜色渐深，且喜对头不曾寻来，救人要紧。好在当地景物荒寒，对头不会寻来。朱文又问出那妖道名叫呼侗，师徒五人，不特擅长水遁，并还练就独门邪法，善于移山换岳，叱石开壁。所居龟山下面，上下两洞设有极厉害的埋伏。内中洞径纵横交错，密如蛛网，多半细不过尺，外人只能顺着几条大路出入，妖道师徒却能变化通行。水洞之中，除邪法禁制外，更有所炼法水邪雾，阴毒非常。龟山上下共有七处出口，多半都似一个尺许方圆的洞穴，内里又甚曲折，连狐狸之类均难通行。又均深藏崖缝、古树腹内，所以观察不到，就发现了也无法进去。内中只有两个出入门户：一是真武庙大殿后大深井中；一在江底大别山脚峡缝之内，相隔龟山还有五六里，外有礁石林立，泉眼所在水涌如沸，恰将入口遮住，形势隐秘，极难寻到。妖人刁狡异常，初来中土，不知底细。近听同党说起，汉阳白龙庵近在咫尺，庵主素因大师佛法高深，决不容他们在此为恶。想起神尼优昙师徒的威名，十分胆寒。后来访出大师云游未归，又舍不得离此他去。于是改变主意，在方圆千里之内不再生事，所有妇女均由千里之外摄来，比前敛迹得多。就这样，仍然胆怯，特意开通全洞甬道水路，以为事急逃身之用。要想除他们，事前如不通盘筹算，决难成功。来时，幸遇凌真人夫妇和黄龙山猿长老。凌真人赐了一道灵符，只命到时施为，非到万分无法不用。猿长老赐了一套子母针，吩咐到时用此针将他七处出口一齐封闭，妖人逃时无须追赶，只将母针如法施为，妖人不死必伤，终于伏诛，连元神也逃不出去。本来林、庄如非在孤山遇见妖徒，早已起身，因向来敬奉各位师长前辈，既奉仙示指点，如何敢违。

朱文问知前情，不悔自己冒失，反觉二人胸有城府。知道二人虽是手到成功，不到明早决不会去，只干着急。林寒看出朱文煞气已透华盖，暗忖："朱师妹性情虽刚，平日人颇温和娴雅。这次见面，论功力已经大进，怎会如此浮躁？面上又有煞气，料非佳兆。"因素谨饬，不善与女同门说笑，惟有婉言劝她留意。朱文一心惦记若兰安危，随口敷衍，全未放在心上。好容易挨到月影偏西，便催起身。二人见她心急，明知飞行甚快，到时天还未亮，但不便过于勉强。庄易道："早去无妨，最好见了曙色，再入妖窟。莫为一时心急，生出枝节，反而不美。"朱文微愠道："二位师兄也太小心了。论起来，一过子时，便是明朝。救兵如救火，越快越好。不知兰妹是受的什么罪呢！"

二人不便再说，随同飞起。朱文隐身法已破，须经重炼四十九日，始能复原，本未在意，嗣经二人力劝，才合在一起，一同隐身前往。飞到龟山上面，天果未亮。朱文因知事有成算，当时便要下手。林寒推说还须布置，立照预计，与庄易各持子母针，分头封闭出口。庄易入江先行。朱文与林寒一起，见他每去一处洞穴，只取六支飞针，向洞口手掐灵诀，一掷即行。行法甚易，偏是那么慢吞吞的，知挨时候，心甚不快。末了行到殿后大井的正面入口，天仍未亮。林寒只向井口张望，迟不下手。朱文有气，想要催促，忽听井底男女说笑之声隐隐传来，相隔甚远。忙用传声询问，若兰立即在下面传声求救，刚说是危急异常，语声便断，好似妖人已有警觉。经此一来，连林寒也着了急，忙即放下飞针，飞身直下。朱文更不必说，早已当先飞落。

原来那日若兰闻得洞外破空之声，似有开府时新交好友云紫绡在内。紫绡本是白云大师门下，在峨眉众弟子中年纪最轻，美慧绝伦。人甚好强，自觉年幼道浅，对众同门师姊个个亲热恭敬。因若兰性格温柔，一见如故，双方甚是情厚。若兰见她平日明艳娇柔，宛如小鸟依人，对敌时却是英姿飒爽，豪气无俦，年纪又那么轻，本就喜她。紫绡因第一次通行火宅严关未得通过，用功越发勤奋。又蒙妙一夫人恩怜，随时传授，只有一年，便由右元十三限通行出来，又得了几件异宝。才一下山，先去看望若兰，直比同胞姊妹还要亲热。相聚不久，紫绡便奉命往就邓八姑，随同炼法。八姑乃本门师姊，道法高深，兼有正邪两家之长。紫绡又奉师命，一切听命而行。八姑见她美质，立意造就，监督功课甚严，与若兰见面时少。若兰前寻八姑，一半为了看她。知她所炼三阳一气剑，飞行起来，隐隐夹有疾风迅雷之声，与众不同。等赶出洞外一看，遁光已经飞近。除紫绡所用三连环的朱虹外，同行更有红、白两道遁光，也是同门中人，飞行甚急。同时后面又有一道经天青虹电驰飞来，前行三道遁光忽然回身抵御。双方才一接触，红光中忽射出大蓬火针，青虹好似受伤，立往斜刺里飞去，一闪不见，端的快极。方觉三人怎不现身？就在这晃眼之间，敌人一退，紫绡等三人也已遁去，似有急事在身情景。若兰想念已久，立纵遁光追去。

李厚本想和若兰说话，也忙跟踪追赶。刚到空中，紫绡发现二人追来，立即回飞会合，急呼："你们快随我逃，休被敌人追上。只要赶到衡山，便无妨了。"李厚飞行原快，三人便将遁光合在一起，向前急飞。前行二人，原来是新近下山的万珍同了郁芳蕤，已先飞走。若兰忙问："后追何人？怎连万、郁二位师姊也如此胆怯？"紫绡匆匆答道："无暇细说，先逃毒手再说。"说罢，前后五人，各以全力催动遁光，宛如电射星驰，凌空飞渡，一泄千里。

刚飞出七八百里，忽听后面破空之声十分猛烈。若兰百忙中回头一看，正是那道青虹二次追来。先前遥望天边，尚无踪迹，以为伤重退去，不料这等快法，刚一出现，便追了一个首尾相衔，只差三数十里，转眼便被追上。紫绡脸上立现愁急。前行郁、万二人已由合而分，往左右两面遁去。若兰方觉二人太无义气，一任紫绡小妹落后，不来应援，只顾自己逃走。那青虹已越追越近，相隔才两三里。若兰心正惊疑，忽闻一阵旃檀香风过处，身后倏地金光奇亮。三人还疑心敌人有甚法宝来攻，正在往前急穿，又觉身后破空之声由近而远。回头一看，一片佛光金霞，金城也似横亘天空，将来路隔断。刚刚隐去，青虹已经射向来路天边密云之中，二次回退，万、郁二人已无踪影。紫绡好似惊弓之鸟，仍不放心，要若兰同飞衡山，见了金姥姥罗紫烟和追云叟白谷逸之后，请示再说，否则仍留后患，连催快走。

直到飞近汉阳、武昌一带，青虹不曾追来，紫绡才和若兰说："那敌人乃余娲门下。女的名叫吴青心，前在两广行道路遇，强令我拜她为师，两次计脱身。这次又在途中相遇，力迫降顺。幸遇万珍、郁芳蘅解围，虽未被擒，但是三人均非其敌。芳蘅事前得人指点，原是有意犯险来助。曾告诉我，只有将这两人引往衡山，由金、白二老前辈出面，才能将其逐回海外，为此加急飞逃。中途快被追上，万珍气她不过，拼舍一套丙乙针，回身迎敌，冷不防发将出去。此针功效不在白眉针以下，打中以后，非得将它当时化去，便成大害，终将火毒攻心而死。又是离火之精炼成，本是气体，得隙即入。对头本太骄横自恃，骤出不意，立被打中。仗着得道年久，法力高强，早就料他受伤暂退，仇恨越深，决不善罢，本来议定急飞。万、郁二人并还各有急事，必须赶去，所以先走，不必怪她。"若兰随说："追云叟已往休宁岛赴会，金姥姥也未必会在山中。"紫绡闻言，想起对头厉害，心里失望发愁。若兰忽说："前面不远，便是汉阳白龙庵，何不往寻素因大师？"紫绡立被提醒，便同赶去。

若兰见李厚紧随身侧，又是旁门中人，见了素因大师，岂不被人见笑？方要命他退回，或是约地等候，三人遁光已行近大别山边界，稍一偏，便可落向庵前。猛瞥见一道灰白色的光华，由斜刺里飞来。三人因为快要到达，本在觅地降落，三阳剑带有风雷之声，已先收去，二女交厚亲热，仅由若兰带了同飞。若兰原有飞剑，本质较差，虽有一口青灵剑，因光太强，也在到前收起。二女均极美艳，李厚又是旁门，遁光随在一起，妖人见了，自起轻视，立时飞起拦阻。二女见有妖人阻路，看出邪法有限，还在暗笑妖人送死，毫未在意。紫绡更是有气，也没问姓名、来历，一声娇叱，手指处，三道连环朱虹已夹着风雷之声先后飞出。那灰光正是呼侗门下妖徒，奉命去往江南摄取美女，一见飞来两个美女，自恃持有一葫芦的邪雾，能污飞剑、法宝，二女只有一道剑光，飞行既缓，光又不强，凶星照命，当作福神。不料遇见对头，未及开口问话，三环朱虹已夹风雷而至，大惊欲逃，连人带葫芦已被绞成粉碎。李厚深知各派妖邪行径，瞥见妖人死时，身边冒起一股粉红色轻烟，才一现，便往前面收去，未被朱虹消尽，认出来历，忙用前师所传护神法暗中戒备。同时急呼：“兰妹和云道友速将法宝、飞剑防身，妖人还有余党，那邪雾万不能沾。”话未说完，眼前光景忽然昏暗起来。

这时天本阴晦欲雨，又当黄昏将近，若兰先未在意，正想行法消灭残尸。紫绡觉出天黑太快，又听李厚警告，心方一动，倏地一片极浓厚的阴影，已似天塌山崩，当顶下压。当时天旋地转，四外山峦林木，一齐似走马灯一般乱转急飞，到处阴黑混茫，什么也看不见。又听李厚大声疾呼：“此是妖人移山换岳邪法，前途必还设有妖阵，各自防身，镇定心神，免为所算。”

李厚说时，三人已各施展法宝、飞剑，将身护住。方想冲出重围，眼前忽又一亮。再看人已落在一个大洞之中，地广约五六亩，石黑如墨，由顶到地，高达三数十丈。壁上大小洞穴，约有数十百个，大的三丈方圆，小的仅尺许。内中都有亮光射出，看去宛如百十盏大小明灯嵌在壁上，照得全洞通明。隐闻水声浩荡，由四壁小洞穴中传来。当中一座上铺锦垫的石榻，上坐一个妖人，生得身材高大，相貌粗蠢，一双猪眼凶光外射，一张猪肝色的脸，满头乱发披拂脑后，额束金箍，身穿道袍，短只齐膝，露出一双满生黑毛的粗腿，赤脚盘坐，形态甚是丑恶。手里拿着一柄铁拂尘和一块妖光闪闪的铁牌。身旁和地上斜身坐卧着七八个赤身妇女，除有几个神情淫媚自如外，余多状类昏迷，神志不清。另外三个背挂葫芦、手持妖幡的妖徒，与前杀妖人一样神情装束。

才一见面，妖道便手指三人狞笑道：“我乃南海水仙呼侗，偶游中土，发现此洞，辟作别府。我海外水宫，水晶宫殿美景无边，不在紫云宫之下。你三人将我门人杀死，本难活命。因见你们资质不差，女的美貌可爱，现被我用移山法困住。这里地在江心山腹之内，上下四面均有数百丈的山石，内中道路密如蛛网，到处有我仙法禁制，你们便是大罗神仙也难脱身。趁早降顺，男的拜我为师，以补四弟子之缺；女的充我妻妾，永享仙福，快乐无穷。否则，便要被我杀死，还受炼魂之惨。你等意下如何？可速回话。”

申、云二女一见妖人，便要动手，两次均被李厚止住。后来越听越气，紫绡性情较刚，再按不住怒火，一声娇叱，首先身剑合一，连同身带法宝，一齐施为，朝呼侗冲去。这时三人身外均有一片灰白色的光影围住，呼侗虽觉对方飞剑、宝光均极强烈，不似寻常，因为擒时容易，又因二女被李厚止住，不曾发难,看去好似胆怯,只当作笼中之鸟,未免轻视。再见李厚拦阻二女,不令动手,越以为昔年海外凶威远震,对方知道来历,心中害怕,也许怕死愿降。一时疏忽,不料敌人会作困兽之斗,相隔又近,好几道宝光连同三环朱虹,已夹着风雷之声,电射飞来,二女身外妖光邪雾竟被冲散,才知敌人厉害。总算他邪法高强,飞遁神速,当时不愿抵御,身形一晃,灰光散处,遁向一旁。只苦了榻上坐卧的两个赤身女子,均吃剑光扫中,连那两三丈大小石榻,一齐粉碎,洒了一地残尸碎石,鲜血淋漓。呼侗见状大怒,正待施展邪法,紫绡不知厉害,一见妖人遁逃,把事看易,口喝:"兰姊,还不动手!"因见妖人已经变化遁走,匆匆不及追赶,一面施展法宝,横冲直撞,一面朝那三妖徒冲去。妖徒也已看出厉害,无如呼侗天性疑忌,妖徒所用法宝虽极厉害,平日无甚传授,一个闪避不及,吃剑光一绞,首先腰斩;另一个也被削去半边身子:均尸横就地。等到呼侗施展邪法,三妖徒已去其二。

　　紫绡连杀二人,正在得意,耳听李厚急呼:"道友飞剑神妙,快来会合,从长计较,同除妖人。"紫绡方想若兰怎不动手?一眼瞥见呼侗手持令牌,重在左壁一个大洞门侧出现。心想擒贼先擒王,也未回顾身后若兰、李厚是甚情景,一纵遁光,直冲过去。眼看飞到洞前,猛觉灰白光一闪,妖人不见,眼前倏地一暗,身上似被一股力量吸住。同时妖人二次现身。耳听李厚又在急呼:"道友已陷入妖阵,飞剑不可离身,便无妨害。"想起先被困时光景,心中一动,人已投入暗影之中。

　　申若兰当云紫绡冲破笼身妖光时,本要冲出,吃李厚一把抓住,急呼:"兰妹,你去不得!"略一停顿,妖光由分而合,重又笼罩全身。紧跟着,紫绡连杀妖妇妖徒,喝令动手。李厚大声疾呼,令紫绡退回。若兰前在旁门,原是行家,不似紫绡初出茅庐,勇往冒失。见呼侗刚化妖光闪避,满洞壁上大小洞穴齐射邪烟,妖人已在左洞壁上现身,手中铁牌突飞起一股灰白色的光气,射向紫绡身上。跟着便见洞口一暗,紫绡连人带宝,全被邪气裹住,往洞内投去。知陷罗网,一时情急,想要一拼。李厚忙拦道:"邪法厉害,罗网密布。可惜先未想到云道友飞剑如此神妙。兰妹速用峨眉传声之法,令将三环朱虹绕向全身,再加法宝防护待救,决可无碍。我二人只要各自将身护住,不令邪烟侵入,妖人也决无奈我何。时机一至,我自会引你逃出。此时万动不得。"

　　若兰这半年来,早已试出李厚忠实诚谨,知他两三世久在旁门,见闻众多,所说不虚,立即依言行事。紫绡传音回答:"身在黑雾之中,和初被困时一样,一任四下冲突,均难脱身。妖人师徒,不时更在身侧现形,隐现无常。"

若兰回答:"此是妖人幻影,防中暗算,不可理睬,护身要紧。"紫绡回答:"知道。"底下语声便断。

跟着,洞壁连转几转,重复原状。呼侗重又出现,戟指二人说:"适才贱婢已被困入癸水阵内,任她持有护身法宝,七日之内必死。你等快些降顺,免遭毒手。"若兰得了指教,毫不理睬。呼侗暴怒,将手中拂尘一挥,身外光影立即加厚。二人只将宝光抵住,不令上身。呼侗看出对方防御周密,无隙可乘,又将手中铁牌一晃,向左壁一指,另一大洞立涌出一股黑气,裹向二人身外。

李厚到此时方厉声喝道:"你这妖道,可认得我么?你那邪法底细,早所深知。可惜我前师五行神炉被人借去,否则今日你便难逃公道。这两位女道友,均是峨眉门下高弟,你如此胆大妄为,岂非找死?休看她一时疏忽,被你困住,他们同门众多,又有传声之宝,一呼立至,人多势众。幻波池妖尸比你如何?尚遭诛戮。快些放出,逃往海外,或可偷生一时;否则,不消数日,你便恶贯满盈了。"

呼侗正在施为,闻言好似吃了一惊。等话听完,略一寻思,朝若兰望了望,倏地目射凶光,一声狞笑。二人猛觉身外一紧,黑气加盛。若兰还待挣扎,李厚忙说:"无须徒劳,且换一个地方,免见好些丑态。"话未说完,身子已被吸紧,往右侧洞中投去。

若兰初意,洞中情景必和紫绡所历一样,黑暗非常。哪知刚一进洞,眼前忽然一亮,不特黑气全消,连先前笼身的灰白光影也全收去。洞中竟是一间极华美精致的寝室,玉榻之上,锦茵绣被,衾枕皆全,所有陈设用具,无不齐备。到处桂馥兰芬,温香扑鼻,香艳非常。直似一个绝代佳人、风流少妇的红闺绣阁。到处充满香艳色彩,另外具有一种微妙,由不得使人心神陶醉。李厚闻到香味,首先神思一荡,知道入时因见奇景骤变,微一疏忽,稍微沾了一点淫邪之气。忙把心神镇住,对若兰道:"兰妹留意,这里设有极厉害的玄牝妖阵癸水遁法,稍不留意,便为所算。幸我深知敌人底细,就为暗算,也不至于害你。想不到你那大难应验这么快。此时我已沾了邪毒,不知兰妹如何?如觉对我怜念,或是想起旧情,便是中邪。务要明言,以便解破。我知兰妹传声法牌一经施为,外援立至。日前曾听你说,教祖仙示,十年后还有一场大难,当比今日还要厉害,此是救命之宝,岂可轻用?本来蒙你和朱、何、崔三位道友怜念孤穷,允为引进到正教门下,方想仙业有望,长此追随,不料凤孽太重,遇见此事。不用法牌求援,万难脱困;如用,又误他年大事。现我已拼却舍身殉情,不过兵解之后,前路艰危,望你念我三世痴情,到时约请同道稍加援手，使我终归正教，能与兰妹劫后重逢，就感恩不尽了。"说完，李厚便把元运球等重要法宝交与若兰保存，回首咬破中指，张口一喷，立有一股血红色的火花，先朝自己当面罩下，再朝若兰迎面扑来。

若兰也是闻到香味，心旌摇摇。方觉李厚情痴可怜，闻言立时醒悟。知道二人先本联合一起，防护周密。入室以后，因见黑气妖光全数收去，落地时只顾观察景物，微一松懈，致为邪法所乘。见火光迎面扑来，当时闻到一股奇腥，火光散处，心神立定。知道李厚不惜消耗元气，舍命相救，自己已中邪毒，非此不解。心方感动，李厚忽在自身宝光防护之外，纵向一旁，两下里分开。若兰大惊问故，待要赶过，和先前一样合力防御。李厚苦笑道："我也知道分开力弱，但是兰妹青灵剑乃仙府奇珍，只要小心，我再从旁提醒，便可无害，有我不多。我又爱极兰妹，合在一起，我虽得益，一个不巧，同受邪法暗算，不能自制，便成两败，为此离开。双方不在一起，就算妖道诡诈阴毒，你有仙剑、法宝防身，无须顾我，固好得多。而我纵受邪毒，丧心病狂，想要累你也办不到。这里变幻无常，阴谋百出，你休管我，就顾也顾不了。兰妹如肯怜我痴心至诚，请以全力防护你自己，不使受害，以便来生仗你援助，能得化身为女，追随同修，于愿足矣！"若兰见他说时面容悲愤，慷慨激昂，一往情深之状，越发感动。知是实情，无法挽救，只得分头戒备。

待了一会，若兰渐觉室中有粉红色光影，不时在身外闪过，越往后越多。出路已闭，通体石壁，坚厚如玉，质甚温润，知难冲破。那粉光淫毒一被侵入，便受暗算。室中老是银灯雪亮，温暖如春，不分昼夜。似这样，也不知经过了多少时候，渐渐妖光加盛，全室都成了一片粉红色，光甚柔艳，也分不出甚影迹。若兰方想："这等相持，并无危害，但到何时才能脱困？朱文等见己不归，必定寻踪，纵令不知去向，也必寻人设法。如真危险，师父必有预示，想无大害。真要危急，再用法牌求救，也还不迟。"心正寻思，忽听壁后笙歌细细，杂以艳歌，音声柔曼，十分娱耳。无聊之中，方在侧耳倾听，猛瞥见李厚面红耳赤，双目注定自己，热情流露。再听壁后又起了一种极微妙的声息，由不得心中一动。李厚忽然双手一伸，带着大片碧光邪气，迎面扑来，又现出从前施展邪法追逐求爱神情。未及喝问，李厚忽似骤遇毒蛇猛兽，惊退回去。倏地面容遽变，咬牙切齿，恶狠狠取出一口翠色晶莹的匕首，扬手飞起，化为尺许长一道碧光，朝着那条断了手的臂膀只一绕，便齐肘斩断。一口真气喷去，断臂立时冲出护身宝光之外，一声大震，化为大段烈火爆炸，满室粉光全被震散消灭。若兰知他用旁门中解体分身之法相救，拦阻不及，心中一酸，忍不住流泪道："厚哥，你怎这样自残，教我如何对得起你？"

李厚见她感动流泪,刚转喜容,忽又正色说道:"兰妹已得玄门真传,如何还不旷达?此时你七情万动不得,否则妖人发难更快。须知我此举不过暂时受苦,实则前路光明,转祸为福,全在于此,我能得你喊我一声哥哥,真情流露,可见昔日并非毫无情意,心愿已遂,百死何惜?妖法即将发动,越来越凶,你最好潜心运用,付之不闻不见。照我法宝观察,只要我一死,你便出困,日后还有重圆之望。小不忍则乱大谋,千万不要怜我。传音法牌更须保存,不可妄用。"

　　若兰本知厉害,虽然忍泪定神,但也想到解体分身之苦,实是不忍。但他死志已决,无法劝阻,稍一疏神,平白同归于尽。李厚又说:便得遇救,他不愿以残废相随。一用法牌,他便立时自杀,何苦糟践此宝?若兰正在愁急无计,洞壁忽然一闪不见,四外空明,现出大片广场,数十对赤身男女,一个个容貌美艳,柔肌如玉,粉弯雪股,活色生香。有的曼舞轻歌,目逗眉挑,情思若醉;有的就地横陈,相倚相偎,备诸妙相。若兰明知是邪法,自己又是行家,不知怎的,目光到处,忽然一股热气由下而上充沛全身,当时两颊春生。方喊:"不好!"猛听一声断喝,尺许长一条血影,已由李厚身旁飞出。和先前一样,一出便化为烈火爆炸,纷飞四射,邪法立破,恢复原状,人也清醒过来。再看李厚,左臂已齐膀斩断,面白如纸,神情十分惨痛,正用朱文前赠灵丹行法治伤。

　　若兰想起前情,又急又愧,心更不忍。暗忖:"身得师门心法,本可通行火宅严关,近年修炼也有进境,如何一遇强敌,便不能支,反累三生良友受此苦劫?可见道基不固,易受摇惑。倘有失闪,上无以对恩师,下无以对同门。"念头一转,立时想起下山时通行左元洞的经历和妙一夫人仙示,猛触灵机,忽然大悟。知道自己还是情丝未断,不能解脱,以致易为邪法所乘。忙即澄神定虑,潜光内视,照着左元洞通行火宅经历,摒除七情,封闭六欲,一切付之不闻不见,连李厚所为也不再去置念。此举虽然不免着相,毕竟要好得多。等到心智灵明,万念归一,入浑返虚,玄功独运,居然做到平日打坐用功的最好境界。那与身心相合的青灵剑,也立焕奇光,青霞电耀,护在身外。内里还有几件法宝笼罩全身。那玄牝邪法自无所施。

　　可怜李厚到底出身旁门,不识玄门真谛,一见若兰闭目垂帘,关心过切,只当勉强矜持,不特不敢疏忽,反更愁虑。妖道呼侗连用邪法不曾收效,又见李厚用解体分身之法破解,心中恨极。以为二人是夫妻,又贪若兰美貌,想令男的早死,以遂淫邪妄念。明知无效,仍将邪法相继发动。这一来,李厚却吃了大苦,每当邪法施展一次,李厚定必用刀自残,四肢殆尽,只剩一手和半截身子，在宝光防护之下，悬身空中，通体鲜血淋漓，惨不忍睹。到了最末一日，若兰偶然开眼，望见李厚这等惨状，老大不忍，心中一酸。方要含泪开口，李厚见若兰看见，神情越发悲壮，忽然抢先说道："我因邪法厉害，惟恐兰妹有失，不敢早去，在此忍苦支持。依我计算，已有五日，照着以前观察，救兵必定快到。我也实在忍受不住，与其忍痛挨苦，转不如和妖道拼上一下，至少也将此间禁制破去，使来人容易找到。兰妹如果念我痴心苦志，勿忘前言，千万保重，镇定心神，以待救援。来生再图聚首，我去也！"

这时邪法更加厉害，若兰如似先前那样澄心定虑，也可无事。这一开眼，见此惨状，越想越觉对他不起，心神略分，邪魔已随毒烟乘虚来袭，眼看危机将临，若兰还不知道。一见李厚辞色悲壮，知将兵解，心中又急又痛，深悔以前对他不该过于冷淡。方在哭喊："厚哥慢走，我有话说。"猛觉心旌又在摇摇欲动，刚道："不妙！"李厚也说到末句，将手一指，所有护身法宝齐朝若兰飞来，附在青光之外。同时回刀朝胸前微微一点，只听吧的一声巨震，红光猛现，血肉纷飞，全身炸成粉碎。当时满洞俱是大小血光，一团团纷纷爆炸，霹雳之声宛如连珠。若兰身外环绕的粉红烟光全被血焰震散消灭，连四外洞壁也被震塌，现出外面广场。

若兰心神立定，知道李厚已经以身殉情。正在留意查看元神所在，忽听朱文传声相唤。又见广场上妖人师徒似因此举出于意外，现出手忙脚乱之状。若兰心中惊喜，忙用传声回答："我在这里，姊姊快来！"话刚出口，呼伺旁坐还有一个同党妖妇，本与妖人对谈，一见变生仓促，口说："峨眉门下同党众多，最易求援，还不快将贱婢用禁法隔断？"话未说完，将手一摇，立飞起一片黄光，将若兰全身罩住。再听上面，便无声息。

呼伺因见邪烟虽被破去，男的已死，剩下美女一人，必可到手。心中打着如意算盘，急于快意，便以全力施为，大片妖光邪雾，似山崩潮涌一般，齐朝若兰压去。一面厉声大喝："无知贱婢，你那情人已死，再不见机降顺，照样难逃我手。从此被我法力禁制，永受痛苦，和这些民女一样，终日昏迷，听我摆布，等你元阴尽失，立受炼魂之惨。你当我那玄牝阴阳神魔，岂是几件法宝所能抵御的么？"随说，双臂一振，全身衣服立时精光，在一片粉光环绕之下，赤身飞来，形态万分丑恶。若兰深知妖人淫凶，先因李厚乃左道中能手，恐行法时受伤，还有顾忌，不敢以身来拼。心想："现在妖人施展全力，必不能当。朱文传声忽被隔断，不知能否深入来援？"又听旁立妖妇笑道："呼道友，贱婢剑光强烈，你一人恐难如愿，我助你成功如何？"说罢，喜孜孜也把双臂一振，通体赤裸，现出一身雪也似白的娇躯，相继飞来，神情越发淫荡。

眼看二恶相合，危机一瞬，心正愁急，忽听山石自内炸裂，轰隆之声不断，夹着一连串的雷火之声，由远而近，似自洞顶西北角斜射下来，晃眼已经临近。男女妖人正在耀武扬威，做出许多丑恶之态，快要搂抱在一起，闻声惊顾，女的首喊："道兄留意！"伸手一招，那先脱下来的衣服，刚朝身前飞到，又用手一扬，一片黄光也刚飞起。只听轰隆一声，洞顶崩裂一条大缝，碎石纷飞中，人还未到，一道极强烈的金霞已斜射下来，照得全洞都是金光，邪法立破。

　　妖妇看出来势厉害，那片黄光支持不住，惊慌忙乱中，待取法宝迎敌，又想抽空逃遁，已是无及。说时迟，那时快，一道三环朱虹先由身侧小洞中电射而来，精芒四射，耀目难睁，未等妖妇施为，黄光已被冲破。妖妇喊声："不好！"瞥见呼侗已化为一片妖光，隐形遁走。妖徒被石缝中飞来的一道青光杀死。妖妇不由大吃一惊，刚纵遁光逃出圈外，同时瞥见来人现身，当头一个红衣少女，左手持着宝镜，右手发出豆大一粒紫光。也未看清是何法宝，更不知敌人因愤妖人逃走，拼舍一粒霹雳子，想将妖人遁光击散，现出原形，好使伏诛。百忙中以为那地方偏向一旁，不在镜光所罩之处，又是同党逃的一面，正可随同逃生，不由上了大当。妖妇还未追上妖人，震天价一个大霹雳，紫光已经爆发，满洞金紫光华互相电闪，雷火横飞中，连声都未出，形神皆灭。上下四外的山石一齐崩塌，当时震裂了百余丈方圆一片。幸亏林寒由后赶到，见朱文妄用霹雳子，忘了人在江心山腹之下，恐将龟山震塌，伤害上面生灵，一面喝止，一面扬手飞出一片祥霞，护住四外，将震势止住。否则乾天一元霹雳子威力极大，尚不止此。就这样，仍是石破天惊，顶壁全塌，大小山石沙砾，满洞激射横飞，宛如雨雹。众人如非有宝光、飞剑防身，照样也禁不住。如换常人，早被打成肉泥了。洞在江底，洞壁震坍以后，邪法破去大半，水道也有两处震破，山泉江水立似银蟒急窜，由裂口中喷射出来。

　　呼侗刚刚隐形飞遁，待寻出口逃走，万不料敌人如此厉害。霹雳子神雷炸处，虽然未被打中，妖遁首被震散，身形立现，不由亡魂皆冒。恰巧身侧便是一条洞径，不顾再寻小洞，慌不迭化成一道灰色妖光，往洞中窜去。因觉敌人来势奇猛，空有一身邪法，不及施为。门徒、同党全死，邪法、异宝毁去大半，急怒交加，心惊胆寒之下，仍想报复。仗着洞径密如蛛网，只一心逃往隐秘之处，立下毒手，与之一拼。哪知那三环朱虹，正是云紫绡所施。因被邪法连困数日，妖人见她美秀绝伦，几番下手。无如紫绡根骨较厚，虽然年纪最轻，用功却十分勤奋；又得师长爱怜，传以太清仙法；再经邓八姑近年监督指教，定力竟在若兰之上。她那三阳一气剑，又是前古奇珍，一经与身相合，万邪不侵。妖人连用邪法，丝毫未受摇动，故改向若兰一人进攻。紫绡从未吃过这等亏,早就恨极,正在无计可施,朱文、林寒忽然飞到。天遁镜宝光到处,恰巧扫中紫绡被困之处,邪法一破,立时冲出。实是想朝妖人冲去,只由妖妇身侧飞过,无意中将黄光破去;否则,妖妇早为飞剑所诛,还不至于死在神雷之下,形神俱灭了。紫绡瞥见呼佝隐形遁走,方在气愤,向前急追,神雷忽震,妖人隐形立破。仇人相见,分外眼红,首先一纵遁光,急追过去。

这里朱文、若兰方要跟踪追赶,林寒忙说:"无须。"朱文接口道:"云师妹年幼胆大,妖人埋伏甚多,邪法也颇厉害,如何令其穷追涉险? 万一有失,如何是好?"林寒道:"来时,我和庄师弟早有安排,妖人一会还要退回原处,或在洞口伏诛。云师妹飞剑神奇,便有埋伏,也难侵害。此洞已被神雷震塌,山腹太空,年岁一久,稍遇震动,便要崩塌伤人。必须我们三人合力行法,将洞壁和沿途裂口填满,或加禁制,才免后患。可惜晚到一步,事前忘了嘱咐,朱师妹这一雷,连妖人所摄民女也全震死。虽然她们本质已亏,元神尽失,出去也活不长,终是可怜。愚兄口直,霹雳子威力太大,并且为数无多,用一粒少一粒,枉费也实可惜呢。"朱文因林寒恂恂儒雅,人最温和,遇事竟会这等刚直。自己素性好胜,受人数说,尚是初次,老大不是意思。面上一红,方要开口,见林寒话虽温和,面上仍带怒容。心想:"对方义正词严,言婉而讽。本门家法,同门不论男女,只要犯规条,均可指责纠正,何况又是师兄。自己委实粗心,也有不对之处。"不便再说,只得勉强赔笑道:"妹子实是粗心,以后必定留意。"林寒方转笑容道:"我已看过,误杀诸女多半淫贱孽重。内中还有三个甘心附邪的,当师妹初到时,曾和妖徒同用邪法图逃,杀之无亏。只有一女为邪法所制,如能救出,尚能活上些时。师妹既能从谏如流,事已过去。但是师妹双眉煞气甚重,还须留意才好。"朱文心虽不快,不便多言。

若兰随说李厚殉情经过。只元神不知何往,洞中邪法重重,为时不久,必难逃出,恐为神雷所伤,方在代他愁急。林寒竟如未闻,只管行法封闭洞穴。二女一边问答,也在一旁相助,方觉林寒表面温和忠厚,性情似嫌刚直。忽听庄易传声急呼:"留神妖人逃走,只剩一条水道了。"这时,所有裂口均被三人相继行法,用崩坠的碎石堵塞封禁,只剩来路裂口和一个三尺方圆的水洞,山泉正由里面向外狂喷。朱文本想将其封闭,吃林寒摇手止住,说是还有用处。朱文当他恃强,刚赌气走开,便听庄易传声。林寒似取一物朝水洞中掷去,紧跟着飞向二女身旁,低喝:"随我隐身,且等妖人自行落网。"说完行法。

三人身才隐起,便见一道灰白色的妖光,裹着一个二三尺长的小人,身上附着一条同样大小的血人影子,身后追着几蓬银色飞针,狼狈逃来,其疾如箭,闪得一闪,便往左近洞壁上拳头大的小洞中窜去。若兰看出那血影正是李厚元神,才知李厚真个情痴,死后元神还不舍逃走。必是守在一旁,发现男女妖人邪法夹攻,又未听出朱文传声,不知来了救星,竟拼与敌同归于尽,施展前师所传最阴毒的附形邪法,把元神化成一条血影,紧附妖人身上,以防救兵不到,心上人遭了毒手。这类邪法一经施为,便如影附形,非将敌人元神消灭,不能并立,也难脱身。若兰见状大惊,惟恐林寒法宝厉害,玉石俱焚,忙喊:"林师兄,这血影便是为我而死的友好,虽是旁门,已早改邪归正,望祈留意,不要伤他。"说时,那几蓬银针已合在一起,朝小洞中追去。跟着,便听壁内惨叫之声,上下往来,时近时远,好似妖魂顺着水道通路逃遁,为法宝所伤,痛苦惨叫情景。

若兰因林寒闻言未答,方代李厚担心,又无法往援,急得手拉朱文,直喊:"姊姊,你知道他的,快和林师兄说一说,不要连他一齐消灭。"朱文因觉林寒为人方正,看去温和,不易说话,李厚所用附形邪法又甚阴毒,难免不被误会,何况先前曾遭他的指责;若兰又在情急流泪,满脸惊惶。朱文正在为难,紫绡忽由别洞飞出,见面便说:"妖人邪法真凶,我追出不远,几乎又被困住。不知怎的,身上会现出一条血影。先还当是又施毒手,不料妖人面容惨痛,竟收妖光逃走。吃庄师兄玄龟剑先断一臂,我又用飞剑追上一绞,当时杀死,元神却被逃去。那血影也附在他的身上。随听庄师兄令我速回原处,妖魂决逃不脱。你们为何隐形在此?"

朱文见紫绡一到,便被林寒隐去身形,连语声也被禁法隔断。方觉妖人已死,出口封闭,万难逃走,何必如此小心?猛瞥见两魂在大蓬飞针追射之下,由水洞中飞将出来。林寒把手一指,立有五座长仅七尺的旗门突然出现,凌空而立,四面烟云环绕,光影明灭,闪变不停。妖人出时,飞得更快,看来意似往左边顶上小洞斜射过去。旗门正挡去路,后面飞针追得又紧,飞遁神速。等到穿入旗门,方似警觉,想逃已是无路。在阵中穿梭也似往来驰逐了一阵,每经一座旗门,必有各色火花引发。等把五座旗门穿完,轰的一声,五门五色火花一齐融合,合成一幢五彩金光烈火,将妖人围在当中。跟着,风雷之声殷殷大作,汇成一片繁音,空洞回声甚是震耳。血影依然紧附妖魂身后,看去也是狼狈异常。无如双方合为一体,分解不开。

眼看危急,若兰自更惊惶,连喊:"师兄,手下留情!"林寒未理。若兰一时情急过甚,想起李厚为她而死,焉能坐视不救?林师兄分明见他使用邪法,疑是妖人,不肯宽容。不如冲入阵内,犯险相救,好歹也报答他一点情意。心念一动,更不商量,冷不防身剑合一,猛朝旗门之中冲去。这时妖魂已快被那五行神火消灭殆尽。血影也由浓而淡,成了一条黑影,在内苦挣。若兰方觉旗门之内并无阻力,那火也不烧人,未容寻思,倏地一道金光,由身后飞射过来,五色火光也一闪即灭,只剩一条黑影浮空而立,好似疲惫不堪神气。若兰自是心痛,欲以本身真气助其复原,忙收青灵剑迎将上去。那黑影也缓缓扑上身来。偏头一看,法宝、飞针全收,妖魂只剩一些残烟淡影,已被遁光裹住,连闪几闪,便自消灭。

林寒道:"二位师妹休得见怪。我与庄师弟前遇凌真人和猿长老,早奉密令。说李道友之师与凌真人本来相识,兵解以前说:'贫道虽是旁门,无甚恶行,此次转劫,便归正教,投在峨眉派门下。门徒李厚本是美质,误被贫道收来,归入旁门,将来弃邪归正并非无望,只是尚有一段孽缘未了。女的也是我的门下,将来同拜妙一真人为师。如无人为之解脱,情孽纠缠,必致两误。纵令贫道转世,不昧夙因,也无此法力为之化解。敬求真人开恩,到时救助,感恩不尽。'真人曾经许诺,为此向愚兄指示机宜,命我依言行事,并赐五行旗门。先用猿长老飞针封闭出口,等妖魂情急,准备拼命,以全力攻破泉眼,裂山而逃时,再行下手。本来无须如此,因李厚情痴太甚,元神紧附妖魂之上,如不解开,非但不能脱身,终于两败。并且所用邪法阴毒太甚,不能害人,反害自己。必须将那血焰妖光用五行神火炼尽,妖魂也恰在此时快要消灭,再行分解,方可转世。否则,将来必要堕入邪魔一道,决无幸理,并还是若兰师妹一个大害。为此才将他一齐困入旗门之内,便不救他,也必无事,实非故作不情,还望二位师妹原谅才好。"

第二七六回

瑶岛降琼仙　冉冉白云　人来天上

金樽倾玉液　茫茫碧水　船在镜中

　　朱文、若兰听了林寒之言，方始醒悟。若兰暗想林寒口气，好像说的是自己前师，相貌神情也颇相似，只是年轻得多。方想设词探询，庄易忽然飞来，见面便道："适才我在洞外水底埋伏，以防妖魔遁走。后听林师兄发出信号，得知妖魂困入旗门。因听水上破空之声，似是同门中人，忙飞出水一看，果是诸葛师兄。说是途遇媖姆、姜雪君师徒，谈起老怪丌南公宠姬紫清玉女沙红燕约了同党，往盗毒龙丸。李英琼师妹一时疏忽，将她容貌毁坏。因来时老怪曾经力阻，妖妇恃宠孤行，受伤之后无颜回山，又往海外约了几个著名妖邪，连翼道人耿鲲也在其内，日内便要大举发难。幻波池只有几个女同门和新收弟子，虽仗地利，到底人数稍单，更防妖人用邪法残毁灵景。幻波池禁制重重，虽然不怕，依还岭上美景如仙，被毁也实可惜。并且不因此事，老怪暂时不会上门，等他法宝炼成再来，全洞立成齑粉，众女同门也必有伤亡。与其留此隐患，转不如就势将妖妇除去。等老怪激怒寻来，再照以前李师伯所说计策，连将带激，引使入洞，去破圣姑所留五遁禁制，只要应付得宜，老怪言出必践，定必负愧而去。非此不能无事。不过老怪有通天彻地之能，玄功变化，法力至高，事太危险。各位长老又都有事，连媖姆老前辈也因正果将成，勤于修炼，无法分身。她本来不知此事，日前忽因飞升在即，想起廉红药师妹，心生怜爱，偶然推算，得知她也在内，因而尽悉未来之事。媖姆老前辈觉得事虽万分凶险，但并非无救。何况英琼师妹杀孽虽重，仙福最厚，易静、癞姑二位师姊同为本门之秀，事前如有准备，当可渡此难关，只嫌人少。老怪固非寻常，连妖妇所约也都是隐迹多年，久未出世的凶人，邪法神通，个个高强。洞中五遁禁制，不论何宫，至少均须有人主持，还要有人出外应敌。参与此事的，必须人要细心谨慎，胆勇机警，更须具有专能防身的法宝，始可前往。特令诸葛师兄，照她所说的人前往相助。我和林师弟也在其列，此时便须起身。好在前事已完，就走如何？"

林寒点头,转向朱、申、云三女同门道:"李道友元神损耗甚大,必须申师妹带回山去,按照本门传授,将本身元神与之相合,修炼四十九日,然后送去转世。经此一来,不特转祸为福,他年修为也较容易。不过此事须有一人守候护法,以防妖邪侵害,难于抵御。云师妹有三阳一气剑,最是当选。还有朱师妹面上煞气太重,归途遇事必须留意。愚兄不才,两生修为,颇识先机,还望留意才好。此洞中空,适才虽用法力紧随妖人所过之处,将好些通路封闭,若干年后仍难免于崩塌,只有放入江水,借着水力支撑,或可无事。我们出外分手吧。"

说时,手掐法诀往外一扬,江水立由各小洞中激射而出,地下积水本已不少,转眼升高丈许。众人也随林寒顺着壁间大洞,隐身往上飞起。所过之处,林寒将手连指,一串雷鸣之声过处,山石便自合拢。朱文等三人因平时见他和庄易均极谨饬缄默,无甚表现,人又谦和,想不到法力这么高,料是修为精勤所致,好生钦佩。晃眼出洞,因身已隐,并未惊人耳目。到了大别山上空,彼此分路。林寒因朱文隐身法已被对头破去,别时重又劝其留意。最好随了自己,飞到依还岭左近,再行分手。又嘱咐朱文先寻两个法力高的女同门,同在一起修炼,等过些日子再出山行道,否则暂时回去也好。

朱文性傲好胜,听出林寒走时口气,仿佛不久大祸将临,难于避开,连往括苍山都恐若兰受她连累。庄易又说姹姆除指定诸人外,不令别人前往,不禁有气。暗忖:"我自学道以来,也经过不少凶险场面,俱都无事。何况近来功力大进,天遁镜威力甚大,更还剩有专除妖邪的霹雳子,难道就不如人?纵令再遇余娲门徒,凭我这几件法宝,至多不胜,能奈我何?事有定数,如真中途遇害,不堪造就,各位师长也不会那样器重。似这样见人就躲,岂非笑话?"当时不便明说,佯笑答道:"林师兄好意,我先回转莽苍山去如何?"林寒看了她一眼,仍用隐身法护送出五百里以外。

到了湖口上空,朱文推说附近有一道友须往看望,二次向众辞别,方始分手。若兰、紫绡已早别去,朱文独在高空之中飞行,不知怎的,道心不靖,越想越有气。已经飞过洞庭湖,待往云贵边境飞去,忽然心动。暗忖:"先前原是托词,一向孤身行道,从未失闪,难道真个怕人,回山不成?"试往脚底一看,八百里洞庭湖宛如一片碧玻璃嵌在大地之上,湖中风帆,由高空俯视,好似一些白点,大如虫蚁,错落其间。湘江宛如一根银链,蜿蜒萦绕山野之间。沿江诸山,最高大的也只像些土堆。到处碧绿青苍,疏落落现出一些红色地面。因飞得太高,房舍、田园大仅如豆。天朗气清,风日晴美。脚下时有彩云冉冉飞渡,映着日光,幻为丽彩,时闪银辉,觉着有趣,一时乘兴,附身其上。

朱文人本美丽，又穿着一身红绡仙衣，这一凌云而渡，云是白的，人是红的，再衬上那娉婷玉貌，绝代容光，望去直如瑶池仙女，乘云驭空，美艳无伦。朱文丽质天生，平时颇为自负。心想："似此景致，如被蝉弟看见，定必拍手赞美。可惜人在海外，不知神山开府功成也未？本定往寻玉清大师和邓八姑探询底细，遇见若兰，解了她的危，却闹了一肚子气，原来心意也被岔过。反正无事，何不仍寻八姑一问？"

想到这里，正要离云飞遁，因是附云随风而渡，一时游戏，不觉走了回路，竟飞到了君山上空。正要催动遁光，猛瞥见遥天空际飞来一朵祥云。如换常人眼里，必当是片极小的云影。朱文自是内行，见那彩云飞得极高，远望不过尺许大一片，如在地底仰望，决看不见一点影子。又是逆风飞渡，聚而不散，来势绝快。方疑云上有人，猛想起昔年峨眉开府，灵峤三仙师徒七人也是仙云丽空，冉冉飞来。看似不快，晃眼便到面前。前闻灵峤诸女弟子将要奉命下山，来者如是陈、管、赵三女仙，在此相遇，岂非快事？心念才动，云已飞近，果然朵云之上，立着一个霓裳霞裙，容光照人，年若十七八岁的女仙。对方本是由东而北，侧面飞来。朱文因是越看越像三仙之一，心中一喜，惟恐错过，立纵遁光迎上前去。不料去势太快，对方来势也极神速，恰好迎头撞上，对面一看，并不相识。朱文因知这类地仙看去年轻，往往得道已在千年以上。上次陈、管、赵三仙因随乃师同来，虽然论成平辈，姊妹相称，其实修道年纪相差太多。既非相识，如何这等冒昧？心中惭愧，呆得一呆，对方已把云头止住，含笑问道："道友可是峨眉妙一真人门下么？"

朱文见对方辞色谦和，蔼然可亲，越发心喜，想要结纳，忙即施礼，赔笑道："弟子朱文，正是峨眉门下。适才偶见朵云天外飞来，与灵峤诸女仙所驾仙云相似，不料粗心误认，还望恕罪。仙姑法号，可能见示么？"女仙笑答："姊姊何必太谦？妹子宫琳，正由灵峤奉命下山。家师姓甘，曾到峨眉去过。常听陈文玑师姊说起凝碧仙府灵景无边，香光似海，及人才之盛，早已心仪。适见天边白云之上有一红衣仙女，说是同道，又是寻常云雾，心还奇怪。后见姊姊剑遁，正是陈师姊所说峨眉家法。正想亲近，姊姊已经飞来，岂非幸遇？这里不是谈话之所，下面洞庭君山，妹子已有三百年不曾去过，意欲重寻旧游，就便高攀，结一姊妹之交，不知可有清暇么？"朱文本想亲近，难得对方一见如故，又那样美秀谦和，不禁大喜，忙答："末学后进，岂敢齿于雁序？如蒙见教，三生有幸。"话未说完，对方已接口笑道："陈、管、赵三位师姊，均与贵派诸位姊姊以姊妹论交，为何对我独外？愚姊痴长几岁，你是妹子如何?"随说,早挽手同驾仙云往君山飞去。

朱文忙把剑遁收起,暗忖:"此人真好。可见道法真高的仙人俱极谦和,哪似余娲师徒那等狂傲?如与订交,非但得她指点,便遇汉阳对头,也可得一帮手。"正寻思间,仙云已直落千百丈,忽然连人隐去。落到君山后面一看,对方已把一身宫装仙衣变成了一身清洁的布服。再看自己,也是一样。除容貌未变外,哪似先前珠光玉貌,云锦仙衣,仪态万方,交相辉映情景。方在赞佩,宫琳笑道:"愚姊奉命隐迹人间,稍为修积,恐惊俗眼,也未奉告,便班门弄斧,文妹幸勿见笑。"朱文道:"妹子近日未在人间行道,昨日偶往汉阳,便受俗人注视,方悔失检。这样再好没有。不过,姊姊天上神仙,尽管青衣淡素,依旧容光照人,美秀入骨。俗眼虽然无知,骤睹仙容,恐也目眩神摇,照样惊奇呢。"宫琳笑道:"文妹一身仙风道气,珠玉丰神,休说人间,便月殿仙娃也不过如此。只恐俗眼惊奇在你而不在我吧?"

二人边谈边行,到了十二螺后小山顶上,方始寻一山石坐下,促膝谈心,相见恨晚,甚是投缘。朱文问其来意,才知灵峤仙府三辈地仙,虽然得道年久,法力高强,但是每隔五七百年,也有一场劫难,最厉害的是神仙千三百年一次的天劫快要到来。赤杖真人师徒虽有准备,可以渡过,但是第三代弟子刚将道法炼成,必须去往人间修积外功。又算出此行颇多魔难,全仗各人以己身功力相机应付。门下又是女弟子最多,因服蓝田玉实,一个个美如天仙。当此群邪狈狷之际,在外行道,险阻重重,全仗声应气求,互相关注。

宫琳又道:"那年凌真人夫妻光降,阮大师伯曾与略商。他说妙一真人开读长眉真人仙示,已经得知前因后果;众弟子下山时,并还各奉密令,到时可以相助。久闻文妹乃峨眉之秀,与三英二云并称于时。此事不特灵峤诸同门,便贵派各位道友,也多牵连在内,想必奉有机宜。这次奉命下山的同门,各有伴侣,只愚姊和兜元仙史邢师叔的门人花绿绮,同是孤身独行。想起自己道浅力薄,前路艰危,实是心寒。不知文妹可能稍泄仙机,预示一二么?"朱文答道:"灵峤诸位姊姊应劫之事,虽听玉清大师说过,只知结局似无大害,因她不肯细说,语焉不详。众同门下山,虽各奉有锦囊仙示和一部道书,但都注明开视年月,不到日期,只是一张白纸和几行空白。即使到日现出,也只寥寥几句,再不便是指明所去之处,或寻何人,照此行事,万无一失。不到临场,决不知道底细。"说时,朱文因与对方惺惺相惜,倾心结纳,恐其生疑,又将身伴锦囊仙示取出为证。

宫琳似颇失望,忽又笑道:"文妹真个至诚,焉有不信之理?"随说,早把锦囊接过,取出内中柬帖一看,见是一张白如蝉翼的宫绢,除半张有字,上写修为之法而外，下余俱都空白。看了一会，交还。朱文见她看时甚是仔细，面现惊喜之容，心疑字迹已现。接到手内一看，仍是后半张空白。正要收起，倏地金光微微一亮，绢上突然现出"不可再以示人"六字，在纸上如走龙蛇，略现影迹，一闪即隐。方想："前半均是师父指点功候口诀，对方师门好友，所习与本门心法殊途同归，她也不会舍彼就此，看看何妨，怎会禁止？"宫琳似已觉察，有点不好意思，带愧说道："愚姊不合胆小私心，只顾查探未来之事。恰巧齐真人太清隐迹之法，下山时家师曾经指点，略微偷看了几句。实在出于无意，反累真人见怪，真对不起文妹了。"

朱文才知空白仙示已被看出。想了想，笑道："姊姊不必介意，家师与灵峤诸仙长甚是投契，时常提起，赞佩非常，决不会为此见怪。方才所现字迹，也只不许妹子再与别人观看，事前又无明令禁止，可见今日之事，家师已经算到，有何妨害？不过小妹不久也有危难，家师柬帖必有指点，只惜时机未到，仙机莫测，想起也颇愁烦。姊姊慧目法眼，既能看出空白中的字迹，何妨说出几句，使妹子好放心呢？"宫琳面上一红，笑道："我真愧对文妹。仙书所说，我看不多几行，事与文妹无关。底下连用仙法观察，便看不出。这时想起，齐真人端的法力无边，不可思议。此事分明早在算中，有意假手文妹示我先机，否则底下怎的一字不见？你我一见如故，已成骨肉之交，真人又是令师，本无隐瞒之理。无如事关重大，暂时不能奉告，还望文妹原谅，将来自知就里。"朱文听出柬帖所说似为对方一人而发，师父本禁违令行事，不应事前窥探，便未再提。

在当地说了一阵，朱文偶问："姊姊三百年不履尘世，烟火之物想早断绝了，否则岳阳楼茶酒不恶。妹子五过洞庭，均以孤身无伴，恐启俗人猜疑，有背师命，未敢上去。难得今日天气清和，身边带有济贫金银，我们不吃他的东西，略微饮些茶酒，凭栏对酌，略赏湖光山色，重续纯阳真人前游，就便观察这一带可有甚善举好做。不知尊意如何？"宫琳答道："灵峤宫中，本来未断饮食，只与寻常烟火之物不同。兴会所至，偶然一用，不以为常罢了。妹子又素贪杯，为防人间酒劣，并还带有一小葫芦蓝田玉露在此。就是人间烟火，偶然一用，也无妨害。此行本要深入民间，正苦化鹤归来，城郭已非，不知今是何世，民情风土大半茫然。文妹既有雅兴，你我各服一丸化俗丹，便同饮啖如常，不致厌那烟火气味，也不致使脏腑间留下浊气了。"

随取两丸绿豆大的晶碧丹丸，二人同服。入口便化一股清香，顺喉而下，顿觉食指大动。朱文笑道："姊姊仙法神妙，不可思议。即以妹子而论，因是学道年浅，开府以前与众同门同居凝碧崖，闲中无事，每隔些日，必与众同门至交弄些酒食，欢叙为乐。下山以来，此道久废，也从来不曾想过。今日良友相逢，虽然一时乘兴，想借此杯箸流连光景，以助清谈，本心不想吃甚荤腥。姊姊灵丹入口，便动食欲，岂非怪事？"宫琳笑道："人间珍味，自与道家所备不同。这一来，便可稍增兴趣。我们索性作为常人，到前山雇一小船，同去如何？"朱文暗忖："自己本无甚事，只想探寻金蝉仙山开府成功也未，无须忙此一时。多年未用人间饮食，难得交此好友，就便盘桓也好。"随即笑诺，同往前山走去。

到了湖神观前埠头，雇船时偶听船人说起观主史涵虚为人甚好，昨日忽来一道姑，要借观中小楼住三日，观主不肯，道姑发怒，说是到时休要后悔。那么美貌年轻的人，说话这等凶恶。因人声嘈杂，也未在意。小船十分清洁，上去坐定以后，宫琳见沧波浩淼，清风徐来，来去两途，风帆点点，宛如白鸥回翔水上。笑道："灵峤是仙山灵境，但是孤悬辽海，远在极荒，中间隔着万八千寻罡风黑沙之险。山腰一带更有万载玄冰、千年积雪，终年阴风刺骨，呵气成冰。休说常人不能涉足其间，稍为挨近，便入死域，就是我们同门姊妹通行时，也颇艰难。平日不喜下山，也因上下艰难之故。山脚一带，大海茫茫，四望无边无际。常年愁云低垂，浊浪排空，全是一派荒寒阴晦景象，使人不堪驻足。哪似这里浪静风和，平波渺渺，水碧山青，较有佳趣。此时天色尚早，记得左近有一湖口，水木明瑟，岸上桃林中有一麻姑祠，我与家师昔年相遇，便在庙侧，少时同往一游如何？"朱文深知灵峤诸仙，由祖师赤杖真人起，俱是性情中人，加以常服蓝田玉实，最重情感。此次劫难，半为情字所累；真人师徒不能修到天仙，也由于此。本是诚心同游，既然萦情故乡，乐得凑趣。随口答道："我们并非真个饥渴，姊姊既欲访问昔年故居，先去那里好了。"宫琳道："此事相隔已数百年，地名青林港我还记得。等岳阳楼回来再去，也是一样。"

朱文见操舟的是一对少年夫妇，神情似颇寒苦，人也不甚健壮，意欲先往岳阳楼一行。正待行法催舟，宫琳笑说："无须。"遂将手微挥，湖上立时起了顺风。船家本是病后刚起，见状大喜，笑问："风头甚好，可要将帆拉起？"二女见船家夫妇人颇忠厚，笑对他道："先前我们本想在湖上荡舟，现在又想往青林港麻姑祠去。你如赶到岳阳楼天色尚早，我们归途仍坐你船，多付船钱与你。"朱文随取十两银子交与船家，说："此银暂存你处，到时，你将船择一僻静之处停好等候，游完，由你要价如何？"船家见二女容止神情清丽高华，早就疑是贵家小姐乔装游湖，出手又甚大方，喜出望外。随口答应："我家便住青林港不远，有事只管吩咐。"将银接过。船妇已将布帆升起，因有仙法暗中催舟,船行如箭,表面却看不出。朱文见状,不禁暗中赞佩。不消片时,船已到岸,船家夫妇大是惊奇,朝二女看了一看,把跳板搭上。二女告以时候久暂难定,必须守在船上,不可离开。船家应诺。

二女便缓步往岳阳楼走去。上楼一看,当日天气好,游人酒客甚多。又因貌美年轻,虽幻成一身布服,仍似朝霞之美,容光照人,所到之处,人尽侧目而视。有的还在交头接耳,互相议论,品头评足。朱文心甚厌恶,游兴大减,悄声说道:"姊姊,这般俗人甚是讨厌。我们可把现成酒菜买些,带往舟中同饮,就便往青林港去,不是好么?"宫琳道:"文妹既厌烦嚣,我们买都无须,教船家代办好了。"

说罢,便往回走。行经仙梅亭外,瞥见一个藏番装束的丑汉急匆匆由外走来,往亭中跑去。朱文觉这藏番装束奇特,似乎见过,却并不相识。二女正在说笑,看了一眼,也未理会。

回到船上,又取银子,令船家往岳阳楼代购酒菜。船家笑答:"小人因知此去青林港尚有好几十里,归途逆风,恐到得晚,已命屋里人代客备办吃的去了。"二女等不多时,船妇已提了一筐食物回转,生熟荤素俱有。自称以前本是湖中画舫,善做船菜。只为时运不好,丈夫多病,将船卖掉,改驾小船,生活甚苦。朱文笑说:"我们不杀生,你把活的鱼虾放掉,只留那两样卤味,加上几色凉菜好了。"船夫应命,自去准备。一会,便将酒菜端来,放在小条桌上。二女见菜甚精洁,杯筷全是新的,心中一动,笑问:"这是刚买的么?"船夫恭答:"我知客人爱干净,特意备办,全是未用过的东西。除这两样新出锅的卤味外,都是洗了又洗。我夫妻一点孝敬,望贵客多用一点。"朱文见船家夫妇自从自己上岸回来,言动越发恭谨,料是船行太快,湖湘人民最信神仙,被其看破,便不再往下说。

饮过两杯,宫琳由腰间解下一个长才二寸的碧玉葫芦,斟了一杯酒,递与朱文道:"文妹,这便是蓝田玉露,乃未成熟的玉石灵浆与数十种琪花仙果酿成。功能驻颜,使人不老,足敷你我平原十日之食。你看味道如何?"朱文见这酒刚倒入杯中,满船俱是异香,色作浅碧,入口甘醇,芳腾齿颊,端的色香味三绝。又见那小葫芦形制精雅,宝光浮泛,拿在手上,宛如一捧翠雪,与玉肤相映流辉。心想:"这么小一件东西,竟有如许容量。"越发惊奇赞佩。宫琳笑道:"微末小技,何足挂齿?只是适才疏忽,酒香恐已随风远扬,就许被人警觉呢。"朱文侧顾湖波浩瀚,往来行舟相隔俱远。船家夫妇正在偷观自己,互打手势,知道闻出酒香有异。意欲到了青林港,便即开发。此时人家既未明言,也就置之。

这时扁舟一叶,容与湖心。二女举杯对酌,听其自行,虽未行法,因风势已转,舟行颇速。二女均是喜酒,仙家妙术,取之不尽,反正船家看破,就不再掩饰,各把仙酿开怀畅饮。后来还是朱文说起日色偏西,如到得太晚,不便访问旧迹,想早到达,才在暗中行法催舟。本来水程已去三分之二,这一行法,转眼就到。正待付银登岸,船家夫妇忽然相继跪求:"仙姑慈悲。"二女一问,原来船家生有奇病,时发时愈,家口又多,日常忧急。自载二女,发觉船行快得出奇,四顾旁舟,并不如此。而且船行虽如箭一样快,而左近船上却如未见,心已惊奇。到岸遇见两个熟人,说是先并未见自己船影,忽然靠岸,问是何时到此,这才断定所载定是仙女。二人刚走,又听邻舟说起今日湖上,曾见两次灵迹:一是道姑打扮;一是仙女装束。舟中游客恰又是两个少女,想尘世间哪有这等美女?神情举动也与常人不同,于是生心。先前不敢叫破,自去备办酒食,欲等吃完,再求救治。朱文笑说:"你夫妻颇有眼力。我们虽不是仙人,治病尚还容易,只不要向人乱说便了。"随取两丸灵丹,分赐船户夫妇;又把身带金银给了一些。船已近岸,船家还待辞谢,二女已往岸上走去,随起大风。船家知道仙人不令窥探,只得开船回去。

宫琳本是南宋时得道,中间只随师来此一游,相去已三百年,见当地变迁,好生感慨。再寻到麻姑祠昔年遇仙之地一看,庙已改建,面目全非。因是偏流曲港,水猛滩多,舟船极少由此经过,居民寥寥。只一株生气毫无的老柏树,犹是南宋故物。庙也残破不堪,不似昔年香火繁盛。斜阳影里,晚风萧萧,景色甚是荒凉。再寻到自家祖茔一看,满拟华物山丘,子孙定已零替,不料墓地完整,松柏森森,看去气象颇好。料知香烟未断,子孙必有显达,心颇喜慰。又见坟前田亩甚多,人家却少,欲寻亲坟,访问子孙近况。

宫琳正要走开,忽听林外有一女子怒喝:"贱婢纳命!"同时一片红光,照得满林血也似红,千百支火箭夹着无数绿阴阴的飞针,暴雨一般由林外斜射进来,来势万分神速。朱文骤出不意,本来非遭邪法暗算不可。闻声警觉,知来仇敌,回身待要抵御时,一片明霞已由宫琳身上飞出,挡向前面,将火箭、妖针一齐挡住。朱文定睛一看,林外站着一个道姑打扮的美丽妖妇,身旁两个同党均是藏番装束:一个双腿已断,手持两根铁杖,悬身而立;一个便是仙梅亭前所见番人。这才认出,断腿妖番正是前在括苍山受伤逃走的西昆仑六恶之一,妖妇必是李厚所说的萨若耶无疑,不禁大怒。刚刚飞剑出去,又取出天遁镜,未及施为,妖妇已先骂道:"该死贱婢!我寻你多日,好容易才得寻到。如不将你杀死,摄去元神,使你受那无尽苦痛,誓不为人!"说时,扬手又是大蓬碧色飞针迎面打来,吃明霞一挡,纷纷掉头向上,朝空飞去。朱文天遁镜也发出一道金光,冲向前面,火箭、妖针纷纷消灭。因见飞剑被旁立妖番两道叉形妖光敌住,方想用霹雳子给他一个厉害,宫琳忽喊:"文妹,留意身后!你用宝镜去破邪法禁制,将妖妇引往别处除害,免伤居民。"

朱文闻言回顾,先往上飞去的大蓬飞针突自身后、身左、身右三面环射过来。只闪得一闪,身前又飞起一片明霞,光墙也似将其挡住。如非宫琳仙法神妙,已中暗算。随照所说,将天遁镜四下扫荡,所到之处,妖针纷纷消灭,依然来之不已,随灭随生。上空四围又被阴火红光笼罩全林。仗着宝镜神妙,妖妇好似不愿白送,飞针忽然不见。朱文就势将镜往上空照去,上空阴火本在下压,就要爆发,两下恰好迎个正着,妖光立被冲破。妖妇见状大怒,将头一摇,满头长发便自披散。旁立二妖人飞叉不是朱文对手,也待发难。就这双方剑拔弩张之际,宫琳玉臂轻抬,笑说:"文妹,我们换个地方如何?省得毁伤林木,殃及无辜。"声才出口,袖中飞出拳大一团银色明光,晃眼加大,成了一个扁圆形的云囊,看去轻飘飘薄薄一层悬在面前,宛如一团轻云所结的球,毫无奇处。

这时,头上阴火红光已连同四外的邪焰、飞针潮涌而来,镜光只能冲破一面,下余三面来势更猛。朱文看出邪法厉害,又有李厚先入之言,早将身剑合一,暗中戒备。本来要用霹雳子诛邪,因是宫家坟地,恐有残毁,欲发又止。紧跟着,云囊便由宫琳袖内飞出,刚一长大,前端便裂一口,微微射出一股祥辉,光甚柔和。可是才一出现,四外的阴火、妖光、飞针、飞箭便似被那祥辉远远吸住,万流归壑一般,齐朝云囊口内挤射进去。只见云网中各色光影闪动明灭,十分好看,后面依然来之不已。

妖妇似知不妙。这些阴火本由一个鱼皮带内发出,妖针却发自手上,因为深恨敌人,又见宝镜神妙,立意一拼。以为敌人镜光只顾一面,只要被乘隙射中一支,对方便听其宰割。做梦也没有想到,这样不起眼一团轻云,会有如此威力妙用。当时急怒交加,好生痛惜,行法回收。谁知对方吸力太大,如磁引针,她那聚敛地底千万年阴煞之气炼成,平日能与心灵相合,运用由心的妖火,竟会收它不住。又因性暴急功,把所有飞针全数发出,以致顾此失彼,闹了个手忙脚乱。微一疏忽,千百根碧血妖针首先净尽,阴火又无法收回。等到想用邪法切断,保留一点残余时,去势太快,已是无及,嗖的一声,晃眼全尽。只见一溜色红如血的火尾余光,在云囊口里一闪即隐。这一急真是非同小可,妖妇厉吼一声:"我与贱婢拼了!"忽听一声惨嚎,一同党妖人又被敌人斩成两半。同时对面祥光一闪,敌人倏地收回飞剑,在一片祥云笼罩之下,腾空飞去。

妖妇急得暴跳如雷,自恃尚有邪法、异宝未用,又见云中祥光明灭,闪变不停,只当敌人胆怯欲逃。把满口白牙一错,大喝:"快追!"一纵妖光,破空追击。那半截身子的妖人也伸手一招,一片灰光裹了同党残尸元神,一齐随后赶去。眼看云影在前,冉冉飞驰,晃眼便追个首尾相接,看去不快,相差只数十丈,偏生追赶不上。后来追到一座高山后面,云光忽隐。妖妇、妖党相继追到,会合一起,便往山后搜寻踪迹。这时已是日落黄昏,一轮明月刚挂林梢。后山一带景甚荒凉,到处静荡荡的,哪有人影。妖妇怒极,断定云飞不快,必在近处隐藏,不会逃远。忙令同党放下死尸,各自戒备。一面飞起一幢灰白色的妖光,护住全身;一面从囊中取出一个晶球,正待行法,观察敌人踪迹,猛瞥见豆大一粒紫光在身前一闪。妖妇邪法高强,人甚机警,知是敌人暗算。刚刚遁向一旁,震天价一声霹雳已经爆发,打得满林均是红紫色的精光雷火,那半截妖人连那同党残尸、元神立被炸成粉碎消灭。妖妇如非逃避得快,也非受伤不可。

原来朱文正指飞剑、法宝迎敌之际,忽听宫琳低语:"文妹,速收宝镜,待我收去妖火,引往左边深山之中除她不晚。"跟着,阴火飞针便被云囊吸紧。朱文好胜,因与宫琳初次相会,不愿弱了师门威望,便把轻易不用的赤苏剑冷不防发将出去。同来妖番本是妖妇新收的门徒面首,邪法不高,早就不支,哪里还禁得起赤苏剑的威力,当即被杀死。等到随同宫琳飞往山后,见妖妇跟踪赶来,自己就在她面前危崖之上,竟会看不见,知是宫琳隐形妙用,便把霹雳子朝前打去。本意先除妖妇,不料妖党离得太近,骤出不意,竟遭波及。

朱文还要出手,被宫琳伸手止住,悄说:"文妹且慢动手,少时还有人来。"话未说完,妖妇已似急怒攻心,状类疯狂,一手挽过头上长发,含在口内,恶狠狠咬断了一大把。跟着,取出一面上绘骷髅的铜牌,连晃几晃,便有五个魔鬼影子由牌上飞起。初出时,长才数寸,影也甚淡,但见风暴长,立成实质,一个个身材高大,相貌狰狞,口喷黑烟,獠牙外露,周身都是碧绿色的荧光环绕飞舞。出现以后,朝四外望了一望,张牙舞爪,朝妖妇反扑过去。妖妇厉声大喝:"今日我为你们备下美食,还不自去搜寻,再敢无理,休怪我狠!"说罢,伸手一弹,便有一丛短发化成为数十支火箭,朝魔鬼作出飞射之势,挡在前面。魔鬼仍然不肯就退,几次前扑,均被火箭吓退。最后妖妇面容惨变,厉声喝道:"你们现成美食不去寻找,反和主人为难,使我无暇分神,查看仇敌踪影,真该万死! 因见你们相随多年,忘恩反噬,由于屠龙贼尼所害,不与计较,当我怕你们不成?"说罢,将手一指,那数十支火箭便朝五魔鬼身上射去。魔鬼中箭,疼得厉声惨嗥,越发暴怒,重又朝前猛扑。妖妇事前原有准备,早把手中断发全数发出。同时咬破舌尖,张口一喷,一片血光挡在面前,那千万支火箭也作出凌空环射之势,照得左近山崖都成一片红色。魔鬼知难禁受,纷纷怒吼,满山飞舞,似往四下搜寻。妖妇见魔鬼穷搜无迹,状更情急,似防反扑。于是用那火箭环绕全身,二次取出晶球,又在行法照看,面上更带惊疑之容。

朱文早见宫琳手中持有一个玉环,内中现出一道青虹,在洞庭湖上空飞行了一阵,忽往当地飞来,渐渐邻近,看出光中二人,正是前在武昌所遇两个对头。心想:"现有帮手在此,即便寻来,也不妨事。"后见妖妇情急惊疑之状,心中奇怪。几次想要下手,均被宫琳强行止住,悄声说道:"妖妇就要作法自毙,我们何必多事?"话还未了,妖光一闪,妖妇身形忽隐,连魔鬼也全失踪。跟着,便听破空之声,青虹飞堕,仍是现出前见道童、少女,立处在妖妇面前不远。女的方说:"方才分明见这里邪气上腾,并未飞走,如何不见?"忽听男的一声惊呼,回头一看,那五魔鬼忽然同时现身,由地底化为一股黑烟冲出。男的因离得近,刚刚警觉,想要行法抵御,已被两魔鬼前后夹攻,扑上身来。男的猝不及防,只顾前面,扬手一团青色雷火。虽将一个魔鬼打落在地,化成骷髅头骨震碎,后面的一个已猛伸双爪,扑上身来,当时神志昏迷,倒于就地。宫装少女总算应变得快,法力较高,一见鬼影突现,长袖一扬,立有一幢青霞笼罩全身。另外三个魔鬼又朝女的飞扑,为青霞所阻,未得近身,还在张牙舞爪,飞舞欲扑。

少女已看出这是邪教所炼阴魔,丈夫惨死,急怒攻心。因知这类阴魔多与主人心灵相合,缺一不可,既被丈夫除去一个,魔主人元气大伤,下余魔鬼便难制服。有心使其反噬主人,受完奇痛至苦,然后下手报仇。好在丈夫功力尚高,元神已经遁走,未被阴魔吸收了去。于是强忍悲痛,装作胆怯,一任魔鬼环身飞舞,只守不攻。

妖妇也是恶贯满盈,分明由晶球中看出来人功力甚高,因见遁光不是左道中人,误认敌党。魔鬼已经放出,不令得胜,饱啖敌人生魂元气,必要反害主人,势成骑虎,不能离开。没奈何,只得暗中传令五魔鬼暂时隐蔽。来人又太自恃心骄,微一疏忽,男的首先送命。妖妇见来人虽死了一个,但是伤了一个魔鬼,元气大耗,下余四魔更难制服,想起胆寒。余魔如再不能把女的精血元神吸去,更是凶多吉少。一时情急,现出身形。双方相隔甚近。

少女乃余娲得意门人,法力颇高,便妖妇不出现,早晚也被看破。这一出现,死得更快。对方又深知魔法微妙,一见妖妇现身,未容下手,早用法宝暗将隐形破去。因是仇深恨重,与前对朱文不同,表面不显,暗中布就罗网,先把逃路隔断,然后下手。

这里妖妇还在妄想诱敌分神,以便阴魔乘虚而入。不料她这里飞出一蓬火箭,敌人连理也未理,以为那青霞除防身外,并无别的异处。火箭也未消灭一根,只被阻住不得近身。又见魔鬼持久无功,越发暴怒,齐声厉啸,不时把一双凶睛射向主人身上,越发心慌害怕。以为敌人宝光只能防身,不战不逃,可知能力有限,又急于收功,便把所有火箭全发出去。

少女见是时候了,忽然切齿怒喝:"妖妇还我丈夫命来!"随说,把手一扬,满天都是青霞,将当地一齐罩住。跟着身形一晃,人便无踪,那大蓬火箭也被收去。魔鬼扑了个空,一齐暴怒,转朝主人扑去。妖妇瞥见敌人失踪,火箭消灭,知道不好,不由心胆皆寒。百忙中手持法牌,才晃得一晃,二次咬破舌尖,一口血光喷将出去。同时手掐法诀,朝外一扬,法牌上立即有一股灰白色的妖光射向魔鬼身上。当头一个被妖光罩住,再吃血光一裹,化为一股黑烟,嗞嗞鬼叫,往牌上投去。下余三魔又争先抢扑过来。妖妇本就手忙脚乱,穷于应付,忽然霹雳一声,一团青色雷火迎面打到,法牌立被震成粉碎。这一来三个魔鬼失了禁制,凶威骤盛,妖妇只惨嚎了一声,便被魔鬼抢上身去,化为三个骷髅头,一个紧紧咬在粉脸之上,前心、后背也各钉了一个。妖妇却还未死,满脸惊怖痛苦之容,通身妖光乱爆。那魔鬼始终咬紧不放,只听互相呼吸咀嚼之声,响成一片。妖妇渐渐疼痛得厉声惨嚎,满地打滚,面无人色。不消片刻,便形消骨立,二目深陷,人已惨死,剩下一个空骨架蜷卧地上。那三个死人头,依然紧钉身上,深嵌入骨,目射凶光。突然厉啸连声,相继离身飞起,看神气似因四外青霞笼罩,不能逃遁,在光网中转了一转,待往地底钻去。

少女忽在崖前现身,怒喝:"尔等今日恶贯满盈,想逃,岂非做梦?"随说,青霞突然往起一收,妖妇元神恰在此时出现,同被网去,缩成五尺大小一团悬在空中。魔头被困,一齐怒吼,齐朝元神进攻。妖妇先前本防备元神为魔鬼吸去,早已逃遁,隐藏在侧。无如少女报仇心重,有意使其多受苦痛,故作未见,等魔鬼离身欲逃,再使现形,那么小一点地方,如何逃法?妖妇又妄想逃遁,一味强挣不已,嚎叫鬼啸之声,惨不忍闻。眼看元神已被魔头吸收殆尽,少女方将手一扬,网中立起风雷之声,火星乱爆,晃眼青霞收处,魔头已炼化成灰,纷纷下坠。少女方始飞落,又将地下残余鬼头震成粉碎。方在伏尸大哭,男的元神忽由空中飞堕,吃少女伸手抱住,合为一体,哭诉道:"都是

423

你不肯听话,致被邪魔暗算。我虽报了杀夫之仇,你周身精血已被阴魔吸尽,如何回生?说不得,只好归求师父,拼舍两甲子苦功,陪你一同转劫,再为夫妇便了。"

朱文见这少女一面哭诉心事,一面行法开山,把道童尸首藏在其内。已经行法封闭,还不舍走,哭得甚是伤心。人又那么美艳。不禁起了同情之心,觉得此女夫妻情长,遭遇可怜。侧顾宫琳面上,忽现惊疑之容。随听遥空中传来一种异声,十分尖厉,刺耳难闻。遥望西北方高空云层之中,似有黑影微微掣动,看去约在数十里外。刚刚悄问:"又有妖人来了么?"宫琳摇手示意,不令开口,神情似颇紧张。就这一两句话的工夫,那破空异声已自空飞堕。面前黑烟飞动中,突然多了一个身围树叶,肩插一剑一铲,披发赤足,裸臂露乳,碧瞳若电,周身烟笼雾约,神态服饰均极诡异的长身少女。才一落地,扬手先是三股烈焰般的暗赤光华电射飞出。

原先那个女的正在悲恸昏迷之际,没想到来者是她仇敌,平日自恃法力,不曾留意,发现稍迟。但毕竟修炼数百年,不是寻常人物,声一邻近,立时警觉。双肩一振,护身青霞重又飞起,将全身罩住,魔火也便笼罩全身。

朱文前听同门说过魔女铁姝的相貌、法力,不禁大惊。同时发现身前笼罩着薄薄一片云影,为前所未见,知道宫琳已用法宝将身护住。魔女来去如电,邪法至高,惹她不得。心还在想:"那宫装女乃余娲门下高弟,看适才邪魔除得那么容易,想必无碍。"再朝魔女仔细一看,见她身披一件翠羽、绿叶合织的云肩,碧辉闪闪,色彩鲜明。下半身也是同样的一件短裙围向腰间,略遮前阴后臀,余均裸露在外。纤腰约素,粉体脂溶,玉立亭亭,丰神仿佛艳绝。那张脸上却是雪白如纸,通无一丝血色。碧瞳炯炯,凶威四射,满脸俱是煞气。左肩上钉着九柄血焰叉,右额钉着五把三尺来长的金刀,俱都深嵌入骨,仿佛天生。秀发如云,披拂两肩,尾梢上打着许多环结。右臂被三个拳大骷髅咬住,红睛绿发,白骨如霜,隐放妖光,狞厉如活,似要离臂飞起。左腰挂着一个形如骷髅的人皮袋。通体黑烟环绕。

魔女铁姝手持一面令牌,一面晶镜,若沉若浮,凌虚而立。口中大喝:"你将我好友杀死,连我送她的阴魔前后伤了两个。因她与你有杀夫之仇,你杀她也还讲得过去。而这类阴魔奉命行事,不能怪它们。你将萨若耶元神消灭,已经过分,为何又将下余三魔炼化?你修道多年,莫非不知我赤身教神魔来历?本门规条原主以牙还牙,我如早到一步,只将下余三魔收回,还可容你活命,偏生有事耽延,万万容你不得!晓事的,我念在你报仇心切,情出不已,自将元神献上,随我回去。虽受三年炼魂之苦,等到炼成魔头,仍可具有极大神通,无穷享受。否则,连你丈夫的元神一齐炼化,悔之晚矣!"

铁姝遂将手一拍人皮袋,立由口内飞出数十团碧烟,互相激撞爆散,化为百丈烈焰,罩在青霞之外。那臂上钉着的三个魔头,也自凶睛电射,呜呜怒啸,似欲飞起,吃铁姝用左手法牌制住。铁姝重又喝道:"贱婢再不见机,形神便化为乌有了。"少女在魔火围困之下,始终咬牙切齿,一言不发,神情悲愤已极。

朱文看出她相形见绌,觉着此女师徒虽然骄狂,终非左道妖邪之比。正在同情,代她着急,忽听吧的一声惊天动地价的大震,青光倏地爆炸,震得天摇地动,青霞血焰交舞横飞,暴射如雨。左近数十丈高的一座山崖,连同对面小山,全被炸裂崩塌,连来路高山也被击去大半,往四外飞去,碎石尘沙,满空飞舞。遥闻崩山巨石纷纷坠地之声轰轰隆隆,震山撼岳,半晌不绝。魔火血烟也被震散大半,直冲空中,四下激射。左近山石林木挨着一点,立时烧焦,成了沙粉。再被那一震余波互相激荡,合成大股无数浓烟尘雾,交织横飞,当时便空出了百多亩的地面。声势之猛烈,朱文自从学道以来,尚是初次见到。就这耳鸣目眩心惊之际,同时瞥见斗大一团银光,由万丈烟霞魔火中激射而起,比电还快,向空射去,一闪不见。

铁姝见状大怒,左肩摇处,飞起三股血焰金叉,待要追去。又将令牌一晃,那被震散的魔火血焰重又涌将上去。臂上三个魔头也自飞起,全都大如车轮,由七窍内射出赤、黄、黑、白四色妖光邪火,飞舞而出。

少女原是舍命救夫,本未想逃。一面用法宝护住丈夫元神逃走,一面扬手飞出一片青色云光,横亘天半,早将魔叉挡住,任飞何方,不能过去,略一停顿,元神已经逃远。同时身畔又飞出两股青白二色的云气,晃眼展布,宛如极厚一团云光,将全身密层层裹住。先前青色云光也已收回。

铁姝知男的元神已追不上,又见魔火震散时损耗不少,越发暴怒。把手一招,三股魔叉立时掉头,朝少女射去,连同神魔一齐围攻。同时厉声大喝:"无知贱婢,速献肉身,喂我神魔,元神随我回山,还可保全;否则,一任你防身法宝多么神妙,也必被我魔火炼化,形神俱灭了。"

少女似因丈夫已逃,无甚顾忌,也在云烟之中切齿咒骂。魔女见她不降,狞笑一声,便不再问,只把手中令牌连晃。魔火邪烟突然加盛,后来直似一片血海,将人困在其内。少女见不是路,也在云光中施展法宝、神雷,往外还攻,无如魔火势盛,稍为冲荡开一些,一会重又合拢,平白断送了三件法宝,全无用处。有心自杀兵解,无如神魔环伺在外,元神仍难逃遁,终遭毒手。除忍苦待救外,别无善策。正在悲愤填膺,生死两难。

旁边朱文早就激动义愤,想要出手,均被宫琳止住。说是此女性情刚烈,就逃回去,也难活命;魔女太凶,也须谨慎。后来越看越看不下去,又见魔女大发凶威,不时回顾二女藏处,怒目冷笑。猛想起三面山崖林木均被震塌,惟独自己这面因有仙云防护,依然无恙,料被看破。暗忖:"闻说铁姝手狠心毒,妖妇之死由我而起,少时未必甘休。反正是祸不是福,事有定数。既奉师命行道,不能畏强。遇见这类不平之事,视若无睹,还积甚外功?"当时心胆一壮,也不再和宫琳商量,左手天遁镜,右手霹雳子,又将赤苏剑等随身法宝,一齐准备停当。刚要发难,猛瞥见少女身外青白云气已被魔火炼化殆尽,看出危险万分,一时情急,冷不防全数施为。先是数十百丈金霞直射过去,那千层魔火先被冲散一个大洞,同时又将霹雳子打将出去。

　　铁姝原早疑心左边山崖上埋伏有人,一见对方不曾出手,又以行法正急,无暇分神他顾。后将敌人困住,护身云光已渐减退,暗用法宝查看,竟看不出一点迹象,才知对方法力甚高,并非寻常,又惊又怒。心想:"对方隐形窥伺,既不出面,且自由他,等除了敌人,再相机行事。"做梦也未想到,朱文这两件法宝,恰是她的克星。又因敌人凶恶,胸有成见,乾天一元霹雳子一粒已是难当,竟连用了三粒,并还分朝三个魔头打去。这时当地光焰万丈,已如火山血海,天遁镜光又极强烈,三粒豆大紫光投在里面,自然显它不出。

第二七七回

我必从君　相期再世　斜日荒山悲独活

卿须怜我　此中有人　他年辽海喜双清

　　话说铁姝眼看成功在即，正在趾高气扬，冷不防一道金虹由左壁上斜射过来，魔火焰光立被冲开一个大洞，不禁大怒。待要施为，猛又瞥见三粒紫光在魔头口边一闪，认出此宝来历。暗道："不好！"不顾再寻敌人晦气，慌不迭连晃令牌，等要收回时，这类神魔最是凶毒，只一放出，不伤敌人决不肯回，本就倔强。霹雳子来势迅速，已先爆炸，只听接连三声震天价的霹雳过处，三魔头全被震成粉碎。那被金虹冲荡开的魔火血焰，也被震散了多半。

　　云中少女本来断定自己非遭惨死不可，万分情急之下，仍想逃遁元神。刚刚自杀兵解，在一片青色云光包围之下，正待由魔火血焰中强行冲出，猛瞥见金虹电射，神雷大震，魔头血焰全被震散，对面崖上现出一个红衣少女，正是武昌所遇峨眉门下女弟子，不禁感愧交集。瞥见铁姝因神魔心灵相连，经此一震，元气大伤，竟受反应，立在当地，状类昏迷。少女自恃功力甚深，身边尚有两件法宝，一面朝朱文点首示谢，一面还想去杀铁姝报仇时，忽听对崖又一少女清叱道："道友还不快逃，意欲何为？"少女闻言，猛想起魔法厉害，休看仇敌暂时昏迷，仍是无法近身。何况铁姝全身均有绿光环绕，九股血焰金叉已全飞起，环绕全身，似有灵性，左额所插金刀也已闪闪放光。知道万动不得，只得朝着对崖拜了一拜，电也似急向遥空中遁去。

　　这原是瞬息间事。朱文想不到事情如此容易，见少女已经兵解，尸首也被残余的魔火扫中，成了白灰震散，深悔下手缓了一步。正用宝镜消灭残氛，忽看出铁姝在黑烟、绿光、金叉环拥之下，如醉如痴情景，心中大喜。方想就势除害，二次取出霹雳子待要打去，忽听宫琳催促少女元神逃遁，同时右手也被握紧，眼前云光一闪，耳听："文妹随我快走，迟恐无及。"说时迟，那时快，人已随同飞起，星驰电射往西南方飞去。回顾后面，并无敌踪，却有两幢明霞裹着两个少女影子，分向东、北两方飞去，一幢已先飞入云层之中不见。内中二女，正与自己和宫琳相貌一般无二，转眼飞出千里之外。方要询问，宫琳道："魔女已得鸠盘婆真传，你我就是敌手，此时也不宜与之一拼。我用幻影愚弄，真身已隐，就这样，也未必生效。此女持有魔宫照形之宝，如非神魔被毁，我们早已不免。你那得胜，由于一时侥幸。她虽元气大伤，仍非其敌。此女受愚，只是一时，不久必被发觉。不过我们前途尚还有事，只要到达地头以前不被追上，受那九子母天魔暗算，便无大害。文妹前途珍重，遇事首要守定心神，自可化险为夷。我带你同飞，以免破空之声引来仇敌。飞行由我主持，你用这枚玉环放在眼前，往来路查看，就知道了。"

朱文接环，如法回视，果见魔女铁姝化成一股黑烟，先往北方追赶，与那幻影相隔少说也有千百里，晃眼便被追上，只见魔光一晃，幻影立灭。魔女好似发现是假，在遥天空中略一停顿，拨头又往东方追去。幻影也已出现，并还放光。两下里相隔更远，追势也较前更急，仅比先前稍缓须臾，仍被追上消灭。魔女略一停顿，又返身追来，双方背道而驰，预计程途至少当在四千里外。可是魔女回追不久，便闻异声凄厉，起自天边，渐渐由远而近。如非二女飞行神速，早被追上。

宫琳随将玉环要过，说道："魔女必定查看我们踪迹，不久追上，前途也将到达。惟恐万一有失，如见异声追近，速将你那霹雳子再取二三丸朝后打去，魔女禁受不住，定必逃退。雷火一散，仍要追来。此宝珍贵，浪费可惜，万不可以数枚同发。方才之言，务要谨记。"朱文闻言，猛想宫琳方才所说，似有分手之意。依言取出霹雳子，正想问故，身后异声已越来越近。回顾黑烟如箭，疾驶飞来，相隔只十数里。忙将手一扬，一点紫光星飞而出，只听霹雳一声，黑烟震散了好些，一溜精碧魔光正朝来路激射退去，一晃不见。随听宫琳边飞边道："文妹不合回顾，这一耽延，被她追近，她又受了重伤。反正仇恨已成，且等将来再说吧。"话刚说完，异声又由身后追来。朱文更不怠慢，反手一霹雳子打将出去，迅雷震过，又是一声厉啸晃荡遥空，听出逃势更远，底下也不再有声息。

方觉魔女知难而退，也许不会再追，忽听宫琳急呼："文妹留意！"猛瞥见身后碧光一晃，后心一凉，虽在法宝防身之下，也现出一点警兆。宫琳仍带自己飞行更急。由不得回头一看，魔女不见，只有一片碧色光影紧随在后，快要照上身来。刚想再用霹雳子朝后打去，倏地眼前一亮。宫琳立把飞云止住，现出身形。耳听哭啸之声，比先前所闻更要凄厉刺耳。百忙中定睛一看，一道宽约十丈，长约数十百丈的黄光，已由当空倒挂下来。光中现出一个身材高大，白发银髯，手持白玉拂尘的红衣老人，阻住去路。同时身后碧光中现出魔女铁姝，满头鲜血淋漓，上身翠叶云肩已经脱去，露出玉乳酥胸。

身上钉着九个白发红睛，其大如拳的骷髅头骨，神情更是惨厉。铁姝戟指老人，厉声喝道："我今日受人暗算，毁了神魔，又遭愚弄，伤耗了不少元气，此仇非报不可。如不将仇人形神摄去，我那九子母天魔岂肯甘休？你我异教同源，平日井河不犯，你已隐蔽多年，何故为了外人逞强出头？莫非真要和我一拼不成？"

话未说完，红衣老人笑道："老夫阿修罗宫主者，虽不故意为善，从未无故害人。你们赤身教炼上几个死人骨头，摄些凶魂厉魄，便欲称雄，岂能与我相提并论？这两个女孩，老夫与她们另有因果，尚须了断，如何能容你带去？我也知你邪魔消亡，身受反应，元气大伤，又吃魔头反噬，十分痛苦，须用极大法力始能解免，复原仍须三百年后。此是你逞强行凶，自作自受。方才初遇，如肯服低，求我解救，也还可以助你脱困。你竟敢无礼，口出不逊。我看在你师父鸠盘婆面上，饶你一命，趁早逃回，求你师父解免；再如多言，命就不保了。"说罢，将手中玉拂尘往外一挥，喝声："去吧！"魔女没想到老人闭关数百年，已具正邪两家之长，法力高强，不可思议，重创新败之余，如何能敌。怒吼一声，仍想施展天魔解体大法，与敌一拼。老人拂尘弹处，立有一片黄光将魔女裹住，身不由己，跌跌翻翻，往东北方天空中飞去。同时闻得远远异声厉啸，喝道："老不死的！你我以前也有数面之缘，此事虽是我徒儿不好，如何下此煞手，不留丝毫情面？"话未说完，老人已接口喝道："无耻老乞婆！你自创邪教，为我魔教丢人，也配与我理论？如不服气，我在火云岭神剑峰阿修宫等你，随时寻我便了。"远远听见异声大怒答道："老贼休狂！我如非近日身有要事，此时便容你不得，且便宜你多活些时。"说罢，便无声息。

朱文听那异声若远若近，摇曳云空，十分刺耳，知是赤身教主鸠盘婆所发。老人从未见过，虽疑是矮叟朱梅柬帖所说的人，因见身无邪气，宫琳立在一旁神色自若，又觉不似，拿他不准。方想："此老何人，法力这么高？"待要开口询问，老人已转向二女说道："我本不值与后生小辈为难，无如你们师长对我冒犯，为此将你二人擒回魔宫。或是你们师长亲来解救，与我一见高下；或是你们本身道力坚定，不为我欲界六魔所困，也可以无事。乖乖随我回山，免得动手。"朱文天性刚烈，遇敌不计利害，闻言气道："你想必是尸毗老人了。我师父从未提过你，有甚仇恨？"话未说完，老人厉声喝道："贱婢竟然知我来历，还敢无礼？即此已犯我的戒条，万万容你不得。"说时扬手一片黄光，罩向二女身上。朱文立觉身子一紧，连护身宝光全被黄光裹住，往上飞起。一时情急，顿忘利害，手中恰剩了两粒霹雳子，匆匆不暇寻思，口喝：

"老魔头休狂！你且尝尝神雷厉害。"扬手两丸神雷早打出去。耳听宫琳急呼："文妹！不可造次。"想起柬帖之言，心中一动，神雷已经爆发，竟将黄光震散，身上一轻，心中大喜。

尸毗老人自恃法力，一时大意，明知朱文持有专破魔光之宝，没想到人已被擒摄起，竟会这样胆大，作那困兽之斗。如非功力高深，这两雷便吃不住。就这样，元气也受了点损伤，不由大怒。正待二次施为，朱文身已脱出黄光之外，见老人二次现身，知他魔法甚高，来去如电。心想："一不做，二不休，索性与之一拼。"左手天遁镜刚发出百丈金虹，往前冲去，二次又取霹雳子要发时，宫琳忽又二次急呼："文妹！此是应有劫难，千万不可恃强，法宝白送。"自从黄光上身，朱文便不见宫琳人影，这时忽见宫琳现身急呼，刚要赶往会合，宫琳身形又隐。同时眼前一暗，伸手不见五指。只听罡风呼呼乱响，甚是劲急，只不吹上身来，也不见人。心终不死，又用天遁镜向前照看，不知怎的，镜光忽然减退好些，护身宝光更全失了灵效，一片混茫，什么也看不见。试用霹雳子打将出去，豆大一点紫光，微微晃动，宛如石投大海，无影无踪。随听雷声微微一震，相隔甚远，知道无效。这一急真非小可。万般无奈之中，只得回镜自照，护住全身。身上仙衣忽发紫色祥光，想起女仙之言，心中略宽。几次想要回飞，左右冲突，俱都无效，始终不能冲出黑影之外。宫琳早已不见踪迹，连声呼唤，均无回音。自知柬帖之言已验，因为语焉不详，只知对头名叫尸毗老人，自己该有一场劫难，虽有仙衣、宝镜、朱环防身，仍须格外谨慎，应变神速，方可免害，别的全未提及。正在愁急，隔不多时，眼前一花，暗去明来，身子已落在主人魔宫法台之上。

这地方乃是尸毗老人所设天欲宫魔阵最凶险之处。朱文如非性刚冒失，老人本心只为出气，不想伤害这些少年男女性命。因朱文辞色不逊，又用神雷震散魔光，由此激怒，立意将她困禁法台之上，欲使受那魔火焚身，金刀刺体的毒刑。不料朱文虽然该有这场劫难，近日行动冒失，改了常度，一经入困，立时警觉。一到法台之上，忽然福至心灵，自知不妙，先把仙衣妙用施展出来，紫光立即大盛。刚护住全身，台上已经发火，魔火熊熊，带着千百把金刀，由四面潮涌而来，头上又现出一朵亩许大的血莲花，由花瓣上射出万道魔火，朝顶压到。幸而朱文事前有了戒备，见势不佳，天遁镜、朱环已早飞将起来，护住头身，才保无事。可是上下四外，金刀、血焰层层包围，虽吃护身宝光挡住，不得近前，其重如山，只中间丈许方圆空地，休想移动分毫。当时无计可施，心中稍懈，便觉魔火奇热，炙肤如焚。虽仗仙衣护体，不曾受伤，也受感应，难于忍受。想起通行左元洞火宅严关景象，与此大同小异，立时醒悟。只得镇定心神，索性在上运用玄功，打起坐来，这样果然要好得多。也不知经过了多少时候，魔火、金刀还未减退，幻象又起，随见金蝉现身飞来，同时灵云传音警告。等到发觉幻象以后，灵云传声便被魔法隔断，心中一犯愁虑，立有诸般幻象现将出来。自知危险万分，除却按照本门心法虔心默运，一切付之不闻不见而外，别无善法。又过了不少时候，连经过无数次魔难幻景，一时也说它不完。仗着凤根深厚，始终守定心神，先还出于强制之功。到了后来，由静生明，神与天合，宛如一个智球，表里通明，通无尘滓，功力无形中大有进境，身外苦痛已如无觉。

朱文正在澄神定虑，返虚生明之际，忽听一声大震，金蝉用本门传声急呼："姊姊！"先仍当是幻景，未加理睬。后听到呼声越急，心想："本门传声之法，外人不知，怎会使用？"觉出有异。方想试用传声之法试探真假，猛听到太乙神雷连声爆炸，甚是猛烈，身上好似轻了好多。猛想起："先前不合妄用法牌传声求援，金蝉又曾发出必来信号，焉知不是本人到来？"忍不住定睛一看，果是金蝉，相貌装束均与平日所见以及幻象无异。只头上插着一片青竹叶，奇光闪闪，出于意外。只见他独自附身在玉虎银光之上，所有法宝全数施展出来，将身护住，口中急呼"姊姊"，双手连发太乙神雷，霹雳之声宛如连珠，殿顶已被揭去一大半，法台上的魔火、金刀已被虎口所喷银色毫光连同雷火冲破了一面。

一见朱文睁眼，金蝉便喊："姊姊，快来与我会合。老魔头厉害，好容易被我徒儿冒险引开，特来陪你受难。艰危尚多，还不到出困时候。这魔火、金刀生生不已，难于消灭。你如不敢移动，只把天遁镜敌住头上血莲，不令下压，等我冲到台前，速飞过来与我一起。否则，时机瞬息，老魔头因见你和大姊、灵峤诸仙女一个未伤，恼羞成怒，对于大姊和孙师兄还好，对你却是恨极，立意制死，必将大阿修罗法发动。如非有一老前辈暗助，你此时非重伤不可，稍为迟延便来不及了。"

说时，金蝉身外已成血海刀山，四面受围，只虎口前面银光射向台上，将正面魔火、金刀冲散，成了一条血衕，相去朱文只两三丈，好似被那血光粘住，怎么也冲不过来。朱文见状与平日心想情形迥不相同，知非幻象，仍不放心。试用昔年相约同游，为避外人而所说隐语一探，金蝉立用隐语回答，并即喊道："此时千钧一发，我舍命来此，与姊姊同共患难，以应凤孽。幸蒙前辈仙人怜助，持有护神之宝，决不累你。渡过难关，便和严师兄、周师姊他们一样，同我去天外神山永享仙福，如何还不信我？"朱文听出决不是假，不禁伤心，急道："我法力全失，法宝无功，只仗天孙锦和朱环、天遁镜护身，如何可以飞将过去？你又冲不过来，时机坐误，如何是好？"

金蝉初来时原极顺手，哪知神雷刚将正面魔火驱散，四外火焰便如潮涌而来，虽仗高人指点，灵光护体，法宝、飞剑不曾失效，魔火不能侵入宝光之内，但是四面全被粘住，一任运用玄功，无法冲到台前。今听朱文之言，不禁大惊。想起她法力失效，知道危机顷刻，稍为延误，自己或者无妨，朱文凶多吉少。一时情急，怒吼一声，正待拼命前冲，忽听空中一声鸠鸣，甚是洪亮。刚听出是古神鸠的啸声，丈许粗一股紫焰，已由殿顶缺口斜射下来。跟着，一片铿锵鸣玉的巨响过处，下余半边殿顶全被揭去。古神鸠突在空中现身，比平常所见大过十倍。两翅横张，宛如垂天之云，将殿顶全部遮盖，凌空翔止不动；两只铁爪比树干还粗，拳向胸前；头有小房般大；两眼宛如斗大明灯，金光下射。身上环绕着十八团栲栳大的佛光，祥辉朗如日星。口中所喷紫焰，宛如星河倒泻，刚一射下，大片血光魔火立似血龙一般，被紫焰裹住吸起。

金蝉身子立时一轻。隐闻有人喝骂之声，也未听清。一心救人，乘机冲破残烟，只一冲，便到了法台之上，扬手一雷，将台震成粉碎。紧跟着，一把抱起朱文，同附玉虎之上，往殿外急飞。朱文见被金蝉抱紧，未免羞涩，无如一手运用天遁镜，难于挣脱，离开金蝉又是危险，好生为难。金蝉见她撑拒，紧抱不放，急喊："姊姊，当此危急之际，避甚嫌疑？又无外人在此，难道还信我不过？"话未说完，两道黄光已如电掣飞来。空中神鸠虽将血焰吸去，并未入口。一见黄光飞到，突把身形一收，晃眼由大而小。同时身也破空飞起，带着那血龙也似的百丈火焰，向遥天空中飞去，其疾如电，晃眼便剩了一个带着一二十点金星的黑影，投入遥空密云之中不见。血焰依然甚长，斜射空中，似已脱离鸠口。那两道黄光也已破空追去，快要追上。那条血龙忽似朱虹飞堕，往下射去，黄光也跟踪下落。

这时，朱文因听金蝉这等说法，想起累世深情，以及适才孤身犯险、舍命来救情形，不禁感动。知他心地光明，道力坚定，尽管爱好，从无别念，便不再强挣。金蝉本是防她万一疏忽，为残余魔火所伤，只要沾身，便无幸理，忘了仙衣护体，并无妨害，关心过切，将她抱紧。及见不再强挣，又看出身外紫光甚强，一想自己从未这样抱过，又在魔阵被困之际，易陷情网，难怪多心，也就松手，只将袖子紧紧抓住。朱文当他又和平日一样赌气，颇悔先前不该强拒，自觉对他不起，反倒用手拉紧他的膀臂，传声说道："我并不是多心，以前也非对你冷淡，只为仙缘不再，你又情分太深，为防两误，不得不狠心一点。你怪我么？"金蝉本未怪她，笑答："姊姊心思，我全知道，怎会怪你？大概还有几天危难，这次难关一过，功行便快圆满。我想暂时还难脱困，且先冲他一下试试。申屠师兄、洪弟、石生和新交好友干神蛛、朱灵夫妇，还有新收弟子钱莱，先后都来魔宫，分头下手。他们各有一道神符，敌人查探推算不出他们踪迹。只要老魔头被他们绊住，我们也许能逃出去，少受好些苦难。"

说时，二人附身玉虎银光祥霞之上，直往前冲，先前只顾说话，不曾留意。后见只三亩大一片殿堂残址，竟会冲不出去。心想："少说飞行已过百里，就有残余魔火阻路，因较前弱，宝光一挡便退，怎么也不应有此景象。"二人方在惊疑，头上血莲倏地连闪两闪隐去。紧跟着眼前一暗，连人带宝陷入暗影之中。朱文尝过滋味，惟恐法宝失效，忙喊："蝉弟留意！魔法实在厉害，留神法宝失效。"及见宝光依旧朗耀，才放了心。金蝉见果然被困，不由激怒，法宝、神雷二次施展出来。因是身有灵符，未受魔法反应，太乙神雷照旧发挥威力。只见宝光、剑气、雷火、金光横飞爆炸，势甚猛烈。但见雷火一灭，依旧沉冥，黑暗如漆，仅剩各色宝光在暗影中飞舞。朱文见状，知道无碍，心神越定。

这时玉虎已发挥全力，身长虽只丈许，所发银光祥霞远射数十丈外。二人并坐虎背之上，被虎身上的祥光拥护全身，灵雨霏霏，银霞闪闪。为防万一，又将法宝、飞剑结成一个四五丈大的光幕，笼罩身外。珠颜玉貌，掩映流辉，同是那么年轻美丽，宛如一个金童，一个玉女，骑着一只毫光万道的玉虎，在天花宝盖笼罩之下，挟着千束宝炬，行于黑雾之中，端的仪态万方，妙曼无俦。二人本是三生情侣，修道心坚，强制热情，不令流露，表面虽甚淡漠，内心实是爱好。当此同共患难，生死关头，玉肩相并，香泽微闻，你爱我怜，互致衷曲。人非太上，孰能忘情？便无魔法暗算，也应引动情肠，易生遐想，按说比起灵云、孙南，应该危险得多。哪知金蝉累世童贞，道心坚定，对于朱文尽管累劫深情，心中爱好，始终天真无邪，从来不曾想到燕婉之私。加以近来功力大进，智慧灵明，又有灵符护体，至宝安神，不必运用玄功，自然智珠莹朗，如月照水，碧空万里，不染丝毫尘翳。朱文初经大难，始脱危境，百难千灾之余，六贼之害已全挡退，返照空明，顿悟玄机。虽不似金蝉那样，一样也有情有爱，但心境始终明朗，活泼泼的，一切纯任自然，全不着相，本来无念，魔何以生？尸毗老人那么高魔法，竟无所施。

二人今生虽然同门，未作劳燕分飞。自从九华山亲哺芝血，桂花山求取乌风草回到峨眉以后，朱文恐金蝉纠缠，便故和他淡薄，直似尹邢避面，难得相见。金蝉也深知她的用心，偶然一见，谈不几句，便体玉人心意，先自走去，心中却无一日忘怀。彼此都有不少相思，难得无人在侧，同在暗室之中，和人间小儿女拌嘴一样，互诉前情。时而你嗔我怪，各怨情薄；时而温言抚慰，笑逐颜开。那相思话只管说它不完，哪里还容起甚杂念？尸毗老人先在暗中查看，见这一双小儿女，女的一开始还有一点做作，到了后来，至性深情无形流露，索性携手揽腕，相偎相抱，亲热非常，满拟手到成功。因见这一双金童玉女实在可爱，连对朱文厌恨的心思也减去了好些，不忍便下毒手，只想使二人成为夫妇，收到自己门下，便即罢休。待了许久，渐看出二人天真无邪，纯任自然情景。老人试一施为，那么阴柔狠毒的魔法，竟然无从施展。方在惊奇，二次想要加功施为，忽听金钟响动，玉磬频敲。老人知道不是先前逃遁的敌人去而复转，便是又有人来扰闹，不禁大怒，忙把魔窟封闭，飞身追出。

老人走时，金蝉便听爱弟李洪用本门传声，说是救星将到，钱莱先前被困地底，已经救出。被困诸人连同灵峤诸女仙，将快出险。心方一喜，刚回答得两句，老人一走，魔窟又被封闭，隔断传声。

朱文推了金蝉一下，笑道："你只顾说些闲话，不说正经，你还未说你怎么来的呢。"金蝉高兴道："好姊姊，我自接到法牌传音，心急如焚，立即和众同门由天外神山起身，冲越极光太火，一口气飞行数十万里。申屠师兄偏说大方真人仙示，你们灾难未满，早来无用，何必跟着受罪？我偏不听，心想受罪也和姊姊一起。一到中土，正和他争，想带钱莱赶来，与老魔头拼命，不料还未分手，便遇上次苗疆所遇那位老仙长。他本最爱我和石生，这次见了洪弟、钱莱，又很喜爱，在一片树林中，连教我们好些法术，每人又给了一片竹叶灵符，我和钱莱还各得了一件至宝，这不是因祸得福么？"朱文似喜似愠道："我看你功力大有进境，怎还是以前那样说话，连个头绪也没有？我是要听你怎么开府神山呢。反正老魔头奈何不了我们，时机一至，出困无疑。你从头细说，像你这样人能有几个？我听了也好欢喜。我一时疏忽，妄用法牌传声，使你为我犯此奇险，后悔无及。幸而枯竹老仙相助，未和我一样法宝、法力全数失效。如其不能复原，只好随到小南极跟你一辈子。想起还在心寒，谁要你来救我呢？"金蝉见她满面娇嗔，拉手赔笑道："这世上有你才有我，如何不来？好姊姊，莫生气，我说你听。"随谈经过。

原来金蝉自得警报，心如油煎。申屠宏只管劝他谨慎，水到渠成，无须心急，全未入耳。刚一飞进中土，凌云凤带了古神鸠飞去以后，金蝉首先提议先往一探，见机行事。李洪是几世同胞，石生是同门至友，同声愿往。钱莱更是死活都要随定师父，不肯走开。只有干神蛛夫妻微笑不语，看那意思,只是隐而不露,也是两个要去的。申屠宏虽是本门长兄,对这几个小兄弟也是无可如何,劝也不听,只得说道:"愚兄并非怕事,只为大方真人已有仙示,越到得晚越好,起身却是要早,其中必有深意。被困之人无一不是仙福深厚,绝无凶险,何苦自寻苦恼?水到渠成,忙它做什么?"金、石、李、钱四人正在争论,飞行神速,已经飞近云贵交界的乱山上空,忽见前面云雾迷漫,高涌天半,挡住去路。这类景象,空中飞行时常遇到,又未见有什么邪气警兆。金、石二人心急赶路,意欲穿云而过,当先冲入。李洪、钱莱也跟踪飞进。

申屠宏因和干氏夫妻商量,想要劝阻,遁光稍为落后,本来也未警觉。已经飞近云边,猛瞥见前行四人穿入云中,便已不见。暗忖:"四人那么强烈的遁光,又是并肩急飞,休说是云,便是一座山崖,也被穿透过去,如何不见遁光闪动?云雾也未冲散?"心中一动,忙即止住。干氏夫妻也已警觉,一同停飞。留神往云内查看,仍是一片白茫茫,云层甚厚,四人踪影皆无。试传声一问,云中并无回音,也未见人穿云飞过。三人一着急,立即行法施为,同时放出飞剑、法宝,申屠宏扬手又将太乙神雷一齐往前打去。哪知神雷连响都未响,飞剑、法宝和那未炸裂的神雷火团全似石沉大海,无影无踪,投入云影之中不见。

三人方在惊疑,一片白影已电也似急,朝三人头上漫将过来,想逃已是无及。申屠宏情急之下,正想施展二相环,放出天璇神砂,忽听金蝉急呼:"大哥、干兄,你们快下来,这是枯竹老仙。"同时目光到处,下面现出大片森林,满是松杉古木,行列疏整,参天矗立。树上满是寄生兰蕙,杂以茑萝等香草野花。当中平地上有一磐石,上坐一位手持青竹枝的白衣少年,一派仙风道骨,潇洒出尘。金蝉等四人分立两旁,正向上空招手。空中白云似帐幕一般,将那树林罩住,相隔树梢约三数十丈。这地方乃是半山腰上的一片平地,左右均有峰崖环立,形势十分险峻。久闻枯竹老人大名,不料在此路遇,料有缘故,不禁惊喜交集,立同飞降。到地便自通名跪拜,请恕无礼之罪。少年笑道:"你三人法宝、飞剑奉还。那团雷火已被我收去,下次不可如此冒失。"申屠宏为人恭谨,诺诺连声。少年看了干神蛛一眼,笑道:"你不服么?"朱灵知道丈夫脾气,但最敬爱自己,闻言连忙下跪道:"弟子夫妻怎敢无礼?"干神蛛见爱妻如此,也忙跪倒。少年手指朱灵道:"你这蜘蛛精倒有一点灵性。休说你们,便司太虚见我,也不敢有半个字。我见不得这神气,可去一旁等候。"干氏夫妻只得站立一旁,直生闷气。

少年转对众人道:"我因尸毗老魔劫运将临,空自修炼多年,仍受魔头禁制,倒行逆施。你们此去,难免不为所算,尤其金蝉与朱文经历最险。我因老魔最善前知,方圆数千里人物言动,均能查知,算计你们由此飞过,特意引来林中,外用颠倒乾坤上清大五行挪移大法,将四外隔断,使其无法查听。现赐你们每人一个锦囊,内有此行机宜,可各在此开看;另外一片竹叶灵符,以作防身隐遁之用。金蝉师徒经历最险,现赐你师徒每人法宝一件。一名天心环,专护心神,金蝉可将它悬向胸前,任何魔法均难侵害。此系紫虚仙府奇珍,我向大荒山无终岭绝顶神木宫青帝之子用一粒宝珠换来。有此至宝,不特可以震摄元神,你们的法宝、法术也不至为魔法所制,失去灵效,并还增加威力。不似竹叶灵符,虽有同样功用,至多只过三十六日,便即失效。以后用处甚多,不可轻视。钱莱所得,名为六阳青灵辟魔铠,穿在身上,不论水火金刀和多厉害的法宝,均难伤害。更具隐形妙用,穿在身上仗以地行,扰乱敌人心神,再妙没有。我再暗中相助,行法遥制,一任敌人有多厉害,也查看不出你们的踪迹。不过,老魔神通甚大,钱莱此去,只能按我锦囊所说调虎离山,等你师父将人救出险地,立即退走,不论再困何处,均不要管,不可贪功。否则,仗着此宝和太乙青灵竹叶神符,虽不至于受甚伤害,却不免被他困住,岂不冤枉?"

金、钱二人闻言大喜。众人也都喜谢拜命。金蝉接过天心环一看,那环形如鸡心,非金非玉,不知何物所制,大仅寸许,外圈红色,中现蓝光,晶明若镜,冷森森寒气逼人。那六阳青灵辟魔铠,看似青竹叶所制,拿在手上,其软如棉。竹叶小巧玲珑,约有三寸见方一叠,轻飘飘的,色似翠绿,隐隐放光。照着所传用法,随手一扬,立化成一身形似蓑衣的铠甲,紧附身上,通体满是竹叶形的鳞片,寒光若电,晶芒四射,立成了一个碧色光幢,随心隐现,端的神妙非常。青灵竹符具有防身隐形妙用,也是万邪不侵。

少年传完用法,令众演习之后,笑道:"此符乃我初得道时所炼,曾费不少精力,共只三百六十五片,历时千余年,用得已差不多。虽只三数十日灵效,威力妙用却非小可。用完仍可重炼,务要保存。十年之后,可命钱莱与我送来,等我炼过带回,三次峨眉斗剑还有用呢。本来我与老魔并无嫌怨,只为我承齐道友盛情,他人又极好,而老魔妄犯嗔恚,无故将峨眉门人摄去。恰值我来中土行道,偶然发现,赠了灵云一副太乙青灵旗门,本心只打算稍为救护,免得几个好根器的少年男女为他魔法暗算,坏了道基。不料这厮出口伤人,为此我才叫他尝点厉害。我本人并不出面,只略微指点你们几个后辈,便要叫他手忙脚乱。再如无礼,你们对他说,可去东溟大荒山寻我便了。"

申屠宏知道枯竹老人得道千余年,也是出名气盛,最重恩怨。少年乃他每一甲子神游中土所附化身,法力虽高,比起无终岭坐枯竹禅的化身,功候自差得多,否则早已亲自出马。明明假手众人代他出气,却这等说法。方觉此老神通广大,法力无边,怎的积习难忘?少年似已觉察,面色微微一沉,对申屠宏道:"你那天璇神砂虽与神泥化合,但是魔法厉害,你非此宝原主,只知用法,功候尚差,如无我这片竹叶,便难免不被夺去。就算阮征能够收回,你也受场虚惊,为何对我腹诽?"申屠宏知被看破,不便多言,忙答:"弟子不敢,偶起妄念,还望老前辈宽宥。"说罢,虔心诚意,恭谨侍侧,不敢再作他想。

少年方转笑容道:"无怪人说峨眉门下多是美材,果然管得住自己心念。非我量小,只为平生最喜天真幼童,能见到我便是有缘,不惜以全力相助。这两件法宝,均是古仙人遗留的仙府奇珍。内中一件,我费许多心力方始到手,保藏多年,轻易不使用,岂是随便与人的么?"又指石生、李洪道:"你这两个小孩,十分可爱,可惜机缘不巧,此宝与你们无甚切要。他年大荒山送还竹叶,你二人同来,再行补送。"石生、李洪大喜拜谢。金、钱二人知道此宝乃稀世奇珍,关系重要,越发感谢。金蝉更想:"我已两次蒙此老指点传授,又赐我这等至宝奇珍,将来何以为报? 只盼他早证天仙位业,或是能为他效点力才好。"正寻思间,看见少年目注自己,点头微笑,不禁心中一动,想起二姊霞儿大荒山借宝以前,母亲和自己说的话,立时乘机请问道:"弟子等七人,前闻大荒山仙景无边,久欲观光,只为修为甚忙,仙山还在东极,中隔十万里弱水流沙之险,往返费时,又不知老前辈是否神游在外,惟恐冒昧,不知何时可以拜见仙容? 他年钱莱往送竹叶,弟子等也想同往拜谒,不知可否?"少年笑道:"你们七人俱都与我有缘,只管同去。阿童是我旧友,能约上他更好。你们各自分看锦囊,照此行事吧。"

众人领命,各把锦囊分别观看。方在惊喜交集,忽然一片青莹莹的冷光透身而过,锦囊已经化去。少年笑道:"有此一片青灵火,足够防护心神,便无竹叶灵符,也不妨事了。此符每用只有三十六日灵效,你们自问定力,如能胜任,省下它不用最好。"石生、钱莱均料此符必非寻常,便生了心。少年便对钱莱道:"你师徒二人却省不得呢。"随说,双目紧闭,似在想事。一会,睁开说道:"你们起身正是时候了,无须再听驼子的话。"

金蝉心念朱文安危,早就想走,只为枯竹老人道法高深,难得在此相遇,得他相助,万无一失。又知他性情古怪,不发命不敢走。好容易盼到把话说完,又看罢锦囊,对方又把双目闭上,心方着急,闻言大喜,随同辞别。申屠宏因非同路,终恐金蝉师徒胆大贪功,有甚闪失,忙又劝道:"尸毗老人魔法厉害，这里有仙法禁制，不致被他发觉，也不忙此一时，稍为商量再走如何？"李洪道："大哥就是这样小心太过，莫非枯竹老仙长还会让我们几个后辈吃那魔头的亏么？"说时，众人为示诚敬，不敢当面起飞，已将走出林外。正争论间，忽听身后少年笑道："此子狡狯乃尔！申屠宏无须疑虑，照我所说行事，决无大险。峨眉传声之法，至多只被魔法隔断，外人决听不出。开始仍须分头下手，始能迷乱他的心神，使其不能兼顾。一出我的禁地，速急隐身，分头去吧。"申屠宏料知无碍，仍嘱咐了金蝉几句，方始分手，隐形飞起。

行时石生笑对干神蛛夫妻道："我和你夫妻二位奉命策应，随意行动，不似他们各有一定方向去处。本想随同钱莱，由地底穿入魔宫，但我不擅长穿山地遁，须仗钱莱开路，万一困在地底，岂不进退两难？洪弟又要去与魔女相见，算来算去，只有同你二位一路最好。这样，我的竹叶灵符便可省下，留备他年之用，只是私心重了一点。"干神蛛立时接口道："这有何妨？内人虽然附形重生，仍然可以与我合为一体，本就多出一片，我三人同行最好。万一此符非用不可，我多出的那一片送你好了。"石生笑道："岂有此理！我不愿损人利己。只求携带同路，到了那里，再相机行事。不能保全，也是无法。"

此时金蝉心急，已先飞走。钱莱原定与乃师一明一暗，由地底入魔宫。因前半还有不少路程，恋师心切，明知前途就要分手，依旧同行。金蝉见他对师忠诚，自更喜爱。师徒二人都是幼童，差不多的年纪，人均俊美，看去直和亲兄弟一样，亲热非常，谁也不舍分开。眼看飞近滇缅交界，遥望前面乱山杂沓，高矗排空，中有一条峻岭，本身已经高出天汉。岭头上更有一峰突起，宛如长剑卓立云空，形势奇险。峰的上半已被云雾遮住，二人虽在空中飞行，竟会望不见顶。知道火云岭神剑峰已经在望，枯竹老人所指示的地方也早过去，二人只得分手。

钱莱看过神驼乙休的仙示，知道师父此行危难必多，十分依恋，但是不能同往，于是恨极尸毗老人。他人又胆大机智，惟恐误事，意欲赶到师父前面，先将敌人绊住，免与乃师为难。分手之后，心想："隐形神妙，更有六阳辟魔铠，隐现由心，只要此时穿山，便不致被敌人警觉。那片竹叶灵符也许保全，多此一件防身隐形之宝，岂不更妙？"念头一转，别时便和金蝉商量，将他送进地面，等到穿山入内，取出宝铠穿上，便可免去用那灵符。否则来时忘了先穿宝铠，乍一使用，必有宝光闪耀，难保不被敌人警觉。金蝉初收这好徒弟，自是钟爱。心想："全路均有灵符隐身，虽然稍过界限，必无妨害。"闻言笑诺，便将遁光按落。眼看钱莱穿入山石，方始前飞。钱莱刚穿入山腹之内，便将宝铠取出，手掐灵诀，往上一抖，宝光闪处，全身便被碧光裹住。再试往前飞行，竟比平日地遁要快得多，几乎能与石完天赋异禀的人并驾齐驱，好生欢喜。随将宝光连身隐去，加急向前飞驰，箭一般穿行山石泥土之中，不觉已到神剑峰山腹之内。

尸毗老人法力虽高，毕竟明不敌暗，枯竹老人又算就路程远近，先在数千里外布就迷阵，骤出不意；他又骄狂自恃，以为人在方圆五千里内，言动如同对面，便敌人诸长老前来，也瞒不过。万没料到几个后生小辈，如此大胆，敢于深入虎穴。先又由魔镜中看出朱文曾用法牌传声求救，断定金蝉必由海外飞来。不知神驼乙休早已备悉因果，预有布置，先示机宜。特命众人按照所指途向、日期到达，故意赶前一日，到了途中，再行耽搁，这一天恰值尸毗老人每月一次的祭炼魔法之期，刚巧错过。金蝉急于赴援，偏不听话，本来快要自投罗网，中途忽被枯竹老人截住。此事原在乙休算计之中，尸毗老人却不知道。等到炼完魔法，想起金蝉和其他应援的人均应到达，至少也在途中。随意行法观察，忽见几道峨眉派的遁光合在一起，刺空飞渡，途向却又不对。老人心方奇怪，意欲占算来此入网的有无金蝉在内。心想："如不自行投到，便亲身赶去。"心念才动，遁光忽然分成三起，相继失踪。再一占算，竟算不出他们的底细，仿佛来人不是朝神剑峰飞来，另有去处。以为峨眉派门人众多，也许路过。因为断定金蝉必来落网，也许在小南极有事，还未起身。反正来人只要飞进五千里内，立可查知。恰值魔女来见，父女闲谈，一时疏忽，就此忽略过去。

过了些时，老人忽然想起："先前御遁飞行的人为数颇多，至少也有六七个。就说空中路过，不来本山，怎会中途不见？所经之处，又是一片城镇的上空，是何隐身法，如此神妙，连踪迹均难查知？"越想越疑，暗忖："对方诸长老多非弱者，妙一真人夫妇、玄真子更是道法高强，自己将他子女、门人擒来，岂肯甘休？这等强敌当前，如何托大？莫要中了他的道儿。峨眉派的隐形法出名神妙，至多只能查听出一点破空之声。以自己多年威望，休说被他将人救走，只被深入魔宫，也是丢人。"

尸毗老人想到这里，立动盛气，竟不惜损耗元气，一口真气喷向所炼宝镜之上。仔细一看，齐灵云、孙南这一对少年男女，在太乙青灵旗门之内，已各运用玄功入定，一任主持行法的门人施展魔法环攻，毫不为动。因对这两人无甚恶感，还不怎样。再看下余被困的人，只余妲门人毛成、褚玲二人本是夫妻，易受摇动，成了连理。灵峤男女诸仙共十七人，只有丁嫦之徒赵蕙和赤杖仙童阮纠之徒尹松云，二人本是情侣，先为魔法所迷，几乎败道。眼看不能自持,快要入网,忽又警觉,虽与欲界六魔强抗,备受苦难,仍能支持。当初祸首,一个陈文玑明明已下山,竟不知隐藏何处,无法寻踪。宫琳虽被擒来,分明是一个最重情感的人,似乎受了高明指教,预知有此一难,更有异宝防护心灵,连法力也未失效,一任魔火、金刀环攻,老是心光湛湛,分毫奈何不得。内中虽有几个功力稍次的,都能忍苦强支,并无大害。最可气的是朱文,头悬宝镜,身有朱环、仙衣,休说魔火、金刀不能近身,那诸天五淫、欲界六魔连现诸般幻象,也都视若无睹。他自觉此举曾用不少心力,事前并用魔法隐蔽,不令对方师长预先警觉,哪知仍是无用。万一满了时限,全都脱了困出去,自己向不食言,这等大举,连此末学后辈,一个也奈何不得,岂非奇耻?

尸毗老人方在急怒,忽然觉出破空之声,似往魔宫这面飞来,但一任行法施为,人影依然不见。知道来人必有至宝隐形,不肯服输,有意上门来拼。对头并还故示大方,意存轻视,自己不来,只令门人出动。越想越有气,不由大怒,把心一横,一面查听飞行之声,一面准备破那隐形之法。只等将人擒到,便将大小诸天阿修罗法,连同所炼的阴阳神魔,一齐发难,决不轻放一人逃走。他这里妄动无明之火,只顾注意那声音来路,不知那竹叶灵符只要落地不动,便现身形,无须破法;一经飞遁,身形立隐。这类上清太乙青灵神符,恰是对头,并非魔法所能破解。另外几个敌人,一是具有穿山遁地之长,已经深入根本重地,就要去往魔牢扰闹;下余诸人,也都得有高人指点传授,分路来投,不等到达,自现身形。所以一个也查看不出,却听飞行之声越来越近。此时魔宫为防敌人师长亲自来援,自半山入口以上,全都设有禁制,外观一片云雾笼罩全宫,内里埋伏重重。因听飞行之声甚急,来人功力颇高,恐他知难而退,特意开放禁网,纵其入内。刚一施为,破空之声已经到达峰顶,未容放出魔光去破隐形,来人已先现身。原来是一个十五六岁的美少年,星眸秀眉,面如冠玉,仙风道骨,俊美无伦。老人本来极爱俊美幼童,一见来人竟有最好根器,如能强行收到门下,岂非快事?口角微露笑容,未及开口。

金蝉来时早有准备,一见落处乃是大片园林宫殿,到处珠光宝气,霞彩辉煌,琪花瑶草,美景无边,但一心想寻朱文下落,无心观看。刚由一片高大花林之中飞将出去,瞥见殿前白玉平台玉榻之上,坐定一个白发银髯,手持白玉拂尘,身材高大的红衣老人,身旁分列着七八个美貌宫装的侍女,面前悬着一团黄光,估计便是尸毗老人。只见他见人飞到,面带笑容,似要开口。金蝉情急太甚,顿犯童心,不问青红皂白,开口便喝问道:"你便是尸毗老魔

440

头么？你将我两个姊姊和师兄困在何处？快些说来，免我动手！"老人戒条最恨呼名冒犯，因见金蝉天真稚气，反倒消了怒意，喝道："无知孺子，凭你这点微末道行，也敢孤身来此捋虎须么？我不值与你动手，你既敢前来，当有几分定力。朱文贱婢本是你的情侣，想要见她不难，我送你往天欲宫五淫台上，结一对小夫妇，永在我的门下如何？"金蝉因想听他说出朱文下落，本在强忍愤恨。及至听到喝骂"朱文贱婢"，已经有气，再听到末两句，不由怒火上冲，大喝："放屁！我今天与你拼了！"

金蝉本极胆大，近来暂充七矮之首，以为身是众人表率，遇事持重，其实并非本性如此。这时救人情急，哪还顾甚利害。又见对方毫无防备，竟想冷不防施展全力，与之一拼，万一能胜，岂不是好？把来前李洪所说魔法厉害情景，忘了一个干净。口中喝骂，两手施为，除玉虎因受枯竹老人指教不曾使用外，举凡太乙神雷、七修剑、修罗刀等所有法宝、飞剑，全数发将出去，一时电掣雷轰，声势猛恶已极。满拟敌人近在咫尺，这等猛烈神速之势，怎么也不及防备，多少总受点伤。哪知他这里刚一发动，猛瞥见黄光也一闪，台前立涌起百丈黄云，霹雳声中，耳听老人厉声喝道："大胆小狗，竟敢如此无理！且让你往我魔阵之中见识见识。"同时所有法宝、太乙神雷全被黄光挡住，连那玉石平台也未伤毁。只修罗刀二十七道寒碧精光冲入黄光云层之中。微闻老人"咦"了一声，跟着便觉飞刀有了吸力。

金蝉惟恐有失，忙照媖姆所传，运用真气奋力回收，居然收转。就这样，收时也颇吃力，似由敌人手里强行夺回，心中大惊。猛觉眼前一花，黄光忽似匹练升起，悬向空中，又宽又长，敌人又在光中现身。另一平台上飞起几个魔女，内有二女似已受伤，被同伴护住，纵起一片遁光，往左侧宫殿中飞去，知为修罗刀所伤。金蝉方想："这些魔女决非好人，何不顺便杀她两个出气？"扬手一雷还未发出，倏地一片黄云已当头罩下。知是老人所炼魔光，一经上身，法力便失灵效。忙掐灵诀，把头一摇，金冠上所插竹叶灵符，立发出一片青莹莹的冷光，一闪即隐。

老人怒道："怪不得小狗敢于无礼，原来求得大荒山老怪物的灵符而来。今日你已落网，看你此符保得几时？我先给你吃点苦头，再送你与情人相会。"说罢，将手中拂尘往外一挥，立有大片千万点金碧火花暴雨一般打到。这时金蝉看出魔法厉害，自己的法宝、飞剑已经连成一片，将身保住，只把神雷往外乱打。哪知打在敌人身前，尽管纷纷爆炸，敌人言笑自如，并无用处，连黄光也未震散分毫。方在着慌，无计可施，那金碧光已似倾盆暴雨，当头罩下，身外宝光竟受震动，上下四外的压力立时重如山岳。心想："老魔头这等厉害,自身难保,如何救人?"

金蝉正在惶急万分,忽听金钟乱响,荡漾云空,远远传来。只见尸毗老人两道寿眉倏地倒竖,须发皆张,顿现暴怒之容。同时瞥见一幢寒碧精光电驰飞来,看出是爱徒钱莱诱敌以后,发现自己被困,竟不顾死活,仗着乃父不夜城主钱康的两件法宝,来此拼命。忙用传声急呼:"徒儿,不可前来! 快照枯竹老仙之言行事。"因钱莱不能用传声回话,不知他是何用意。话未说完,老人拂尘一挥,大片金碧火花已朝钱莱飞去,自己身上当时一轻。眼看火星到处,碧光一闪,钱莱不见。金钟撞得更急,同时远远天空中又有佛光闪动。耳听李洪大喝道:"尸毗老人,别来无恙? 你道高德重,修炼千余年,何苦与我们后辈为难作对?"接着又听钱莱在另一面大喝道:"小师叔,和这样不懂人事的老魔鬼有甚理讲? 他要敢动各位师长一根毫毛,弟子不把他魔宫震成粉碎,不是人类。"随说,人已现身。

尸毗老人素极自负,几曾受过这等侮辱。这两人又是一东一西,钱莱一现,佛光立隐;另一面金钟连响,又在报警。当时急怒交加。如换别的妖人,受人暗算,根本动摇,决无暇再寻敌人晦气。尸毗老人天性刚愎,恃强好胜,法力也是真高,怒火攻心之下,转不似先前初闻警报那样暴烈。只冷笑了一声,先扬手一指,空中立被黄云布满,将整座神剑峰一齐罩住。同时手掐灵诀,朝后一扬。

金蝉见李洪已先得手遁走,并用传声说:"老人收炼阴阳神魔的根本重地已被攻开,将那封禁多年最难制服的几个魔头放了出来。"又见钱莱现身诱敌,口出恶言,心虽痛快,但知敌人难惹,必有反应,正在代他担心。钱莱忽又无踪,老人也一闪不见。金蝉方想如何去寻被困的人,眼前倏地一暗,忙纵遁光往前冲去。晃眼由暗转明,面前现出大片金红光华,已被敌人倒转魔法,引入天欲宫血焰金刀魔火之中。金钟依然响个不住。紧跟着便冲破五淫法台,救出朱文,见面惊喜。不多一会,又被困入暗影之中。

要知钱莱、李洪大闹魔宫,以及被困诸仙凶吉如何,请看下文分解。

第二七八回

破壁纵神魔　一击功成千叶火
飞光笼大岳　半空高系五山图

话说尸毗老人忽听金钟乱响,玉磬频敲,知道来了强敌,深入魔牢根本重地,不禁急怒交加。方想运用魔法查看,忽见一个幼童在一幢冷荧荧的青光笼罩之下,突然出现,认出来人所用法宝又是枯竹老人一派。尸毗老人心中恨极,忙把手中玉拂尘往前一挥,大片魔火金花刚似星河倒倾,往前飞压下去。青光忽隐,幼童不见。紧跟着又听空中有人大喝,遂见一个十来岁的小孩影子在空中把话说完,一闪不见,正是上次和小寒山二女同来本山,救走阮征的妙一真人之子李洪。因李洪措词得体,自居后辈,不似金蝉可恶;加上李洪上次相遇,有了经历,知道魔法厉害,预留退步,在佛光护体,至宝防身之下,把话说完,方始现身,略闪即隐,擒他甚难,便没有追。二次待要回制金蝉,青光中的幼童又在一旁现身喝骂。怒火头上,只想将敌人擒住,没想到来人是用诱敌之计。急匆匆施展魔法,先将金蝉送往天欲宫中,去与朱文一起。然后发动禁制,将当地围了一个风雨不透,跟踪追去。魔光才起,敌人又不见,自己那么大神通,竟未追上。刚一停步,青光中幼童又在别处出现,戟指大骂。老人因魔法禁制已全布置停当,一任隐形多么神妙,早晚也非落网不可,不禁哈哈笑道:"无知竖子,你已在我天罗地网之中,还敢猖狂乱骂。别人被我擒到,还能活命;你若被擒,教你知道厉害!"

尸毗老人神通广大,动作如电,心念所至,立可到达,无不如意。口里说着话,暗中运用法力,人已到了幼童面前。满拟魔法遥制,骤出不意,一旦赶上,便可将人擒住。幼童因见尸毗老人未追,正在叫骂,本未觉察。及至尸毗老人随心念飞到,刚伸魔手,幼童忽似有了警兆,面色微变,青光立隐,人也不见。尸毗老人不料凭自己的法力和那一双慧目法眼,幼童竟被漏网,越想越有气。

正待行法查看,忽听金钟零乱,敲打甚急,夹着爱女与门人、侍者惊呼求援之声。猛想起先听钟声,只顾擒敌,也未查看。爱女所居魔宫前面,有一魔牢,昔年所炼十二神魔,全被禁闭在内,已有多年,禁制重重,休说外人,便门人、爱女也难进门一步。先前钟声传音,正是魔牢有警,急切间只顾擒敌,竟忘查看。这些神魔俱都神通广大,自己为想归入佛门,又念这些神魔曾经苦心祭炼,历时多年,立功甚多,不忍将其消灭;留在那里,又都凶残猛恶,很不安分,不论甚人全都伤害,对方稍为疏忽,即使法力甚高,逃得元神,本身精血也被吸去,实是一个隐患。特意费了百日苦功,用法宝设一魔牢,全数封闭在内,欲待自己皈依之后,再以佛法度化,消去凶煞邪气,送去投生,使其改邪归正,不料竟会有人来犯。敌人虽是两个幼童,根骨均是上等,法力也非寻常。那太乙青灵火和李洪的两件佛门至宝,正是破那禁制的克星。莫要被他攻穿魔牢,放出神魔,大是不妙。

　　说时迟,那时快,尸毗老人心念一动,早把先前那环魔光放起。因两座魔宫分建在神剑峰近顶不远形似宝剑护手的两端平崖之上,相隔虽只数里之遥,但因近日一连困住了不少年轻男女,均是几个有名人物的门下,料知事只开端,对方师长必不甘休。东面两宫均有魔法重重禁制,非行法不能查看底细。这时尸毗老人目光到处,瞥见那深藏在西魔宫平湖水底的魔牢,已被人用法宝攻破一洞,内中神魔已经逃出了四个,一个个赤身露体,白骨如霜,身高丈许,白发红睛,张牙舞爪,正与爱女和宫中门人、侍女追逐恶斗。爱徒田琪、田瑶正以全力施展魔法,堵住魔牢出口,不令下余八魔逃走。于是一面将手连指,使钟楼上所悬的金钟发声报警;一面传音求救。牢中八魔见洞口被阻,不能脱身,也急得咬牙切齿,呼啸如雷,神情狞厉已极。经过了多年禁闭,威力又加大了好些倍,田氏兄弟已有不支之势。同时爱女刚受逃出来的神魔追扑,一面传音求救;一面在法宝防身之下避入钟楼,发动禁制;一面行法撞钟。田氏兄弟同时情急无计,也用魔法远远撞钟,故此钟声十分零乱。

　　那钟楼乃魔宫中枢要地,四面均有魔法、异宝埋伏。爱女虽仗应变神速,逃遁得快,当先飞入钟楼,进去便将埋伏一齐发动,将追她的神魔隔断在外,未受其害。无奈这类神魔感应之力最强,对方一被相中,便如影随形,不将那人精气吸去,决不罢休,端的厉害无比。虽被隔断,兀自厉声怒吼,张牙舞爪,朝前猛追乱冲,不舍退去。另有两个相随多年的侍者,法力也非寻常,因为逃避稍迟,已为神魔所杀,头陷一孔,尸横就地,点血俱无。其他人被另外三魔追得四下乱窜,内有一个门人已经快被追上。知道这类神魔均是昔年所摄修道人的元神,功力甚高,再加禁闭湖底,多年潜修,凶威更盛。最可虑的是急切间就拼损耗本身真元,也不能将其当时消灭。而这些爱徒、爱女被相中,魔牢已破,就擒回去,二次禁闭,比起以前也差得多。稍有空隙,立即逃出为害,捷于影响,防不胜防,一扑上身,便无幸理。再要被他们情急反噬,连本身十三神魔合为一体,便和自己成为不能并立之势。稍为疏忽,一个制服不住,定吃大亏。如以大阿修罗法除去,本身真元必要损耗一半,焉能不急? 老人不顾再寻那两个小孩子,立时飞往应援。

原来青光中的幼童,正是金蝉新收爱徒钱莱。自在途中和金蝉分手以后,穿入山腹以内,立时施展全力,向前急赶。本心是想在防身宝铠、神光笼罩之下,仗着穿山行石专长,赶在师父前面,照枯竹老人仙示,去往西魔宫、魔牢重地扰闹,引诱敌人分神,以便师父下手救人,免为魔法所伤。及至赶到神剑峰西宫地底,正在查看形势,忽听泉声震耳,仔细一看,那地方正是湖心泉水发源之所。钱莱想起仙示所说,魔牢就在湖底孤岛之下。跟踪一寻,一点没有费事,便到了上次阮征夫妻分手的湖心水榭平台之下。

那水榭建在湖心一座礁石之上,出水虽只二三尺,下面却是又高又大。当初本没有这座礁石,原是尸毗老人将神魔禁闭魔牢以后,特移了二十多丈高、六七丈方圆一座平顶孤峰镇压在魔牢之上。又在石顶出水一段,建起一座水榭平台。表面玉槛珠栏,金碧辉煌,矗立浩浩碧波之中,清丽非常,实则由上到下,均有魔法禁制。常人到此,休说破那魔牢,只要在水底礁石十丈之内,便受魔法反应,或被困住。偏巧钱莱练就穿山行石的专长,而且身带克制它的法宝。

原来钱康由不夜城起身时,夫妇虽知爱子累生修为,法力道根俱都不弱。但一则对头太强,惟恐有失;二则他初入师门,便遇此建立奇功的机会,不能不加慎重。爱子转世不久,天性好强,以前诸生便为出道太早,童心未退,多树强敌,吃了大亏。这次转劫重归,想起他海内外仇敌甚多,都是妖邪中的能手,常为他未来愁急。天幸仙缘遇合,归入峨眉,如能立此奇功,全家增光,将来也有许多指望。好在小南极妖蚖伏诛,海怪降服,仙山灵域,邪氛已尽,即便有事,光明境隔海相对,瞬息可以往来,有阮征等峨眉之秀在此为邻,也无妨害。便将几件镇山法宝交与爱子,令其带在身旁,做个准备。内中一件叫千叶神雷冲,乃钱氏夫妻昔年看出万载寒蚖是个未来大害,特意在每年极光微弱之时,暗用法力,冒着奇险,潜入来复、子午两线交界口上,等极光太火环绕地轴疾驶飞过之时,收摄得一点残余精气,立时遁回。年积月累,居然积存不少。再用八十一年苦功,连同预先采集的元磁神铁,炼成此宝。形如一个千叶莲花形的风车,当中有一小莲房,中具九孔。用时指定前面,如法施为,风车立时电旋急转,莲房孔中便有几股青白光气射出。看去并不强烈，可是所到之处，不论多么坚厚神奇的铜墙铁壁，或是五金之精所炼法宝，只要射中一点，挨着便即消融，妙在连点声音都没有。

尸毗老人的魔牢，原是太白精金炼成，形如一钟，大约五丈方圆，本就坚实，再加魔法祭炼，不特能大能小，坚固无比，而且人一近前，并能发出魔焰、金刀、火轮、飞叉，环攻而上，稍为沾上，休想活命。偏巧千叶神雷冲恰是它的克星，钱莱又有宝铠防身，只一下手，便即成功。

钱莱先没想到这等容易，本只打算引发魔牢埋伏，用声东击西之计，扰乱敌人心神。及见青白光气所冲之处，四外魔火、金刀、飞轮之类尽管飞舞腾涌，声势猛烈，却被那千叶宝光急旋荡开，不得近身。对面那片光芒耀眼的金壁已被烈火融雪一般冲破一洞，晃眼越陷越深。隐闻内里群魔奔腾，吼啸之声逐渐洪厉。金壁刚刚穿透一洞，便听上面金钟乱响，玉磬频敲，大片湖水立似漏底一般转瞬干涸，现出湖底。同时又听李洪传声警告道："你真胆大。此是老魔根本重地，万不甘休，还不乘他未来以前，赶快逃走！"

钱莱闻言，猛想起敌人厉害非常，不可做得太过。刚把法宝一撒，猛瞥见一个身高丈许，白发红睛，一张血口，白牙森森，通身火烟环绕，形如夜叉的魔鬼，由洞中冲了出来，伸开两只蒲扇般大钢钩也似的怪爪，正要飞扑过来。看出厉害，忙把千叶神雷冲往前一指，青白光气重又飞出，射向神魔身上，只听一声厉啸，神魔受伤遁走。正赶巧上面魔女和宫众闻警赶来，神魔立即追扑过去。洞中跟着又飞出两个，也为千叶神雷冲所伤，因见对方护身宝光强烈，不敢前拼，各自负伤，朝魔女等扑去。

耳旁又听李洪急呼："这些魔鬼，你万放不得，你惹祸了。"钱莱倒被闹了个手忙脚乱，见神魔又有一个冲出，向上飞去。洞中怒吼之声更急，恐被全行逃脱，又没法子封闭，只得把宝光射住破口，不令余魔再逃。正在进退两难，忽听两声断喝，一道黄光拥着两个头顶金莲花，身穿荷叶莲花披肩战裙，面如冠玉的道装少年凌空飞堕。同时耳听李洪又在大喝："还不快走！"紧跟着，一片佛光已先飞堕，正挡在破口外面。钱莱人本机警，料知来人必是尸毗老人的爱徒田氏弟兄，曾听李洪说过他们的厉害。本想调虎离山，又惦记师父安危，不敢恋战，闻声瞥见破口已被佛光封闭，连忙隐形，收了法宝，往地底钻去。这原是瞬息间事。

田氏弟兄本在东魔宫内，因闻钟声报警，立纵魔遁赶来，见魔牢已破一洞，又惊又怒。刚把血焰又朝钱莱飞去，青光一闪，人便无踪。猛想起魔牢关系更重，忙又回身，见有佛光封洞，当是敌人，偏又看不见人。正待喝问，李洪忽在空中现身，喊道："二位田道兄，我是阮征师弟李洪，为防神魔冲出为害,特意代你们封闭一会,请快行法防堵,我要走了。"田氏弟兄见是李洪,心生好感,方要问话,人忽隐去,佛光随撤。幸而田琪机警,见李洪身形一隐,忙即施展魔法,防御洞口,稍差一点,便被神魔冲出。就这样,神魔威力仍是大得出奇,简直不易防御。田氏弟兄一面合力堵住洞口,一面行法撞钟告急,竟未看出钱莱又是怎么走的。

钱莱得手以后,如由上面飞行,去往东魔宫,也必触动埋伏。因觉田氏弟兄不大好惹,一心又想探看师父,改由地底通行,穿山而过。到了东魔宫,升出地面一看,师父已为魔法所困,不禁急怒。因是童心未退,已听李洪传声警告,令其穿山逃走,去附近山中相见,钱莱偏因师父被困,义愤填胸,犯了童心,妄想用法宝暗算敌人,哪知临机不退,几吃大亏。

钱莱后看出师父那么神奇的法宝、飞剑和太乙神雷,也不能打伤敌人分毫;自己反因攻破魔牢,大闹魔宫,两次现形引逗,竟将尸毗老人怒火激发。当末次现身时,正在喝骂,方觉敌人仍立当地,没有来追,心中奇怪。猛瞥见黄光照眼,尸毗老人突在身前出现,哈哈一笑,手已扬起,护身青光立受震动。钱莱知道不妙,忙往地底钻去。当时虽得逃走,哪知尸毗老人神通广大,先前受愚,只因意气用事,骤出不意。此时魔法已经布置停当,上有天罗,下有地网。虽因钱莱有宝铠护身,长于地遁,尸毗老人看出魔牢被人攻破,神魔正在猖狂,无人能制,急于赶往应援,未看出人是怎么走的,毕竟见多识广。钱莱逃时惊慌,未免情急,将神雷冲取出,准备万一,微一疏忽,宝光扫中地面,裂了一口,入地以后,虽将法宝收起,却露出一点马脚。尸毗老人早疑来人善于地遁,自然一望而知。当时也不叫破,自往西魔宫应援。暗中却将魔法发动,施展冷焰收魂大法,由地底四面涌来。只要遇敌,微一生出反应,所有埋伏一齐发动,将敌人追出地面,免毁灵景,然后擒人报仇。

钱莱哪知厉害,以为穿山行石,如鱼游水,人在地底山腹之内,魔法有力难施。一心还想到天欲宫去,与师父会合,同共患难,救人出险。那天欲宫外有欲网,内有情丝,外观只是一团五色变幻的心形影子,悬在魔宫旁边空地之上,不是慧目法眼,休想看出一点影迹。尤其金蝉、朱文被困之处,乃是诸天色界,五淫法台,全宫中枢要地,内里宫殿高大,富丽堂皇,更能随人心念生出幻景,无限风光,备诸美妙。与灵云、孙南困身之处,只是一泓深碧,偶起涟漪,景物本来清空,风来水上,纵有微波,风定波澄,依然天光云影,上下同清,迥不相同。不将外面所蒙欲网以无量神力抓破,决看不见里面虚实全景,钱莱如何能够找到? 正用乃父所赐法宝,在地底向上照看,自己还以为胆大心细,师父既已困入欲宫魔阵,未为魔法所伤,免去一道难关,底下便是如何出险,犯不着再与强敌去拼,必须查明所在之地,突然上升与之相合。不料他心念才动,因先前那道太乙青灵符不舍使用,宝铠虽可防身隐形,心神却易受那魔法感应。如非机智,长于应变,灵符又易施为,老人怀恨已深,立意报复,就能保得性命,那苦难也必难当了。这且不提。

钱莱走着走着,猛觉一种冷气由上下四外一齐扑上身来,当时便打了一个冷战,几乎晕倒。知是地底通行,忘了防御,一时疏忽,不是中了魔法暗算,便已陷入埋伏。忙即强摄心神时,那冷气越来越盛,更具极大压力,周身刺痛,几乎连骨髓都要冻僵,护身宝铠并无用处。料知邪气奇寒,先已侵入,无法退去。同时又觉心旌摇摇,元神欲飞。还不知身中魔法禁制,如非宝铠防身,将外层冷焰隔断,人早晕死被擒了。万分情急之下,身已行动不得。暗道:"不好!"忙运玄功,一面强行抵御,一面把那竹叶灵符如法施为,一片冷荧荧的青光照向身上,心神方才重转清明,人也行动自如。惊魂乍定,正待起身,魔法已经生出变化:本来奇冷,如堕寒冰地狱,忽然眼前一红,上下四外全是血光包没,随发烈焰,如在火海之中,虽仗神符、宝铠防护心身,仍是奇热难耐,气透不出。钱莱刚刚运用玄功,停止呼吸,使元灵真气流行全身,自闭七窍,在内里调和坎离。倏地金光乱射,又有无数金刀叉箭,暴雨一般杂在血焰烈火之中,乱斫乱射而来,风雷之声轰轰震耳。最厉害的是那血光,将身胶住,宛如真的烈火金刀,尽管随意环攻,并无阻隔,压力大得出奇,心脉皆震,自己却是寸步难行。地底又无日无夜,也不知经了多少时日。

钱莱正在忍痛苦挨,猛瞥见一片墨绿色的光华,在血海中闪了几闪,忽然不见。他认出是石完所用遁光,仿佛由地底来援,为魔火血焰所阻,不能近身,不是知难而逃,便被敌人困住,禁向一旁。暗忖:"石完虽具穿山行地之长,此时人在天外神山,相隔数十万里,凭他一人怎能赶到? 又怎知这里底细?"既疑不是石完,又恐真个冒失赶来,被敌人擒去。方在担心,猛觉脚底一虚,身便下沉,未容看清,身子已被墨绿光华裹住。同时四外血焰金刀也狂涌下压。方觉身外一紧,压力暴增,虽不似刚才那样胶滞,墨光依旧往下急降,已经改向横里飞驰。但那魔焰压力也大得出奇,眼看快要漫身而过,倏地见有三环佛光迎面一闪,飞向身后,魔火金刀立被挡住。随听地底风雷之声大作,宛如山崩海啸,惊涛怒吼,由远而近,似由四方八面往中央猛袭过来。

原来钱莱被困时,尸毗老人知他精于地行之术,本心又爱这个小孩,不愿伤他,意欲强迫归顺。惟恐其穿入地层深处,将地肺攻穿,勾动地火;一面还要兼顾天欲宫中被困诸人,一面又须收禁那逃出来的几个神魔。而这些神魔均具有极大神通,以前收禁便费了不少的事,加之多年被困,愤怒已极,禁制神魔的法宝又为钱莱所毁,仓促应变,全出意料。逃出的神魔难以收服,未逃出的几个又在魔牢之中各以全力向外猛攻,稍有空隙,便成大害。这还是李洪先前暗助田氏弟兄,用佛光将破口封闭,跟着田氏弟兄和尸毗老人相继赶到,否则只差一眨眼的工夫,其余诸魔便全逃出,成了大害。

尸毗老人到后,先用法力封闭破口,再去追擒逃走诸魔。无如那些神魔均经尸毗老人多年祭炼,变幻无穷,狡诈非常。尸毗老人想起强敌太多,未来难料,仍想留以备用,而且本心也实不愿伤害。神魔看出主人心意,越发有恃无恐,尸毗老人急切间竟收服不住。几次想将被困诸人选上两个,使神魔饱啖,然后乘机迫其就范。又以此举违背昔年誓愿,加以性情奇特,最爱胆大灵慧的幼童。开头尽管痛恨钱莱是个罪魁,及至将其困住,又不忍下毒手。

尸毗老人这一立意生擒,钱莱却占了便宜。尸毗老人以为地层已被禁制,坚逾精钢,上层和四外均有血焰包围,寸步难行。自己已将逃魔困住,只等完全制服,收入魔牢,再费七日苦功,将破口炼回原状,再去擒人不晚。钱莱又有宝铠、神符护身,宛如一幢青光竖立地上,已有数日。及被石完由脚底攻穿一洞,将人救走,那血焰金刀原与老人元灵呼应,人一逃走,老人立时警觉。偏巧正在紧要关头,逃魔如不制服,休说爱女、门人早晚受害,便自己微一疏忽,也难免不受暗算。无法分身,急怒交加,一面发动魔法禁制,一面命爱女和田氏兄弟率众分头堵截,休放一人逃走。

谁知这两人均得高明指教,石完穿山行石又具专长,独门灵石剑和石火神雷不畏血焰金刀伤害。李洪再由暗中随来,放出如意金环,将血焰金刀挡住,石完越发得势。钱莱也是行家,两下里合力,听准四外来势,在山腹中或上或下,灵蛇电闪也似略一腾挪,便穿山破地而出。李洪因是始终不肯与主人结怨太深,仅附石完身后,暗中运用佛门至宝,只守不攻,连石火神雷均不许用。等二人逃远,便将如意金环撤回。虽遇到两次四面袭来的魔火风雷,只在石完上下穿行之际略微一挡,便即过去,一同飞了出来。未出地面以前,先命钱莱同隐身形,遁往魔宫左侧小山顶上的预设旗门之内,方始互说经过。

原来石完自从那日众人走后,因钱莱刚入门不久,都能随去建功,自己却不能同行,虽然不快,但见师父未去,也就拉倒。等众人走后的第三日,正随阮征、易、甄诸师长布置仙山灵境,甄良偶然拜观下山时所领道书,得知乃父甄海已经转世多年,现在小南极四十七岛中的白鲸岛旁水洞之中隐居。

乃母不久也要寻去。并说光明境仙府,在金蝉等未回以前,无甚事故,如往省亲,正是时候。二甄素孝,对于父母转劫之事,时刻在念,几次向师长哭求哀告,请为援引。妙一真人均答以时机未至,并说乃父孽重。甄氏弟兄便发宏愿,誓修善功,为父化解。下山以前,还曾苦求,真人答以时至自能相见,必会成全其孝心。下山以后,时常背人暗向师门通诚求告,均无回音。忽见空白上现出字迹,喜出望外,忙和众人说了。阮征立时准许。虽然太火极光自从上次开府光明境已经减退大半,只要算准时候,便可通过,但终不放心,便亲身护送。

快到子午线入口,回顾石完追来,正要喝问,令其回去,忽然发现神驼乙休,独在两线交界之处运用玄功仙法,收炼一件法宝,忙即上前拜见。乙休笑说:"你们走这条路正好,否则我还要多费点事。此时炼宝正急,无暇多言。我囊中有一副旗门,一封柬帖,可命石完照此行事。甄艮、甄兑自往白鲸岛省亲,将你们父母接来光明境内同修。事完后,速往幻波池应援。石完听其独自起身,等魔宫事完,随金蝉他们往幻波池相见,你弟兄再带他回来。我另赐他一件隐身法宝,也在囊内。近日极光太火顺着地轴躔道依时运行,自为消长,与前大不相同,势子缓得多,稍为加急飞行,遇上都不妨事。现正微弱之际,阮征无须护送,看完柬帖,各自回去。甄艮师徒通过子午线,也各分手。尸毗老魔机警非常,那地方石完又未去过,到了中途,可照我所示途径地形,隐身穿山而行便了。"

四人见乙休独立当地,两手握着斗大一团具备七彩的光气,不住转动揉搓,口虽说话,手却始终未停,法宝、柬帖俱都令人代取。说完便不再开口,全神贯注双手,转动甚急。四人知关重要,不敢多问,各自依言行事。甄氏弟兄打开柬帖一看,惊喜交集。石完自更兴高采烈。甄氏弟兄防他胆大冒失,又是孤身涉险,再三告诫,令其到后务先寻见各位师伯师叔,听命行事,不可任性逞能。石完诺诺连声,见那旗门和那隐身法宝均极神妙,心甚欢喜。同向乙休拜谢辞别,加急飞行。越过子午线后,甄氏弟兄因所去四十七岛也名小南极,在南冰洋尽头,与光明境小南极只隔一道子午线,也有三数千里之遥,师徒去向不同,又嘱咐了石完几句,并令将所得二宝觅地演习了两次,方各分手。

石完暗忖:"乙太师伯对我真好,此去莫要丢人。"平日那么胆大任性,竟会格外谨慎起来。飞行迅速,不消多日,便赶到了滇缅交界不远的深山之中,离神剑峰魔宫七千里外,便将身形隐去。尸毗老人魔镜只能查见五千里内外,又当手忙脚乱,几头不能兼顾之时,竟被石完容容易易直入魔宫,由地底升出。刚照乙休所说,将伏魔旗门安置在小山顶上,忽听身侧有人笑道:"你这小东西,好大胆子,竟敢背了师父,深入虎穴,找死不成?"石完听出是李洪口音,只不见人,忙喊:"小师叔快出现,莫逗我着急。我奉乙太师伯之命而来,你再不出现,我发动旗门,小师叔就丢人了。"随听李洪骂道:"黑小鬼,你敢无礼!"跟着脸上挨了一掌,人也现身出来。石完原和李洪最好,忙赔笑道:"小师叔,弟子怎敢无礼,说着玩的。"

李洪笑道:"此时尸毗老人正被神魔绊住,但四面俱是罗网,连我也难脱身。你齐师伯已经被困,钱莱不知下落,我仗灵符隐身在此守望。你石师叔和干神蛛道友夫妻奉命策应,也未见面。我正发愁,忽见你那遁光一闪即隐,因不是本门隐形法,还拿不定是你不是。后见几座旗门影子,一晃不见,你也现身。心还奇怪,你怎会到此?胆也真大。你是乙老世伯教你来的么?你师父呢?"石完便将前事说了。李洪大喜道:"乙师伯真个神通广大,相隔数十万里,竟如目睹。不过,主子是你阮师伯的岳父,他的女儿人又极好,钱莱自应解救,只不许你胆大妄为,以免主人恼羞成怒,无法下台。"石完道:"小师叔,你放心,这回我决不惹祸。不信,你跟了去,我只把人救到旗门之内,任他多高魔法,莫说奈何我们,连言动多不能听见。"李洪笑道:"我知地底也有魔法禁制,你是如何去法?"石完道:"去年祖父对我说,弟子只怕五行真火、极光太火,别的魔火邪烟却伤我不得。万一遇到魔火环攻,危急之际,只要将石火神雷发出抵御,便可无害,何况乙太师伯已有指示。我想先开一路,弟子前往救人,再与小师叔会合同出,不是好么?"

李洪不知石完天生胆大顽皮,当此危机四伏之际,仍想试探魔火威力,以为是乙休所命,当无差错。便将遁光联合同行,由石完开路,穿山入内,不消多时,便发现钱莱被困之处。石完妄想直冲过去。还是李洪看出血焰势盛,知与主人心灵相合,如若硬冲,即便通行过去,也被主人警觉,石完岂是敌手?忙即喝止。石完也看出厉害。于是二人改由地底下手,穿到钱莱脚底,冷不防攻破山石,用剑光将人护住,立即逃走。也是二人该当成功。石完先在上面一冲,尸毗老人已有感应,只当是又有敌人穿山入内,忙施魔法,跟踪搜寻。不料李、石二人机警神速,忽然改上为下,将人救走。等到埋伏一齐发动,人已逃走。

田氏弟兄本来受了魔女重托,对于峨眉来人,不愿施展毒手。后见来人闹得太凶,师父盛怒之下,也自有气。不过只想将钱莱擒去处治,对于别人仍存袒护,尤其对申、李二人具有好感。无如师命难违,只得率众赶来。满拟这两座魔宫无异天罗地网,上下密布,敌人万逃不脱。哪知到后,便听尸毗老人传声告知已逃,令速留意。细一查看,四外禁网未动,毫无迹兆,人却不见。

同时尸毗老人也在百忙中放出魔镜观察,见新设禁网依然高张,纹丝未动,敌人却无踪影,又不似由地底遁去。自己这面,逃魔虽被困住,但互相怒吼,猛扑强挣,一任威吓利诱,只是不肯降顺,空自愤怒,无可如何。同时牢中诸魔也在暴动,稍一疏忽,就许被其攻破。

尸毗老人越想越恨,立即召回门人、爱女,命照往日传授,各在法宝防身之下,扬手飞起七十九面魔幡,当时布就魔阵,将魔牢罩在中心。然后施展大阿修罗法,将手一指,收回封洞魔光。牢中诸魔,立即厉声吼啸,张牙舞爪,猛冲出来。由于收了禁网,先被困住的逃魔同时飞舞而出,都是身材高大,白骨嶙峋,一双红眼,满头银发,塌鼻陷孔,凸嘴血唇,利齿森列,手脚又长又大,钢爪也似,在红绿二色的烟光围绕之下,环阵飞驰,朝众门人、侍者抓去,口中厉啸连声,怒吼如雷。尸毗老人自从神魔全数飞出,两臂一振,上半身立即裸露,独自跌坐在一朵血莲花上。众神魔初出时,朝着尸毗老人猖猖怒吼,啸声尖厉,尽管作出张牙舞爪、向前攫拿之势,仍是有些害怕。始而离身两三丈,便各惊退。忽然一声厉吼,飞身纵起,向守在魔幡下面的门人、侍者猛扑过来。到了幡前,刚举双爪朝人便抓,魔幡上忽发出千万支火箭、飞叉。神魔逃避也是真快,火光乍现,立即纵退,极少射中,只有一两个逃避稍迟。

防守阵地的恰是魔女和田氏兄弟,平日最恨这些神魔,认为是将来大害。几次想请尸毗老人乘其被困牢内,一举除去,均因尸毗老人受了阴魔暗制,主意不定,欲发又止,不肯听劝。当日师兄妹三人见尸毗老人施展大阿修罗法,不惜损耗本身精血元气去唤神魔,竟欲倒行逆施,等强敌到来,与之一拼,以快一时之愤。这等做法,一个不巧,害人变为害己,即便神通广大,也是要吃大亏。并且神魔二次又与本身合为十三之数,后患无穷。越发不以为然,但又不敢违抗,只得假公济私,乘机拿神魔出气,凡是扑到三人幡下的,全被火箭、飞叉射中。疼得满地打滚,厉声惨啸,少时又纵烟光飞起,朝别人扑去。尸毗老人独坐中央,始终不动。群魔朝众门人飞扑了一阵,不曾得手,越来越情急,一个个白发倒竖,满口獠牙利齿,错得山响,怒吼越急。又朝众人飞扑了两次无效,忽然拨转头,一窝蜂朝尸毗老人身上扑到。尸毗老人竟似不曾防备,等快上身,忽把两条手臂往上一扬,往外一分,张口喷出一片黄光,将前后心和头一齐护住,双臂立时暴长丈许。群魔也一齐扑到,张口便咬。因正面已被黄光挡住,恰好咬嵌在两条手臂之上,每边六个。刚一咬中，老人座下血莲花瓣上忽发出千层血焰毫光，高射数丈。到了空中，再倒卷而下，化为十三个血光火罩，将尸毗老人和神魔一起罩住。

神魔一见血光飞射，便知不妙，想要飞逃，无如利齿咬紧在老人臂上，急切间竟被嵌住，休想挣脱，晃眼便被血光笼罩全身。只听一片唧唧惨啸之声，神魔身形暴缩，身子不见，各变成一个拳头大的死人骷髅，依旧白发红睛，利齿森森，咬在老人双臂之上，血光影里，看出似颇狼狈。尸毗老人也不理睬。神魔始而厉啸哀鸣，后似愤极，各向老人双臂猛吸精血。无奈尸毗老人早有准备，臂坚如钢，毫无用处。跟着，那环绕魔头的一层血光忽化烈焰，中杂无数细如牛毛的金碧光芒，向内猛射。神魔方始支持不住，各又停了吮吸，哀鸣求恕，啸声也由凄厉转为极惨痛的哀吟。老人知已降服，厉声喝道："你十二人以前也是修道之士，只为恶孽太重，被仇敌擒去，日受炼魂之惨。好容易机缘巧合，被我救来，虽在我法力禁制之下，不能随意飞出害人，但已免去炼魂之惨，并有不少享受。虽将尔等禁闭牢内，也为尔等赋性凶残，出必造孽。又因相随多年，不忍加害，意欲候到将来，我以极大法力化解，使尔等转世重修。平日血食也未缺少，自问相待不恶。为何不知好歹，日在牢中恶闹？我门人每送食物，便欲加害，即此已应严罚，我仍宽容。今日乘着敌人破牢逃出，竟敢忘恩反噬。本意将尔等化炼成灰，形神皆灭。姑念以前劳苦，再三哀求，我又有用尔等之处，既然认罪服输，老夫生平不愿食言。天欲宫被擒诸人，除他们自己找死，我已说过，决不加害。自己人更不容尔等动他们毫发。若任尔等飞出妄杀无辜，又我素所不为。为此特降殊恩，以身唉魔。索性将我本身精血，分赏你们每人一份。由此便与老夫重合一体，日内只要有敌人敢于来犯，任尔等咀嚼便了。"

说到末句，便把双臂微一振动。群魔也便欢啸，刚要吸食老人精血，忽听左侧有人笑骂道："不要脸的老魔头，自家法力不济，不惜以本身精血去喂冢中枯骨。我便和你逗着玩儿，看你那几个死人头吃得了谁？"话未说完，尸毗老人知有强敌又来，扬手大片黄光，朝那发话之处飞去。同时双臂一振，群魔全数飞起，聚在一处，也未恢复原形，仍是十二骷髅，方要挣扎，血莲精芒电射，只一闪，便一起包住。尸毗老人也脱出血光之外，不顾擒敌，先大喝道："老夫决不食言，等我擒到敌人，自有道理。"话未说完，右侧空中又有人接口骂道："老魔头，凭你也配？"老人怒极，又是大片黄光，循声飞去，尽管势急若电，毫无用处。来人语声时东时西，说之不已，身形却是不见。老人冷笑道："无知鼠辈，你这样藏头缩尾，我就没奈何你了么？"随说，刚回手把肩插白玉拂尘取下，还未施为，忽听空中又有一人大喝："石完不可大胆！这老魔头岂是你们所能惹的?"心方一惊,暗忖:"敌人隐形神妙,难道几个为首的全都来了不成?"

说时迟,那时快,尸毗老人心念才动,猛瞥见一蓬红白二色的火星迎面一闪。知道有人暗算,忙用魔法抵御时,连声霹雳大震,已经爆发。尸毗老人也是背运当头,平日尚气心高,惯占上风,如今连遭失意,怒极神昏,已知来人不是弱者,仍在自恃。以为自身法力高强,动念即可施为,对方法力越高,越知自己厉害,决不敢随意近身,致受魔法反应。加以来人神出鬼没,自己魔法无功,不知来了多少人,一面想以全力抵御,一面想要查看虚实人数,心神已分,致被石完乘虚而入。那时机也真巧到极点,稍差一瞬动手,两人休想活命。尸毗老人万没想到,两个后生小辈敢于如此冒失,略微大意,石完石火、神雷已经爆发。总算尸毗老人法力真高,神雷炸时,护身黄光已同飞起,虽然吃了一惊,却不曾受伤。同时血莲光外,又是一声大震,雷火星飞中,血光竟被击散了好些。尸毗老人知道这类神魔虽被制服,许以重赏,尚无实惠,性又凶残猛恶,决不甘心,此时丝毫松懈不得。除非万分事急,豁出两败俱伤,在未践言以前,连放神魔出去伤敌,均难免生出意外。一个不巧,敌人不曾受伤,重又反噬,自己无妨,爱女、门人便难幸免。没奈何,只得先用魔法一指血莲,光华重又大盛。

这时群魔已因先前情急反噬时发出全力,凶威更大,已非昔比。尸毗老人明知敌人就在眼前,竟不及施展毒手,缓得一缓,来人已遁入地内,并还有意嘲弄,入地时故意现出身形。尸毗老人瞥见雷火炸处,面前不远,现出一幢青色冷光,中裹前破魔牢的幼童,同了一个绿发红睛,又黑又瘦,身有墨绿光华环绕的丑怪幼童。因那石火神雷正是魔光血焰的克星,尸毗老人惟恐魔头逃出,不及兼顾,竟被遁走。不禁怒火上攻,伸手连指,立有无数金碧光华夹着千万血焰火箭,暴雨一般朝上下四外乱射过去,小半穿入地底,下余满空横飞乱射。整座魔宫宛如火山箭海,血浪千重,连天都映成了暗赤颜色。更有轰轰雷电之声,如百万天鼓怒鸣急擂,山鸣谷应,地动天摇。尸毗老人满拟方圆五六十里,上下千百丈,齐在魔火、血焰、飞箭、飞叉所笼罩死圈之内,一任敌人法力多高,就说不死,也必受伤被困,哪知仍是不见影踪。这时魔女和众门人已得老人密令,各将魔阵缩小,藏身阵内,移向尸毗老人身侧,以防有失。

尸毗老人不见敌踪,空自愤怒。魔镜已早飞起,正运法眼注视。因为来敌太强,又在暗用大阿修罗法,准备施展毒手,到了紧要关头,一举成功。料定敌人善者不来,来者不善,既敢深入,决不会走。尸毗老人细寻无迹,应敌正紧,又无暇虔心推算,方在惊奇愤怒,忽听男女笑语之声,起自前面曾用法力点缀灵景的小山上空。又听有人笑道:"凌花子,我还有事,去去就来。你把妙光门开放,教老魔头看个仔细,省得他两只鬼眼东张西望吧。"同时血光中祥光一亮,小山那面现出五六亩大、五六丈高的一幢五彩轻云,看去薄薄一层,祥辉闪闪,光甚柔和。内中围着数十个道装男女:有的云裳霞帔,羽衣星冠;有的相貌古拙,形态滑稽。还未看清,一道金光拥着一个身材高大的驼背老人,正往东魔宫飞去。尸毗老人不由气往上撞,扬手千百支火箭,夹着无数血团,朝前打去。驼子哈哈大笑道:"无知魔头,少时教你知我厉害!"说完,金光电闪,人已不见。那火箭血团,不知怎的,竟会反击回来,射回魔女所居宫殿之上,比电还快。尸毗老人忙即回收,匆促中不曾收完,内有几个血团已先爆炸,血火星飞中,整座魔宫竟被震碎了小半。

尸毗老人这才知道敌人不是易与,也非盛气任性所能济事,还是看清敌势,仗着练就不死之身,相机一拼,或能转败为胜。也不再顾别的,先将神魔、宫众护住,强捺心神,定睛朝前细看。只见仙云杳霭,明霞冰纨之中,那凌虚而立的数十个男女,除一个花子打扮的道装怪人和一个满头银发美妇而外,下余全是天欲宫中先后被困的少年男女。峨眉门下,只齐灵云、孙南未见。至于金蝉、朱文、李洪,还有几个不认识的幼童,以及先前用青灵辟魔铠护身,暗发石火神雷,借着地遁逃走的小对头,也在其内。那么薄薄一片明霞轻云,看去只要风一吹,便可吹散的,却一任血焰如海上下紧压,火箭、金刀四外环攻,休说不能攻破分毫,并还在血海之中若沉若浮,似欲随风扬去,意态生动,十分悠然。云中少年男女,有的本具师门渊源,神交已久;有的本来相识,劫后重逢,班荆叙阔,各话前情。便余娲门下那些男女弟子,经此大难,因对方援助脱险,也各化敌为友,修好释嫌,言笑晏晏,交欢若亲。对于上下四外的这等猛恶攻势,简直视若无睹,笑语喧哗,隐约可闻。意似魔运将终,不久便看自己笑话。正强忍耐,暗想制胜之策,忽听金蝉、朱文同声喝骂,备极讥嘲。不由满腔怒火重被勾动,冷笑一声,正待施展毒手。

原来金、朱二人陷身天欲宫魔窟之内,虽受魔法禁制,不能行动,仗着道心坚定,尽管深情蜜爱,却出于天真至性,纯任自然。身外邪魔既攻不进,尸毗老人不久又被所养神魔绊住。李洪传声相告,说救星将到,钱莱已先出困,诸仙转眼难满,两人心中大喜。此时如在玉虎神光与法宝、飞剑防护之下突围而出,也非无望。只为先前被困,连冲无效,不愿徒劳。又难得遇到这等互诉衷怀,你怜我爱的良机,只管绵绵情话,说个不完。反正无伤,难满即出,谁也没打逃走主意。金蝉更恨不得多挨一会是一会。

二人正谈得快心头上，忽听李洪二次传声，得知钱莱脱困，出时遇见申屠宏，说起神驼乙休、穷神凌浑、黄龙山猿长老等各位长老相次来到，众人灾难将满，出困在即。石完也已赶来，钱莱便是他所救。干神蛛夫妻现正奉命，由地底暗入东魔宫，用神符禁制魔坛，迷乱尸毗老人的灵智，不令事前警觉。李洪又说："蝉哥蝉嫂，只听风雷之声一过，立往东方冲出，我和钱莱再照你们传声来处接应，立可脱身。"金蝉一面回答，互相准备；一面抱着朱文，笑道："好姊姊，我早知这么轻松平常，真恨不得和你在此多留些时呢。"